关东非物质文化遗产

秃尾巴老李黑龙传说

U0721532

老黑山

万世国◎著

黑龙江人民出版社

图书在版编目（CIP）数据

老黑山／万世国著. — 哈尔滨：黑龙江人民出版
社，2017.10
ISBN 978 - 7 - 207 - 11171 - 5

Ⅰ. ①老… Ⅱ. ①万… Ⅲ. ①长篇小说—中国—当代
Ⅳ. ①I247.5

中国版本图书馆 CIP 数据核字（2017）第 249501 号

责任编辑：朱佳新
封面设计：鲲　鹏

老 黑 山

Laoheishan

万世国　著

出版发行　黑龙江人民出版社
地　　址　哈尔滨市南岗区宣庆小区 1 号楼
邮　　编　150008
网　　址　www. longpress. com
电子邮箱　hljrmcbs@ yeah. net
印　　刷　永清县晔盛亚胶印有限公司
开　　本　787×1092　1/16
印　　张　30.5
字　　数　570 千字
版　　次　2017 年 10 月第 1 版　2021 年 6 月第 2 次印刷
书　　号　ISBN 978 - 7 - 207 - 11171 - 5
定　　价　79.00 元

法律顾问：北京市大成律师事务所哈尔滨分所律师赵学利、赵景波

目　　录

第一章　怒海送佳人

黄海广阔浩瀚，在晴朗的蓝天映衬下，海面清莹平静，粼粼的波浪银光闪亮，天海之间一派祥和。海边有一个村寨，依山傍水，风景秀丽。相传秦始皇东游寻找长生不老药。大将徐福帅兵赴东瀛用时三个多月未能采到，回来怕秦始皇降罪，借口说海中有大蛟。秦始皇亲自带兵射杀了大蛟之后，徐福又向秦始皇要了童男童女各一千名，带领部下直奔东瀛去了，再没有回来。自徐福走后，秦始皇每天到成山头眺望东瀛，祈盼徐福带着长生不老药欣然归来。长时间的焦虑与煎熬，两个月后秦始皇病倒了，驾崩前让丞相李斯把郎中令赵高叫来身边面授口谕，令赵高写好诏书给长子扶苏，让他和蒙恬回长安办理丧事。诏书已封好还没交与使者，秦始皇驾崩。当时随行的秦始皇小儿子胡亥和赵高私下修改了诏书后，找丞相李斯要求立胡亥为太子。李斯认为始皇帝驾崩外地，不宜正式确立太子，没有同意。遂将秦始皇尸体放在保温车内，照日供餐，佯装车内办公，避人耳目，快速赶往长安城。

秦王随行队伍行到文登地界一处山林休息，李斯见此地三面环山，东临大海，绚丽的霞光直射山口，便把上蔡同族的副卫将李衮和卫士李郃两个侄子叫到身边，暗中对他们哥俩说："你俩知道始皇帝之死，已是获罪之人，回到长安必死无疑。我看此地山川秀美、景色宜人，是块风水宝地，宜于人类生存，你俩就在此落地生根吧！"李衮和李郃跪地磕头谢过大伯，潜留下来。从此娶妻生子，打鱼耕田，养家度日。后来人们把这个李氏家族建立的山庄起名叫李家庄。

千百年来，从荒野山林中劈地建村，种植捕捞，艰辛程度难以想象，生活境况更难断言，也许有过桃花源般的景象吧？但是，没有遗迹。由于耕作能力的低下、种植技术的欠缺、捕捞工具的破旧、打鱼和钓鱼方式的原始，还有抗御自然灾害的能力弱小，李家庄遗留下来的现状，人们看到的却是苦难。身体好的、脑筋灵活的、干活肯出力的、生活会算计的人家，日子富裕起来，吃香喝辣，衣着讲究，住房也要好一些。而那些年长、体弱、多病、弱智、残疾、懒散的人家，衣食住相对拮据困难，不仅衣食无着落，甚至居住无房舍。受各种因素的影响，李家庄人的生活水平差异十分明显。但是李家庄有一个由祖辈传承下来的规矩，庄里的大事小情，乃至涉及家庭婚丧嫁娶事务的裁定，都要由族内辈分最高的、年龄最长的人决断，是理是非照依不二。

庄里有位青年人名叫李憨，时年二十五岁，是一个地道的庄户人，勤奋、老诚、厚道。家中老爹李庆申已经六十多岁了，老娘姚氏五十多岁，二老年长体弱，长年病病快快。加上三四年连年干旱，庄稼只种不收，日子过得十分艰难。这一天，李憨要去海边搂海草根，老爹拖着虚弱的身子也跟去了。这一带居住的人们已将树叶、菜叶、地瓜根茎可用来代食的东西，都吃得精光了。爷俩来到海边，正赶上退潮，海湾里已经有人早到了。海草根在石头上长得很茂盛，人们很少来弄，即使来弄也是拿回去喂猪，它苦涩腥膻，人们根本不吃。如今不是嫌弃的时候，能弄到填饱肚子就无可无不可了。快近晌午了，很多人都陆陆续续摇摇晃晃地往回走了，李憨见筐子还没装满，只有多半下，便对李老汉说："爹，你先回吧。"李老汉直直身子，趔趄几下坚持说："别了，再弄一会儿，多些，一起回吧！"李憨又往海的方向走去，到人迹罕至的地方寻找。

远处传来隆隆的响声，平静的海面上，海水沸腾起来，瞬间凸起一片巨浪，气势汹涌澎湃，浪头水花飞溅，犹如万马奔腾，急速向岸边卷来。天上，不知什么时候飘起浓黑的云彩，太阳和蓝天被遮住，四周黑咕隆咚的，海面上刮起的风一阵比一阵强。李憨抬头观望，惊骇地喊叫："爹爹快撤，那里凭白掀起巨浪，奔这边来了，快撤吧，晚了，就没命了！"说着，他跑向爹爹，深一脚浅一脚地往岸边奔去。

巨浪吼叫着，跟踪追过来，像是有意和爷俩作对，湍湍逼近，紧追不舍。很快浪前推起的水已经淹没李憨的脚面，而且迅速增高。骤然间，狂风夹杂着大雨铺天盖地地下了起来，雨水敲打着海面发出急促的唰唰声，像热油锅里倒进了冷水；雨水将石头也浇得湿漉漉的，像抹了油又光又滑；雨水把爷俩的衣服都浇湿了，水从头上流进了脖子，后背和前胸冷飕飕的。李憨急了，见爹跑得上气不接下气，面色灰黄，连口水都淌下来了。他看见几步远有一块大石砬子，跑近前赶忙蹲下对李老汉说："爹，快，踩我肩膀上去躲躲！"李老汉很听话，扶着石砬子，登上儿子肩膀。李憨见爹爹站稳，挺直了腰板，帮着爹爹向上爬。也许是垂死挣扎吧，李老汉居然很快爬了上去，并且呼唤儿子也上去。李憨见水已经涨至腰间，自知上去无望，便对李老汉喊："爹，不管怎的，您一定把住站稳啊！"大浪翻卷着淹了过来，齐着李憨的脖子压了过去。李憨死死抠住石砬子的缝隙，闭上眼睛，心想：这回完了！

浪头冲到岸边，气势随之消失，海水迅速撤了回去，大雨还在继续不停地下着。李憨这时才感觉到头上脸上被雨点打得肿胀起来，丝丝拉拉的疼。他望望爹爹，爹爹灰黄的脸上也肿起来，瘦瘦的身子蹲在那里瑟瑟发抖，活像一只可怜巴巴的落汤鸡。发生的这一切，来得那么猝不及防，又那么快的消失殆尽，把个李憨给整晕了。他缓过神来，赶忙叫喊爹爹。李老汉兴奋地说："憨儿，我在这儿，啥事没有哩！"李憨把李老汉从石砬子上扶下来，脸上露出欣喜的笑容，十分不解地问李老汉："爹，你说怪不怪？哪来的浪呢？"李老汉抹了一把脸上的水渍，自以为阅历资深地解释说："这事也不算什么奇怪，大自然雄浑，万物皆有，这定是龙卷风作祟。"李憨问："也没见刮旋风啊？"李老汉又解释说："瞬间之事，抟空而过，你我只顾逃命，哪里顾忌！"李憨知道爹爹说不明白，也就不再往下问。爷俩收拾收拾东西往庄里走去。离开石砬子，前面是一些大大小小突出沙滩的水刷石，由于潮水的日夜冲刷，石头上什么也没生长，凹凸不平，光秃秃的。在一块大的石头后面沙滩上躺着一个人。李憨惊叫了一声，指给爹爹看。李老汉说："是不是咱庄的人？快过去看看。"

雨水中那个人平躺在沙滩上，修长的身躯，锦衣素服，长发盘头，面色灰白，一动不动，像是死了。从发髻上判定该是个十八岁左右的闺女。爷俩对视了一下，谁也不认识。李老汉弯下腰用手指在女人鼻孔处试了试，惊奇地说："鼻息尚存，人还活着。"李憨说："放在这儿不行，万一涨潮定会被淹死，不如咱先把她救回家去，待醒了问清哪儿的人，再把她送回去。"

李老汉惊魂未定，见李憨要把女人带回去，急忙说："憨儿，不行，咱走吧！这人来历不明，也不知将来是死是活，救回去是福是祸也未可知，咱一个平民百姓担不起这个事啊！咱们回去报官吧！"李憨似乎没听进去，眼睛只是盯着那女人，脚下一步不动。李老汉劝导说："憨儿，听话，走吧！"这时李憨惊叫起来："爹，您看，她身子还动呢！咱总不能见死不救啊？人有难处才需要帮，我把她抱回家去！"说完，弯腰抱起女人托在怀中，头也不回径直朝家走去。李老汉暗想：这平白无故又添了一个吃饭的，说不定还得请大夫，得多少钱啊？他知道儿子心地善良，也是二十好几的人了，到了娶女人的时候，可是家穷没有谁肯把姑娘嫁来。想到这儿，心中一个闪念："唉，如果姑娘六根清净，肯与我儿子过日子，这个未尝不是一桩好事耶！"雨水中李老汉看看儿子也就没再阻拦，默默地拾起竹筐和耙子跟着进了家门。说来也怪，就在李憨爷俩迈进家门的时候，大雨的唰唰声戛然而止没了踪影。庄子里一片寂静。

李憨娘见儿子抱回一个女人，很是惊奇，帮着儿子把女人放在西屋炕上。娘说："她浑身湿湿的，你出去，我找点衣服给她换一下。"过了一会儿，李憨娘从屋里出来，问爷俩："从哪儿抱回来的？"李老汉说："海边。见她还活着，就把她抱来家了。"李憨娘说："不像是本地人，内衣怪怪的一点没湿，用手摸如针扎一样，没敢再摸。"李憨说："娘，救活再说吧，说人那事有啥用。"李憨娘把女人的衣服拿去洗了，挂在院里的晒衣绳上。三个人都回到西屋，围着青年女子端详起来。女人躺在炕上，面色灰灰，双眼微闭，神态安详，匀称地缓慢地呼吸着，身子一动不动，仍处在昏迷中。

已经是第三天了，女人还没有醒来，没喝一滴水，没进一口饭。李憨说："用不用找大夫看看，时间长了会出别的事！"李憨娘说："她身子不热，没见脸上有难受表情。再说咱们自己看病都没钱，哪还能支付外人的治病钱啊！"李憨说："都三天了，硬挺着也不是办法，救人一回总要有个善果呀！"李憨娘看看李老汉，半晌不语。李憨娘像想起什么，忙说："你爷俩先出去，我把她衣服给她换上，万一走了，穿我的衣服多晦气呀！"李憨爷俩出屋去了。

过了一会儿，李憨娘从西屋走出来，脸上露出喜色说："快进屋看吧，那姑娘睁开眼了！"三个人一起走进西屋。听到屋里有人来了，女子睁开眼睛望着来人，声音低弱地问："这是什么地方啊？"李憨娘说："我们这是文登县李家庄。孩子，你可醒了，是我儿子把你从海边抱回来的。"姑娘用眼看着三个人，想知道谁是她说的那个儿子。李憨娘明白，指着儿子说："就是他，名叫李憨。"姑娘闭上眼睛，泪水从眼缝中流出来。李憨娘问："孩子，你是哪的人，咋漂到我们这来的？"姑娘深深叹口气，讲述起自己的来历。

姑娘说自己叫张桃红，今年十八岁，是鼓浪屿人。家有父母，打鱼为生，日子过得还算平静。前些日子，岛上有个强盗，今年六十二岁，家有三妻四妾，偏要娶自己做妾，派人上门提亲，遭父母拒绝。父母知道那强盗不肯善罢甘休，就收拾一下家中有用的东西，乘天黑坐船逃往成山头一个亲戚处。不想快到地方了，那强盗亲自驾大帆船追上。拼杀中，父亲乘夜黑强盗未留神，将她自己一人推下海里。她顺水漂了很远，隐约看到小船被撞碎，猜到父母定是丧命了。一股急火攻心自己昏厥过去，不知后来发生的一切事了。

李憨娘听了十分同情，擦擦满脸泪水，问姑娘说："唉，姑娘命苦啊！那你知道亲戚家在哪儿吗？姓啥叫啥？告诉我，过几天你恢复好了，我叫儿子送你去。"张桃红听了，更加悲伤，痛哭不止。李憨娘和李老汉都来相劝，皆不奏效。三人只好退出西屋。李憨娘翻箱倒柜找出一把小米，放在锅里熬起来。

张桃红哭了一气，情绪有些稳定，起身坐起来，自感身子不支，未敢下地行走。这时，李憨娘端着一碗粥走进来，见张桃红不哭了，笑笑说："孩子，饿了三四天了，快喝点粥吧！"说罢，把粥放在炕上。赶忙去外屋搬来一张炕桌，又把粥碗端到桌上放好，推到张桃红跟前催促说："趁热吃吧！姑娘。"李憨娘见张桃红不肯动手，以为她不方便，拿过小勺端起粥碗去喂张桃红。张桃红热泪盈眶，颤抖的声音说："大娘，您老这大年纪，怎么好让您喂我呢？让我自己来吧。您真跟我亲娘……"眼泪顺着腮帮淌下来。李憨娘赶紧说："孩子，你别见外！别哭，吃饭哭不好。"张桃红很听话，过了一会儿不哭了，自己端起饭碗，一勺一勺慢慢地吃起来。

李憨娘等张桃红吃完了粥把桌碗收拾下去，一家三口去东屋吃起饭来。

正吃着，张桃红扶着门框满面感激地向屋里张望，一家人一起吃饭的温馨场面令她欣喜。当她看见盆里碗里全是海草根，不见一粒米时又愣在那里眼睛湿润了。李憨赶紧过去扶。张桃红脸一红拒绝了，自己一挪一蹭地朝炕边走来。她站到炕边声音颤抖地问："你们就吃这个呀？"李老汉说："我们这里连年闹旱灾，地里不得粮食，能吃的食物都光了，现在只能靠这个东西度日了。"张桃红已是泪水涟涟了，用手抹了一把眼睛说："二老，你们若是不嫌弃我，就收留我吧！我给你们做个儿媳妇，孝敬二老吧！"

李老汉和老伴还有李憨听了都不相信，是不是这个张桃红说错了？一时不知如何回答。张桃红见三人听得突然，十分惊诧，怀疑地望着自己，又说："你们一家人，心地善良。我一个孤儿，上哪能遇上这么好的人家？嫁到您家，我父母在天有灵也会欣慰的。你们就收留我吧！"三个人还是不相信，人家那么好的孩子，咱们这样穷，怎么能让人家和咱们受罪呢！二位老人依然犹豫不决。李憨耐不住了，脸涨得红红的，喃喃地说："人家不挑咱们，我看就收留她吧！要把人家撵出去，一个人也没法生活呀！"李老汉瞪起眼睛说："你哪点能配上人家呀？咱可不能乘人落难做这种事啊！"李憨没了话说，低头站在一边。张桃红说："大爹，话不能这么说呀，这是我自愿的，依我这样的人能落在您家也是我的福分。您若拒绝我，又是把我推进火坑了呀！我的选择，我绝不后悔，我会真心实意地和你们过日子！"她见李憨娘未语，央求地问："娘，您一定会收留我吧？"李憨娘说："我感觉你不是一般人家的人，若真是这样，你诚心实意愿意，连娘都叫了，我还有啥说！孩子，就留下吧！这对我家也是一件喜事，我们都知道，论条件我们家现在是娶不上媳妇的！"李老汉没了话说，他知道儿子的心愿，坚持拒绝会落埋怨，于是说："你们娘俩都这么说，我也是求之不得啊！那就选个日子把事办了。"李憨忍不住心中的喜悦，又怕张桃红笑话，闭着嘴跑出了屋子。张桃红还是抿嘴笑着。

晚上，李憨问李老汉说："爹，您不是说选个日子吗？哪天啊？"李老汉说："臭小子，急了？这得找几位家族老者商量商量再说啊！"李憨又问："明天呀？"李老汉笑了，对李憨说："行啊，你说明天就明天吧。可有一条，咱俩分分工，一个负责找人，一个负责备饭。你看你认哪条？"李憨想：这李家庄，大部分人家都姓李，不姓李的也和李家有亲戚，请他不请他的，自己不好决断，要是请老的吧，自己面子小，又怕请不来。想来想去，嬉笑着说："我去张罗吃喝。"李老汉一笑同意了。

第二天，李老汉去找人了。李憨对娘说："爹爹让我张罗吃喝。娘，你说准备点啥呀？钱咋出啊？"娘问："这差事是你爹分给你的？"李憨说："我要的。"娘责怪说："傻孩子，这没钱的事，你张罗啥呀？"李憨说："我已经答应爹了，怎好再找他？"娘没了话说。过了一会儿，娘说："咱俩一起张罗吧。"李憨乐颠颠地说："那好，还是娘亲。"

可是，娘俩在庄子里转了满条街，也没借到一分钱。有个老人说："多少年没见钱了，都忘了啥样了！这年头还讲究个啥，不就是结婚吗？实实惠惠的，请几个长辈，新人磕几个头就行了，有茶呢，喝几口，没有也可以免。都理解，谁还挑理呀！"李憨娘俩回到家，李老汉已经回来。李憨娘把借钱办喜事一说，李老汉低头不语了。他想：这几年庄里也没有谁家办喜事呀？这么办没有先例，人家不笑话吗？真是难，自己请人来，也没有愿意来的，都知道自己家没那个能力，娶媳妇根本不可能！想来想去，他心里倒敞亮了许多，对呀，有女人愿意和儿子过日子，还在乎那些说道吗？于是对老伴说："憨他娘，你去和姑娘说说，就给二老磕个头，算是结婚拜堂了，问她有啥说的没有？"李憨娘过西屋对姑娘张桃红一说，姑娘很开明，坚定地说："任凭二老安排！"

　　说话间，李老汉请的人，来了三位。年长者名叫李庆坤，次者李青庆，年龄排后的名叫李庆柱，都是李憨的前辈。李老汉把打算说了，三位老人都赞成。李庆坤对两个弟兄说："我看喜事不能再拖，日久无益，干脆今儿个当着咱们几个前辈的面拜堂得了？"另两个人说："喜事新办，越简单越好，到什么时候说什么话，咱穷人有穷人的做法。"

　　天近中午的时候，李憨娘烧点白开水，让给客人喝着。屋地上铺了一床褥子。一对新人过到东屋跪下给三位李氏家族的长者磕了三个头，又给爹娘磕了三个头。两个新人站起来，李庆申老汉分别把三位长者一一做了介绍。三位老人见了孙子媳妇如花似玉，个个笑逐颜开、交口称赞。

　　没过几天，十里八村的人，不少都知道了这个美事佳话。有的甚至说新娘子不仅美若天仙，而且心灵手巧。不是宫女，却有文静贤淑的气质；不是村姑，却有勤劳贤惠的品德。

　　离李家庄二十里路的洪家寨，有一个洪员外，名叫洪琦寿，今年六十二岁，有家财万贯，是当地的豪绅恶霸。听到这个消息不相信，派两个嫡系到李家庄探虚实。过了三天，两个嫡系回来添枝加叶地描述了一番。新娘子名叫张桃红，今年十八岁，果然是羞花闭月、娇巧可爱，天上难找，地上难寻，我等京都府第、江南诸城、烟雨花楼，数处从未见过这样的美人。只可惜鲜花插在牛粪上，实在是太可惜了。大人若得此爱，看着垂涎三尺，睡着情欢意畅，弃之销魂落魄。不是下人多嘴多舌，膝下三妻四妾比之粪土不如。大人此遇千载难逢，机不可失失不再来。大人如果亲往一见，便可体验铭心之迫。

　　洪琦寿听后一拍大腿，喜不自胜地说："刘顺、马骝，你二人挑选三十精干家丁，明天一早带着家伙，开跋李家庄夺人。"

第二章　王乃义夺亲

张桃红被李家收留，又做了李憨的媳妇，给李家带来活力和生机，结婚虽是短短十几天，一家人及屋里屋外大变样。李庆申老汉和老伴嘴里含了蜜似的，一改愁眉不展的神情，笑容成天挂在脸上；身上穿的衣服虽然仍是老样式，却缝补得完好，洗得干净板正。李憨呢，更是美上一筹，走路扬起了脸，见人先打招呼说话，话语也比先前多了许多，脸上活力顿生，像是新生活充满了无限的魅力和希望。屋里被褥、窗帘、布幔全都洗刷一新；柜子、椅子、饭桌擦拭得干干净净，没有一点污泥油迹；灶台被用泥沙重新抹平，上下清理得焕然一新，从不见纹理的木头锅盖，也第一回露出了原本的模样；门窗擦拭裱糊改变了破烂不堪的模样，甚至屋里的空气也没了污秽气味，变得清新舒爽；院子不仅干净而且规矩整洁。李家焕然一新了。

张桃红经过几天调整，身体得到恢复，凡是看见的活伸手就干。洗刷、缝补、搬挪、修理，从无男女之分，喜得公婆争活干，有时大活重活媳妇来争，执拗不过只好相让。一家人欢天喜地，心情无比欢畅，个个心满意足，家中充满了和谐和幸福。

一天，张桃红对李憨说："今天咱俩去赶海，我知道哪有好东西可吃。"李憨高兴得不得了，刚吃完饭就张罗起耙子、箩筐等工具。李老汉原本也想去，被老太婆阻止了。李老汉会意地笑了。

这时，屋外有人闹嚷起来，声音越来越大。李憨见了告诉李老汉说："爹爹，外边来了几十号人，手里拿着家伙，好像冲咱家来的!"李老汉没见过这种阵势，浑身颤抖起来，嘴里叨咕："哎呀我的妈呀! 这是咋的啦! 是不是来抄家呀?"外面喧嚣声越来越大。张桃红对公公婆婆说："二老，不用怕，我去看看。"李老汉说："媳妇，你个女人家别去! 还是让李憨去吧!"李憨早已脸色灰白，神情呆滞了。张桃红推开房门站了出去。

洪琦寿正指挥手下冲进屋里抢人，猛抬头望见屋门口站出一名女子，不由得呆愣在那里。

这女子天仙一般：上身穿一件浅橘色短袖凉衫，下身穿一件淡蓝色七分长裤，脚穿一双青布红花绣鞋。整身着装没有华丽奇异之处，但是穿在张桃红身上却显出样式别致、线条流畅、格外得体。一头黑发，盘髻脑后，干练端庄。鹅蛋似的脸儿，天庭丰满，大眼睛，双眼皮，长睫毛，白眼珠亮如珍珠，黑眼仁晶如宝石，波光袭人，活力十足；柳叶弯眉，细黑高挑，自然生成，毫无修饰；鼻梁挺秀，口若含糖，给人一种新婚宴尔甜甜蜜蜜的感觉；肤色白皙红润，宛若刚刚开放的桃花一般。人在门前，亭亭玉立，气宇轩昂。无人知道张桃红的真实来历，只见她文静的外表神色，在凶恶的环境中临危不惧，神情坦然。

洪琦寿看罢连咽下三口唾液，但是，紧闭的双唇开启时，唾液还是喷了出来。洪琦寿羡慕得五体投地，心想：这样的女人，这等的诱惑，哪怕是搂上一夜，也不枉来人世一回！他感到莫名的紧张，口语有些发吃，断断续续地说："给……给……给我拿……拿、拿下！"

张桃红泰然自若，亮起银铃般的嗓音说："慢着！你们要干什么？光天化日之下，怎敢目无王法？"洪琦寿终于找到对话的机会，上前走到台阶下，声色淫厉地说："王法？什么王法？我就是王法！今天来抢你给我做老婆！你是跟我去也得去，不去也得去！"说罢，跳上台阶伸手就拉。张桃红见他来势凶猛，顺手一拽，底下一个扫堂腿，把个性欲熏心的洪琦寿弄个嘴啃泥。洪琦寿嘴唇都破了，血淌出来。满院子里的人都笑了起来。洪琦寿做梦也没想到这个女人会这手，他领教了一招，不敢再过去动手。于是他挥挥手，大声喊叫说："给我上！"

张桃红堵住房门，打手们蜂拥而至，却谁也不敢动手。洪琦寿吼叫："他妈的，看啥？动手啊！"张桃红猜到这伙强盗定是抢自己来的，料他们不想自己受伤或是丧命，于是不慌不忙从身后摸出一把剪子，右手握在手里，举起对准自己的胸膛。她冷笑着说："谁敢上来？谁有胆量上来？再前进一步，我就死在这里！"洪琦寿傻了，奴才们傻了，咋也不能抢回一具死尸啊？谁也没有料到这个女人会如此刚烈，一时局面僵持起来。

这唱戏般的热闹轰动了庄里人，男女老幼都来了。人们认识洪琦寿这条地头蛇，有人被他欺辱过惧怕他；有人满腔正义憎恶他；有人属于亲友抱打不平。人们开始起哄，有的说："不就是有钱有势吗？怎么也得积点德呀？这种抢男霸女的勾当敢这么明目张胆地干呀？"有人帮腔说："乡亲们，咱李家庄决不能受外人欺辱啊！来呀，回去取家伙去！"不少壮年人往家跑。也有的说："这是大清天下，洪琦寿你以为你是谁呀？这天下是你家的呀？想咋的就咋的！"

取家伙的人们很快就回来了，钩杆铁齿地举着、喊着："乡亲们，打啊！把这个禽兽拍在这儿，扔海里喂王八去！"人们喊着，冲上来。洪琦寿见势不妙，这也是始料未及的，慌忙对马骝说："撤！过几天再说，在这块地儿上，还有我他妈办不到的事吗？"于是带着打手们灰溜溜地走了。

洪琦寿回到家中，哪还有什么心思吃饭休息，急忙叫来保安头领刘顺和大管家马骝，三个人商议起来。洪琦寿说："估计今天这个阵势，咱家这些饭囊草包是经不住李家庄那帮人砸巴的，再待下去定会吃大亏，不如想点别的办法巧夺。"马骝问："老爷像是胸有成竹了，何不说来听听？"洪琦寿冷笑一声说："对付那帮乌合之众还用咱们拼吗？明天你俩跑一趟，到汪疃寨王三爷那送封信，说我有要事相请，烦他来一趟。他若肯来，详细面谈。"马骝说："这家伙可毒啊！"见洪琦寿盯着他，又怕扫洪琦寿的兴，马上改口说，"他抢肯定十拿九稳。"洪琦寿明白马骝的心思，解释说："我对王乃义曾有过资助，他对我存有报恩之心，这点我是心领神会的。再者，人们都知道他是拼命三郎不怕死，忌讳他。我倒认为：越是这样的人，越是讲义气，求他不会说个不字！"马骝和刘顺见洪琦寿这般说辞，都没了话说。洪琦寿看了他们一眼让两人下去休息。自己闷在屋里写了一封信，写完又仔细看一遍，放在一个牛皮纸信封里，用糨糊严严实实地封好，压在书案上。然后才回房休息。几个妻妾前来纠缠，都被他赶出卧室。

王三爷名叫王乃义，四十多岁，外号亡命三郎，住在汪疃寨，家中兄弟三人，他排行老三。王乃义的父亲王占奎，曾在戚继光麾下当过督尉，后因作战失职，被军法处死。王乃义从小放荡不羁，骄横四方，加之后来对朝廷不满，更是随心所欲、为所欲为，地方朝廷无人管束。王乃义心毒手狠，不仅鬼点子多，而且从不怕死。一次遇到敌手，手下三十多个干将打手，苦战大半天，伤的伤逃的逃只剩他一人。他全然不顾，奋力与敌手格斗，那些人打他不赢，又见他毫无惧色，纷纷跪下求饶。一战而得名亡命三郎之誉。这一日王乃义得空家中闲坐，家丁来报："洪家寨洪员外派人下书。"王乃义说："请！"刘顺、马骝被请进客厅，双方寒暄后落座。王乃义问："不知二位爷所来何事？"马骝站起递上书信，说："我家爷，令小的们给爷送信，我俩不知内情，只等爷您看后回话。"王乃义冷笑说："规矩！"说着拿过信翻转着看一遍，慢慢撕开信封取出一张信纸仔细看着，纸上写道："王三爷如面，老朽遇有难事一桩，无奈想请您出手相助，因信中不宜细说，只好请您来寨中面谈，事成之后定有重谢。望您辛苦一趟，当面定夺。洪琦寿拜上。"王乃义看完信，用手颤了一回，爽快地说："好！请二位先回，我马上就到。"

刘顺、马骝离开汪疃寨，马不停蹄返回洪家寨。二人走进上屋，见洪琦寿正在屋中焦虑踱步，就把见王乃义之事和盘禀告。刚刚禀告完，家奴来报："王三爷到！"洪琦寿说："请！"

话音刚落，王乃义大步流星走进屋门，拱手说："洪老爷近来安好！不知唤小辈有何赐教？"洪琦寿赶紧还礼让座，对家奴说："看茶！"洪琦寿心里也是急切，见对方饮了一口茶，放下杯子脸转向他，立即说："老弟，老朽有一事恳请老弟出手相助。"王乃义一听眼瞪溜圆，信誓旦旦地说："小辈愿肝脑涂地在所不辞！"洪琦寿伸起拇指夸赞说："好样的，果然是名不虚传，爽快!"随即便将夺美之事和盘托出，约定王方出人负责抢人和拦阻闹事的李家庄百姓；洪方出十二人，负责引线、接应、保护，防止新人受到伤害；双方又约定好举事时间。洪琦寿又爽快说："事成之后，赏黄金二百两。如何?"王乃义说："行！先交定钱一百两。"洪琦寿皱下眉头，答应说："中!"事情就敲定下来。

李家庄也有动静。李庆坤悄悄来到李憨家。他告诉李庆申说："洪琦寿回寨后，花钱雇了打手，都是练过武的高人，准备一两天夜袭李家庄，来抢孙媳妇桃红。"李庆申问："消息可靠吗?"李庆坤说："孩子的姨家，有个孙女叫小月，在洪家当使唤丫头，知咱是家族，偷偷派人来传信。肯定真的，你家要做好准备。"李庆申没了主意，又问："那咋个准备啊?"李庆坤毕竟年长，头脑又清醒，出主意说："来者肯定不善。我看不行让孙子带上媳妇逃吧，不然这一劫怕是难躲！听说很多山东人都去了关东，那里地缘广阔，适合耕种，两个人开点荒地种点粮食就饿不死。今晚不行就让他们走吧!"李憨说："要走，爹娘一起走。"李庆坤老汉说："傻孩子，这千里迢迢的，没吃没住，你爹娘能禁得住吗？还不扔在半路啊？再说万一洪家追赶，他俩跑得动吗？赶快决断吧!"说话间，李庆柱老汉来了，神情紧张地说："不好了，庄西来了一伙人，得有三十多个，都拿着家伙，怕是冲你家来的。赶快拿主意呀!"屋里空气像凝结了，人们的心都提到嗓子眼了。李庆坤说："来不及了，赶快让孩子们去海边找个地方躲躲!"李庆申催促李憨说："你和你媳妇赶快走！能躲就躲，不行就直接逃吧！不管咋的咱家也要留个后啊！憨儿，活命去吧，千万千万要活着啊!"全家人都哭起来，情悲意切，难舍难分。母亲把儿子媳妇叫到一起，哭着说："你俩出去自己闯吧，一定要给咱李家留个根啊！这个家你们就别惦记了，我们怕是活不成了!"母亲气息哽咽用手拼命地往外推儿子和媳妇。两位族人长者也都极力催促说："赶快走吧，怕来不及了。你爹娘就交给我们吧!"李憨还要坚持，被李老汉扇了一个耳光。李憨和媳妇不得已，跪在地上，给父母和两位父辈磕了三个头，哭着出门去了。李庆坤和李庆柱安抚了几句也走了。

李憨走了。后脚洪琦寿带人到了，踹开房门闯了进去。洪琦寿进屋不见了张桃红，立即逼问："人呢？藏哪去了?"李庆申老汉说："孩子们出去两三天了，说是串个门，可能也快回来了。"洪琦寿吼叫起来："胡说，不说我就整死你!"李庆申老汉说："真是串门去了。"洪琦寿愤怒地出手就是一拳捶向老汉心窝，李庆申当时一口气没上来就过去了。李憨娘见老头子没了气，反而冷静了许多。洪琦寿转过身来又问："老太婆，该你说了，如实招吧!"李憨娘咬牙切齿，冷冷地说："你手真快，也太狠了，咋一拳把他打死了？就他知道!"

洪琦寿转脸面向李憨娘，看出这个张桃红的婆婆原来认识，脸上露出嘲笑，故作惊讶地说："你不是姚二丫吗？张桃红这么好的女人你家养得住吗？咋不惦记着你这个哥哥点儿啊？"李憨娘冷静地说："这种时候你还惦记亲戚理道呀？要有这点人性，怎么也不能把姑家的姑爷给打死呀！"洪琦寿眼一瞪，厉声说："我现在钱大势大，怎么能与你这般下等人谈亲论道？干脆点说吧，那个女人藏哪去了？"李憨娘说："亲戚是你先提的，如果还能看在亲属的情面上，求你高抬贵手饶过两个孩子吧！"洪琦寿也斜着眼睛说："这怎么可能，你那儿子现在是和我争锋，就一个美人，我怎么能罢手呢？"李憨娘扑通一声跪在地上，磕头哀求说："表哥，我家儿子娶个媳妇也不容易，你那么有钱要啥样女人没有啊！"洪琦寿在众人面前早已失了颜面，怒不可遏地飞起一脚踢在李憨娘的下巴上，她仰身倒在地上。洪琦寿跟上去，恶狠狠地逼问说："你讲还是不讲？不说也行，那就成全你，也送你上西天。"李憨娘满脸是血，脑袋抽搐了一下说不出话来。洪琦寿一不做二不休，抬起右脚结结实实地踏在李憨娘的心口窝上，鲜血和异物从口中喷出，再也没有气息了。李憨娘也死了。

洪琦寿令人放火把房子点着，大火熊熊燃烧起来，映着日落的晚霞越发势不可挡。

李憨和张桃红刚到海边，看到庄里着起了大火，火光照亮了村庄。李憨知道那是自己的家啊！从未离开过父母的李憨，哪里肯舍自己的家和爹娘，张牙舞爪地往回跑，边跑边喊着自己的爹娘。张桃红哭哭啼啼跟在后面往家跑去。黑暗中借着火光，刘顺看见了李憨和张桃红，在洪琦寿耳边嘀咕了几句。洪琦寿笑了，恶狠狠地说："把李憨也干掉，把那个女人给我带回去，不要惊动别人。"刘顺带两个人悄悄地溜过去，在李憨窥视现场的当儿，一棍子把他打倒在地上，李憨一动不动了。

张桃红本能地扑向李憨，快到跟前时，看见洪琦寿带两个人饿虎般奔来，便改变方向夺路而逃。张桃红已是无路可选径直奔向大海跑去，轻盈的步伐越跑越快，不多时甩开洪琦寿有二十多丈远。洪琦寿年岁大了哪里追得上，只好停住脚步对紧随其后的马骝说："我和刘顺先追着，你快去找王三爷叫飞猫来追，晚了她可能会跳海的！快！"马骝回身就往庄里跑。

洪琦寿拼命地往前赶着追着，望见那张桃红就要跑到海边了，也是他急不择路，被脚下石头绊了一下，结结实实摔在沙滩上。洪琦寿趴在那里哭丧似的喊叫："我的美人啊，你可要想开啊，好死不如赖活着呀！你等等我！"

王乃义接到马骝的通知，立即将飞猫唤来嘱咐了几句，飞猫就朝海边跑去了。飞猫是王乃义手下镖局舵手，也是王乃义的嫡系人。他武艺高超，天生行走如飞、步履敏捷，人送外号飞猫。飞猫追到海滩上，跟洪琦寿说："洪老爷，莫急，待我将她捉来！"

这时，庄子里愤怒的人群呼叫着赶了过来，钩杆铁齿的家什在黑暗中不时发出叮当的碰撞声。洪琦寿预感到局面怕是难以驾驭了，紧随飞猫身后追去。

飞猫已经赶到海边，眼看张桃红起身向海里跃去。飞猫纵起身子一步足有两三丈远，伸出双手来个空中拦截，一把抓住张桃红的衣服，二人同时落到海里。幸好海边是个漫滩，水不是很深，飞猫擒住张桃红便将她夹在腰中，返回岸上。

洪琦寿应时赶上，对刘顺和马骝说："你俩陪着飞猫爷赶紧把人带回去！一刻也不要耽搁，千万别再让李家庄的人拦住！快！还有，一定要保证美人的安全，不能意外地伤着她！"张桃红连喊都没来得及，被飞猫捂上嘴夹在腰间。飞猫说："保证不会伤着她！洪老爷尽管放心好了！"说完和刘顺、马骝转瞬没了踪影。洪琦寿得手而归，满心欢喜，沿着海边溜出了李家庄。

人们赶回来救火的时候，找到了李庆申老汉和李憨娘的尸体，两个老人的尸体已被大火烧焦。人们在院外也发现了李憨的尸体，但是没有被火烧着完尸尚存。人们开始救火，但已经是毫无意义了，原本就没什么家当，火救完了，院子里也就什么都没有了，变成一片焦灼的土地。人们将李庆申老汉和李憨娘的尸体用席子裹好，准备天亮埋葬。

李庆柱来到李庆坤身边，悄悄嘀咕说："李憨还有点气呢！我已叫人抬我家去了，也算万幸啊！"两个老汉安排几个壮年人看护李庆申老汉和他婆娘的尸体，便回到李庆柱家去了。

李憨静静地躺在炕上，前胸微微起伏，神智还不清醒。李庆坤奇怪地问："不是让他躲起来了吗？怎么没走啊？那，桃红呢？"李庆柱望着李庆坤，什么都答不上来。李庆坤无奈只好走到李憨跟前查看。他动动李憨的胳膊，拽拽李憨的双腿，没有发现一点伤痕；又扶起身子前胸后背查看一遍，没有发现一点异常；但是，在放下身子的时候，发现脑后部有血，不是很多。"在这儿。"李庆柱也发现了。李庆坤说："快找个大夫来看看！"李庆柱叫起睡觉的孙子小海说："你快去村东头找你胖爷来。"小海赶紧爬起来跑出去了。

李庆华是周围庄寨唯一的一位郎中，医术不算高明，治病经验却比较多，一般病状都能治，小来小去的手术也能做一些。因为整天坐堂诊病，运动量少，身体很发福，人们都叫他胖爷。小海把胖爷请来，对李憨进行一遍全面检查，说是脑部受钝器击打只是昏厥，出点血只是皮外伤，并无大碍，天亮之前就能苏醒过来。李庆华用碘酒对李憨的后脑部擦拭了几遍，也没包扎，就算处理完了。当着两位老兄的面，胖爷对李家的遭遇表示了同情和哀悼。

第二天清早，李憨醒了。李庆坤问他咋回事？李憨说，他和媳妇躲在海边，看见家中起火，知道是遭了洪琦寿的暗算，担心爹娘安全，不顾一切返回家中。他和桃红刚走到院子附近，不想自己被人打倒，再就什么都不知道了。李憨问："桃红呢？"两位老汉摇摇头说没看见。李憨又问："我爹娘呢?"李庆坤老汉眼圈红了，告诉他说:"孩子，你爹你娘都遇害了，现在放在院子里，准备一会就埋葬。"李憨一打滚爬起来，悲痛地哭着大声问:"我爹娘没了?咋死的?"

李庆坤把李憨爹娘被害的经过简要地说了一遍。他劝慰李憨说:"憨儿，事已至此，就不要过分伤心了，埋了你的爹娘，再找媳妇才是正事。"李憨听李庆坤说完，哭着要去看爹和娘。

李憨来到家一看，房子没了，院子里一片狼藉。在院子中间有两卷炕席，他奔了过去，打开一卷席子一看是爹爹，又打开另一卷席子一看是娘亲。他一下扑到娘的身上，大哭起来，那哭声撕心裂肺，凄惨撼人。庄里的人听见了，都来了。李庆坤找来了白布，撕下一条给他系在头上;村里的男子、妇女、孩童，也都戴上孝布，齐刷刷地跪在灵前。哭声响遍了村野。

太阳出来了，庄里举行了简单的送葬仪式。李庆申老汉和他的婆娘姚氏被合葬在海边的一座小山上。李憨承受不住这个沉重的打击，再一次昏厥在墓地上。

洪琦寿当晚回到府上，兴奋不已，没想到轻而易举得手了。他叫来马骝说:"把美人带来!"马骝出去。不一会儿返回来，战战兢兢地说:"没了，没了!"洪琦寿骇出一身冷汗，稀里糊涂地问:"怎么搞的?"

第三章　夫妻重相会

飞猫夹着张桃红行走如飞，很快就把刘顺和马骝落在后面。刘顺和马骝哪里跟得上飞猫，越落越远，不一会儿连身影都看不见了。他们认为飞猫是知道回洪家寨的路的，索性直接回了洪家寨。

张桃红的脸被衣服蒙上了，什么都看不见，只能依稀听见耳畔呼呼风声，还有那人脚下沙沙的步履声。她不停地用力挣扎着，企图寻机逃身。飞猫哪里肯依，右臂膀夹住张桃红的腹部，左手抓住张桃红两只手牢牢地不放，直接把张桃红带回了汪疃寨。

抢张桃红是洪琦寿与王乃义协商好的，由王乃义把任务交给飞猫先行将人带回洪家寨。洪琦寿万万没料到王乃义在交代任务时，暗下却叫飞猫将张桃红带回了汪疃寨。这样，飞猫在前面行走如飞，越走越快，将其他人越落越远。洪琦寿与王乃义一起走，一边走一边说说笑笑，二人都是十分得意。离洪家寨还有五里路，来到一个岔路口，王乃义马上抱拳说："洪爷，今晚是您的良宵之夜，小弟就不去打扰了，就此回汪疃寨，待日后定来祝贺！"这话正合洪琦寿心意也就没有再谦让，二人便在马鞍上拱手分别，各自回家去了。

洪琦寿回到洪家寨，兴致勃勃进了书房，令刘顺说："快将张桃红带来见我！"刘顺出去，找到马骝，问："马总管，接来的新人安排在哪个屋了？老爷要见！"马骝反问刘顺："新人不是你安排人带回来的吗？怎么找我要人？"两个人都犯猜忌，又都怕承担责任，一时争辩起来。两个人互不相让，争吵着来见洪琦寿。进了洪琦寿书房，二人还在争讲不休。洪琦寿已经明白八九分，脸色由喜转怒，厉声问："怎么回事？"马骝说："新人是刘顺安排人带回的，这您是知道的，现在却朝我要人，我哪里知晓啊？"洪琦寿火冒三丈，吼道："这么说，你二人谁也没见到了？"刘顺、马骝皆摇头不止。洪琦寿一屁股坐在太师椅上，眼睛都红了，如梦方醒地说："妈的！又被人耍了！"刘顺和马骝这时才醒腔，肯定地说："定是亡命三郎接到他家去了！"洪琦寿一拍桌子，下令说："你二人赶紧召集人马，夜袭汪疃寨，将美人夺回来。"洪琦寿集聚人马三十多号，风风火火直奔汪疃寨而来。

深夜静悄悄的。往汪疃寨的路上，王乃义一边走着，一边盘算着：洪琦寿这个老家伙绝不肯善罢甘休，咋办呢？想着想着，他心里一亮，计上心来。

这时远处已经传来跶跶的马蹄声。王乃义扬鞭催马朝家飞快地跑去。

王乃义回到汪疃寨家中，下马直奔书房，见飞猫正在看守张桃红。王乃义说："飞猫你且寻一处躲避几日，待那老杂毛消停了再回来。现在你赶快从后门走，快！"飞猫赶紧出屋，转到后门出去了。王乃义对张桃红说："美人，我今天是救你，你不用怕，他洪琦寿六十多岁，我才四十岁，总比他强吧？你不用害羞，跟了我你会有享不尽的荣华富贵。"他见张桃红不动声色，坐在那里静静地看着自己，心里踏实了许多。于是，他又对张桃红说："一会儿洪老杂毛来找我要人，我不会给他，他定然要闹，要寻找人。你听我的。"说着，他把写字台后面的椅子使劲一挪，地板开处露出一个地道口。他说："这是我的逃身之处，你进去藏着，不要乱动，老实待着。这里机关多，免得伤着你。"张桃红犹豫了一下，藏了进去。王乃义坐在椅子上，自己倒杯茶水喝了一口，稳稳神儿，静候洪琦寿的到来。

果然，没用两口茶的工夫，洪琦寿气势汹汹地闯了进来。洪琦寿横眉立目，指着王乃义鼻子质问说："亡命三郎，你也太不仗义了吧？竟敢与我动心术，你错翻眼皮了！人呢？藏哪去了？赶快痛痛快快交出来，万事皆休，不然，今天就血洗你汪疃寨！"王乃义神态平静地说："洪爷怎么了？这话从何说起呀？"洪琦寿说："装！装！你真会装！你的人把我的美人带回来了，你还装啥呀！再装，我可就要动手了！"王乃义站起来让座，洪琦寿不肯坐，站着和王乃义理论。王乃义听了，略带惊讶地问："洪爷，怎么新人没进你家？飞猫给你送去的，怎么会没有呢？不可能！"洪琦寿说："飞猫是你的人，没给我送去，不就给你送来了吗？这还有异议咋的？你他妈的没安好心，开始就做好了扣！"王乃义委屈地说："洪爷，话不能这样说呀！过去你对我有过点水之恩，我多次尝试回报一下，都被你拒绝了，至今我还心存感激。今天之事我能立即答应你，你要给我二百两金子，我只要了一百两，就是看在那次你帮我一把的情分上。现在你这样说辞，实属冤枉我，我绝不会那样做！这事情咋办我都是听你安排的呀，主意是你出的吧？人咋做是交给你负责的吧？这把人放在哪儿和我有关系吗？你的事、你的人，你不追究，反来责怪我，这事你也做得出？"洪琦寿话短了，一时递不上报单。他想："自己一时激动是有点唐突，兴师问罪是缺乏根据。咋办呢？既然来了，脸也翻了，不如彻底弄个明白，免得事后再后悔。干脆一不做二不休！"想到这儿，洪琦寿冷静下来，他问："王乃义，别怪我不仗义，既然你不承认人在你这儿，那么能允许我翻翻吗？翻着了，任我带走；翻不着，我走人。怎么样？"王乃义说："洪爷执意，我也不敢违拗，那就随意翻吧！我这里奉陪。"洪琦寿沉着脸说："那就对不起了。"转身又对手下人说："搜，仔细搜，能藏鸭子的地方也要搜到！"

洪琦寿在王乃义家就闹腾起来。院子里的犄角旮旯、煤棚草垛、鸡窝猪

15

舍、马棚料库、仓房厕所，通通翻了一遍，一无所获。前屋后屋、楼上楼下、书房卧室、厨房饭厅，连妻妾私房、橱柜、床下、包厢，无一遗漏。弄得满庭院鸡飞狗叫，孩子哭老婆闹，一片混乱。直到东方发白、雄鸡鸣唱，洪琦寿这才罢手。不过他又提出问题，冷冷一笑对王乃义说："人没翻到，不等于事完了。"王乃义有些不耐烦地说："咋？这还跳上腔不下来了？欺负人还想咋样？"洪琦寿慢慢地说："不要急！不要急！那么，我请问：飞猫哪去了？他不是带着人吗？他人呢？我找不到那女人，找到他也行！"这回可把王乃义叫住了。王乃义迟疑了一下，自言自语地说："对呀，飞猫他人呢？"转而对洪琦寿说："洪爷，这事不关我了，飞猫，我是交给你的，你管着他，怎么反过来却向我要人呀？这是不是猪皮套在狗身上，你把事情推得一干二净，就没一点责任吗？你朝我要人，我还找你要人呢！你把人弄哪去了，来诈我，是不是要赖那一百两金子的账啊？话又说回来了，你是有承诺的，答应的就要算数，那么大岁数了，可不能拉出屎再坐回去哟！"洪琦寿十分恼火，刚才一耙没打着，反倒惹了一腔臊，倒叫王乃义反咬了一口。洪琦寿想了想还是觉得有点道理，辩解说："是呀，是划归我管了。可是人没上我那去呀！这事与你没有干系吗？骨头连着皮，你的人，他跑了，你就没有责任吗？是你的人吧？是你推荐的吧？今儿个你不把他找来我还不走了呢！跟你办点事，横生枝节，百般抵赖，心怀巨测，夺人之美。"王乃义脸上挂不住了，指着洪琦寿怒吼起来："姓洪的，办事要凭良心，说话要凭证据，你说我夺你美人了，美人呢？家让你翻个底朝上，有吗？空口无凭，胡乱栽赃，你算个什么东西！你觉得挺了不起，算个啥呀？老子别说没有藏人，就是有不交，又能咋的？动硬的谁怕谁呀？"

王乃义随即招呼说："伙计们，抄家伙！"呼啦一下，院子里挤满了人，个个横眉立目，手里不停地挥舞棍棒刀叉。洪琦寿一看势头不利，好虎架不住群狼，何况一个对七八个，动手肯定吃亏。他的态度立即和缓下来，满脸带笑地说："王老弟，这是干啥？何必动那么大肝火呢！咱们有事可以商量嘛！"王乃义说："商量？我都忍了一晚上了，还要忍到什么时候？你要识时务，赶快给我滚，免得伤了弟兄们。你要是不甘心，就动家伙试试！"见洪琦寿没有动手的勇气，王乃义吆喝说："弟兄们，抄家伙，送客！"

洪琦寿只好灰溜溜地撤出汪疃寨，回自己的洪家寨去了。

王乃义见洪琦寿走了兴奋不已，只身回到书房，挪开椅子向下看，洞里黑咕隆咚什么都看不清。他俯身向里喊叫："美人！美人！"没有回音，洞里寂静无声，又细听了一阵，还是听不到动静。他有些纳闷：怎么回事呢？吓晕了？又一想：该不是从地洞溜走了吧？如果真的从地洞里逃跑，凭她一个弱小女子，初来乍到，也不可能在重重机关中走脱，或许中途被暗箭射中，受了重伤或者是已经死了。于是，他迅速下到地洞里，沿洞向前搜索。他去找火把，那是洞里唯一的照明工具，点着了它才会看清一切，才会找到出口又不会被暗器伤着。可是火把不见了，他有一种不祥的预感，这女人可能溜了。他迅速向里边弯腰走去，这个洞一直通到寨子后山一个天然洞口，大约有一里多地，坐落在悬崖中间，十分陡峭，距离谷底有数十丈深。他在洞里寻觅，边找边想：不见任何遗痕遗物，真是怪了，人呢？

张桃红被藏进暗洞，又盖上盖子，洞里黑黑的伸手不见五指。不一会儿上面有了动静，听声音像是洪琦寿来要人了，两个人吵了起来。她知道让自己藏起来的人叫王乃义，是一个不小的头头，和那个洪琦寿平等。她很恐惧，自己来到这里，李憨可能还在找自己呢！家里着火了，公公婆婆都咋样了？他们一定都在为自己担心呢！自己不能舍弃他们呀！她想起刚才王乃义说的话：这是他逃生的地方，就是说从这里可以逃出去！现在他们正在争斗，不能顾及我，乘机逃吧，左右是个死，逃出去或许还有生路。想着，胆子大起来，摸黑向前爬去。爬了几步远，碰着一道土楞，伸手一摸平平的，好像是摆放什么东西的，摸摸闻闻油乎乎的。她心里一亮，有点像婆婆家豆油灯的味道，随后又往里摸，摸到两个木棒棒，是取火的东西。于是拿在手中用力摩擦起来，不一会儿取火棒燃烧起来。借着火光看见平台上还放着好多缠着棉花和破布的木棒，猜想肯定是照明用的东西，便拿起一根蘸了油，用取火棒点着了，果然光亮比取火棒亮得多。她见到了光明很振奋，顺手拿了两根带着继续往前快步走。王乃义告诫过她，有暗器，别乱走，所以她走起来细心观察，十分谨慎。但是，她心里又很慌张、急切、害怕，恨不得马上就跑出去，便顺着黑洞向前摸索。大约离下来那个地方已经很远了，不知咋的，洞顶沉甸甸一个大包忽地落下来，重重地压在她的臀部上，双腿也被压住，下身动弹不得，手中的火把被气流吹灭，洞里又恢复了黑暗。

张桃红趴在地上，往前去不得，往后退不得，下身渐渐地感觉木胀起来。这时，她隐约听见有人呼唤"美人"，可能是王乃义追来了。她想：咋办？逃不是被擒就是压死，自己不能困在这里束手就擒，还得逃啊！如何逃呢？手中两根木棒还攥着，不能派上用场吗？她尝试着用木棒戳那个包包，戳了好一阵子，里面有碎石掉出来。戳戳出点，戳啊戳啊，不停地戳，开口越戳越大，碎石淌出好多。她有意识地收了收右腿，右腿松动了；试了试左腿，左腿也能动了。于是，咬牙使劲往上一拱身子，碎石哗地从身上落下来，铺在身子下边。她终于从石堆里钻出来，活动一下身骨，感觉不再那么麻木了，继续往前快步走。

张桃红听到身后有了动静，后面的人喘气声也能听见了，像是王乃义已经追上了，身子不由得打起寒战。急迫中，她发现前方隐约出现一个亮点，那大概就是出口吧，便加快脚步跑过去。真的是出口呀！外面的世界总归比洞中亮堂了许多，山谷里雾气昭昭看不见星星，黑乎乎看不见谷底，洞口位于悬崖中，使人瘆得落地感到恐惧，太危险啦，无路可走，怎么办？正在踌躇，忽然后面追上来的王乃义喊了一声"美人，危险！"

张桃红转身看看，那人已经赶上，伸出手抓住了她。她断定来人一定是王乃义，这回怕是难躲这一劫了。王乃义笑嘻嘻地说："美人，你害得我好苦哟，以为你掉下谷里去了。"张桃红看出来，王乃义是无心害她，神情冷静下来，媚声地说："大人，我可得谢谢您呢！要不是您骗过那个姓洪的，这会儿早被他捉去了。"王乃义说："怎么也不能让那个老东西把你弄去，他有资格享用你吗？赶快和我一起回去吧！"张桃红笑笑说："刚才被那土袋子砸坏了，身子不太受使，好不容易看见点儿亮，歇歇不行吗？"王乃义听了心里痒痒的，赶紧说："行，歇一会儿再走！"王乃义也是心里暗存芥蒂，拉住张桃红的右手不肯放开。两人在洞口边溜达，想找一处舒适的地方休息一下。

溜达了一会儿，张桃红见王乃义四处寻找坐处，注意力不完全在自己身上，右手腕子猛地发力挣脱出来，看见洞口右侧山上有一条小路，拼命逃过去。王乃义是个练武之人，几步就追上了，抓住张桃红的肩部，搂抱到自己怀中，咬着牙说："想跑？好家伙，你敢耍我！"张桃红说："我想试试胳膊腿，看看能不能活动自如，哪有耍你的意思呀！"王乃义阴森森地警告说："最好是没有！"说着，拉着张桃红往回走。

张桃红知道回去也没好果子，还是得想个办法逃走，就是死也不能跟他回去。小路边离山崖上的洞口很近，张桃红发现王乃义怕自己跳崖用身体挡着自己，心想：你的美梦就做到这儿吧！用左肩头一发力，王乃义猝不及防双手一挖攀跌下崖去。张桃红也顺力被他带了一下，打了个趔趄，"哎呀"一声也跌下山崖。她吓晕了，闭上眼睛，耳边尽是呼呼的风声，心想：这下算是完了，不死也得摔成残废。风声里，张桃红感到钩子一样的东西把自己夹住，身体飘移起来。张桃红睁眼看见自己被一只老鹰抓到，心想完了，逃出虎口，又成了老鹰的盘中餐，不觉潸然泪下，用手去抓老鹰的脖子，想掐死它。老鹰发现了，并没有用嘴钳她，而是用嘴轻轻地把她的手拨开继续飞。她几次动手都未得逞。老鹰飞呀飞呀不知飞了多久，终于落到一大片树林里。老鹰飞起盘旋了一圈，鸣叫一声飞走了。

张桃红落在林中地上，满目茫然，这一夜连累带吓瘫卧在地上。她努力睁开眼睛望着四周的树木，有种莫名的恐惧，这是什么地方啊？有狼有蛇吗？想到蛇，她浑身起了鸡皮疙瘩，蛇会咬人的，而且牙尖上能喷出毒液，在这地方被它咬伤必死无疑。她想：还是逃吧，离开这里可能会有生路的。于是，她动了一下身子，不知怎的右腿不能吃力，试图站了几次都没站住，意识到可能在洞中被碎石袋子砸的。张桃红不甘心，决定向外爬。她爬了一段，手、脚、脸被萝萝秧刺得火烧火燎的，再加上露水的侵染疼痛难忍，无奈只好咬着牙硬挺着。夜色还没有散去，星星被树冠遮挡着，树林里黑咕隆咚的什么都看不清，究竟哪里能爬出去呢？头上突然"嘎"的一声尖叫，一只乌鸦扑棱棱窜出了树冠飞走了。张桃红出了一身冷汗，吓得趴卧在矮树丛里一动也不敢动，究竟是自己惊扰了乌鸦，还是乌鸦发现了蛇或是什么动物演出了这么一场闹剧。不知是一夜的极度紧张惊吓，或是一夜过度的奔逃疲劳，还是一夜的饥饿凉冷，张桃红晕过去了。

东方现出一抹白色，天渐渐地亮了，大地上笼罩着薄薄的轻纱，一片迷蒙蒙的景象。张桃红渐渐地苏醒过来，睁开眼睛四下看看，分辨不出这是什么地方，也不知该往哪里走。可是黎明的曙光给了她信心，她决定朝东方露天的方向走。

李憨被人捶打一下，伤痛没有完全好转，又遇爹娘惨遭毒打焚烧，精神受到极大打击，浑身发烧病倒了。在李庆坤家一躺就是四五天，李庆坤老汉各处寻医问药，为他精心治疗，渐渐有些好转。这一天，李庆坤老汉打外面回来，悄悄地告诉李憨说："洪琦寿没有得到你媳妇，听说又被一个亡命三郎劫去，最后还是逃跑了。这媳妇是好样的，真不一般啊！"李憨听说媳妇还活着，而且没被坏人糟蹋，一时像打了强心剂，翻身跳到地上试着自己走动了。

也许是白天活动累了，晚上睡得早，躺下不一会儿他就睡着了。昏昏沉沉地好像来到一个村庄，人很多，都是做小买卖的，吆喝声、讲价声，比比皆是，热闹极了。忽然迎面来了一位老大娘，满头白发，面目和善，主动过来搭讪说："你是不是叫李憨哪，你媳妇找你快找疯了，你咋还在这儿晃荡呀？"李憨急忙问："老人家，您知道她现在在哪吗？"老大娘说："平度张戈庄。"李憨低头一想，她在那做什么呢？想问一问，一抬头老大娘不见了。李憨急了喊叫起来："大娘……"

李憨被叫醒了，睁眼一看李庆坤站在身边。李庆坤问："孩子，做梦了吧？"李憨很激动，眼窝里湿湿的。他把梦境对老汉说了。老汉沉思一阵子，慢吞吞地说："日有所思，夜有所梦，这是你想媳妇想的，到了走火入魔的程度。不过你梦中桃红的下落说得那么真切，想必有神灵托梦，也不可不信哪！"

当天夜里，李庆坤老汉也做了一个梦，梦见桃红笑嘻嘻地走来，向李庆坤问好，并说："大伯，咋还不让李憨来呀，我在这等他去关东呢！"李庆坤想问她在哪儿，桃红不见了身影。

李庆坤老汉来到李憨身边，把梦和他说了，并催促说："前后事情联想一下，挺可信，不行你就去一趟试试，兴许就是真的呢！"

又过了一天，李憨出发了。几天晓行夜宿，饮食不济，旧恨新愁，一股急火攻心，病倒在一条河边上，再也起不来了。李憨孤零零一个人，仰卧在河滩上，忧忧长叹："可怜啊！可怜我一个好好的家，竟遭恶人陷害，父母双

19

亡，夫妻离散，天理何在？天道何公？苍天啊，苍天啊！"也许是太虚弱了，这声音没有传出多远，大地也没有回声。李憨默默地昏昏沉沉地睡了。睡梦中他像是被什么东西叼起来，飘飘悠悠地来到一片树林。待到他醒来，天已经大亮了。早晨日光明媚，树林里空气清新，天空中一只老鹰盘旋，不久飞走了。李憨坐起来，身子不像昨天那样虚弱，似乎有了一些力气，精神也充沛了一些。

这时，一位妇人背着一捆树枝路过，衣服脏乱不堪，满脸脏兮兮的。她侧目瞄了李憨一眼走了过去，没走几步回头看看，目光中充满惊喜，停住脚步向李憨这边凝望。李憨觉得这个人奇怪，为什么总是盯着他？又觉得这个人的身影很熟悉，很像妻子张桃红。这时，那个女人放下柴草，整了整衣服，走过来惊喜地说："李郎！李郎！我是桃红啊！"李憨见女人这样称呼自己，站起来细细分辨，果然是张桃红。两个人抱在一起，大难重逢，悲喜交集，疼哭不止。二人相互述说别后的遭遇，更觉情爱弥足珍贵，越发恩爱缠绵。

张桃红说："这些天，我卖柴攒了几个钱，咱俩吃顿饱饭，赶紧走吧！"李憨问："为啥？"张桃红声音低低地说："我看见一个人，好像那天抓我的那个飞猫。八成是来寻我的，这几天我格外小心。"李憨听她如此说法，深信不疑，忙说："行，你住哪个村？"张桃红说："张戈庄。"李憨说："今天咱们不去张戈庄！咱往北走，累了再歇着。"

为逃避洪琦寿的人追踪，二人只好不停歇，一路边走边问，取道直奔黄河去了。

第四章　追梦闯关东

张桃红和李憨逃离心切，一路上披星戴月抄近道走小路，白天藏树林蹲土坑住破庙；饿了，吃树上的青果，嚼地里的野菜；渴了，喝水沟、水泡、河流、湖泊里的水；走不动的时候，就休息一下。两个人相依为命，相携相助，诉说追捕逃脱的快乐。

一个多月的奔波，实现了他们的愿望，终于到了黄河边上。这里是黄河的下游，是河水流进大海的地方。河面宽阔，水势浩荡，旭日初照，雾里云天，烟波渺渺，分不清天上人间。河滩泥沙黄黄，绵延数里；岸边芦草青青，沙沙晃动；河水拍岸微波涟涟，哗哗作响。空中鱼郎翱翔，一会儿翻飞，一会儿俯冲，或是游戏玩耍，或是觅捕鱼虾，好不自由快活。河中间轻舟荡漾，渔人撑杆摆渡，斗笠背后摇晃，撒网收网忙得不亦乐乎。

二人无不欣慰，伸开臂膀向大河呼喊："黄河，我们来了！我们来了！"喊声在开阔的河面上悠悠荡荡，很久很久不肯消失。

这时，一叶轻舟从侧面漂漂而来，慢悠悠停在二人跟前。船小二说："客官，过黄河吗？"李憨回答说："对，是过河。但不知船家要多少钱？"船小二很爽快，和善地说："你二人这等打扮，也不像商贾富豪，多了你们不肯坐，多少给几个就行。"李憨说："船家眼力不错，我们俩真没钱。"船小二笑笑说："也行，这也不是头一回，只当行个方便了。出门在外，谁还没有个难处，能给人帮个忙也是一件快乐的事啊！上船吧！"张桃红和李憨乐呵呵地上了小渡船，在船舱后部一块横板上坐下，二人满怀喜悦地对视了一眼。还没来得及畅诉心怀，不远处又来了三个人，远远地向船这边招手，叫喊着也要过河去。船小二问李憨："二位客官，带上他们不？"李憨想：自家二人给不起钱，人家多拉几个客有啥不好，再说人家也不能趟趟白跑啊？于是便说："船家自便。"船小二把船又撑回岸边等候那三个人。

三人姗姗而至，个个匪气十足，头戴耷拉檐草帽遮挡着脸，一点儿买卖人的做派也没有。上了船，没问价，递给船家一锭银子。一个方脸大汉吩咐说："船小二，你要集中心思把船摇得稳当点儿，大家出门在外图的就是个平安，特别是这位女主顾，更不能有闪失！"船小二狡黠地笑笑，阴阳怪气地说："客爷放心，保您满意！"方脸大汉显得很得意，摘下草帽瞟了张桃红一眼坐下了。张桃红立即浑身一个冷战，心里咯噔一下，着实虎了一跳，暗想：这不是飞猫吗？到底还是跟来了！她头脑中一片迷茫，抬眼眺望黄河感慨万千：滔滔流淌的黄河啊，随着轮回的月儿圆缺留下多少缠绵的故事，留下多少壮烈的歌，留下多少忧愁，留下多少欢乐。如今不知乘客悠游，渡船漂泊，逃命关东的路是福还是祸？眼下只能随机应变听天由命吧！

王乃义寻找张桃红追到地洞出口，不想被张桃红拌下崖去摔死在山谷。天亮后，王家人找不到王乃义，把飞猫找来问他，让他下地洞找。飞猫是一个极有心计的人，寻到洞口也没见到王乃义，断定王乃义肯定是落崖摔死了，他觉得自己不能再沿山路回家，那样会被洪琦寿的人看见惹来更大的麻烦。飞猫沿山洞爬了回来，从王乃义书房的椅子处钻了出来。他发现室内空无一人，望见那一百两金子鼓鼓地放在桌子上，顺手牵羊带了出来，又怕别人看见，用衣服伪装了一下，若无其事地走出书房。有人看见了也不知他拿的啥，只是和他打打招呼，并没有在意，也没人问。飞猫便把金子送回家藏起来，也没告诉任何人。

飞猫吩咐手下人到谷底寻找主人和张桃红。家丁寻找了半天，把王乃义的尸首找到抬了回来。家丁没有发现张桃红的影子。飞猫料到张桃红一定还活着，也没言语。和王家人商量一下，把王乃义的后事办了。

洪琦寿听说王乃义落崖死了，又听说张桃红可能还活着，便派刘顺带四个家丁寻找飞猫。一天，在一家酒馆里刘顺遇见了飞猫，讲述了洪琦寿让他找张桃红的事。飞猫拒绝为洪琦寿效力，说自己不认得张桃红，不能承担如此重任。刘顺要抓飞猫将他带回，飞猫哪里肯依，抬腿要走。于是四个家丁动手拼打起来。飞猫的本事以攀缘行走见长，动手搏斗并非长项。五打一搏斗起来，把个酒馆桌椅板凳、门窗摆设都当成了打斗器械，撇的摔的砸的碰的弄个稀巴烂，坏的坏、碎的碎，疼的掌柜的束手喊冤，劝阻了好半天毫无效果。结果好虎架不住群狼，飞猫未能逃脱，终因腿上受伤、筋疲力尽，被刘顺和家丁逮住，五花大绑带回了洪家寨来见洪琦寿。

洪琦寿一见飞猫眼睛都气红了，拍着桌子吼叫说："我他妈的花重金雇了你们，不料亡命三郎起了歹心，劫去了我的美人。这个不仁不义的家伙，如今死得罪有应得。倒是你这个帮凶，罪不可赦。来人哪，把他给我扒光衣服，用鞭子往死里抽！"家丁们一哄而上，扒去衣服，吊在木架上，轮番抽打起来。洪琦寿原本是灭灭飞猫锐气，谁想这个家伙很艮，一句软乎话也不说。洪琦寿见状大发雷霆，厉声说："来人啊，用宰牛刀，将他骨肉分开！"这时，有一个身穿黑服腰系宽腰带的屠夫，手握一把小小的宰牛刀，摇摇晃晃从屋外走进屋来，直奔飞猫而去。抓住飞猫的右耳，举刀便要割。飞猫立即喊叫起来："慢着！洪老爷，我服了，你要我做什么？"洪琦寿问："你为什么把张桃红带回汪疃寨？"飞猫说："那天临行前我家主子有交代，我是各为其主，一切依主子意思办事，并非飞猫个人意愿。"飞猫见洪琦寿怒气未消，正低头不语沉思着，乘机说："那天我在王乃义书房看了张桃红半宿，我认得张桃红。如果洪老爷肯放我，我走遍胶东，定能找到那个女人交给洪老爷！"洪琦寿感到了一线希望，态度缓和地说："算你识时务。不过你千万不要和我耍心眼儿，那样你知道后果。但是，此事成了，我也不亏待你，剩下那一百两黄金归你，愿留愿走随你。如何？"飞猫赶紧说："谢洪老爷大恩！"洪琦寿随即放了飞猫，摆酒款待。

洪琦寿为了稳妥起见，名曰成立一个"搜红队"，由刘顺当把头，成员有飞猫，又派了一个二狗子随时报信。搜红队当天就出发了。

刘顺、飞猫、二狗子三个人，首先来到李家庄，探听张桃红的消息，得知李憨去平度张戈庄找张桃红了，也就直奔张戈庄去了。三个人在张戈庄转了几天，一次飞猫发现了张桃红，便暗中盯住了她，准备择机动手。跟了几天，飞猫发现张桃红和李憨在一起，并且黑夜行路北上，估计要逃过黄河去。让二狗子先行一步赶到黄河边备船等候。不在平度动手，飞猫有自己的盘算，他不想给洪琦寿卖命。自从那天晚上把张桃红带回王乃义家，便对张桃红产生了爱慕，心里琢磨：这千载难逢的美事，自己有本事给别人办，为什么不自己享用呢？于是便打起算盘：想要自己独占张桃红；然而成全这宗美事，必须除掉刘顺、二狗子和李憨三人；凭着百两黄金的家资，远走他乡，找个清静的地方享受多好啊！

飞猫到了黄河边上了船，他认为绝佳的时机到了，心中无比的得意、兴奋，已经想出了除掉三个男人的主意。

小船行驶到黄河中间，飞猫对刘顺使了个眼色，又看向李憨。刘顺马上就会意了，抓住李憨要往河里推，被张桃红喝住了。张桃红也打定了主意，见他们开始动手了，便对飞猫说："这位大哥，我和李郎夫妻一场，你们不能当着我的面把他杀害。你若想要我顺从，你给他点钱让他回去某个生路，他这样一个厚道之人，又无过人之技，量对你等也构不成威胁。放他一条生路吧！"飞猫听张桃红如此说法，也就动心了，毕竟这个女人是个有情有义的人，想到我若应她，日后她也会对我这样好呀！于是从身上拿出十两黄金，问张桃红："够不够？"张桃红接过来，交给李憨。李憨面带怒色，瞪着眼睛虎视眈眈地看着张桃红。张桃红手捧着黄金递给李憨，用脚踢了李憨一下，眼睛冲他眨了眨，严厉地说："别不知好歹，叫你拿着你就拿着！"硬是塞到了李憨手里。李憨心里有些糊涂，正在犹豫之际，不料刘顺一把将他掀入河中顺流而去。

飞猫很高兴，走到刘顺跟前，笑嘻嘻地说："没想到今天的事办得这么顺利，洪老爷知道了，一定会欢心不已。"刘顺脸上满是兴奋。这时飞猫猛然拔出刀刺向刘顺心窝，刘顺还没来得及挣扎，仰身跌进河里。二狗子傻眼了，还没反应过来，被飞猫射出一镖打中面门跌入河里。

飞猫回身笑笑说："桃红，这回咱俩远走高飞吧，找个消停地界享受天伦之乐，怎么样？"张桃红笑笑，温和地说："猫哥，想的挺好呢！"飞猫听了，心里痒痒的，脸上全是笑容。他走向张桃红，意欲和张桃红近乎近乎。不想张桃红一个鲤鱼打挺翻身落入水里。飞猫不识水性，正在船上寻找，突然船下掀起一股大浪将渡船掀翻，飞猫落到水里，冒了两冒再就不见了。

张桃红在河里望见李憨的黑影，快速地游过去。李憨从小在海边长大，精通水性，黄河河宽水缓，对他毫无妨碍，尽情地向北岸游去。不一会儿，他听见后边张桃红喊他，回头一看，张桃红一个人赶上来，满心欢喜，转身迎过来。二人又一次离散汇合，心中感慨万分，水中二人抱作一团，久久不肯放开。

接近中午，二人上了北岸，找了一家小店吃了一顿饱饭，好好休息了两天，也算失散后第一次过上人的日子。张桃红说："李郎，我就这身打扮吧！你看这些祸都是由我而起，今后我不可张扬，老老实实地随你就是了，我们再不能分开了！"李憨笑了笑说："你说的不贴切，我看你很沉稳精明，我见识少，脑袋反应慢，什么事得指望你出主意呢！"张桃红撒娇地说："夫唱妇随嘛！"李憨又笑了笑说："咱俩应该是妇唱夫随才是。"小夫妻二人温馨地笑起来，似乎忘却了以前的一切惊恐、烦恼和忧伤。

途中饥餐渴饮，连日跋涉，这一日他们来到了山海关，在一个摊贩床子上吃了点饭，又找个背静地方休息。李憨说："再往前走就是关东大地了，听人说那里天气冷，夏天和咱那儿差不多，冬天可就不得了啦，吐口唾沫落地上马上冻冰，老人胡子上都结冰溜子。我想咱们买些应急的衣服鞋子，还应该买床被褥，晚间睡觉搭搭身子。"张桃红觉得应该，便同意了。

第二天正是集日，满满一条街全是卖东西的商户，吆喝声、讲价声、打招呼声，热闹非常，喧嚣不已。李憨手里拿着一块金子，看中东西也不敢出手，这些人都是小买卖，不可能找零钱。二人计议了半天，李憨看见大街显眼地方有一家当铺。他对张桃红说："咱们到那里可以兑换些零钱，花起来方便。"二人一起来到当铺。

这家当铺地处闹市，却不是很大，屋子里迎门靠后墙摆放一张黑红色的长形柜台，右手有一张茶几，茶几上摆着一把茶壶、四个杯子，茶几两边各摆放两把木椅。柜台很高，后边站着一位戴花镜的老先生，还有一个三十岁左右的年轻人，神态都很悠闲。见张桃红和李憨走进来，年轻人起身走一步试图到柜外来迎接，见两个来人衣着邋遢、蓬头垢面，便停在柜台后，反感地问："你俩是不是走错门了？"李憨笑一笑，悄声地说："我俩想换点钱。"年轻人随口问："怎么个换法？"李憨说："用金子换些散碎银两和零用铜板。"年轻人又问："换多少？"李憨反问："不知掌柜的一两黄金能兑多少散银和铜板？"老先生停下手中的算盘，抬起头看看来人，似乎是两个年轻乞丐，知道他说以金兑银，觉得这事有些蹊跷，便说："这要看金子的成色。若是足金可兑白银十八两，另加铜板两贯。要兑换的话，先验看金子成色。"李憨从未花过金子，不知如何兑换，对老先生说的话也挑不出什么异议，伸手从裤兜里掏出一锭金子递上柜台。

老先生拿起金子，有些惊讶，用手掂了掂，又用放大镜仔细看一遍，知是足金，便说："依刚才说的数，兑不兑？"李憨说："行。"老先生收起金子，数出十八两银子，拿出两贯铜板，交给李憨，又递过一条小布袋说："请二位收好！"

李憨和张桃红拿着零钱，在集市上购买了衣物被褥鞋子，又买了一条毛巾，一块农家自做的胰子，还买了一个粗布袋子。用袋子装好，李憨用双肩背上，两个人朝关外走去。

他们第一次来到这里，走到关下，感到震撼。山海关气势宏伟，雄浑壮丽，万般牢固，高高的排楼上写有"天下第一关"五个遒劲的大字。长城蜿蜒于群山顶上，绵绵望不到边际，昭示着中华民族不受欺辱、不可侵犯的伟大精神和意志。李憨走几步回头看看，走几步回头看看。张桃红笑着说："咋，舍不得啊？"李憨没有回答，只是感慨不已。

二人走出约二里地远，后边有四匹马飞奔而来，不一会儿就到了跟前。四个大汉一齐从马上跳下来，领头的是当铺里那个年轻人。"二位慢走！"年轻人说："我家掌柜的认定你那金子是假的，让你们回去一趟。"张桃红认真地说："你们当铺好无道理，金子是验定后才兑的，怎么这会儿又成假的了，别来耍圈套，我们不能回去！"另三个人围上来，拦住去路。那个年轻人吆喝着说："把他们两个，给我捆了！"于是四个人一起动手，五花大绑，把俩人捆起来。年轻人说："给我搜搜身子，看看还有多少？"从李憨身上又搜出九块金锭子。李憨气急地说："你们当铺是黑店，你们是一伙强盗。光天化日之下竟敢拦路抢劫，就不怕官府治你们罪吗？"那四个人都笑了，嘲笑说："官府？官府是你们的？官府的人吃我们家的食，替你们办事才怪！你要觉得冤枉，我们送你们去个地方！"说完，将两个人按在马背上，飞也似的往回跑，不论两个人如何挣扎，都未能逃脱得了。

他们被关在一个大院的阁楼里，这像是一座仓库，墙上没有一扇窗子，关上门黑乎乎的，院子四周静悄悄。傍晌的时候四个人来了，端来饭菜放在地上。年轻人说："我们掌柜的说了，念你们贡献很大，也不亏待你们，请你们吃顿饱饭，天黑送你们启程。"说罢，给他们俩松了绑，关上门出去了。张桃红说："李郎，这些饭菜我先尝，每盘尝一口，过会儿没事了，咱再吃！"李憨争着说："别，让我来，我的抵抗能力比你强。"张桃红说："别争了。"

说完夹起一筷子菜放到嘴里，李憨眼睁睁地望着张桃红，清楚地听见她的咀嚼声。张桃红也是怕中毒，尝完便说有点怪味，还是别吃了。二人放弃了午餐。

李憨说："这些钱失了多可惜呀！要是置办些家当，能过上挺好的日子。"张桃红劝慰说："那东西原本不属于咱的，失了也没啥可惜，只怕咱俩这条命恐怕还难保呢！"李憨问："咋说呢？"张桃红说："你看，人家得这么多钱财，还不赶尽杀绝呀！能给你留活口吗？"李憨不吱声了。停了一会儿李憨说："可也是，这顿饭菜你也别自己尝了，咱俩一起吃一起死倒也干脆！"张桃红说："不行，他们不想留尸首，灭口不解事还得灭迹。这里灭迹最好的去处是弃海，海流一漂，尸首上难以查明白谁是凶手。"李憨觉得有道理，不再吱声了。晚上，又有人送来饭菜，见原来送的还没吃，就说："吃吧，没毒，不吃就是饿死鬼了！"李憨说："桃红，你真有见识，一点都没说错，人家就是这么安排的，多少还有点人性。"张桃红从容地说："来吧，李郎，咱们赶快吃吧，吃饱一时算一时，总比饿着强。"二人敞开胃口大吃了一顿。

又过了两个时辰，阁楼门开了，四个人进来，把张桃红二人重新捆起来，装到门外的马车上迅速地上路了。外面天色黑漆漆的，没有星光，小镇上稀稀疏疏有几盏小油灯，凉风摇曳着火苗一闪一闪，有气无力地强亮着。张桃红李憨二人躺在一挂马车上，嘎嘎吱吱缓慢地走着，大约一个时辰光景，听到了海浪的声响。那个年轻人说："就从老龙头这里扔进大海吧！"四个人抬着张桃红和李憨，来到一个高处，没和他俩说啥，也没等他俩说啥，迅速将他俩抛进大海里。没有听见落海的声音，唯有海浪击打岩石的隆隆响声。

月牙升出海面，海面上亮堂了许多。张桃红立起身子，四周巡视李憨的身影，没有一点发现，心中有些失落。她想：海上没有大浪，海流又不急，李憨应该是没事的，怎么连点影子都不见啊？正在急切的时候，身后哗的响了一声，一个人冒出水面。张桃红见了欢喜地叫了一声："李郎！"随后晃动着身子游了过去。张桃红说："李郎，咱俩背靠背，我先解你的捆绳。"不一会儿两个人相互解开了捆绳。他俩没敢回老龙头上岸，顺水向东漂流去了。

二人在大海里游啊、游啊，到了第三天，李憨又饥又渴，累得四肢酸软麻木不听使唤了。李憨对张桃红说："咱们能不能就近找个地方歇歇，顺便弄点吃喝什么的，饿得肚子空空瘪瘪，怕再忍耐下去就快坚持不住了。"李憨脸色灰白，一点儿血色也没有了，瘦得已经脱了像。张桃红看了心疼不已，看样子李憨是真的坚持不下去了。张桃红安抚地说："这大海四周茫茫，一时半会儿是看不到陆地的，咬咬牙吧。"张桃红停了一下见李憨双眉紧锁，怕是实在挺不下去了，又说："李郎，你再坚持一小会儿，我给你想办法弄点能吃的东西。"还没等李憨答应，张桃红就不见了踪影。

第五章　落脚龙门寨

李憨在大海里游得时间太长了，长时间不能进食，海里水温凉冷，体力消耗殆尽，身子无力再支撑下去，望着茫茫无边的大海，不得已这才说出熊话。他见张桃红去弄食物去了，自己一人留在原处等候，将身子平浮在水面上打起漂，以逸待劳。太阳晒在肚皮上，暖洋洋的很是舒服，渐渐地困顿起来。正在迷蒙之中，听见头顶海水哗啦一声响，他惊惧地睁开眼睛，见是张桃红回来了，急忙立起身体，双手在海水中不停地划动。他急忙问："弄到没有？我差点见不到你了！"张桃红笑笑说："我给你弄点好东西，你闭上眼。"李憨刚闭上眼睛，张桃红便将一条大鲅鱼举到他眼前，高兴地说："你看这是啥？"李憨惊讶地问："鲅鱼，哪弄来的？"张桃红得意地说："抓的呗。"李憨立马来了精神，夸赞说："你真行，能在海里抓鱼，跟谁学的？"张桃红说："从小跟哥哥在海里游玩，哥哥教的呗。"李憨信以为真，继续称赞说："还是你行，我咋没长心计学这招呢！"李憨心中好像有个困惑，又问："我身体也好，咋累成这样？你却不显得累？"张桃红笑嘻嘻地说："我跟你在一起，心里快活，所以不觉得什么。"李憨听了，虽有几分不解，但也认为张桃红说得也有道理：人逢喜事精神爽嘛，爽，就不容易饿，不容易累呀！

张桃红把鲅鱼扒光皮，从脊骨上撕下一块肉递给了李憨。李憨右手拿着撕扯着吃起来。张桃红自己也撕了一块慢慢地吃。李憨吃完一块还要。张桃红说："李郎，这是生东西，不宜多吃，饿着肚子吃多了，会坏肚子拉稀的。你还是打漂休息一下吧！"李憨躺在水面上，张桃红用手在他眼睛上遮着阳光。

一艘打鱼船从她们身边驶过，将他俩迅速救到船上。李憨四肢像散了架，身体摊歪在船板上，脸色灰陶陶的，喘气十分困难，眼睛没有光泽，说话语音微弱，并且不愿意言语；后来双手捂着肚子，发出轻微的呻吟声。张桃红给他擦拭面目、手脚，力图脱下他的外衣拧去水分。船上人见他俩很年轻，有些不好意思，纷纷将脸转向大海。

船上共有三个人。掌舵人有四十五六岁，是船的主人，见李憨二人上船后坐好，便问："你们是哪的人？为何在大海中漂泊？"李憨哼唧了几句，张桃红见船家听不清楚，便接过话回答说："大叔，我俩是山东文登人，因家中

27

生活所迫，到关东来寻找生路。不想途中遇到强盗，劫去所有钱物，将我二人捆绑后抛入大海意图灭口。我们俩在海中漂泊三天了，幸亏遇着您肯出手相救，我们才看到了生路。"这时，李憨吭吭哧哧地说肚子痛要解手。船主指给他说船后边可以。张桃红赶紧扶李憨去了船后，还未等解开裤子蹲下，李憨扑哧一下屎拉到裤子里，身子摇摇晃晃地站不稳当。船主赶紧过来扶住他，让张桃红将他裤子脱下来，船主扶住李憨解手。张桃红过意不去，谢过了船主，动手脱掉李憨的下身内外裤，就着船边下的海水洗涮起来，一边洗一边给李憨擦身上的屎尿。船主看了很感动，关切地问："看你俩岁数不大，结婚几年了？"张桃红说："不到一个月。"船主感叹地说："哎呀，真是难得！"

李憨一会儿一遍，一会儿一遍，连水都拉尽了，软弱无力地瘫在船板上，面无血色，神情痛苦。张桃红蹲在一旁，一会儿摸摸手，一会儿敷敷脸，焦灼地望着丈夫，眼睛里汪着泪水，束手无策，一言不发。船主让船工给两个人熬点粥。张桃红说："大叔，我们麻烦您这么多，就别再给您添事了！那点粮食来得也不易，留着你们自己用吧！"船主笑笑说："孩子，谁出门也不会带口锅，大叔我也是山东人，懂得出门在外不容易，咱们都是苦命人，你就不要外道了。"张桃红流下了眼泪。这样，他们在船上吃上了劫后第一次饱饭。

渔船在海里行驶了一天一夜，天亮才在葫芦岛海湾的沙滩上停靠。下船前，船主对他俩说："我有个兄弟，也闯关东去了，现在结雅河南边不远的摩尔根龙门寨，自己开点荒，种点粮，有工夫再去大户人家榜榜青，日子不算太好，但是不缺粮食。这年月粮食就是命啊！你俩要是感兴趣，不妨去那里看看，他是个热心肠，愿意帮助人，他叫刘二庚。"李憨和张桃红二人拱手施礼，不胜感激，洒泪告别了这位热心的山东老乡刘大叔。

一路上风餐露宿，饿了生吃山野菜，渴了痛饮沟泡水。这一日终于到了摩尔根，打听一下，摩尔根地域很大，方圆数千公里，这个地方叫拜泉窝棚，距离龙门寨往北还有一天的路程。他俩只好找户人家住下。这家农户姓陈，男主人叫陈洪亮，四十五六岁；老婆四十多岁；还有一个二十多岁的儿子名叫虎子。家住两间茅草土房，外间是灶房和库房，里间住人。住屋分南北炕，平时老夫妻俩住南炕，儿子小虎子自己睡北炕。吃晚饭的时候，陈婆对小虎子说："虎子，今晚咱家有客人，他俩住北炕；你呢，和爹娘住南炕。"虎子神情呆滞瓮声瓮气地回答："中。"晚饭后，邻居知道有外地人来住，十分好客，都聚来唠嗑，想收获点外界的趣闻，很晚才散去。睡觉的时候，陈婆给张桃红夫妇找了一床干净被褥，又亲自到北炕铺好。自己回南炕拉上幔帐，一家人躺下睡了。李憨和张桃红睡在炕上，感觉挺新鲜，这炕温的乎的不凉不热，躺在炕上觉得挺舒坦。两炕之间相距不足两米远，南炕挂幔帐，北炕没有挂幔帐，感到不很方便，俩人凑得不是很近乎。也许是新来乍到，人地生熟，又对这样的风土习俗不习惯，谁也不说一句话，谁也不敢大声喘气，两个人都默默地装着睡着了。

开始屋子很静，外屋和外边窗台下蛐蛐委婉的鸣叫声，听得真真切切，"得儿、得儿"的此呼彼应没完没了。大约三更时分，南炕开始有了动静，窸窸窣窣的，女的悄声警告说："轻点儿，对过还有一户人家呢，别让年轻人笑话。"男的不服气，低低的声音说："都是这个事，心明镜似的，谁笑话谁呀。"李憨和张桃红故作睡着，屏住呼吸，身子不敢动弹一点儿。蛐蛐的叫声淹没不了南炕人的喘气声。李憨用脚轻轻地点了一下张桃红的腿。张桃红毫无回应，鼻息里带出轻微的鼾声。很快屋里又静下来，蛐蛐的叫声格外清晰了。透过薄薄的幔帐，轮廓清楚地看到悬在窗外的银光辉辉的圆圆月亮。

说不清夜色几时了，南炕上有人起来，从幔帐上的影子猜测大概是虎子。果然是虎子，下了地穿上鞋，踢踢踏踏地出外屋去了，大概是解手吧？虎子二十二岁了，在当地这种年龄不娶媳妇的男子几乎没有，虎子为什么呢？这个虎子呀从小智商就有问题，俗话说的二虎吧唧的，做事没根没梢，说话着头不着脑，往往别人笑的时候，他却是眼睛愣愣瞧瞧这个、望望那个，不知道所以然。虎子到外面解手，还没尿完，被邻家的狗发现了，汪汪地叫了几声。虎子没有提防，吓了一大跳，尿也不知撒完没有，折身跑回屋子，匆匆上了北炕，迅速往被子里钻。李憨和张桃红都没有睡，见虎子钻进被窝，张桃红就跑出被窝坐起来。李憨见虎子睡下，急忙用手拍拍他的屁股，轻声说："兄弟哥，兄弟哥！今晚你在南炕睡。"虎子没醒腔，嘟嘟囔囔地说："你是谁呀？谁告诉你的？我天天晚上都睡在这儿，我还不如你！"说话声越来越大，惊动了南炕熟睡的老两口。陈婆急忙挑起幔帐下地，拉住虎子说："晚饭时，不和你说好了吗？今晚客人睡北炕，你到南炕和爹娘一起睡！"虎子揉揉眼睛，鼾声醋气地说："是吗？我咋不记得了。啊！对了，八成刚才让狗给咬忘了。"说完从被窝里又钻出来，回南炕睡觉去了。刚躺下，虎子又翻身爬起来下到地上，直奔北炕去了。陈婆还没躺下，赶忙下地拉住低声而又严厉地问："你不好好睡觉，又干啥去？"虎子说："我还回北炕睡去。"陈婆说："不是说好了吗？咋个变卦了！"虎子央求说："娘，咋叫变卦呀，我刚才闻到那个被窝有香味，我还想睡在那儿！"陈婆哭笑不得，狠狠地掐了儿子一把，拽着胳膊拉回了南炕。陈洪亮厉声说："好好睡觉，再闹，我把你打到外边去睡草垛！"虎子鼾声醋气地叨咕："那狗咬我咋整？"陈洪亮吓唬说："怕咬你就好好睡，要不把你用绳捆了，扔在那儿任狗咬去，看你还听不听话！"虎子服软了，低声告饶说："那我还在南炕睡吧。"

陈婆觉得不过意，解释说："这多不好意思，他不是故意的，可能是睡迷糊了。"张桃红笑笑说："没关系的，大婶。您也睡吧！"陈婆又道几句歉，也匆匆忙忙到屋外解手去了。

张桃红又回到被窝，李憨摸摸她的头发，轻轻地说："吓着了吧？"张桃红挪开他的手，没吱声，佯作睡着了。

第二天吃完早饭，张桃红李憨谢过了陈家夫妇就上路了。一路上二人说说笑笑谈起昨晚的事，张桃红说："那个小哥们还真实在，硬要回北炕睡。"说着，笑个不止。李憨讽刺说："还笑呢，看来你真是个香饽饽，谁见了谁喜欢。"张桃红有些不愿意，质问说："咋？是他们喜欢我，可我并没有喜欢他们呀，这是我的错吗？"李憨歉意地说："嗨，我不过说说这个意思。"张桃红越听越恼，生气地说："可我这门心思却都在你李郎身上啊！别人，我给一点儿笑脸了吗？"李憨笑笑，挑逗说："哎呀，我心明镜似的，你把我当成香饽饽了，行吧？"张桃红知道自己太认真了，李憨不过谈了一点感受，并没有别的意思。她说："好了，你心好，你好心。不过你说的还是有根据的，今后我是应该注意：少出头露面，打扮别张扬。你说对吧？"李憨说："人是活的，总不能成天锁在屋里啊。你压根就不是那种风骚人，脚正不怕鞋歪，这些天的事，我算看明白了，你对我是死心塌地的。"张桃红撒娇地说："谁对你死心塌地啊？明天我就活动活动心眼儿。"李憨诚实地说："我心里有数，人家那么有钱有势，抢你你都不顺从，还有啥心眼儿可活动的啊！"张桃红很感动，李憨明白自己的心，可是这种纠缠会要人命啊！咋办呢？低头寻思了半天，心中有了主张，不过，她不想和自己的李郎说。

一路上阳光明媚，关东大地生机盎然。湛蓝的天空白云悠悠，或浓或淡，或一团一团，或一片一片，松散地飘移着，一会儿积聚在头顶上，一会儿又去了远方；成群的大雁一会儿排成一字，一会儿排成人字，野鸭、燕子也都叽叽嘎嘎边飞边闹，欣喜又一次回到了这片久违的地方。大地春潮涌动，犹如万马奔腾，草儿耐不住寂寞，悄悄地探出了嫩嫩的头，现出了一缕缕绿色的笑脸；河泡沼泽不见了冰雪，阳光下波光粼粼、银光闪闪，鱼郎在水面盘旋，不时地扎入水中啄食小鱼儿。到处是茫茫荒野，一眼望不到尽头，稀稀拉拉散布的村落，从那低矮的茅草房的烟囱上冒出的袅袅炊烟，昭示着人类的存在。村寨周边耕牛在田野里拉着犁杖慢悠悠地行进，犁杖后面裸露出新鲜的泥土和白嫩的草根。大概是中午吧，劳累的牛儿迈着悠闲的步伐，向家中走去，劳作的人扛着镐头悠闲地跟在牛的后边边走边哼着小曲，那牛儿似乎早就知道回家的路，拐弯岔道用不着主人的指导，一直走进家门去了。

二人一路观光，一路欣赏评说：人人都说家乡美，荒凉的关东更是惹人醉。李憨说："这次决定来关东谋生，看来是对了，这里不仅风光秀美，更重要的是有粮吃，不愁人。"张桃红也说："这里虽然没有咱那里楼堂馆舍，人们住的是泥草房，但是民风淳朴，对人热情好客，这种感受会使咱们舒心。"两个人越谈越投机。

傍晚的时候，她们终于到了龙门寨，找到刘二庚家。刘二庚得知是哥哥救了两位，又把他俩介绍到这里，并嘱咐他对两位老乡倾力相助，热情地好吃好喝一顿招待。当晚让二人留宿。刘二庚今年四十多岁，长得膀大腰圆、浓眉大眼，一身使不完的劲儿，走路步伐坚实，像是练过拳脚一般。喜交际，热心肠，爱打抱不平，乐于助人，谁家有个大事小情，有求必应，实心实意去做。因此，在寨子里很有人缘。刘二庚家住两间小草房，夫妻俩有一个二十一岁的儿子叫小俊，一个十二岁的女儿叫玲儿，老婆厚道贤惠，干起活来勤快利落。家中日子不算富裕，没有什么像样家具，但是却干净整洁，日子过得很温馨。

第二天吃完早饭，刘二庚说："兄弟，选在这儿安家选对了，这里情况我熟悉，现在我就领你俩去找庞员外，在那儿先找个营生干干。"李憨夫妇求之不得，便跟随刘二庚去了庞员外家。

张桃红说："刘家哥哥，先等一下，我去打扮一下，初来乍到的总得给人留点儿好印象。"说罢笑嘻嘻地去了屋外。不一会儿返回屋里，刘二庚觉得很怪异，忙问："弟妹，你这是干啥？"张桃红说："吸取以往的教训，我这打扮是为了保护自己。"刘二庚摇摇头，不解地问："你这搞得脸上身上埋汰吧唧的，算个啥子保护法？"张桃红说："如此打扮是我生来养成的习惯，如今是改不得的，刘家哥哥就不必再问了。"刘二庚见她这样说，晃晃头无奈地认可了。

刘二庚把两个人领到庞员外家。庞员外名叫庞有福，五十出头，中等身材，体型富态，读过私塾，油头滑面，一脸奸相。庞有福是龙门寨一带的富豪，家中经营土地、森林、贩盐、水产、油米作坊，有钱有势，被摩尔根地区官府和黎民百姓尊称为庞员外。庞有福正在书房闲坐喝茶，见刘二庚领着两个青年男女走进门来，耷拉个眼皮问刘二庚："你领两个人到我这干什么？"刘二庚点头哈腰满脸带笑地说："员外大人，这俩人是新来的，我的山东老乡，想在咱这里找点差事。我寻思您家地多活多正需要人手，我就领来了，您就费心给安排点儿活干吧！"庞有福也斜个眼睛说："刘二庚，我这可不是慈善堂，你看这俩人，女的脏兮兮没个人样，男的皮黄面瘦，都能干个啥呀？"刘二庚说："他二人连日长途奔波，还没缓过劲来，过些日子会好的。"庞有福闭着眼睛琢磨半晌才说："那就看在你刘二庚的面子上，让他俩和大伙铲地除草吧！"刘二庚又面带讪笑地说："这两个人刚到，您能不能给临时安排个住处，过些日子找到房子再搬出去。"庞有福十分厌烦，想尽快打发他们离开，便说："牛棚旁边有间草棚，去那儿住吧！"说完摆摆手，示意赶快离开。李憨张桃红谢过庞有福，被刘二庚领走了。

刘二庚带着李憨夫妇来到草棚子。李憨一看这是一间存放饲草的屋子，没铺没炕，四下透气，屋门又歪着关不严，很是不满意，想和刘二庚说点儿什么。张桃红截过话说："已经很难为刘家哥哥了，这里挺好的，坚持住吧，怎好再去讨扰别人呢?"刘二庚也觉得过意不去,歉意地说:"要不,二位屈居我家一段时间吧?"张桃红说:"那怎么行? 您还有孩子,屋子那么小,总在一起挤着也是不好,我们住这里,虽然条件差,可是两家都清净又方便,挺好的!"李憨见张桃红坚持,也说:"刘哥,既然桃红这么坚持,那就这样。"刘二庚又让了几次,不得已帮他俩简单收拾一下回去了。

不一会儿,刘二庚夹着一床被褥来了,帮着铺好。然后又约两个人同去家里吃午饭。李憨夫妇不依,坚持自己想办法。刘二庚有些生气,连拉带拽地把两个人领家去了。吃完饭,刘二庚老婆找了一口旧锅、两双碗筷、几碗高粱米、一捆自家种的韭菜,让张桃红带回晚上起火。李憨夫妇谢过刘家,拿着餐具回草棚了。

张桃红二人回到住处,用心收拾了一遍,安置了锅灶。两个月来第一次吃上自己做的一顿饭,两碗高粱米稀粥,韭菜拌制的咸菜,虽然简单,但吃得感觉挺惬意。

天已经黑了,没有灯点,二人只好躺下睡了。多日的劳累困顿,他们俩躺下就睡着了。不知过了多久,李憨觉察到一个东西喘着粗气,带股腥膻味,悄悄地在自己头前搜寻着什么,一下警醒起来,迅速坐起,睁眼一看,是一条大狗。他赶紧起来,去寻找棍棒。狗看见人也唬了一跳,转身飞快地钻出屋子汪汪大叫起来。李憨冲出门外赶它走开。那狗就是不离开,绕着李憨不停地吼叫。吼声惊动了更夫——一个六十来岁的老头,手持棍棒赶过来,看见李憨在追打狗,喝问:"你是谁? 干什么的?"

第六章　受辱员外府

　　李憨正在满院子赶狗，见有人来问立即停住脚步，喘着粗气说："我在这里睡觉，它闯进来，怕咬人把它赶走，可它叫着就是不走。"更夫厉声问："谁叫你在这里住的？"李憨回答："我是刚来的长工，庞员外叫我住在这儿的。"更夫哈哈大笑说："怪不得狗叫得这么厉害呢！这只狗原本住在这间草棚，你占了它的地方，它不叫才怪呢！"李憨恍然大悟，央求说："老人家，我们已经住了，你就将就让我们住一宿吧！"更夫见还有个女人，可怜巴巴的也就同意了，将狗叫到自己的更夫间去了。

　　张桃红和李憨怎么也睡不着了，整整坐了一夜。第二天一早李憨就去找刘二庚，把昨晚与狗争窝的事细说了一遍，无可奈何地问："刘叔，在那里住下去也不是个事，要想个长远法子才是。"刘二庚低头不语，心想：自家房小人多，长期住一对青年夫妇于己于人都不方便，但李憨的要求也是坦诚的。他问："我房子西头不远的地方是一块高岗地，没人经管，你可以挖个地窖子住，不知你们愿不愿意？我刚来时就在那里挖地窖子，一住就是好几年呢！现在条件好些，我这有井吃水方便，岗上开点小荒种点菜，得空伺候伺候，吃着也方便，有点大事小情相互也有个照应。"李憨乐得拍拍手说："太好了，什么地窖子不地窖子的，能住就行！"

　　刘二庚见他同意，也是十分欣慰，答应帮他一起挖。二人一起挖起来，后来张桃红、刘家儿子小俊、姑娘玲儿，也都伸手帮忙。他们用挖出来的土和泥脱坯。刘家将灶房摆放东西的门板搬来用作房门，又拿来木杆和干草用作房盖，没有几天工夫一座七八平方米的地窖子就挖建成了。地窖子里面有火炕锅台，虽说是又小又窄巴，没有窗子有点憋闷，总体说有了家的样子。张桃红李憨高兴地不得了，连连向刘家表示感谢。

　　张桃红和李憨开始做工了，起初和人们一起薅谷子。两个人从来没干过这种活，分不清谷子、野草和谷苗相似的谷莠子，留下野草，薅掉了谷子。庞家的管事人看见了经常喝呼，有时还要挨拳脚。玲儿心细挨着张桃红的垄，自己一边干一边教二人如何分辨什么是野草、谷莠子，什么是谷子，有时手把手地教，说拔草要连根拔，不能光抓顶梢，那样容易折断，留下的根部还会继续生长，和没薅一个样。两个人没有几天工夫就渐渐地学会了，活的质量和速度都有长进，信心也越来越足。

这里的土地肥沃，土壤墒情又好，再加上阳光充沛，苗势十分茂盛。可是问题也就随之而来了，地里不能只长庄稼，根子未除光拔净的野草与土壤深处的野草种子，重新发势，大多比庄稼苗长得又粗又高，免不了和苗子争水争肥争阳光，严重影响了庄稼的生长发育。庞有福心情急切，赶紧派人招短工突击灭草锄草。为了抢时间，鼓舞耪青人的热情，中午供一顿饭。这种办法切实见效，灭草进度很快。新的问题又来了，家中原有做饭的人手不够用，连三亲六故都用上了，可是人手还是不够，饭做得夹生，馒头蒸不起来，庞府里里外外忙得鸡哭狗叫，吃饭的人还是碗筷盘子到处甩砸，甚至有的竟然不在庞府干了，去了别人家耪青。

庞有福几乎天天对厨子们骂骂咧咧，结果问题仍然得不到解决，急得他抓耳挠腮，像一只热锅上的蚂蚁一般。他在地里锄草的人们中遇见了刘二庚，便温和地说："刘二庚，你人缘这么好，就不知道谁家的女人会做饭？给找三个四个的，越快越好，没见家里都闹翻了天吗？"刘二庚一边除草，一边想着说："行，员外，这事包给我了，晚上我给您领去。"庞有福又嘱咐说："要手脚利索点的、干干净净的人。"刘二庚说："明白，保证员外满意就是了。"庞有福走了。

刘二庚想到了几个人，又想到张桃红，想趁这个机会把她也推荐去，免得在野外成天风吹日晒，一天累个腰酸腿疼。下工后，他第一个去征求张桃红和李憨的意见。李憨心疼媳妇劳苦，听了很是赞成。张桃红不干，她觉得庞有福贼眉鼠眼，说话脸上皮笑肉不笑，内心保准一肚子花花肠子，不愿意在他面前做事。李憨劝说："你看，人家刘二哥有好事首先想到你了，你别辜负了二哥的热心，事情不会像你说的那么严重，自己注意提防点也就是了。"张桃红望望刘二庚期待的眼神，听了丈夫宽慰的话语，没再争讲，也就同意了。

次日一早，刘二庚领着四个妇女来到庞府，一一说与庞有福。庞有福同意了三个，唯有张桃红说不赞成。刘二庚坚持说："这些日子据我观察，张桃红干活不论屋里屋外都精明强干、干净利索，只是人的穿着打扮稍微邋遢一点，还有一点，我们山东人喜欢面食，个个做馍馍都是好手，你家那几个的手艺没法比。"庞有福被他说得动了心，沉思了半晌说："可以试试，反正她做的饭我是不吃！"庞有福也就算是同意了，不过对张桃红印象很深，尽管他答应了，内心还是很恶心，嫌她人太埋汰！他嘱咐管家说："那个年轻女子，叫什么张桃红，此人只准做馍馍，别的活不准她伸手，免得人们吃饭时看见了心里恶心，再起哄闹事。"

这样，张桃红在灶房只管和面、发面、使碱、蒸馍馍。当晚张桃红就发了一大盆面，第二天上午张桃红早早来到灶房，开始使碱揉面。由于面量大，干活认真细致，又怕丢了刘二庚的面子，干起来非常卖力。她把揉好的面放在一边醒着，又开始整理清洁蒸锅和笼屉。笼屉要一个一个逐一逐缝地仔细擦洗，不留一点污斑浊迹；屉布子要一块一块逐块检查洗涮，用碱水煮了一遍，清水涮了两遍，检查馊味去掉没有，如果还有继续用碱水清洗，直到异味全无才算罢休。

灶房的管家过来两三次了，催促她赶快蒸馍馍，说十点半干活的就要回来吃午饭了，耽误了时间是万万不行的，不仅开除扣工钱，还要家法伺候。张桃红总是油盐不进的，听到了却是无动于衷，气得管家脏话不绝于口。几个姐妹看不下眼也过来催促，有个年长一点的开导说："你看人家管家都气成那样了，你咋还按兵不动呢？万一他火了揍你一顿，犯得上吗？"张桃红不紧不慢地说："各位姐姐和婶子，时间够用，刚出锅的馒头好吃。"众人纷纷散去，有的说："这个年轻人真有个性，真还能稳住神，要我呀，让蒸就蒸，反正是管家让干的，错了一推六二五，你能咋的？"有的说："嘚瑟，看不出有啥真本事，蒸个馍馍还要露一手，看要是砸锅了你咋收场！"有的干脆说："才几岁呀？睡过几回男人，就这般拿捏起来，姑奶奶啥馍馍没吃过，也没见过她一个破锣筐还端起来了呢！"张桃红听了全不理睬，继续做自己的活计。

张桃红看看天上的日头，时候差不多了，便开始做起馍馍，那面团在她手里像一条滑溜的鲅鱼，任她随意摆弄，翻来覆去在面案上趴下跃起反复不停。一会儿面团变成了一条胳膊粗细的长条，张桃红将面条飞快地揪成匀称的小段，个个鼓鼓的像只猪娃的胖屁股，安静地等待主人侍弄。张桃红右手拿起一个面团，右手掌按在面案上，左手相扶，几下揉搓就成了一个馍馍，不一会儿，一屉馍馍就摆满了，搬到蒸锅旁边的案子上。张桃红随即对司炉的师傅说："烧火，越旺越好！"张桃红一连气做了十笼屉，蒸锅里的水也翻花似的开了，便由先到后的排成顺序，一一码到锅上，盖好屉盖，站到旁边悠闲地看着。

这时地里劳作的人们陆陆续续回来了，抄起碗筷急不可待地来寻找馍馍。有几个嘴急的叫喊起来："馍馍呢？老子饿坏了，管它圆的扁的软的硬的整出来呀？"

张桃红见人们回来得差不多了，对司炉工说："停火，快过来帮我抬笼屉！"司炉师傅使的是回风灶，炉的帘门一拉火就停了。他走过来伸手要抬。张桃红制止说："赶快洗洗手，埋了巴汰的别弄脏了馍馍。"司炉工很听话地去洗了手。

馍馍被一屉一屉抬到饭桌上。人们乐得合不拢嘴，开锅的时候满院子都是馍馍的麦香味；放到桌子上，人们望着白白的鼓鼓的暄腾腾的馍馍惊呆了，眼睛只管看，嘴里流着口水，举着筷子不去夹。管家喊了一声："别他妈的光看呀，快夹起来吃吧！"人们这才哄抢起来，有的用筷子插了三个，有的插了六个，不一会儿十屉馍馍就快抢光了。只有一个笼屉里还有四个，管家过去用手抓了去，一口咬去半个，嘴里说："这馍真香，咋做的，吃了这些年馍馍，头一次吃这样的馍。"他见庞有福打院外走来，笑嘻嘻地跑过去，夸耀说："老爷，您尝尝这馍馍，又香又有嚼头，头一回看见，头一回吃。"庞有福不信实，不肯接馍馍，也不知管家哪来的勇气，举起一个馒头就往庞有福嘴里塞，庞有福不得已咬了一口嚼起来，望望管家手里那个面馍馍，伸手抢了过来。庞有福又狠狠地咬了一口，没等咽下去，抻着脖子问："谁做的？"管家说："那个山东小媳妇！"庞有福有些后悔地说："我说过不吃她做的馍！"伸手要把剩下的那块馍还给管家。管家说："哎呀老爷，现在想吃都抢不到了！你没看见那些干活的苦力，人家连菜都不吃，光吃馍馍了。您看那些菜盘子，菜都剩下了呀！"庞有福巡视了一眼，自己又吃起了馍馍。临走时他吩咐管家："明天中午包包子，还让那个山东女人做。"说完就回了书房。

夏锄之后。庞有福把张桃红叫到书房，给他夫妻结清了工钱，满面微笑地说："你既然在我这里干，还有这手艺哪能下地干那些粗活，干脆给我做厨子吧？"张桃红说："在地里做工，多干可以多挣，再说我和李憨干活也有个照应，比耍单帮强。"庞有福低头想了一下，施加恩惠说："那你们俩都到我院子里来当差怎么样？"张桃红没想到他会这么说，回应说："那我回去和李憨商量商量再答复。"庞有福说："工钱我会双份给你们，商量吧，明天给我答复！"

张桃红回到家把庞有福的意思与李憨说了，并说了自己不愿去的想法。李憨倒是持不同想法。他说："咱做的是工，挣的是钱，平时戒备他些也就是了，青天白日他敢干啥？"张桃红说："人啊，在一起，知人知面不知心，人心隔肚皮，谁知谁心里打的什么鬼主意？不去免生是非，去了日日接触，怎能保证咱们俩没有祸事发生？还是不去淡静一些。"李憨说："眼下重要的是尽快多挣些钱，改善咱的生活和居住环境，现在有了一些机会咱们可要把握好，多攒点是点，你说对不对？"张桃红见李憨这样坚持，也很是道理，自己只是无端猜想，一时不能说服李憨也就同意了。

庞府有六匹高头大马膘肥体壮，专供庞有福出行或是跑马占荒用的，所以庞有福对这几匹马十分看重，重要到什么程度，用这句话说吧：在他心目中比自己的婆娘还有分量。李憨到了庞府做了饲养员，喂养这些马匹。这事让管家看出了门道。李憨上任第一天，管家警告他："这活一般人是干不上的，这马是员外的眼珠子，可不能大意哟！"李憨诚实憨厚，管家点给他的话没有听出弦外之音，保证说："管家，这我明白，我一定会尽心尽力。"管家笑笑又说："小伙子，做好准备了吗？"李憨回说："这有啥准备的，按时喂草喂料，细心护理也就是了。"管家见他这样，摇摇头离开了。李憨上任后，尽心竭力，起早贪黑，轧细草，喂精料，清粪便，给马洗澡，无处不极致用心。

过了些日子，庞有福来到马圈，看见李憨正在用心做事，夸奖说："小伙子干活挺用心，好好干，我会加倍给你工钱的。"李憨笑着说："一切听凭老爷吩咐！"庞有福还走上前，在李憨的肩头拍了两下，抿着嘴走开了。

庞有福离开马圈，准备回书房休息，看见张桃红急匆匆去了房山头的解手处，眼睛一亮，直奔房山头去了。他转过墙角探头向墙根一看，张桃红正在解手。夏日天气热，衣服穿得少，庞有福探头看时，张桃红正背着墙根面向西，根本没有察觉有人来。按说有女人在解手，男人应该回避才是，庞有福见张桃红外露的屁股，白花花的，细皮嫩肉，活像个煮熟去了皮的鸡蛋，润滑滑，锃锃亮，分外眼馋。庞有福也没吭声，塌合着眼皮径直走了进去，解开腰带掏出家伙冲墙撒尿，或是紧张的关系吧，怎么也尿不出来，掐着在那儿摆弄。张桃红见有男人进来解手，羞得站起来就往外跑，匆匆回了厨子休息间。

傍晚的时候，庞有福又来到马圈，告诉李憨喂马前把马牵出去遛遛，总待在圈里马会变得懒惰的。李憨答应着，也愿意牵马出去逛逛，于是晚饭也没吃，乘着天黑前天气凉爽，带着六匹马出了院子到寨子外面遛弯了。

庞有福把心腹人周大壮叫来，俯耳嘀咕了一气，顺手往他怀里塞了一锭银子，叫他暗中跟着李憨。周大壮是庞有福妹妹的儿子，二十八九岁，大高个儿，虎背熊腰，也许是体胖的原因，走起路来摇晃着身子，给人一种武士印象。周大壮接到庞有福的指令抄近道赶到寨子西边的树林里，寻了一墩矮树丛藏匿下来，不一会儿工夫看见李憨牵着六匹马走过去。李憨并没有注意到周大壮。他一边遛马，一边哼着小曲，悠闲自在。一会儿望望蓝天，一会儿听听鸟鸣，晚风轻轻吹来，感到身舒神爽快活极了。自打闯关东到这以来，这种心境还是第一次。周大壮乘李憨悠然自得望景哼唱便蹑手蹑脚地蹿过去将最后一匹马缰绳的链马扣拽开，又用棍子捅了一下马的肚子，那马惊恐地一蹿跑到李憨前面去了。李憨见有马脱缰而去，便跟踪追了上去。周大壮又乘机抡出棍子朝李憨后脑打去。往常他这一招百发百中，这次他见李憨应声倒下，不死也得闹个瘫痪，便以为击中了，急忙跑回去报功，慌忙中怀里一锭银子落在地上，也没察觉，不想帮了庞有福一个倒忙。

李憨忽然发现有一匹马挣开了缰绳，惊惧地朝一片树林跑去。李憨急了，顺着马走的方向追去。他追了不远，前边一个黑影闪了一下就不见了。他急于追赶那匹马，也就没在意，刚进树林听脑后嗖的一声，本能地急忙缩头趴下，一根胳膊粗的棍子擦着头皮旋转着飞到前边去了。他趴在地上，抬头静静地向四周观察了一阵子，未发现人，感到奇怪，猜想定是有人要故意伤害自己。这个人会是谁呢？自己新来乍到也没得罪谁呀？想来想去也没理出个头绪，索性爬起来找马去了。那马见主人吆喝着追来便止住脚步，惊恐地咴咴不止。李憨走到近前拉起缰绳将马带回到原处，与那五匹一起牵着回了庞府。

庞有福在家书房闲坐，等候晚餐。张桃红开门进来，手里端着盘子和酒饭，来到庞有福面前，腼腆地笑了笑说："老爷，太太说你在书房有事情，要我把饭菜给您送到书房来。您看还需要点儿什么？"张桃红一边说一边摆盘。庞有福站起身来，绕过桌子来到张桃红身边，神秘兮兮地摆摆手低声说："你再去……"张桃红以为他是怕别人听到，也没有躲，一下被庞有福搂个结结实实。庞有福低声警告说："不要喊叫，喊叫我就掐死你。"说着，他用手去摸张桃红的屁股，一边摸一边得意地咕噜咕噜地直咽口水，嘴里说："果真光的鸡蛋一般。"张桃红记起自己解手时，闯进去的竟是庞有福老贼，心中暗骂："你个老不死的，都快走不动道了，还有心尝嫩草！"这时，庞有福搂得更紧了，双臂似铁钳子一般牢牢地箍在张桃红身上，脸贴在张桃红脸上，用胡子滑刺着张桃红细嫩的脸蛋。

张桃红一边用力挣脱，口中一边严厉地说："老爷，这是干啥？您这大年纪了，我和你女儿差不多，您怎么可以这样？"庞有福得意地说："你和我女儿年纪差不多，但她是我女儿，你是我的小老婆，你说怎么不可以呢？这是我的家，我想干啥就干啥？为了今晚我苦思苦想多少天了！"说罢，抽出一只手来解张桃红的腰带。张桃红见他真想干那事，早就怒不可遏了，双手从下抽上来，抓住他的下颌用力一推，庞有福没有准备闹个倒仰，一个腚墩儿坐在地上。他怕张桃红跑掉，急忙爬到门口把房门堵住。张桃红闪开身子见一时逃不开，稳了稳神一字一板地说："庞员外，你今天马上把我俩的工钱结清，否则我就死在你这屋里！"说完，抄起盘子里的一把卸肘子的尖刀架在自己脖子上。庞有福见状作揖说："我的姑奶奶，我真心喜欢你，你就依了我吧！要多少钱我给多少钱还不行吗？"张桃红说："工钱！"庞有福央求说："好说，好说，你先把刀放下。"张桃红将刀从自己脖子上移开。

庞有福走到书桌前，打开抽屉，取出一张银票，放在桌上，指点说："先给你五十两吧。"张桃红以为他真给，伸手去取，不想手被庞有福死死按住，握刀的右手也同时被庞有福抓住手腕死死不放。二人桌子一边一个，僵持不下，谁也使不出解术。

这时有人敲门。庞有福一听来了精神，赶忙喊叫说："混蛋，快进来帮我！"应声走进来一个膀大腰圆、浓眉大眼、口阔颌尖、一脸杀气、浑身是劲、又高又胖的汉子，他就是周大壮。周大壮进屋就说："舅舅，那事办完了。"庞有福说："把这个人给我抓住，注意别伤着她。"这小子上来拦腰将张桃红抱住。庞有福乘机夺过尖刀仍在一边，吩咐说："把她给我抱进内室，用绳子捆住手脚，省得她手刨脚蹬的怪费事，完了你就回去休息吧。"不一会儿，周大壮从内室出来，告诉舅舅："都完事了，手脚分别捆在四个床腿上，任您随便使唤，再也跑不了了。"庞有福满意地笑笑。周大壮红着脸走出了房门。

第七章　石龙河客栈

　　李憨回到马圈门口，朝书房那边看了看，里面的灯很亮。李憨想：得到庞有福哪儿把事情说说，让他知道这是有人暗中所为，可能是冲他来的，如果将来再出个三长两短，庞有福也会理解不会过多地责怪自己。走进马圈把马拴好，又给马拌好草料喂上。他偶然间记起了管家李勇讲的一番话，莫名地感觉此事似乎与庞有福有关，这让他心中不安起来。他犹犹豫豫地去了书房，刚走到窗前，就听见男女厮打叫骂声，仔细一听，男的是庞有福，女的似乎是张桃红。于是站在窗外想听个究竟，只听庞有福恶狠狠地说："多少好汉都败在我的手下，你一个文弱的女人还在话下？"女的叫喊说："你个臭不要脸的畜生，我早就看出来你在打我的主意，没想到你这么恶毒狡猾，先陷害了我的丈夫，接着又来奸污我。我告诉你，老贼，今晚我就是死了，也不会让你的邪心得逞！"接下来又是一阵撕扯声。庞有福丧心病狂地说："他妈的，我就不信一条内裤扒不下来，不行我用剪子铰也铰开。"听情形女的被捆住了，只有谩骂声。不一会儿庞有福又喘着粗气发狠地说："这回看我能不能把这骚裤子铰开，张桃红你就擎等着吧，看老子能不能得到你！"李憨听到这里，全明白了，怒发冲冠，抄起窗下一根木棒哐的一声，将窗子砸碎，一步跨进屋子，举棍照着庞有福腰上打去。老贼还没有弄明白，就已经瘫在地上动不得了。

　　张桃红见李憨来了，大哭起来，怪怨说："我说不来，你非要挣钱，挣吧，人都快搭上了。"李憨解开绳子，扶起张桃红说："走，咱们回家，离开这儿！"临出门张桃红说："不行，得要咱俩这两个月的工钱。"李憨说："啥钱，逃命要紧！"张桃红说："他给了，在桌子上。"说着回身从桌上把那张银票拿起来，同李憨走了。

　　管家李勇闻声赶来书房，见庞有福瘫在地上，已不见了张桃红，心里明白了八九不离十，忙去唤人将庞有福抬回卧室，又张罗派人去请郎中医治。

　　张桃红和李憨两个人跑了半宿来到药泉山一带，这个地方要比龙门寨热闹些。二人合计一下先在这里落落脚。张桃红说："我看咱俩在这里开个小店，把人们认可的手艺用上，多少也有个来钱道，比给别人打工看别人眼色要强。"李憨笑笑说："你那点本钱够吗？"张桃红说："咱先小打小闹，一点一点地扩大，哪能一口吃个胖子呢？"李憨狡黠地嘿嘿笑了笑说："昨天遛马时别人暗算我，我借机躲闪拌了一个筋斗，不想捡了一锭银子，入股怎么样？"张桃红急了，逼问说："你耍心眼，快说哪来的钱？"李憨卡巴卡巴眼睛说："你给的呀！"张桃红不解地说："我什么时候给你钱了？"李憨辩解说："捡的，真是捡的。要不，我也不会变魔术，到哪去弄这些银两啊？"张桃红似是自言自语地说："那个地方有钱人谁会到那儿去呢？"李憨也有些疑惑地说："我捡起来的时候，干干净净的一点泥土也没有，像是新近谁丢的。"张桃红似乎有些醒悟地说："该不是庞贼那个外甥丢的吧？我和庞贼厮打的时候，他外甥从外面回来，说事情已经搞定了。是不是把你搞定了？是不是慌忙中他丢失的？"李憨回想起来了，肯定地说："对，你说的八九不离十，肯定是他的，我拾起来的时候还温乎的呢！"张桃红说："要真是他丢失的，那就不给他了，作为对你伤害的补偿也是应该的！"李憨说："算抵顶咱们的工钱也是正当的。这会儿交给你也算派上用场了。"说着，将一锭银子递给了张桃红。

二人一起来到一家当铺，张桃红拿出银票要求兑换成零用钱。掌柜的接过银票一看，便说："这张银票是假的，不能给兑换。"说罢递给了张桃红。张桃红接过银票傻眼了，嘴里叨咕说："怎么会呢？"掌柜的见她不信，便从柜里拿出一张真的让她比对，果然没有印记。李憨又把银子递给掌柜的，要求兑换零散铜币。掌柜的拿在手中掂了掂，仔细查看了一番，说："这个是真的，可以兑换。"二人拿着铜币出了当铺。

张桃红二人在药泉山一带转悠了半天，选了一个地址，这里左边靠石龙河，南边临近驿道，驿道上往来官员、信使、商贾、艺人等客人，是个极佳的开店地址。张桃红和李憨都认为在这里开店是最好的选择。李憨说："那咱们现在就开始干吧，早一天早挣钱。"张桃红说："还有一件事咱要先做，就是这块地方有没有主？有主咱得和人家谈谈，弄不好还得舍出几吊钱。"李憨觉得有道理，问张桃红："咱们该找谁问去呢？"张桃红想了想说："咱俩眼一抹黑，我看只有找甲长了。"于是张桃红夫妇二人经过打听，找到了药泉村甲长曲来奇，说明了事由。曲甲长热情地说："你们夫妻俩年龄不大，很有眼光，不愧是关内人，真有见识。当地人谁也没往这上想，个别有意向的也苦于不会经营，不敢照量。你们很有运气，开店的这块地方是荒地，还没有主。不过它是药泉村的地盘，要用的话适当交些地皮钱也就行了。"李憨马上央求说："您能答应给我们用，真是太感谢了！至于地皮钱现在拿不出，能不能免了？"曲甲长一时不作声了。张桃红见曲甲长有些不悦，马上把话拉回来，满面笑容地说："曲大叔，您说的地皮钱我们认缴，白白使用也让您从中为难。您向我们要钱也是为我们考虑，将来有个纠纷，村里收了钱，我们权益也是个保障。我们只要求大叔宽限一下，过段时间挣了钱立马就给上。"曲甲长望望张桃红笑了，他说："事在人为，你年纪轻轻很会说话，冲你这么机灵，小店能开好！这样，我划给你们一垧地，一二年内向村里交二十两银子，土地使用权归你们，怎么样？"张桃红看看李憨兴奋地说："中！谢谢大叔照顾！"这样土地使用问题就解决了。

回来路上，李憨问："桃红，你怎么那么快就答应给钱了呢？"张桃红说："别说他要，他若不要，我还上赶着给呢！"李憨问："为啥？"张桃红说："你若不给他地皮钱，他不高兴，随时都可以把地要回去！再有别人见咱挣钱眼红了，要挤对咱，他要不说公道话，咱可就吃大亏了！给了钱土地就是咱的了，别人要用，那要看咱愿不愿意！"李憨看看张桃红说："还是你有心计、有正事，我咋没往这上想呢？"张桃红笑着说："你没反对，不就想到一块了吗！"李憨想了一下，笑笑说："可也是。"

回来后二人说干就干，自己动手脱坯砌墙，连买带佘弄了些松木杆子，雇个木匠砍几个房架，不到两个月三间土房就盖了起来。张桃红给小店起了个赫亮的名字：石龙河客栈。开业那天李憨把曲甲长和村里几位长者也请来了，大家热闹了一场。

石龙河客栈的三间房屋，一间灶房兼库房，两间餐厅兼客房，其中一间北边大炕间壁成两个单间，另一间南北都是大炕。外部黄色土墙，碱草苫顶，屋脊一线，青草编绳。木格窗子，油纸糊棱，双开木门，样式对称。石龙河客栈招牌挂在门楣，清新雅丽，字字生辉。方形大院清一色松木栅栏，院内平整洁净，南侧停放车辆，北侧马厩饲草打饯。临道是座牌坊，木做骨架，简约大方，竹竿斜插，上挂一面黄旗，书有五个大字：石龙河客栈。旗帜随风飘扬，来往行人远远就能看到。

小店开业不久生意日渐红火，夫妇二人除了手艺好外，经营上也有独到之处，讲究诚信待人、热情好客。石龙河客栈不歧视人，客人来家，无论贫富，一概让到炕上就座。这是当地的习俗，也是客栈的礼遇文化。关东的火炕是有讲究的，上面坐人，下面走火，热气升腾，享受春天般的温暖。夏日里炉火一停，大炕凉爽无比。再摆上八仙桌，客人们会把酒纵横天下，笑谈历史长河。在酒足饭饱之时享受店家的荣耀与温馨。凡是来店食宿的客人，都有宾至如归的感受，所以每有路过时，必来此客栈停歇。

一次，一个外地商人路过石龙，遇上大风雪天气，饥寒难耐，走进店来。李憨招呼说："客爷，小店土气，您不嫌弃，就住下吧！"那商人脸上现出窘色，声音低哑地说："我途中被恶人劫持，落个性命，身上已无半点儿银两，您就赏一碗热水吧，我喝完暖和一下就走。"李憨听完爽快地说："出门在外，时运难测，谁出门带着房子哩，该吃就吃，该住就住吧！"说完马上给他安排了房间。商人感激店主的盛情，也就不敢再兴求食之想，饿着肚子睡了。过了一会儿，李憨觉得客商暖和得差不多了，来唤吃饭，看见他已躺下睡了，

41

便大为不悦，知他是爱面子，责备说："你咋睡了，瞧不起我，我虽不如你，几顿饭还是管得起。再说谁出门带着米口袋哩！这大雪泡天的，不吃饭还不得冻死路上，哪多哪少啊？"商人见他说话实在只好起来去吃饭。李憨做了四个热菜，鱼、猪肉都有，又温了一壶酒送上，安慰商人说："慢用吧，不要想钱的事儿，没钱还有情意在，当作做客吧！"商人眼含热泪，感激不尽。第二天吃罢早饭，商人临行前找到李憨，递给他一张纸条，承诺说："我是京城人，名叫刘永美，这是我写的欠条，住宿和饭费日后加倍偿还，绝不食言。"李憨笑着说："你觉得我是个开客店的，只会挣钱对吧？那你找错地方认错了人。钱是个好东西，但要取之有道，乘人之危不可豪夺，欺人之贫不可强索，与人为善，天恩浩荡，我信此理足够了。"说完将那纸条撕个粉碎，笑着送走了客商。

　　一传十，十传百。石龙河客栈好客之事，不翼而飞，一传俩，俩传仨，日久天长，摩尔根一带乃至天南地北过往路客知者甚多，传为佳话。此事被玉皇大帝知道，动了恻隐之心，令侍女唤来太上老君，说与他听。太上老君笑着说："微臣早已知道，怎奈其中有件蹊跷事，还没考虑好，未敢冒昧禀报。"玉皇问："何事？"太上老君回说："那东土一带，旱涝之灾连年不断，已是民不聊生，怨声载道，到了启用黑龙去治理水事之时。为避免众生对天庭的责诽，不宜指派，拟寻一户人家去托生。石龙河客栈店主夫妇无子，人品有佳，其妇人乃是东海龙王敖广三公主吉云，当年不遵父命从婚，被贬入凡间。今念她尚还善良，又是龙脉，托去她腹，正应天时，不知玉帝意下如何？"玉帝听出太上老君要撒人情，也不责难，也要装好人，便附和说："老君此意甚佳，恰合我意，可立即去办理。我亦有一件恩典之事，还望老君去时代办。石龙河客栈既是客店，免不了用些酒水，请老君指井为坛，出水为酒，名叫'井上春'。"太上老君会意，奉赞说："玉皇大帝御恩浩荡，此草民之幸事，善哉！"玉帝十分得意，笑而不语。太上老君回宫筹划去了。

　　一日天高气爽，风和日丽。石龙河客栈门庭若市，店主人笑容绽放，话语甜蜜，迎进送出，忙个不休。这时，一位老者拐拐搭搭走进店来。张桃红送客出门正巧与老者迎个对面。张桃红笑脸相迎，招呼说："老人家请了！"回身引老者走进店来，寻一张空桌坐下。张桃红见老者坐下，一面拉呱，一面借机将目光投向老者，见他老态龙钟，须发皆白，面带褶皱，瘦腮尖颌，弓腰驼背，形容枯槁。然而，弯弯细眼，内中却十分清澈，炯炯有神，甚是不凡。张桃红看罢，不知警惕，却心生怜悯，对店小二说："老人如此年迈，身体多有不便，让他饱餐一顿吧！尽其所需，只要店内有的不得拒绝。"店小二应诺。张桃红亲自给老者倒了一杯热茶，又去门厅迎送客人。老者坐定，并不急于点菜，轻饮红茶，举目四周寻看。这客栈虽是土房，比不得凌霄宝殿华丽堂皇，屋里屋外却收拾得干干净净，器物摆放井井有条，杂而不乱。

厅内用白灰粉饰得白玉无瑕，窗子微启，阳光射进，通明瓦亮。地桌四张，炕桌四张，都坐满了人。吃饭的横腮蠕动，喝酒的猜拳行令，唠嗑的喜笑颜开。这地方情趣盎然，红红火火，生机勃勃，老者不觉喜悦于色。

　　老者唤店小二说："店家，拿饭来。"店小二闻声赶了过来，和颜悦色地问："老人家，您需要点点儿什么菜饭？"老者说："想吃芸豆大楂子粥一碗，红油海带根儿、芹菜炝花生米各一碟。"店小二答应说："好嘞，请稍等。"说罢，一阵风似的跑进了厨房。不一会儿便托着一个方盘，一阵风似的来到老者桌前，一一将饭菜摆放在桌上，筷子、吃碟放在老者近前，规规矩矩地说："您点的饭菜齐了，请慢用。"说完，旋风似的去了别处。老者抄起筷子举着，眼珠儿在眼眶中转了几圈，上身前倾，伸出左手将粥碗端了起来，右手用筷子向嘴里拨了一口，含了一会儿，突然像呛了似的将饭喷了出来，弄得满桌子都是，同时哎哟一声，左手托住下颌。店小二赶紧过来，惊异地问："老人家，怎么了？"老者哭丧着脸，似是疼痛难忍的样子，哼哼说："硌着我了，这粥这么硬，怎么没煮烂！"张桃红闻声赶过来，询问怎么回事。店小二学说一遍。张桃红让他去后厨给老人换一份，店小二将桌上的饭菜收拾下去了。张桃红边擦拭桌子，边询问老人："怎么样，硌疼了吧？"老者说："还不要紧，只是没想到。"张桃红见他没硌坏也就放心了，劝慰说："我们做得不好，给您添了痛苦，望您多多包涵，今天的饭就不用您老人家付款了。"

　　店小二又将饭菜端了来，规规矩矩地摆放在桌上。老者伸出筷子夹了几粒楂子放入口中，苦笑了一下说："还是硬。"店小二现出奇怪的样子，疑惑地说："咋会这样？给别人也是打的这个粥啊？"说完，自己拿过一双筷子向碗中夹了几粒，迅速地放入口中嚼了起来，哎哟一声，左手立即捂住了嘴。老者笑着说："我说硬，还能不硬吗？你却不信，硌着了吧？"很多客人向这边望着。张桃红有些着急，和老者商量说："老人家，咱们调换一下饭菜吧？我给您安排两个菜，打碗米饭来怎么样？"老者答应说："你酌量办吧。"老者坐在那里若无其事，神情十分悠闲。看热闹的人也都各行其是去了。

　　店小二很快就把饭菜端来了，规规矩矩地在桌上放好，对老者说："老人家，饭菜来了，请慢用，您有什么要求随时叫我。"老者凝视着桌上的饭菜，眼睛又转了一回，慢声拉语地说："这大豆腐不白，能好吃吗？还有这酸菜粉酸不拉叽的，我也不喜欢呀？"店小二迟疑了一下说："这可是我们掌柜的亲自给您点的呀！"老者微笑着说："她也没征求我的意见啊？"店小二有些不高兴，一边收拾碗筷一边说："那您喜欢什么，自己点好了。"老者说："我也不知道你家店里什么好吃呀？"店小二从邻桌取来一本菜谱，放到老者面前说："这上面都有，自己看吧。"老者依然笑着说："我不识字，看不懂什么，你给我这簿子有何用啊？"店小二还想说什么，这时张桃红走过来，向老者询问说："老人家，怎么还不吃呀？"店小二把事情简单地学说了一遍。张桃红和蔼地问："老人家喜欢吃点什么，什么口味？"老者说："带点肉什么的也行啊。"张桃红听老人说爱吃肉，就到后厨亲自做了安排。老者坐在那里优哉游哉，神情十分自得。看热闹的人交头接耳地发着议论。

过了一阵子，店小二把饭菜端来了，规规矩矩地在桌上放好，躬身施礼说："老人家，让您久等了，饿了吧？真对不起！这回您慢用吧。"老者用眼在桌上巡视了一遍，看见一盘是肥得流油的东坡肘子，一盘是香气诱人的松花鲫鱼，还有一碗紫菜汤。老者皱了一下眉头，严肃地对店小二说："这好东西，多少钱啊？这是我吃的吗？"店小二冷笑着说："这是我们掌柜点的，不要钱，您就享用吧。"老者继续絮叨说："我怎么能白吃人家这么好的东西呢？人家挣钱也不易，快快端下去吧。"这时看热闹的人中有人叫喊起来，"赶快吃了走吧！""怎么这么多事！""别倚老卖老了！"老者向吵嚷的人瞄了一眼，那些人嘴上立现脓包，疼痛难忍，也就不再言语了。张桃红赶紧走过来，安慰众人坐下吃饭。回头对老者说："老人家莫怪，咱们吃自己的，不要生闲气，您这么大年纪了，来我们店也不容易，只要您高兴，我们怎么做都可以。"老者这才仔细望着眼前这位女掌柜，只见她：高挑的个头，身子很富态，细细的眉毛，亮亮的黑眼，两腮红晕，春风满面，和颜悦色。一身淡蓝色衣裤，脚穿黑色布鞋。干净、利落、秀气，看上去二十多岁。张桃红见老者看着她，并不言语，心中恍惚，冥冥不解，嘴上却说："老人家，趁热吃吧，时间长了，就不好吃了。"这时老者才露出微笑，抄起筷子吃了起来。张桃红看见老者吃饭了也笑了。

老者见别人吃馍馍，他也要。张桃红就让店小二用菜盘端来两个放在桌上。老者见馒头格外抢眼：大大的、圆圆的、鼓鼓的、白白的、暄腾腾、热乎乎、亮光光，飘溢出一阵浓浓的麦香味。老者顿感食欲大振，伸过手去拿了一个，迫不及待地咬了一口，好家伙，一个馒头让他一下咬去一大半，眼盯着手中那一点儿，巴不得痛痛快快都塞到嘴里，急得他撑着脖子往下咽。人们都美慕神仙，猜想他们一日三餐的美味佳肴，谁也没想到来到人间吃起馒头却是如此狼吞虎咽的难看相。

老者吃着，望望张桃红，心中暗想：当初童儿金角变成一只老鹰在汪瞳寨蹲守多日，救她们小两口脱离险境重又相会，付出了辛苦也是值得的，只可惜被救者尚不知是谁救了他们。又一想这也是一件无所谓的事，已经达到目的就好。于是他笑笑说："女掌柜，好事做到底，能不能赏点酒喝？"张桃红立即回答："老人家见外了，有何不可！"让店小二去拿酒。不一会儿，店小二拎着酒壶拿着酒杯回来，给老人倒上酒。老者欣然自得地喝了起来。张桃红见老人无事了，便去招待别的客人去了。店小二直立一旁，一声不语，静候老者吩咐。老者喝得很惬意，不一会儿一斤多的一壶白酒喝没了，又让店小二取了一壶。不一时，一壶酒又光了，让店小二又取了一壶。老者越喝越快，一连喝了五大壶。唬得店小二慌了神，忙去找掌柜的。张桃红慌忙过来，看老者神态有些恍惚，吓得脸色大变，责备店小二说："怎么搞的，这大年纪，干什么给他喝这么多酒？赶快扶老人家后堂休息去。"店小二上前刚欲动手去搀扶，老人睁开眼睛，呵斥说："动我不得，快去拿酒来！"张桃红劝慰说："老人家，您已经喝不少了，多了对身体不好，今天就喝这些，想喝酒改日再来喝。"老者睁开眼望着张桃红笑了，并无醉意，笑吟吟地说："要喝今日便喝个够，拿酒来！"张桃红觉得奇妙，此人喝这么多酒竟是若无其事，既然话已说了，要喝酒就喝吧，无奈又让店小二取酒。老者从上午一直喝到下午，直至酉时方才罢休。

老者喝得兴起，让店小二唤女掌柜。张桃红立即过来。老者笑着说："今日酒喝得很开心，真是好酒，喝了这么多，并不见醉，奇事一桩啊，能否带我去看一回你家用的水井？"张桃红未加思索便说："这有何不可，请来。"张桃红引老者穿过后门，来至园中井前，指辘轳下的井说："此井便是。"老者晃晃悠悠来至近前，双手扶井口探身下看，禁不住哇哇大吐起来，酒气十分难闻，看热闹的人多半捂嘴观瞧，认为老者不仁义，好吃好喝一小天了，怎么好来糟蹋人家呢？张桃红忙叫店小二等将老者扶起，老者说："不必了，我自己能起。"张桃红见他说话明白，责怪说："老人家，无理了，我对您并无反感，您何以绝我来财之道，脏污了这井水，今后还能用吗？"老者睁大眼睛笑着说："店家休怒，我是好意，从今天起这井水变成酒了，取之不尽用之不竭，还不如你意？"张桃红等不信，老者令店小二取壶来，老者灌了一壶，让众人品尝，无人肯试。店小二急了，上前夺过酒壶闷了一口，顿觉神清气爽，妙不可言，吧嗒了几下嘴巴，方回味过来，喝彩说："好酒，好酒！"老者说："此酒入口清醇溢香，温胃去火，滋肾养力，明目神怡，强智博忆。用时须用酒壶提取，唤名：井上春。"张桃红瞠目结舌，不知是好是坏，随口说了一句："那我家喂猪还没有酒糟了呢？"老者见状心想：俗话说人心不足蛇吞象，今见果真如此，讥笑得仰天长吟："天高不算高，人心比天高；井水当酒卖，难舍喂猪糟。"张桃红坦然笑说："老人家有所不知，若我们这等小户人家，开个小店，泔水酒糟也不舍得扔，喂几口猪，辛苦辛苦，一年下来也算个进项，没有大伎俩，图个温饱够了！"老者听罢，觉得实在，心中大悦，抬眼望去，正值张桃红张嘴欲言，乘其不备，将一粒米粒大小的仙丹飞入她口中。张桃红不知何故，顿觉口中清爽，满嘴生津，随即咽下，腹中一热，浑身舒爽。老者见她有贪欲之念，暗与她些苦楚，指点说："看你颜色，有三年劳苦之厄。"张桃红问："那便如何是好？请老人家指点。"张桃红已是肉眼俗人，不能看出其中玄妙，这老者不是别人，正是天庭太上老君。太上老君见张桃红问询，也想撒个人情，便说："少则也要一年六个月。"说罢，化作清风不见了踪影。

张桃红与众人见状目瞪口呆，不知是祸是福。众人刚要散去，李憨从外面姗姗赶来，神色慌张地问："怎么了？发生了什么事？"张桃红没有回答，却问他说："你哪儿去了？怎么才回来？"李憨知是妻子责备，马上回答说："上午送客时，有位山东老乡求我帮他找人通融一件事情，所以才回来。到底发生了什么事？"张桃红把那位老者的事简要说了一回，又问："你说这件事今后怎么办好？"李憨说："既然这口井水变成了酒，咱们重新再打一眼食水井吧。我这就去找人来打井。"说罢转身就走。店小二阻止说："李爷别急，我有话说，刚才那位老者嘱咐说：这井打酒时得用壶，而且须说'井上春'。我想：如果不说这话，就不会打上酒来。我看咱们试一下。"张桃红也说："那位老人就是这么交代的，必有不同，咱就试试吧。"李憨见妻子也这么说，就把辘轳放下井去，不一会儿绕了上来，舀了一口尝尝，井水如前，并无不同，似说似问："这也不是酒啊？"店小二拿起酒壶如老者所说，放下井去，又拽上来，递与李憨说："李爷，再尝尝这个。"李憨接过酒壶，嘴对壶嘴喝了一口。果然酒味浓郁，而且顿觉目明神爽。他高兴地夸赞说："啊，太神奇了，太神奇了，不可思议，这是上天赐给我们的神酒啊！"张桃红见丈夫乐成这样，心中也是美滋滋的，有说不出的惬意。

　　晚上回到卧房，张桃红又忧郁起来。她对李憨说："这井水的事应验了老者的话，可是他还说我有一年六个月的劳苦之厄，如果这话也应验了，我便如何是好？"李憨正值兴头上，笑着说："无妨，他只说了劳苦，苦是前兆，你会有好事，别怕，瞧好吧！"张桃红也说不出别的，祈祷说："但愿如此吧！"

第八章　降凡结雅河

太上老君从摩尔根回到天庭，向玉帝详细禀报了暗访关东大地和石龙河客栈的情况。玉帝对太上老君处理石龙河客栈的问题十分满意，又听了关东大地旱象情况，哀叹地说："黑龙投胎尚需时日，远水不解近渴，目下旱情如何解决？"太上老君出主意说："实在不行，可在诸位大臣中物色一人先帮助敖广行风布雨，关东持久旱象可解除。"玉帝赞同说："此策甚佳，恰合我意，你可以先物色一个人，到时不妨举荐一下。"二人计议已定。

一天，玉帝莅临凌霄宝殿，土地佬张福德向玉帝报告说："关东大地连年干旱，河泡干涸，地面龟裂，树枯草黄，鸟儿垂头，獐狍野鹿尸横山冈。农民种不得庄稼，牧人放不得牛羊，渔人撒不得渔网。人们苦不堪言，怨气冲天。"玉帝听后借由责问东海龙王敖广施职不力。敖广垂泪陈述说："老臣回禀玉帝，自从老臣失了三子敖丙、三女吉云，患了精神不振、身子乏力之疾，公职之事虽是精心操办，却是力不从心，效果渺然，还望玉帝体谅宽宏！"玉帝一看敖广这般光景也无心再追责，大大叹了一口气，问满殿众臣："列位爱卿，敖广年迈，家事不幸，情实可谅，哪位仙卿可协助敖广行风布雨，恩泽一方黎民百姓？"众仙相互观望不语，正在这时听得有报名之声："玉皇大帝，此等小事何劳众位大仙，小的不才愿往！"玉帝闻其声不见其形，有些惶惑，低头见殿上一条银白色蛇状东西抬头望他，身子在不停地摆动，忙问："你是何方妖怪，胆敢擅自闯进凌霄宝殿？"那东西尾一摆，马上变成一位白衣白裤，面色白皙，神情飘逸，洒脱脱的年轻汉子。他微微笑着说："玉帝，我不是闯进来的。我原本是凌霄宝殿东华厅鱼缸里的白鳗鱼，见玉帝问诸位仙翁，量自己尚能，便毛遂自荐！"玉帝又问："你有何能？竟敢在殿上口出狂言！"白鳗鱼刚要回答，一旁走出太上老君，向玉帝抱拳行礼，口称："容老臣禀告：白鳗鱼说得没错，他有两千年道行，行风布雨做如游戏，既然他愿意替敖广辛苦，恩请玉帝准他。"玉帝正色说："既然太上老君如此说法，那就准他，有道是非龙不雨，那就临时敕封为白龙赐名敖景吧！不过，这个监军可就是你太上老君了！"敖景磕头拜谢！

朝散之后，敖景立即回到鱼缸前，对旁边虾缸里的虾姑娘夏秀丽说："刚才玉帝的话想必你也听见了，我们终于有机会到人间享受天伦之乐了。"夏秀丽问："什么是天伦之乐?"敖景欣喜不已,直白地说:"咱们不是常说人间夫妻在一起恩爱生活吗?我这回就是为了咱们过上这种日子才向玉帝请缨的,要不凭什么去帮那个敖广做事呢?"夏秀丽一本正经地说:"我们是说过希望能尝试人间美好生活,但是可没说过我嫁给你呀!干嘛要我和你走呢?"敖景依然喜形于色地说:"地上人间地域广阔,自由自在,吃喝玩乐随心所欲没有约束,连西王母娘娘的七仙女都有思凡之心。你不也曾羡慕过吗?你还说将来要在一起多好啊!怎么变卦了?"夏秀丽喃喃地说:"那不过是闲谈罢了,也没当真啊!"敖景收敛笑容,认真地问:"那你是不想去了,到了人间游江河湖海,不比整日憋在虾缸里爽啊?江宽湖阔,任你玩耍;还有青蚊紫泥随你吃,何必让童儿喂你呢?多好的事呀!若是剩下你一个孤单单的可别后悔啊?还有谁在意你啊?别把自己看得那么了不起!也就是我吧,这么多年来朝夕相处,言语投机,交流起来很是开心,临走了还惦记着你点儿,谁知你这等无情无义,居然否认先前说过的话。"夏秀丽辩解说:"我没变,只不过觉得那样和你私奔了,也没个名分,就是凡间也是不好见人的。"敖景听后心里踏实,直白地说:"这不简单吗?咱俩都在凌霄宝殿,是天仙配,只要你我承认是夫妻就行了,下凡后谁还追究,从今以后我叫你娘子,你叫我相公。其实这并不重要,重要的是咱俩在一起要肝胆相照、相互扶携、相互敬重,过日子快乐就好。"夏秀丽娇声说:"那可有一条须发个誓,不许你吞食我的同类白虾,它们可都是我的子孙啊!"敖景听了立即发誓说:"我今后要是吃一只白虾,就让白虾头上的长刺扎死!"夏秀丽强调说:"你要是欺负我,我可不让你!"说罢跳出虾池,落地变成了一个亭亭玉立、婀娜艳丽的仙女,伸出两条柔嫩的胳膊抱住了敖景的脖子,忘情地亲昵起来。过了一会儿,敖景对夏秀丽说:"到了人间,咱俩住水府,在陆地上也要有个去处,便于欣赏人间景致,也算不枉白去人间一趟。"一鱼一虾谈唠通宵。

次日,敖景携娘子夏秀丽启程,前往关东大地的结雅河。两人驾着彩云正往前行,有一座高山映入眼帘,便按下彩云停在山头观起景来。二人正在欣赏眼前景致,忽听山那边有人朗声吟诵:白云悠悠飘山中,绿草茸茸托青松。岭上桃李涂粉面,涧水瀑布飞彩虹。鹤舞鸾飞鸣声亮,猿猴梅鹿相逐腾。不知香风来何处,已知此山有神灵。

夏秀丽听罢看见一棵大树后闪出一个人来,不觉身子一颤险些倒下。敖景赶紧上前搂住,未来得及问根由,突然放下手来,跪倒在地,拜称说:"小官不知太上老君在此,唐突造次,多有失礼,尚请太上老君包容见谅!"太上老君色历辞严地说:"畜生,你只管春风得意,盼早离仙境,却不行天庭清规戒律,愚昧放肆。还不给我滚回天庭!"说罢,拂袖而去。夏秀丽吓得变了脸色,问敖景:"回不回去?"敖景说:"不回,看他怎的!"拉着夏秀丽架起彩云欲往关东行走,不料彩云已经不听自己使役,自往天庭飘来。

敖景和夏秀丽径自飘入太上老君府上。只见太上老君端坐中堂，满面怒气，喝令："跪下！"敖景和夏秀丽赶紧俯伏在地，口称："太上老君息怒，小官知罪！"太上老君冷笑一声，问说："你且说说，所犯何罪？若说对了，我不追究丝毫罪责，任你随便自去。"敖景毫无警醒，满目茫然地观看太上老君颜色，见太上老君目光聚焦他脸上，立即俯伏在地乞求说："小官无知，尚请太上老君赐教！"随即叩头不止。太上老君愈加恼怒，扔给他一条拐杖，呵斥说："自裁三杖！"敖景无奈立起身子拿起拐杖，照自己臀部便是一拐，只听得敖景"啊呀"的一声没了声息。敖景有所不知：这太上老君的拐杖不是常用之物，神奇玄妙至极不可言喻。这一拐杖打下敖景已是原形毕露，只在地上轻轻蠕动，不能言语。夏秀丽吓得魂飞魄散，刚要变化，被太上老君制止。太上老君问敖景："知罪？"敖景摆动鳗鱼之身，轻声说："知罪！罪不该忤旨，不想返回天庭！"太上老君哼了一声："其二？"敖景说："未辞仙君，教诲未受！""其三？"敖景说："私带夏秀丽下凡。"太上老君消了一口气，命令说："你且变化龙体。"敖景将鳗鱼头一晃，还原白龙体状。太上老君说："白龙，非本仙刁难于你，实属本官职责未尽，已亵渎监军之职！本仙要你回来是想将你的职责交代明白。玉帝敕封你白龙之职是临时的，行风布雨之责也是临时的，而且是协助敖广，本末位次要清楚，请示汇报不可越位。此去结雅河路过东海，你要到东海龙王敖广那里报个到，务要询其赐教。如何满足庶民要求，如何做到玉帝信任，全靠你自己，有道是：德善行善，德恶行恶，功成于德亦溃于德，做事切不可由性而行！仅此训示，你还有何难处可言？"敖景跪地三叩首，拜谢说："太上老君乃师祖之尊，诚训铭刻在心，务施于行，请监军放心。小官尚有一事请求，斗胆拟将夏秀丽带去，以察卑职施职之周全，恳请监军仙师成全！"太上老君淡然一笑，敲打似的说："怕不止如此吧？"敖景知掩饰不过，乞求说："如仙师所知，弟子羞于说出。"太上老君一看如此光景，不如送个顺水人情，笑笑说："此事非监军所管，你自斟酌就是。不过，夏秀丽，本仙有一事须你助力，切不可怠慢。"夏秀丽总算有了一次说话的机会，忙跪拜说："先谢太上老君成全之美！敢问所助何事？"太上老君一笑，挥挥手说："到时候便知晓了。"敖景与夏秀丽辞过太上老君踏上彩云离开天庭。

　　行至途中，夏秀丽反悔，急急地说："白龙，我不能跟你走，太上老君未曾许诺咱的婚事，这么走名分不正，你出殿有玉帝旨意，我是私奔。凌霄宝殿神童玉女肯定知晓，告诉西王母娘娘就坏事了。西王母娘娘对自己亲生女儿管教那么严，连七仙女下凡都被贬当了织女，又派了天兵捉了回来，好一顿惩罚。我只是一只宠物虾，毫不知语，如有藐视西王姆娘娘之罪，派罪下来还不把我拍死。到那时你还是哥一个，弄不好还受牵连，长痛不如短痛，现在改过还为时不晚。我会记住你对我的情谊，以后你有什么难处，我能帮得上的，我会报答你的。"夏秀丽说完泪流满面，松开敖景的手，转身返回天庭去了。

敖景听后见夏秀丽走回，一时茫然不知所措。他开始怪怨夏秀丽毫无主见，胆小怕事，是出于对自己的不信赖，在她眼中自己还不是最中意的人。敖景又觉得夏秀丽说的理由似乎也有一定的道理，不是没有可能性。敖景想着走着，前去凡间的心情越来越不好，郁闷，烦躁，恼怒，不甘心。也许是急中生智吧，敖景想到常到鱼缸旁边看自己的月合仙翁。想到这儿，他立即掉转云头也回了天庭。到天宫月楼来找月合仙翁，他不敢冒进，焦急等待。过一时红线玉女走出来，敖景忙上前施礼说："烦扰姐姐通报仙翁，敖景有事求见。"红线玉女回府禀报说："仙翁，敖景求见。"月合仙翁说："令他进来。"敖景进府见了月合仙翁，施礼拜说："仙翁吉祥！"月合仙翁问："找我何事？"敖景回说："仙翁在上，小官有一事烦请仙翁恩助。前日玉帝命小官去东海助老龙王敖广布云施雨，恩泽一方庶民。小官觉得自己毕竟不是龙脉，怕有负玉帝，想带虾姑娘夏秀丽一同前往，请她督察失误之处，以求圆满；再有我俩同殿多年，彼此很是爱慕，此一去定然分离，免不得各自朝思暮想，日久于心于职都会不利。今天冒昧，厚颜恩求月合仙翁周旋成全，此恩永不相忘！"月合仙翁思虑良久，对敖景说："敖景啊，你们两个实属异类，又非人非仙，不是本座管辖范畴，说也无助，回去吧！"敖景碰了钉子，只得谢过，出了天宫月楼，准备另辟蹊径。

月合仙翁见敖景走了，料他不会死心，恐再来找他，一味坚持亦怕不服，便去找西王母娘娘探口实。见到西王母娘娘，月合仙翁把敖景的请求讲述一遍，之后说："下官愿听娘娘懿旨。"西王母娘娘说："月合仙翁，你一直做这种善事，怎么连这种无责任的人情也不会撒了？尚不如太上老君了，他还送个顺水人情呢！"月合仙翁疑惑地问："这个人情怎么能随便送呢？"西王母娘娘微笑着说："月合仙翁，你是真的糊涂了，还是装给本宫看呢？那敖景虽是非人非仙，但是他多年修行得道，已变化成人身仙风，能替敖广做事了，他的要求可以参照人间风俗惯例去做嘛！"月合仙翁如梦初醒，拍手夸赞说："娘娘说得对呀！这好事应该给撮合成啊！"月合仙翁得了懿旨，匆匆回了天宫月楼。

敖景出了天宫月楼，径直来找太上老君，兜率宫门口遇见守炉童儿银角，问好之后相求说："麻烦银角小师傅禀报太上老君，敖景有事求见。"守炉童儿银角转身进了宫府，报告太上老君说："敖景门外候见。"太上老君说："让他该找谁找谁，本座今天不管他的事。"银角出来说了，敖景心中对太上老君更加气恼，转身离开了。他心中暗想："还找谁去呢？"忽然眼睛一亮，想起太上老君的话"该找谁找谁"，便折身来找月合仙翁。敖景有些生气，没用通报竟自己直接进了天宫月楼。红线玉女告诉敖景："月合仙翁刚出去，不在府中。"敖景问："何时回来？"红线玉女摇摇头。恰好月合仙翁踏进天宫月楼宫门。月合仙翁问敖景："又来何事？"敖景气哼哼地说："仙翁，小官有理辩说：我虽是非仙非人，又是异类，可是玉帝准我去办人事，理应享受人的待遇。你不肯给办，那是你不讲道理！"月合仙翁笑了笑说："年轻人，火气不要太壮了，慢慢说，或许还有希望。"敖景听了立即转为笑颜，赔礼说："小官无知，多有得罪，仙翁不计小人过，恳请仙翁仁慈为怀。"月合仙翁淡然一笑说："巧嘴善辩，可见你非平庸之辈。也罢，童儿你去把夏秀丽领来。"红线玉女出去不一会儿，便把夏秀丽领来了。夏秀丽施礼见过月合仙翁。月合仙翁问夏秀丽："虾姑娘，你可曾答应嫁给敖景？"夏秀丽回说："应过。"月合仙翁又问："为何反悔？"夏秀丽回答说："前次随去，乃数私奔，心惧而返。"月合仙翁又问："现在还愿意嫁给敖景吗？"夏秀丽抬头望望月合仙翁，月合仙翁将头转向敖景。夏秀丽这才看到敖景也在天宫月楼，沉吟片刻，回答说："虾姑娘不敢有违天条，除非西王母娘娘有懿旨！"月合仙翁笑笑说："那么本座做主如何？"夏秀丽红着脸憋了一阵子，喃喃地说："仙翁，圣寿无疆！"月合仙翁站起来，乐呵呵地说："你二人跪下，三拜西王母娘娘，本座就算你们结婚了，并许你与敖景同往！如何？"敖景赶紧跑过来，拉着夏秀丽跪下，朝西王母娘娘瑶池行宫拜了三拜，又起身跪地向月合仙翁拜了三拜。月合仙翁祝他们百年和好，让红线玉女送他们出了府门。

夏秀丽出了天宫月楼，对敖景说："你先出南天门外等候，我去去就来找你。"说罢二人分开。夏秀丽来到瑶池找到了飞龙姑娘，向她寻求帮助说："飞龙姐，月合仙翁已经答应我和敖景同去，可我心里一直对白鳗鱼不放心，他向来喜怒无常，不知什么时候坏了肠子，想向你求借一样东西护着自己，这样才会踏实。"飞龙抿嘴一笑说："都肯嫁人家了，怎么倒又内心不踏实了？"夏秀丽说："姐姐你也知道，他习惯突出自己，从不顾全别人的感受。到那时我就无助了。"说完眼睛红了。飞龙胆大仗义，见闺蜜有求于自己，自己就应该责无旁贷。于是跑进屋去拿着一个小盒子递给了夏秀丽，告诉她这是天魔镜，并把用途和咒语告诉了夏秀丽，嘱咐她此事不能让敖景知晓。说完回到屋里去了。

夏秀丽将小镜盒藏在身上，来到南天门外。敖景问夏秀丽："这么半天跑哪去了？"夏秀丽说："你也知道，我一向和金龟子不错，分别了须得支吾一声才是。"她指指自己的眼睛说，"你看，我俩都哭了！"敖景说："嗨，多大点事啊！"说完拉着夏秀丽的手踏彩云直奔关东而去。一路上两个人卿卿我我从未有过的开怀惬意。到了东海域界，夏秀丽对敖景说："此处已是东海龙王水晶宫所在，太上老君不是让咱们前去参见老龙王敖广吗？为何不停下？"敖景不理睬地说："我去拜他，我替他干活，他理应来见我才是，求人还摆架子，我才不买这个账呢！"夏秀丽说："这是你答应太上老君的，不去不是言而无信了吗？"敖景冷冷地笑："那是在天庭！现在离开了，一切就由我说了算，还用他嘿呼。我最恨他，一开始他就训斥我一顿，还责打我；为我们的事去求他，反又被他拒之门外。我好赖也是玉帝亲口敕封，他又能将我如何。天庭有好几位大仙对我好，他们都会向着我的。这回到结雅河咱先做几件事，给玉帝报上去，保证让玉帝满意。玉帝满意，他太上老君算什么？"夏秀丽说："这样不好，太上老君毕竟是监军，你不常在玉帝身旁，他奏你几本，也够你喝呼的。"敖景有些不耐烦地说："他，我还不知道，一天养尊处优，独自尊大，目中无人，除了炼几粒丹，还能做什么？得了，听我的，别扫了咱们的好兴致。"

彩云飘飞，不一时敖景和夏秀丽二人便来到关东大地的结雅河边，按下云头，落在岸边。二人放眼四下眺望，果然是个好去处。但见结雅河：波涌波，波波相连；浪排浪，浪浪相逐。近望河面亮晶晶，远眺天边雾蒙蒙。天连水，水连天，河中云影映天蓝。河畔芦苇摇摆首，岸边垂柳随风旋。雁鸣鹤舞声嘤嘤，鸳舞鸯戏情绵绵。人道天堂万般好，仙入人间也眼馋。

二人沿河边走了一阵子，打耍嬉闹，好不开心。

敖景止住脚步，脸上现出怒容，右脚踏地，高声喊叫："土地佬张福德何在？土地……"不远处闪出一位老者，鹤发苍颜，手扶拐杖，一瘸一拐地走过来施礼，歉意地说："白龙爷，小神张福德在此，迎接怠慢，还望恕罪。不知唤小神有何吩咐？"敖景说："本官到此，如此怠慢无礼，是不是小视本官？你且如实说来。"土地佬哭笑不得，报苦说："此地三年无雨，万物难生，庶民怪地怨天。小神抚恤拯济，安葬尸骨，终日东奔西跑不得宁息。一心盼望龙王爷驾临，行风布雨，拯救苍生，哪敢怀鄙视之心？"敖景冷冷地说："这么说是我屈枉了你？"土地佬说："小神不敢。"敖景说："这就好。我想本官来此上任，你不会没有打算吧？我和娘子住在哪里？一日三餐如何吃法？"土地佬说："听从白龙爷吩咐。"敖景说："这就好，我令你寻一处风水之地，给本王筑一座龙王庙，一是住用，二是享些香火。你即去办理，不可懈怠。"土地佬二目圆睁，大声说："白龙爷，建庙一事，请你收回成命，小神做不到，如今鬼哭狼嚎，庶民衣食无助，哪里去筹资购买砖石木料，哪里去募集土木瓦匠，恕小神无能！"敖景气冲面门，一挥手打了土地佬一巴掌。

土地佬身子一晃没了踪影。

第九章　双战鲤鱼精

敖景见土地佬逃了，更为恼火，掐手指咒语一念，土地佬立马从地里钻了出来，嘴角流着血。敖景开骂："老废物，想溜？老子就是把你这把骨头剔吧剔吧也得把这个龙王庙建起来！"敖景说罢伸手去拽土地佬，土地佬急忙跪地磕头，哭着央求说："小神实在无法，请白龙爷体察。"敖景怒不可遏，呵斥说："你死心眼子，农民、牧人、渔人，不都有房舍吗，拆了他们的，建我的。谁敢不听，我永世不给降雨，让他们分个孰轻孰重！把我的话去向他们说！"土地佬领旨走了。

敖景看着夏秀丽笑了，卖乖地说："这等人物，见面你得给他个下马威，要不他就不知道你马王爷三只眼。小瞧我，老朽的！"拉住夏秀丽的手得意地说："走，咱们河里逛逛。"

敖景和夏秀丽来到结雅河，各自变化成原身跳入水中向深处游去。毕竟与凌霄宝殿的鱼缸不同，河中景色格外新奇：河水清清的悠悠荡荡、晶晶亮亮；浅水处水面上映云照日，水天一色；河底淤泥上生长的荇草绿油油地随着水流摆动不止，拼力扶摇向上；深水处光色淡淡的视觉迷茫，寂静中生物游动各自繁忙，单个鱼逍遥自在，成群鱼过往慌张；蛤蜊一挪一蹭地河底走动，水獭、梭鱼、鲤鱼、鳇鱼、大马哈鱼结帮成群捕获食物，大鱼吃小鱼，小鱼吃虾米，真个活生生的生存景象。这里岂是天庭鱼缸可比？整个是个生机勃勃的一个崭新世界。

白鳗鱼敖景在这种环境中亢奋不已，游动起来上下欢腾跳跃甚是忘情。虾姑娘夏秀丽轻盈晃动身子，紧紧相随。夏秀丽虽然也是一只虾，天庭选拔出来的宠物定然要与众不同：她身体各节上都是一个红环、一个紫环和一个浓淡相宜的白环组合而成，色彩十分靓丽；头部唇枪犀利，触须柔长，更显雍容华贵，引来无数鱼虾围观。

敖景看见同类惊异的围看，感到无比荣耀，越发欢心不已。他对夏秀丽说："前边有一处宫所，看是谁家宫府所在。"他们兴致勃勃地来到宫府门前停住，仔细观看：门厅阔大，上有一匾，书"龟王府"三字。宫舍黄墙玲珑别透，绿瓦飞檐滴翠；宫内清新雅静，明珠光彩辉煌。宫舍虽然不大，但是建筑得十分精巧，似有殿宇威严。敖景看罢心中不平，气愤地说："这东西在此也敢兴妖作怪，称什么龟王府！"说完尾巴朝上一晃，那牌匾应声落在台阶上，摔得粉碎。随后又用尾巴往上一指，一块新匾挂上，上书"白龙王府"。敖景对夏秀丽说："这个宫舍咱们临时借来住住，也可解燃眉之急。走，进去看看！"敖景与夏秀丽肩挨肩一起进了府门。守门的四个卫兵把他们拦住，其中一个卫兵呵斥说："来者何物？敢闯太岁大殿！"敖景置若罔闻，尤入无人之境，径直游入殿内。四个卫兵紧随其后，叫喊着把它围了起来。敖景尾巴用力摇动一下，四个卫兵一齐仰身倒地卧在门堂。龟王在内堂早已按捺不住心中怒火，拎起两柄八棱紫金锤，从桌案后腾跃跳出站到敖景面前，瓮声瓮气地吼叫："你是何物？敢来本太岁圣殿撒野，看锤！"声到锤到。敖景不慌不忙，微微朝左侧一个腾跃闪开，随即翻转身体，尾巴一扫将龟王撂倒在地。龟王不服，跃起再战，双锤上下夹打敖景。敖景甚是机灵，纵身跃起躲过双锤，将尾巴在龟王头上轻轻一个甩打，那龟王身子趔趄扑倒在地，口中骂不迭休。敖景游过去立即压在乌龟壳上，用尾巴不停地拍打它的头。龟王不得已将头缩回，仍是吼叫咒骂说："你是什么东西？敢如此欺辱于我！"敖景说："我是白龙敖景，奉玉帝旨意到此管辖关东大地，刚到结雅河，你不以礼相待，反而对本官武力要挟，岂肯容忍！"说罢，又用尾巴连拍数下。龟王疼痛难忍，依然吼叫说："你不过是一条白鳗鱼，来此处招摇撞骗，口出狂言，何以为信！"敖景落在地上，笑着说："此殿明明是我的，你出手打我，反说我骗你。"龟王辩称："我在此居住多年，管理河中大小事务，怎么可能成了你的呢？一派胡言！"敖景说："你若不信，可去外面门前看看。"龟王爬出门外，见府匾已换，气得就地连翻三个跟头，呼喊："白鳗鱼，你这强盗，强取豪夺，欺我无能啊。"转身对卫兵下令说："速传令众将军来，捉拿白鳗鱼。气杀我了！"

两个卫兵跑出去了，不一会儿众将齐至。刀枪剑戟，锤杆棒叉，鞭棍镗钩，钳铜弓耙。家伙碰得叮叮当当乱响，个个满眼杀机。蓝眼秃头口如盆大，黄脸双角血嘴张开，红顶独锥露出獠牙，黑头小眼唇舌细长。兵器舞，凶光吐，杀气腾腾。军卒整队摩拳擦掌，将官阵前耀武扬威。队伍列阵完毕，龟王站在台阶上摆出王者姿容，右手八棱紫金锤一指，气势汹汹地说："各位将军，这白鳗鱼、竹节虾，不知是何方来历，到此横行霸道，占我宫府，还将我三番五次打倒在地，羞辱于我。是可忍，孰不可忍！哪位将军与我拿下？"话音未落，方队里走出一员大将，身高丈五，黑头黑身，赤手空拳，来到阵前，大声说："大王莫要悲泣，末将拿住白鳗鱼与你出气就是了。"说罢喊叫起来："白鳗鱼，在哪里，给我滚出来。"敖景从宫内走出，四周望一眼，毫无惧色地说："谁在口出狂言，还不通名受死？"黑将军说："我乃青蛇是也！"说罢猛力扑向敖景，双方厮缠在一起，犹如一团麻球在水中飞旋。敖景一会儿变小，游动在青蛇身体里侧。青蛇回头咬不到，摆尾打不着，情急之下想起一计，将身子窜向上方，猛一回头，张口吐出舌芯来吸敖景。敖景以为青蛇要逃随在后边追赶，见青蛇回头张口，知道是青蛇用计来伤自己，便立即变化一段树枝。青蛇一口将其吞下，落在阵中，向龟王报告说："我已将白鳗鱼吃掉！那只虾呢？乘机一起吃了算了。"未等龟王说话，敖景在青蛇嘴里发出话来："蛇怪，你不要高兴得太早了，谁死还不一定呢？现在，我来折腾折腾，你要禁不住疼痛，赶快向白爷爷求饶！"敖景把枯树枝慢慢变大变长，上顶青蛇上牙堂，下刺舌根，那树枝不停地长，刺破皮进入肉中，血流了出来。青蛇哪儿受过这个罪，疼得浑身酸软，眼睛直冒金星，躺在地上急切地翻滚。龟王十分怜悯，劝导说："蛇将军，你且饶了他这回吧，保性命要紧啊！"青蛇坚持说："我从未求人时叫过爷爷，我不叫，至死不屈辱自己。"龟王说："兄弟，好汉不吃眼前亏，还是叫吧，要不我替你叫了。"此时青蛇话也说不出来了，摇着头，不得已声音无力地说："白爷爷饶命！白爷爷饶命！"敖景听到青蛇求饶，让青蛇把口张开别动，纵身从它嘴里跳了出来。

正在敖景得意的时候，不防被身后一妖怪将自己用双手掐住，那手牢牢地扣紧，宛若两把钳子一样。敖景问："你是什么怪物？快报上名来，爷死也死个明白。"那怪物说："我乃龟王属下螃蟹大将军刑拐是也！"说罢，将敖景举过头顶，问龟王："王爷，你想怎么处置，我看把它剪断算了？"龟王摸摸胡子刚要发话。夏秀丽飞速冲到面前，唇枪已经插进龟王的脖颈里，双须抠住他的两只绿豆眼。夏秀丽不慌不忙地威胁说："老贼，你放了敖景，否则让你失去双眼变成哑巴！"说完，用力震动了一下唇枪。龟王做梦也未想到自己会被当作人质。他感到夏秀丽技艺非同一般，急忙摆手说："放了敖景！螃弟，快放手！"螃蟹将军不得已放了敖景。

夏秀丽也饶了龟王，与敖景合在一起。敖景见众兵将不退，恐吓地说："怎么的，不肯善罢甘休是不？谁有本事上来比试比试？"这话惹恼了鳇鱼精，只见他胖头胖脑大嘴巴，腮上两根须子钢锥一般，满身黄袍铠甲锃光瓦亮，甚是威猛。鳇鱼精提着两口乌金凹面剑，直奔敖景和夏秀丽而来。敖景问："你是何怪？"鳇鱼精到了台阶前，报号说："我乃是龟王属下鳇鱼大将军。本将军在此岂容你戏耍我等。"说着朝敖景劈面就是一剑，剑飞如梭，敖景躲闪不及，眼见刺到身上，将头一偏，游动身子向前一纵，顺着剑的凹面滑到鳇将军左手上，狠狠地咬了一口，那剑悄无声息落在地上。鳇将军疼得嗷嗷直叫，右手剑一摆砍向敖景，被敖景灵活地躲开。鳇将军见几剑劈砍不着，便十分急躁，拼命地厮杀。众将看鳇将军也不能擒获敖景和夏秀丽，便蜂拥而上，将敖景和夏秀丽围在核心，拐打钯挠，戟捅抢扎，刀砍斧劈，杵捶鞭抽。刀戟相击乒乒乱响，杵拐相敲声如爆竹。鳇将军一旁看出破绽，大喊一声："散开！"众将一愣神，鳇将军箭一般冲入阵中，飞身一口咬住敖景的尾部。夏秀丽见敖景被鳇将军死死咬住不放，情急之下挺起唇枪刺向鳇将军的眼部。

鲟将军正在发力，想咬下嘴里含着的敖景肉，不防右眼被虾刺了一下，眼前一黑，疼痛难忍，"嗷"的一声松开口，转身来攻夏秀丽，又是一场混战。敖景与夏秀丽协力抵战，力渐不敌。鲟将军见他俩腾跃游移动作减缓，又见他们相互掩护，急忙闪身立定，从大嘴中喷出一团口水，像散落的雾罩住敖景和夏秀丽。鲟将军哈哈大笑地说："量你两个臭鱼烂虾，也成不了什么气候，跑吧，跑啊？"众将举起家伙去打，鲟将军制止说："列位不可，你们那些兵器打上就收不回来了。暂且放在这里，待我进府调治一下眼睛，回头再处置它们就是。"

敖景和夏秀丽如同被装在一个乳胶袋里，左冲右闯，使尽了浑身解数也无济于事，脱逃不得。夏秀丽安慰敖景说："相公勿急，待我用唇枪戳开它。"说完，挺枪便扎，枪刺进去了，这个罩子随力起伏就是不破。扎了半天，两个人倒被乳胶罩隔离开了，各自动弹不得，无奈只得安静下来静观其变。

鲟将军进府调理了一阵眼睛，右眼还是什么都看不见，而且越发疼痛不止。鲟将军气急败坏，跑出府门，大声说："诸位弟兄，抄好家伙，待我念完三遍咒语，你们就给我使劲拍打那白鳗鱼和竹节虾，直到把它们砸成肉酱！"众将围拢，眼睛盯住，唯恐跑掉。鲟将军嘟嘟囔囔叨咕一遍，举一下手；接下来继续嘟囔，又举一下手；再接下来又嘟嘟囔囔叨咕一遍，举起手历声高叫说："弟兄们，给我狠狠地砸！"龟王拨开众将说："各位将军，由我先报羞辱之恨！"说完，高高举起八棱紫金锤，刚要发力下砸，只听空中有叫喊之声："都给我住手，不可造次！我来了。"龟王抬头一看，只见水面排开，漩涡翻转，其声如闷雷一般，即时东海龙王敖广来了。龟王见是敖广，赶紧放下手中双锤，跪倒磕头，拜说："龟王不知龙王爷爷驾到，有失远迎，罪该万死，还望龙王恕罪！"其余兵将一起跪倒，山呼："龙王爷爷万福安康！"

敖广落下祥云，站到龟王府台阶上，正色说："是谁擒了敖景和夏秀丽？"龟王回答说："不知敖景和夏秀丽是何许人？"敖广痛斥说："畜生，快把烟雾罩打开！"鲟将军急忙上前，口念咒语，雾罩霎时不见了。敖景摇头一晃变成白龙王子，夏秀丽身子一动，变成美丽的仙女。二人参见龙王，平和地说："感谢东海龙王搭救，下官给王爷请安！"敖广摆摆手说："敖景不必过于客套。"龙王敖广对龟王等说："幸亏我来得及时，不然你等定遭灭族之罪。"龟王等不解，都疑惑地望着龙王敖广。敖广便把玉帝敕封敖景为白龙助自己行风布雨一事说了。龟王等唬得魂飞魄散，慌忙跪下，齐声说："我等不知白爷爷降临，忤逆白爷爷，罪在不赦，请白爷爷发落！"敖广说："敖景，所谓不知者不怪罪，你就饶恕他们吧！他们都会助力于你的。"敖景说："一切听从龙王旨意！"敖广说："从今以后，这里一切皆由白龙敖景代我掌管，你等俱得听从他的安排，不得有违！"龟王等回答："遵从龙王爷爷旨意，尽心竭力。"

敖广对龟王说："你且让众将回府，进你府内有话要说。"龟王令众将退去，请东海龙王敖广和敖景、夏秀丽进府落座。敖广问："刚才你们因何事打斗？"龟王先行答说："下官愚昧，不曾知道敖景爷降凡结雅河一事，见他要占我的宫府，一时急切性起，便与他打斗起来。白龙爷也曾说过他是来此地管事的，下官认为是诳语，意在蒙骗，所以执迷不悟，招来众将大打出手，故有冒犯天庭、不尊敖景爷之罪，请龙王爷爷降罪罚处。"敖景辩解说："这事我也有不是之处，一则事先未向龙王禀告，取得训诫；二则急于下榻落脚，好行风布雨，解庶民干旱无雨之急。"龙王敖广听出敖景有一石二鸟之意，心中不快，劝和说："此事完全是一场误会，各自不必暗藏心怀。这里诸事待兴，你们尚需相互提携，齐心协力满足庶民期待。不知龟王意愿如何？"龟王立身拜谢："龙王爷爷圣明，谢龙王爷爷不罪之恩！我等不会记恨前嫌，做龙王爷爷要做的事，是我等职责名分，定要倾力而为，决不懈怠，尚请放心。"敖广说："如此说来，我就放心了。希望你一如既往像支持我那样，支持今后白龙敖景的事务。"说完，领敖景、夏秀丽出了龟王宫府。

敖景回身对龟王说："刚才你对龙王表态很好，不知今后对我如何支持法？"龟王甚是精明，应声回答说："愿随白龙爷身后，倾献汗马之劳！"敖景领悟龟王是当地一霸，又被敖广信任，不敢慢待，便说："我要重用你，你就做我的丞相怎么样？"随之征求敖广意见。敖广说："人归你用，给个职称也好。"敖景犹豫起来，想了一会儿说："那就称你为乌丞相如何？"龟王激灵，甚称本意，跪地磕头说："谢白龙爷栽培重用，下官愿尽犬马之劳。"敖景走过去拉起龟王，笑着说："那本座今后就称你为乌丞相了！"

敖广乜斜了龟王一眼，领着敖景和夏秀丽走了。敖广三人跃上高空，在彩云上俯瞰关东大地，沿结雅河往上行了一气，又潜入结雅河水底，来到一所宫府前。敖广指着宫府说："此宫乃是三子敖丙在关东水下宫殿。自从三子被哪吒害死，这多年来劳心伤智无心水事政务，想子之情可谅，疏民之责难却，真是苦煞一方黎民百姓了。"敖广说着领着敖景和夏秀丽进了水宫府。

敖景和夏秀丽被眼前漂亮的府邸惊得目瞪口呆了，这里的一切都不是龟王府所能比拟的。这里：水中龙宫不见水，雕梁画栋金做成；玉器辉辉耀眼亮，仙草翠翠摆阶亭。宫中无灯不黑暗，夜光明珠吐彩虹；男童玉女立两侧，龙书案后坐椅空。

敖景看罢兴起，忘了这里敖广尚在，飞身坐在龙椅上，摇晃了几下，十分惬意，一时杂耍嬉戏不止。夏秀丽横了他一眼，示意让他下来，龙王尚在未免有失礼数。敖景故作傲气，呆坐不动，念央说："天生我材必有用，从今往后不被欺。如今当差偶遇得，承蒙龙王施善意。"龙王知他久居鱼缸，见识狭窄，修养不济，不懂规矩，也不在意。敖景笑着暗示说："好山好水好公堂，不是神仙亦可享；只道乌纱飘头上，名分不守梦黄粱。"

夏秀丽躬身施礼说:"龙王恩师久居宫廷,深知宫规礼仪,还望多多教诲!"敖广说:"今天我来,一则给你们夫妻找个地方,方便你二位做工休养生息。二则行风布雨之事略作嘱托,还劳敖景助理知晓:高山平地有区分,布风施雨要细心。山地风大勿要多,平地风轻雨要勤。少而无济多成害,掘地三尺问水深。天降我才要牢记,自古祈雨是庶民。"

敖景说:"知道了,因地而异,布雨行风,不一概而论。"敖广点点头说:"敖景算是聪明。"敖景接过话头说:"连这么点小事都听不明白,还敢毛遂自荐啊!"敖广心中十分不悦,知是他嫌自己过于絮叨,心生有被无视的感觉,也想尽快结束谈话,便说:"敖景,老神有几句话还想唠叨唠叨,希望你能认真听听,有道是:天愿民意难随和,只因中间你和我。要想我为遂天意,除非弃恶修美德。"敖广说罢,辞了敖景和夏秀丽回东海去了。

敖景和夏秀丽送走了敖广,进水宫府想要休息。夏秀丽脸色冷落地说:"敖景,你过去不是这样,现在有点官衔了,怎么连个尊长大小都不分了?"敖景说:"他已是老朽了,不行才让给我的,现在他离不开我,仗着我给他圆面子呢,我敬不敬他,他不是干挺着吗?能将我怎么样?"夏秀丽争辩说:"如何降雨是有好多学问的,不是能降就行了,你应该好好学学才是。"敖景还想说什么,未来得及开口便停住了。这时卫兵进来报告说:"土地佬张福德门外候旨。"敖景令他进来。土地佬进宫跪倒说:"祝贺白龙爷乔迁新居!"敖景十分不悦地说:"只为此事特来?"土地佬说:"不是。还有一事禀报:结雅河岸边有众多庶民闹着要见你。"敖景问:"为何事?"土地佬说:"庶民说:无钱、无料,难修龙王庙。"敖景二目圆睁,呵斥说:"你给我滚出去!"

土地佬乖乖地走出水宫府。

第十章　初次施风雨

土地佬被敖景斥责后赶出水宫府，出水来到岸上，众人围拢过来。土地佬将说情一事据实告诉人们，众人气愤不已，异口同声地说："既是玉帝派来为我等行风布雨，为何正事未做，竟然逼迫我们给他修龙王庙，自古以来也没有这等事说。我等住无居所，食无谷粟，饥渴无着落，哪里有什么钱物大兴土木工程。敖景来，反不如早早回天庭算了！"土地佬听了，哑口无言，对众人说："我再去一趟。"

土地佬重返水宫府，为众人申诉说："白龙爷，不是小官不识礼节，特意制造麻烦，情实可诉。这里人们连年遭受旱灾，疾苦难熬，力不扶椅，整日卧病在床。依小官之见，不若缓期一二年，待他们物阜仓丰，解决了温饱时再兴工修建也不迟。"敖景震怒，吼叫说："你是见我有了住处就向我说情吧？这个面子不能给你，我说了，就得照我的做！"土地佬不语。夏秀丽见状劝慰说："相公，土地神说得情无虚言，百姓靠天吃饭，天不下雨，地不打粮，连年下来何以为生？不如眼下降点雨，庶民等盼我们也有希望啊！还有我们来了就做事，玉帝知道了，必定赏识，何不荣耀一回呢？"敖景坚持实际是为了给夏秀丽看，听夏秀丽这么说立即改换了语气，对土地佬说："娘娘所言极是。我虽坚持那样做，但心中也早有此意！好吧，土地佬，就依你所说，我立即去布雨如何？"土地佬深感意外，嘴上却说："谢白龙爷恩典，小官这就告知庶民！"说完乐颠颠出了水宫府。

敖景见土地佬走了，委婉地说："娘娘，今天是我们的良宵之夜，竟被一伙草民搅和的让你扫兴了。真是头戴乌纱帽，身子不由己呀！"夏秀丽开导说："相公，你也不必气馁，你我之事来日方长，何必苦恼一时呢！去吧，早去早回。"敖景依依不舍，出了水宫府，变作龙身，架起彩云朝大海奔去。他想尽快把布雨的事情做完，一门心思驱使彩云如飞似箭。太阳快落入大海了，西天仍是光芒灿烂，漫天寻不到一丝云霞。

敖景低头一看，脚下出现一大片水面，心中暗喜，只见那处：云飘飘，雾腾腾，白山巍峨出云中；水蓝蓝，波粼粼，清池嵌在山顶峰。敖景看罢跃身降入池水中，真是好大的一片池子啊！他暗想用此水布雨不是既省路又省时间吗？于是发力晃动龙尾，那水随风搅动升腾起来。"慢着，你是什么东西？胆敢搅扰我这清静之地！"敖景回头一看，身边不远处出现一个大怪物，唬得魂飞魄散，立即停止摆动。那怪物身长有二十多丈，高六丈有余，脖颈有三丈长，龟形的身躯巨如磐石，皮肤光光，深灰发亮；眼窝深陷，目光闪亮；说话瓮声瓮气。敖景听了阴森恐惧，心里嘀咕：这怪物若是兴师问罪怕是性命难保，不如乘它尚未近前先逃为妙。想罢摇动尾巴便欲离开。可是，无论它如何发力，尾巴动而身子不动。那怪物哄然大笑，嘲弄说："小子，想跑？怕是由得你进来，出去可就由不得你了！"敖景问："你想如何？"说罢，也不听那怪物回答，照着怪物的头扫了一尾巴。怪物见敖景来打，将头颅朝下一低，敖景扫了一个空。敖景见它躲闪灵活更加怯怯，回身冲向怪物脖颈便是一口，谁知那脖颈粗大得很，而且表面滑溜无比，竟然咬不到它分毫。怪物动了火气，将头一摇敖景就被搅动起来，身子如同一节绳头，随着旋流舞动，一会儿上，一会儿下，一会儿左，一会儿右，翻转不停。怪物见状气消，来了兴致，越发快了起来。怪物问："小子，享受如何？"敖景也不言语，忽然将身子变大。那怪物觉得蹊跷，停止晃动奇异地问："你是何方神灵，说来我听听，也许会放了你。"敖景说："我乃凌霄宝殿玉皇大帝亲封白龙，奉旨来关东大地行风布雨，解救一方之灾，今来此处取水，不想遇你阻住。敢问你是何怪？胆敢在此兴妖作孽？"那怪物开怀大笑，情趣盎然地说："喔呀！原来咱俩还有点家族情缘。"敖景一听神情有些放松。怪物说："我本是八千八百万年前的霸王震龙，名叫泓溪，世间叫我水怪，生活在峨眉山一带。有一天，恐龙们还在无忧无虑地尽情玩耍吃喝，突然天空中出现了一道刺眼的白光，一颗巨大的行星快速撞进地球里，一瞬间山崩地裂，遍地岩浆喷涌，漫天烈焰沸腾；海水迅速气化，向高空喷射数千丈，随即掀起海啸，并极速扩散，冲天巨浪席卷地球表面，大水淹没了陆地上的一切，恐龙或被泥石流卷起埋葬，或被烧死在烟火熔岩之中。在以后的几年里，天空依然尘烟翻滚，终年不见阳光，气温骤降，乌云密布，大雨滂沱，洪水遍地，动物植物都毁灭了，苍茫大地沉寂无声。那是一场多么可怕的灾难啊。在这场灾难中，唯有我和同伴配偶杰蜥当时正在高空巡游，躲过一劫。谁知续发的热气喷射，又将我和杰蜥冲散。她不知去向，也不知死活；我也被烫得昏迷不醒。苍天有眼饶我不死，使我冥冥中落进白头山天池里。我惧怕劫难，在池中一直待到如今。"敖景说："这是地球的一次浩劫，恐龙灭绝了，你还活着，应该感到满足和庆幸。听你这么说，论起来，你是老前辈了！今天多有冒犯，小辈这厢赔礼了！"泓溪也像遇到了知音，情绪十分亢奋，解释说："今天你进来，我就知道你非凡间之物，正要相问，你却动起武来。"敖景腼腆一笑。泓溪说："今日一会，算是缘分，我有一事恳求于你，若有机会帮我访访杰蜥，我感觉她应该活着，可能还在西海，希望我们能相会。真若如此我将不胜感激，不知许诺否？"敖景躬身施礼，许诺说："前辈信任，所托之事，义不容辞，岂能支吾！只是目下我刚上任，事务繁杂，尚需时日。"弘溪说："不急，这么长时间都等了，不差些许年月？记住便可。往后，若有事需要，我亦可帮助你！"敖景谢过，请求说："今天晚辈事急，不客气了。想请老前辈将池中水往天上喷上一注，我好借此行风布雨。"弘溪许诺。

敖景辞过白头山天池水怪弘溪，踏彩云来到空中，看见天池里的水，猛然少了一半，知是弘溪作法。这时云雾漫天，狂风大作，到了布雨时辰。敖景口念咒语，右臂箭一般伸出，将右手自东北至西南一划，乌云翻腾奔涌而去，顷刻雨水便落下。

敖景看见关东上空普降雨水，自觉成就了一件大事，心中十分欢喜。怕有雨水未到之地，又到偏远的墨尔根一带巡视。敖景正在行进中，看见一高地处，有一位老者身披农民自己编织的防雨蓑衣，头戴草帽，淋在雨中。敖景便化作人形从天上落将下来，朝他走去。老者天庭饱满，面色红润，精力旺盛，仪表堂堂，手持木杖，步履稳健，非是一般农民的模样。敖景走上前去，询问说："请问老人家姓甚名谁？在此做什么？"老者沉稳干练，神色平和而不拘泥，抬头望望眼前这位白衣白裤、面色白皙的青年人，回答说："老生乃是此地墨尔根龙门寨人士，姓庞，名有福，年庚五十有一。今晚初次降雨，到地里来看看土壤墒情。"敖景又问："看气色你不像一位种地的农民，你本人做什么营生？"庞有福不紧不慢地说："小伙眼力不错，我有土地、草原、湖泡、作坊，经营而不亲自劳作，墨尔根这一带的人都尊我为庞员外。"敖景点头笑着说："啊，庞员外，下官刚到此地，不知情况，有失敬重，还望担待。我来专管水务，请问庞员外：这场雨下得怎么样，透了吧？"庞有福有些兴致，摆出内行的架势说："这一带已经有三年滴雨未见，地面以下尺半多深不见湿土，这点雨润润地皮而已。"敖景问："依员外之见这雨得下多长时间呢？"庞有福说："俗话说：关门雨，下一宿。这岗地雨急再往低处流点儿，总得到明天早晨吧。"敖景说："两个时辰不够吗？"庞有福摇摇头，不解地问："听你之言，你是负责降雨的？敢问你到底是人还是神啊？"庞有福说完神色十分慌张，惊惧地看着敖景。敖景故作平静而又亲和地说："我是上苍新派来的白龙，负责关东一带布风施雨。刚把雨水降下来，想看看各处落雨情况，好调节雨势和时间。"

庞有福听后十分惊诧，连忙跪地要给敖景磕头。敖景急忙扶起地说："哎呀，老人家，这泥头拐杖的行啥礼呀？快快免了！"庞有福身子尚没站稳，连忙夸赞说："白龙爷，真是年轻气盛，刚来就行风布雨，比那东海龙王体恤灾民，实为可敬。哪天忙得差不多了，白龙爷赏个光，老生为你接接风？"敖景客气地说："接风不敢当，听听训诫还差不多。"庞有福露出敬意，不停地点着头。敖景谢过，辞了庞有福去了别处。

走到一个拐弯处，敖景见无人，踏上彩云又往结雅河下游方向查看。夜色茫茫中，看见下面有一伙人叫苦连天忙着什么，出于好奇，停住云头，来到近前。原来是一群农民在挖沟筑堤排洪水。敖景看见一个老汉苍颜白发，跟头把式地拖着一块泥巴，上前询问说："老汉，这里怎么这多水啊？"老汉说："这雨下得急，高处的雨水都汇到低洼处，庄稼被淹了，排水救苗！"敖景又问："这里就不需要再下雨了吧？"老汉说："这地啊，高低不平，雨太大，地里还没吃进多少，都流走了，要是悠着点下就好了。嗨，众口难调啊！"敖景心里也想：是有点众口难调，问了两个人，一个说少，一个言多，真是好事难办啊！敖景的心有点凉了，自己费了多番周折才降下雨来，却无一人说好，干脆，按原来打算就下两个时辰。

敖景这会儿想起夏秀丽来了。新婚宴尔竟让新娘独守空房，太无情无谊了吧！敖景想到这儿踏上彩云，径直回到结雅河进了水宫府。夏秀丽在龙书案边坐着，忽然看见敖景回来了，兴奋不已，立即从太师椅上站起身，带着满脸甜甜的笑容向敖景迎过来。敖景疼爱地说："怎么，都近二更天了，你还没睡？"夏秀丽一边帮助敖景脱衣服，一边温柔地说："你不是还没回来嘛！"敖景怜悯地责怪说："等我还有个头。"夏秀丽惊疑地问："怎么，裤腿还有鞋子弄得脏兮兮的了？"敖景故意心不在焉地说："在田地里查看时弄的吧？"夏秀丽收拾着衣物，商量说："洗一洗去吧。"敖景顺从地答应了。

敖景洗漱完毕回到厅堂，看见夏秀丽已经把饭菜摆在龙书案上，几个盘子冒着热气，一把酒壶、一只酒樽放在一边。夏秀丽笑盈盈地说："相公，吃点热乎饭吧，走时没顾得上，现在饿坏了吧？"敖景感觉是有一些饿，可心里惦记巴不得早些洞房，急切地说："深更半夜的了，就不吃了吧？"夏秀丽说："那不好，会伤身的。吃点也暖和暖和身子。"说完，递过筷子，又倒了一杯酒，放在敖景面前。敖景突然有些醒悟，提议说："对呀，今晚是咱俩洞房花烛夜，咱俩得喝一杯交杯酒啊！"说罢，起身就去找杯子。夏秀丽说："相公，这事不用劳你，你也不知放在何处，还是我来取吧。"夏秀丽亲自到灶房取来杯子、筷子，放在敖景面前，拿起酒壶准备倒酒。敖景走过来要过酒壶说："这杯酒要我给你倒。"倒完了酒，双手交到夏秀丽手上，色眯眯地说："娘子，喝过这杯酒，咱俩可就要同床共枕了！"说完拉过夏秀丽端杯的手抬起来，同时端杯，臂挂臂，喝酒时白龙想借机亲亲夏秀丽的嫩腮，不想夏秀丽借酒樽将他嘴唇隔住。夏秀丽说："得一起干！"喝完酒，将胳膊抽出来，又说，"赶紧吃口菜，这酒太辣了。"敖景心里急迫，见夏秀丽含情脉脉的样子，心里着实有点怯口。夏秀丽似乎并没注意敖景，仍劝吃菜。敖景只好回到座位上，拿起筷子吃了一口菜。夏秀丽又给他倒了酒，回到座位上。敖景端起酒杯喝了，痴痴呆呆地也不说话，只是望着夏秀丽。他感到作为郎君，从没有感到夏秀丽像今天这样美：椭圆形的脸蛋，嫩嫩的色如朝霞；龙凤眼脉脉含情，春光娇媚楚楚动人；樱桃口，口若含糖甜甜蜜蜜，莺声燕语响如银铃；

身姿婀娜，香气袭人。只看得夏秀丽有点莫名其妙的紧张，不过她却装出无所谓的口气说："相公，饭菜凉了吧，你稍等一下，我给你热一下再吃。"敖景连忙摆手说："不用，不用。赶紧吃点，赶紧睡觉吧！"说着，稀里糊涂吃了起来。夏秀丽见他吃得匆忙，劝导说："相公，别急，慢吃，细嚼，快了伤胃。"敖景听了脸色发红，也不言语，只管吃。夏秀丽见他这样，犹犹豫豫地说："白鳗哥，你说怪也不怪，咱俩相处相邻一千多年了吧，虽然相知、相亲、相投，可从没有想过结婚啊？现在要一起睡了，又有点说不出的不自在。你没有吗？"敖景停住筷子，想回答却又说不出个所以然，迟疑起来。夏秀丽马上问："白鳗哥，咋不吃了，不饿吗？"敖景马上说："饿。吃不香！"夏秀丽问："那为啥呀？"敖景说："我来告诉你。"说罢，走到夏秀丽跟前，抱起就走，径直走到卧室里去。

次日早晨，二人沉寝梦乡，不知结雅河外已是金轮高悬。有卫兵进水宫府禀报："启禀白龙爷，东海龙王敖广令你上岸相见。"敖景睡得正香，亦未听得真切，嘟嘟囔囔地说："让他在上面等着，这里觉还没醒，催逼什么呀！"夏秀丽听卫兵走后，立即起来，更衣沐浴。这时侍女又来禀报："启禀老爷，东海龙王在水宫府外传你去见！"开始敖景还要发火，后来觉得势头不对，一个要上岸相见，一个是传你府外去见，便问侍女："谁要见我？"未及侍女回答，东海龙王敖广径直走了进来。敖景猝不及防，急忙跳下床，伏地跪拜："不知龙王驾到，有失远迎，乞龙王降罪！"敖广满脸怒色，责问说："让你行风布雨，你是如何做法，弄得遍地汪洋？"敖景不服，辩解说："我是昨夜三更方回水宫府，巡查数处，都没见雨大，何来汪洋之说，必是有人诬陷于我。还请龙王老爷明察！"敖广说："你躺卧床上，大门不出，怎知我是诬陷？"敖景力辩说："我昨晚布雨之后，巡察墨尔根、三江口一带，亲赴实地，未曾见有汪洋一说。"敖广厉声问："我问你：以后雨停了吗？似你这样渎职，获罪于民，尚不醒悟，于我何益，不如尽早禀报玉帝撤掉你，于我，倒也清闲！"说罢，抽身而去。

敖景见势不妙，急踏彩云追去。到了渤海边赶到敖广足下，敖景跪下乞求说："龙王仙尊，这回行风布雨是初次，下官考虑不周，原本只降两个时辰，谁知忙了一夜过度劳累，竟忘了时辰，才酿成灾祸，恳请龙王爷爷宽恕，小官实在不是有意而为，仅此一次，下不为例。"敖广思虑良久：如果到了玉帝那里，说敖景施雨不利雨水成灾？他毕竟是协助，玉帝追问这种情况你就束手无策了吗？自己是有办法的呀，为什么不解决呢？撤了敖景的职务水灾就没了吗？一想敖景说的也有道理，毕竟初次施雨，考虑不周也情有可原啊！思来想去，敖广觉得是自己考虑不周，不应该把此事告到玉帝那里去，还是自己解决为好。想到这些，敖广说："本王知道你心中没瞧得起本王，对本王的话和本王的到来不以为然。本王念你初犯，不与你计较，且饶你一回。好吧，咱们回去把大水处理一下。"敖景再拜说："感谢龙王爷爷，小官今后一定精心做事，报答龙王爷爷的仁慈之心！"

敖广领着敖景，返回三江口一带。只见：漫漫荒野一片白，树木房舍水下埋。只盼甘霖救活命，怨天旱灾变水灾。男女老幼皆哭泣，今后苦日怎个挨。人定胜天自无力，唾骂苍天降祸来。

敖广和敖景看罢水情无不虔心自责。龙王敖广揪心不已地说："老生尚有一息活命，送与庶民留个念性吧！"言罢，现出龙形，将尾巴朝挡水山腰劈去，只听惊雷震地，那山轰然塌去一截。洪水呼天号叫，翻滚奔腾犹如万马脱缰向下游急速泄去，不多时水落地出，禾苗、草木现于阳光下，水灵灵、旺生生，一派生机勃勃景象。农民、牧人、渔人无不欢呼雀跃皆大欢喜。

敖广恢复人形，身体不由自主地晃了晃，嘱咐敖景说："好生料理，老生回去了！"说罢，摆动身躯几次不动。敖景知道敖广伤势不轻，掩愧自责，扶着敖广自己也架起彩云相助。敖广这才起身飘摇而去。

敖广对敖景初次布雨酿成水患没有降罪，也没有禀报玉帝，而是不顾身体多病拼命泄洪，拯救百姓脱离了险境，自己却受伤回了东海。敖景被敖广的行为感动，但是也怕敖广记恨在心日后算总账，自那日起做起事来格外用心怕再生纰漏。敖景精心劳作历经三个多月的努力，关东大地风调雨顺，禾苗葱绿，草木丰茂，生机盎然。这样一来，敖景反倒轻松起来，随之而来应酬也逐日渐多，常常饭不守时，很晚才回水宫府。

一天，一个偶然的机会，敖景来到庞有福家做客。庞有福受宠若惊，好酒好菜一顿招待。乘着酒意正浓，敖景虔敬地问："庞员外，那您老家中还有什么人呀？晚辈也想见见敬上一敬！"庞有福也是有点喝大了，巴不得献媚一回。便叫丫鬟去叫来老伴和小姐娟儿。庞有福郑重地将敖景做了介绍，然后又把婆娘和娟儿做了介绍，提示说："敖景就是天上的玉帝派来降雨的白龙爷，你们看这大人物不拘仙俗能来咱家做客，这是多大的荣耀啊！快快每人敬上一杯！"婆娘一听敖景是天庭派来的龙王，惊恐不已，失了分寸，战战兢兢地说："庞家几辈子修来的恩德，竟招来天神到我家，我和女儿一起敬白龙爷一杯，祈盼白龙爷保佑我家！"说罢递给女儿一个酒杯，母女二人躬身一礼，酒杯举过头顶，向敖景敬了一杯酒。

敖景爽快地干了下去，然后眼睛盯住娟儿，离开桌子走到近前，毫无拘束地拉住娟儿的手，显得格外惊喜。娟儿力图挣脱，没能如意，臊得满脸绯红。敖景问娟儿："小姐芳龄？"庞有福说："不满十七岁。"敖景又问："小姐学点什么才艺？"庞有福说："小女善学画画。"敖景惊诧地说："哎呀，巧了，我也喜欢画画！明天傍晚我来咱们一起切磋切磋！"

第十一章　夏秀丽戏夫

次日清晨，夏秀丽睁开眼来见太阳已经升起来了，望了望睡在身边的敖景，伸伸懒腰打了个哈气，故意用手指在敖景的脸上轻轻地挠了一下，却是毫无反应。夏秀丽知道敖景在装睡，假装生气了，起身穿衣服，敖景依然无动于衷。若在往日，敖景早已迫不及待了，会迅速地将自己搂在他的身边。夏秀丽讨了个没趣，心中不免有些疑惑，悻悻地穿好衣服下了床。

将近中午时分，夏秀丽心情郁闷，便变作一只鸽子飞上天空，想逛逛风景寻寻开心。外面果然是好景致：蓝蓝的天上白云悠悠，大地上草木一派葱绿，高山巍峨耸立，小河静静流淌，世间祥和一片。夏秀丽看着，心中早已忘却不快，她被世间的美丽景色迷住了，飞着飞着她来到一座村庄的上空，俯瞰下去感到别有一番天地。房屋坐落有序，树木掩映其间，溪水村边流淌，一群小鸭子水中戏耍畅游。溪边有一大户人家，独门大院，青堂瓦舍。院子里，骄阳耀眼地照着，微风轻轻地吹着；黑白相间的彩蝶，在菜园里飞飞停停；青豆间纳凉的蝈蝈，不紧不慢地脆鸣；栅栏边几株高粱，轻轻地摇晃着红头，似和微风倾诉着钟情。猪儿睡了，狗儿睡了，鹅儿也睡了，院子里静悄悄，主人在歇晌。夏秀丽被这温馨惬意的农家生活景致陶醉，人间多么美好啊！忽然，院中传出几声老女人的哭泣声，无奈而凄婉，穿心又撕肺。夏秀丽感到好奇，想进去探个究竟，于是摇身一变，化作一位瘦骨嶙峋的讨饭的老太婆。

老太婆拄着枴棍，步履蹒跚，来到这家大院门外，轻轻地敲敲门。不一会儿，一个管家模样的人打开大门探出头来，见是一位破衣娄嗖的乞丐婆，立马哄赶说："去去，别处去讨！"老太婆说："行个方便吧，可怜可怜我这把年纪！"管家不理，关门而回。老太婆继续敲门。管家又一次出来，喝令离开。老太婆终是不肯。管家的呵斥声惊动了主人。一位身段富态相貌堂堂的长者从后屋走了过来，问管家说："和谁吵闹？"管家回说："庞员外，外面是个讨饭的。"庞有福走出门外，看了看躬身施礼的老太婆，问说："你是哪里来的？"老太婆说："回老爷，老妪从山东平度来此地寻儿子。"庞有福又问："那你这一路都是乞讨而来？"老太婆回答："不皆然，老妪尚会点相术，挣得几许小钱补贴。"说完，朝庞有福狡黠地笑了笑。庞有福向管家说："让她进

65

来，给她弄点儿吃的，吃完了再让她走吧!"管家到后面厨房取些吃的放在门厅，让老太婆食用。老太婆吃着，忽然问管家说:"管家老爷，刚才听你府上有哭声，我猜似有无奈之事，可否说来听听?"管家一愣问:"你怎么知晓?"老太婆说:"我听得哭声中有哀叹之气、不忿之怨、乞救之盼，想是有难躲之灾。"管家听罢，凝目多时，转身出去了，不多时又折回来，笑了笑说:"老人家，我家庞员外有请。"老太婆问:"你家庞员外是干什么的?"管家回答:"我家庞员外是远近百里闻名的富庶人家、达官贵人，地有千顷，可谓钱势旺府。"老太婆皱皱眉头歉疚地说:"哎呀，不知如此，多有打扰。"说罢，起身便走。管家以身相阻，苦劝老人家走一趟。计较之间，庞有福走将过来，朗朗地笑着说:"老人家，我这厢有礼了，适才都是老朽无珠，不识高人临门，慢待，慢待，祈望老人家担待一二，请上房一坐，老朽另行款待!"说罢，躬身礼让。老太婆说:"我已吃饱了，庞员外不必客套。"庞有福见状，抱拳施礼，好言慰留。老太婆只好跟随进了上房。

庞有福引夫人相见，双方落座。庞有福开口说:"刚才管家回话，言你断事神奇，故请老人家为庞某指点迷津。"老太婆木讷地说:"适才亦是老妪乱语，不足为计，千万别听老朽诳语。"庞有福虔诚相求。不得已，老太婆才说:"承蒙抬举，老朽也就以实为实了。敢问贵妇人为何事啼哭?"庞有福露出愁眉不展的样子，哭丧着脸讲述说:"此地道台府新来了一位水事督首，名叫敖景，因我家稍是富裕，常来闲坐，前日书房巧遇小女娟儿。敖景见娟儿有些姿色，心生歹意，欲作践小女。我和夫人知敖景有权势，且有异术，惹他不起，惧之骇然，无奈而哭泣。"老太婆听后，双眉紧锁，二目血红，默然良久。庞有福与夫人几次垂问，老太婆总是不语。相坐约有半个时辰，老太婆终于开口说:"请你家小姐来此一睹。"庞有福夫人令丫鬟去叫。不一会儿，丫鬟引一位小姐来至上房。庞有福手指女子说:"这便是小女娟儿。"老太婆看着，点首称许，问娟儿:"闺女芳龄?"娟儿神情怯怯，垂头回答说:"一十七岁。"老太婆说:"这么漂亮的闺秀，讨人喜欢，亦在情理之中。不知娟儿愿意否?"娟儿回答说:"小女虽是大门不出，二门不入，终日学习琴棋书画，习礼修德，也是深明大义，岂是败俗乱伦之辈。"老太婆赞许，良久不语，然后抬头问庞有福:"敖景何时来此?"庞有福回答说:"今日卯时许。"老太婆让庞有福摒退闲人，见屋内只有员外、夫人、娟儿三人，便教庞有福须如此，如此……庞有福一家千恩万谢，摆酒答谢。老太婆不受，离开了庞家。

日将落时，一阵风声过后，有人敲院门。庞有福让管家开门。敖景神采飞扬，大摇大摆走进上房。庞有福一如既往，热情款待。酒宴过后，敖景站起身笑嘻嘻地说:"我也是喜画之人，略知画艺，欲与娟儿切磋，不知庞员外可否赏脸?"庞有福欣然应诺。其间早有丫鬟跑入小姐秀房，见小姐大惊，责怪说:"老爷令小姐隐匿他处，为何还不走?敖景来了!"娟儿回说:"老爷不许我走。"丫鬟尚待再言，见庞有福领着敖景已走至门外，只好闪到一边。庞有福、敖景走进秀房，与小姐相见。小姐正在案上作画，起身作揖，羞答答又坐下，继续作画不语。庞有福见状佯装有事告辞，心情忐忑地回了上房。敖景见庞有福出去了，喜出望外，恨不得跳将起来，回头举目仔细瞧看灯光下的娟儿：这位十六七岁的姑娘，红色旗袍裹体，身材妖娆，脸似春桃，天庭饱满，鼻子挺秀，口若含糖，春山低翠，秋水凝眸，天生丽质，肌如白雪，幽香怡人，宛若仙子丽人一般。敖景看罢笑意盈盈，舌短颔长，嘴角失禁，涎水流淌，不觉心动，赶紧凑到画案前与小姐搭讪说："娟儿姑娘，这画绘得如此出神入化，构思新颖，妙笔遒劲，可见画技之高超，做工之老道，敬服敬服。我从画这么多年，未见如此高妙之人，乃今日之幸甚幸甚！"娟儿脸色绯红，娇羞百媚，起身怯怯地说："督首过奖了，小女子才疏学浅，瑕疵百出，羞见世面，尚待指教。"此话正中敖景下怀，喜不自胜，淫魂荡漾，急切难忍，赶紧俯下身子仔细观视。娟儿画的是牡丹富贵图，蓓蕾含珠晶莹如水，红花盛开情怀怒放，如园中栽植一般活灵活现。敖景本是不懂，硬要装行家，一心要取悦于娟儿，便指着一朵花的花蕊说："这一处应为黑色，会更显尊贵。"娟儿未及回话，敖景便将手伸了过来，欲把着娟儿的手教她。娟儿本能地抽回手。敖景本来无心无术教人，只想借由摸摸娟儿的手，笔却落在了画上，墨水洒在画面。敖景一时窘迫，正在难以启齿，娟儿开口说："没关系的，这是一幅习作。"敖景马上来了精神，称赞说："小姐真是海涵，善做事情。"娟儿不语，樱桃小口一抿，向他微微一笑，眼中秋波闪亮，传递万种风情。敖景见状，疾步向前，一把抓住娟儿右手，用力往自己怀里拽。娟儿似是有所防备，使劲一拧，迅速挣脱，跑到案子另一侧，气喘吁吁地说："你这是做什么？我要喊人了！"敖景已无了耐心，坦白地说："实话对你说吧，今晚我是冲你人来的，你要放明白些，不喊咱们商量着来，若喊我会来硬的，男女一屋本来就是授受不亲，喊将出去对你有好处吗？逆来顺受吧，我不会亏待你。"娟儿似乎毫不畏惧，正色辞严地说："我是一位大户人家的闺秀，知书达理，尊俗扬善，怎么会与你做那种猫偷狗盗之事，你赶紧死了那份心回去吧！"敖景嬉皮笑脸地说："玉帝女儿尚且有七情六欲，难道你已是道姑不成？"娟儿说："我不是道姑，我也不会去做道姑，我会出嫁，但是我会明媒正娶，绝不会乱伦败俗，叫人唾弃！人生在世要珍惜自己的名誉，有道是人要一张脸，树活一张皮。像你堂堂一个水事督首，荣耀在身，岂可污秽自己的名声。"敖景说："我与你信道不同，讲究实际，乐一时是一时，情如'当官若不行方便，如入宝山空手回'，时过境迁，悔之晚矣。"娟儿唾了一口，责骂说："混账，黎民百姓尊你等为长者，敬似父母，然而你竟是人面兽心，不务正道，百姓养育了你，你却残害百姓，良心何在？天理何在？"敖景不怒反而笑着说："世间风流者，非独我一人。男女之娱，不计贫富，趋者甚众，只是权重者、富贵者易淫逸罢了。"娟儿又说："你一定是一位有妻室的人，想必妻子娇若天仙吧？你在外边苟且偷情，是对妻子的不忠，会伤害她感情的，这对你们夫妻间的和谐会造成裂痕，你为一时的欢乐，失去妻子一生对你的敬重值得吗？"敖景不以为然，依旧嬉皮笑脸地说："看来小姐书没少读，对家庭含义的理解甚为深刻。我有我的理解：妻子好比家中袄，饥饿寒冷不可少；野花好比身外宝，奇心满足方知妙。今天这种事与老婆无大干系，你我谁会告诉她？此时她就是个傻帽，她依然会对我倾心呵护，不会影响夫妻关系。再者说，这是我与妻子的家庭内事，不干你事，你操这份心有何意义？咱们还是来点实际的吧，扯这些话多浪费时光啊！"敖景边说边往娟儿近前凑，娟儿照常围着书案躲闪。

敖景早已是欲火燃烧迫不及待，追了几圈见追不上，使了一个隐身法，蹿到娟儿身后，双手将娟儿搂定，顿感其胸绵软，嫩嫩润润，酥体温香，情不自禁地将脸贴到娟儿腮上，轻轻吻哑。娟儿掰其双手，拼命抵抗，试图逃脱。敖景见不能顺利得手，口喘大气开导说："小姐又是何必苦苦拒绝，美好时光，弃之可惜。"娟儿骂说："你这无耻之徒，你这流氓无赖，上天有眼定让你五体不全！"敖景见娟儿脖颈汗水滋润，呼吸急促，腕力见软，随即左手抱住腰间，用右手来解小姐外衣。娟儿亦是双手用力推其左手，身子向左扭，只听刺啦一声，旗袍被撕开，身子挣脱出来，旗袍却落在敖景手里。敖景见状，如猛虎扑食，追了过去，从下往上双手一抱，结结实实将娟儿搂在怀里，又是一顿狂吻。大约过了一个时辰，娟儿气得已是满脸流泪，将脸左右躲闪，寻机又咬又唾。敖景见她全力顾上，抽出右手去解其内衣。娟儿意识到不妙，用手去护，无奈已被敖景双肩挡住，双手皆够不到自己的内裤，情急之下，口中现出虾王独有的芒刺，朝敖景的下颌很扎了一下。敖景不曾防备，疼得嗷的一声松开双手，跳出几步远，十分恼火，愣愣地看着娟儿。娟儿乘机整理内衣，梳理散发，镇静情绪。双方僵持了一会儿，娟儿意欲外逃，挪步至门边，伸手去开门。敖景扑将过来从后面把她擒住，左臂将她脖子勒住，拖进内室，按在床上，并用头顶住她的下颌，空出手来去解内衣。敖景大约忙乎了一个多时辰，方才搞定，待起身欲行事，却不见娟儿有任何反抗之态了。敖景心中疑惑不解，忙去观看面容，唬他一跳，用手往鼻口上一放，不见了呼吸。敖景大惊，人死了，怎么办？此地还有何面目再来，这事对庞有福如何交代？溜吧！想罢，敖景身子一晃，化作清风去了。

夏秀丽回到了家，复了原型，对着镜子看了一回，见自己的脖子被勒得红红的，甚是气恼，心中筹划如何继续惩治敖景。尽管受了一点伤，心中还是十分愉悦，自己的娟儿没白装，算为庞家做了一件好事，估计敖景今后不会再去庞家打扰。

正在这时，敖景回来了，气喘吁吁，神色慌张，疲惫不堪，进屋一头扎在床上，也不言语。夏秀丽佯作不知，如往日一样，近前虚乎说："相公，何事弄得这等狼狈？"敖景不语，却愣愣地盯住娘子，有一阵子，他问："夫人，你的脖子怎了，红红的？"夏秀丽听丈夫发问，不觉眼圈一热，泪如雨下，气忿而又委屈地说："时才有人敲门，我以为是你回来了，便亲自去开门，谁知进来的竟是蟹王邢拐，他见你不在家，欲寻不轨，抱住我就往床榻上拖，我全力挣扎，他掐着我的脖子不放，令我就范。我无奈只好点头应诺。他见我应承了，便松了手。我乘机喊叫喽兵，乌丞相闻讯赶来。邢拐见势不妙，化作清风去了。"敖景听罢七窍生烟，心里寻思："我去占别人的便宜，未能占到，反过来家中娘子却被别人占了便宜。"想罢，说了一句："好恼！"纵身下地，抄起兵器，跑了出去。

敖景来到蟹王宅院，也不通报，径直闯入内室，见蟹王与妻子正在饮宴，不由分说，劈头就是一剑。蟹王邢拐躲过跳到一边，高声吼叫："白龙爷，且慢！你给我一个理由，让下官死个明白！"敖景怒气未消，挺剑直刺，边刺边说："装！装！你把我夫人脖子都勒红了，刚刚做完还用解释吗？"蟹王邢拐心里画魂，一边躲闪一边说："我老婆作证，我……"敖景火往上冒，举剑又刺，心想：假如我老婆给我作证，我就没有拈花惹草？这话也能愚弄我？蟹王邢拐见敖景不语挺剑而来，急了，一边躲闪一边蔑鄙地说："我成天守着老婆，不像你才来两个半月，就开始寻花问柳了！你老婆脖子红是谁搞的我咋知道。我只知道：我老婆脖子要是红了，准保是我稀罕的！"敖景呵斥说："你还敢邪口我？"边说边抖剑紧逼。

蟹王邢拐仍是莫名其妙，见敖景不给机会不容解释，担心被杀便起身逃了出去，飞入大海躲藏起来。后来邢拐潜回结雅河带走了老婆孩子。

敖景回到水宫府已是二更时分，见夏秀丽正在房中等候，便把赶走蟹王邢拐的事讲了一遍。夫人夏秀丽听后十分喜悦，连忙酒饭伺候，然后打点上床睡觉。敖景想到夫人被欺，想靠近说几句贴心话抚慰一下，伸手去摸夫人前胸，及至刚碰，下颌下被刺处如针扎一般疼痛，不由得"啊"了一声。夏秀丽忙问其原因。不得已敖景把去庞家调戏娟儿一事如实招了。夏秀丽心中好笑，安慰说："我有一法可治，不知官人可愿接受？"敖景觉得奇怪，忙问："夫人说的哪里话来，能治便治，尚问愿不愿意是何道理？"夏秀丽抿嘴一笑，娇滴滴地说："若让我治，以后只可近我一人，就近不得别的女人了，倘若去摸别的女人，疼得会更厉害。"敖景自嘲地说："我这一辈子有你这么一个女人就足够了，哪儿还有心思去喜欢别的女人。"说罢，坐起身来欲要发誓。夏秀丽笑着说："相公不必发誓，能够忍痛便行。"敖景用手去拍夫人肩头，不想未及碰到就身如针扎，连叫数声不止，忙说："夫人，这是什么病？赶快医治。"夏秀丽说："这病名叫风流痛！"

第十二章　拜谒钟灵寺

庞有福家中小女娟儿险些被糟蹋一事，被一位讨饭的老太婆给猜中并化解了，从此教景不再前来骚扰，全家人不胜感激。庞有福的婆娘更是常挂嘴边，见到庞有福有空便督促说："人家那位老太太解救了咱们娟儿，咱们咋也不能忘了人家呀？咋的也得向人家道个谢给些银两，总不该白了人家吧！"庞有福也是这种心情，通过各种渠道寻找老太婆，很长时间终没找到，心里惦记着总是个事。时间久了，他衍生出一个想法：世上真有会算卦之人，何不找一个会卜卦的人算算我与那张桃红缘分如何？从此留心打探寻找起来。

渤海北边至结雅河以北，是一片广袤无垠的土地，湖泊沼泽绵延无数，树木野草盎然茂盛；鸿鸟燕雀往来迁徙，虎豹王者雪中争强；荒原千里不见炊烟，自古以来人迹罕至。这里属湿地环境，关内有知此地的都谓之北大荒。这是一片未开发的处女地，人群中识书者为数无几，思维习俗自然也就不开化，多以草地游牧、菏泽捕捞、开荒种地为生，生如野，性如野，刁蛮利己，交往喜怒无常。然而就是这块生疏之地，恰恰成了人们躲避战乱，逃离自然灾害，追求自我生存的最佳目的地。

药泉山坐落在这片大地上，山不高，势不大，平顶孤绝，孑然而立。山上黄柏栎树、白桦树、胡杨树、槐树、椁树等草木覆盖其间，郁郁葱葱，硕大叶片绿油油地习习放光。山梁上靠西北是一个山窝，开阔而平整，青松翠柏浓荫蔽日，宁静而清爽。中间有一块好大的火山石，有一半裸露在阳光下。不知何年何月，有一位禅师来到这里，在大山石上搭了一间草舍，独居绝处，旷岁弥年，不扰外世。

有一天，山上来了一个樵夫，转到后山寻觅枯树，无意中发现松树下石盘上坐着一位老僧人。一群红顶黄毛的大鸟围立在禅师跟前，个个嘴里衔着红果子，禅师一一取果子食用，食完了，鸟才轻展翅膀飞开了。樵夫以为奇，未敢惊动禅师，悄悄回了村子。

樵夫名叫李二庚，附近李家庄人，今年三十八岁，从小没了父亲，以种地为生。按说在草甸子住，是无须特意打柴的，庄稼秸秆收拾收拾足够一年烧的了。李二庚砍樵，是照他自己的生活惯例，准备越冬烧炉子用，因为体力好，取暖木柈年年都备得足足的。李二庚没读过书，世面也见得少，加上不习惯动脑，所以家中大事小情每每向娘亲讨个主意。家中老婆勤快、温柔、贤惠，从不在男人面前喊喊嚓嚓说三道四，她什么都听男人的，即使错的也不争讲。这样，李二庚从不和老婆私下商量什么事，因为娘亲在，从小听顺了娘亲指点，娘亲的话是他人生智慧的结晶，听了真管用，从没有失过计。李二庚非常崇拜自己这位娘亲。吃晚饭的时候，李二庚决定把白天的事和娘亲说说。

"娘，我今天见到一件奇事！"李二庚端起饭碗还没来得及吃就开腔了。娘亲了解儿子，从儿时光腚到娶妻生子了如指掌。于是笑笑说："你能有啥奇事？"见娘亲这样说话，他把吐到嗓子眼的话又咽回去，快速地吃了一大口饭，慢慢地咀嚼起来。娘亲反倒有些不高兴，责问说："这孩子，着头不着脑的，有啥就痛快说呗！"李二庚耍了个鬼脸，见娘亲没吃饭在等他说话，立即一本正经起来，神秘地说："娘，今儿个我在药泉山上遇见仙了！"随后便把上药泉山砍柴所见一股脑说给了娘亲。

二庚娘听了儿子的讲述，浑身顿然有些紧张。她看看儿子的脸，儿子没有撒谎，仍是煞有介事地望着自己。"这事也太神了！"她脱口说出一句话，随即警告说："孩子，这事可不许乱说，弄不好是会遭报应的！"李二庚似乎才醒悟到事情的严肃性，望着娘说："要不，把我大爹找来合计合计？"二庚娘第一次采纳了儿子的意见，同意李二庚去找他大爹。

李二庚的大爹名叫李程，在李二庚的父辈七兄弟中排行老大，从小帮着父亲养家糊口，为李庄第一李氏大户立下了汗马功劳。当过羊倌、猪倌、牛倌、马倌；榜过青、打过短工、当过长工、做过佃户；运过棉花绸缎、出过马帮运盐、成山头当兵打过倭寇。生活的履历，让这个早立事的娃子变得睿智坚强。自从成山解甲回乡，他当过保长、甲长，由于不满上司对百姓的欺压，金盆洗手当起了自由百姓。

后来山东闹灾荒，李程带着一家来到关外，漂游了五六年，才在摩尔根的药泉山一带安下家。十几年后，当初拓荒的几间窝棚，随着族人和外来人的不断增加，村庄形成了规模，人们自然而然地把这个不断兴旺起来的村子起名为李家庄了。李程也自然而然地树立起自己的威信，庄里大事小情、红白喜事，张张罗罗，还是非他莫属。李二庚的爹爹，排行老三，痨病早逝，家中儿女婚嫁，购房置地，还是尊大爹为大，重大事务都由他这个大爹定砣。

傍晚李程来到弟媳家，尊为长辈大佬，坐在炕头，摆上炕桌，佴媳妇烧了糊米沏茶，热气腾腾，香气满屋。二庚娘亲自把一大碗热茶递给大伯哥，看他气色平和了，这才让二庚把他在药泉山山梁后看见的奇事细述一遍。李程听后一震，略带喜气地说："咱这地方不开化，落后关内几百年，我在山东出苦役，很多县域都有寺庙，道士僧侣常见不鲜。咱这地界少见多怪也是正当。不过这禅师能坐享神果，亦非普通僧人，可能是哪位天师下凡，来到我们这无礼之都传递文明。"二庚娘听着有些开化，马上建议说："我说大哥，这个功德不能让别家得去，这事还得您老出面，咱们动员庄里给他修座庙宇如何？"李程立即伸出大拇指，称赞说："老三媳妇不愧女中豪杰，主意出的好！千年恩惠，普施在即，于庄于家，于百里乡中，可算功德无量！好吧，明天一早我和二庚上山一趟，拜访禅师，与他计议一番，可行，我定会在所不辞。"

第二天一早吃完早饭，二庚领着大爹李程来到禅师处。禅师正在大石上打坐。李程上前双手抱拳，躬身施礼，口说："阿弥陀佛，禅师在上，施主这厢有礼了！"那禅师微睁亮眼，见来人一老一少，虔诚谦逊，便问："施主所来何事？"李程说："今闻天师来此久矣，仙居简陋草舍，我等深知天师来意是造化一方，不敢怠慢，欲筹资建寺庙一处，宜兴香火，普度众生，不知仙师尊意如何？"只见禅师说声："善哉！"左手伸向空中，接住一包帙卷，递与李程说："如此甚好！"李程再问："天师还有什么吩咐？"禅师说："我还有一戒事先言明：尔等做人，必饮酒食肉，此处山灵子厉害，不可轻犯，如何？"李程应说："回去明道唱白，出工断酒荤，绝不怠慢！"禅师许之，闭目无言。

不几日，药泉山出地集材，大兴土木，开工建寺，气势宏大，主造人正是李程。

一个多月后，工程已出轮廓，泥瓦木工亦有成就感，千年功德，出力为快，不知不觉有几个人便有些忘乎所以了。一日，一个木匠馋肉不可忍，借由回家取工具为名，与乡友饮聚数日后返回工地，正在斫削间，一只老虎越过墙垣立在那木匠面前，凶神恶煞，虎视眈眈，伸颈吼叫。那木匠早已四肢麻木瘫软，喊不出，逃不掉，眼看就要翻白眼了。这时禅师走过来说："必是你犯了戒律，应当老实承认为宜，让我拿去给它吧！"木匠解下腰间一个布囊递给禅师，惭愧地说："适才来时路过集市，买得熟牛肉一块，带来晚上与兄弟们做个下酒菜，再无别的东西了。"禅师口念："阿弥陀佛。"把布囊接过，将牛肉喂虎，摸着虎背说："山灵子暂且去吧！"老虎闻声点点头，转身没了踪影。工地上的人见状愕然，越发敬畏禅师了。

工期正值夏日，山窝里风儿不易吹进来，劳作的人满身汗水闷热难挨。时间久了，人们开始牢骚起来，有的说："这天啊，来点儿雨，让咱们爽一爽多好啊！"还有的说："你的要求也太高了？我要是有一口凉水喝喝也就'阿弥陀佛'了。"李程望望天，唠叨说："这个二庚啊，今个也不知咋了，一担水挑了三四袋烟的工夫了。"他想埋怨一下自己的侄子，挡挡人们的怨气。一个瓦匠放下铁铲，一腚坐在地上，念唤说："谁唠叨也不能当水喝，干脆歇会儿挺挺吧！"人们不约而同地放下手中活计，找阴凉地儿歇息。不一会儿，李二庚担着水晃晃悠悠地走上山来，满脸汗水湿漉漉的，汗衫湿的也是汗漓漓地裹在身上。念映的那个人看出点门道，站起身笑嘻嘻地说："哎，我说二庚老弟，你这事做的可有点儿不咋地道，你洗把脸也就算了，咋还冲起凉来了？"李二庚笑嘻嘻地说："老哥，别开玩笑了，我这通身都是汗啊！"那人佯装严肃地说："你说不是不行，我问你，桶里的水呢，咋半下了？"李二庚喃喃地说："路上又渴有晒，头有点儿晕，不小心磕了一跤，水洒了一些。"他怕别人不信，指指右腿膝盖破皮的地方，那血水已经渗出了皮肤，血水夹杂着汗水般红一片。念映的人哈哈大笑："小老弟，哥哥跟你开个玩笑。疼不疼？"说着用手去摸，抱住大腿，用脸去贴，弄得满场人哄堂大笑。笑声似乎冲淡了闷热的情绪，人们喝几口水又开始了繁重的劳动。

这时，禅师走过来，说声："列位施主，烈日炎炎，筑寺辛苦，老衲甚为感谢！愿为掘井两眼，以解担徒饥渴之忧。"说罢，走到李二庚身边，让其抬起右腿用力向地面蹬，禅师应声喊了一声："开！"李二庚一抬腿，脚下清水喷涌如注。李二庚吓了一跳，茫然不知所以。禅师又来到念映人身边，问声："施主尊姓？"那人忙答："白姓。"禅师说声："借你左腿一跺。"姓白的赶忙抬左腿用力下跺。禅师又喊一声："开！"只听哗的一声，水从地下涌出，喷力将几个百姓冲倒在地。众人惊诧不已，目瞪口呆，这太神奇了。李二庚正值热不可耐，顺手捧起泉水洒在头上，那泉水凉冷，入手入头，清爽怡人，十分惬意；他忙又捧着喝了几大口，不觉腹中舒适，赏心悦目，身轻如燕，醉仙飘逸。大家见他这般光景，也想尝试享受一回，便一哄而上，抢喝的，洗头的，洗脸的，洗腿的，洗脚的，洗身子的，个个痛快淋漓。禅师站立一旁，右手直立打躬说："众位施主，这两处水有来历，泉名叫二龙眼，是黑龙和白龙二龙王给本地众生的恩惠。这泉水不仅可以饮用，而且洗浴可以疗疾，尤以明目为佳。"众人跪伏在地，齐声说："感激天师济匮，感激二龙王的圣恩！"从此，药泉山便有了二龙眼冷泉。

时令中秋，天高气爽，艳阳高悬，漫天祥光。千里荒野第一次耸起寺庙，第一次升起了开化人们灵魂的曙光。慧敏禅师给这座受人瞩目的庙宇起名钟灵禅寺，庆典之日盛况空前。荒野上飘出朗朗诵经声，响起悠扬清脆的钟鼓声。善男信女们纷至沓来，香火终日不断。

消息很快传到了龙门寨，触动了庞府员外庞有福。这几年庞有福正为张桃红的事闹心，抑郁烦闷，焦躁不安，渴不思茶，饥不思食，卧床辗转，彻夜难眠。人瘦了，脸黄了，温文尔雅的做派不见了，成了一个未得烟抽的大烟鬼。老婆似乎看出几分蹊跷，试探着劝导几回，不仅不奏效，还适得其反，庞有福的脾气不仅没和缓，反而越来越坏。开始老婆唠叨，庞有福只是听；后来再说，庞有福却暴跳如雷，吼得老婆如老鼠见猫一般。都是心照不宣的事，劝讽难分，老婆不过见他怪可怜的，实出好心，开导几句。至于别人，倘非十分知己，怕也难以进言。

庞有福得到钟灵寺寺庙落成的消息，心底着实嘀咕了几天，终于理顺点儿头绪，下决心找禅师卜一卦。这一天他觉得心情舒畅一些，早早起来洗漱打扮。老婆笑着准备早饭，关心地问："要出门啊？"庞有福一边吃饭，不经意地"嗯"了一声，索性不再言语。

庞有福来到钟灵禅寺门前，对小和尚说："烦请小师傅通报方丈一声：龙门寨员外庞有福谒见！"小和尚进去不一会儿，出来右手一躬："施主请。"小和尚领路进入大殿。庞有福迈入大雄宝殿，殿内威严肃静，四周静静地望了一圈，不觉后背凉风丝丝。庞有福静了一下心境，缓步走到禅师身前，双手抱拳，躬身施礼，开口颂说："阿弥陀佛，禅师在上，庞有福这厢有礼了！"禅师蒲团打坐，姿态板正，一动不动，面目表情不温不凉，仙风不露，睿智深藏。淡淡一句："何事？"庞有福咽喉哽咽，从未见过有人这样对他，心中不悦，为表虔诚，只好和声问了一句："大师来自何方圣地？""老衲乃青城山僧人慧敏是也。"庞有福不知青城山何处？慧敏来历？但是明确感知此人不同凡响，非一般草民所属，心里盘算：我还未问他叫啥，他却毫无隐晦直达胸臆，用语节俭，说得明明白白，这是一位不喜兜圈子的人。庞有福求问："大师，草民欲求一卦。"

"老衲不修卜卦，另访他门去吧！"禅师闭目直言。

庞有福见慧敏禅师仪表未改，知是没了回旋余地，索性起身离开了钟灵禅寺。庞有福回到家中，追思钟灵禅寺一行，那和尚连问带答不过两句话，自己并无失礼之处，何以拒绝我呢？一下又将自己置入空潭，冥冥不得其解。

三天以后，庞有福决定再去试试。一早来到钟灵禅寺门口，小和尚面带微笑地说："施主可是要见我师傅吗？"庞有福点头说："是，又烦通报。"小和尚说："不用了，师傅不在寺内，要半个月才能回来，施主请回吧！"无奈，庞有福只好回家。

又过了半个月，庞有福觉得还得去，前两次是自己心怀不忿，有谴责禅师之意，是为大不敬，如今再去是满怀虔诚才去的，无一点儿三心二意或半信半疑，给算不喜，不算不怒，心态平和，随缘而为吧！他步履匆匆来到钟灵禅寺门外，大声对小和尚说："阿弥陀佛，小师傅，方丈回来否？"小和尚说："刚回，正在睡觉，施主愿否院内等候？"庞有福想：禅师千里迢迢回来，必是旅途劳累，等等也是应该，要不返回再来，怕他另有事做贻误时机。于是说："等等也好。"庞有福进了寺院，游游逛逛，看见有人在香炉前上香。他走过去问："施主，所来何事？缘何上香？"那人上完香，正眼看看庞有福，反问："刚来的吧？进门不烧香，来此做个啥，拜则信，上香表示虔诚。你说你是干个啥子的？"庞有福像被敲了一顿锤，如梦方醒，赶快请了一捆长香，站在香炉前点燃插好；后退三步，跪地膜拜一番。起身后又去扶了一回自己点的那炷香，顺便把别人的也扶了一下正，这才转身离去。回身时正好有位小和尚走来，对他说："庞施主，方丈有请！"

庞有福弹弹衣服，走进大雄宝殿。见慧敏禅师正在右侧诵经，只好一旁等候。过了一会儿，禅师合卷正坐。庞有福走上前抱拳鞠躬，开口说："阿弥陀佛，大师辛苦了？"慧敏禅师问："怎讲？"

"您不是出游了吗？半个月路途也不近啊！"

"是，梦回青城山一趟。"

"啊，啊！大师，我还想卜一卦。"

"老衲才学不济，不敢探寻。"

"大师过谦了，讨个支语片言足矣。"

"财运、权势、女色、福寿、红运、祸福，不知施主卜卦哪个方面，望指点一二。"

"大师明知，何必故问！"

"人心隔肚皮，何言两相知？"

庞有福不敢多嘴，只好和盘托出："有宅有地有丫鬟，无忧无虑无孤单。家有妻小不为乐，心猿意马总相牵。何年何月何时了，此时此刻祈成全。倘若天公随缘意，万资家产半相捐。"

慧敏禅师听罢，半晌闭目无语，二人默然相对。慧敏禅师暗自揣度：这施主有钱有势，却因讨不到一个女人忧思成疾，陷深其中而不能自拔。自古女人多贪财，他追的女人不爱财，为什么呢？定是钟情于自己的丈夫！不多见，不多见。禅师脑子轰的一响，眼皮不停地跳动起来。禅师赶紧闭紧双眼，一下全都知晓了，不紧不慢地说："海中浪花海中开，谁将浪花胸前戴？不是乔木不相接，何必多情将缘拆。施主若能自节制，家中杏花开不败。倘若纵度淫逸事，上天必有灾祸来。"

庞有福心中一阵刺痛，泪落下来，哀叹说："这么说：无缘了？"

慧敏禅师听后回复说："不是无缘了，而是本无缘！"

庞有福缓慢起身，拖着沉重的双腿向外缓慢走去。慧敏禅师全身未动，淡淡地说："施主走好，出寺门回头望望，万般苦恼忧愁皆休矣！"庞有福继续前行，出了大门一二十步，回首一望钟灵禅寺寺门空空，唯有两边对联清晰醒目：

晨钟暮鼓警醒世间名利客
经声佛号唤回苦海迷路人

第十三章　飞猫觅桃红

　　张桃红在逃往关东途中，黄河里把小船掀翻。飞猫落在水里，因不会水性，落水又急，钻出水面时连续吞了几口水，便不省人事了。船小二浮出水面，找到渡船，将船翻过来，双手扶住船尾一跃站到船里。向四下望望，看看那几个人是不是还在附近。正巡视间，忽然发现远处有个黑点，一冒一冒的像是个人，便将船划了过去。来至近前，马上认出来正是雇船的飞猫，他喝了河水肚子鼓鼓的，神智已不是很清楚，双手正在无力地扑打着水面。船小二把飞猫拖拽到船上紧急施救。他双手拽住飞猫的两条腿，大头朝下倒挂着，不一会儿飞猫开始往外吐水，船小二怕呛着飞猫，不停地调换着他的姿势。约有一袋烟工夫，飞猫的肚子憋了下来，开始发出哼唧声。船小二将飞猫身子顺船舱放平，使他呼吸顺畅；又趁他恢复时，将船划向了北岸。

　　船小二边划船，边回想发生在河中间的一幕。他在黄河上摆渡多年，救助落水船客的事时有发生，这次船上打斗事前早有揣测，所以当别人动手的时候，他稳控小船，尽量使船保持平稳。让他没有想到的是看似文静漂亮的女子，竟然在河中游刃有余，不仅落水利索，出手不凡，在水中掀起一股大浪，将船冲到半空，落下时又反扣在水面上，而她却在水中不见了踪影。这人的水性是他有生以来都未曾见过的。小船慢慢靠上了堤岸，他把船固定好，又扶着飞猫下了船。船小二问飞猫：“客爷，现今您到哪去疗养？”飞猫说：“还是先回客栈吧！我的一些东西还在那里。”

　　飞猫回到客栈，天色已近黄昏。客栈里来了很多客，像是一伙拉运什么货的，马在槽头咴咴地吃草，四五辆大车上苫布苫得严严实实，看样子很是贵重。这伙人闹哄哄地坐满了两大桌子，正在用餐。飞猫让水浸了一回身子还没恢复，情绪低落，心有点烦，被这些人一闹腾，他的心静不下来，越发狂躁不安起来。船小二将他搀进房间，让他好好休息一下，准备给他张罗点稀饭暖暖肠胃，问他说：“客爷，您喝点什么粥？”飞猫一脸愁苦，无精打采地说：“船家，谢谢你救了我，眼下什么都不想吃，只想好好睡一觉。你能不能去和那些弟兄说一声，让他们小一点儿声？”船小二很体谅他的境况，答应着走了出去。没过多大一会儿，就听见外面打了起来，吵闹中夹杂着拳脚搏击声。飞猫集中精力仔细一听，船小二被打了，并且据理力争：“大家都离家在外，要相互照应一下嘛，我们爷被水淹了，想清静一下，你们也不能倚仗人多打人啊！"有一个人粗声粗气地骂起来："你他妈的什么爷啊？这是客栈，不是他府上，他嫌他妈的吵，我他妈的还嫌不热闹呢！下来会会，别他妈的在我面前装蒜！"飞猫哪吃过这个亏，一跃跳下床，踉踉跄跄地来到屋外。那个大汉一见飞猫出来，藐视地说："就他妈他呀！还敢出来较量？"船小二怕飞猫吃亏，上前劝说："客爷，您身子欠安，大人不计小人过，哪能和他们一般见识，快回屋去，这里我再求求他们，真格的，人心都是肉长的，稍微同情一下也就行了。"船小二回头喊："各位爷，高抬贵手啊，都出门在外，互相体谅体谅吧！"大汉从后飞起一脚，将船小二踢到半空，啪叽一声掉下来一声不吭了。飞猫心跳加快，火往上冲，直奔大汉走去。大汉见来人虽有瘆人之处，但是摇摇晃晃的一副病态，也就没放在眼里，飞起一脚踢向飞猫，飞猫一个腾跃，闪过大汉的腿，乘势将右腿兜底一捞，大汉伸出的那条腿飞向半空，鲜血浇了人们一身。大汉仰在地上，望着被砍的大腿，哑然无声，泪水簌簌地流下来。飞猫走过去扶起船小二，船小二的腿已经折了，疼得泪眼汪汪。飞猫安慰说："兄弟，不要紧，哥哥我给你治！"说着，扶他要进屋去。那群人中有几个甚不服气，过来找飞猫寻衅。有个胖子满脸横肉，瓮声瓮气地说："老子和你较量较量！"话音未落，右手一拳直奔飞猫面门而来。飞猫并不慌张，旁撤一步，让过胖子右拳，伸出右手掌劈向胖子右臂，只听"哎呀"一声，胖子捂着右臂跑出人群。这时有个车轴棒汉，手持大刀，奔向飞猫。飞猫眼看大刀从上至下斜劈下来，身子向后一跃，车轴棒汉大刀落了空，身体有点前倾，没能停好，摇摇晃晃。飞猫从右侧飞身一跃，顺势朝着棒汉脖后就是一个霹雳掌，车轴棒汉还没反应过来，脑袋已经悠荡悠荡地挂在胸前，满口喷血，扑通一声趴在地上。众人一看连伤三人，不觉有些怯场，有的往后遛。也有几个不知深浅的，一起围拢上来，想以多取胜。正当他们挥拳舞刀围杀飞猫正酣之际，飞猫在核心猛一弹跳，跃上他们的肩头，一顿乱脚，踢得他们头伤脑破，哭嚎一片。

这时有一个当家模样的人走进客栈大院，见此光景，毛骨悚然，同时也十分欣喜，在几个保镖簇拥下来到飞猫面前，朗声笑着说："高人，高人啊！"有个观阵的人说："宋老爷，你还夸他呢，我们的弟兄都被他打残了！"说完，往地上一指，"太惨了！"宋老爷微笑着问："壮士，此事因何而起？"飞猫一见便知：此人定是江湖商贾，看气派也非等闲之辈，遂略带底气不足地说："老爷明鉴，是我因病请求肃静，未得众兄弟许诺，反动手在先，伤我雇员船小二。我出病室，不容开口，刀拳棍斧相残，不得已还的手！愿听老爷裁断！"

宋老爷对随从说："与店家说，做一桌好菜，我与壮士共饮！"随从安排去了。宋老爷又令剩余人，将伤者送医治疗。

不一时酒菜摆好，宋老爷与飞猫并肩走进客房落座，二人抚桌促膝，交耳长谈。宋老爷自我介绍说："我乃京城一盐商，名唤宋秋实，今年五十有二，家庭圆满。壮士，贵庚家事说来听听可否？"飞猫笑笑说："论起来宋老爷还是老兄呢，我是山东文登人士，名叫飞猫，名字不好听，是别人根据我的特异功能起的，我很爱听。我今年三十六岁，家有妻子，儿女一双，日子不算富庶，只是不愁吃穿而已。前些日子随主子李家庄抢亲，有机会与一女子相近，甚为可心，终日不能相忘。前日自家乡追来，谋在河中得手，不意被她逃脱，今已不知下落。船小二将我河中救起，才有缘今日相见。"宋秋实说："贤弟日后如何打算？"飞猫有些悲观，叹息说："家乡那位爷和人家火拼，死于悬崖之下，如今只有一人独闯了。"宋秋实又问："那你愿意做些什么呢？"飞猫痴心不改，坚持说："一心找那张桃红，别无乐趣。过些日子回趟家，别妻离子专心寻觅吧！"

　　宋秋实第一次遇见这么痴情的人，佩服得五体投地，见飞猫情绪不振，推心置腹地说："贤弟，务要振作，愚兄想给你个差事，不知意愿如何？"飞猫问："何事？"宋秋实说："我三十多年南北闯荡，已有些疲惫，准备聘一人时而替我跑跑，今天与你相遇十分可心，有意相约，不知尊意如何？你若许诺，我还有意向，准你往返之时自做丝绸买卖，这项目我有路子，愿意介绍给你。你不要多心，钱对我来说，无所谓多少，看你人品不错愿帮你一把。"飞猫沉思良久，回复说："老兄乃大善人啊，今天仅见一面非亲非故，坦率直言，真诚友善，毫无隔膜，乐意相帮，我还有理由推辞吗？愿遵命。"二人击掌，举杯共饮。

　　飞猫与宋秋实一起相处数日，皆感情投意合，恋恋不愿分开了。又过了几日，飞猫提出："要回家乡一趟，了断家务事，一心走江湖。"宋秋实也说："相聚日子不少了，我也该登程回乡了。咱们后会有期，路上保重！"二人挥手而别，各自踏上回归之路。

　　飞猫家在山东文登汪疃寨，老婆名叫蔺巧雅，三十二岁，生有一儿一女。蔺巧雅是大户人家闺女，从小喜爱琴棋书画，十八岁那年随母亲上庙祈福，路遇一恶霸也来上香。那恶霸看姑娘漂亮端庄，心生邪念，将其抢到车内跑进山林里。蔺巧雅的母亲急命家丁追赶，追出十多里路，那恶霸转过密林就不见了。蔺母号啕大哭，哭声惊动了正在林中游猎的飞猫，一打听是老妇人小女被抢，正不知所措。飞猫二话没说，寻车印追去。飞猫速度极快，不一会儿便追上了。恶霸见飞猫一人追来，没放在眼里，持刀返身迎来，也不说话，劈面一刀，欲绝飞猫性命。飞猫毫无惧色向左一跃，大刀落空。飞猫在左侧顺势勾身一掌，狠狠劈向恶霸的脖子，恶霸头挂前胸倒在地上。随从见主子毙命纷纷逃亡。飞猫掀车帘见棚内有一女子正在哭泣，知是老妇人之女，便将车赶回。蔺巧雅和母亲回到家中，学说被抢遇救之事。蔺员外万分感激，当即赏飞猫白银五百两。飞猫谦辞不收。蔺员外说:"壮士,既不喜财,那就家中之物任选一件,作为答谢之礼也可。"飞猫想了想,突然说:"愿娶小女为妻!"蔺员外马上拉下脸来,贬责说:"你何等身份?敢贸然相攀,难以如愿!本人只对善举表示敬意,岂能嫁女还情!不如日后老生再物色一个好人家的女子与你成婚吧!"飞猫回答:"非小女不娶!"蔺夫人正在感恩之际,劝慰说:"老爷,倘若今日女儿被那恶霸作践,性命已休矣,如何还有谈婚论嫁之事。我看壮士孤胆英雄,非庸俗之辈,就将巧雅许配于他也无非议!"蔺员外默然良久,最后应诺了这门婚事。婚后小夫妻相敬如宾,日子幸福美满。

飞猫回到家中,老婆孩子小燕似的围拢在身边,欢蹦雀跃,其乐融融。老婆别是一往情深,眼睛眯眯地问不绝辞:"这么久也不捎个话回来!咋搞的,看看脸蛋儿又瘦又黄。你这个人呀,就是野,也不寻思寻思人家在家多惦记!晚上吃点啥呀?我去给你弄。"去厨房不一会儿端了一大盆热水又返回来,情意浓浓地催促说:"趁热赶快洗洗吧,解解乏!"见飞猫不动,她把盆子往前挪一挪,撸撸衣袖说:"乏了吧?来,我给你洗吧!"幸亏孩子都小,不懂大人的事,两个孩子只是一左一右抱着爸爸的胳膊,还没亲近够。飞猫心里纠结一团乱麻,苦辣酸甜一股脑都到了嘴边,说不出是个啥滋味。有心想吐露真情吧,眼前一派真情缠绵,没有勇气讲出来,只好顺情做戏不去伤害她们娘们。飞猫暗想:过些日子找到机会再说吧!

第二天清晨,飞猫和两个孩子都在酣然大睡,蔺巧雅起来到灶房点火做饭。她将柴草填进灶里,趁这点儿工夫,也要进屋看看自己惦念已久的男人。蔺巧雅站在炕边深情地望着飞猫的脸,他睡得很香甜,这是一张多么熟悉的脸呀,他曾经有过很多故事:亲昵、微笑、挑逗、哄劝、激情、坦率,还有自己喜欢的坏劲……看着看着,她发现那眉宇间闪现出凝重的神色,似有不解的心事,难道他有什么事难言?忽然,灶房里传来噼噼啪啪燃烧的响声,马上意识到坏了着火了!她急忙跑回灶房,火势已经烧到了房顶。她不顾一切地用扫把扑打,火越烧越旺。她慌了,跑进内室,推推飞猫,急切地说:"着火了,着火了,灶房……"飞猫一激灵爬起来,跑进灶房,见锅台上有一盆淘洗的米,急忙端起来,泼向窜起来的火苗。又见门口有一条空麻袋,拾起来左右开弓扑打一气。由于扑救及时,火很快被扑灭了。飞猫停下来问:"怎么搞的?"蔺巧雅结结巴巴地说:"我,我,我在屋里看看你!"飞猫明白了一切,安慰说:"没事了,以后要小心点儿。"

过了几天,飞猫领着孩子老婆到附近的山上,搞了一次野外游玩,午间买些熟食,在树林中找块空地,铺上雨布,美美地餐了一顿。玩法吃法都很新颖,孩子们开心愉悦,男孩是老大九岁,长妹妹两岁,玩到快乐时,伸出右手大拇指说:"爸爸就是比妈妈见多识广,今天玩的多好啊!可是妈妈这么些天也没想到领我们出来散散心;爸爸,你别走了,以后咱们想什么时候出来遛遛，就什么时候出来遛遛。行不？爸爸！"两个儿女见爸爸不吱声，跑到跟前抱着胳膊不停地摇晃。无奈，飞猫只好哼了一声。

一晃一个月过去，离与宋秋实约定的日子到了，飞猫的心神又慌乱起来。蔺巧雅看出问题。一天，孩子出去玩了，飞猫坐在椅子上喝闷茶，老婆试探地说："猫儿，你满脸神情忧郁，薄情寡淡，想必妾身哪处不周得罪了，能不能敞开心扉赐教一二，妾不论有无都能遵纳，何苦自闷不语伤坏身子呢？不看我面，看看一双儿女也不能这样作践自己啊！"说完，泪水顺着面颊流下来。飞猫看看泪水涟涟的老婆，长叹了一声："唉！也罢，索性我就说了吧！咱们分手吧！孩子，还有这个家，都给你了，再给你留五十两金子，你自己过或是另嫁他人，皆随尊意。"飞猫说完，瞪着眼睛盯着老婆的脸，发现她已经憔悴了，知道可能早就揣测到什么了。果然，老婆神情变得很刚毅，擦擦泪水，又故作瞠目结舌，一时摸不着头脑的样子。飞猫怕她坚决拒绝，不好收场，不容她说话，继续说："你与家人对我来说，没有一点儿可非议的地方，促成现状都是我一人之过。自那次帮首领劫亲，一路上抱那女人直抵首领府上，我心思没有一次离开过那个女人，她叫我神魂颠倒，饭不吃，茶不饮，觉不睡，行不宁，坐不安；终日不思家门，对妻儿舍不出一点亲情，反而时时牵挂着她，想着她的饮食起居，想着她的安危冷暖，总觉得她有非凡之处。我今后的日子，将为寻觅她而奔波。夫人哪，合该如此，我们的缘分没了。也许她跟了她的男人走了，但我不服气，我与她男人比较，无论从年龄、长相、气质、本事、财富都差我天壤之别，我就是抢，也要把她弄到手；也许她已经落到别人手里，那豁出命来我也要将她夺过来；也许她誓死不嫁于我，那也没关系，我会终生守护她，只要能看到她就心满意足了。"

老婆听了，如五雷轰顶，心如火焚，情志难安，惶惶不知所措，啼哭不止。哭着哭着，忽地下了炕，气势汹汹奔门框撞去。飞猫知她要寻短见，飞身一把搂住她的脖领，将她抱住。老婆仍是挣扎，疯了似的就是不想活了，声嘶力竭地吼叫说："可怜我的一片痴心，难道我十五个岁月日夜厮守，不如那一夜痴迷之情吗？我们还有一双儿女啊，他们因我而失去爹，该是什么心情呀？我又怎样面对孩子，如何解释啊？天啊，我的天啊！你有今日，何必当初逼我父亲要娶我啊？当时誓言：非我不娶！如今为啥又非得不要我呀？我不挡你路，我也不能活了！天啊，我这是啥罪孽呀！"老婆背过气去，瘫在地上一动不动。飞猫没了主意，知道自己对不住老婆。但是，长远说，还是应该了断，不然日后再不舍张桃红，对老婆更是伤害。他把老婆扶上炕头，给她倒了一碗水，轻轻给她灌了几口，便在一旁仔细观察她的状态。

飞猫有机会静下来，反思自己的作为，想在两个女人间有个取舍。他觉得旧情难舍，最难舍的还是她舍不得自己。她一定不愿意看到自己受的折磨，用她爱我之心，换作我爱之心，明白爱我之不被爱，必有远她弃她之举。我思念张桃红，乃是一见钟情。想着想着，飞猫暗下决心：找个时机溜吧，把说服交给岁月，让时间做出抉择。想到这里，飞猫摸了摸老婆的面颊，又拍拍鼓起的屁股，暗自说："走吧！我在她耍，我不在，她耍给谁去？"于是趁孩子们不在家，简单收拾一下溜出了家门，开始了背井离乡的漂泊。

蔺巧雅睁开眼见男人不在身边，屋子静悄悄的，猜到他是溜了。一咬牙挺身坐起来，警示自己说："男人如此心计，留住也难啊，即使留住也是一具僵尸！"

过了一会儿，两个孩子回来了，男孩问："娘，爸爸呢？"妈妈没吱声。女孩问："妈妈，我爹哪去了？"妈妈没言语。两个孩子愣住了，齐声问："娘，我爹呢？"妈妈笑笑说："你们的爹走了。"女儿问："那他没说啥时候回来啊？"妈妈说："回来……"

可怜两个孩子，到底没有问出爹爹的事，妈妈为了不让孩子的精神受到打击，自己承担了一切。

第十四章　庞贼骗情敌

飞猫到了京城，宋秋实委任他当了盐业货栈二掌柜。飞猫为人忠诚，宋家的事就是自己的事，日久天长宋家更加信任。宋秋实不断加薪或分成予飞猫，也真诚地帮助他开展丝绸经营。飞猫亦肯吃苦，财富积累越来越多。飞猫在奔劳之余，用心打探张桃红音讯，终无所获，难免有时失意或沮丧。这种情绪被精明的宋秋实观察出来了，萌生了帮他圆梦的愿望。

夏初的一天，宋秋实接到庞有福来信，要来京城治病，求宋秋实帮忙。

那是去年夏末时的事。庞有福强霸张桃红时，被赶来的李憨一棍打倒在地上，醒来时已是躺在炕上。老婆、女儿，还有管家围在身边，焦灼地望着他。老婆见他渐渐睁开眼，关切地问："这是咋搞的，怎么伤成这样？差点儿命都没了！"说罢抽抽啼啼地哭起来。娟儿也跟着母亲哽咽地哭着。管家见庞有福神志清醒了，告诉说："老爷，我请郎中来看了。郎中说您没有生命危险，只是腰部伤势严重，他医术不济医治不了，需找个高明郎中来治，您看如何是好？"庞有福叽叽歪歪地说："那也得现在止止疼啊？"管家说："已经给您服了两回药了，要是您疼得厉害，郎中说再给您加加量。要不现在再给您服一点儿？"庞有福没有言语。

过些日子，管家经人介绍从五百里外的富家屯找来一位精通接骨的老郎中。老郎中名叫陈明德，在富家屯明德堂专治骨病，百里之内小有名气。陈明德来到庞府，放下药箱，把脉查伤。他摆出医术娴熟的样子，大包大揽地说："员外受的是钝器击打骨外伤，不打紧，只是初期稍微疼一些，经过口服和外敷用药，再加上腰部按摩，疼痛会一天比一天减轻，不出三个月痊愈。"庞有福看他虽然比自己小几岁，却很有治疗经验，诊别病因病状十分确切，治疗处方值得信赖，一再表示：治好之后，一定重赏。过了五六个月，伤势明显好转，伤处红斑减退；活动时亦觉得浑身有力气。陈郎中见状提出回明德堂，临走时嘱咐说："员外伤病基本痊愈，尚需巩固，外出活动因能而做，不要用力过猛，也不要做些剧烈活动。"陈郎中说完告辞走了。

这一日晚饭后，庞有福出屋散步，管家和周大壮跟随。三人出了房门，又出了院门。庞有福屋里憋了半年多，来到门前谷地，看见生长茂盛的谷子满心欢喜，欣喜地说："又是一个好年景啊！"管家迎合说："是啊，多亏了白龙爷的施惠，每次降雨都额外多下点。"庞有福听了心里咯噔一下，笑容立刻一扫而光。管家也觉得有些后悔，刚出来散散心，这件事又堵了心窝子。

庞有福不想走了，转身走进院子。马圈大门敞开着，只是两扇门之间离地面一米处有木杆横在当中。那六匹马甚通人气，似是认出了庞有福，有两匹嗷嗷地叫了起来，像是故人重逢在打招呼。庞有福听到马的召唤，让管家移开栏杆走进马圈，管家和周大壮随后紧跟进来。马儿散放在圈里，见主人来了围拢过来。那匹在村西树林里被周大壮打跑的那匹马认出了他，小步跑至近前扬起后腿撩了周大壮一蹶子。周大壮吓了一跳，本能地朝庞有福身后躲藏。躲闪中庞有福被周大壮拥了一下，正好马蹄子踢来，不偏不倚踢在腰眼上。疼得庞有福"哎呀"一声倒在地上。管家扬手将马迎了回去，赶紧和周大壮一起将庞有福搀回了卧室。

庞有福躺在炕上，"哎哟，哎哟"呻吟不止。管家给庞有福又服了点止疼药，见庞有福安静地睡了，便与庞夫人打了招呼，和周大壮一起出门各自回家去了。

夜里，庞有福疼痛难忍，让老婆派人把管家和周大壮找来。庞有福说："这个病我不能在家硬挺着，原来就没怎么好，我看姓陈的医术也不行，得找个地方好好看看，彻底医治。这口气我咽不下去，我不会容忍有人因讨债不满足而用武力致残我，我要彻底算账！"说完，他让娟儿代笔替他给京城生意上的好友宋秋实写一封信。娟儿拿来纸和笔，庞有福口述，娟儿写，不一时书信写完了。庞有福拿过来看了一遍，签上自己的名字，又让娟儿加盖了他的名章。封好后交给周大壮，庞有福交代说："大外甥，你到京城走一趟，去见你的宋叔，当面再给他说说我是如何被讨债人武力致伤的。"周大壮接过信带上盘缠连夜出发了。

三天后，庞有福等不及坐上马车也出发了。经过一个月的鞍马劳顿，庞有福坐马车终于来到京城北部的通州县。

宋秋实接到信件，二话没说，亲自带车把庞有福接到京城家中，安排在舒适优雅、豪华大气的清心阁，供庞有福和贴身仆人疗养居住。每天衣食住行，都由宋秋实派专人打理，毫无怠慢之处。一天宋秋实到清心阁探望，见庞有福情绪放松，便问他："庞兄，凭您这般温文尔雅缘何落得如此伤残？"庞有福叹了一口气，编造理由又故装委屈地说："我雇了两个耢青的干了不到两个月，非要我一百两银子，我给他们五十两还嫌少，这不动手把我打成这样！这年月好人难当啊！"宋秋实怜悯地说："此等高草人胡，当地衙门应予惩处，决不能逍遥法外！"庞有福说："都是咱们防贼之心疏忽，遭人暗算了。"宋秋实安抚说："这病治愈是没问题的，这两天我跑了一下，认识几位宫内御医，他们都是高手，请来给您治疗，保证能治好。面对现实，安心疗治也就是了。"庞有福说："我的病劳贤弟费了这么多心，真是过意不去，该怎么感谢您啊!"宋秋实说:"咱们交往这么些年都是老朋友了,相互都有过照顾,这点小事不必挂在心上。"

过了一会儿,庞有福似乎想起什么,他问宋秋实说:"宋贤弟,前次您给我写了一封信,说不久要去我家。后来怎么没去啊?是不是有什么事呀?"这一问,宋秋实笑了。庞有福见他笑而不答,心中疑惑,逼问:"贤弟,尚有事相瞒否?"宋秋实说:"其实呢,也没什么打紧的事。我有一位朋友相互间相处得亲兄弟一般,曾对我说过他有一个心上人,从山东去闯关东,让我帮助打听一下下落,有提供线索者付酬劳黄金百两。我想您在当地人际交往广泛,想必能得知一二,便想去问问。谁知事情一多就没去上。"庞有福"啊啊"了两声,笑笑问:"怎么个心上人呀?说来听听嘛!"

宋秋实也笑了,轻描淡写地说:"女的叫张桃红,大概现在有二十多岁,她有个丈夫叫李憨,都是山东文登人,来有两三年了吧?"庞有福一听脑子轰了一声,良久木然不语。后来觉得长时间不说,怕宋秋实起疑心,只好支吾说:"这样说来他们曾是夫妻,后被这个李憨给拐跑了?"宋秋实说:"哪里哪里,只是钟情而已。感情这东西,一旦痴迷,终身难舍,藕断丝连,想忘都忘不掉。"庞有福听后笑笑说:"世上竟有这样的痴情男子,其诚也算可贵呀!行,既然贤弟说了,我定当个事儿,回去派人打听,一旦有信儿马上告知。贤弟对我这般恩重,我当义不容辞!"

过后,庞有福把外甥周大壮偷偷叫到身边,嘱咐说:"我的病现在已无大碍,我在这里再观察疗养一段时间。你且先回去,将张桃红和李憨的踪迹弄清,切记不要打草惊蛇,无论跑到何处,盯住即可,更不能伤害他们,这笔血债由我回去亲自去算!此事不要对任何人说,你听懂了吗?"周大壮重述一边。庞有福拍拍周大壮的肩头,叹息地说:"外甥,好好干吧,舅舅不会亏待你的!"周大壮规规矩矩地站在那,宣誓般地说:"一生愿听舅舅教诲,赴汤蹈火在所不辞!"

又过了两个多月,宋秋实见庞有福病情大有好转,精神状态胜过以往,便张罗了一桌晚饭,说是给庞有福好好补养补养身子,也是表示庆贺。吃饭前,宋秋实告诉庞有福,说他的二掌柜从南方回来了,乘这个机会介绍给庞有福认识认识。庞有福求之不得,知道这人是宋秋实心腹,以后好多事还要同他交往,便一口应承下来。到了吃饭的时候,宋秋实带着飞猫来到清心阁。宋秋实将二人相互做了介绍,大家寒暄之后,宋秋实说:"这次庞员外来到寒舍,真是蓬荜生辉,多名宫内太医入内看病,实属史无前例,我等说不定在皇亲国戚中亦有所闻。咱们同这些宫廷人交往,于日后生意会有所助推。这样说来还应感谢庞员外才是!"飞猫知其意,站起来满面笑容地说:"今天有幸与庞老爷会面,乃飞猫一生荣幸,祝福您老人家早日康复。另一方面,感谢宋掌柜抬举,给小弟创造这么好的机会,能与二位大人同席也是缘分,小弟一定十分珍惜。小弟先喝为敬，二位大人随意，饶恕鲁莽攀比！"飞猫说罢一饮而尽，见庞有福和宋秋实也都抿了一大口，感觉受宠若惊，急忙执壶给每人加了点儿酒，自己也添满了酒。然后坐下劝菜。飞猫站起来用新筷给庞有福夹块海参放在盘里，见他不吃，劝慰说："庞爷，这是海中珍品，营养丰富，对恢复体魄，旺盛精神，十分有益，不可不食！"宋秋实也笑着说："猫弟所言极是，这东西在宫廷亦不多见，实属美味佳肴，尝尝！"庞有福从未见过，心里嘀咕："这是啥东西，浑身肉刺哄哄，灰不溜秋，似肉非肉的。"眼睛看着就是不肯动筷。宋秋实明白，给他做个示范，夹了一大块放在嘴里，轻松地咀嚼了几下，咕噜一声咽进肚里。庞有福仗起胆子从盘里夹起那东西，放在嘴里，也嚼了几下咽进肚里，吧嗒吧嗒嘴，称赞说："哼，挺鲜的，不错！"说完点点头，将筷子放下。飞猫又给他推过一碗鱼翅汤，白白的、黏黏的、稀稀的，有些透明，像细粉丝的头儿。庞有福问："这是啥东西？"飞猫说："这也是海中珍品，不过，它与海参不同，它是生活在海中鲨鱼的鱼翅做成的，由于捕捞过程惊险，所以非常稀少。不过鱼翅味道鲜美，入口生津，营养甚佳。"这回庞有福未等示范，主动抄筷子捞了几下放入口中，吧嗒吧嗒嘴。飞猫让他使用碗中勺子喝，庞有福又拿起勺子喝了两口，心满意足地放下点点头。

桌上气氛活跃起来。宋秋实十分满意飞猫的表现，自己也提议了一杯酒。庞有福要回敬一杯。宋秋实制止说："老兄，身体欠安，尚在用药，这次就免了，来日方长吧！"庞有福敬佩地直点头。宋秋实又起新话题，请求说："庞兄，上次我与你说过一件事，我有个挚友拜托我一件事，正好今天他在场，略议几句如何？"庞有福似乎想起，寒暄说："哎呀呀，贤弟咋不早说呢？"马上站起来，拉住飞猫的手，热情地说："义士，义士啊！有情有义之君子也！今日一见果不其然。幸会幸会！"宋秋实劝说："两位，坐下慢慢说。"庞有福越发振振有词地说："二位有所不知，愚兄岂敢置若罔闻，我是下了一番大工夫呢！"宋秋实见庞有福喘气有些短促，让仆人给他倒了一杯茶水。庞有福摸着茶杯又说："只是这茫茫人海寻一个人谈何容易！宋贤弟以前与我提过，仔细查访过一阵子，皆有议论，似乎是我在找这个人，说我年老名大有失检点。奴才们和我学了，我说替朋友访一位亲友遭点非议算个啥？该找还找，甭计较，为朋友两肋插刀，这还不是插刀呢，咋就怕了？现在还有几个嫡系各处暗访呢，不敢声张，怕她知了躲起来。不过小兄弟放心，一旦有消息，立即告知你！怎么样？"庞有福此番言语意在标榜宋秋实仁义诚信。宋秋实听后暗自佩服，脸上微微露出欣慰的笑容。飞猫感激得不得了，眼睛都湿润了，端起酒杯说："老人家，飞猫何德何能，烦您这样为我倾神卖力，实在不敢当，这杯酒是感谢您的，您多少抿一点，我这杯全喝了。"说完，将杯向庞有福示意一下，仰头一饮而尽。宋秋实说："这样看来，庞兄是够辛苦的。事由我出，亦当敬上一杯!"说完站起，举杯相邀，庞有福赶紧起身，陪宋秋实干了一杯。喝完，宋秋实右手一举，后悔地说:"哎呀呀，意思意思就行了，谁叫你都喝了?"庞有福笑笑说:"应该，应该，不妨事，今儿个高兴!"宋秋实对飞猫说:"二掌柜，咱这事，成也罢，不成也罢，庞老兄心意到了，咱应该感谢。不过，你心中不踏实，何时会有佳音呢? 你还需向庞老兄鞠一躬，正是拜求方可有个好结果。"庞有福赶忙举手制止，连声说:"不用，不用，佳音会有的，佳音会有的!"飞猫还是拜了一回。庞有福不得已站起来说:"我回敬二位一杯，表个态度:飞猫兄弟的事，我当竭尽全力抓紧办理，一定会有好结果的!"宋秋实说:"我俩自喝，老兄有恙，喝多无益。"庞有福说:"为朋友嘛，两肋插刀，豁出去了!"宋秋实说:"此事尽心办就可，今天不在酒上。治了都好几个月了，弄个前功尽弃不值得!"飞猫走过去，夺过杯子说:"庞爷坚持要喝，兄弟代劳了。"说罢，两杯酒一起饮下。宋秋实点点头，自己也喝掉了。庞有福脸色有些发红，幸好是在酒桌上，多少都喝了酒，谁也没在意。

自那次见面之后，飞猫一有时间就跑过来，或是与宋秋实一起过来清心阁，陪庞有福唠嗑，日子久了也就随便了。一次晚饭后，飞猫来了，寒暄之后，庞有福问:"猫弟，和我说说你是怎么喜欢上那个张桃红的?"飞猫将替人抢亲的事说了:自那次我抱了她一路，陪护她一宿，发现她临事不慌，神情坦然，谈笑依旧，觉得是个奇女子，便开始敬佩钟情不已。后来萌生娶她为妻的念头。如今为她，我老婆孩子都舍了，一心一意地寻找她，寻不到将永不甘心。庞有福笑了笑问:"想的时候，你有什么感觉?"飞猫视庞有福为知己，面色坦然地说:"浑身热血沸腾呗!"庞有福一边笑着一边点头。庞有福又试探地问:"假如永远找不到呢? 咋办?"飞猫说:"我等，永远等待!"庞有福摇摇头说:"不可取，不可取! 你还年轻，身边没个女人哪行! 我给你觅一个年轻、美丽、温柔、贤惠的怎么样?"飞猫摇着头说:"家中温柔贤惠的都舍了，只为一个女人，再谈另找，那还有什么意义?"说完，飞猫起身慢慢地走出了清心阁。

这一夜，飞猫彻夜未眠。冥冥中在王乃义的书房里，张桃红和衣坐在太师椅上，见他来了，微微一笑，神态是那么平静、随和。"你坐在那干什么?"飞猫问。"我在等你啊?""等我干啥?""你忘了? 你不是说带我出去吗?"飞猫心想:我是说过带她出去，如今她还坐这儿等，干脆我带她跑了得了! 想罢，伸手去拉张桃红的手，谁知一抓人没了。睁眼一看，自己一个人躺在床上，孤寥寥的，心里凉飕飕的不是个滋味。明知道是一场梦，但是，还是玩味了好一阵子。

窗外，月亮白白的、圆圆的，悬在树枝上。月光透过窗子照进了屋，床头上也染上了银光。他好像来到王乃义家那个暗道口，山下幽谷深深、阴森可怕，偶尔有鸟飞旋，发出恐怖的叫声。他看见张桃红被王乃义拉着从山路上下来，正好走进洞口，自己想：这种地方，这个时候，没了王乃义，张桃红不就是我的了吗？他很庆幸老天爷给他这个机会。刚想奔出洞去，王乃义便跌入山谷了。他怎么会掉下去呢？他不明白。但是，可惜了，张桃红也掉下去了，这下自己可毁了，这么好的一个美人哪能没呢？她不会没的。大概是自己的心思感动了老天爷，第二天自己来到谷底寻找，只发现了王乃义的尸体，并没有看见张桃红的踪迹。他的心中又燃起了希望。

恍惚间，飞猫又穿行在张戈庄的集市上，不经意被一个老太婆的柴草划了一下，这让他很气恼，愤怒的目光投向了那个老女人。然而他的眼睛一亮，看到了惊喜：那老太婆竟然是张桃红！顿时开心不已，真想上去把她一把抓住，却想到刘顺在一边，怕失了算盘，未敢贸然行事。随后又观察了几天，真是鬼使神差，那个李憨居然又一次出现了，他怎么知道张桃红会在张戈庄等他呀？难道他们事先约定好了吗？真是不可思议！于是他断定张桃红夫妻俩一定是去关东了，便设计了一个周密的圈套。

飞猫与同伙来到河边，来到小船上，张桃红已经坐在那里。她知道他是来找她的，她没有紧张，深深地望了自己一眼，没有言语。当他开始对李憨动手的时候，张桃红说话了："这位爷，你们不能当着我的面伤害李憨！给他点钱放他一条生路吧？"刘顺将李憨推下了船。自己乘机杀了刘顺和二狗子。张桃红还坐在那儿望着自己。飞猫心想：过去吧，期盼太久了，该亲一下了。还没等到跟前，张桃红自己掉到河里。不知怎么搞的，小船翻了。自己落在水里，灌得很饱，不知不觉天昏地暗了。坏了，自那日起再也没有看到张桃红了，她肯定没死，她会去哪了呢？会不会又和李憨在一起啦？这个李憨哪，真有福气，魂牵梦绕，藕断丝连，他总能和张桃红在一起！忽然有一天他看见了张桃红，赶忙喊："桃红……"张桃红没有回应。

飞猫醒了，一个人躺在床上。他想：怎么做了这么些梦啊？然而又很满足，不管什么方式，他终于见到了张桃红。他睁开眼睛，心情好多了，一夜见了三回张桃红，说明还是有缘分，要不怎么说她，她就来了呢？他坐起身，披上衣服，走出屋外。天空满是月亮星光，大地幽暗，银光辉辉。

三个月后，宋秋实接到盐城来信，说今年雨水多，盐的收成不好，让趁早派人去订货，晚了恐怕订不到好货，也可能连次品都订不到，念多年往来都有信誉，固告知。这关系到宋秋实一年的财路，他赶紧找来飞猫商议对策。飞猫听宋秋实一讲，认为事情宜早不宜迟，根据销路盐量，拟定一个计划，确定数量和价格，避免去后盲目无头绪。这主意恰中宋秋实的心意。两个人即刻就销货点多少、货点销量多少、订货点多少、可供优质盐的家数有多少，及购销等级价格、运费价格做了分析和幅度范围进行了敲定。一切议好，飞猫立即出发了。

出了京城过了黄河，飞猫想事情来得及，还没到订货的时候，不排除盐业生产厂家有促销的嫌疑。决定先回一趟山东，故地再寻一遍张桃红。她有溜回去的可能，这里毕竟是她生活惯了的地方，连谋生之道也是轻车熟路，再说家乡气候宜人，不像那关东冰天雪地的，老人胡子上都挂冰溜，一冷就是半年多，让人真的受不了。飞猫认为：张桃红和李憨回李庄的可能性极大，于是途中择路去了胶东方向。

飞猫直奔李家庄，他怕鲁莽走漏风声，决定先找一个嫡系亲属摸摸底。村里有个姓蔺的亲戚，是蔺巧雅的表姐，于是来到她家。这个表姐已是一个老太婆了，还认得飞猫，见面还挺热情，给他做了一顿好饭，让他吃了个酒足饭饱。边吃边唠，蔺表姐告诉他："李憨两口子没回来，当年李憨逃跑时家族中有个叫李庆坤的参与了，也许他能知道。"

飞猫找到李庆坤的家，一进门老汉就认出来了，惊异地问："你不是飞猫吗？来我家干啥？"飞猫说："老人家，您别误会，当年是我在王乃义家把张桃红放走的，很多人都能证实。"李庆坤怔了一下，他也听人说过是飞猫救了张桃红，毕竟无人亲眼看见，谁知咋回事呢？想听听飞猫找来干啥，没有再言语。飞猫以为老汉信了，有点兴奋，继续说，"老人家，我并无恶意，好几年没见了，看看她怎么样了？"李庆坤一听这是恩人关心，也许这个飞猫不坏。李庆坤说："这几年小两口从来没回来，一点音信也没有，亲戚邻居都很挂记。"飞猫装出很忧愁的样子，李庆坤见状，解释说："也有可能去了关东，或是途中被人害了。"飞猫听出来老汉也不知道他们下落，索性告辞走了。

飞猫忙了半年，事情办妥，回到京城宋秋实府上。那位庞有福早已病愈回家了。宋秋实患上了脑血栓，多方治疗也没痊愈，没有办法，把飞猫叫到跟前，语重心长地说："飞猫贤弟，自打认识你，始终把你当作心腹委以要事，观察这些年，觉得你对我忠贞不贰，令我欢心。我有一儿一女，年幼时都因病夭折，这般家业无以托付，现在就托付给你吧！"飞猫说："大人，如此重任，恐怕我难以胜任，出力我不计较，能力所致怕贻误大业，还望大人慎重！"宋秋实微笑着说："贤弟，不必谦辞，你的为人和能力我心里有数，希望看在我们多年交往的情分上，在我危难之际，帮我一把！"飞猫听罢，一向刚强的汉子泪流下来，哽咽地说："大人在我危难的时候，真诚待我，倾力帮助，从来都视为知己，小弟终生不忘。大人现在身体有恙，小弟理当肝脑涂地，尽心尽力！"宋秋实很感动，叹了口气说："贤弟，你就放开手脚干吧，待遇方面，我不会亏待你。再说，我还不糊涂，有些事你不好说，我还可以出出主意。我知道你还有个小心眼，想找那个女人。这我理解，会对你有一定影响，不过这也不是一蹴而就的事，尚需时间和机缘，这方面我有一些人脉，可以在多方面帮助你。我想精诚所至金石为开，这个心愿终会有个结果的。如果身体允许，我还想特意去趟关东！"飞猫一再感谢。

自此飞猫重任在肩，陷入繁重的事务中，寻找张桃红的事变得遥遥无期了。

第十五章　小黑龙出生

自从客栈提水成酒，消息传开，好奇者纷至沓来。石龙河客栈越渐红火，李憨和张桃红夫妇越发心盛。张桃红这段日子更是判若两人，神清气爽，心情舒畅，听什么话都顺耳，看什么事都顺眼，做什么事都顺心，终日里兴高采烈喜气洋洋。

这一日客栈的事忙完了，二人回卧室休息。李憨望着张桃红那春风得意的笑脸，想说点儿什么，嘎巴了几下却没言语。"你那是咋了？有啥心事？"张桃红看出丈夫眉头皱了一下，知道他心里一定有不开心的事，随口问，"有话就说，咱俩之间，还装个啥？"李憨说："看你这兴头，这日子已是心满意足了？"张桃红仍是笑，回答说："那当然，你还有什么不知足的地方吗？"李憨淡淡地说："你觉得满足幸福就好。"张桃红收敛了笑容，生气地说："有事直说，别躲躲闪闪尽敲边鼓！要我傻是不是？"李憨见张桃红斥责反倒笑了，挑逗地说："咱俩一个炕上睡了好几年，身边仍没个一男半女，日子再殷实也总像缺点儿什么！你不觉得吗？"张桃红微红了脸，低下了头，这是她两口子的心病。好几年了，两口子整天是睁眼盼儿，闭眼想女，求医问药，拜佛叩天，都无济于事，不能生育是女人的一大忌讳呀！李憨见张桃红低头不语，知是触动了她的痛处，心里慌了，后悔不该伤了老婆的心。他凑到张桃红近前，嬉皮笑脸地说："我也是说着玩的，你竟也往心里去了。好了，算我没说，我多嘴，我多嘴！"说罢，悻悻地举手来打自己的嘴巴。张桃红本来就没有怪他之意，见他要责打自己，便撒娇躺在他怀里。李憨借机抱住了张桃红，要用脸去贴张桃红的脸蛋儿，不想桃红一个鲤鱼打挺窜到地上，也未来得及穿鞋子，便向马桶奔去，"哇"的一声呕吐起来。李憨赶紧跑过来，扶着张桃红关心地问："好好的，你这是怎么了？"张桃红只顾吐，也不搭理李憨。这下可吓坏了李憨，慌了手脚，心中急切，不知如何是好。他转了一阵子，才想起个主意，怯怯地问："桃红，你先上炕静静坐会儿，我去找郎中来！"张桃红慢慢抬起头来，看着李憨半晌儿，却"扑哧"一声笑了起来。李憨莫名其妙，傻愣愣地立在那里。"大概是我有了！"张桃红腼腆地说。李憨不解，问她："你有什么了？张桃红撒娇地说："孩子呗！"李憨问："你咋知道？"张桃红说："前屋王妈告诉我的，若有这种症状是女人怀孕了！""真的？"李憨兴奋得忘掉了一切，双手一用力将张桃红拉入怀里尽情地啃着她的面颊。

自从张桃红怀孕，李憨对她格外体贴关心，客栈里迎来送往的活尽量让她少管，家里的力气活一点儿不用她伸手，站着怕累着，走路怕闪着。一日三餐颠倒着调剂伙食，尽量让饭菜舒适可口。但是，张桃红只想呕吐，而且日甚一日。

前街有一个四十多岁的女人，左邻右舍都称她王妈。王妈是个能人，无师自通，自己生孩子，自己接生。在村子里很有威望，谁家女人生孩子都不去请郎中，不喜欢别的男人看自己的女人，都愿意来找王妈。王妈便有了一个令人羡慕的称谓：接生婆。村子里有一棵大槐树，干粗冠大，绿油油的，是村中一处靓丽的风景。遇上天气好，晚饭后常有一群婆姨坐在树下拉呱，叽叽嘎嘎，笑声一阵接一阵，像唱戏一样热闹。这一天，王妈收拾完碗筷也来到槐树下，像欢迎明星一样，一些女人拍着巴掌哄喊着，几乎所有在场的人脸都转向了她。"今天怎么来得这么迟呀？难道饭后还得亲会儿吗？"一个抱着孩子的女人挑逗说。"亲了，你满意了吧！"王妈嘴不让人，这样说。人们大笑了一阵。有人丢给她一块砖头让她坐下。她弯腰去拾那砖头，不想腰弯得太猛身子又肥衣扣崩开了，两个大大的白白的乳房露出衣外，众人一见哗然大笑。有的笑得双手抱紧肚子，有的笑得前仰后合，有的边笑边擦着眼泪，真是各具情态。王妈并没有在意大家的哄笑，也没有失态脸红，继续将砖头摆放好，四平八稳地坐上去，扑啦扑啦手上的灰土，这才不紧不慢地系好了衣扣。有个半大小子很调皮，嬉笑着问："王妈，你刚才颌下耷拉的是什么东西？"王妈向他立立眼睛，不冷不热地对他说："臭小子，回去问问你爹，他就是吃这玩意才长大的！"人们又是一阵炸雷般的大笑。

说归说笑归笑，王妈响快，有求必应，性格豪爽，口语刻薄，遇事总要求个短长。王妈知道女人生孩子是人命关天的事，来不得半点儿马虎，所以从不含糊，向来没有出现过什么差错。人们就是看到了王妈的这个长处，无论谁家女人生孩子的事，定会来找她去接生。

李憨看着张桃红吐得心疼，去找前街的王妈，讲述了张桃红的呕吐状，问王妈有何妙法疗治。王妈笑了，李憨有些不好意思。王妈说："很多女人怀孕初期都会恶心、呕吐，尤其是早晨。这些症状因人而异，有人的症状轻微，属怀孕初期的正常现象；有的恶心、呕吐得非常厉害，需要找郎中看治。恶心、呕吐原因归于孕妇空腹时血亏。这种现象叫'害喜'。"李憨像得到了妙传，回家后细心观察，留心老婆的身子变化，天天摸呀，听呀，关怀备至，那个上心劲儿就甭提了，有时弄得张桃红尴尬时讽刺他几句。李憨并不在意张桃红的态度，一心无二地做自己的事情，那么体贴入微，那么执着，那么任劳任怨。不料张桃红的脾气越来越大，而且有些古怪，有时不近人情，简直与往日判若两个人。

一天早晨，天刚刚亮，张桃红就躺不住了，急匆匆地跑到马桶前，呱呱地吐了一阵子，之后咳了一阵子，很想喝口水，谁知身边竟无一人。她喊了几声，声音微弱，无一人听见，气倒在地上。李憨听见屋里有响声赶了过来，见张桃红躺在地上，吓得头发发炸，跑过去抱起张桃红送到炕里，盖上被子，猛然看见张桃红嘴角有黄色液体流出的痕迹，惊诧地问："你这是咋的了？怎么吐黄水了？"张桃红气不打一处来，说："这哪是吐黄水，吐的是尿！"李憨说："有事你慢慢说，生气对你不好。"张桃红赌气说："有什么不好，总比死了无人管强！"李憨劝解说："好了，好了，都是我不好，我去给你弄点水来洗洗脸。"张桃红喊起来："去去，别管我，用不着你管我！离我远点儿！"李憨大气没敢出，悄悄地溜了出去。刚一出门口，就听张桃红号啕大哭起来。李憨很是心疼，急忙返回身来，坐在炕上哄她。"哎呀，我的娘娘，别哭了，看伤了身子多不好，有啥不顺心的事，尽管和我说，不愿说你就打几下。"说完，李憨把脖子伸过去，脸却转向张桃红笑嘻嘻的。张桃红越发哭个没完。李憨没了办法，抓耳挠腮的不知如何是好。他把脸转向窗外，深深地叹了一口气，无奈去请王妈。王妈来到张桃红坐的炕上，看见张桃红眼圈红红的，眼泪还没干，便拉下脸来说："你也不看你是啥时候，这等哭法是会做病的，什么事尽管说出来，奈何这般耍性子？再说对胎儿发育也不好！这般年纪了，这点儿道理也不懂？"王妈半真半假地一通喝呼，张桃红果然停止了哭泣，转而笑嘻嘻的了。王妈横了她一眼，生气似的唠叨说："就是心烦一点儿，也不能太矫情了，看把李掌柜急得像只无头的苍蝇，左也不是右也不是，怪可怜的。"张桃红扑哧一声笑了，嘻嘻地说："其实也没什么，不知怎的，上来劲儿，就看他不顺眼。"三个人一起笑了起来。王妈说："李掌柜，麻烦你到郎中那里给尊夫人抓一副止吐药来，郎中会告诉你如何服用的。"王妈走了。

李憨把药抓回来，亲自动手煎熬，熬好后倒了一小碗，乘温乎递给张桃红，微笑着说："给，趁热喝了吧！"张桃红看见一碗黄糊糊的汤药，皱了皱眉头还是接了过来，顺从地喝了下去，将碗递给李憨，未等手完全撤回，呱的一声将药全都从口里喷了出来。药水伴有吃过的饭粒，弄了李憨一身，也弄了张桃红自己一手，炕上、地上哪儿都是。李憨见张桃红呕吐不止，便去找来一个盆子接着。张桃红又吐了一阵子，身子有些软了，东摇西晃地坐不稳。李憨一手端盆子，一手扶着张桃红，看她痛苦的样子，真是活受罪，心中很是心疼。稍稍静了一会儿，张桃红又开始吐起来，这一回几乎是将五脏六腑翻了出来，只是一个劲地呕，并无任何东西吐出来，最后呕了半天吐出一口黏糊糊的黄水。李憨惊骇地说："不会是连苦胆也吐出来了吧？"李憨把张桃红平放在炕上，一口气跑到郎中家，诉说了张桃红的症状。郎中说："吐是妊娠反应，现在并无大碍，回去多给她喝点儿热水，适当加些白糖。切记一定要安抚孕妇不要急躁，保持心态平和，情绪稳定，过几日会好些。"李憨急忙跑回来，进门看见张桃红眯着眼睛躺着，看样子身上一点儿力气也没有了，可怜巴巴的样子。李憨倒了一碗白开水，从柜橱里拿出一包白糖，舀了一勺放在碗里，轻轻地搅了一阵子，试了试温凉适当了，才扶张桃红起来，一口一口地喂她。张桃红有食物进肚里，似乎舒适了一些，脸上也显露出一点儿精神。晚上张桃红竟然喝了一碗稀饭，乐得李憨愁苦的脸上现出了笑容。

张桃红的身子越来越笨重，肚子一天天鼓起来，喘气、吃饭、起卧、行走都不便了。李憨还要照料生意，特意给张桃红请了一个会伺候月子的女人刘嫂，白日里负责照顾她。时光好像很漫长，张桃红一天一天在痛苦中熬过。这一天吃罢早饭，实在屋里待腻了，看看室外阳光明媚，便要刘嫂带她到院子里遛遛。张桃红来到院子里，像是阔别了多少年似的什么都感到新鲜。这开阔院子侍弄得干干净净，东西摆放得规规矩矩；左窗下一株芍药叶子浓绿，花枝挺拔而出，蓓蕾含苞欲放；右边窗前两口大酱缸散发着沁人醇香；拴马桩前，马匹已是寥寥无几，宿客们大多走了，新客还没有来。张桃红又到牌楼前看看，新饰的牌匾色彩艳丽，格外醒目；斜插一面杏黄色旗子写着"石龙河客栈"五个醒目的大字，随风飘摆，猎猎作响。张桃红看了一阵子，意犹未尽，要去后院再转转。刘嫂提示说："夫人，怕是时间久了累坏身子！"张桃红说："哪有那么娇情，难得今日好心情，就在外面多待一会儿吧。"女佣执拗不过，便扶她来到后院。灶房设在这里，里面叮叮当当地响着，张桃红知道这是在备午饭材料，叫刘嫂搀她走进去，主动与厨子、小二们打招呼寒暄。厨工们对多日不见的老板娘很是热情，或打招呼问好，或投以笑脸点头。李憨见张桃红来了，也很惊喜，赶忙走过来劝说："出来多久了？快回去吧！看……"张桃红笑着说："没事的，累不着，我心里有数。"她斜了丈夫一眼，转身出了灶房。再往后走就是小菜园子了，园子里种着各式各样的小菜，真可谓百菜园里百果飘香。偶尔彩蝶飞来，盘旋起舞，兴奋不已。张桃红迷恋在观景的陶醉中，突然，灶房后一条狗探出头来，见来人一个不太熟，一个根本没见过，便狂叫了一声。唬了张桃红一跳，脚下一闪跌在地上。刘嫂情急之中尖叫起来："李掌柜，夫人摔倒了！"李憨和几个厨工闻讯跑过来。李憨问："怎么回事？"慌乱中刘嫂只顾搀扶张桃红了，无暇顾及他的问话。李憨也来不及细问，和刘嫂一起搀扶张桃红回了住屋。

张桃红躺在炕上说右脚脖子疼。李憨一看红肿了，关心地问："是不是脚脖子歪了？"张桃红说："不知道。"李憨瞅了她几眼，想说什么没说，只是叹了一口气。刘嫂见状忙说："李掌柜，是我一时疏忽大意，夫人才摔了一跤，工钱我不要了，放我回去吧，再出问题我可担待不起啊！"张桃红立即解释说："刘嫂，这事与你无关，是我要去后院子的。再说是狗突然吼叫，才吓着我的，没有什么可怨你的。"李憨也解释说："刚才我是想责怪桃红，却找不出适当理由，没有责怪你的意思。你做事我挺放心的，该干啥你还干啥吧。"

刘嫂笑了一下，不再说什么。李憨说："你先用酒给桃红脚脖子搓一下，我去郎中那儿问点药来。"不一会儿李憨空手回来了，对张桃红说："郎中说不能用药，让你自己勤活动活动，多用热毛巾敷一敷就行了。"张桃红没说什么。

　　第二天早起，张桃红说腰有点疼，身子动不得了。这回可吓坏了李憨，这可咋好？他跑到前院，向王妈讨主意。王妈也是一惊，老脸一时变了颜色，战战兢兢和李憨来看张桃红。张桃红躺在炕上，脚上盖着被子，龇牙咧嘴地哼哼着。王妈爬到炕上，温和地问："夫人，觉得腰部怎么个疼法？"张桃红侧着身子，左手指指腰部脊骨说："这里，一动针扎似的疼。"王妈脸色煞白，认真地说："位置不好，怕有麻烦……"李憨央求说："求求王妈想个主意，这可是人命关天啊！万望王妈惠泽。"王妈说："我虽有经验，也并无把握，况且，我又不是郎中，万一出点什么差错，我可担待不起啊！"李憨说："王妈所言有理，想必您是能看的，如果能看好，我们自当酬谢！"说完，取出十两银子，放到王妈面前，十分恳切地说："如果看好，还有赏钱。"王妈说："你们心情我能理解，夫人的病，我再检查检查，能治我就治，别耽搁了夫人。钱呢，我不能拿，病好了，凭赏。"李憨点点头说："也好，辛苦王妈了。"王妈说："你先出去，这里有我和刘嫂就够了。"李憨退了出去。王妈让刘嫂将张桃红的衣服解开，脱去外衣，仔仔细细检查了一番，然后对张桃红说："胎位还好，胎心音也是正常，问题在腰椎骨……"她显得有些犹豫，过了一会儿，才说："这事我得去问问郎中再说。"王妈叫刘嫂给张桃红穿好衣服，自己出去了。傍晚，王妈来了，对李憨说："先要征求一下你的意见，这病眼下不好用药，只可推拿按摩让腰间骨归位，过程很疼，不知夫人肯不肯？"未等李憨开口，张桃红笑着说："没事，一点疼痛算不得什么，我挺得住，你尽管施治。"王妈说："那好，李掌柜打来一盆热水就没事了，刘嫂还是脱去夫人的衣服。"王妈净了一回手，又拿了一条毛巾用热水洗了，在张桃红的后腰上用力搓了几下。张桃红不时轻轻哼了几声，屏住了呼吸。王妈看见了笑着说："放松，别紧张。我还没开始呢。"张桃红也笑了。王妈对张桃红说："别紧张，咱慢慢来，过去我也遇别人得过这种病，郎中是男人觉得不方便，女人也不愿意脱光光让男人看，所以我就有机会现学现卖了……"王妈边说边按，在摸到腰骨错位处猛的一发力，张桃红本能地往下一躲，力没用到位，腰骨未能归位。张桃红因触到了痛点，叫了一声："哎呀，我的娘呦！"李憨听见张桃红喊叫，一个箭步闯了进来，惊慌地问："怎么了，出了什么事？"王妈见他闯进来，吆喝说："给我出去！"李憨乖乖地退了出去。王妈见张桃红满脸惧色，知是失了时机，再做张桃红肯定配合不好，达不到效果，索性放弃了，答应过几天再来。张桃红一听几天后才来，便放松了心情，饱饱地吃了晚饭，美美地睡了一宿。第二天晚上，张桃红准备睡觉，忽然刘嫂说王妈来探视，张桃红说："快请"。王妈走进屋来，笑着说："今天不治，来看看病处有什么变化没有。"说罢，让桃红趴在炕上，亲自动手解开她的外衣，用手抚摸着他的后腰，轻轻地按着，嘴上却说："这错位的部位红肿不明显，说不定已经好了呢！"张桃红听了笑着说："那怎么可能，要好也得些时日呀。"王妈见她放松，便使足了力气，将上部猛力向右一推，听见咯嘣一声，便知错骨已归位。张桃红不知是计，疼得"娘呦！娘呦！"地连叫好几声，冷汗出了一身。王妈从她身上下来，松口气，兴奋地说："夫人起来！"张桃红愣了愣，自己往起起，不想真的坐了起来，活动活动身子没有不适感，脸向王妈问："真的好了？"王妈说："差不多吧！"

岁月的煎熬，使张桃红椭圆形丰润的脸蛋儿变得瘦条了，出现了褶皱，出现了褐斑，妩媚的大眼变得铃铛似的吓人，原来轻松快乐嫌日短，如今备受折磨苦日长，也是太阳照常转，不知不觉怀孕已经一年零五个月了。张桃红夜夜想，天天盼，可是肚子里的孩子就是不肯出来，急得张桃红几次找王妈。王妈劝说："事情总有例外，这孩子怕是揽月了，连我也算不出该什么时候出生了，好在胎儿一切正常，牵挂是多余的，慢慢等着吧！"张桃红有时很懊恼，别人生孩子也没遭那些罪，怀孕十个月就生出来了，没见谁耗费生命，为什么偏自己陷此绝境。有时她摸着自己的肚子，小东西手脚乱动，心里也有一种甜蜜感，怪怨情绪云消雾散，在里面多待几天也好，长得结实聪明。李憨偷问王妈："至今不生是何道理？"王妈心里也犯嘀咕，表面上却是冷静斯文，像是经验丰富有见识的能人。她例行一遍检查，完后拍拍手说："实不相瞒，这大人、孩子一切正常，只怕是张桃红身子特殊，育儿血气不足，孩子才长得慢。"夫妻二人不约而同地点点头。王妈又说笑了一会儿，起身告辞了。

转眼又快一个月了。这天傍晚，张桃红感到身体舒爽了些，也许是长时间的体能消耗太疲倦了，便早早地躺下睡了。她迷迷蒙蒙地来到一个从未到过的地方，这里景色太美了：仙鹤成群，白鹭对对，瀑布飞雪，祥光万道；树掩红楼，金钟悦耳，僧歌悠婉，烟香飘绕。张桃红猜出山林深处定是一座禅寺。她继续往里走，大殿金碧辉煌，朱门洞开，善男信女，持香焚烧，虔诚膜拜。她走了进去，心想：既然来了，何不许个愿呢！跪地磕了三个头，默念一番。便起身走出大殿，正在东游西逛左顾右盼，迎面天上飘来一朵祥云，云上立着一个女子，潇潇洒洒，祥光普照；素白罗袍，黑发盘髻，绣带飘翎；玉面慈善，秀口朱唇；柳叶弯眉，丹凤细眼；手持橄榄，神色威严。女子见张桃红打一个稽首，口称："施主止步，我乃是南海观世音菩萨，今来给你送龙儿来了！"张桃红高兴得忘记了辞别观音菩萨，抱着儿子跑出了树林朝家跑去，边跑边喊："我有儿子了！我有儿子了！"张桃红醒了，发现李憨正在看着她，却不见了儿子，她问李憨："我儿子呢？"

这时窗外霹雷轰鸣，电光闪闪，大雨倾盆。张桃红感到肚子一阵剧痛，下身血水流了出来。李憨赶紧起来去找王妈。王妈顶雨赶来，进屋急忙脱外衣净手。孩子已经露出头来。王妈叫李憨出去，她和刘嫂上炕调整张桃红的姿势。不一会儿，一个小孩"哇"的一声落地了。是个男孩，母子平安。张桃红喜不自胜，紧紧地抱住孩子，热泪盈眶，亲昵地说："孩子，你可叫娘亲想死了，怎么才来呀！"说来也怪，小孩竟然稚声稚气地叫了一声"娘"。张桃红猛然一惊放开手，孩子掉到炕上，随即孩子又爬向自己。张桃红、王妈、刘嫂和后进屋的李憨都惊呆了。这孩子黑不溜秋的，结结实实，下生就认人，太稀奇了。王妈伸手去抱，没想到那黑孩小腿一蹬，正好蹬到王妈的左脚面，王妈顺势溜下炕去。王妈唬了一大跳，叫了一声："这孩子咋这大个劲儿！"王妈返身上炕伸手抓住小孩的一只大腿，怕他再蹬踏用力抓住不放。那小孩挣了几下没挣脱，可能感觉有些疼了，便大哭起来，拼命地挣扎。这下可不得了了，屋顶上的尘土被震得劈里啪啦掉下来。张桃红赶紧说："王妈，还是给我吧！"王妈赶紧将黑小子送到张桃红怀中，出人意料的是孩子到了张桃红手上，竟然安安静静地不哭闹了。

王妈让李憨把洗衣盆放到炕上，加了温水，用手试试，又叫李憨加了点凉水。她又试试水温，没有说什么，便从张桃红怀里抱过孩子小心翼翼地放到水里，准备给孩子洗身子。孩子入水立马打了一个挺，滑到洗衣盆里，游动起来。王妈怕孩子淹着，赶忙用手去捞，不想那孩子身体滑润，动作十分敏捷。王妈抓他不得，急得蹲在洗衣盆边，用双手东一把西一把抓个不停。突然间那孩子立在洗衣盆里，向屋里望了望，倒在水里。王妈原以为是滑倒了，用手去扶，刚把手伸出去，像触了针似的缩回来，木楞楞看着洗衣盆的水。水里没了孩子，只有一条蛇一样的东西在游动。王妈"咯儿"了一声，倒在炕上，一动不动了。李憨见王妈倒在炕上，连忙上前扶起，抱着她的头，一声紧似一声地叫着"王妈，王妈，王妈……"这时，水里蛇一样的东西立起身子，用嘴喷水，水柱喷在王妈的脸上。王妈被激醒，睁眼看见那条蛇正往自己脸上喷水，唬得翻身落在地上，连鞋子也未穿跑回家去。

王妈走了，刘嫂去洗炕垫，屋里只剩下张桃红和李憨了。张桃红说："李郎，今天是几了？"李憨想了想说："现在已是过半夜了，该是农历六月十三吧！"张桃红笑吟吟地望着孩子问："这小东西叫个什么名字好啊？"李憨答不上来。他没念过书，对于这种事一窍不通。张桃红见他很为难，笑笑说："这孩子按习惯随父姓，我喜欢德昭二字，我想大号就叫李德昭吧？看他黑不溜秋的，那小时的乳名就叫老黑吧？"李憨没啥可说，一切顺从了张桃红。

第十六章 庞府霸客栈

张桃红自打生了儿子老黑，精神判若两人，成天脸上挂着喜气；再加上李憨日日夜夜的精心呵护，饮食调剂，身子发福了一些，脸上褶皱一扫而光，满脸红扑扑的光彩照人。孩子呢，也长到了十七八斤，黑不溜秋的结结实实，一天除了吃就是杂耍，不哭不闹，很是省心。说来也怪，淘气遇到危险的时候，只要妈妈叫一声，老黑便乖乖地跑到娘的怀中，老老实实，任凭娘的摆弄；等到李憨抓住他，抱住他时却是脚蹬手刨，没个老实气，直到李憨将他交给张桃红时才会消停下来。李憨呢，一边没日没夜地照顾张桃红，一日三餐，洗洗涮涮，无不细心周到；一边料理客栈事物，迎来送往，无不精心周全。人呢，与张桃红比较黑了瘦了，好就好在总是默默做事毫无怨言，在他的努力下，家里店里一切都是按部就班，井井有条。

一天早上，张桃红起来一边梳洗，一边对李憨说："憨哥，今天已是坐月子两个月零一天了，我该到客栈管管事了。你看我比你都胖了，你也应该休息休息了，再坚持下去会拖垮身子的！"李憨问："这养了两个月，平时很少劳作，冷丁上阵能吃得消吗？还是试试吧，适应一段再说吧！"张桃红说："估计是没问题的，实在不行，你还出马！"李憨笑了，开心地说："可也中！"

二人吃完早饭，张桃红一个人去了客栈大堂。伙计们见了，不分男女都围了上来，齐声问候，给老板娘贺喜！张桃红也向大家问候，并感谢大家在她不在时为客栈付出的倾情努力！张桃红产后重新上任，无疑是客栈一件大事，屋里屋外充满了喜气。

大约傍晌午时分，张桃红正在灶房张罗配制午餐食料。店小二匆匆跑了进来，神色慌张地说："掌柜的，院门进来一伙人，有十多个，各个都拿着家伙，凶神恶煞一般，怕不是好事！咋办？"

张桃红撂下手中的活计，嘱咐说："师傅们，你们先干着，我去外面看看！"有人问："掌柜的，用不用我们一块跟去？咱也要防备些！"张桃红冷静地笑了笑，坦然地说："咱也没招谁惹谁，怕他们做啥？我一个人就可以了！"张桃红去了院子，两个店小二不放心，还是跟了去。张桃红走进院子，十多个人一排已经站好，领头的就是庞有福的外甥周大壮。张桃红严厉地问："周

96

大壮，你这是干什么?"

　　周大壮乜斜个眼睛，昂首挺胸，站立在队伍前头，也不看张桃红一眼，一声不吭，像是在等候什么人。果然不出张桃红所料，远处来了一辆大马车，车后卷起了扬尘，看样子来头不小。大约一刻钟左右，马车冲进了院子，庞有福利落地从车上跳下来。庞有福见张桃红一个人在院子里等着，走到近前，笑嘻嘻地说："怎么样? 张桃红，你看我又活蹦乱跳地回来了，开心吧!"张桃红心里明白庞有福是来和他们夫妇算账来了，心想：眼下是祸也躲不开，看他要做些什么吧，只有随机应变了! 二人各自在用心计，一时僵持起来。

　　三年前，庞有福强霸张桃红未得逞，被跳窗进屋的李憨打了一棍昏倒在地。管家李勇托人四处寻医，找来富家屯陈明德医治半年。稍有好转便又让马踢了一下，病情变得严重起来。庞有福派周大壮去京城联系宋秋实帮助求医。在京城得到了宋秋实的热心呵护，花大钱请御医诊治，倒出自家豪宅居住，供吃供喝，周到细致，经过两年的医治和疗养，身体完全康复。在京城治病期间，庞有福打发走外甥周大壮回来打探张桃红的下落，自己常常一个人闷在屋里算计着如何来报他的腰伤之仇，真可谓用心良苦，讳莫如深。

　　庞有福自京城回到龙门寨，由于途中一个多月的鞍马劳顿，回到家中又歇息了一个来月。这才想起来派人把周大壮找来询问李憨和张桃红的下落。周大壮报告说："李憨两口子在石龙河边开了个客栈，生意可火了，张桃红还生了个黑小子，小日子过得可舒心了。"庞有福一听火冒三丈，拍着桌子说："他娘的，我像蹲了两年多的监狱，他家倒过起逍遥快活日子! 不行，我得找他算账，还我银票、赔我治病钱、补偿我的精神损失；再说石龙河那片地也是我的地盘，他怎么能想用就用? 这他妈的不能白用啊! 走，咱们带几个家丁找他算账去!"管家应声找人去了。

　　庞有福觉得自己有些操之过急了，算账也要有理有据，空口无凭不行，外人看了不服，那就是熊人了。自己不能干那些不占人缘的事，那样会不得民心丢失信誉的。庞有福跟管家和周大壮说："你们先准备着人马，什么时候我的证据确凿了，咱们再去。"二人出去了。庞有福把娟儿唤来，对她说："你把咱家的土地分布图重新画一张，石龙河、药泉山以东五里方圆的地段标进咱家土地图内。画画要用心，尽量要一致，甚至纸张新旧也要一样，使别人看后挑不出毛病来。"娟儿出去了。庞有福又想：给张桃红那张付工钱的银票是假的，自己再填写一张真的，坚持两张是一样的；张桃红拿不出那张假的，自己的真银票也就折服了众人。治病钱可分为四类：一、诊治医药钱；二、太医人情钱；三、京城居住住宿钱和饮食钱；四、往返路钱和陪护人员护理钱。能做出收据的做收据，可扩大钱数，其他可以如实填制小账。

　　这些准备事务又用了十来天。十月初的一天，庞有福叫来周大壮，让他带人先去石龙河客栈，去后列队示强，不说话，不动手，候他亲自处理。

周大壮带着一伙人，带着棒子砍刀，坐着两挂大马车，耀武扬威直奔石龙河客栈而来。下车列队示强。

张桃红知道来者不善，也不言语，静观其变。这时，过往路人、住宿客人、客栈雇员、附近村庄的好信儿之人，纷纷聚到石龙河客栈的院子里。人们交头接耳，议论纷纷。庞有福看见不少人比比画画议论着，选择一个高处，冷静而礼貌地说："乡亲们，朋友们：我不是强盗，我是龙门寨的庞有福。今天我到这里来是要清算一笔账，这笔账冤有头债有主，和来客栈打工的、住宿吃饭的毫无关系，你们该干啥干啥，不要介入此事，介入你们也说不清楚。"庞有福巡视了一周，发现他的话很有效果，人们的眼神和情绪都很平静。于是他又扯开嗓子喊叫说："石龙河客栈的男女掌柜的，两年前去我屋讨要工钱，耪青两个月的工钱说好五十两白银，硬要一百两。乡亲们，大家都是邻居，你们说有这个价吗？是的，我没有满足他们的要求，不想男掌柜的拿起镐把一棒将我致残。这不，我刚刚从京城治病回来。"说到这儿，庞有福满眼落泪，声音哽咽地说："我从没干过缺德的事，如今落个残疾！为什么？为什么呀？"

这时，李憨拎着木棒奔进院子。庞有福指着张桃红说："姓张的，你不愿意看到你男人残废，你就叫他放下棒子，咱们当众理论！"

人们闪开一条路，李憨跑了进来。张桃红让他把棒子丢下，李憨顺从地扔了木棒，站在张桃红身边。偏巧，这会儿一个黑不溜秋的小孩跑到张桃红跟前，不停地叫妈妈。庞有福断定这就是那个孽种了，指挥家丁："给我抓起来！"家丁们无论怎么抓，怎么围，怎么堵，都抓不到这个小小的孩子。孩子也不往别处跑，始终围着娘亲叫"娘！娘！"边叫边哭让人看了心里难受。张桃红厉声说："你们放了我的孩子，不要抓他！"庞有福挥挥手说："算了，别叫他喊了，够烦人了。"家丁们放弃追赶。老黑跑到娘跟前，摸着娘的手不放。张桃红将老黑抱在怀里，老黑安静下来。

庞有福见场面平静下来，伸长脖子继续说："张桃红和李憨为了多要工钱行凶伤人，是事实吧？这就要承担经济责任。就这笔钱我先开个价：一、京城治病往返路钱，包括人吃马喂，住宿客栈，一天得二十两白银吧，少说八十天，合起来就是一千六百两；你耪青要钱，陪护病人的也得给钱吧？俩人俩月五十两，四个人，二十四个月就是一千二百两，两项合计二千八百两。二、京城住宿钱按二十一个月计算，加上人吃马喂一天少说也得四十两吧？两年扣去一百天，计算下来就是二万五千二百两。三、看病找人、诊治总得给点人情钱吧，少算也得一万两。四、诊治医药钱，住院床位钱合计十四万八千两。四项合计十八万三千两。还有，你开客栈这个地方是我家的地盘，使时也没打招呼，不能白使吧？是不是也得给点钱啊？"庞有福说完，将相关证据一一展示给大家。

庞有福问："张桃红你还有什么好说的？"

张桃红说："轮到我了吧？那我就给众人说说。一、治病花销。谁闹的病谁承担，我家李憨是打了他一下，可为什么打？庞有福说我们讨债不忿打的，完全不是事实！事实是庞有福强暴我，被李憨遇上，劝说不听，一怒之下才出手的，完全是属于自卫。这钱我们不承担！"

庞有福阴森地笑了一下说："你说我强暴你，有谁为证？"

张桃红指指周大壮，平静地说："你就是让他把我绑到你屋床上的。周大壮应该作证！"张桃红说完走到周大壮面前，指着他的鼻子说，"你告诉人们，那天晚上是不是你帮你姨夫把我捆在床上的？"

周大壮木然站立，直到张桃红逼上他，不得已才说了一句："我没捆。"

张桃红真的生气了，抬手照着周大壮就是两个耳光，随后那胖胖的脸就仓红起来。张桃红继续斥责说："一个堂堂的汉子，自己做事不敢担当，做人不能没有骨头啊！"

有人认识周大壮，知道他横草不过，是亏不吃。便议论说："今个打不还手，骂不还口。实属不正常，定是背地里他姨夫叮嘱他了，否则他不会认这个亏的。"也有的说："你看他立在那儿挺着挨打，其实那眼神是怯怯的，不是那种理直气壮！"

庞有福指责张桃红说："你不要逼迫他，他是不会说的！"并指责张桃红是诱供，不算数。

张桃红说："逼他说假话，作假证的是你，不是我。我讲述了实情，是他良心的指使。现在想抵赖也无用了。还有这土地使用时我征得了药泉村甲长的同意，并事先缴纳了使用钱，有争议你去冲他说，和我说不着。还有刚才庞有福给大家出示了支付我的工钱五十两银票，咱真假不论，这给我的银票怎么现在还在你手里？这不明摆着是混淆视听硬赖吗？到此，事情已经明晰，带着你的人马赶紧离开吧！"

管家李勇见庞有福大势已去，凑上来附到庞有福耳畔嘀咕说："跟她磨叽这个干啥？绑走就是了！"庞有福假装头晕，捂着脑袋走开了。管家指使周大壮叫人动手。周大壮一声令下十几个大汉一哄而上，将张桃红和李憨逮住，抹肩头拢双臂用绳子捆起来，推上车拉着就跑了。庞有福说："他们还有一个小犊子，也给我带上！"

院里的人们都散开了。庞有福对管家说："召集客栈的人都到院里来，我有话说。"管家急忙跑进大堂将人召集来。庞有福当即宣布："从现在开始石龙河客栈就是我庞有福的了。各位有愿意继续干下去的，庞某欢迎，不愿干的，工钱开到月底，可以回家。来去自便，绝不歧视。我的意见是维持客栈原样，该干啥的还干啥，客栈照常运营，原有规矩也不变。我开客栈不图挣钱，大家多劳可以多挣，下个月上调一等工钱。我家管家李勇临时在这负责，希望大家捧场支持！"

人们闹哄哄地说："给谁干都是干，给钱就行！"管家李勇说："刚才我家庞员外说了，劳动挣钱，理所当然。大家放心也就是了。现在谁能领着庞爷去看看那眼神井？"人们推出店小二。店小二磨磨唧唧不愿意走，有人操了他一下，这才滋滋扭扭地去了后院。

庞有福也觉得奇异，随着管家李勇和众人来到客栈后院，有人指着那口井，他们便奔了过去。管家李勇俯身井口向里张望，井水清清亮如明镜，并没有发现什么异样，便将辘轳放下水去，晃动了一下绳子摇上来。有人递过水瓢，管家李勇舀了一瓢，递给庞有福，殷勤地说："员外爷，您先尝尝！"庞有福接过水瓢抿了一口，吧唧把水瓢扔在地上，怒冲冲地说："竟扯他妈的淡，一点酒味也没有。"有人证实说："管家说的是真事，八成打法有说道。店小二知道咋打。"管家李勇叫店小二打了一回尝尝也不是酒。管家李勇扯过店小二就是一巴掌，骂骂咧咧地说："混蛋，原来咋打还咋打！"店小二无奈只好拿来酒壶念念叨叨打上一壶，递给管家说："以前就这么打的，尝吧！"管家李勇将酒壶递给庞有福，笑着说："老爷，尝尝这回。"庞有福又一次接过酒壶，对着酒壶嘴喝了一口，还是没尝出酒味，吧唧又将酒壶扔至地上，转身倔倔搭搭地回了龙门寨。自此"井上春"酒在井中消失，再没人喝到了。

张桃红一家三口被带进书房。庞有福自设公堂，端坐书案后，怒容满面，伏案喝喊："张桃红，知罪否？"张桃红说："不知。"我问你："书案上的五十两银票，是不是你拿的？"张桃红说："那银票是假的。"庞有福问："假的，那是经你手才假的，跟我有什么关系？我出示的可是真的！"张桃红还要解释，被庞有福拦住，警告说："以后我问你问题，只准说是还是不是，或者有还是没有，别的答也没用！"又说："我重新问你，张桃红，银票是不是你拿的？"张桃红说："没拿。""住嘴！"庞有福立即制止，又问："张桃红，你敢抵赖？"张桃红微微一笑说："混账！那张真银票你都出示了，明明还在你手里，怎么说叫我拿去了呢？"庞有福挠挠头，又转向李憨问："李憨，你是咋进我屋的？"李憨回答："跳窗。"庞有福问："不准确！重说。"李憨不搭理。庞有福瞪了李憨一眼，又问："我腰是不是你打坏的？"李憨说："不是。"庞有福觉得自己问的不够准确，又问："你是不是用木棒打了我的腰？"李憨不回答。庞有福急了，吆喝说："来人，给我打二十大棒！"有两个家丁举棒要打。这时，小黑孩过来童声童气地说："谁敢打？我就给谁点厉害！"庞有福火火地说："刚才在客栈院子里人多，我没好意思对你下手，这回跑家来你还敢霸气？来呀，给我打趴下！"四个家丁一起上来，举棒就打，却怎么也打不着。庞有福气急败坏，吼着说："给我往死里打！"四个人举棒劈里啪啦一顿乱打，却一下没打到小孩身上。小孩跑到庞有福身边，四个人犹豫起来。庞有福喊："打呀，瞅什么？"四个人举起棒子打下来，小孩早就钻到书案下，棍碰棍乱弹，有两根砸到庞有福身上，疼得庞有福龇牙咧嘴直骂。后来庞有福嫌四个家丁无用，连一个孩子都收拾不了，喊叫着："旁边站着去。"自己夺过一根棒子满屋追打。小孩开始引逗他，庞有福见小孩跑不快了，以为是累了，抢到跟前举棒就打。小孩见他靠近自己又举起棒子，乘双臂之间空隙，向庞有福右眼吐了一口唾沫，唾沫星子虽小，却击中了眼窝，疼得庞有福呀呀乱叫，停止了追打。

庞有福回到书案后太师椅上坐下，不停地揉着右眼，泪水不停地流下来。小孩警告说："坏老头，你把俺爹娘放开，不然我让你那只眼睛也瞎了！快点！"庞有福看出这个黑小子怪怪的不好惹，马上吩咐家丁："给两个人松绑。"小孩又说："再不许你们打骂他俩！听着没有？"庞有福气哼哼地说："知道了！"

庞有福说："你们两个算走字，老子也不和你们细算了，客栈归我，你俩耕种门前那垧地。住呢？就住更夫房子。"说罢，把三个人赶出来。

张桃红三人来到更夫房，一看直皱眉头，两间破房子，四下透风，屋内除了一铺炕和房顶一副大梁，什么都没有。张桃红看看李憨，李憨看着张桃红，俩人都笑了。李憨问张桃红："你笑啥？"张桃红说："昨天那样，今天这样。"又问李憨："你笑啥？"李憨说："两个大人不如一个小孩！"张桃红把孩子搂在怀里，感叹地说："没啥都行，没孩子不行，小小年纪竟能做大事，娘没有白生你一回呀！"说罢眼泪流下来。

庞有福把三个人赶走，家丁也都出去了，一个人静下来。按说仇也报了，账也算了，应该是心满意足了，可是他怎么也高兴不起来。有时他想着想着自己也笑，笑什么呢？他原以为追恋张桃红的仅他一个人，谁知几千里以外又冒出一个飞猫来，可笑，这个张桃红究竟哪儿好呢？好不容易生出个孩子，还是黑不溜秋怪怪的。又想：别说别人了，自己究竟喜欢她什么呢？是长相，一般；是气质、性格，有点；是技能，虽然有两下子，那能干活的多了，为什么却不招人喜欢呀？看来不足取；还是年纪，对，年轻，出众，可人，说白了就是一见钟情。自己五十多了，便宜能占就占点儿，不必豁出命去非得不可，那样已经得不偿失了。想来想去，还是把她让出去吧！

庞有福终于下定决心给宋秋实写封信，告知张桃红已经找到，现在圈在他家里，请令弟速来。写完了信，他像卸去了一个大包袱，答应人家的事给办了，看病欠人家的人情也算偿还了一大部分。

这一天，庞有福收获很大，心中积蓄已久的恶气终于淋漓尽致地发泄出去了。唯一失去的是那只右眼，现在还在流泪，不知什么时候能好？

第二天一觉醒来，庞有福又变卦了，到手的美事怎么能轻易地舍给别人呢？放在身边看着也好啊！为什么非得送给别人呢？思来想去还是从长计议为好。于是决定将张桃红留在跟前以后再说。

第十七章　戏水惊艳女

　　庞有福自设公堂，亲自办案，强势镇压，使得张桃红夫妻不得已屈从。张桃红夫妇转而由开客栈变成被奴役，改作耕种庞家土地，强逼扛活还债。李憨对此常常唉声叹气，精神一蹶不振，搞得饭不吃不想，水不饮不渴，一天失魂落魄，身体一日瘦比一日。张桃红心里也不服气，总想找个地方理论理论，自知世道是弱肉强食，凭一介平民百姓谁能给他们伸张正义呢？倒是听说过宋朝有个包青天，可是更朝换代了到哪找去呢？眼下天下乌鸦一般黑，有苦无处诉，深信再不会有这种美事的，追求下去实属过分幼稚了。思考了几天，眼前这一桩事甘心认输，觉得自己还有活路，把希望寄托在将来。这样一想她反倒坚强起来，便把心思放在安慰李憨身上。晚上常常说到深夜，讲庞有福这种报复是必然的。她说："你气愤的时候不也用棒子打了他吗？反过来他得把了，治你一下不也可以理解吗？他没把咱们弄个好歹就是万幸了，要是把谁砸吧坏了，咱这份上还不得挺着死呀？好在留得青山在不愁没柴烧，人好比啥都强。咱还年轻，就不行有个时来运转的时候呀？钱可以慢慢挣，要是愁坏了身子，以后拿什么挣钱啊！"李憨听了笑了，开心地说："你的话我相信，闯关东途中有那么多劫难，都化险为夷了，那都是例证！"从那次谈话以后，李憨还真觉悟过来，每天出门也不耷拉个头了。张桃红见李憨改变很快，自己心里也敞亮多了，除了地里干活，更多的心思都花费在小孩身上。

　　老黑这个小家伙，黑不溜秋的，身子结实，能吃，长得也快，活蹦乱跳的非常招人喜欢。一天要吃五遍奶。张桃红饮食不佳营养上不来，奶水也不充足，常常被孩子咽得晕头转向，不过她还是咬牙挺着，不让孩子看出一点痛苦的表情。一天中午，小家伙扑到娘的怀里，大嘴叼住奶头狠狠地咽，疼得张桃红鬓角汗水淋漓。可是她还是温柔地拍着小家伙的屁屁，轻轻地唱着催眠曲：宝宝乖乖，宝宝乖乖，慢慢地吃，别着急哎，多吃一会，长得才快。长大了，做大事，帮着百姓秉正义；施恩泽，做好事，咱是黎民好孩子；除恶霸，灭地痞，天下太平造福祉；扬美德，崇善意，天下为公出盛世。张桃红原本以为会把孩子唱睡，哪承想小家伙咔吧着眼睛听得正仔细，眼珠滴溜溜地转，像是听明白了似的，嘴里含着奶头并不用力了。张桃红看了心里无比惬意，充满了成就感，脸上露出了幸福的笑容。

几年没种地了，不曾往地上用心。这两年天不下雨连年干旱，山上的树枯黄了，地上的田园干裂了，地里看不见几棵小苗苗。农民种不了地，渔人网不着鱼，牧人宰杀了牛羊。黎民百姓愁眉苦脸叫苦连天，成群结队地到庙宇烧香磕头，祈望上天神灵龙王怜悯体恤，撒甘霖施喜雨救助百姓活命。庞有福虽然不愁吃喝，却也十分关注地里收成，隔三差五地来找李憨催促，让他两三天把门前的地浇上一遍。地里有一眼井，打得很深，连续两年多没降雨，井水还是充盈的。李憨成天打水浇地，张桃红料理完家务也来担水浇地。小孩看见了对娘说："娘，你和爹歇歇吧，这点活儿我干就行！"张桃红听了愣愣地看看孩子感到奇怪，看样子小家伙说得挺认真，便对李憨说："李郎，咱儿子说他干，就让他干干试试呗！"李憨说："扯淡，那么小的一个孩子能干啥，别说浇地就连木桶都拿不起来呀。"张桃红挤挤眼睛低声说："你不能这样说，那天庞有福刑讯要不是老黑在场作闹，咱俩不知会被打成啥样呢！"李憨没了话语，半信半疑地放下木桶，回屋避太阳去了。

　　张桃红和李憨商量一下，这些天累坏了，只当休息半天，啥活都别干了。晚上店小二背着一大包子被褥偷偷地来了，还领来一个厨师，木盒里装着饭菜，手里拎着一个酒壶。张桃红说："两位师傅，谢谢你们还惦记我俩，以后可别再来了，要是让庞老贼看见了，咱们都会吃不了兜着走，你们犯不上为我们受牵连！"店小二说："没事，我不在乎，大不了不干就是了，反正也不舒心，辞了更好！"张桃红劝说："不要这样认为，现在年景不好，弄口饭吃不容易，能干还是干好。"店小二和那个师傅闭口无言了。沉寂了一会儿，店小二笑嘻嘻地说："当家的，您说邪门不邪门，那天庞有福在现场，这井怎么打就是打不上酒来。今儿我说打点给掌柜的送去，又打上酒来了！不信，您尝尝！"李憨接过来对壶嘴喝了一口，笑了笑说："还是那个味！"四个人都笑了，破屋里充满了快活的气氛。唠了一会儿，张桃红说："你俩赶快走吧！别让老贼逮着！"两个人收拾收拾走了。

　　李憨和张桃红饱餐了一顿，躺下就睡着了。第二天一早起来，李憨到地里一看，一片地都湿润润的，苗子比别处齐整还水灵。他赶紧跑回来，孩子躺在炕上正睡觉呢。他得意扬扬地对张桃红说："孩子娘，你去看看吧，那么大一片地还真个浇了个透。"张桃红看看熟睡的孩子，欣慰地笑了。

　　这一段时间，庞有福对张桃红和李憨有些奇怪，不见两个人白天干活，地里水浇的却挺好，觉得不可思议。一天晚上，月亮还没升起来，天地间一片漆黑。他偷偷地来到地边查看，发现井口有个小孩，围着井转来转去不知道干什么，揉揉眼睛仔细一看，那小孩变成一条龙，尾巴伸进井里，开始摇动着身姿，那水雾下雨一样向四周喷去，均匀地洒在地上，竟然是悄无声息。庞有福躲在哪儿一动不动，怕惊动了那条龙。大约一顿饭的工夫，一片地就浇完了，那条龙一晃头恢复了原形，原来是张桃红的那个黑儿子。这下可惊坏了庞有福，他悄悄地离开了那片地，赶紧跑回家去。

　　庞有福躺在炕上惊吓得哆嗦了半宿，后来思来想去兴奋起来，风风火火地把老婆叫起来。他说："娟儿她娘，喜事来了。"娟儿娘丈二和尚摸不着头脑，审哒说："这半夜三更的不睡觉，哪来的喜事呀？你是不是着魔了？"庞有福往老婆身边凑了凑，低声说："我看见真龙了！你知道在谁家吗？就是张桃红的那个黑小子，我看得真真切切。"娟儿娘也感兴趣，问："你咋看到的？"庞有福说："这几天，没见李憨和张桃红两口子干活，地里却是湿的，我就有点奇怪，乘天黑偷偷地看了几次，今儿晚看着了。我回来寻思了半宿，这可是一条真龙啊，俗话说：真龙天子。这孩子将来会做大事的。我想娟儿也不小了，那个白龙还经常来缠磨，上次要不是那个老太婆帮忙，怕也早就被糟蹋了。不如乘这个机会把娟儿嫁给他，那会是真龙天子当皇上的啊！娟儿将来就是皇后娘娘了！"娟儿娘也觉得挺好，便同意了。

　　第二天，庞有福和婆娘把娟儿叫到跟前，将事情的来龙去脉一五一十地对娟儿说了。娟儿也惊喜不已，当然同意，提出要亲自看看。庞有福和婆娘答应了。到了晚上，一家人悄悄来到篱笆边，找好位置藏起来。夜色已经很浓了，黑漆漆的什么都看不见，只有天上星星闪着微弱的光亮，地面上才渐渐地显出点光色。娟儿有些着急，问爹爹："咋还没来？"爹爹摆摆手嘘了一声，悄声说："不要整出动静，惊着他就不来了！"三个人赶紧闭住嘴，谁也不吭声，连个大气也不敢喘，静静地候着。人在夜色中时间长了，眼睛也适应了环境，再看东西渐渐清晰起来。大约二更时分，从侧面的更夫房里走出一个小孩来，蹦蹦跳跳地朝地里来了，经过栅栏门径直走向那口水井。小孩四周望望，见没什么动静，便把身子晃悠了一下，忽然变成少年模样。只见他高挑的身材，宽宽的肩膀，身穿青衣服，脚蹬青色鞋；方形脸膛，黑中透亮，浓眉大眼，神采飞扬，好一个漂亮的小伙子。

　　娟儿看罢，凑到爹爹的耳旁，轻轻地娇声说："就是黑点儿，还挺俊呢！"爹爹说："黑不打紧，重要的是将来他会做天子啊！"老太婆也很兴奋，却摆摆手低声制止说："别说话！"三个人眼睛同时盯住了水井。

　　小伙子绕着井口转了三圈，身子一晃变成了一条龙，尾巴插入井口，身子摇动起来，水从口中喷出洒向地里。这时月亮从山后爬出来，月光布满了夜空，天地间更加明亮，水井上的一切变得清晰可见。那条龙头如骆驼，角如雄鹿，二目如灯，炯炯有神；口若白鳄，獠牙外指；蛇身弓起，鳞甲闪光；四肢粗壮，五指如鹰；龇牙咧嘴，豪气冲天。模样甚是骇人。

　　娟儿开始就很惊恐，后来看到那龙张牙舞爪从井里钻出来，只吓得"咯"的一声便仰在地上，毫无动静。爹爹不知咋回事，伸手拉拉她问："娟儿，咋了？"娟子毫无反应，卧地一声不吭。娟儿娘也慌了神，忙扯着娟儿的右手，晃动说："娟儿，咋地了？"

104

吵闹声惊动了老黑，只见他形神涌动，威风凛凛，呼啸一声去了，留下祥光一片。

庞有福赶紧抱着娟儿跑回屋子，放在炕上，又跑出去找人去请郎中。不一会儿郎中来了，摸摸脉，又翻开眼皮瞧瞧，告诉庞有福说："人已经死了。"说完就走了。老两口一时傻了眼，神情恍惚，呆若木鸡，不知如何是好。

庞有福一屁股坐在炕上，悲痛不已，心想：这孩子算是没福啊，这么好的事还没等说成就毙命了，真个是与皇后娘娘无缘啊！自己当皇亲国戚的美梦也成了泡沫。唉，命啊，这就是命，人生命该如此啊！

娟儿娘更伤心，哭得死去活来，泪人一般，嘴里不停地絮絮叨叨。哭着哭着，她突然停止了哭泣，指着庞有福开骂："你个老不死的老贼，整天自己邪心霸道不说，还想借孩子给你光宗耀祖，你家祖坟这回冒青气了，搭了孩子，吊毛没捞着吧！你个断子绝孙的，你死了了得了！"

庞有福被老婆一骂，反过味来，怒气冲冲地说："你个臭婆娘，你他妈的怨我，我他妈的怨谁去？"娟儿娘说："你不领我们娘们看什么龙，娟儿能吓死吗？"一句话提醒了庞有福。庞有福心想：对呀，要不是张桃红生个龙怪，娟儿不至于吓死啊？想到这儿，他爬下炕，怒冲冲去找张桃红算账。

张桃红和李憨正在炕上睡觉，听门响赶紧爬起来，黑暗中见是庞有福，俩人都犯了寻思，都感到怕是摊事了，不觉紧张起来。张桃红赶紧点着油灯，见庞有福气冲冲的哭丧个脸，让座说："东家，请炕上坐。"庞有福带个家丁站在屋中间，没有搭理张桃红让座的事，横道道地说："还他妈装傻，你儿子把我家娟儿吓死了。你们说这个官司怎么了断？"张桃红听了觉得奇怪，心想这个老贼又来敲诈了，不慌不忙地说："东家，你这话也不靠谱啊！我家孩子还不到六个月，咋就把那大个小姐给吓死了？就是黑点，也不至于吓死啊。你是不是弄错人了？"庞有福不慌不忙地问："你家孩子是条龙知不知道？"张桃红和李憨都摇摇头。庞有福又问："夜里，往门前的地里浇水的事知道吧？"张桃红看看李憨，李憨看看张桃红，又都摇摇头。庞有福急了，骂骂咧咧地说："装蒜，还他妈的装蒜，我夜里蹲地头看了好几次了，你们还不知道？那往地里浇水我是让你们干的，怎么成了黑小子干了？"李憨说："那天我们浇了一天地，回来累得都上不去炕了，小孩说笑话，说他干。我俩都没信实，您说一个不满一岁的孩子能干动吗？也就没同意他干。这几天也没见他到地里去呀！肯定是夜黑您看花了眼。"庞有福不得已端出了实话，他说："我见你俩白天没到地里干活，猜是夜里凉快，可能是夜里浇呗，就去地里查看，不想你家孩子从院里出来直奔井去，摇身变成一条龙从井里往地里喷水。回去我和那娘俩说了，他们很是好奇，一起去看，不想那龙张牙舞爪，硬是把我家娟儿吓死了。现在我家娟儿已经找郎中看过了，实属惊吓而死。故来讨个说法！"李憨说不出别的，想和孩子对证一下，看着张桃红问："那个尊障

105

呢?"张桃红满屋看没找到。庞有福急了拉住张桃红就走。

正在这时,房梁上发出了吱吱的叫声,警告庞有福不要碰张桃红。三个人抬头一看果然一条黑龙盘在梁上,冲着庞有福发出叫声。庞有福闪到李憨背后,吓嘚瑟瑟发抖。李憨见了知道事已是真,不能推卸,万分恼火,抄起门边的镰刀砍向老黑。老黑光顾冲庞有福吼叫,不想李憨一刀砍下来,尾巴被砍掉了,疼得大吼一声窜出窗外。疼痛中老黑隐约听见娘亲凄惨地呼叫了一声"老黑!"老黑只是强忍着剧痛奔逃顾命,没有顾忌娘亲的呼唤,架起云雾飞走了。

张桃红见李憨亲手砍断了儿子的尾巴,儿子撒血撞窗而去。她连忙呼叫了"老黑!"老黑不见了踪影,死活不知道,一股急火攻心倒在地上。李憨慌忙去扶张桃红,然而张桃红却像面条一样,已经断了气。李憨号啕大哭,好端端的一个家,就这样妻离子散家破人亡,事出意外,一时难以接受。悲痛中他想到张桃红,自打救了张桃红,又嫁给他,张桃红就成了他的精神支柱,一时一刻也离不开她。有她,他快乐;有她,他幸福;有她,他有希望。现在的一切都成了泡影,他悔恨对儿子的这一刀,他没有顾及张桃红的感受,张桃红没有原谅他。他这一刀,砍掉了儿子尾巴,也砍到张桃红心上,是他亲手毁掉了这个家!

庞有福见张桃红已死,算是一命抵一命,也是不愿意听李憨的凄惨哭叫,于是放弃了追究,带人离开了更夫室,回自己屋中处理娟儿后事去了。

李憨握着张桃红的手,那熟悉而又温存的面孔依然闪现在眼前,是那么鲜活,形影不离。

她来了,倚着门框面带羞涩地说:"二老,你们若是不嫌弃我,就收留我吧,我给你们做儿媳妇,孝敬您二老吧?"这话令李憨欢心不已。

她来了,被劫后,在张戈庄的树林里,背着一捆树枝惊喜地叫着:"李郎!是李郎!我是桃红啊!李郎。"他们拥抱在一起,久久不肯松开。

她来了,在渡黄河的小船上,为自己求情:"这位大哥,我和李郎夫妻一场,你们不能当着我的面把他害了。你若想要我顺从,你给他点钱让他回去某个生路,他这样一个厚道之人,又无超人之技,量对你等也构不成威胁。放他一条生路吧?"李憨活了下来。

她来了,面对婚后发生的事,她说:"李郎,我就这身打扮吧!你看这些祸都是由我而起,今后我不可张扬,老老实实地随你就是了,我们再不能分开了!"

她来了,刚睡过关东大炕,她说:"那个小哥还真实在,硬要回北炕睡。"说着,嘤嘤笑个不止。李憨讽刺说:"还笑呢?看来你真是个香饽饽,谁见了谁喜欢。"她有些不愿意,质问说:"咋?是他们喜欢我!可我并没有喜欢他们呀?这是我的错吗?"李憨歉意地说:"嗨,我不过说说这个意思。"她生气地说："可我这门心思却都在你李郎身上啊！别人，我给一点儿了吗？"

她怀孕了，吐得很厉害。她喊了几声，声音微弱，无人听见，气倒在地上。李憨看见她嘴角有黄色液体流出，惊诧地问："你这是咋的了？怎么吐黄水了？"她怄气说："这哪是吐黄水，吐的是尿！"李憨说："有事你慢慢说，生气对你不好。"她赌气说："有什么不好，总比死了无人管强！"李憨劝解说："好了，好了，都是我不好，我去给你弄点水来洗洗脸。"她喊起来："去去，别管我，用不着你管我！离我远点儿！"

她终于笑了："这小东西叫个什么名字好啊？"她见李憨很为难，笑笑说："这孩子按习惯随父姓，我喜欢德昭二字，我想大号就叫李德昭吧？看他黑不溜秋的，那乳名就叫老黑吧？"

她来了，面对破乱的更夫房，俩人都笑了。李憨问："你笑啥？"她说："昨天那样，今天这样。"她问李憨，"你笑啥？"李憨说："两个大人不如一个小孩，没他咱俩不知会被折磨成啥样！"她把孩子搂在怀里，感叹地说："没啥都行，没孩子不行，小小年纪竟能做大事，娘没有白生你一回呀！"说罢眼泪流下来。

天亮了。李憨把张桃红的尸体用棉被捆好，背着上了南边一座土山，硬是用手抠了一个大坑，把张桃红的尸骨郑重地放进去，一捧一捧地用满是泥血的手将土培在张桃红身上。李憨坐在张桃红坟边长久不肯离去，泪水没有了，嘴唇干裂了，李憨的心也空了。

太阳渐渐地落下去，几只乌鸦嘎嘎叫了几声飞走了。

第十八章　蛙婆起绰号

老黑被李憨一刀砍去尾巴，疼得激灵暴跳，骇然跃起，一声呼啸，撞破窗子跑了出去。迷蒙中不知到了何处，只觉得浑身酥软力不从心，便从空中跌落下来，掉到一个池塘边昏厥过去。不知过了多久，他慢慢睁开眼睛，东方已经渐渐发白，耳边有人在呼唤自己，仔细一看原来是位老婆婆。只见她：身子矮矮，又粗又胖，手臂短小，双腿粗壮又很弯曲；小脑袋，大眼睛，大嘴巴，喘气两腮一鼓一鼓的。老黑不觉警惕起来。

老婆婆用手抚摸着老黑，见老黑瞪着眼睛看着自己，"呱呱"地叫了两声说："黑龙，你怎么这副样子，尾巴都没了，龙不龙蛇不蛇人不人鬼不鬼的，又小又黑，一副小老样儿，你不是姓李吗？干脆别叫什么李德昭，你就叫秃尾巴老李得了！"黑龙惶恐之中，默默地点点头。

老黑见老婆婆热心肠，看样子十分同情自己，声音微弱地问："老人家，你是谁呀？怎么这样关心我？"老婆婆"呱呱"地笑了两声说："秃尾巴老李，你不要害怕，我是凌霄殿玉案上的金蟾蜍，你以后就叫我蛙婆婆吧。几十年前，人间旱灾连连，虫害四起，玉帝派我到人间灭虫害。你看，我这些年都吃成大肚子了。"说罢，自嘲地又呱呱了两声，继续说："人间的百姓太苦了，日子过得寒酸，灾年青黄不接，吃了上顿没下顿，住地窨子，钻草棚子，衣不遮体，说冻死就冻死。前几年派个叫敖景的白龙来布雨，刚开始还干点事，后来有声誉了，就变了本性，向百姓要吃要喝，还要筹钱建庙，闹的百姓不得安宁。"

老黑疼痛难忍，哪有心思听她絮叨，便龇牙咧嘴的"哎哟"一声，眼里泪水流出来。蛙婆好像想起来，又呱呱两声，歉意地说："你看看，你看看，光顾聊了，忘了你这还带着伤嘞！来，我给你看看！"说着，一挪一蹭地走到老黑尾部，查看完之后，便把老黑尾部挪至塘边，用净水洗去伤口的泥巴。蛙婆看了伤口很大，血水不停地往出淌，很是心疼，同情地问："这是咋搞的，怎么连骨头都削去了？谁干的？一个小小的孩子给弄成这样，这心也太狠了！"老黑忍疼刚要回答，蛙婆说："孩子，别急，等我弄完伤口再说。"两个谁也不说话，蛙婆聚精会神地为老黑处理伤口。停了一会儿，蛙婆说："你别动，挺一会儿，我去去就来。"说完，一道金光不见了。

蛙婆很快返回来，手里擎着一只蓝花瓷瓶，红色丝绸缠着瓶口，小心翼翼的，像是很珍贵，落到老黑尾部那个地方停下来。她用手小心翼翼地摸了一下伤口，擦去藏在骨缝里的泥浆，解下蓝花小瓷瓶盖上系的红色丝绸，打开瓶盖，将药粉倒在手心上，哈下腰对着断尾处，轻轻吹了一口气，药粉扑到伤口上。老黑的身子情不自禁地颤动了一下，便哎哟了一声。蛙婆说："不要紧，这是止血消炎药，上到伤口上，开始要有点阵痛。"她见老黑嘴唇紧闭，二目圆睁，呻吟不止，又说，"我这药只解眼前疼痛，并不能愈合你的伤口。"老黑听后有点害怕，问蛙婆："那伤口啥时候才能好啊？"蛙婆说："我知道一个人能治好你的病，只是离这里路途很远，你流血过多，身子虚弱，不能腾空驾云自己去。这样吧，你能不能再施点变化，把身子变小，我抱着你，送你去？"老黑说："那就有劳婆婆了！"

老黑施展变化，但是糟糕得很，不管他如何变化，身体却总是原样不动。蛙婆见老黑心有余而力不足，便用右脚在伤口上部狠狠地用力踹了一脚，老黑激灵一下来个腾跃，飞上了半空。蛙婆喊："快变！"应声老黑啪叽掉在蛙婆怀里。蛙婆抱着老黑架起祥云朝结雅河飞去。老黑卧在蛙婆怀里，咬牙风趣地说："婆婆，你这脚下功夫够狠的，只一脚就把我蹬上天了，要是暗中再加些力，还不得又给我剁去半截啊？"蛙婆说："秃尾巴老李，你不要耍贫嘴，这是你的功力不行。过几天，等你尾部治好了，我再送你去习文练武，学本事，将来做大事！"停了一下，又说，"这次看病的是虾姑娘，她有回天之术，轻轻按摩就能止痛去病，稍加药物辅助伤口会很快好的。只是她治病时，你万万不可心生邪念，那样会事得其反，病不仅不会好，而且会伤害全身筋骨神经！"老黑马上截过说："婆婆，你说得太远了，我一个小孩会生什么邪念啊？"蛙婆笑笑没再说什么。转眼之时，已是千里以外，她俩来到水宫府。蛙婆也不通报，抱着老黑径直入水奔向水宫府。

敖景正欲外出，与蛙婆撞个满怀。老黑啪叽掉在地上，恢复了原形。敖景横眉立目，厉声说："什么东西，竟敢私闯我的水宫府？"蛙婆呱呱叫了两声，冷嘲热讽地说："唉，我说你个白鳗鱼，见了婆婆也不客气一句，你算什么东西？"夏秀丽闻讯赶了出来，躬身一礼，热情地说："不知婆婆驾临，有失远迎，望您恕罪！"蛙婆呱呱两声，嬉笑地说："哎呀，你看人家虾姑娘，不仅模样变好看了，说起话来也是这么悦耳。"又转向敖景说："你与虾姑娘一起这么长时间了，怎么差距却拉得这么大呀，多少也得跟着学点德行！"敖景本是不服，见是蟾蜍，佯装不认识，气鼓鼓地出了水宫府。

蛙婆领着老黑，来到水宫府议事堂，请夏秀丽为老黑治疗尾伤。夏秀丽说："多谢蛙婆婆抬爱，我当尽心尽力尽快治愈黑龙的伤病。尚请蛙婆婆放心。"

老黑谢过蛙婆和夏秀丽。蛙婆离开了水宫府回芦花岛去了。夏秀丽送走了蛙婆，回到水宫府议事堂，令童儿把躺床搬来。两个童儿抬来一张大床，问夏秀丽放在什么地方，夏秀丽让放在书案右手那块宽敞地方。躺床放好，夏秀丽围着大床查看了一圈很满意，又叫两个童儿把老黑扶到床上躺好。夏秀丽亲自打来水，取来软布，为老黑擦洗起身子。满身的泥巴擦洗了三遍，换了六盆清水，总算自己满意了。最后是伤口处的擦洗，夏秀丽非常谨慎小心，软布沾足水轻轻的地一滴一滴地往下冲洗泥巴，有时肉边骨逢里的泥巴不好冲出，就浇水稀释，直到泥水冲净了为止。老黑安静地躺在床上，伤痛的心有了一点抚慰，神情也轻松了些。夏秀丽回到内室取来一瓶药，也是一个蓝花瓷瓶，红绸条系着瓶口，放到大床边的书案上。夏秀丽看着老黑说："我现在先给你上药，如果身上什么地方不舒服，一定要吱声，不要忍痛，免得耽误治疗。"老黑回答说："娘娘辛苦！我知道了。"夏秀丽没再说什么，开始上药。药粉被倒在一个小瓷盘上，左手端着；右手拿一个带扁嘴的圆圆的软球，用圆球喷出的气，将粉末喷到伤口上。老黑记得蛙婆婆上药时伤口刺痛，夏娘娘上药后只觉得伤口处有一点热感，并无不舒服之处。夏秀丽停下手，眼睛不停地观察老黑脸上的表情。她见老黑没有异常反应，便用清水将药粉洗去，待伤口上略干一些时，又重新喷涂了一遍，药量也不如前次大了。药还没有上完，黑龙轻轻地嘘了一声。夏秀丽听了立即停住手，关切地问："有什么反应？"老黑说："只是觉得气短，便忍不住嘘了一回，再没什么。"夏秀丽满意地笑了，收起了药瓶，又洗了一次手。嘱咐老黑说："黑龙，别紧张，我想让你放松心情，只有这样，才能达到效果。"说完便在老黑身上慢揉起来。

老黑闭上眼睛，有在娘怀里的感觉，随着夏秀丽温纯的双手轻轻地揉来搓去，轻拍按压，自己不知不觉困顿了。他强制自己不能睡，人家在给看病，自己却睡了，这有多不好，人家毕竟是位娘娘，怎好放肆睡觉呢！想归想，老黑居然发出了轻微的鼻息声。

夏秀丽给老黑从头到尾尽心倾力地做了一遍，自己不免鬓角虚汗流下，双臂觉得酸楚无力。她停下手，静静地观察老黑睡觉时那香甜的微笑，有趣的身形和面部表情的细微变化，觉得他的伤口太大，流了那么多血，心中情绪受到无情重击，再加上一夜一上午奔波劳累，到了这里通过药物治疗，加上难得的精心护理，使他忘掉了一切。他毕竟还是一个孩子，易哭、易怒、易笑，总会向往美好。夏秀丽看着，想着，自己也慰藉地笑了。

敫景带着怒气，走出水宫府，架起云朵往摩尔根方向奔去。原本打算寻找几个建庙的地方，将来请几个手下宰相大臣好好论证一下，走着走着却没了心情，想到蛙婆婆领个人来，匆匆而至要干什么呢？看样子还不找我，难道找夏秀丽？那么找她又是什么事呢？想着想着索性折回头往家走。

敫景回到水宫府，宫中寂静无声，连个走动的身影也看不见，只有两个卫兵矗立在门边。他悄无声息往里走，路过议事堂时，看见夏秀丽站在一张大床边，好生奇怪，什么时候这个屋里摆上床了呢？想到这儿，他想探个究竟，便悄悄溜进来，向那张床走去。

夏秀丽背对着议事堂的大门，面向大床，正在聚精会神地仔细观察着老黑的每一个神情变化，没注意到有人进来。敖景来到夏秀丽身后，发现夏秀丽眼神时而凝重，时而欣然微笑，情绵绵，意切切，担惊忧虑，很怕发生什么意外。敖景猜忌之心陡升妒忌，挖苦地质问："我的娘娘，你这么情深意切地守着这个人，他是你什么人啊？能不能讲给我听听？"夏秀丽被吓了一跳，急忙回身伸出右手二拇指对嘴嘘了一声，示意敖景小点声，别惊动了床上人。敖景怒不可遏，刚张开大嘴想说什么，不料被夏秀丽出手给捂上，推出了门外。敖景被夏秀丽拉进卧室，未等夏秀丽说话，便开始问讯："夏秀丽，你对那人一往情深，你俩什么关系？"夏秀丽一听敖景这么说，知是他误解，便笑着挑逗说："咋个，吃醋了？这个人是我什么人，你问我呀，我也不知道！"敖景责问："不知道，你对他那么痴迷，眼睛都快盯进去了，又作何解释？"夏秀丽说："我没有什么解释，我是受人之托，给人治病而已。"敖景急了，吼叫说："搪塞，骗人，你当我看不出来呀？我咋没见过你那么深情地望过我呀？"夏秀丽很不高兴，反问："我没深情地望过你，我为什么没嫁给别人却嫁给了你？你真是个忘恩负义的人！"敖景辩解说："合着你做了龌龊事，反倒责怪起我来，咋个想的呢？"夏秀丽激愤地说："我没做亏心事，你诬也诬不着我。我清清白白，光明磊落。"敖景见她没有认账的意思，便摊牌说："你不认账也罢，那你赶快把那个人给我弄出去，议事堂是他待的地方吗？"夏秀丽说："在议事堂如果妨碍你的工作，那我把他放在卧室。"敖景火冒三丈，瞪着红红的眼睛说："你疯了？你即不知道他是你什么人，为什么这样护着他？把他放进卧室，那我上哪去？"夏秀丽心情平和下来，解释说："我原本就没想把你赶走，所以才放到议事堂的。我答应为别人做事，不能半途而废，总得给人家一个圆满的交代，所以我只有这么个选择：要么在卧室，要么在议事堂。"敖景了解夏秀丽，见她如此执意坚持，其中定有内情，只是自己没有给她机会，便冷静下来，心平气和地说："娘子，毋躁！可能是我没弄明白情况，错怪了你。我问你，蛙婆子托你何事？床上的人是谁？"夏秀丽见敖景态度缓和下来，解释说："蛙婆婆请我给黑龙看病。黑龙的尾巴被他爹爹砍掉了，流了很多血，要我帮他治好。蛙婆婆也是上天神灵，有求岂有不应之理，我答应了她。"敖景心想：看病？怕也是看得钟情了，这话不好直白地说给夏秀丽听，只好藏在心里。他托词说："什么蛙婆婆，不就是一只癞蛤蟆吗？听她指使干啥？把黑龙赶走！"夏秀丽提示说："以后你不要那样叫人家蛙婆婆，蛙婆婆在天庭是极受宠的，人家在凌霄殿玉案上，我俩在东华厅，地位差别很大，蛙婆婆要是参你一本，也够你喝呼一气了。"敖景说："我连太上老君都不在话下，她算老几呀！"夏秀丽意味深长地说："白龙，你变了，无功而骄横，持权而乱用，目空一切，尊长不分，德行不修，长此以往，定会吃亏。"敖景听夏秀丽一席话，揣测到夫人对自己已不是当初见识，不免心中有些苦涩。懊恼地说："算了，算了，你愿意干啥就干啥！"说罢，抬腿走开了。

夏秀丽怕敖景做手脚，赶紧回到议事堂，见老黑安静地躺在床上，仍然在熟睡之中，心里踏实了许多。她独自坐在书案后的龙椅上，回想起这些年敖景的变化，他不仅改变了下凡时对天庭的初衷，也改变了对自己的初衷。他崇恶拒善，专横跋扈，随心所欲，竟然连天职也敢亵渎，不顾黎民百姓的请求，连续几年不做行风施雨之事，即使偶尔做做，也是必有重礼相赠，害得民不聊生，怨声载道。比如这次救济黑龙，本是轻而易举的善事，他却自始至终坚决反对，没有一丝怜悯之意。或许对自己的做法不认可，可是他也不该见死不救啊！

这时老黑醒了，睁开眼睛看到夏秀丽坐在龙椅上，神情有些抑郁，觉得事情有些不对，开口问询说："娘娘，我的伤好了，可以走了吧？"夏秀丽开始一惊，随之一笑，问老黑说："伤处觉得怎么样？"老黑说："挺好的，不再那么麻木了，也不很疼了。是不是可以走了？"夏秀丽说："伤还没有痊愈，着什么急呀？尚需治疗几日，耐心坚持一下吧。"老黑看看夏秀丽，目光诚恳，言语温馨，不好再说走了。

休息了一日，到了晚上，夏秀丽给老黑换了一次药，又做了一次按摩，老黑便睡着了。夏秀丽唤来两个童儿，吩咐两个轮流看护老黑，一旦有事及时唤她来。两个童儿应诺。夏秀丽回到卧室，敖景正坐在床边喝水，见她回来了随口问："忙完了？"夏秀丽嗯了一声，上床躺下准备睡觉。敖景也上了床，看见夏秀丽背上的内衣湿了，蔑视说："干啥去了，累得满身是汗，馊了吧唧的真难闻。"夏秀丽赶紧爬起来，下地躺在珊瑚长椅上，闭上眼睛要睡觉。敖景说："不睡觉，干嘛躺在那里。"夏秀丽说："你不是嫌有味吗？"敖景改口说："我是问你干什么活了，累得汗沫流水的，又没说赶你走。"敖景下地把夏秀丽抱上床，抚慰地说："干嘛那么大火气？"夏秀丽说："我现在累了，想休息！"敖景坚持问，但是语气柔和多了，善意地说："出那么多的汗，活计一定不轻快。"夏秀丽说："其实，也没干什么累活，只是给黑龙做了一次按摩。"敖景半晌不语。

二人睡觉了。睡至二庚时分，敖景按捺不住了，他总认为夏秀丽如此给人疗伤，是他无法接受的。夏秀丽单独同那人在一起，神情专注，摸这摸那，尚且说没什么，是自己多虑了。这个家伙有何来历呢？干嘛非要夏秀丽治呢？她又不是专职看病的！有病可以找郎中看呀？缠着自己的女人干什么？这样想着，他的内心割舍不下，决定会会那个男人。他起身穿上衣服，悄悄下了床来到议事大堂，直奔老黑走去。

两个童儿守候在旁边，一个正打瞌睡，一个眼盯着男人。那个男人正香甜地睡着，气息平缓而有节奏，像是梦中遇喜事而露出微笑。敖景看了心里越发不舒服，于是对两个童儿说："你们两个回房睡觉去吧，这里有我呢！"童儿不敢多嘴，只好起身离开了。两个人离开大堂，觉得事情有些蹊跷，敖景对夏秀丽看病很是反对的，他一回来就和娘娘争论不休，再说娘娘曾经嘱咐她俩不要离开，要精心守护在病人身边。两个人悄悄一合计，不能私自离开得去和娘娘说一声。于是走进娘娘的卧室，将事情说给了夏秀丽。

敖景打发走两个童儿，上前将老黑叫醒，质问说："你是什么人？因何来此看病？"老黑睡得正香，忽然被人叫醒，以为出了什么事，发现敖景立在床边，便一个打挺坐了起来。刚来时见过敖景一面，猜出他是这里的主人，便歉意地说："真不好意思，打搅您和娘娘了！"老黑见敖景没有理睬，又说："昨晚爹爹砍掉了我的尾巴，我是从龙门寨家中逃出来的。"敖景感到稀奇，又问："你亲爹都砍你，为什么跑到素不相识的我这来呢？你多大年纪了，这点事理也不懂？"老黑说："我还不到半岁。掉到一个池塘边，是一位老婆婆把我送来的。听你这意思是嫌我累赘，这事好办，我可以马上走。"老黑一时匆忙有点语无伦次，不过事情倒是说明白了。他一边说一边下地，整理衣服准备离开。

夏秀丽听了童儿报告，知道事情不好，穿好衣服，匆匆赶到大堂，正赶上老黑起身要离开。急忙上前阻止说："黑龙，你不能走，你的病没有好，尚需继续治疗。"敖景见夏秀丽一脸正气，神情激动，解释说："是他本人提出要走的。"夏秀丽说："胡扯！他睡得好好的，为什么你一来他就要走呢？别装了！"敖景见这阵势肯定拗不过夏秀丽，又不肯当着外人的面表白自己的心思，便嬉皮笑脸地走开了。

夏秀丽等敖景走开了，又叫老黑上床去。老黑不肯，固执地说："娘娘，你已经很尽心了，我再到别的地方疗养几天就好了。谢谢您昨夜的精心调治，我不会忘记您的！"说罢深施一礼，抬腿向水宫府门外走去。

第十九章　拜师张真人

　　夏秀丽紧走几步将老黑拦住，拉他回到床上，态度坚决地说："这水宫府不是他的，是龙王敖广送我俩住的，在这里我有权利做我要做的事。"老黑看出夏秀丽态度坚决，知道硬走不太礼貌，怕伤了他们夫妻和气，便婉转地说："其实敖景没有要赶我走的意思，只不过出于关心询问我的来历和致病的原因而已。是我睡晕了，见不太熟悉人家，莽撞住宿，十分不过意，才决定要走的。如今看见娘娘如此盛情，我就不走了。这个误会是我酿成的，请谅解我年幼无知对你们的伤害！"夏秀丽笑了，夸赞说："小小年纪，很有智慧，又会说话。留下就对了，这病治得还没到紧要步骤，走了，我就前功尽弃了。"

　　敖景从外边又走了回来，歉意地说："看样子，这个黑小子还值得一交，娘娘的选择是对的。"夏秀丽横了他一眼，随口说句："虚情假意！"

　　不管怎么说，敖景不再往出赶了，老黑的病可以继续治疗了。

　　蛙婆坐在芦花岛舍中掐指一算，老黑在水宫府治疗已是七天了，伤口不出意外该是痊愈了。于是决定到结雅河水宫府走一趟看个究竟。出了舍门，架起祥云，直奔北方而去。不一时到了水宫府，对巡逻喽兵说："禀告你家娘娘，蛙婆来了。"喽兵回府禀告："上次那个蛙婆来了。"夏秀丽立即起身出外迎接，见了蛙婆躬身一礼说："婆婆来了，姑娘迎接来晚。"蛙婆呱呱两声，笑嘻嘻地说："有劳娘娘亲来迎接，不胜荣幸。"夏秀丽扶着蛙婆走进水宫府。敖景和老黑坐在议事堂正在等候，见蛙婆进来，老黑迎上前去问候说："婆婆近来安好？"蛙婆笑着问："伤好了？"老黑感激地说："承蒙婆婆和娘娘关爱，已经全好了！"敖景也站起身对蛙婆说："上次晚辈无理，还请婆婆见谅！"蛙婆呱呱两声说："夏姑娘果然医技不凡，不仅治好了老黑的伤，也治好了敖景的傲慢。"敖景面色深沉，不冷不热地说："婆婆今后多多教诲就是！"

　　夏秀丽将蛙婆让到主客位置就座。蛙婆说："今天我来是接老黑回去，这些天打扰你们表示歉意。"夏秀丽说："婆婆过谦了，您是帮人，我也是帮人，大家彼此，何来歉意？"敖景说："老黑伤好了，也该走了，长期生活在此，有误他的前程。"蛙婆听出敖景话外之音，装作不知，笑着问："二位尚有何说？"敖景说："老黑在此多日，问他几次名姓皆言不知，能否留个名姓，日后有个升迁，也好讨扰一二。"

蛙婆呱呱两声，笑笑说："他的名姓我已说之予他，他一时昏厥，怕是没记住，我来告诉你吧。他本是黑龙，因托生在李家，故起名李德昭，乳名老黑；他父亲砍去他的尾巴，我见他黢黑小巧甚是可爱，给他起了个外号：秃尾巴老李。他的身份名字就是这样，今后随便叫就是了。"敖景狡黠地笑笑说："既是蛙婆婆喜欢他的外号，我就叫他秃尾巴老李了。"老黑说："秃尾巴老李也好，叫了，提示我免得忘了伤痛！"

蛙婆说："既然没有啥说，我就带老黑走了。"说罢起身唤老黑走。到了府门外，老黑转身向夏秀丽拜别说："多日来，承蒙娘娘辛劳施救，此恩难忘，日后有图腾之日，定当相报！"说完向夏秀丽深深鞠了一躬，拉着蛙婆的手，脚踏祥云走了。路上，蛙婆对老黑说："老黑啊，从今日起你就要走向社会闯荡了，对别人报名号一定要说：李德昭。老黑是你娘给你起的乳名，别人是不知道的，以后只可我叫你。"李德昭立即回答说："孩儿明白了！"

李德昭与蛙婆一起向西南方向走，没有去摩尔根的石龙寨。李德昭问："婆婆，这是往哪里去呀？我想回家去看看娘。"蛙婆赶紧说："孩子，这些日子你糊涂了，你爸砍了你的尾巴，你娘一定很着急，这一回去，你娘还能让你出来吗？学艺的事不就荒废了吗？还是过一两年再回来看吧。"李德昭坚持说："我想娘咋办呀？"蛙婆说："想娘也不能回去，你一见你爹还不得打起来呀？你娘从中咋办？你娘牵肠挂肚的还不得窝囊死呀？还是不回的好。"李德昭想了一会儿，坚持说："我还是想娘！一定得回去一趟，要不我娘也会想我的。"李德昭说完，径直奔往龙门寨去了。

蛙婆紧紧跟着，到了龙门寨回到更夫室，屋里空空如也，什么都没有了。李德昭哭了："我娘呢？"蛙婆无奈，只得据实相告，悲痛地说："黑龙，我怕你一时难以接受，没有对你讲真情。其实，你娘在你冲出屋外的那一刻一股急火一口气没上来就过去了，已经埋到南边一处高地里。"李德昭直奔娘的坟墓去了。蛙婆紧跟其后到了一处新坟前。李德昭跪下放声大哭，顿时天空乌云翻滚，狂风大作，大雨倾盆而降。蛙婆劝说："黑龙，磕几个头也就是了，悲大伤身，你刚好，来日方长，节哀顺变才是。"李德昭又哭了一阵，突然停住了，咬牙切齿地说："我去找爹爹算账去，这事都是他造成的，我去把他杀了，替娘报仇。"蛙婆说："这孩子，尽说胡话。这坟坑是你爹一边哭一边用手抠出来的，又是他一捧一捧埋好的。你去杀你爹，你娘若是在天有灵，能让你这么干吗？孩子，你听话，你先学艺去，等有了知识，时间一长，有些事也就想通了。今天若再坚持，今后可能会后悔的呀！"李德昭听蛙婆的话左右为难，沉默一阵只好听从蛙婆的劝导又踏上南去的路。

行了很久，蛙婆终于落下祥云。李德昭睁眼一看，真是一番好景致。他问蛙婆："这是什么地方呀？"蛙婆停住脚步，介绍说："此处是天台山。这山高吧？它有三千九百九十九米，多雄伟啊，峰峦叠嶂，绿海茫茫，白云盘山，雄鹰翱翔。眼前那一庙宇叫雷音寺，是我们要去的地方。寺的主人是紫阳真人张伯瑞，人称张天师。这家伙厉害着呢！他有弟子六百多人，能成仙者七十人。师从他的门下，你要好好学呀，将来你一定很有出息。"说完，引李德昭来至寺门，见书童玄惠施礼说："童儿，有劳禀告你师父，蛙婆婆求见。"书童一会儿返回来说："天师有请！"二人进了雷音寺，张天师正在逍遥椅上看书。见书童引两个人进来，开始未太在意，待得近前立即起身，大声说："啊，不知金蟾到此，有失远迎，还望恕罪！"张天师赶紧让座。李德昭站立蛙婆身旁，未敢作声。但见这位未来师傅：长方大脸，天庭饱满，凤眼神凝，眉分春山。头上戴着嵌宝毗卢帽，身上穿着八宝锦练袈裟，项上挂着一串长穗法珠，手里提着降魔禅杖，足踏厚底白边多耳麻鞋。风采莹清，道气卓众。

张天师说："金蟾老人从未来过这偏远僻静之地，今日登门，不知有何见教？"蛙婆说："老朽不敢见教，只是有一事相求。"回手将李德昭拉至近前，推荐说："这是黑龙，托身结雅河畔药泉山一带李家出生，数日前，被其父断其龙尾，又在结雅河夏姑娘那里疗伤，如今已经痊愈。特来雷音寺请天师收留为徒。不知天师可否赏老朽一面？"张天师转眼看着李德昭，只见：这小孩虽然稚气未消，却是文静大方，眼神睿智聪颖，个头不高正在发育，体魄健壮，只不过肤色黝黑，闪闪发亮与众不同，实是讨人喜爱。见蛙婆说其身世，已受感动，脱口应诺。蛙婆谢过，拉着李德昭继续说："这孩子姓李名德昭，乳名老黑，绰号我起的，叫秃尾巴老李。本性系属龙族一脉。今日既收为徒，今后称叫何名，全凭天师意喻。"张天师谦辞："金蟾老人业已起名，则不必更改，我只叫他李德昭便是。"

蛙婆又说："黑龙，这是你师父张天师。来拜过你师傅！"李德昭面向张天师，伏地三叩首，口称："师傅在上，受徒儿李德昭三拜！"张天师命书童扶起。蛙婆谢过天师，起身回摩尔根去了。

李德昭新来乍到，师兄弟们有喜欢他的，便和他开玩笑，或是寻长问短，闲时和他玩耍；有不喜欢他的，便当面骂他黑驴，常是指指点点，朝他脸上吐唾沫；有的甚至暗中算计他歧视他，让他替自己干活，干不好就要挨打，这些人常到师傅那里领功不说，还说他如何如何傻。李德昭开始并不在意，日久天长，他觉得也不是个曲，便想主意如何治他们。有一天三个师兄看见他，骂他说："你他妈是人养的吗？是不是你家八辈子没积德，你爹从牛粪里抠出个屎壳郎当成儿子了？"说完，三人得意地哈哈大笑。笑声未落，一个嘴角长了疮；骂得厉害的那个嘴唇上长个疔；一个眼斜口歪。三个人疼得嗷嗷怪叫。张天师看见了，逼问说："你三个人干了什么缺德事了，弄得这副样子？"三个人异口同声地说："师傅，弟子老实本分，未曾干何坏事。"张天师笑笑，摇摇头说："你们不必骗我，你们是惹怒了人，人家念了咒语。这叫：

116

骂人嘴长疔，谗言口生疮，心术不正嘴歪眼斜。你三人触犯了谁就老老实实地去认错，否则，为师不能轻饶。"

三个人离开张天师，一起嘀咕，嘴上长疔的人说："咱这事被师傅说中了，可我就不相信那个黑不溜秋的小子有那本事。"口角生疮的人说："真他妈的邪门，背地叽咕叽咕就能生疮？"嘴歪眼斜的人说："我就是看不惯那小子，让他干点活出出气有何不可？"三个人正在议论，见李德昭担水回来，三人相互使个眼色。嘴歪眼斜那小子见李德昭走过面前，突然飞起一脚去踢李德昭的左腿，想绊倒他，使他扔掉水桶，白费一次力气。李德昭早有准备，一个腾跃躲了过去。三个人不服围拢上去要和李德昭拼打一番，下身绊腿的，上身打头的，抢扁担倒桶的，各显其能。三个人打斗一个，撕扯半天，未见胜负。嘴歪眼斜的说："一个小崽子，能有多大本事，我等学艺三四年了，难道还不如一个毛孩子不成？"说完，一个鹞子蹬鹰准备端李德昭的头，不想李德昭一个刹腰躲过去，这一脚实实在在端在口角生疮的脸上，疼得他妈呀妈呀直叫。

三个人急了，合计一下，站成一排挡住李德昭去路。李德昭毫无惧色，一个转身两只桶挂在扁担钩上，悬空飞转起来，打得三个人连滚带爬。李德昭继续往前走。那口歪眼斜的实在不忿，掏出自己拿手的技艺弹弓，搭手一射，一粒石块飞向李德昭的后脑，眼看要打上了，嘴歪眼斜乐得手舞足蹈。只见李德昭回头喷了一口唾沫，那石块竟被弹了回来，正击在嘴歪眼斜上边那只眼上，疼得伛偻暴跳，爹呀娘呀地叫个不止。口角生疮和嘴上长疔见了哈哈大笑，腰都笑弯了，泪花流出了眼窝。嘴歪眼斜忽然高兴起来，指着他俩啼笑不止，磕磕巴巴地说："看你俩的嘴巴。"二人用手一摸立即停止笑声，哭唧唧的，一个说："我上嘴唇又长了一个疔。"一个说："我左嘴角也生了疮。"三个人个个垂头丧气。

过了一天、两天、三天，张天师讲道德经，二十名弟子，独有三人没来。张天师不悦，令人去唤。三个人摇摇晃晃，双手捂着脸，哼哼唧唧来到张天师面前，跪倒在地，哀求说："弟子染病，不能听课，请恩师准假。"张天师一拍书案，吆喝说："混账东西，我叫你三人去认罪，你等却变本加厉越发欺人，罪当如此。"三人齐说："弟子知罪，再不敢了，请恩师原谅。"张天师指点说："当庭谢罪！"三人无奈只得跪到李德昭面前，央求说："新师弟海涵，我等知罪，尚请李德昭师弟除去我等疾患！"李德昭说："找我何用，自打两个嘴巴也就是了。"三人不觉悟，又跪地磕头不止。张天师不悦，又指点说："三个混账东西，师傅话听懂不做，李德昭话又听不懂，这等天资妄在门下一回。"三人仍不懂张天师意思，伏地请求师傅明示。张天师不语。三人跪地，众目睽睽，羞愧难挨，不得已自己打自己两个嘴巴，不料三人面目如常，疼痛全无，居然好了。惊喜得三人呆若木鸡。自此，天台山雷音寺同师之友宽容友善，新老不欺，亲如一家。

张天师怜悯李德昭年岁小，和其他弟子一起训练劳作怕吃不消，让他在自己身边端茶倒水收拾大堂。李德昭年龄虽小，但是天姿聪颖，勤快好动，整天不歇着，一会儿擦擦桌子椅子，洗洗茶具，一会儿去打扫大堂，还有器械。有时候张天师或是张天师来了客人，还要烧水沏茶，一天天忙忙叨叨，李德昭却因为有事做而乐此不疲。张天师看在眼里，喜在心中，对他越发严格要求，希望将来有个大作为。

其实，张天师是道教掌教，他的徒弟们全都是一些不凡之客，上有神人仙子，下有鬼怪魔头，个个身怀绝技。张天师本人极为好客，广至诸山尊道人，朝野廷官后宫太监内伺，皆有深厚交往。一天，雷音寺来了一位九龙岛碧霞洞道人，也就是朝廷文登籍工部尚书叫丛兰。丛尚书与张天师是好友，经常特地从京城来天台山雷音寺找张天师下棋。每到这时李德昭总是忙个不休，倒水沏茶，摆案布局。有时间也站在一边观棋。一次棋下到了决胜局，丛尚书求胜心切，准备双车卧底，一招取胜，没想到车落在张天师的马脚上，一招取胜落了一个空，急了满头是汗。张天师与丛尚书下棋之前有约：走棋不悔。但是丛尚书只要缓一步，棋还是有下头，不至于死局。李德昭一旁很是着急，客人已经连输好几次了，再输怕是很没面子，便在案子地下用脚碰了一下师傅的脚，故意问："可以缓一步吗？"丛尚书抬起头看着张天师，张天师笑着点点头。丛尚书缓了一步，继续下，结果这一局丛尚书赢了。三人皆大欢喜。丛尚书问："这孩子叫什么名字？哪来的？"张天师看着李德昭，意思让李德昭自己回答。李德昭领会，马上回答："我叫李德昭，祖籍文登。"丛尚书高兴得不得了，自嘲地说："还是老乡向老乡啊！"张天师说："这孩子挺乖的，该多学一些诗词歌赋，练练文笔，只是我这里没有学识渊博的人。"丛尚书马上说："咋个没有？我不是常来吗？我教他。"天师看看李德昭，李德昭马上跪地就拜，叩头说："仙师在上，受弟子李德昭一拜！"丛尚书喜得不得了，急忙起身扶起李德昭。

自那天起，张天师教李德昭武艺、功法、幻术、道德修炼；丛尚书教李德昭文韬武略、诗词歌赋、行书墨宝。一晃五年过去了，李德昭长大了，练就了一身本领。他武艺高强，法力无边，精通道儒之说，学有安邦之策。有一天，丛尚书来了，乘李德昭去烧水，对张天师说："齐鲁燕赵、关东一带久旱无雨，农事不济，黎民百姓苦不堪言，李德昭练就甚多本事，不妨降一次雨，惠泽一下百姓，也是解解朝廷燃眉之急。你看如何？"张天师深思良久才说："既是贤弟举荐，岂有不行之理！"

李德昭端茶回来，摆好茶碗，倒上茶水，站立一旁。张天师说："德昭，丛尚书举荐你去降一次雨，解救北方一带旱灾，惠泽黎民百姓，你可愿意？"李德昭说："弟子仅从师命！"张天师说："那你去准备准备吧，等待你丛师傅

118

有准信时再随他下山。"李德昭出去了。丛尚书叹了一口气说："今天我是有意来探探你的口实,现在你们师徒答应了,我这心里才算有点底。不瞒天师老兄,我已经在私下向皇帝推荐了两次,皇帝总认为是笑谈,有不敬他之嫌。这回我回去择机在升殿议事时正式举荐!"张天师说:"丛贤弟这样做会有风险,弄不好有杀身之祸,奉劝慎思慎行为好!"丛尚书默然良久,咬咬牙说:"豁出去了,上为朝廷国家,下为黎民百姓,试上一试!"张天师知道丛尚书深明大义,佩服不已,见气氛有些紧张,便岔开话题说起了商朝笑话,说了比干自摆乌龙,献了人家狐皮袄,又搭上自己玲珑心。丛尚书和张天师大笑起来。二人喝了一气茶,丛尚书告辞走了。

晚上,张天师把李德昭叫到身边,说要离开了,有些依依不舍,嘱咐说:"德昭,你年纪尚小,为师有句话你要借鉴:江湖多险恶,涉足需谨慎。今晚你同为师一起睡,为师传你一套绝技,名叫:无师自通法。也就是说不管什么人,有多高的武艺幻术,你只要见上一回,就会悟出它的要领和破绽,再战必胜。此招不得外传,只要外传一次,此技对你再也不灵验了!"李德昭跪倒拜谢,宣誓说:"恩师教诲,铭记在心,惠泽百姓,万死不辞!"

到了睡觉时候,张天师把李德昭叫到床上一起睡了。三更时分,李德昭已进入梦乡。开始他看见山坳里有一片果树,桃李杏梨满树是果,粉红黄绿色色飘香,从来没有见过。他很想吃几个尝尝,却又不知吃什么好,正在犹豫,张天师从树丛里出来,手里握着两个大黄杏,走到李德昭面前,笑嘻嘻地说:"这俩黄杏,虽是熟了,但是很苦,你肯不肯吃?"李德昭说:"苦,有什么可怕,我是穷苦人家孩子不怕苦。"说罢,接过两个大杏吃起来,第一口有些苦涩,吃着吃着就感觉不出苦了,索性几口把两颗杏吃了。李德昭还想要,张天师和果林全不见了。李德昭有些茫然,到处寻觅师傅,急得他喊叫起来:"师傅,师傅!"喊啊,喊啊,突然感觉有人在摇晃他,睁眼一瞧,原来是张天师。李德昭问:"师傅,你到哪去了?"张天师说:"我就在这里啊!"李德昭问:"你不是在果树林里吗?怎么不见了呢?"张天师说:"吃俩杏就够了。你将来还会吃,不过不是我给你了!"李德昭眨眨眼没说什么。

早晨起床时,李德昭问张天师:"师傅,你不是要教我无师自通法吗?"张天师笑而不答。李德昭跪在地上说:"自从来此拜师,师尊教我一梦,学习器械之功、卜演变幻之术、呼风唤雨之能;学习仁、义、礼、智、信之纲;悟通修身养性、成仙之道;善为惩治天下不平之事。所以每遇难处,睡觉必有一梦,醒后豁然开朗。师尊高德博艺,弟子领悟甚少,请师尊见教!"张天师说:"乖小子,如此博闻尚嫌甚少,今后必有长进,盖天下者也!"

李德昭说:"师尊过奖了,弟子尚是孩童,不知天高地厚,只求做些溥惠佑民的事,无王者之奢望啊!"张天师仰视多时,不曾一语。

第二十章　小黑龙祭母

丛尚书在京城耐不住寂寞，跑来天台山找张天师闲聊。按下云头，来到洞口，见李德昭独自一人站在雷音寺外悄悄啼哭。丛尚书好生奇怪，上前问："李德昭，你在这里偷偷啼哭是何道理？"李德昭见是丛尚书来了很难为情，擦着泪水抽泣说："师傅有所不知，我到雷音寺之前，龙门寨庞员外一家人夜间偷看我汲水浇田，庞家小姐见我真身竟吓死了。庞家依着势力大要我父母偿命，我父一怒断去我的尾巴。我情急之下冲出窗外，娘亲一股急火命丧黄泉。如今亦有五年多了，每当静下来之时，思母之情总是难以割舍，每每想起娘亲便痛心不已，故此一旁独自哭泣。"丛尚书摸着李德昭的头说："真是一个孝顺的孩子！走，进洞府去见张天师，我帮你请假。"二人一同进了洞府。

张天师正在书房看书，见丛尚书进来，满脸欣喜，赶忙让座。丛尚书说："不忙。"随手拉过李德昭。张天师见李德昭两眼通红，很是奇怪，问李德昭："德昭，你这是怎么了？"丛尚书如此这般替李德昭解释了一遍，求情说："还望天师兄网开一面，准李德昭几天假，圆他思母之梦！"张天师很受感动，责怪李德昭说："这么大的事情，为何不早说与我知？好吧，就依你丛师傅之意，准你回家三天祭奠娘亲。明天正好六月十三你的生日，也是你祭奠娘亲之时。"李德昭跪地磕头谢恩，之后又给丛尚书磕了三个头，方起身露出笑容。

次日一早，李德昭辞别了张天师，驾祥云回到了摩尔根。李德昭落地恢复人形，举目四周一望，心中不免凄凉茫然。娘亲坟墓到哪里去找呢？情急之际眼泪簌簌落下。正在这时，近前池塘边有人说话："呱呱，这不是秃尾巴老李吗？在这儿哭啥？"李德昭惊奇，转身寻觅。一位又矮又胖的老太婆扭扭搭搭地走了过来。李德昭依然是愣愣地望向她，想着什么地方好像见过她。老太婆显得有些不悦，嘲讽说："哎呀呀，真是贵人多忘事，才出去几年，竟连我都不认得了，呱呱！"李德昭记起来了，惊喜地说："您是蛙婆婆！"蛙婆高兴地笑着说："倒是不同凡俗，小小年纪还记得我！你站在这里干嘛？"李德昭找到了亲人，赶紧说："蛙婆婆好！五年多不见又发福了，有点不敢认了，还望婆婆莫怪。"蛙婆说："哎呀呀，这是哪里说，我看到你乐还来不及呢，哪有怪你之事？"她踮踮脚，伸手拍拍李德昭的肩头，又说，"这孩子，长这么高了，真帅气！怎么样武功如何？张天师那老怪物对你如何？"李德昭回说："师傅对我很好，武功玄学没少传授，只是孩儿愚昧，精者不多，也算雕虫小技略知一二。"蛙婆笑着说："这孩子，跟我还嘘呼。谁不知那老怪物傲慢无比，对你不错，可见是得意之徒了。"李德昭脸一红，感激地说："多亏蛙婆婆亲荐，孩儿借光不少，深得厚爱，要不能破例准我回乡祭母吗？"李德昭见蛙婆很是得意，又说："我想知道我娘亲的坟墓埋在哪里？烦婆婆指点！"蛙婆说："哎呀，这孩子，倒是孝心，还惦记着你的娘亲。"蛙婆说着说着嗓子有些哽咽，哀叹地说："孩子，你娘亲可惨了，那日死后，被你爹爹埋在龙门寨南面的高地里，庞员外说地是他的，硬是给掘了，抛尸荒野。你爹与庞员外理论，活活被他打死。邻里刘二庚一家和几个乡亲乘夜黑庞家不备将你爹娘尸首收起，合葬在龙门寨西边三十里以外的福庆山一带，并种了两棵松树，一来为了缅怀，二来备日后你回来认祖。"李德昭听罢放声大哭，其状甚是悲戚可怜。蛙婆劝抚说："黑龙，不要哭了，悲极伤身，于事无补，何宜？明天再去你娘坟前祭祀吧。"李德昭哭哭啼啼，鼻涕一把泪一把，躬身向蛙婆施礼致谢，感谢她的热心关注和真情相告，说完要辞别蛙婆。蛙婆知道他要去龙门寨庞家报仇，便说："黑龙，你年纪还小，我跟你去，有事好帮帮你。"李德昭执意不肯，一转身没了踪迹。

李德昭来到龙门寨，怒气冲冲径直闯进庞府。家丁阻拦不住，赶紧报与庞有福。庞有福正与家人吃饭，听得有人闯府，瞪目斥责家丁，喊叫说："你们是干什么的？一群饭桶，连一个小孩也挡不住，留有何用……"余音未出，一位黑衣黑脸的小孩子站在门口，冲着庞有福怒不可遏地问："你就是庞老贼？为何欺负我李家？"庞有福不认得，见是一个黑不溜秋的小孩，也就没放在心上，塌下眼皮问："你是哪里来的杂种，竟敢到本府兴事？"李德昭厉声说："我是张桃红的儿子李德昭，问你：她哪里伤着你了，你却要夺财害命挖坟掘墓！"庞有福心里有点胆怯，但还是装出强势，嗤之一笑说："我当谁呢？原来是你个黑杂种，你也配来与我理论？给我扣出去，别污了我的门第。"家丁闻声一拥而上，拳脚相加。李德昭本不忍心乱杀无辜，也不还手，哪知这帮奴才得寸进尺，根本不顾及他的感受和忍让，竟刀棍相待，欲至死命。李德昭使个隐身法，飞到门外，升到空中，现出黑龙本形。瞬时庞府上空黑云沉沉，冷风飕飕，碗大冰雹，骤然而落，不一时庞府宅院房倒屋塌。庞有福气得发疯，站在屋里比比画画在骂，忽然一粒碗大的雹子中其面门，立时昏厥过去。李德昭以为庞有福已经死了，便扬长而去。

李德昭来到福庆山一带，找到那两棵松树，深情地望着树下那几乎与平地无异的坟包，又不觉潸然泪下，良久，良久。忽然，李德昭面现怒色，跑上前去，双手奋力扒开坟墓，将父亲棺椁从墓中掘出，放在远处；又将原墓

121

准备复原，站在那里观望了很久。天时已近巳时，李德昭现了黑龙原形，在福庆山山腰拱出一个大洞，将娘亲棺椁移入山内。其后墓穴见长，约近中午时分，墓已长至五十余丈高，方圆几十里开阔。李德昭又向父亲的棺椁望了一阵，念其娘亲情分，走过去将其埋入北边玉华山中，口念咒语坟墓自长。李德昭转回娘亲墓前休息，沉思不语，待再抬头时，看见父亲的坟墓已长至十五丈有余，慌忙念咒语制止，其状不如娘亲墓大。李德昭不免有些后悔，望望娘亲的坟墓不由得又笑了。

李德昭感到山墓光光，要绿化绿化，便飞至大兴安岭，采集常青松柏大树，遍植娘亲墓上或墓旁，顿时山墓庄严而肃穆。他跃上娘亲山墓之顶，举目遥望苍天，不由感怀忆旧，想起娘亲对自己的养育，愈发悲情，泪水禁不住涌出眼窝，想着想着又大哭起来。数数嗒嗒地说讲起来："娘啊，太久的思念，魂飞天外。猜想你在天堂孤零零的满目无奈，神仙的生活不好吗？是的，失去了亲人，失去了爱。多么祈望你能回来，笑吟吟地走近我，脸像花儿开。娘啊，娘啊！你为什么把我丢开？"

李德昭哭了好一阵子，觉得还有一件事尚未完成，便停止哭泣，准备祭祀，忽然惊诧不已，这墓顶居然有了一潭碧水，水借山势悬在半空。正是：墓起一座山，方圆数里远。绿草翠茵茵，松柏参高天。山上出平湖，碧水波涟涟；清亮如明镜，底暗似深渊；昼映蓝天日，夜照星光灿。天池蓄圣水，千年永不干。龙母池中居，逍遥胜怡园。天空风雷动，喜将黑龙观。

李德昭看罢觉得不妥，动手去扒堤堰，准备将水放出去，这时耳畔有人说话，抬头一看，天空中一朵彩云飘然而至，观音菩萨站在彩云上，双手抱胸，右手掌直立，食指尖向上，正与自己说话。李德昭忙止住手，起身向观音菩萨稽首施礼。原来观音菩萨在南海普陀山洛迦洞仙居，心中一阵惶悸，掐指一算李德昭祭母，心生怜悯，驾云来到摩尔根，正看见李德昭放水，便按下云头制止说："黑龙，不要放水，这是你的眼泪，此水映天，清澈如镜，展示你娘胸怀，留给后人用吧，谁能在水中看到自己的脸相，谁就是一个心胸豁达好施乐善的人。"观音菩萨说罢笑了笑，又说，"黑龙，我来是想告诉你的身世，你娘亲非是人间普通凡人，乃是东海龙王三公主吉云。祭奠完后，你可去东海龙王敖广那里认姥爷去。"李德昭谢过观音菩萨指点。观音菩萨去了。

李德昭跪在娘亲坟上，磕了三个头，跪着祭祀道：

张氏桃红，我的娘亲：儿李德昭，跪拜祭奠！禀告娘亲：爹的棺椁，移出坟墓，安与远处，非儿不孝。汲水浇田，替爹辛劳。吾之变形，藏之暗夜，偷视骇死，与我何干？欺而不反，乞赦杀子，苟且之人，何以为父？孩儿本是上天凌霄宝殿蟠龙柱上的黑龙，因结雅河流域旱涝之灾连年不断，太上老君奉玉帝旨意，点化孩儿托生李家，将来治理当地妖孽水患。娘亲同爹爹虽是夫妻，但娘是我的龙母，爹却不是生父。况且他在我幼小之时，怒断我尾，使孩儿终生不得全身。我让他在远处做一个守墓人吧，永远守护您，生死不离，也算尽了仁义之心。娘啊，您是天下最不平常的人，您睿智、刚强、贤惠、勤劳、乐于助人。您在石龙客栈，凭借诚实取信于人，倾奉热情感动上苍，才有机会圆了盼子之梦，才有了我们间的母子情缘。世人不忘母亲养育之恩，孩儿也是一样。是娘亲涌动不息的骨血孕育了我，使我有机会来到世间；是娘亲甜香甘醇的乳汁喂养了我，使我拥有了强壮体魄；是娘亲温馨溢香的胸怀庇护了我，使我免去风寒蚊虫之扰；是娘亲孜孜不倦的教诲启发了我，使我对黎民百姓有了一颗同情之心。娘亲给予孩儿的太多太多，摇南山之竹，倾东海之水，也书之不尽。孩儿自当仅尊母训，致仁致孝，保佑万民风调雨顺、丰衣足食、天下太平，以彰娘亲美德，以尽上天赋予孩儿公职之责。娘亲功劳，永生不忘；娘亲品德，浩气长存；娘亲美名，万古流芳！

　　黑龙悼完祭词，下得山来，跪地又磕了三个响头，起身欲离开，却见众多乡人靠拢过来，看那举动，十分惊诧。

　　原来住在福庆山一带的渔人、农民、牧人，在山附近耕种了很多土地，突然之间看见两座大山拔地而起，部分土地变成了大山，十分惊奇，不知发生了什么怪异之事，一传俩，俩传仨，相互奔走相告。有愿先睹为快的人奔来瞧看，看而不归，引得众人相继而来。看见有人伏地叩头，便猜出几分内中情由，其中有胆大的人走上前来询问说："请问：这两座山是什么景物？谁人所属？"李德昭见问，回答说："这是我娘亲和养父的坟墓，不知有何指教？"其中有许多人言语不休，都怪怨说："你修这大墓地，占用我们多少耕地和草场？今后我们以什么为生？"李德昭听后语塞，不知如何回答。有个棒汉名叫张子善走到近前说："这两座坟墓看是不能挪走了，你也不似一般人，大家相互照应一下，是不是应该给我们点儿什么补偿？"李德昭醒悟，忙说："这等要求是合理的，如何补偿为好？"张子善说："你一个孩童，能筑这么大坟墓，也非等闲之辈，给我们修个水塘，积攒些雨水，干旱年月好浇灌田地，粮草丰茂也就可以了。"李德昭一听笑了，高兴地说："这个不难，我照办就是了。"张子善忙问："只说不行，有何凭证？"李德昭说："每当求雨之时，在我娘亲墓前道声：秃尾巴老李，降雨几时即可。"张子善等人信不实，当即对着李母的坟墓叫了一声："秃尾巴老李，下雨一刻。"即时雨落纷纷，一刻而止，众人无不惊愕，惶惶退去。

　　李德昭见众人离去，心中暗想：这些人年岁不齐、胖瘦不一、穷富不等，一些老弱病残人家日后生活必定拮据不济，不如找个方便地方与他们造块田地，让他等春种秋收自食其力享个温饱。想到这里，他飞起腿脚追赶上去。那些村人脚步匆匆低头行路，李德昭忽然站在眼前，皆显得十分慌张，唯张子善神色平和。李德昭问他："这位长者，敢问你等都是哪里人士？有无家中青黄不接者？他们的土地也在这里被占用，回去他们还有地可种吗？日后吃什么？"张子善见李德昭赶来问这些，便猜出他是心地善良之人，坦诚说："这些人中一半人家中再无地了，回到家去日后生活如何挨度，实是生命攸关。但是这些人因恐惧你不敢多言，所以随波逐流跟了回来。我们中大多数人住南河寨，村中人多地少，洼地雨天易涝，高地走雨水快，种也不易得，所以寨中不少人涉步几十里外在此种田。"李德昭说："你等慢行，我先去南河寨看看，给他们旋一块土地，有劳你回去给他们分分，尽量耕者有地种。"张子善心中没底，只好勉强点头应诺。

棒汉名叫张子善，四十岁左右，因经常在外奔波，有些见识，口碑也不错，寨中人唤二诸葛。他带着这些人赶回寨子，寨中已经满街是人，妇孺年迈者也在其中，正在一群一伙议论纷纷，惊惧而又赞叹不已。张子善忙问怎么回事？有人告诉他，说刚才来了一个黑小子，将南山包一旋就变成平地，人们都搞不清咋回事。张子善高声说："寨里老少爷们，大家听好，这是那个造墓人给咱造的地，他让咱们分分自己种，解决衣食问题。这可是咱们的恩人啊！只是我说不清他是谁？"这时有个老汉开口说话，老汉名叫张河水，六十多岁，勤奋老实。他告诉人们，天不亮他就到了福庆山，准备拔地里大草，还未等干活，就见两棵松树下飞来一个黑小子，将坟扒开取出两个棺椁。他听说过那个坟里埋的是秃尾巴老李的娘，断定这个人一定是秃尾巴老李。后来李德昭葬母、葬父、植树、跪拜，他都亲见。张子善听他一说，恍然大悟，想起求雨之词，高声说："老少爷们，赶快跪下，给黑龙爷磕头吧！"人们呼啦一声跪在地上，感谢他对众民的同情和恩惠。

李德昭旋好了土地，看看方圆也有十多里，感到很自慰，总算为寨里人做了点事，架起祥云奔东海去了。

第二十一章　东海认外公

李德昭在南河寨寻了一会儿，便将一座土山旋为平地，又松土平整了一番，觉得可以耕种了这才离去。

李德昭跃上天空踏上云朵去往东海。他一边走一边犹豫：观音菩萨要我去东海认亲，那东海龙王会认我这个没尾巴的老黑吗？如果他认，那为什么母亲不在水晶宫而是千辛万苦地生活在人间呢？不去吧，怕是回天台山后再没机会了，思来想去还是去一趟，弄清真相心里也就踏实了。

不多时，李德昭来到东海跃入水中。大海浩瀚苍茫，哪里去找水晶宫呢？黑龙正在水中游荡，忽然来了两个巡海夜叉，凶煞恶魔般的抖动长枪问："你是何方怪物，是龙吗？咋没长尾巴呀？"李德昭心里很高兴，夜叉巡海定会知道水晶宫，便问："夜叉，水晶宫怎么走？"巡海夜叉问："你是谁？"李德昭回答："我是龙王敖广的外孙。"两个巡海夜叉目光对视一下，讥笑地说："龙王一家，我们没有不认得的，哪儿又钻出一个外孙，定是冒充！"李德昭一听很是气恼，立即化作龙体尾部一摆"啪"地抽在说话那个夜叉头上。那夜叉顿时眼冒金星，踉踉跄跄下水去。另一个夜叉见秃尾巴挺凶狠，怒上心头，轮枪便刺。李德昭立即恢复原身，见枪头到了，左手攥住枪头，右手握住枪杆，双手一晃，这个夜叉如同一只贝壳随着枪杆绕着圈圈。被打的夜叉定神一看同伙被绕得团团转，挺枪刺来，不想枪头也被抓住，两个都被轮转起来。李德昭轮了一会儿，觉得没劲，左手一松，一个夜叉飞出数里之外摔死了。右手这个见势不妙，马上央求说："好汉爷，饶命！我等有眼无珠，蔑视爷爷，罪该万死，尚请爷爷垂怜！"李德昭问："你肯带路否？"那夜叉连连说："应该！应该！"李德昭放下了手。夜叉前边带路走了。

行走一段时间，夜叉指指前面说："那光亮处就是水晶宫。"李德昭说："快去通报，就说外孙李德昭来也！"夜叉应诺，飞奔进宫，见了龙王敖广报告说："外面来个小黑龙，说是要见龙王姥爷。一个兄弟说：'龙王的家人我等都认得，独没有见过你，竟敢冒充！'不想竟被小黑龙给摔死了。"龙王敖广正与家人议论白龙，听报心中犯疑：哪里来个外孙啊？又一想：如果不是，一个小孩怎么可能只身来到水晶宫呢？他望着老婆、儿子、姑娘、媳妇、儿孙，半晌无人能够回答。龙王敖广无奈，问众人说："谁能出去问个明白？"

二公主吉虹要去，大公主吉霞也要跟去。龙王敖广说："你二人去吧，多带几个丫鬟，有事即刻回禀！"二人各带一个随身丫鬟，四人一同来到大门外。

李德昭站在门外一边等候一边欣赏，这水晶宫：一眼望去一座城，殿堂宫堡皆有名；宫殿坐落中轴线，堂堡分列两边同。玲珑剔透金光耀，珠宝灿灿放光明；外面海水涛荡漾，城中无水如空瓶。琼香缭绕瑞气芳，彩石铺就云中径；金案银盆件件美，珊瑚玉花色色红。

李德昭门外看得入神，忽见几个女子拖拖拉拉簇拥而来。其中一位年纪稍长的女子开口问："这位小将，我们从未谋面，请问你是何方人士？与我家是何等亲缘？"李德昭见问，心中不悦，本想不答，怎奈人家和气，问得有道理，只好答说："我乃关东摩尔根人，姓李，名德昭，人称黑龙，外号秃尾巴老李，娘亲叫我老黑。我娘生我六个月就仙逝了，我这次是回乡祭母，正在我哭得迷蒙之际，观音菩萨来了，告诉我：娘是东海龙王三公主吉云，让我到此来认姥爷！我所知就是这些，如果不肯认，我就回天台山去了。"说罢，转身就走。两位公主一听来者不是别人，正是三妹吉云的孩子。吉霞上去一把拽住，忙说："且慢。我再问你：你可记得你母亲给你印象最深的是什么？"李德昭气嘟嘟地说："我那时还小，只记得娘的乳头右边一个，左边俩。"吉霞一把拽过李德昭抱在怀里，哭着说："黑龙，我是你大姨，大姨认你呀！走！咱们进宫吧！"吉霞指着吉虹说："黑龙，这是你二姨吉虹公主。"李德昭躬身施礼说："二姨万福！"吉霞和吉虹一人拉着李德昭一只手，亲亲热热地走进水晶宫大门。

早有丫鬟跑进宫里禀报："回老爷太太，那小黑孩，原是三公主的小儿。"众人听后喜乐万分，一哄而起，出门迎接。独有敖广未语，虽不情愿，但也跟了出来。

大家进了宫中，各自落座。吉虹拉起李德昭指着龙王敖广和母亲说："黑龙，来，拜见姥爷和姥姥！"李德昭跪倒在地，叫声"姥爷、姥姥！"说罢磕了三个响头。随后，吉虹一一介绍了大舅、二舅、大姨夫、二姨夫，还有哥哥、弟弟和几个姐妹们。一家人亲亲热热，欢欣不已，其乐融融。老龙王见这情景很是感慨，长叹一声自语说："这真是：天外来客到龙门，水晶宫里传笑音。久思亲人不得见，盼来外孙黑龙君。吉云谢世愁肠断，不该逐女做凡人。推心置腹真情在，血浇根苗有基因。老干枯枝新叶嫩，儿女生孙隔代亲。"

儿女们听了龙王一席话语，怕勾起心中往事，都感到再谈论此事不合时宜，没敢接茬，继续欢声笑语，喜气洋洋。

姥姥语调深沉地说："今儿，看到外孙打心眼里往外高兴，只是没了三姑娘。"说罢，泪水情不自禁地流下来。龙王敖广责怪说："你看看，大家唠得好好的，你又落起泪来。不提……"龙王敖广亦控制不住自己的感情，泪水

126

像断了线的珍珠顺脸淌下来。弄得众人哭笑不得。姥姥指责说："你个老东西，这工夫你来了柔肠，还整出两句嗑，若不是你，能有今日吗？"吉虹一见事情不妙，老娘要算旧账，这局子要散，忙在小儿子苗炜耳边嘀咕了几句。苗炜起身跑到姥姥怀里手抓脚刨，撒娇地问："姥姥，我娘小时候爱哭，是不是这样？"说罢手脚弹巴不停。大姨说："苗炜，得了，你们老一辈小一辈的这么刨扯姥姥，姥姥可是再禁不得了，再刨那老身子板就散了。"大家又笑了起来，龙宫里充满了欢快的笑声。自此，众人都忌讳谈吉云的事。

二姨吉虹素与吉云要好，今见李德昭格外体恤，言语也多，畅言说："你娘在家时，我俩最好。"大姨听了藐视说："可不你俩最好？吃好东西时直打架！"众人哄然大笑。二姨若无其事，继续说："就是嘛。我俩最小，谁也不敢欺负，要是被气哭了，就往姥姥怀里一钻，手抓脚刨，姥姥一准给我俩出气。不信问你二舅，他挨打的时候最多。"二舅笑得前仰后合，眼里闪着波光说："可不，那时候，她俩一哭，姥姥不问青红皂白就摸我的头。一摸，她俩就不哭了。"众人又是哄堂大笑。二姨怕丈夫笑话，狠狠地瞪了二舅一眼。二舅见了，急忙跑到母亲膝前，弯下腰去说："亲娘哎，您还是再摸我一回头吧！"众人又是哈哈大笑，有的捧腹弯腰，有的眼含热泪，有的拍打着二舅的肩头，形态不一，笑声不止。李德昭看着大家笑，有时也跟着笑个不止。

谈笑间，谁也没在意外面天光已经暗下来。这时有丫鬟禀告："老爷，晚宴准备好了，请用膳吧！"于是大舅扶着龙王，吉虹二姨扶着姥姥，李德昭被姥姥牵着手，一同走进了晚宴厅。

厅内四壁晶莹别透，夜明珠光耀辉煌，如同白昼一般。厅堂四角石架上金盆中种着奇花异草，散发出沁人肺腑的芳香。中间摆放长方形大餐台，白色玉石台面，光洁如水，锃明瓦亮。桌边摆放珊瑚椅，清一色的黄色，独餐台北面摆着三把红色的，而且又大又带扶手带靠背。一家人按辈分年龄依次而坐，李德昭被姥姥拉到她与龙王中间的座位上。李德昭自知辈分小，不肯就座。龙王见了笑着说："今天你是贵客，你若不坐，他人谁敢来坐？"李德昭谢过姥爷姥姥，又向舅舅、舅妈、姨娘、姨夫、表哥、表姐抱拳致歉，然后坐定。杯盘碗碟、刀叉筷子等餐具每位一套。菜肴汤汁是：烤鲅鱼、蒸扇贝、炒海参、煸白虾、炸膏蟹、烘凤肝、生海胆、鱼翅羹、蛎子汤。菜品放入或碟或碗中，置银盘内，每位一份。四个丫鬟手把瑶池玉液，逐一斟满杯，一旁候立。皆是风姿秀曼，羽衣翩跹。

龙王见酒菜已齐，开口说话："孩儿们，今日欣逢外孙黑龙认亲，倍感欣慰，现酌酒一杯以示庆贺！"众人站起，举杯相邀，一饮而尽。唯有姥姥剩了半杯，拿在手中，对李德昭说："黑龙外孙儿，这半杯酒姥姥留给你喝的。今儿个你给姥姥带来惊喜和快乐，姥姥打心眼里喜欢你！你要一辈子都要记住你这个姥姥家啊！"李德昭跪地给姥姥磕头，双手接过杯子说："孩儿铭记您老教诲，绝不外道。"说完含泪一饮而尽。

接下来大舅一家、二舅一家、大姨一家、二姨一家分别与李德昭喝认亲酒。李德昭又一起回敬了姨舅四家一杯。

二姨吉虹站起身，提议说："黑龙，咱娘俩喝一杯，我先说个约定：你的亲事我包了。"举杯刚要喝，大姨吉霞立马站起来，责怪说："吉虹，不可抢事，黑龙尚小，婚事遥远，别撒空头人情！再说，人家黑龙在凡间，仙女凡女相中谁还不一定呢？你咋个做主？"吉虹说："黑龙认祖归宗，自然娶仙女，这有何疑？"吉霞问李德昭："外甥，你说咋定？"李德昭愁苦地说："我不知道。"苗炜站起来接过话头说："黑龙哥，我也不知道。"姥爷笑得呛了一口。众人笑得捧腹流泪。

吉虹说："外甥，无题，咱娘俩喝一杯。"李德昭走过去和二姨喝了一杯。随后，能者多劳，这酒就随便喝了。

大舅初见李德昭，悲喜交加，泪水盈眶，贪喝了几杯，将自悟的做事之道说与李德昭，举杯畅怀说："今朝有酒今朝醉，莫管门前是与非。"二舅即兴补充说："诗酒且图今日乐，功名休问几时成。"李德昭虔诚地说："二位舅舅说的乃是颓废失志之语，为人或为仙一世，终要作为，或为己，或为百姓庶民。"二舅说："你年纪尚小，履历浅薄，岂知天上人间官宦之道，功名不都是凭本事而得，有金钱，会人情，更容易得到。"龙王敖广听了瞪眼斥责说："混账话。买官要官是卖挂笺市侩小人所为，利己也。凭本事而获，智慧勤奋，事之所需，乃光明正大，奉公也。"大舅不服，替弟弟争讲说："因利而谋阔绰也；因公而奉，至终其己寒酸窘迫，何利多也？"龙王一时语塞。李德昭说："二位舅舅，我是人间平民所生所养，娘叫我长大多为平民百姓做事，我知道他们太苦太难了。我一定要让他们过上风调雨顺的日子。"龙王敖广大喜，称赞说："小小年纪，有此胸怀，难能可贵，不愧是我龙脉之后，白龙之忧有望可解矣！"说罢，自饮三杯，又用手爱抚地摸摸李德昭的头，喜欢不已。

酒宴过后，吉霞、吉虹、大舅、二舅都约李德昭去往他处过夜。姥爷拉住李德昭的手说："谁也别争，黑龙和我一张床睡了！"姨舅都不敢言语，各自回寝宫去了。

回到卧室，姥姥想起三姑娘吉云被逐，如今又去了，垂泪不止。龙王敖广见老婆凄凄落泪，也是心生怜悯，不觉老泪纵横，愧疚地说："黑龙，你一定是想知道你娘的事，那我也就不隐瞒了，如实与你说清楚。当年你母婚事原本定予西海龙王二太子，你母亲嫌其游手好闲，身无正事，拒绝不嫁。后来与南海龙王大公子私订终身，亲朋挚友讥笑于我，顿感颜面皆无，便以有损家规不遵父命为由，被我一怒之下贬出水晶宫，逐入凡间。当时你姥姥极力反驳，我玩固持强，一意孤行，酿成苦果，事后悔之不及。今小儿尚肯认亲，足见虚怀若谷，品德不凡，不枉你母生你一回。"姥姥见龙王敖广过失全揽，委实悔恨，也就不再怪怨，转而开导李德昭说："外孙年幼，尚不懂为人父母之责。当时我亦劝说你母顺从，她却固执己见，不肯更改。像我们这等人家，在天宫也有身份地位，讲究家规家法，光宗耀祖。子不遵父命，会耻于天庭，名声扫地，信誉全无，再难以混事了。但凡有一点儿退路，你姥爷也绝不肯那样绝情。是非已是历史，将来祖训习俗如何更变，那就应势而动了，会是什么样子亦未可知。所以，你姥爷所为实属不近人情近情理，是大义，就是现在亦是无可厚非。"李德昭哭泣说："姥爷、姥姥，前辈之事，晚辈难于掺言，再论是非，也于事无补，顺其自然便是。"

姥姥仍是挂记三姑娘的事情，试探地问李德昭："你娘她们做点啥营生啊？"李德昭笑笑说："我只记得娘她们开个客栈，迎送过往客人。买卖可火了，上天还派人指井水为酒水呢，暗中帮助我们！可是好景不长，客栈被庞家霸占去，我娘她们成了扛活的了，成天给庞家浇地，一天累得都上不去炕。我对娘说：'你和爹爹歇歇，我替你们干！'爹不信，娘说：让他试试吧！庞贼发现她俩不干活，地却成天湿着，暗中查看，发现我是龙，便把老婆女儿领来看。没想到他女儿见我龙相吓死了。庞贼找我家人偿命，我原本躲在房梁上，见他要拉娘走，便向他吼叫，恐吓他。不想爹被欺不反，却拿刀砍我，断去了我的尾巴。我逃命走了，娘亲气得一口气没上来离世了。"姥姥抹着眼泪又问："你这些年是咋过的，苦命的孩子？"李德昭说："姥姥，您别难过！我除了想娘，别的没啥难处。"姥姥哽咽地说："那么小，你咋活过来的？"李德昭说："我被砍一刀就逃出去，半路昏倒在一个泡子边上，醒来看见蛙婆帮我止血。后又带我找夏娘娘给我治病。"龙王敖广问："是水宫府那个白龙的妻子吗？"李德昭说："是。白龙不让夏娘娘治，夏娘娘仗义坚持给我涂药按摩治了七天，我病好了。蛙婆把我送到天台山雷音寺，求张天师收我为徒。张天师同情我，对我也很偏爱，教我武艺，还请朝廷工部尚书丛兰当我老师，教我文化。我这次能来祭母，就是丛师叔给我请的假呢！他还荐我去东土降一次雨，说是为朝廷解难，救百姓饥荒之灾。师傅代我答应了。"姥爷即时兴奋起来，感慨地说："黑龙虽小，其志可嘉，属成大事者！"

姥姥见天时已晚，催促就寝。李德昭和姥爷睡在一张床上，翻来覆去总也睡不着，不知不觉已是子夜过了。姥爷似乎睡得很香甜，鼾声一会儿大一会儿小，时而呓语，时而笑声不断。李德昭思绪有些放松，慢慢地睡了。迷蒙中他来到大海深处一座暗礁上，看见两只火红的蛎子闪闪发光，感到十分新奇，伸手去摸，那蛎子居然弹跳起来，左抓右抓怎么都抓不住，索性抽回手静观其变。说来也怪，那两个蛎子落在礁石上不动了。李德昭摇身一变，现了龙体，用前爪去抓，竟然稳稳拿起，随即便把蛎子壳内肉水吸食干净，顿感前爪力大无比。李德昭将壳扔到礁石上，那蛎子壳在礁石上弹跳几下，又落在礁石上，依旧闪闪发光。用前爪又去抓，两只红蛎子壳弹跳起来，怎么也抓不到。李德昭改用后边两爪去抓，蛎子没有跳动，又被稳稳抓住。李德昭又食了肉，后爪顿感鼓胀，痒痒好动。李德昭又将壳仍在礁石上。那两个蛎壳合成一体，依旧弹跳不止。李德昭见它好玩，喷一口水想把它冲走，没想到嘴巴刚一张开，蛎壳如一团火焰骨碌碌飞入腹内，其热无比。李德昭又张开嘴想往外吐，猛地用力收腹，一团火焰喷了出去，正好喷在暗礁的顶端，岩石尖头熊熊燃烧，海水沸腾升出朵朵气泡。李德昭又喷出一口，大海烟雾升腾，很快天空变暗，什么动物植物都被蒸熟。李德昭一看不好，飞身窜入高空。忽然一条银色巨龙挡住去路，抚慰说："孩子，不要慌张，我来助你！"说罢，身体盘旋，那热气聚成一柱，上通天，下入海，旋搅不止。路过海面抽走海水，浅薄之处裸露沙滩；路过大地，万物皆无，飞沙走石，光秃秃一片。银龙停歇，叫一声"止"，大海、陆地、天空万籁俱寂。银龙告诉李德昭："这是龙卷风，甚是厉害，能把大海变为平地，能把大山任意移走。"李德昭赞叹不已，心想：我若有此技多好啊！

银龙看出李德昭的心思，便说："此乃小技，我再教你过目即会法。此法看过就会，想会就会，同招比演总会胜人一筹。"说完，又演示一回指物为石法，随机将一只飞翔的鸟一指，那鸟即刻化成一石向高空一只鱼鹰飞去，瞬间击落入海。李德昭拍手称绝。

李德昭正在手舞足蹈，猛然醒了，知是一梦。睁眼望望姥爷，姥爷笑容可掬正在看他。姥爷问："黑龙孙儿，这一觉收获不小吧？"李德昭如梦方醒，知道是姥爷梦中传技，慌忙起身下地，一边磕头一边说："谢谢姥爷暗中传艺，外孙儿已是身轻如燕，力拔大山了。"姥爷笑笑，点点头。

次日吃完早餐，李德昭说："姥爷、姥姥、姨舅，感谢诸位前辈盛意，我正从张天师为师，习礼学艺，假期已至，不敢违约；至此认亲，乃是观音菩萨指点，临时安排，想日后会常来探慰。我要走了，再次感激姥爷、姥姥和各位前辈承认我为龙族一员！"随即要跪下磕头。二姨吉虹上前拦住说："黑龙，忙啥，里外算算还不足一天，多住些时日，大家一起乐和乐和，机会难得。"李德昭回答说："二姨，外甥初来，虽然短暂，但是人人待之亲密，个个热情至极，亦是满心欢喜。不是孩儿薄情，实是师命难违，临时分离，日后定会往来平常。"姥家众人无奈，只好放他走了。大家依依不舍，送至门外而别。

龙王敖广一家送走李德昭，刚欲返身回宫，鳜提督匆匆来至近前，禀告说："白龙派使者来问：关东降雨何者所为？"龙王敖广一听大为不悦，放话说："让他回去，叫白龙来。"鳜提督领旨离开水晶宫门。

130

第二十二章　秀丽助施雨

敖景的使者回到结雅河水宫府，见了敖景细述东海龙王敖广旨意。敖景勃然大怒，骂骂咧咧地说："该死的老东西，我帮你尽职，不知感谢，反拿我不当回事，看我怎么对付你！"一旁走出乌丞相，归劝说："白龙爷少安毋躁，此事尚需从长计议才是。"敖景看看乌丞相，乌丞相使个眼色，敖景即刻明白，赶紧说："诸将军且回府休息，有事知唤再来。"鱼鳖虾蟹众精怪散去。

宫内只剩敖景和乌丞相。乌丞相问敖景说："白龙爷准备如何应对？"敖景说："你若不拦，我立准去找敖广，与他好好理论一番，为什么如此傲慢于我？"乌丞相说："白龙爷，不可取。你想：那龙王敖广枉视于你是有理由的，这几年咱们一共降了几次雨？屈指可数。前些日子降雨，定是龙王亲自所为。若是那样，你理在哪里？不如虔诚拜访，弄清情况，再做主张。"敖景醒悟，询问说："依丞相之见？"乌丞相说："你去后，见机而行，那敖广若承认是他所为，你自当悔过道歉；倘若不承认是他干的，或是亦不清楚是谁所为，你就说：是你干的，只是未曾请示，派人来问问，是想给龙王一个惊喜，日后不久还将降雨。这叫反败为胜。再说，替人做事，得听人使唤，所谓：干活不由东，累死也无功啊。"敖景默然良久，要求说："你陪我同去可否？"乌丞相望望敖景没说什么，默然随他去了。

敖景与乌丞相来到东海龙王水晶宫，早有夜叉报入宫中，龙王敖广令来。敖景来到水晶宫里，拜称："龙王爷万福！"龙王敖广赐坐，问："白龙，不在关东做事来此何干？"敖景说："日前使者回去言龙王爷要下官亲来，但不知有何吩咐？"龙王敖广有些不悦地说："你如此说法是何用意，你让使者来此干啥来着？"敖景满脸赔笑说："是这样，不久前，关东一带连日降雨，多处地域旱象解除，故派人询问龙王爷是否知道谁为？"龙王敖广心中不悦，又不想告诉他，便说："不知何人所为。"敖景微微一笑说："是下官所为。"龙王敖广听后为之一振，明白敖景又要耍手段，便惊问："果真如此？"敖景坦然地说："岂敢说谎。再者，下官每事也不必件件烦扰龙王爷，故而未曾请示。"龙王敖广说："近些年来，关东一带雨量稀少，百姓怪怨，官府关切，偶有所闻。只是我身体欠安，不便亲行巡视。想叫你来问个何故？"敖景说："龙王爷所言不实。这些年下官未敢怠慢，及时行风布雨，连年干旱实不属实。然

131

而却有微旱之处也是事出有因，下官正想禀报：有几次降雨，雨量充沛，正在施布，不知何故雨量转至海洋，固有缺失之说。"龙王敖广慨然笑之说："这么讲倒是我屈枉了你不成？"敖景说："不敢，只是事出有因。"龙王敖广说："我想半月之内，还应普降一场雨水，以缓关东黄河一带旱情。你回去准备一下，是否愿意施布？"敖景说："如此大的面积，一次覆盖，恐怕难为。"龙王敖广说："你若无道可以不施，我会考虑另请高明。"敖景立即变色，一时不知如何应对才好。乌丞相出面忙说："龙王之旨不可违拗，虽然雨量较大，但是期限宽裕，应可做得，毫无问题。"敖景听乌丞相之言是在袒护自己，怯怯应诺。出了水晶宫回结雅河去了。

途中，敖景为被龙王将了一军，郁郁不乐，心中总在考虑：你若无道，我会另请高明。龙王敖广为什么这样说？这个高明之人真的有吗？是不是吓唬我？如果有又会是谁呢？敖景光顾思考问题，没意识到不知不觉到了结雅河边，继续闷头往前行。乌丞相看看敖景，知他在集中精力思考问题，便提示说："白龙爷，水宫府已经到了，再往前走过头了。"敖景这才打住云头落在河边。乌丞相见敖景绷着脸毫无笑意，想使他精神欢悦，便神态怡然地指指河水说："白龙爷，你看咱这里多美啊！结雅河依山而过，风清水澈，鳊花鱼、鳖花鱼，肉质肥嫩，奇香可口，百吃不厌；那兴安岭上獐狍麋鹿、熊貔野羱、斑鸠鹌鹑、鹈鸽鸳鸯、肥美流油。不知今天白龙爷是吃山珍还是水鲜？"敖景叹了口气，无精打采地说："美味佳肴难治心中疾病，眼前难事重重，哪有什么心思品什么珍鲜，没有口味呀！"说罢，摇头不止。乌丞相劝解说："白龙爷不要气馁，俗话说：车到山前必有路，客到河边必有船。事情就是这样：发展到一定程度，解决方法自然就有了，不可过多忧虑，忧愁不仅伤神，而且伤身，实在不是可取之法。我回去给王爷再弄点好酒，品尝一番，酒肉穿肠过，想忧也无忧！"说话间，进了水宫府。乌丞相亲自下灶房吩咐做几道奇珍美味，都是敖景没有吃过的菜品。

过了约有两个时辰，敖景也有点饿了，酒菜也摆了上来。敖景一看果然新奇：一盘中血淋淋，抽搐脉动；一盘中六个球，黑白相溶；一盘中颤巍巍，凹凸成皱；一盘中三角条，条条如玉。

敖景看罢皆说不出名目，讨问丞相："这些都是什么菜？如何吃法？"乌丞相看看敖景，又看看夏娘娘，斯文地笑笑指着一盘菜说："断奶不过一年多，食男食女两分说；男吃心尖女吃肝，吃啥补啥别错过。"又指二盘说："高山峰峦寻参草，欢腾跳跃斑斑耀。头上犄角祛百病，灵性二目智慧高。"又指三盘说："攀枝爬树不惧高，天生好动技艺巧。若问哪里藏智慧，聪颖不过猴子脑。"又指四盘说："不分白天和夜宵，千里之外把信捎，别看都是小三角，反哺后代使舌梢。"乌丞相笑对敖景和娘娘说："龙爷娘娘可分晓，四菜名称下官报：童子心肝鹿双眼，白鸽舌尖猴子脑。"夏娘娘听了倒吸一口凉气，惊诧地问："这些东西算什么菜啊？能吃吗？"敖景说："看来都是鲜活的，吃上便知分晓。"说着拿起一个童子心，咬了一口，夸口赞说："好！好！水灵、鲜嫩、味道美极了，和以前吃的猪马牛羊肉就是不一样！"说罢，拿起一个放在娘娘盘子里，"吃吧，就是神仙也吃不到啊！"夏娘娘望望敖景嘴上的血，又望望盘子里跳动的心，摇了摇头，没有吃的意思。敖景几口吃了一个，见娘娘不肯吃，拿过来自己又吃起来。还问："娘子，你敢吃什么？"夏娘娘怯怯地说："我吃鸽子舌头吧！"说着，用小勺子戳了几个放在嘴里，慢慢地细嚼起来，嚼了几下，夸赞说："不错，挺好的。"乌丞相马上说："你俩光吃不行，需喝酒水，那酒水一到口中感觉更是美妙无比了。"敖景斟了一杯，还没等放下杯子，便夸赞说："果然不同！爽极了！"这样，三个人推杯换盏吃喝起来。吃到兴头娘娘问："乌丞相，怎么想起吃这些东西了？"乌丞相说："过去，偶尔吃过，后来龙王敖广知道了，下令不许，所以后来再没敢吃。"敖景不忿地说："今天是开始，以后咱们想吃就吃，关他敖广什么事！"乌丞相说："其实有三样是无所谓的，只是这童子心，极难求，得到人间去偷孩子，惹众怒，不好办！"敖景话越说越大，目空一切地说："咱先立个规矩，叫他们年年给咱送！"夏娘娘问："什么理由？"乌丞相插嘴说："我看不如将你们来那天五月十三定为龙王节，节日送礼总会是应该的呀！"敖景一拍桌子，赞成说："好！乌丞相真有你的！就这么定了，过些日子叫土地佬去宣传宣传！"

乌丞相见敖景眉飞色舞，早已没了忧郁之意，便说："白龙爷，依下官之见：降雨之事，不如你再去白头山天池找找泓溪，求他再助一臂之力。"敖景立即没了话语，呆呆的漫无目的地望着前方。夏娘娘见状不解，问乌丞相说："怎么回事？"乌丞相简明扼要地把去东海见龙王敖广的事说了一遍，埋怨说："这敖广心太狠，一下子给白龙爷下了这么大任务。白龙爷并非龙族，只是有这方面的道行能降雨，可这次不是小打小闹啊！路上见白龙爷踌躇不悦，这才弄几个菜和酒解解闷。"

敖景沉思了半天，解释说："求人，那么容易求呢？上次答应帮他找老婆，至今咱也没考虑。再说那也不是一时半会的事，都分手几千年了，上哪找去？"乌丞相说："白龙爷，区区小事，何必忧愁，寻妻之事尚可推辞一二，先给他送点礼，搪塞一回，待降完雨，无事再议也不迟。"敖景拍了一下桌子，称赞说："此计甚妙，可是送点什么礼物好呢？"乌丞相见敖景赞成，小眼珠滴溜一转，计上心来，他清楚敖景与鳇鱼精相互耿耿于怀，不如借机削削鳇鱼精的霸气，即壮了自己的势力，也解了敖景心中怨恨。他想到这些献计说："此事好说，送人情，就得拿好东西，结雅河什么最好，鼎好的美味莫过于鳇鱼。拣大的好的弄个百十条，也算拿得出手，那可是水中精品，别说送泓溪，就是送玉帝也不失礼节！"敖景说："我也曾想过，只是怕鳇将军那里不肯！”乌丞相坚持说："东海龙王敖广有交代，一切听你的，谁敢违拗，还能翻天不成！"敖景见乌丞相这样说法，胆也壮起来，果断地说："那就这么办！此事就交予爱卿办理，莫迟。"乌丞相马上应承下来。

其实，乌丞相与鲤鱼精有隔阂已久。这要从敖景刚来那次说起，当时乌丞相是首领，鲤鱼精是他的得力干将，要不是鲤鱼精制服了敖景和夏秀丽，乌龟精不知要落个何等惨烈的下场。乌龟精会来事，见风使舵，很快巴结上敖景，登上了丞相宝座，鞍前马后地围着敖景屁股转。而曾有机会干掉敖景的鲤鱼精，不能愈合与敖景的裂隙，处于相恨不忘的境地。乌丞相感觉到鲤鱼精对自己有看法，甚至可以说是瞧不起自己，对此痛恨不已，多次寻找机会惩治鲤鱼精。这次敖景将自己出的主意，交给自己去兑现，他又犹豫起来，觉得这样做，自己不仅不能落实，反而会让其他弟兄瞧不起，哥们、朋友弄不好会分崩离析，自己受到孤立。思来想去觉得还是敖景直接说了好。这样既能顺利执行，又能不伤害自己与鲤鱼的友情。于是建议敖景议事时当作一项命令来宣布，以正威严。敖景不知是计，欣然接受了乌丞相的意见。

敖景召集众将商量，将用一百条鲤鱼送礼之事说了一遍。话未说完，鲤鱼精跳出来，立在敖景面前，破口大骂："白龙，你他妈的也太毒了，餐食我这么多子孙，绝我之后。我岂能甘心，不如拼了，终究是个死，不如来个痛快！"说罢，挥剑朝敖景面门便刺。敖景急忙躲闪一晃头，哪里想到，鲤鱼精动了心眼儿。鲤鱼精知道敖景肯定躲闪，必定不中，虚晃一下急速回剑，同时，用剑尖抹了一下敖景脖子，一剑刺中。敖景脖子血出仰身倒下。鲤鱼精向前一纵身子，二次出剑朝心窝便刺。不想乌丞相在侧飞起左脚，将他踢倒，剑从手中当啷丢在地上。乌丞相呵斥说："混账蠢货，你弄死了白龙，我们怎么办？他是玉帝敕封的官，玉帝能饶了你吗？"鲤鱼精立即醒悟，想到自己冲动鲁莽酿成大祸，一时目瞪口呆。乌丞相见他愣着不动，上前狠狠抽他一耳光，借机微语"快逃！"鲤鱼精心领神会，撒腿就跑，回到老营，带上众兵卒及鲤族老幼直奔乌苏里江去了。

乌丞相带领众将把敖景抬回后宫，夏秀丽见了，甚是惊恐，问其缘由，未等乌丞相言语，便急匆匆跑到内室，找出一个白色小瓷瓶，打开瓶盖，倒出三粒红丹，迅速塞进敖景口中，命童儿取来一张黄纸。夏秀丽将一大杯酒倒入自己口中，呜呜隆隆地叨咕一阵，随后把黄纸铺在敖景伤口上，低头噗地一下喷了一口酒，抹了抹敖景脖子，接着又是一口，一连喷了三口，抹了三次。只见敖景哼了一声，挺身坐将起来，叫喊着："鲤鱼精呢？给我抓来！"

乌丞相亲自带兵来到鲤鱼精兵营，未见一兵一卒。他随后来到鲤鱼府，布兵团团围住，号令："不准走掉一人！"说罢，轮双锤砸开大门，各屋、院落细细搜了一遍，未见一个人影。乌丞相回水宫府禀报："回禀白龙爷，兵营、家中未见一人，不知去向。"敖景听报，将手一挥，发狠地说："算了，以后必有相会之时，别说水里，就是入地，我也能把他掘出来，此仇必报。"

敖景给泓溪送礼求助一事告吹，心中忧愁加重，几日茶饭不进卧床不起。

一天，乌丞相来到水宫府，笑吟吟地对敖景说："白龙爷，知道点私下消息。"敖景催促说："什么消息？"乌丞相说："下官探听土地佬说上次降雨乃是黑龙所为。我想你与娘娘对他有疗疾救命之恩，何不前去求他一助！"敖景沉吟良久，解释说："那黑龙虽在我家治过病，却与我处的不睦，非我所能求动，此策难以行通。"乌丞相进一步说："事已至此，独木而行，别无他路。你也可以让娘娘前去说情，一去必成，孰轻孰重，请白龙爷三思而行！"

敖景暗想：上次降雨是那个黑小子所为，可见他的本事已非一般，这次再求他降雨岂不更叫我矮他三分，长他志气，以后必成我的对手，此策实在不可取。想到这里，敖景抬起头说："此举绝非益事，不可送机会扬他人威风！"乌丞相虽然精明，却没有悟到敖景的心思，还以为敖景在计较娘娘给黑龙疗伤的事情，继续劝说："咱们求他帮忙，如何成了树他威风？"敖景摆摆手说："你不懂。"乌丞相问："那么这次降雨怎么办？"敖景说："我自己来！"乌丞相问："有把握吗？"敖景态度强硬，坚持说："我把雨区划成两片，黄河以北，燕山以东为一片；山海关外关东一带为一片。自南向北分两次完成。"乌丞相低头不语。

敖景回内室把行雨的事对娘娘说了。夏秀丽听后关切地问："有需要我做的事吗？"敖景笑笑说："这事很辛苦，你做得来吗？"夏秀丽说："我不怕辛苦，或多或少能帮你做点就行。"敖景很感动，深情地说："你肯这样说，我就有信心了！你愿意随伴我吗？"夏秀丽高兴地说："行啊，什么时候？"敖景说："现在。"夏秀丽去收拾物品。

当晚，敖景和夏秀丽出了寝宫，踏云去往关内。来到山东境内黄河北岸，敖景一看都愣住了，黄河河道里基本上没有水，只有一抹涓涓细流，缓缓流淌。天气燥热，地上烘烤，虽有阵阵风起，却是尘沙漫卷飞扬。敖景见此光景，忧愁不已，叨咕说："连点水气都没有，降雨怕是难以遂愿。"夏秀丽笑了，鼓励说："相公毋躁，看夏秀丽助力一回。"

夏秀丽走进河床，立在水边叨咕几句，身子一摇变成一只大虾，将唇枪刺入水中，身子一晃不见了踪影。敖景不知娘娘做什么，愣在岸上想看个究竟。一瞬间河水暴涨，越长越快，不多时河内已是洪水滚滚巨浪滔天，河水轰鸣着沿河道飞奔而下。敖景见水欣喜万分，迅速将尾巴伸到河中摇摆起来，顿时天空浓云弥漫，翻滚奔袭散去，随着便有电闪雷鸣，雨水倾盆而下。地面上，开始还是烟雾腾腾，俄而溪流遍地流淌。夏秀丽从河中出来，对敖景喊："慢点，别下得太急了，急了会淹坏庄稼。咱俩驱云向黄河以北走吧！"敖景同意，与娘娘一起踏云升空带着云雨边走边降。夏秀丽不时地提示敖景哪块多降哪块少降，合理施布，增益避害。驾着云雨，敖景问夏秀丽："娘子，你什么时候学得呼风唤雨撒豆成冰？"夏秀丽说："在天庭时，跟风婆雨婆出去玩过两次，跟她俩学的，没想到会在这里用上。"敖景赞佩不已，夸赞说："你这招比我高，我不能钻地取水。今儿个幸亏你来了，要不这次降雨又要落空了。"说着，抱住夏秀丽就要亲吻。夏秀丽正在发功，挣未挣脱。这一下可不好了，夏秀丽带的宝囊给弄开了，冰粒撒掉几粒，大雨夹杂着冰雹下了起来。二人顿觉凉爽无比。夏秀丽责怪敖景说："你怎么这样不精心，正降着雨亲的哪门子嘴，弄开了我的宝囊，下起冰雹这可如何是好？"白龙也责怪夏秀丽说："也是的，学降冰雹时就没学学咋个停啊？"夏秀丽顿时醒悟，忧虑地说："我还真没学过，不过你可以停雨，这样冰雹大概不会再下了。"敖景急忙停住降雨。雨停了，冰雹也没了。二人收住云彩，落地查看，不看还好，一看，二人全都惊恐万状，这遍地白花花的厚厚一层全是雹子。夏秀丽说："相公，快起身看看有多大范围，如果能挽救，马上降点大雨冲冲化了就好了。"敖景飞身踏上云朵，巡视了一会儿，在空中说："娘子，只一条条，一里地宽，七八里地长。我再施些雨冲冲吧？"夏秀丽喊叫说："冲一会儿就行！"

敖景拼命降雨想冲冰雹，无奈河里水已经干涸。夏秀丽问："相公，雨怎么降不下来了？"敖景说："河里水干了！如何是好？"夏秀丽说："我再试试看。"这样，二人又返回黄河。夏秀丽再次发水，将针刺刚扎入河床，便晕过去了，躺在那里一动不动。

两三个时辰过去了，夏秀丽仍然没有清醒。敖景不得已放弃了继续降雨的愿望，要把夏秀丽抱回家去，挪了几下，居然文丝没动。敖景急忙弯下腰去，准备看看夏秀丽是否还在喘气，也许是太累了，也许是腰弯的太急了，一个前抢栽倒地上，昏厥过去不醒了人世。不知过了多久，也许是冰雹散发的凉气所致，夏秀丽先醒过来，挣扎了半天才坐起来。她发现敖景倒在身边，费了好大的劲儿爬到他身边，用手拨弄了几回没见反应。夏秀丽吓坏了，不知哪来的急劲，起身去抱他，企图将他扶起来。好不容易才将敖景弄坐起来，不想又压在自己身上动弹不得。

夏秀丽躺在地上，心里想着：做事情要尽力，敖景如果平时勤于降雨，事情不至于落到今天这个地步，百姓不满意，龙王不满意，天庭不满意。自己呢，不是干这个的照葫芦画瓢，解决不了根本问题，拼了全力仍是无济于事。

敖景终于醒了，有气无力地说："夫人，是我对不起你，咱们不降雨了，回家去吧！"

二人又休息了一会儿，相互扶携着踏上了彩云回结雅河去了。

第二十三章　皇封都龙王

李德昭按观音菩萨指点去了一趟东海龙宫。认亲一事甚是顺畅，龙族前辈盛情抚爱，姥爷梦中亲传绝技，李德昭已是满心欢喜，归心似箭。这一日，李德昭兴意匆匆回到天台山雷音寺，按住云头俯瞰山寺，只见：峰高入蓝天，白云绕山岚；叠嶂瑞霭起，幽幽丹霞间。菩提琪桐翠，银杏露笑颜；红雉嘤嘤叫，熊猫步悠闲。叠溪凭空落，飞花碎玉溅；水声荡谷响，回声更缠绵。八仙迟归地，幽境弄春妍；迷蒙雾彩虹，洒洒丽人衫。雷音卧地静，祥光漫山环；梵楼宏高处，庵宇缥缈间。师有活佛像，似仙来降凡；弟子六百人，七十道家仙。五十里长溪，八百里平川；九千颗怪石，十万里画卷。才识真面目，只缘隔日观。

李德昭正在高处痴情欣赏，被巡山立目道人发现。立目一个筋斗跃到半空，停在李德昭面前，问李德昭："师弟哪里去了？几日不见缘何长就如此强壮体魄？"李德昭说："师兄一向可好？我奉师命回乡祭母去了。刚回来，还请师兄禀告师傅一声。"立目道人飞奔似箭，去告知张天师。

李德昭落下云头，来到寺门，书童玄惠迎出雷音寺外。玄惠年纪相仿，见李德昭回来了，乐颠颠地奔上去，未及近前便停住脚步，愣在那里不动也不讲话。李德昭问："小师兄，你这是咋了？"玄惠说："几日不见，你比我长得好高啊！"李德昭笑笑说："长高就不相认了？我还是我！"二人说说笑笑来到雷音寺。

李德昭见到张天师分外亲近，细说了祭母、见菩萨、去东海认亲诸事，并据实向师傅禀告了东海龙王梦中传艺的事。张天师听后很是开心，让李德昭好好歇息两日，和诸师兄好好亲热亲热。

第三天头上，张天师唤来李德昭，告诉李德昭，这两天把过去教给他的武艺，从始到终地梳理了一回，认为还有一些师传的东西尚可以传他，准备从今天起到山中一块静地亲传秘籍。李德昭受宠若惊，跪地给师傅磕了三个头，起身随师傅去了。

张天师带着李德昭来到山中一块平坦场地。方圆有两亩地，青石铺盖地面，石缝绿草盘生，四周树高林密，阳光叶间透明。无虫鸣无鸟叫，是个十分清静幽深之处。

张天师见李德昭四下张望，便对李德昭说："今天师傅先教你一小技，名叫：足下生风术。"说完，虎步玄移，过密林，跃树枝，轻松随意。李德昭问："师傅，这有何用？"张天师没有正面回答，把他叫到身前，令他用手用腿任意踢推自己。李德昭上部手推拳击，下部脚踢腿绊，终不能使其倾斜或摔倒。李德昭不解地问："师傅，您这是哪一招啊？"张天师说："学会这一招，别说拳脚，就是刀枪剑戟棍木锤叉，哪样兵器也近不得身子，器到身移，奈何不得！"李德昭问："什么时候使用最佳？"张天师说："最是毫无防备时！"李德昭夸赞："这功夫不得了啊！护身全命之术啊！"随后专心致志地学起来。张天师给李德昭讲解了足下生风术的动作要领，精气神的综合运用，习练和使用中注意的问题，边讲解，边示范。同时要求李德昭边学边练边体会。师徒二人正练到专注处，听到树上有响动。

张天师抬眼望去，见是甄元子蹲在树上，令他下来。不一会儿，甄元子落到地上。张天师大不高兴，问："甄元子，缘何偷偷摸摸藏在树上窥看？"甄元子显得有些不敬，反问："师傅不也是在这里偷偷地传艺吗？"张天师呵斥说："放肆！因材施教，为师自有区分，怎么轮到你挑剔起来？"甄元子鼓起腮帮子，喘着大气，只是不语，闷了半天，才吞吞吐吐地说："师傅缘何只传李德昭不传甄元子？甄元子比李德昭差在哪里？"张天师说："当是你的武艺不及李德昭，悟性不够，不能学会足下生风术。非是为师不教，而是你不是这块料。石有石用，木有木用，水有水用，火有火用。你属哪一类？"甄元子说："师傅偏心，弟子不服。我要和李德昭较量较量！"

张天师气得脸上变色，问："你想同李德昭较量？不自重啊！"甄元子听师傅这么一说，怒从胆边升，轮拳直奔李德昭过来。张天师欲喝止，李德昭摆摆手，架住甄元子双拳说："师兄多有得罪了！"随即劈手相还，二人打在一起。真是：龙腾虎跃。龙腾处，山吟树摇天地动；虎跃处，虎步生风步步逼。一个要师父面前争口气，一个要高徒面前探虚实。甄元子欺李德昭幼小功力浅，一招一式总相逼；李德昭敬师兄技艺娴熟老道，取长补短可相济。

张天师看在眼里，心中暗想："这个李德昭真有心计，通过比武在学技艺哪。亏了那甄元子累得汗流浃背，吼吼气喘，面色煞白，这个师兄当的未免有点不自重了。只是这个甄元子尚不觉醒。"张天师看着想着。突然间见李德昭一个失手，倒在地上。甄元子还欲上前捶打，被张天师阻住。李德昭一个腾跃，立起身来，面向师傅双手抱拳说："师傅，弟子打不过甄元子师兄，请您降罪！"随后又向甄元子一抱拳说："师兄高才，李德昭领教了！"甄元子见状扬眉吐气。张天师脸色不悦地说："李德昭，你在欺骗为师吧？你当为师年老糊涂不是？我还没到那个地步！"甄元子说："这么说师傅还不信实，那我再给李德昭来个狠的！"张天师对李德昭说："这次不许你糊弄为师，据实发挥，让这小子领教一回！"

甄元子虎虎实实扑了过来。李德昭架住双拳说："师兄，我认输了。"甄元子不依不饶地说："今日我非得把你打个半死，不然，那老头不服！"李德昭又说："师傅仅是一时气急，并无恶意，你不该这么称他！"甄元子吼叫："那是咎由自取，非我不敬！"李德昭说："如此说来，甄元子师兄，那我就多有得罪了！"说罢，李德昭放开手让甄元子出手进攻。甄元子也不客气，举双拳劈面掏心就打。李德昭并不招架，见甄元子饿虎般扑来，就在他一拳当面之际，一个后仰倒在地上，双腿盘旋将甄元子弄得满地翻滚。甄元子倒在地上，面如白纸，捂着大腿呻吟："哎哟我的娘哦，可疼死我了。这是什么异术呀，弄得我的大腿针扎似的疼啊，一点儿也不听使唤了！"李德昭一旁看着只是笑。

张天师走过来呵斥说："你这混球，倒是服也不服？"甄元子毫无争辩之意，怯怯地望着师傅说："弟子知错了！"张天师对李德昭说："这病还需你来治。"李德昭用手一指甄元子，问："师兄，我伤你哪了？"甄元子只觉得浑身一麻，随后轻松畅爽，站起身子惊奇不已，愣了好一阵子，才嘟嘟囔囔说："李德昭师弟，师兄鲁莽，不必记恨心中。"转身跪地又对张天师说："师傅，孩儿错了，我不该不听师傅指教，也请师傅原谅！"李德昭扶起甄元子，帮他扑打身上的草叶。三个人说说笑笑回了雷音寺。

甄元子轻视李德昭受到张天师批评，知道自己错了，想找个机会与李德昭亲近亲近。一天习武之后，甄元子提议请李德昭出山走走，开开眼界，舒缓心情。李德昭欣然同意，随甄元子出了天台山。

二人落下云头，一看已是成都城内。甄元子说："今天我们先去杜甫草堂领略一回那里的风情。"李德昭点点头说："悉听师兄尊便。"

二人走进牌楼，来到院里。李德昭是初次到访，眼前景色别开生面。草堂里环境优雅景色宜人，走进厅室气氛庄重而肃穆，正中一尊杜甫雕像，政要名流题词张挂墙上。李德昭吟诵说：诗圣千年留百篇，后生寻志到堂前。静悟人生酿才气，不借名人把名传。

甄元子听后和了一首，吟诵说：草堂景物忆当年，怜民风骨铭心间。大海惊涛三千尺，不及天宇浓云翻。

李德昭听罢连声夸赞说："妙哉，妙哉，师兄意境高远，志向宏大，莫及，莫及！"甄元子原本以为师傅呵护拢宠师弟，不想李德昭一语道破他的诗境，不觉内心折服。

师傅倾情栽培，徒弟苦心习练，小黑龙已把张天师传授的武艺、幻术、玄学学了个精熟。不仅才学有了飞跃性长进，连身材也大有长进，高了，壮了，原本稚气的面孔，也变得成熟稳重，血气方刚，精明睿智。

时光如梭，李德昭一晃五年的学徒生涯就要届满。这些日子，张天师因为和徒弟即将离别，心中有些依依不舍，常常一个人闷坐禅房静修。李德昭来报："师傅，丛尚书，丛兰师叔来了。"丛尚书被请进书房，老友相聚寒暄一气。李德昭赶紧去烧水沏茶。丛尚书见李德昭出去，便一本正经地对张天师说："今天来雷音寺不是为了喝茶弈棋，有重大事情与你商议。现在朝廷告急。"张天师惊讶地问："出什么大事了？"丛尚书沉静地说："不是兵乱，是自然旱灾。三年来黄河流域连年不雨，尤以冀、鲁、豫、齐、燕、赵旱灾严重，再加上蝗虫成患，农耕颗粒不收，黎民百姓苦不堪言，许多地方尸抛荒野，惨不忍睹，瘟疫流行。朝廷亦是危机四伏，国库贫乏粮饷难发，军队给养不足，严重地威胁到国家安全。顺治皇帝一筹莫展，成天的：各位爱卿，国难不除如何是好？我身为工部尚书，理当为朝廷分忧。昨天我想到了李德昭，他有这个本事，于是表奏皇上。皇上长叹一声，连连摇头说：此乃无稽之谈，寡人通晓历史，从未听说有人能呼风唤雨。不行不行。"说到这里，丛尚书望望张天师，继续说，"去年我曾荐过李德昭，皇帝视为戏耍，亦是摇头不理。如今朝廷有难，务须力荐。现今此事必须咱俩一起去举荐，一则为百姓疾苦；二则为国家太平；三则此事对李德昭是个做事机会，这孩子不能永久隐没深山。为啥请你去？朝廷很多官员都知道你是聚仙纳怪的奇人，你出面信者必众。"张天师深思良久才回答说："既是贤弟举荐，岂有不行之理！"

李德昭端茶回来，摆好茶碗，倒上茶水，站立一旁。张天师说："李德昭，丛尚书举荐你去降一次雨，解救北方一带旱灾，惠泽黎民百姓，你可愿意？"李德昭说："弟子仅从师命！"张天师和丛尚书都欣慰地笑了，张天师说："那你去准备一下，明天一早就下山。"李德昭出去了。丛尚书喝了一气茶，告辞走了。

第二天上午张天师与李德昭早早来到丛尚书府邸，家丁报与丛尚书。丛尚书出大门迎接。三人一同来到书房。丛尚书令侍女灶房备餐，侍女去了。丛尚书又唤来两名侍女，令备洗漱用品。张天师和李德昭洗漱打理完毕，在书房用了早餐。稍作休息，三人一起来到五朝门外。

皇帝登朝落座，文武百官朝贺毕。丛尚书出班奏本说："臣禀万岁，臣荐一人可解天下无雨之忧。"皇帝以为戏言，本想斥退，又一想这是朝奏，量一个丛尚书亦不敢儿戏，索性问丛兰："所荐何人啊？请上来，让朕见识见识！"命传令官宣进。丛尚书忙说："慢来，慢来，卑职自去请来！"皇帝微微一笑，许诺说："那就辛苦一趟丛尚书吧。"丛尚书走出金銮殿，将张天师和李德昭请进金銮殿。

丛尚书将二人带进大殿，让张天师和李德昭立在殿中央，自己侧班站立。张天师和李德昭上了金銮殿立而不跪。一个气宇轩昂目中无人；一个黑不溜秋面带稚嫩。顺治皇帝不悦，问张天师和李德昭说："来者报上名来，见朕为何不跪，胆敢藐视皇帝吗？"张天师答："我师徒二人来自四川天台山雷音寺，我是师傅张伯瑞，人称张天师；他是徒儿名唤李德昭。只因徒儿是真龙变体，故此真龙不拜假龙！"文武百官齐声唏嘘，多有面目变色者。朝内很多人都听说过雷音寺有个张天师，擅拢天下妖魔鬼怪为徒，以为是个三头六臂之身，不想今日一见，虽无三头六臂，却是与众不同，必有绝技在身。至于那个黑小子，虽是稚气一些，但目光睿智，气势逼人，亦非凡人可比。这局面令满朝百官惊诧不已。

顺治皇帝一时不知如何做答。丛尚书出班禀奏说："万岁，他等都是山间草民，不知朝礼，不跪就不跪吧！"顺治皇帝满脸不悦地说："免了，免了。"

顺治皇帝起身离开了龙书案，走到李德昭面前，前瞅瞅，后看看，上望望，下瞭瞭，只觉可亲可爱，并没感觉有何不同。于是笑笑说："你真是龙体？"李德昭不语，泰然无事。顺治皇帝逗趣地问："你真能降雨？可否小试一下？"李德昭说："行啊，哪里降雨？"顺治皇帝说："京城。"这时，大太监吴良辅俯身过来，悄悄对顺治皇帝说："万岁爷，先小降即可，万不能大雨倾盆啊！"顺治皇帝说："也好，那就一刻足矣。"李德昭看看张天师，张天师点头示意可以。于是李德昭转身朝金銮殿外走去。顺治皇帝亦步亦趋跟在后边。文武百官紧随其后，都想看个究竟。

李德昭出了金銮殿，身子轻微一晃，不见了踪影。只见南风刮起，天空乌云集聚，凉风吹来，清爽无比。顷刻瓢泼大雨如注而下，地面先是尘埃飞溅，俄而便是径水横流，随即便是沟满壕平，水声滔滔。

顺治皇帝兴奋不已，叫来丛尚书，拍打肩头夸赞说："朝中能人啊，在哪探到此人，旱灾解除之日，晋你一级，以扬我大清国威！"丛尚书谦辞说："与君分忧，责无旁贷，焉能计较私欲呀，愿我大清天下太平，国泰民安！"顺治皇帝说："甚好，这布雨之事有劳先生监察。"丛尚书应诺。

当日，丛尚书与张天师和李德昭驾云察看了长江以北、黄河流域、山海关至结雅河一带旱情。李德昭对张天师和丛尚书说："二位前辈，不劳二位陪随，请家中等候，降雨弟子一人则可。"丛尚书与张天师回到丛府，喝茶弈棋，快乐不已。

李德昭变成一条黑龙，腾云驾雾到了天上，空中顿时云雾弥漫，浓云翻滚，狂风大作，电闪雷鸣，瞬间雨落大地。雨下了三天三夜，遍及黄河两岸、晋、鲁、豫、齐、燕、赵、关东一带。大地复苏，一片翠绿，禾苗挺拔，万山苍翠，群鸟飞翔，大清帝国生机勃勃，朝臣称颂，百姓欢腾。

第四天，丛尚书回朝复命，朝野一派颂歌。顺治皇帝格外宽慰，神清气爽，满面喜悦。文武百官朝贺完毕，顺治皇帝还未及开口，只见传令官捧着一摞奏章匆匆从殿门走了上来，吴良辅接过放在龙书案上。顺治皇帝满脸严肃，以为有什么急事，迅速打开一本来看，奏章写着：晋州府尹齐唐禀报："晋地三日来普降喜雨，旱情解除，万民欢雀。此乃我皇洪福齐天，恩泽万户，国家之运，民之运也！"顺治皇帝一连看了六本奏折，满脸灿烂笑容，评赞说："这雨下了三天，惠泽我整个神州大地，万民皆喜！我亦畅怀开心。这是李德昭为我大清创造的福祉，是我大清之幸！"顺治皇帝抬眼巡视了一下文武百官，看见人人喜气洋洋，立即说，"来啊，宣李德昭师徒上殿。"

张天师和李德昭来到金銮殿上。顺治皇帝说："这次降雨，解了国家之危、百姓之危，大功一件。朕封李德昭为巡按五湖四海九江八河之都龙王。"李德昭说："我行风布雨，非为名利所诱，此职不能受！"顺治皇帝马上说："哎，你虽为天庭之属，但是生于凡间，亦食人间香火，同是为民做事，有何不可！朕不是说着玩的，朕是认真的，你想满朝文武谁能主风调雨顺，谁也做不到，唯你不可！你是我大清臣民的福星，就不要谦辞了吧？"张天师劝说："李德昭，受之有益。"李德昭回应说："既然师傅说了，我就要了。"顺治皇帝开心地笑了，对张天师说："朕赐予雷音寺黄金一千两，重新建造雷音寺，以弘扬张天师助国救民教徒之功德。"张天师抱拳称谢说："谢皇上！"顺治皇帝又说："依我大清律法：凡金榜题名和大臣晋升者，都要夸官三日。李德昭亦不例外。此事交工部丛尚书主办。"丛尚书应诺。

顺治皇帝眼睛转向丛尚书，高声说："丛兰，这次降雨，你有举荐之功。朕说话算数，晋升你为……"丛尚书立即跪地说："万岁，且慢，臣举手之劳，何言有功，恳请望万岁收回成命！"顺治皇帝说："既不想当官，那么朕就赐你良田千顷。如何？"丛尚书拒绝说："臣不敢受也！"顺治皇帝不悦，生气地说："封官不行，给地不要，奈何拒之？"丛尚书说："臣之所为，不过是为万岁分忧，为百姓解忧，分内之责，区区小事未及封职受功。所以，受之惶惶。"顺治皇帝一拍龙书案，面色严肃地说："好吧，众位爱卿，无事散朝！"

朝散后，顺治皇帝手指丛尚书说："你跟我来！"众大臣惶惶不安，都为丛尚书捏了一把汗。

第二十四章　水府宴黑龙

　　顺治皇帝领着丛尚书回到书房，坐下，眼睛瞪着丛尚书问："你是不是说朕做事荒唐？对你是小功大作？"丛尚书立即跪地磕头说："微臣不敢！"顺治皇帝又问："那你为何一再否定朕的主张呢？是不是因为你几次举荐未被朕采纳，故意给朕使小性子？"丛尚书跪地笑了，站起身说："臣不敢！万岁请想：微臣在朝二十多年，躬身直背万岁都知其意，焉有使性子之说。只是觉得万岁对微臣相知，情愿力所能及的做事，以报答万岁爷知遇之恩足矣，并无他求，还望万岁到此为止，不要再谈奖赏之事。"顺治皇帝笑了，委婉地说："你这个家伙，朕没有让你起来，你自己就站起来了，是不是也太放肆了点儿！"丛尚书立即跪地。顺治皇帝说："不必了，已经起来了就起来吧。"寻思了一会儿，又说："我总觉得该给你点什么，不介心里不踏实。"说着，眼睛在屋里转悠一圈，高兴地说："再不我把窗边影墙旁那两只精美的蓝花瓷瓶送给你如何？"丛尚书见顺治皇帝不依不饶非得要挽住这个面子，心里来个快当，应口说："谢万岁爷！"顺治皇帝说："那好吧，只得忍痛割爱了！"随即叫来吴良辅，让他差人把两个蓝花瓷瓶包好给丛尚书送到府上。吴良辅想说什么，顺治皇帝瞪了他一眼，吴良辅没敢言语。

　　顺治皇帝说："雷音寺，你是怎么知道有个黑龙的？"丛尚书见顺治皇帝垂问，淡淡一笑说："卑职闲暇之时愿意游玩，一日偶到天台山见有一座寺庙，出于好奇进去看看，不想正遇见一条黑龙喷云吐雾，呼风唤雨，惊诧不已，正在喝彩时被张天师发现，告以黑龙学艺一事。那黑龙生于关东摩尔根药泉山一带的石龙河客栈，幼时被其父以除妖之名断其尾巴，故称秃尾巴老李。"顺治皇帝羡慕说："还是你等轻松自在，害得寡人囚在皇城不得逍遥。"丛尚书说："天子以天下为己任，卑职以皇上为信仰，肩上担子不能相称，无有比之可言，万岁何以怨天尤人呢？"顺治皇帝苦笑说："皆是人啊，唠叨而已。"说罢，大笑起来。丛尚书知言多有失，起身说："谢万岁爷，闲言启迪，宠以爱瓶。日后愿肝脑涂地。"顺治皇帝挥挥手说："好了，好了，回去准备黑龙夸官吧！"丛尚书离开龙书院回了丛府。

　　张天师和李德昭已在丛府等候，担心顺治皇帝如何发难丛尚书，见丛尚书神情轻松略含笑意回来，心中着实踏实了许多。相互寒暄祝贺之后，丛尚书讲述了顺治皇帝约见情形，听后三人大笑一回，精神彻底轻松下来。

丛尚书说："夸官是一件大事，我等应筹划一番，不能让京城各类人等小视了我们。"张天师说："此事，我俩一窍不通，一无所知，如何运作，全凭贤弟主张。"丛尚书说："夸官路线，听由礼部安排，服饰着装也由礼部负责，不过钱要咱们自己出。"张天师插话说："咱们有钱了，用点是应该的。"丛尚书说："那钱还没到手，想用来不及了，还是我花吧。"张天师缓一步说："也好，以后再说不迟。"丛尚书继续说："还有三件事：一是礼乐仪仗队，用民间的还是宫廷的？二是夸官营部驻在什么地方？三是夸官和主陪官脚力，也就是骑马还是坐轿？"张天师笑了笑说："这些说与我们听岂不等于零么，任你安排。只是李德昭脚力不随心。"李德昭说："我用什么脚力？摘朵云彩坐坐就行了。"丛尚书一拍大腿喝彩说："好，这是个好主意，有特色，会一鸣惊人啊！"李德昭听了笑得很甜蜜。丛尚书被这一笑触动了，感叹地说，"人在世的每一天都面临着选择，只有人生目标清晰执着的人才会正确取舍，使自己蹬上美丽的殿堂。那一刻的微笑才是最灿烂和最有意义的。"张天师点点头表示赞同。

事情只有想做才能做好。丛尚书将一切准备工作都谋划好，选了一个良辰吉日开始巡游夸官。这是一个风清气爽骄阳妩媚的日子，巡游队伍由丛府出发走上长安大街，三声炮响之后，鼓乐齐鸣。前面有六人执黄旗，旗上书一行大字：巡按五湖四海九江八河之都龙王李德昭。李德昭紧随其后，头顶发髻上缠一条黑色逍遥巾，长方黑脸天庭饱满，黑眼珠又大又亮，目光炯炯。上身穿青布衣，外罩青布大氅；下身穿青布裤，青带绷小腿。脚蹬青云靴，赤手抱前胸，威严站立在一朵浓浓的五彩云端，离地三尺有余。新颖、离奇、神话、现实。好一个李德昭：从头到脚一色黑，气宇轩昂显神威。脚踏祥云有五色，暗藏风雨和惊雷。

满街人等顿开眼界，这就是前几天布云施雨的李德昭啊！于是蜂拥近前，都想细睹芳颜。霎时间巡游队伍被围在核心，有喜气，有惊奇，有恐惧，有人伸手去触摸那五色彩云，摸到了却抓不着，猜想他现在是人形，倘若复原龙身会是什么样子呢？人们越聚越密集，道路开始拥堵，巡游队伍寸步难行。时值六月天，天气闷热，有人叫喊起来：热死了，快散开！只听人们喊叫，不见人群散开。丛尚书与张天师各乘一台轿子，想说话对方听不见，想靠近也办不到。情急之下，丛尚书向张天师招手，左手往天上指指，随即五指朝下不停地上下翻动。张天师明白丛尚书的意思了点点头，接着轻轻地说了一句："秃尾巴老李，降雨一刻！"

李德昭听见师傅叫他降雨一刻钟，一下明白了其用意，眼睛眨了一下，天空升起一团云彩，把太阳遮挡，凉风迅速刮过头顶，随即雨水哗的一声下起来。人们看到四周都还是骄阳似火，阳光灼灼，独长安街这段路大雨倾盆，甚感奇妙，开始不知所以然，慢慢地感悟到是不是李德昭使了法术？待到明白了一切，都笑了，喊叫着："快散开，找个地儿躲躲！"人们忽地一下散去了。说来也怪，人们散去了，雨也停了。夸官队伍并没有被雨水浇湿，很快礼乐又开始响起来。夸官队伍招摇过市，李德昭其人威名传开。

在这观看夸官巡游的人群中，有一个人要特地说一说。这个人不是别人，正是敖景手下的丞相乌龟精。前几天自从天降雨水，敖景感到奇怪，问乌丞相："我没降雨怎么突然间下起雨来了？"乌丞相眨眨眼睛又摇了摇头说："卑职也感蹊跷。"敖景沉思不语，思虑半天，仍是困惑不解。乌丞相见状提议说："不行，我出去探听探听？"敖景点点头，嘱咐说："弄清了，早点儿回来。"乌丞相应诺一声出了水宫府。敖景也赶出水宫府，将云彩拨走，阻止了雨继续下下去，大地恢复了干热。

乌丞相到了旷野，十里寻不到一个人影，心中有些苦恼，到哪里去问个究竟呢？思索中一不留神，被蒿草秸秆绊了一下，感到晦气，用力点了一下地面。声音惊动了土地佬，立即赶过来问："乌丞相唤老儿来有何吩咐？"乌丞相见了土地佬开始有些奇怪，后来又笑了，觉得这是歪打正着，随即正色地问："土地佬儿，这雨下得来历不明，你知不知道谁降的？"土地佬回答说："据卑职所知，是朝廷请了能人降三天雨，具体是谁，卑职尚无确切消息。"乌丞相说："好了，我知道了。你忙去吧。"土地佬一转身没了踪影。

乌丞相立在旷野中，思忖着：能降这么长时间这么大的雨量这人会是谁呢？看来绝不是等闲之辈，倘若真要大驾光临，敖景怕是地位难保了。一定得弄清楚，否则我也会跟着吃锅烙。想到这儿，他决定回去立即禀报敖景。走了几步，一想不对，现在还没搞清楚究竟谁降了雨？报不出个所以然，还不得撞一鼻子灰啊！干脆跑趟京城探个原委。这个家伙鬼点子多，想到做到，化作一道黑风进了京城。到了京城又唤来土地佬，质问："一路查看，半个中国都降了雨，知道是谁人所为吗？"京城的土地佬认不得他，反问："你是谁呀？"乌丞相不得已讲了自己身份。土地佬说："原来是白龙的人。那白龙缘何不降雨啊？"这要是在摩尔根，乌丞相早火了，奈何此地京城，非他掌控之地，有威也不得张扬，索性忍着气继续问："我家白龙爷病了，心急，故派我来问个究竟，将来好感谢人家。老人家能否讲来听听？"土地佬见他如此说辞，信以为真，便说："皇上在天台山请了李德昭，降了三天雨，解除了国之困境、民之灾难。这不，皇上一高兴封了李德昭巡按五湖四海九江八河之都龙王，这两天准备夸官呢！"乌丞相又问："李德昭是谁呀？"土地佬说："就是黑龙啊！"乌丞相听了，脑袋嗡了一下，心想大祸就要降临了，原来是秃尾巴老李。这个夸官一定得看个究竟，回去定要商量一个万全之策。想到这里他又问："老人家，敢问何日夸官？""明日起，三天。"土地佬不冷不热地说。"那好，您去忙吧。"乌丞相说完朝土地佬挥挥手。土地佬一晃没了踪影。

第二天一早，乌丞相早早来到丛府门前等候，想看看天台山的李德昭是不是五年前那个没了尾巴的黑龙。正与众人观望时，听见三声炮响，丛府大门打开，巡游夸官队伍依序缓缓走出，走向京城瞩目的长安大街。当六名执旗兵亮开大旗的时候，乌丞相才看见黄旗上红字写着："巡按五湖四海九江八河之都龙王李德昭"一行醒目的大字。当初乌丞相并不知道黑龙还有正式名讳，只知道黑龙叫老黑，还有一个羞辱他的外号：秃尾巴老李。看到李德昭这个名字他有些困惑，这个人究竟是不是那个秃尾巴老李呢？乌丞相跟随巡游队伍走了一会儿，见到李德昭脚踩彩云，似人似仙，又是黑不溜秋的模样，心里开始对号了。直到李德昭开始施雨了，他才分辨出李德昭降的雨是清亮的，不同于敖景降的雨是白花花的，确定李德昭就是当年那个秃尾巴老李。乌丞相凑到张天师坐的彩轿边，踮起脚问："听说您是李德昭的师傅？能不能告诉一下他还有别的名字没有？"张天师俯视轿下这个古怪的家伙，本想置之不理，又一想：今日夸官，让人们更多地了解李德昭也是好事，便笑吟吟地说："你问李德昭啊？我会详细地告诉你：他是我天台山雷音寺最好的徒弟，关东摩尔根人士，出了大名还有别的名讳，我叫他李德昭，别人有叫老黑的，也有叫他秃尾巴老李的。就这些，还想知道别的吗？"乌丞相嬉皮笑脸地说："看出来了，李德昭是您的爱徒，谢过老人家了。"说完，拱起小手施了一礼，离开了巡游队伍。

　　乌丞相回到结雅河水宫府，向敖景把查访情况简要地禀告了一番。报告完后，他语气沉重地说："现在李德昭是武艺精熟功成名就。"敖景说："他啥功成名就，不过是个土地爷封号，怎与玉皇大帝亲封相比！"乌丞相不赞同，坚持说："不要小视人间皇上的封号，这是民心民意，日久天长，天庭能会不知？万一玉帝知道他的封号不及人间皇上封号受人尊崇，他还不震怒啊？到那时一切都悔之晚矣！"乌丞相一席话像一包针，一齐扎在了敖景的心上。敖景情不自禁地打了一个寒噤，默然不语，眼睛死死地盯着乌丞相。乌丞相慌了神，不解地说："你干嘛死死地盯着我呀？"敖景最不愿意看到的事情，如今赫然摆到面前，他内心想不开，咬咬牙反问说："你说咋办？"咋办？这可是乌丞相思索一路的问题，至今也没有个头绪，沮丧地望着敖景唉声叹气，气短愁长。"废物，你那眼睛倒是转啊？平时出点子头头是道，如今咋就瘪了茄子了呢？"敖景开始发怒。乌丞相劝慰说："切勿发火，切勿发火。这么大的事情容我好好考虑考虑。这样吧，今天晚了，我回去想想，明天再议。"说完，起身离开了水宫府。

　　其实，乌丞相早就有了主见，怕敖景认识不到不肯接受，所以没讲出来。不过今天这个氛围他却铺陈好了，留点时间让敖景好好斟酌斟酌，时机到了再亮出来。第二天一早乌丞相来到了水宫府，见敖景依然一蹶不振，困眼伤神，疲倦不已，心想是火候了。乌丞相开口说："卑职思虑一宿，始终以为不周全，现在讲来供您考虑。"乌丞相把厉害对策详细地讲述一遍，敖景听了拍手叫好，精神立即振作起来。让灶房备酒菜，他与乌丞相轻松快意地吃喝一顿。

李德昭夸官完毕，休息了一天，准备和师傅一起回雷音寺与众师兄告别，张天师也想庆贺一番，毕竟朝廷给了那么多钱，雷音寺要好好规划重建，这是光耀寺院的好时机。临行时丛尚书来送行，未及出行，朝廷传来圣旨。丛尚书赶紧让李德昭接旨，李德昭说："我又不懂那些礼数，有啥说来听吧！"传旨官只好念与他听，丛尚书听完解释说："皇上得到奏折，说关东一带雨没下起来，让李德昭前去看看，施点儿雨，解救那方百姓。"李德昭望望师傅，张天师说："既然百姓有灾，你还是快快去吧。一会儿我召集随同来的几位师兄弟与你见一面，算作话别吧，其他事以后再议。此去别忘了自己是干啥的，不能辜负百姓的真情期盼！"于是将众弟子召集到丛府大厅，张天师言简意赅，讲述了黑龙施雨受封，又要急于赶赴灾区施雨。众师兄弟含泪相送。李德昭给师傅跪地磕了三个响头，又拜别了丛师叔和几个师兄，自己一个人去了关东。

李德昭驾云赶赴关东，一路走一路查看，漫漫荒野满目荒凉，大风刮过，雾霾升腾，一时天昏地暗，房屋村舍，人迹萧条。水塘边、庙宇旁，成群成群的男女老幼跪地焚香求佛，祈盼甘霖。然而声音无力，不能震动天庭，每每无望而归。李德昭暗想：这几年敖景干什么去了呢？弄得到处少雨，连年大旱？说话间李德昭来到结雅河水宫府。

敖景得到禀报说："黑龙来了！"敖景出水宫府迎接。敖景将李德昭迎进水宫府议事堂，寒暄一阵子坐下。敖景令侍女唤来夏秀丽。李德昭见了恩人马上起身施礼，问候："夏娘娘好！"夏娘娘笑得合不拢嘴，眼盯着李德昭看，心中比较幼时李德昭与青少年李德昭的出脱之处。敖景见了心里纠结很不是滋味，不过脸上还是喜笑颜开。夏娘娘说："五六年不见了，李德昭出脱成另外一个人了。今天来了，就别走了，晚上给你接接风！"李德昭欲要开口说话。敖景说："既然你嫂子说了，就这么安排吧，客随主便！"李德昭无奈只得坐下。

李德昭想了解一下关东土壤墒情。敖景阻止说："见面咱们叙叙旧，勿谈政事，来日方长，慢慢再议。"李德昭只好闭口不语，待别人问一句作答一句。

接风宴会开始了，李德昭被安排坐在上首，敖景夏秀丽分坐两边，乌丞相坐在对面。桌子上面摆好了鱼蟹参蛎，还有山禽乌卵，鹿心猴脑；煮的幽香，拌的清淡，死的纹丝不动，活的血筋抽动。

敖景站起亲自满酒，然后深情地说："小弟幼时受伤，是我和夏秀丽日夜守候身边，喂药涂伤，屎一把尿一把地侍候，如今历历在目，你我早已是亲兄弟一般。此次回来想必是不走了，我和乌丞相商量，也给你盖个府邸，便于今后居住或做事。选在高处，盖得大些，不能比我这里差。明天就备料起建，十天半月把它拿下。"李德昭说："先不必了，这次回来看看，用不几日还要到别处勘察。我只想用心做点事，至于建个府邸，也没那么多讲究，能免就免了吧！将来有一定了，再随便建个住处也不迟。"乌丞相拦阻说："别别，建好备着，随时方便。"夏秀丽也劝："德昭，他俩既有那心思就建吧，早晚有个落脚地方还是好。"敖景说："看看，说今儿个不说政事，开头就扯上了。来吧，还是我来提议：如今德昭老弟学业有成，顶戴花翎回乡探亲，可喜可贺，作为我这个当大哥的得给贤弟接接风，请饮这杯酒吧，洗去你一路风尘。"敖景说罢，举杯相邀，一饮而尽。李德昭闻到杯中酒味刺鼻，料定此酒定与雷音寺、东海龙宫那酒质不同，属于俗酒类，索性只是举举杯子，并没有真喝。敖景见了假意不满："啧啧，看看，看看，回家了还假假咕咕的，赶快喝了吧。"李德昭解释说："三位，本人不胜酒力，从未沾过这酒，今日失陪了。"说罢，酒杯放置一边，补充说："你们三位好好畅饮吧！"敖景一看马上变调说："看来在外这么些年，师傅管教甚严，老弟未沾一点儿恶习。真是难得啊！"夏秀丽看情景有些尴尬，劝导说："德昭啊，我去给你倒杯水，他俩喝酒，你喝水，比画比画总还行吧？"李德昭无奈只好点点头。侍女忙去倒来一杯水。夏秀丽接过来亲自端给李德昭。李德昭双手接了杯子放在桌子上。敖景借势给李德昭夹了一片鹿心放在盘子里，劝说："尝尝这个，又鲜又嫩口感绝佳。"李德昭看看那还抽动的带血的肉，不知如何是好，呆呆地望着，吃也不是不吃也不是，样子十分为难。敖景心想：没啥了不起，这不过是个雏儿，看我如何对付他。主意打定，敖景站起来用筷子夹住鹿心就往李德昭嘴里塞。李德昭不肯吃，嘴唇却被敖景用筷子戳破了，鲜血和鹿血一齐淌了下来。夏秀丽见了立即叫侍女取来手巾，给李德昭擦嘴。李德昭夺过手巾说："不碍事，我自己来吧。"说罢，擦了几下放在桌子上。

乌丞相很是不快，心想：敖景啊敖景，你真是成事不足败事有余，事情没看到本质，自己本性就露出来了。乌丞相马上说："白龙爷，不管咋说德昭也是当今皇上御封的巡按，咱要亲近才是。"敖景谄笑着说："我还是玉帝亲封呢！天上地下谁大谁小还不知道？"乌丞相说："真的很难说，你看你是当地水事督首，人家李德昭是巡按五湖四海九江八河之都龙王，你说你俩谁大谁小？"敖景争讲说："我是天上来的，他是凡间生的，谁个为仙体不是一清二楚吗？人与仙根本不能比啊！"乌丞相也不相让，辩解说："李德昭虽是凡间生，但是他可是龙族血脉啊！"敖景也被击中要害，心想自己还不是龙族呢！随即笑嘻嘻地说："我是在开玩笑，德昭小弟不必当真，毕竟我还真是年长于你，是个大哥啊。"夏秀丽脸上露出愠怒，斥责说："大哥就应有个大哥样，也得尊重小弟呀？"敖景假意无所谓的样子，厚着脸皮说："看看，人家德昭老弟还没说什么，你俩反倒怪罪起我来了！"敖景回头看看李德昭，笑嘻嘻地说："德昭老弟，愚兄的玩笑有点大了，还望海涵。"

李德昭见状说："三位不要见怪，你们的话我根本没往心里去。连日劳作，着实有些困顿，我想找个地方休息一下，明天我再去完成任务。"李德昭说完起身走出水宫府，走了不远，看见土地佬姗姗走来，知他定是去水宫府，也就装作没看见径自去了。

敖景生气地站起来，望着李德昭远去的背影，脸色更白了。乌丞相添油加醋地说："建寺庙的事还办吗？"敖景果断地说："建！不仅建，还要加紧建！"乌丞相故作不解，又问："你这是咋了？还要替人家排忧解难啊？"敖景生气地说："想得倒美！我叫他自掘坟墓！你想：他这一去肯定是降雨，雨一下，人们种地的心情必然迫切。这当儿给他建府邸，农民必定气愤他怨恨他。李德昭无非是标榜自己为民做事，这工夫他与农民抢农时，农民还不掘他娘的坟啊！众怒难平，看他如何再继续待下去？"乌丞相拍手叫好："高！不愧是仙人，真是神机妙算！我怎么没想到呢？"夏秀丽一旁接过话茬讽刺说："那说明你没有敖景故弄！"敖景也不生气，笑了笑说："又到娘娘帮助李德昭的时候了。"

这时土地佬站在结雅河边，向水宫府门卫官喊话："那门卫听好，快进去禀告你家老爷：土地佬来了，门外等候。"门卫赶紧进府禀报。敖景心不在焉地说："让他进来！"土地佬进得府中，告诉说："庞老爷明天请你去一趟！"敖景问："何事？"土地佬回答："不知道，只是叫我来帮他传信请你。"敖景心里暗想：自打娟儿被我逼死，一直没与他来往，突然请我何事呢？一时捉摸不透，只好说："知道了，回去吧！"土地佬转身走了。

第二十五章　大闹员外府

晚饭后，刘二庚坐在家中心情沉重，家中的米袋子日渐空瘪，怕是支撑不到秋粮下来，地里庄稼因缺少雨水干旱得枯黄，想到来年的日子，不由得犯起愁来，按说凭自己和家人的拼搏，过上好日子应该不成问题，怎奈天不下雨不遂人愿，不管地侍候得如何好，可天就是不下雨，眼睁睁地看着揪心。这时来了几个邻居，个个垂头丧气，愁眉不展，愁苦万分。刘二庚让他们炕上坐下。老孙头望了一眼刘二庚，底气不足地说："二庚啊，你走南闯北的凡事都有个见识，人们都很服你，你又和庞员外处得不错，能不能帮我们说句可情话，求他高抬贵手把今年的地租减一点，帮咱们度过这个坎。哪管来年收成好咱再多交点也中啊！"几个人都眼巴巴地望着刘二庚。刘二庚一向讲义气，再加上也有同感，便一口应承说："明早去试试，凭咱们平时给他实打实凿出的那些力，怎么的庞员外也该给减点呀！"几个人看到了几分希望。第二天早饭后，刘二庚领人来到庞府，看门的家丁不让进，吵了起来。

庞有福在家独坐窗前品茗养神，忽听大门外吵吵嚷嚷，心中很是疑惑，正要唤人前去探个究竟，只见家丁慌慌张张跑了进来。未等问询，家丁报告："员外老爷，不好了，刘二庚与几个佃户闹着要跟老爷理论减免地租，赶他们不走，如何是好？"庞有福闻讯大怒，呵斥说："好个刘二庚，竟敢欺上家门与我理论，他配吗？我是何等人物？给我乱棍打出去！"家丁迅速走出屋门，喊了几个帮手，在院子里每人抄起一根镐棒，饿狼似的扑出大门外。院外一阵打骂哭叫之后，恢复了往日的平静。

刘二庚等人被打后回到家中，同几个伙伴商量说："这事，看样子咱们是说不上话了，沟通不上问题得不到解决，怎么办呢？"几个人都垂下了头，谁也拿不出个主意。过了一阵子，不得已刘二庚又试探地说："要不咱们去找张三顺试试？他在庞府极有人缘，能说上话。"几个同伙都很赞成，于是一起来找张三顺。

张三顺，四十来岁，家有婆娘和一个十二岁的女儿宝儿。张三顺孩时随父亲逃荒至关东，落脚龙门寨。父亲来后在庞府打工，因为身体健壮，干起活来一个顶三个，并且从不计较脏活累活、工钱多少，尽心尽力，活道精湛，干什么像什么。庞有福十分赏识，便叫进府中做勤杂工，工钱也多于干地里活计。张三顺的父亲感恩不尽，把十几岁的张三顺也叫来帮着干活，不要一分工钱。张三顺的父亲死后，张三顺留在庞府接父亲的活儿一直干到四十来岁。

张三顺听了刘二庚等人的陈述沉思片刻，抬起头说："二庚哥说得在理，我很同情。再说大家都是乡里乡亲的平日都有个照应，你们的事也是我的事，怎么好袖手旁观呢？要不明天早饭后，我领你们去见见员外，再求求他如何？"刘二庚说："那好，让老弟费心了。"说完刘二庚几个人走了。

张三顺女人觉得此事非同小可，一个出苦力的人在主子面前能有什么面子可言呢？她见人们走了，便忐忑不安地问男人说："宝儿爹，这事是你做的么？"张三顺说："都是苦命人，咋的咱也不能眼睁睁地看着人们饿得喊爹喊娘呀？能争一点儿是一点，帮着度过眼下饥荒。"女人摇摇头没再继续说下去。

第二天早晨吃完饭，张三顺领着刘二庚他们来到了庞府。家丁进屋报告说："员外爷，那些闹租子的人又来了，是张三顺领来的，要求见见您！"庞有福一听火冒三丈，蔑视说："他张三顺算个屌啊！竟敢来出我洋相。你们狠狠给我打回去！"大门外一阵棍棒声和吵骂哭叫声，好一阵才平静下来。

庞有福在屋里甚是恼火，闷闷不语，心中暗想：这次佃户闹事，已经有些日子，越闹人越多，硬打怕是平息不下，现在只有一个人若肯出手相助，才能息事宁人。这个人不是别人，就是敖景。敖景自从逼死娟儿再也不来了，以为真的是他弄死了娟儿，肯定对我怀有愧疚，自知欠我人情，我若请他肯定能来。庞有福想到这里心中踏实了一些。

天黑的时候，庞有福跪地磕头说："土地佬爷，请快快现身，替庞家行个方便。"那土地佬平日没少吃庞家香火，闻请必来。土地佬现身，庞有福磕头说："土地佬行个方便吧，我有急事想请敖景爷明天上午来家一趟。辛苦你了。"土地佬听了身子一晃土遁走了。

次日刚吃完早饭，庞有福坐在屋里愁眉不展，猜想那个敖景真的会听我调遣吗？若是不来，或是不肯出手相助，自己这个场面可怎么收拾啊？庞有福想到这里坐立不安，不时地摔打着屋里的东西。过了一阵子，侍女玲儿进屋禀报："老爷，敖景爷来了。"庞有福有些唐突，没料到来得这么快，慌忙说："快快请来。"侍女玲儿领着敖景进了客厅，庞有福见敖景步履轻盈，满脸笑容，忙起身相迎说："督首莫怪，老儿失迎了，快快这边请。"说罢，引敖景坐在左手红木靠椅上，令侍女玲儿茶水侍候。敖景坐定，望望右手坐着的庞有福，心里忐忑不安起来。庞有福坐下，看着敖景说："督首莫要在意小女之事，她命薄无福是命中注定，谁也改变不了，走了倒也了却一桩心事。"敖景心中暗下嘀咕：如此深仇大恨的冤家竟然还请上门来，这着实让敖景倍感意外；既然庞员外没有怀恨在心，那么自己还有什么好顾忌的呢？便欣有介事地问："庞老员外面色灰白，神情呆滞，是否身体有恙？"庞有福叹了一口气，满面委屈地回答说："这话难以启齿，让督首见笑了。"敖景追问："出了什么事？"庞有福说："督首大人，实不相瞒，这段时间有几个佃户来闹，说这几年年景不好，没有收成，要求免收地租子。您说不是无理取闹吗？如果免了，我的日子怎么过？不免就闹起来没完，不管你怎么苦口婆心地劝说也劝不回去。"庞有福垂下了头，哭丧着脸叹起气来。敖景见状知是求他救助，哪有不帮之理，装作很是同情，关心地问："不交地租，总得有点理由啊？"庞有福见问越发觉得委屈，理直气壮地说："他妈的，有什么理由？说天不下雨旱的，您听听，他们讲理不？这天不下雨，是我能管的吗？这不纯粹与我过不去吗？"敖景皱皱眉头问："挑头的叫什么？"庞有福说："是一个叫张三顺的老佃户。这个人呢，说起来倒也老实巴交，谁知道今年不知从哪学的，说什么'这是天降之灾，该是有难同当'，要求减免地租子。放他娘的屁，他是谁？我是谁？我怎么会与他同当？他妈的种我的地，就应该给我交租子，没得收成，谁让他种了，活该！"庞有福说得越发动气，太阳穴青筋暴跳，二目仇视如火喷出，嘴上骂骂唧唧说着脏话。敖景劝慰说："您老人家息怒，您也不值得为几个草民动这么大气，真要伤了身子太不值得。我看这么几个玩意也成不了气候，慢慢找个机会我去修理修理他们，保证以后不再找您的麻烦。"

两个人坐在客厅说得正投机，家丁走了进来，神色慌张地报告："老爷，不好了！那几个人又来了，手里都拿着勾杆铁齿，像是找茬寻事呢！"敖景一拍大腿，从红木靠椅上跃身站起来，大声说："来得正好，我去会会他们！"说罢，气势汹汹地奔了出去。庞府门外聚集了十几个衣着破烂土里土气的庄户人，个个怒气显露颜表，双目圆睁盯着大门。敖景出了大门，向台阶下扫了一眼，皱了一下眉头，大声喝问："你们这是干什么呀？青天白日持械前来，这不是蓄意寻衅斗殴吗？这是不行的，有什么事慢慢说，啊？"佃户们未曾见过敖景，见他衣冠楚楚，相貌堂堂，官员气质，便有些胆怯，怒气缓和了许多。张三顺上前一步走到台阶前面，余怒未息，回答说："这位爷未曾谋面，气质不俗，像个为官之人，必是官府上人。你问我们为何如此行事，我们这些农民实有冤屈，昨天我们来庞府理论减租，被庞员外令家丁棒打一顿，心里怨气实是难平。"说罢，张三顺挽起裤腿，露出几道紫色棒痕。其中另有几人也有挽起胳膊后背展示的，诉苦不迭。敖景微微一笑，故作怜悯地说："你们被打令人同情，但是打人者全系庞府家丁所为，与庞员外并无直接关系。话又说回来了，你们吵着找庞员外理论什么？"张三顺忍着气说："这几年天不下雨，地旱得颗粒无收，我们这些穷人本来就没积蓄，遇见灾年衣食无着，往后的日子不知如何度过。庞员外毕竟是大户，家底殷实，禁得起折腾，衣食不会受到影响。好年景我们不曾拖欠地租，大灾之年酌情给予减免，应在情理之中，可是庞员外一口咬定，分文不减。这不等于落井下石，让我们活活饿死吗？"敖景听了，冷笑说："哎呀，现在打架不是解决问题的办法，你们公说公有理，婆说婆有理，谁也难断，要想解决还得去衙门裁定。"张三顺说："我们穷人哪得进衙门，衙门是有钱人说话的地方，我们一不识字，二没有钱，三没底实人，那条道是我们走的吗？今天我们非要和他当面说说不可！"说着，一群人就往府里冲。敖景喝止说："本爷在此，谁敢胡闹！"人群中有人喊叫："管你是谁呢，不关你的事，赶快滚开！"敖景岂容这些，将手一挥一群人匍匐在地，个个满面泥土。敖景面目狰狞，众人爬起皆往后退。张三顺挥舞右拳，喊着："乡亲们，我们是找庞员外说事，不用管他，我们进去！"十个人冲向庞府大门。敖景身子堵在门口纹丝没动，见张三顺来到门前，伸手抓住，右腿一蹬，张三顺仰面朝天躺在地上一时动弹不得，脸上现出痛苦神情。庄子里来看热闹的人越聚越多，闹哄哄地议论纷纷。

庞有福将敖景拉进府里，摆上八仙桌，酒菜招待起来。大门外静了下来。张三顺一群人撤到离庞府很远的树林里，静静地坐在那里，个个一筹莫展。张三顺说："看来这个年轻人会点道法，一定是庞员外找来的，我们不是他的对手，要不咱们改日再来会庞员外？"刘二庚膀大腰圆有把力气，在老家练过拳脚，很不在意地说："他一个毛娃子有啥可惧，一会儿我来对付他，就他那两下花拳绣腿禁不住我这一掌。"说着，做了一个白猿探爪，又做了一个麻利的亮相，见大家都投以惊奇的目光，便欣然自得地坐下了。张三顺说："老兄还真有两下子，不过可别大意了，需留神才是。"见大家都点点头，张三顺又说："这回呀，咱们做打仗的准备，但是咱们不先动手，主要的还是把减租的理由讲出来，让乡亲们给咱们一个公道。"大家点头称是，都说："能减租子就行，目的是解决问题。"大家统一了意识，定好了对策，似乎又来了精神。张三顺看了大家一眼，也兴奋起来，大声说："走！咱们去见庞员外！"

庞有福和敖景正在客厅饮酒，院外面喊声大作，庞有福十分气恼，又显得有些无奈，低下眼皮喝了一口闷酒。敖景说："他们欺人太甚，目中无我，气杀我也！"敖景看了看庞有福那愁眉苦脸的酸样，献策说："我来助你，咱们如此这般……这般……"庞有福担心地问："这人命关天，怕是不妥吧？"敖景说："没关系，有我呢！"

庞有福和敖景密谋完毕，将酒桌摆在大门外的台阶上，二人对坐，喝了起来。张三顺看在眼里，心中很是疑惑：这老东西又在耍什么花样？这也不是喝酒的地方啊！是故意气我们呢？还是……他琢磨不透。他向庞有福发问："庞员外，我们弟兄的减租要求，请你给个答复！"庞有福瞥了张三顺一眼，慢声慢语地说："你们不是带家伙来的吗？还用我答复吗？赶快动手吧！"张三顺说："庞员外，你这话什么意思？"庞有福冷笑着说："什么意思？不明摆着吗？带着家伙来找茬，这不是武力威胁吗？"张三顺坦白地说："家伙是带了，但那是防备你叫人打我们，你不打我们，我们是不会用的。"庞员外反驳说："笑话，我何时打你了？刚才是你们与家丁吵架动的手，双方都有伤啊，怎么成了我打了你们。"对于庞有福的狡辩，张三顺没有心理准备，一时语塞了。庞有福冷笑说："说中了吧？乡里乡亲的，干嘛欺人太甚？今天，你们如果知趣，趁早回去，免得伤了邻里和气。"张三顺一群人都明白，庞有福这是在下战书。张三顺头脑转的很快，立即接上说："庞员外，你既念乡亲之情，就减了今年的地租子吧？给我们让开一条活路！"庞有福脸色沉了下来，斥责说："不是答复你们了吗？你们这么没完没了是不是找事啊？明白告诉你们：租子不免，愿咋的咋的！"人群骚动起来，有人吼叫着："你吃香喝辣，也得给我们点儿汤喝呀？"庞有福冷冷地说："我这也是挣来的，并不是天上掉下来的，给汤？连水都没有啊！要找，你们去找慈善会，他们会有施舍。"张三顺说："庞员外，如果再逼租子，我们可就没法活了，你应该看看我们的难处，我们不求翻身吧，也要求条活路啊！"庞有福瞪起眼睛，厉声说："收租子是兑现我们间的承诺，我也没多要啊？怎么说我往死里逼你们呢？说话要有天地良心，不能血口喷人。"张三顺说："这天灾也不能我们一头承担啊？遇有天灾，合理减免，这也是常理啊？"庞有福说："我这没有此说，我的地，不愿种明年可以不种，愿咋的咋的，别在我家门口闹腾！"

　　敖景一旁看不下眼了，呵斥说："你们这群无赖泼皮，赶快滚开，免得本爷不耐烦！"人们愣了一下。敖景似乎平静了些，又说，"你们嫌租子多？我跟你们说，你们有你们的想法，官家有官家的打算，实话对你们讲，这些日子，皇帝老子又给你们派来一位巡按，就是那个秃尾巴老李。说是来帮着施雨抗旱的，实际是要砸我的饭碗。这不昨晚逼我非得给他建个府邸！谁来建啊？还不是你们干吗？这种时候大家地种不上，心情都很焦躁，我能理解，可我也没办法，府邸不建不行啊！这事已经交给乌丞相去办，还望大家理解支持。"人群中刘二庚早已按捺不住，冲向前去骂骂叨叨地说："你算个什么东西，在这里多嘴多舌，我们现在连饭都没得吃，哪还有钱和人力去建什么府邸？站着说话不知腰疼。来，老子给你点颜色。"说罢，刘二庚怒不可遏，一个鹞子翻身，扑了上去。敖景坐在那里不慌不忙，见刘二庚如猛虎扑食一般扑来，站起身子右闪一步躲开，随即左手顺势一拨，刘二庚径直奔向大门，结结实实撞在大门柱上，顿时头颅崩裂，脑浆迸出，红白四溅，洒了一地，壮志未酬，当场气绝了。

　　张三顺去救刘二庚，被敖景一把揪住，喝令家丁捆了。敖景恶狠狠地说："出头的椽子先烂，今天咱们就拿你开刀，来个杀鸡儆猴，不给你们点颜色看看，你们也不知阎王老子有三只眼。家丁们，给我动手！"家丁把张三顺推到众人面前，将张三顺后背横放一条扁担，两只胳膊结结实实地绑在扁担上，又将他推倒仰面朝天躺在地上。一家丁手持牛筋长鞭走过来，其他家丁打开一个场子，行刑就开始了。家丁使鞭子狠狠抽打张三顺，鞭子落处，衣服飞起几片碎片，张三顺的身子同时情不自禁地抽搐一下。敖景举手令家丁停住，嘲讽地说："他不是个领头闹事的吗？英雄啊！来呀，给他头上钉上一朵大红花，让他风光一回！"说罢，顺手一捻，一朵红艳艳的大花拿在手上，"拿去给他钉上。"家丁把大红花钉在张三顺的脑门上，继续抽打。家丁打一下，问一句："让你翻身！让你翻身！翻啊？翻啊？看你还翻不翻了？咋不翻了？翻啊！翻啊！"一个家丁累了，换另一个上来，轮番抽打。庞有福望了众人一眼，大笑着说："怎么样？这就是与我为敌的下场，众位看好了，以后做事可要三思呀！"张三顺痛苦地躺在地上，浑身衣服破碎不堪，眼睛里射出仇视的光芒，气息慢慢地弱了下来。敖景和庞有福推杯换盏，谈笑风声，眼神不时地被家丁的呵斥声吸引过来，望一望复又转过身子，风采依然，谈笑不止，像是在看杀年猪。围观的人们惊愕不已，个个呆若木鸡。

张三顺的女人在厨房做活，眼皮突突一阵乱跳，心神有些慌张，用手将眼皮按了一会儿，松开时还是跳。她端起一盆泔水到大门外倒了，抬起头看见西院女人与她搭话。那女人说："嫂子，听说庞员外找来个异人，把顺子哥他们打了，全村人都去了，你也不去看看？"张三顺女人这才醒腔，急忙跑进屋子，放下盆子，对女儿说："宝儿，你好好看家，千万不要出去！我去看看你爹！"宝儿问："我爹咋了？"张三顺女人没有回答，跑出门去，直奔庞有福家。她远远地看见自己的男人已经躺在地上，疯了似的闯进人群，狼哇哇地叫着，披头散发，双手护面，呼天喊地地呼唤着张三顺的名字，其声惨烈悲壮，撕心裂肺。女人进得人群直接扑向仰面朝天躺在地上的张三顺。这时，家丁们也愣住了，停止了鞭打。女人趴在张三顺身上，呼唤着："宝儿她爹！宝儿她爹！你醒醒，你醒醒啊，你可不能走啊！"人们知道她是张三顺的女人。张三顺女人呼叫了一阵儿，见男人依然是奄奄一息，面色苍白，不省人事。猛抬头看见了庞有福，又扑到庞有福跟前，双膝跪下，鼻涕一把泪一把地仰视庞有福，哀求说："庞老爷，慈悲慈悲吧，宝儿她爹一时糊涂，冒犯了你老人家，我给你磕头了，求你放他一条生路吧！"庞有福嘿嘿一笑说："这是他冒犯天规，祸从天降，我也没有办法救他。"张三顺女人又哀求说："老爷，你大仁大义，行行好吧，替他说句话总还做得到啊！就给说一句吧！"庞有福转过身去，置之不理，若无其事。敖景喝令家丁继续抽打，家丁也不怠慢，轮鞭便打，鞭落处布花纷飞。张三顺女人复又转身趴在男人身上，力图保护张三顺，无奈鞭子落在她的身上、脸上、腿上、手上。突然，她跑上台阶，敖景以为她又去哀求庞有福，没有提防，女人弯腰向敖景的胳膊狠狠地咬了一口，疼的敖景嗷嗷乱叫。敖景左手抓住女人的脖子，用力摔向台阶下，张三顺女人当即气绝身亡。

这时，一个十多岁的女孩哭着跑来，人们认出她是张三顺的独生女儿宝儿。众人闪开一条通道，宝儿看见父母都躺在地上，面目全非，母亲已没了气息，便号啕大哭起来，爹一声，娘一声地呼叫，顿时哭得声嘶力竭，死去活来。"宝儿"，宝儿迷蒙中听到爹在叫她，急忙蹲在爹的面前，张三顺睁开眼睛，看着女儿问："宝儿，你到这里做什么？赶快走吧！他们不会放过你呀，宝儿，听话，快走吧！"宝儿听了爹的话，还是舍不得离开，犹犹豫豫地还想看爹妈几眼。这时围观的人中，有人赶忙过来扶她起来，向外走去。敖景端详宝儿甚是好看：匀称修长的身段，走起路来英姿矫健；一张圆圆的脸蛋儿，胖乎乎的，稚嫩白皙；水灵灵茸嘟嘟一双大眼，又黑又亮；鼻梁挺秀，皓齿薄唇，虽是哭喊，腮上两侧的酒窝越发显露天真活泼。敖景令家丁将宝儿抓回，走上前用手抚摸宝儿的秀发，冷笑着说："这么好看的小姑娘，怎么能溜呢？来，给她弄朵花戴上！"伸手不知从何处弄来一朵红花，让家丁用钉子钉在宝儿头顶。家丁犹豫一下，庞有福说："乡亲们都在场，这样未免太残忍了吧？"敖景一立亮眼睛，冷笑说："这不都是为了你好吗？我为所欲为，谈何残忍。"示意家丁赶快钉。两个家丁扯住宝儿两只胳膊，一个家丁用铁锤子往宝儿头上钉花。宝儿咬着牙，嘴角流着血说："就是到了阴曹地府我也要偿还这笔血债，即使我不能打死你，也要摘去你一只眼睛！"她拼命挣扎昏了过去，被放倒在地上，鲜血浸到脸上，腮帮煽动得一下比一下无力，终于停止了呼吸。敖景笑着说："太好看了！太好看了！谁还想戴？谁还敢赛脸臭美？"这一问不要紧，人们忽地一下闪出好远，木愣愣地站在那里，一个喘大气的人都没有，只有泪水在眼眶里滴淌。有人看不下去，想走掉，不知为什么却走不出那块地方。

张三顺感觉到宝儿已经死了，眼泪禁不住涌了出来。他想：自己一家人为这次减租事件付出了代价，他不后悔，却感到羞愧，自己太幼稚了，向恶棍乞怜能得到什么呢？他努力地睁开眼睛，发现庄子里的人差不多都来了，这是一次机会，他要借这种场合揭穿庞老贼，让人们认清老贼的蛇蝎面目。尽管他运足了浑身力气，声音依然显得十分微弱。但是，人们还是清晰地听到："乡亲们，大家都看清了吧？我们减租是合理要求，遭到了庞老贼的残酷报复。老贼在我们庄子里，盘剥佃户，欺男霸女，借助权势，横行乡里，实是作恶多端，罪不可赦。今天又倚仗妖人残害百姓，就说我家吧，他有怨恨，可以冲我来啊？我家宝儿才十二岁，招他惹他了，竟也惨死在他们手中。老贼这是要把我们欺压到地狱里去呀！他要不死，咱们没得好啊！"张三顺越激动声音越小，几乎听不见了。庞有福被骂得恼羞成怒，叫家丁抬来一扇石磨，重重地压在张三顺的前胸。他冲着人群恶狠狠地说："他不说我压迫他了吗？这回我真他妈的给他压上块大石头，让他痛快痛快！"不一会儿，张三顺口喷鲜血气绝身亡。

第二十六章　秀丽救宝儿

庞府门前俄而之间断送了四条性命，庞有福似乎了却了仇恨。他脸上露出奸笑，对乡亲们说："乡亲们哪，这是张三顺欺我太甚的下场。你们和他不一样，今后，咱们兄弟爷们好好处，我保证大家有求必应，决不亏待大家。"说罢，转身和敖景进大门去了。人们终于辨出他的真实面目，平日他的温文尔雅、养尊处优的博大形象被揭去了面纱，伪装不成了，彻底露出了狡诈暴虐的嘴脸。张三顺给庞家扛了二十多年的活，无论田里院里样样活计百依百顺，宁可身受苦，也不让脸上热，对庞家可算是兢兢业业，如今却换来这个结果。人们散去了。也有一些人为张三顺叫冤，敬佩他、同情他，自发地将张三顺一家三口和刘二庚的尸首收拾起来，分别抬到他们家中，准备安葬事宜。

敖景帮助庞有福镇压了闹减租的佃户。庞有福感恩不尽，定要敖景留住几日，酒肉盛情款待之外，还从外地招来了三个烟花女子。这三个女子不仅青春当年，且如花似玉，肤色白皙。个个极尽风花雪月之事，喜得敖景神魂飞荡，终日与三女子缠绵不休，哪还顾得上水宫府啊，也早已把夏秀丽忘到九霄云外去了。若不是体力不支，怕是永无休止了。第四天了，敖景起来去屋外方便，发现自己的铳枪红紫紫、鼓胀胀，一摸疼痛难忍。他知道不好，便提着裤子找到庞有福，讨问如何是好？庞有福见了先是一惊，转而笑着说："原本以为你这家伙是金浇铁铸，不想与凡间并无不同，想来解法亦无两样。"说完，让家人请来郎中。郎中来后给敖景检查一番，告诫说："此病若早治，并无大碍。如果玩若以往，性命难保了。"庞有福说："少说废话，让你来即是为了医病！快说如何可治。"郎中从背箱中取出六包小药，递给庞有福，嘱咐说："连吃三天，每日两次。切记：服药期间再不可近女色了。"说完也未讨钱，扬长而去了。

三个烟花女子也是立不合裆，行不直背了。庞有福给她们些银圆，放其回乡了。三天后敖景病情痊愈，辞别了庞家回了水宫府。

当天，夏秀丽坐在龙书案边等候敖景，直坐到月落檐头东方欲晓，觉得身子困倦进内室和衣在床。她渐渐地进入一个梦境：只见太上老君头戴东坡巾，满头雪发银须，身穿白色镶袍，足蹬黑底灰靴，手中摇动拂尘，飘然来到床前。厉声问："夏姑娘，本座有一事令你完成。今日那白龙助纣为虐杀害四人，其中有一女童名唤宝儿，年方一十二岁。宝儿原是仙宫侍女虹儿，只因孙猴子大闹蟠桃会，西王母娘娘责怪她看守失职，贬到凡间投胎生在农民张氏之家。敖景用魔钉红花将她害死，日后有替天行道之功。此事触怒玉帝，欲撤敖景助敖广行风布雨之职，贬入沟泡为鱼，永世不得变化。我料敖广眼下尚无祠递，诸仙年迈不肯辛劳，敖景尚可姑息使用，便出面说以利害，玉帝勉强应诺暂不追责。今日午时，兴凯湖东岸，有一俄族老翁垂钓，你假作红鲤鱼咬绳不咬钩上岸跳下立地为人。他便会教你如何去做，切记，不可懈怠！"说罢，手中拂尘一摇，无了踪影。

夏秀丽睡梦中，被太上老君嘱咐一番，朦朦胧胧醒转过来，揉揉双眼睁开一看已是日至中天。她急忙轻装锦衣，跃出河面，踏彩云朝兴凯湖东岸飞去。不多时到了东岸，果然看见一位老者，头戴草笠，灰衣灰裤，白色发卷溢于帽外。老者坐在马扎上，手握鱼竿，遥望远方，神态怡然。夏秀丽落入湖里，变化一条红鲤鱼，游向那老者，看见那鱼竿上的线绳并无鱼钩，便咬住线绳摇动。老者收竿，觉得沉重，用力上拉，见线上咬有一条红鲤鱼，欲用手去抓，不想那鱼却不见了。夏秀丽身子一晃落在老者身后，笑声朗朗地说："信教之徒不得杀生，你却在这里垂钓，是何道理？"

老者撅起卷毛胡须，质问："你是何人？这等戏耍于我，罪过啊罪过。"夏秀丽回答说："我是管这湖的，我不责你，你却动气起来，真个蛮不讲理！"老者说："这么说你就是夏秀丽娘娘了？"夏秀丽惊讶地问："你如何知道？"老者笑着说："这里的事，没有我不知道的。我叫耶律科夫，有个老头让我在这里候你，已有两个时辰，你方姗姗来迟，疑有不情愿之意。既如此，我且走了。"说着，扭身便走，欲离地而飞。夏秀丽眼疾手快，伸手扯住耶律科夫的衣襟没能止住却被他带飞起来。夏秀丽要把事情说明，耶律科夫只是不听，一直往东边飘飞不停。

大约有一个时辰，他们来至一座教堂。耶律科夫落到大门前，轻轻咳了一声。教堂里走出四个灰衣灰裤，头戴灰色无檐帽，年轻白皙的女教徒。四个女徒一齐右手抬至颌下，躬身先向夏秀丽施了一礼，口中讲些什么。夏秀丽也没听明白，只是善意地笑笑。这时，耶律科夫微笑着说："请吧，夏娘娘！"说着，平伸右手，示意夏秀丽先过门槛。

走进大堂，耶律科夫问："你喊着叫着，要和我说什么事？"夏秀丽听了不免有些生气，责怪说："用这长工夫，走这远的路，才许说，多误事啊！"夏秀丽还想说什么。耶律科夫得意地说："我告诉你了，这里的事没有我不知道的！"说完，吩咐四个女徒带路，让夏秀丽跟着，自己走在后边。她们一起来至女徒的居室。夏秀丽觉得这里比不得她的水宫府，室内摆了四张木床，一样的灰色被子灰色床单，但是，洁净规整，摆放一致。临窗右手床上似乎躺着一个人，被灰色新床单盖着一动不动。耶律科夫用方言说话。四个女徒一起上前一人拽一个床单角，抬有一尺高，平移到另一张床上。床上露出一个女童，面色灰灰，头戴红花，双眼紧闭，没有一点声息。夏秀丽猜中，却不肯说出，便问："这是谁呀？她怎么了？为什么躺在这里？"耶律科夫不慌不忙地说："这就是你要找的人，她叫张宝儿。"

宝儿也许还有感知，"哎呀！妈呀！"微弱地叫了一声。

夏秀丽急切地说："师爷，赶紧把她治过来呀！"耶律科夫不慌不忙地说："此人的病，不是现在咱俩所能医治的。她有七天活路，治她来得及。只是你还要费些心计。"夏秀丽眨巴眨巴眼睛疑惑地问："我能为她做些什么？"

耶律科夫说："当时太上老君叫我把宝儿摄到这里，就是要敖景料想不到宝儿会在异邦，不能继续加害。宝儿是异术所害，尚需异术来解治。因此，你必须从敖景那里学来解术。这事，别人办不到！"夏秀丽自知推卸不得，必须抓紧，即刻辞别了耶律科夫离开了教堂，踏上彩云赶回水宫府去了。

夏秀丽等了五天，仍不见敖景回来，心中焦虑万分。第六天一早继续到处寻逛，巴不得掘地三尺把个敖景找回来。这一日，夏秀丽刚刚巡游回来，按下云头，走进水宫府。敖景紧跟着也走了进来，正色质问："你神色慌张，做什么去了？"夏秀丽回答说："寻觅。"敖景追问："寻觅什么？"夏秀丽冷冷地说："别人不拿我当回事，可我得拿别人当回事啊！整日孤独一人，闷在府里，无聊无趣，适才出去沿河寻觅了一圈，亦是想解解抑郁。回来匆忙，故气虚短促一些。"她看了一眼敖景，又问："相公有何公事，连番六日不得回府？是不是家花不采，非得要采野花啊？"敖景被她数落得有些尴尬，一时递不上报单，甚至不明白家花野花是什么。他脸红了一阵，抬头望着夏秀丽，试探地问："什么是家花？野花又指什么呀？"夏秀丽不知他是故意假装，还是真的不懂，赌气地说："我就是家花，外边沾的女人就是野花！"敖景听后大笑，醒悟地说："原来这样。我不是答应你不寻外面的女人吗？"夏秀丽生气地说："那还有准，谁又没盯着你！咋样自己不知道，故意蒙别人傻呀！"敖景见自己理论不过她，急不可耐地说了一句："那我也给你采一枝野花！"说罢，右手一捻，一朵鲜红的大花举在手里，"给，你拿着，也有野花了吧？"夏秀丽见那花红艳艳水灵灵，散发着扑鼻的香气，与张宝儿头上那朵有些相似，现出十分喜爱的样子，两只手举在头上就要戴。唬得敖景跳了起来，赶紧上前制止说："住手！千万戴不得，戴了命就没了。"夏秀丽一哆嗦，将花丢在地上，愣愣地望着敖景，恐惧而又委屈地喃喃地说："和着你要害死我啊！"说着，泪水滴滴答答地从秀气的脸颊淌了下来。俗语讲：最打动男人的，莫过于女人泪。敖景见夏秀丽动了真情，解释说："夫人想到哪里去了！我怎么会怀有害你之心呢？喜欢还喜欢不过来呢！"夏秀丽抽抽搭搭地说："还说没有，我咋不知道你有这一手？将来你烦了，说不定就给我用上了，我就只有一死了!"敖景解释说:"以前学过,但是从未用过。前几日在庞员外家弹压匪患,偶尔记起,演示了两回,果然厉害。"敖景见夏秀丽止了泪水,一时兴起,显摆说:"我来教你如何变化,如何化解。"手把手教了夏秀丽两遍,停下手问:"如何?不必担心了吧!"夏秀丽开心地笑了。

敖景见夏秀丽高兴起来,坦诚地说:"这个地方是小了点,憋屈。哪天找乌丞相商量商量,咱们搬到大东海去,那里天高海阔,人气也旺盛,自比这个结雅河胜上几筹。不行的话,咱与敖广那老儿当回邻居,气气他也好。"夏秀丽抿嘴一笑,娇滴滴地说:"不许你瞎说,难道你现在还不知道给谁当奴才吗?跟李德昭较量还觉不行,还要斗到水晶宫去,你也太不自量力了。"敖景不服,继续说:"如今世道变了,啥叫不自量力,有钱有势,日头也能从西向东走了。"夏秀丽撇嘴说:"满嘴一派胡言!"

第二天吃完早饭,敖景对夏秀丽说:"这几天还要去摩尔根,和那里的部落头领说说给李德昭修建龙王庙的事。"夏秀丽夸赞说:"这还行,真的说了就做起来,才现诚意。"敖景听了满心欢喜,抱抱夏秀丽就走了。

夏秀丽一个人坐在卧室里等候,心想:事自天成,解法竟如此顺利得到了。于是高兴得不得了,大约有半个时辰,估摸敖景已走得很远。她才简单地打扮了一下,出了水宫府,踏上彩云直奔兴凯湖东部的异邦教堂去了。夏秀丽心中着急,暗算时限快到了,再出点差错时间就来不及了。她想着便加快了脚步,正行进间,忽然撞见敖景和乌丞相迎面飘来,唬了一个趔趄差点落下湖去。乌丞相见夏秀丽形色惶惶,忙问:"娘娘何事这么慌张?"夏秀丽宛然一笑,卖俏似的说:"闲游,昨日与相公学得一技,想寻个农家偷偷试试。不想才出来,便遇见你们,故惊骇不已。"乌丞相问:"娘娘学得什么异术?学来卑职看看。"敖景怕乌丞相真的学了去,借词说:"她闲着没事,教她些许杂耍,咱走咱的,让她自行耍去。"两个快速奔往墨尔根去了。

夏秀丽绕湖一圈,知道那两个东西已走得无踪影,心里踏实许多,径直奔往教堂。耶律科夫并四个女徒正守护在宝儿床边,焦虑地等待着,见夏秀丽走进来,赶紧围了过来。耶律科夫问:"事情如何?"夏秀丽笑了笑说:"把宝儿盖的床单掀去。"四个女徒立即掀去床单。

夏秀丽走近宝儿床边,伸手摸了摸宝儿的脸蛋儿,仔细地查看了那朵红花。她默默地静了一会儿,然后便使用敖景教给她的雌雄花蕊相吸法:口念咒语,右手一捻现出一朵大红花,随即将花贴在宝儿头顶的花上,静不作声。宝儿钉的是一朵雌花,夏秀丽拿的是一朵雄花,花蕊相贴,异性相吸。不一会儿,宝儿头上钉子融化,花瓣残落,灵魂附体,阳气归元。只听宝儿高叫一声:"啊呀,疼死我了!"随即睁开眼睛,环视四周,竟无一人相识。宝儿起身坐立,惊惧地问:"这是什么地方?你们都是什么人?"

夏秀丽说:"你不要问了,眼下说了你也不知道,以后自然会明白的。"

耶律科夫拿出一粒仙丹，让女徒帮宝儿服了下去。宝儿即时恢复原状，茫然发问："我爹爹和娘呢？"夏秀丽又说："过去的事，且忘却了。现在我送你寻个去处。"宝儿执拗不肯，非要见爹娘不可。耶律科夫近前抚慰说："孩子，其孝可嘉，眼下你要自保，日后才能替爹娘报仇啊！"宝儿见耶律科夫态度可亲，知是善意，也就放弃要求，下地随夏秀丽走了。宝儿识大体，知道这些人对自己有恩，出门跪倒，向五位异邦人拜谢。耶律科夫上前扶起，挥手相送。

夏秀丽拉住宝儿，踏上彩云径直向凤凰山青鸾斗阙奔去。来到凤凰山，二人落下云头，停在青鸾斗阙洞口，二人兴奋不已。宝儿初离关东荒野，更是二目瞪圆，只听得有妙龄女子的歌声传来：白云恋山岫，涧水谷底流；松柏参天立，红杉掩径幽。茸草翠溢香，蟠桃光如油；天上仙鹤飞，林中鹿儿走。瑞气映天照，五彩辉九州；来此灵福地，一生别无求。

二人欣赏得流连忘返，见一女童儿走将过来。夏秀丽上前施礼，请求说："烦姐姐通报，夏秀丽与宝儿求见。"不一会儿女童返回，招呼说："公主有请！"夏秀丽与宝儿走进厅堂说明了来意。龙吉公主说："太上老君已与本座说明，照办无疑！"夏秀丽将宝儿拽到龙吉公主面前，对宝儿说："宝儿，这位就是凤凰山青鸾斗阙洞主龙吉公主，从今以后她就是你的师傅了。快拜见师父！"宝儿跪地拜谢龙吉公主，口称："仙师在上，宝儿谨遵教诲，勤厉图进，不负师尊惠泽。"龙吉公主见宝儿聪颖刚毅很是高兴，令她起身旁立，又对夏秀丽说："夏娘娘与敖景虽是夫妻各自心志不同，你心地向善必有好报。"夏秀丽笑笑，谢了龙吉公主离开了凤凰山。

夏秀丽返回结雅河水宫府已是中午时分，见敖景还没回来，心情平静了许多，又坐在床上等待敖景回来。

这一日，敖景终于拖着疲乏困倦的身子回来了。夏秀丽问他干啥去了，又是这么些天不回家？敖景很不耐烦，只说是和乌丞相一起张罗建府邸去了，说完一头扎到床上睡着了。

第二十七章　初会刘河悍

那日，李德昭一气离开了接风宴席，走出水宫府来到旷野中，夜色灰灰一片茫然，到哪去呢？一时没了主意。他感到自己被人无端地愚弄和戏耍了，觉得受到了莫大的耻辱和凌虐。他很想再冲进去狠狠地教训教训他们，然而其中还有夏秀丽，那毕竟是为自己疗伤的恩人啊！怎么好当人家的面耍起蛮横呢？他感到从未有过的窝火和愤懑、失落和惆怅，心中的积郁如何才能发泄出去呢？于是情不自禁地奋力喊了一句："哎呀我的娘啊，这可如何是好呀！"李德昭的喊叫声在远处有轻轻的回响，那声音像是娘的呼唤。他猛然想到了娘，何不去她那里待会儿呢？于是腾空直奔福庆山去了。

李德昭来到福庆山，幽幽夜色，满目苍凉，顿觉喉咙哽咽，不禁失声痛哭起来。他伏到娘的坟上，凄婉地说："娘啊，孩儿又来看您了……"他多么想念自己的娘啊，他记得自己饿了的时候，跑向娘的面前，娘用温馨的笑脸迎接他，用温柔的双手抱起他，娘的怀抱就是生命的摇篮；他记得自己受到别人的白眼或是呵斥欺负的时候，跑向娘的身边，娘用呵护的眼神和有力的臂膀护着他，娘的身边就是安全的港湾；他记得自己躺卧娘的怀中，咽食娘亲甘醇的乳汁，聆听娘亲的谆谆教诲，娘的智慧就是哺育心灵的导师。他想着内心踏实了许多，想着想着心中有了依赖，想着想着，渐渐地他睡着了。

朦胧中，李德昭一个人孤零零地站在小岛上，目光无助地望着海的那一边。不知望了多久，他开始倦怠了，坐下来准备休息一下。忽然发现不远的地方驶来一条帆船。船儿不大，风帆在船上摆动，行进速度很慢。船上有两个上了年纪的人，都戴着斗笠，一个执帆，一个掌舵，配合十分默契。小船靠近岸边了，舵手问："客官，需要帮助吗？"李德昭祈盼已久了，巴不得有条船来帮助自己离开这个孤独的世界。他兴奋地说："感好了，正在为到海的那边犯愁呢！"舵手将小船在岸边停靠好，问他说："客官准备去哪里呀？"李德昭跨上船一边寻找坐的地方，一边回答说："蓬莱阁。"舵手说："你就坐在我站的这个船舱上吧，稳当些。"李德昭听从舵手的安排，在船的后舱盖上坐下来。

小帆船又开航了，那船帆像是很给力，船速渐渐地快了起来。行驶了一段时间，天空被乌云遮挡了，而且云彩越积越浓，甚至连颜色也都变得越来越黑了。海面上刮起了大风，不一会儿雨点噼噼啪啪地打到船上，大风卷着雨水从天上浇了下来。

小船开始在狂风暴雨中行进，舵手不时急切地向执帆的人发布号令："左拉！左放！快右拉！再拉！放，再放！"小船在狂风中稳稳前行。舵手眼急手快，一边发布命令，一边恰到好处地推拉舵杆。"拉起满篷！快松开拉绳！拉起！放开！"执帆人似乎知道什么样情况下舵手会发出什么样的命令。小船在惊涛骇浪中颠簸驶进。面对帆船失控的危险，舵手冷静而又自信，缓如抚琴，快如闪电，快慢恰到好处，就像在打太极拳，一招一式到位有效。执帆人配合默契，见风使帆，保证小船动力。小船在漩涡逆流中漂泊行进。快近岸边了，船行比较缓慢。舵手准确地辨认着前方涌浪过后的暗礁，浊水泛起的浅滩，小船在暗礁浅滩中爬行。

面对一幕幕的惊险画面，李德昭有些目瞪口呆。他被船工的努力和舵手的机智所折服，这不是人生的哲理和动力吗？面对困难就应该学习他们啊！想到这里，他周身热血沸腾，对未来充满了信心。

李德昭想着，当他再抬眼的时候，眼前的一幕让他惊呆了。船上的两位老人不见了，使船的两个都是三十岁左右的壮年人，而且那位舵手还是个女的。只见她：年龄不到三十岁，面容白皙红润，鹅蛋似的脸型，大眼睛，细眉毛，高鼻梁，口若含糖，唇红齿白；神情淡定，饱含炎凉。上身穿灰色短袖布衫，下身穿淡蓝色长裤，虽然不是新衣，却是干净得体；脚上穿着布鞋，英姿矗立。李德昭认出来了，这不是娘吗？

李德昭这时才返过劲来，立马站起来跑向那个女人，叫着："娘，娘，是娘啊！"二人拥抱在一起。过了好一会儿，娘问他："孩儿呀，你咋突然到这来了？在远处，我一见你黑不溜秋的，猜想一定是你，到了跟前，果然不差。你在做啥呢，神情恍惚的样子？"

李德昭没有回答。娘也冷静下来，严肃地说："娘不管你遇到了什么事？都不应该呈现这种状态！人生困难、挫折、生死都是必须面对的，必须有个好的心态，这就是什么都不要畏惧，凭借自己的智慧和本事去应对，不屈不挠，坚持拼搏。孩儿啊，你要静悟人生立大志，溥佑惠民做好人啊！"

李德昭静静地听着娘的倾诉，身上像注入了万股活力，又觉得很是惭愧，立即跪地磕头，发誓说："孩儿软弱，不及娘亲坚强。孩儿一定要牢记娘的教诲，以娘为榜样，矢志不移，终生效力天下苍生。"

娘听了，欣慰地笑着说："观音菩萨托梦，说她点化了一个草民，独自在一个小岛上，让我和你爹以实际行动来感化感化他。不想这个人就是你老黑！怎么样，我和你爹爹做得还行吧？"娘也不等黑龙回答，又说，"来，见过你爹爹！"李德昭抬起头一看，果然是砍断自己尾巴的那个人，欲要发怒，被娘阻止住。娘重复说："见过你爹爹！"李德昭见娘这般坚持，如果不相认，怕伤了娘的心，只好站在那里向李憨笑着点了点头。李憨也是酣然一笑。娘见这光景也就认可了。

李德昭回过头来看娘，娘亲不见了，又去看爹爹，爹爹也不见了，再一看大海和小船也不见了。他眼眶中热泪流淌，连声呼喊："娘！娘啊！娘！"李德昭醒了，原来自己趴在娘的坟上做了一个梦。不过，虽然是个梦境，他还是领悟到梦中娘的一番言语，这言语是真是假莫论，确实让他懂得了一些人生道理。

李德昭站起身，抖擞一下精神，又跪在地上给娘磕了三个头。晨光中，李德昭发现娘的坟头上压了几张黄纸，再一看身边土地上有几堆烧过的纸灰，一定是有人来过，自己没有亲属在此地，会是谁在年节之际来上坟祭奠呢？于是他闭上眼睛，眼前出现一个模糊的身影，形似南河寨的张子善。李德昭心里明白了，然后站起，毅然离开了福庆山，沿结雅河往下游勘查。

天亮的时候，李德昭发现结雅河南岸有一个村舍，村边有一块耕地，一位老汉赶着牛儿正在犁地。李德昭摇身一变恢复了人身，悄然走到老汉身边，躬身施礼，和蔼地问："老人家，您是庄里的人吗？"老汉止住脚步，上下打量着李德昭，见他黑不溜秋的模样，有些好奇，反问说："这么早，这是打哪里来啊？"李德昭笑笑说："我打上游来。"老汉问："你打听庄子干什么？找谁呀？"李德昭说："老人家，我不是特意来找人的，只是行了一夜的路，找点东西充充饥。"老汉又一次打量了李德昭一回，放下犁具和老牛，便同他进了村子。小村不是很大能有几十户人家，不过一户大院倒很别致，厅堂楼阁，座座讲究。老汉领着李德昭径直来到门外，正巧院里有位大汉，有五十岁左右，独自一人打扫庭院。老汉向李德昭介绍说："这是刘员外家，名叫刘河悍。刘员外可是个好人啊，你若有事尽管说与他，他定会帮助你的。"说话间，他们进了院子。刘河悍抬眼见有生人一早来访，直起身子，停下手中活计，仔细打量来人。只见他：高高的个头，壮实而不肥胖，上身穿青布衣，下身穿青布裤，青带绷小腿，脚蹬青云靴。头扎黑色逍遥巾，长方黑脸，天庭饱满，黑眼珠又大又亮，目光格外犀利。看样子年岁不是很大，黝黑的脸上满是稚气，估计应该是个孩子。刘河悍初见李德昭眼睛一亮，吃了一惊，不免揣测到一些端倪。他显得很是好客，将李德昭让到客厅，亲自倒水沏茶招待客人。二人坐好，刘河悍微笑着问："客官从何处来？"李德昭犹豫了一下，回答说："我从摩尔根来，走了一夜的路，腹中饥饿，故上门打扰。"刘河悍说："我看你神态非凡，定是做大事之人，缘何弄得没了饭局？"李德昭说："刘员外抬爱，我非你想象那种人，刚来此地，人地两生，没什么大事可为，只是各方走走看看而已。"刘河悍越听心里越糊涂，随之他计上心来，便说："客官慢等，我去让家人给你弄些吃的来。"刘河悍走进后屋，唤来女儿刘兰梅，让她以送饭为名，诈出客人真实来意。调皮的刘兰梅一口应承下来。

刘兰梅是刘河悍唯一的女儿，十一二岁，乖巧聪颖，思维敏捷，做事干练，天生绝技能听得千里之外人声细语。刘兰梅进厨房将早餐盛了几碗，放入托盘，端到客厅，放在桌子上，请客人就餐。

　　李德昭见这位业务不够娴熟的女孩，饭菜从托盘中取出又一碗一碟地摆放到桌子上，不觉感到好奇，忙起身与刘兰梅打招呼："姐姐辛苦，多有打扰，让你受累了！"谁知刘兰梅本能地张了张嘴想说什么，却没有发出声来。不过，刘兰梅应对快速，左手抬起摆了摆，脸上现出笑容，眼神中满是热情。她见李德昭站立不动，随之左手放置颔下作端碗状，嘴唇随之张开，右手随之做出往嘴里扒饭的动作，眼中充满了真诚的恳求。李德昭立即明白女人是让自己吃饭，于是在桌边坐下，拿起筷子吃了起来。

　　刘兰梅也很奇怪，为什么自己见了这位客人就顿失了言语？不能与客人沟通了。只能用手势比画，用面部表情和动作交流，总之一眨眼、一紧鼻、一努嘴、一点头，双方都会心知肚明了。李德昭猜想可能这个女人有语言障碍，但是知道她能听懂自己的话，便一边吃一边问："大姐芳年几何？"刘兰梅右手抬起攥起拳头，左手掌举起伸出一个手指。李德昭问："十一岁？"刘兰梅欢快地点点头。李德昭又问，"读过书吗？"刘兰梅很快点点头，怕他没明白又用手做握笔状，平着在左手掌上画了几下。接着左手抱琴，右手弹拨。李德昭被她弄笑了，夸赞说："喔喔，还会弹琴！"刘兰梅马上拍拍手，喜得不得了。

　　刘兰梅想起爹爹的委托，便一本正经的张开口，左右手在胸前比画了几下，眼神中充满了期待。李德昭问："你是问我是干什么的吗？"刘兰梅马上伸出右手大拇指，高兴得直点头。李德昭迟疑了一下，心想：告诉她呢？还是不告诉她呢？看着女人满眼期待，又不好拒绝，索性站起身，双手举起向天空画了一个大圈圈，口中呜呜哗哗作响。刘兰梅眼睛马上长长了，右手五指从上向下一下比一下快速，双脚紧踩，又弯下腰挽起裤脚，然后站直身子，惊奇地望着李德昭。刘兰梅望着越发紧张，突然跑了出去。

　　刘兰梅回屋见爹爹，将自己与李德昭的交流情况诉说了一遍。刘河悍更是诧异。只好自己到客厅看个究竟。桌子上家人的早餐，很快被新来的客人吃光了。刘河悍问："客官，吃饱了吗？"李德昭回答："尚有几分饱意了。"刘河悍说："客官不必着急，即是管饭岂有不饱食之理，待我去灶房安排厨子再做一些就是了。"刘河悍径直去了灶房，安排厨子蒸了两大屉白馍。不一会儿就送上来了。

　　李德昭三下五除二，很快又吃了下去。刘河悍一旁看见，唬了一身冷汗。这人年纪轻轻的，饭量如此惊人，此人非等闲之辈啊！他真的能下雨吗？

　　李德昭吃完，见刘河悍有不解之意，便问："刘员外，今日饭后有何公干？"刘河悍随口回答："想去开一块地，多种些粮食。"李德昭说："刘员外，不必亲自辛劳，我去去就回。"说罢，出门走了。近晌十分，李德昭又回来了，说土地已经开好。刘河悍很是奇怪，随同李德昭一起来到山上，果然有十几垧耕地平平整整地摆在那里，黑乎乎的，油光锃亮，还散发着泥土的芬芳气息。刘河悍试探地问："美中不足的是缺点雨水。"李德昭笑笑说："快了，准备好籽种播种就行了！"

李德昭离开了刘庄，沿河向东寻去。他发现正值春暖花开五谷播种季节，漫山遍野枯黄光秃一片，大地燥热，不见生机，知是连年不雨干旱所致，心中甚是不忿。于是跃上天空，顿时风起云涌，雨随风行，越下越大，从结雅河两岸，一直下到长江以北，高山细布，平川均匀，下下停停，一连三天雨方住。关东大地，旱情解除，官府州县，纷纷奏报朝廷，细雨甘霖，及时润地，真乃皇恩浩荡，适逢风调雨顺，太平盛世了。

第四天中午，李德昭又一次来到刘河悍家。刘河悍满面春风喜得不得了，张罗着给李德昭做好吃的，感谢这位天使给百姓造的福祉。不到一个时辰，饭菜都好了，一起端上来。刘河悍作陪，两个人边吃边聊，很是投机。刘河悍问起了李德昭的身世，李德昭把自己知道的也如数讲给刘河悍听。刘河悍听后很是感慨，对李德昭的遭遇很是同情。李德昭也问起刘河悍的家事，觉得他这么富庶怎么会住此偏僻小村。刘河悍见问，长长地叹了一口气，望了望李德昭又兴奋地说："说来话长。若论起来，咱俩还是老乡哪！"

刘河悍论起老乡，这让李德昭觉得奇怪，自己从没说过是哪儿的人啊？老乡应该是同地人在外地才会互称老乡呀？我没说什么地方的人，他为什么会论老乡呀？刘河悍见李德昭十分不解，自己笑了起来，问："你是不是关东人吧？"李德昭瞪大眼睛回答："是啊！摩尔根药泉山人。可是即使您也是当地人也没有称老乡的呀？"刘河悍仍是笑笑说："如果你是山东人呢？在这里是可以论老乡的呀！"李德昭眼睛愣愣地问："您怎么知道我是山东人啊？"刘河悍没有正面回答，又问："那你知道不知道你祖籍是山东啊？"李德昭记起来了：庞有福在审讯娘亲的时候，曾经责骂爹爹是"山东棒子"，爹爹气愤的回顶说："山东人咋了？山东人通情达理，不欺负人，都是好汉！"这么一想，李德昭认定自己肯定是祖籍山东了。刘河悍见李德昭沉默了，放弃了追问，继续说："你的气质告诉我你是山东人，不会看错，因为我是山东人！"李德昭倍感兴趣地问："据我知道来这里的山东人，不是逃灾就是避难。像您这样富庶之家跑到如此偏僻的山村，到底是出于什么缘由呢？"

刘河悍重新哀叹了一回，又说："说来话长啊！"

第二十八章　老渔翁求亲

谈起刘河悍的身世，还须从一个故事开始。

山东有个东营县，县城名叫东营镇，位于黄河南岸。河边住着一个名叫刘河悍的人，因为是个捕鱼人，人们都叫他老渔翁。刘河悍五十来岁，孤身一人，常年打鱼，家境稀落，人们大多没看起他。刘河悍有个邻居叫张可望，在威海成山头军营里当过书记官，役满后回到东营镇，在县衙里给县令当参事官。

有一天，县令无事在后堂闲坐，与张可望闲聊中问起家事。张可望如实诉说。县太爷听后大喜，热心地说："贵女兰多年庚一十七岁了，已经到了谈婚论嫁的年龄，你在县衙做事，我理应帮你嫁女，也好弄盅喜酒喝喝。"张可望听了感激不已。县令亲书求婚告示，告示内容如下：

全城百姓应知：本府参事张公有一女，名叫兰多，芳龄十七，闺门秀女，品貌双全，欲求高门德才公子为婿。有意者，媒妁到张府商榷。非诚勿扰。此布。

东营知县：颜泂
顺治三年孟夏

县令命人抄写数张，四门贴示。全镇都知道张可望在军营供事多年是位军爷，听说招亲，一时无人敢攀，有意者也都犹豫观望。

渔翁刘河悍知道了喜出望外，寻一媒人来到自己住的破草屋。备置了酒菜，与媒人共饮。媒人一般都是嘴馋，喜酒望财。酒过三巡，媒人说："刘兄，平白无故请我为何？难道是你有桃花运事不成？"刘河悍笑嘻嘻地说："媒公果然慧眼，让你说中了。"媒人说："就你这等身事家资，谁家有女肯嫁给你啊？"刘河悍喜气地说："邻家嫁女，我欲求之！"媒人赶紧撂下碗筷离桌，临出门时说了一句："凭你一个刘大嘴癞蛤蟆也想吃天鹅肉，做梦去吧！"说罢头也不回扬长而去。

又过几日，媒人门前经过。刘河悍携手拉入屋内，又说："我固然年长衰迈，家境寒酸，但养家糊口仍是绰绰有余，烦请前往求亲，事成之后必有重谢！"媒人一撇嘴斥责说："厚颜无耻，咋不撒泡尿照照！"说罢，愤愤而去。

没过几日，刘河悍又邀媒人来家。媒人恼怒不已，开口贬斥说："你这个

167

人也是太不自重了，不想一想，要地位没地位，讲长相还挺大个嘴，哪个闺门秀女肯嫁一个穷嗖嗖的打鱼人啊？张家虽然不是旺户，但是人家闺女求婚的不少，贵门望子亦在其中，我怎么能为了你一杯馊酒，让世人辱笑我呢？"刘河悍不为媒人言语所动，固执地说："一家女百家求，难为你去为我说上一句，张家若是不肯，那是我的命了！"媒人心中暗自思量：平时常有品食人家鱼鲜之事，断然拒绝，亦是不近人情，不得已硬着头皮答应了。

媒人来到张可望家，战战兢兢地说了渔翁刘河悍求婚一事。张可望勃然大怒，斥责说："好一个媒人，你也看我无权无势，竟这样欺负于我！我张家祖祖辈辈不说恪守门当户对吧，也绝无你干的这种事，他一个打鱼人何等身价，怎么会有这样动议！他痴心妄想乃属无知之辈动心也就罢了，你一个做媒人的为何这般不识经纬，这些年你是咋干的呀？"媒人平和地说："你老人家说得极是，我也是打心里往外不愿意跑这趟腿，为渔翁那恶人所逼迫，不得已传达他的诉求。"张可望气咻咻地说："那好，替我回他：没门！"

媒人回刘河悍说："张参事说了：没门！"刘河悍听后大悦，拍腿哈哈大笑，夸赞说："贤弟，此事办得恰到好处！"媒人不解，心想：这个渔翁，是不是缺心眼啊，怎么连个好赖话都听不懂呢？觉得再和他纠缠也是无趣，索性脱身便走。刘河悍急忙拦住，笑着说："媒人贤弟，事已至此，好事要做到底才好！"媒人愣愣地瞅着他。刘河悍说，"他只说了个没门，你没懂张家的意思，没门那就是说行！你想啊，进屋需要过门槛，有门可以锁，锁上进不去屋这事就黄了。他说没门，没门不就直接进屋了吗？让进屋，这事不就成了吗？"媒人被他这么一说，有些云山雾罩了，一时驳他不得。刘河悍见媒人如此惶恐，强硬地说："烦贤弟再跑一趟，告诉张家明天我就把彩礼送过去。"

媒人心想：坏了，要出大事。这个不起眼的刘河悍怎么这样伶牙俐齿了？是不是吃错药了？他怕刘河悍再把事闹大，自己脱不了清静，便急忙跑到张家去了。见到张可望学说一遍。张可望责怪说："是你把我的意思搞拧了，不然哪来此说啊？"媒人辩解说："我什么都没说，只学了你的那两个字：没门！"张可望一时没了主张。过了一会儿，张可望对媒人说："要不咱们一起去见见县太爷？问他如何是好？"

二人急急忙忙来到县衙，直入后堂。县令正在吃茶，见张参事领着媒人进来，笑着问："怎么，就这几天，事情就有了眉目了？"张可望哭哭唧唧地说："老爷，事情不是如你所料，出岔了！镇北边住的那个刘姓渔翁，要娶我家兰多为妻，我说没门，他跟媒人说：没门就是行了，说我同意这门亲事了，张罗着明天上彩礼呢，老爷你看事情咋办？"县令笑着说："竟有此事，真有意思，你那么说，他这么解，或是此人不凡。我看这样：他不是明天上彩礼吗？咱要彩礼黄金五百两，白银二万两，今日之内送齐。量他一个打鱼人既无积蓄又无财路，弄不到银两，亲事就算了结。他若再闹，本官定要治他一个罪名，量他不敢！"张可望同意，让媒人去传唤刘河悍。

　　媒人出去，把刘河悍找来。县令问："老渔翁，你姓氏名谁？"刘河悍懒懒地说："我叫刘河悍，黄河边一个老渔叟。"县令问："你果真要娶张家小姐兰多为妻吗？"刘河悍木讷地点点头。县令又问，"你真的非娶不可？"刘河悍依旧点点头，毫无惧退之意。县令说，"那好，今日日落之前，你能将聘礼五百两黄金、二万两白银送到张家府上，本县令做主将张兰多许配与你。你意下如何？"县令说完看看张可望。张可望连忙说："此事任凭老爷裁断！"刘河悍右嘴角微微向下一拉，一言不发。县令见了拍案大叫："你敢藐视本座？本官一向一言九鼎，说一不二，岂能作践你一个泼头渔夫！不过尚有一事说清：今日之内，你送不齐聘礼钱，莫怪本爷无情，定治你个藐视本座之罪！"刘河悍这时才粗声憨气地说话："谢县太爷大人！"说完起身出了大堂。

　　中午过后，刘河悍拉着金银元宝来到张家府上。家人报告张可望说："那个大嘴渔翁送金银彩礼来了。如何是好？"张可望脑子嗡嗡直响，满眼飞蚊游动，沉静了一阵子，对家人说："告知县令老爷，请他作证！"县令得到报告，微服欣然前来，进屋坐至中间，令将金银抬进院子过数。家丁、账房先生鉴的鉴、数的数、称的称、记的记，好一阵子才清点完毕。账房先生进屋报告说："黄金五百两，白银二万两，足称！"县令和张可望目瞪口呆，半晌，县令说："张参事，话出自我之口，如今已成事实，不能悔改，如何？"张可望叫来姑娘兰多，告之说："原本是为拒绝这门婚事，现在却弄巧成拙，你自己的事自己做主吧！"张兰多豪无怨恨，对爹娘和县令说："这是孩儿命该如此啊，我不怪怨父母，还有县令大人。我愿意随缘跟渔翁而去，嫁鸡随鸡嫁狗随狗吧！"

　　刘河悍随娶张兰多为妻，二人相濡以沫，风雨江中。张兰多持勤持俭，毫无愧色，亲属熟人讥讽规劝亦不动心。

　　三年后，张兰多生了一女，起名刘兰梅。满月时，张兰多抱着小女儿回娘家，被母亲拒之门外。刘河悍携多泪之妻返回江边，仍然漂泊风雨之中，一如既往。又过了几年，有一位算卦先生云游路过。张可望婆娘将此事说与算卦人，欲求解开心中纠结。算卦人责怪张家夫妇说："你家就算无钱无势，东营镇内也有不少贫困子弟，为什么偏偏将女儿嫁给一个年岁品貌不相当的老渔翁呢？这不等于把孩子丢了吗？既是抛弃了，跟前看着闹心，何不让他们远走高飞呀？远不见，心也静！"张可望私下与夫人嘀咕："渔翁这个姑爷，虽是年龄大点，还是有两下的，聘礼要那么多金钱，限期又那么急，说送来就送来了。这不是一般人能办到的事啊！"夫人不赞赏，驳斥说："说那事干啥！眼下不还是穷嗖嗖的要吃没吃，要穿没穿的？这回又有了孩子，还不得刮罗咱家多少东西呢？"夫人看了看张可望没言语知道是说中了，又说，"这亲戚朋友的，来的不少，可哪一个说过赞成话？全都说咱们俩没正事，把个如花似玉的好闺女硬是嫁给了一个叫花子，在那活生生地受罪。有的甚至要把渔翁赶走，要闺女另嫁人家。也说不准哪天这些人能做出这些义事！"张可望说："这可不行，说说可以，来真的可就贪事了！"夫人说："那咋办？他那几个舅舅闹得最凶，怕是连你也拦阻不住他们。"张可望一时没了主意。夫人见状更是无奈，想了想狠狠地说，"要不让他俩走？越远越好！"张可望长长眼睛，赞成说："眼不见，心不烦，离远点儿，万事皆休哇！"于是，终于有一天，张家摆了一桌酒席，请来女儿和女婿。席间，张夫人将让他们离家远点儿的意思说了。张兰多以泪洗面，多有缠绵留恋之意。刘河悍站起来讲述说："以前所以没有马上离开两位泰山，怕二老有不舍之意，如今既然厌烦，去又何难？我在北边结雅河南岸兴安岭下有一个刘庄，明天一早就去那里。"第二天一早，刘河悍夫妻二人来辞别老丈人，告诉说，"日后如果有思念的时候，就让大舅哥往兴安岭下相访。"说完，将张兰多扶到驴背上，给她戴上一顶新编制的草帽，自己拄着拐杖，牵着毛驴姗姗而去。自此音讯皆无。

又过数年，张可望夫妇年岁大了，对张兰多的牵挂一日胜比一日。老夫妻俩商议：多年未见一面，兰多大概已是形容枯槁，衣衫陋烂，蓬头垢面，恐怕都认不得了。商量来商量去决定派儿子张兰方去兴安岭走一趟，探探实情究竟如何。过了春节，张兰方上路，晓行夜宿，冒着瑟瑟寒风，行有一个多月，终于来到结雅河南岸兴安岭下。正行间，遇一老农在山下驱牛耕地，张兰方上前问："老伯，此地可有刘庄吗？"老汉弃犁客气地说："大郎子吧？咋才来呀？我家员外娘娘都想坏了。庄子就在附近，走吧，我领你去。"张兰方心里嘀咕：他不认识我，如何知道是我来？老汉已经前面走了，无奈只得随老汉沿河往东走，初上一山，山下有水，过水有十几处，景色渐渐地变得奇异。二人又翻过一山，忽然见山脚下村庄有一大院，楼房参差、朱门甲第、树木繁茂、花草鲜媚、鸾鸣雀舞、歌管悠扬，一派祥和。张兰方惊魂失色，诧异地问："此是何处？"老汉回答："这就是刘庄刘员外家。"不一会儿来到大门口，门前有锦衣门吏，将张兰方引入客厅。客厅屋内铺陈别致新奇，气味异香，从未见过。

忽然听见有环佩之声，一青衣仙子引一人慢慢走来，戴远游冠，衣朱绡，穿朱履，仪状伟然，容色芳嫩，张兰方端详仔细，原来是妹夫老渔翁刘河悍。妹夫舅哥寒暄之际，一青衣仙子引张兰多来至堂前，只见她桃红粉面，钗头凤髻，珠玲玉佩，长袍款袖，轻盈漫步，满堂飘香。兄妹见面略叙寒暄之后，便招待进馔。吃完了饭，安排张兰方在内庭休息。张兰方觉得妹妹不甚热情，心中十分不悦。

第二天一早，刘河悍与张兰方闲唠，有一青衣男子走近刘河悍俯身悄悄耳语。刘河悍笑着说："家中有客人，怎么能回来那么晚呢？"刘河悍又对张兰芳解释说："娃子兰梅欲游蓬莱山，贤妹也要去，可能傍晚才能回来，哥哥在此休息休息吧！"刘河悍走出内室，不一会儿，彩云飘动，鸾凤飞翔，隐隐有音乐之声，望了一会儿不见踪影。傍黑随着笙簧声渐进，刘河悍与张兰多来见张兰方，道歉说："你自己在这儿太寂寞了，这里是神仙之府，不适合俗人久居，明天哥哥可以回去了。"

次日，张兰方起身返程。刘河悍与妻子张兰多相送。张兰多嘱咐哥哥回去后多多转达问候父母的话。刘河悍送路上盘缠黄金二十两，白银五十两，又将一顶旧草帽交给张兰方，叮嘱说："哥哥若是没钱花了，可到东营刘家药店取一万贯，这草帽为信物。"张兰方接过信物和银两随着耕地的那位老人离开了妹夫家，踏上了返程的路。出了村子不远，耕地老人便回村干活了。张兰方自己赶路去了。

张兰方走了以后，刘河悍的女儿刘兰梅走进了母亲内室。正好爹爹也在。刘兰梅问母亲："舅舅哪里去啦？"母亲笑嘻嘻地说："这孩子，一天就知道玩，舅舅来了也不过来见见。走了！"刘兰梅不高兴地说："我压根就不想见，想见，昨个就不去蓬莱山了。"刘河悍问："为什么呀？"刘兰梅撅起嘴说："还说呢，我小的时候，去见姥姥，姥姥把我隔到大门外不肯见我。我这是给姥姥姥爷家的报应！"刘河悍有些不高兴了，他问张兰多："咋，你什么时候领她去姥姥家了？"张兰多像是回答又似是自语地说："我没领她去过呀？"随即转身问刘兰梅："你啥时候去姥姥家了？我们与姥姥她们分手的时候，你还在娘的怀里抱着呢，之后，我们再也没有回去过呀？"刘兰梅坚持说："我记得去过。那次你抱着我，叫姥爷家人给开门，家人说：'姥姥不让开大门！'娘，你咋忘了呢？"娘有些惊诧地问："那时你才一个月大啊，怎么就记事了？"刘兰梅说："这事怎么能忘呢？我当时就想下地蹓门，你把我裹得紧紧的不肯放我下地，这才便宜了姥姥，要不当时我就打她几拳！"母亲笑了，"这孩子，尽打诳语，说话不着边际。"刘兰梅不服，质问说："有没有这回事吧？"刘河悍心里有些画魂，问："兰梅，你真知道这回事？"刘兰梅说："爹爹，我现在还记得呢，你怎么还说我不知道！"刘河悍啊啊两声，便说："这孩子也许是天分，她没说错！"张兰多也为之一震，觉得这孩子是有点儿神叨叨的，嘴上却问："即便知道那件事，也不该记仇啊？她毕竟是你姥姥呀，那时做得不对，现在毕竟还派舅舅来看，说明还是牵挂咱们的呀！"刘兰梅说："娘，我没有记恨呀！我这不是来看舅舅了吗？还说人家呢，你不是还在记恨吗？要不你昨天为什么不在家陪舅舅，而跟我去蓬莱山啊？"刘河悍说："兰梅说得对，你昨天是有点儿情绪不对，对哥哥讪不搭的。"张兰多掉下眼泪，哽咽地说："我也是心结难消啊，不过，事以至此，记恨是没用的，她们那时是对的，我应该理解。我愧对哥哥了！"说完，哇哇大哭起来。刘兰梅劝说："娘，都是孩儿不对，争争讲讲勾起娘心中往事。我现在去把舅舅接回来，咱们好好亲近一回。"娘说："晚了，人已经走了，何必再折腾他！"刘兰梅坚持说："不是这样，舅舅在这儿心情不好，回去也不会和姥姥她们好好说咱们的情况，会不真实，那样姥姥还会惦记呀！我有办法请他回来。"刘兰梅说完出门走了。

张兰方离开刘庄，想到爹娘对妹妹的猜忌已经完全打消，妹夫大大方方地给了自己二十两金子五十两银子作路费，家里以后没钱花还可以到一个刘家药店去取，而且可以取那么多的钱，别想多快活了。心情好，脚步也轻快了，不知不觉又走出有二十多里地。走着走着，他心中闪过一抹暗影：妹妹对我不太亲热，大概还在怀恨娘吧？倒也是，娘当时做得是太绝情了，回去怎么对娘说呢？想着想着，心情开始压抑起来，脚下步伐也就缓慢下来。前面到了一个村寨，他准备进村找个人家吃顿午饭，顺便也好再歇一歇。正在这时，迎面拐拐搭搭来了一位老太婆。老太婆微笑着说："客官哪里来，到哪里去？眉梢不舒展，定有忧愁之事，不妨说来听听，也许我会有办法解决。"张兰方仔细端详老太婆，虽然面部亲善，但是眉宇间暗藏狡黠，随即说："无事，不劳老人家了。"老太婆问："我拿了你的银两盘缠，你肯跟我走吗？"张兰方制止说："老人家，你这么大年纪怎么能搏过我，还是离我远点好，免得我伤着你！"老太婆笑笑，说声"拿来吧！"布袋起到空中，张兰方抓住不放，垂在下方，因为害怕，闭上眼睛，跟着布袋的飘移飞了起来。

不一会儿，老太婆和张兰方同时来到刘庄上空，落在一户大院里。张兰方睁眼一看，是妹妹兰多府院，正在惊异，刘河悍和妹妹张兰多双双站在面前。妹妹上前说："哥哥，受惊了，都是妹妹不好。你走后渔翁和兰梅爷俩指责我，说我慢待了哥哥，说这一去，路上、到家、以至于今后的日子，会因我的怠慢而不快。妹妹我悔恨落泪，是兰梅出此主意，接哥哥回来，重叙旧情，以消爹娘过往心结。"说完，哭着拉住哥哥的手，步入厅堂。

张兰方看到妹妹真情表述，十分感动，眼含泪水，动情地说："妹妹，这些年真难为你和妹夫了，还有兰梅。当时你的婚事，家人、亲友、邻居、东营人，都不理解，然而所有怨气都集于你一人身上，压抑之苦可想而知。母亲确有过分之处：她不该将你和刚生的兰梅拒之门外；也不该将你们一家驱之千里之外。想必现在母亲很是悔恨，与爹爹商议命我前来探视。这一来，我知道妹夫向来心怀若谷，从不嫉恨，而是千方百计拉近关系，意图接纳和谐；我知道妹妹的心结虽然沉重，但是心知娘亲并无恶意，如今已释，而且思母之心甚切，相互通融，互亲互谅，还属母子亲情；我也知道，兰梅十一岁了，从未与姥姥谋面，望情之切，难于言表，今日之举，可鉴真情。舅舅暂代姥姥道声一时偏激之过。兰梅年轻自是才情大义，会随着母亲转变而变得乖顺。我也知道姥姥有多么想念你啊！"刘兰梅失声痛哭，依偎母亲怀中，母亲抚摸她的头发流泪不止。

过了一会儿，刘河悍满眼泪花，深情地说："哥哥一番言语，句句金玉良言，我们一家皆因我被贬视，过去祸由我起，如今福由我来。现今咱的日子彰显炫耀，是过去我所不愿为啊，假如我当初就是纨绔子弟，绝不会有两家相仇十多载的事了。想来这是世俗道理不同所致，何时能改变，罪责不在刘张两家人啊！烦妻哥回家后善尽美言，使两家亲善和美！"

刘兰梅说："舅舅，你我两家世俗亲缘，你家怎么怪怨，我们都不会计较，人仙自有别壤，精神自是不同，我家人不会再计较凡间琐事，如看中我们，有疾苦吱声就行。我们普惠天下，也不会忘记姥家几个人啊！"

刘家又盛情款待张兰方几日，人仙混居两不方便。这一日要起身回东营，刘河悍又给张兰方盘缠加了三十两金子，变成五十两了。刘兰梅催促说："舅舅，要走就快点儿，一会儿下大雨了，会挨浇的！"张兰方说："这孩子，不胡闹吗？响晴的天哪来的雨啊？"刘兰梅问："舅舅，走还是不走？"张兰方说："走！"刘兰梅说："我这里有几枝兰梅果你带上，有它你就走在雨头里，想落地你就喊一声'兰梅，停下'。不过它只能躲过雨，你不可贪清闲。"张兰方说记住了。不知不觉离开了地面，飘悠、急速地向西南方向走去。这时，身后雷声大作，雨哗哗下起来，眼看淋到自己了，身子飘得越快起来，过了好一阵子，雨渐渐地远了。阳光又露了出来。他想：该停下了。于是喊声："兰梅，停下！"他真的稳稳落在地上。

张兰方停稳身子，收拾了一下行囊，准备启程回东营。他有些犹豫：这几枝兰梅怎么办呢？顺手摘了两颗葡萄似的果子，放在嘴里吃了，感到口中又甜又爽，身子在发力。他想：这果子，好吃不能贪，水灵灵的，带不多远。于是他把兰梅果举起来用力摇晃，瞬间兰梅果漫天飞扬，引来无数只天鹅争食，咯嘎叫声一片，情形十分壮观。忽然一片云朵罩住了天鹅群，连声音也听不到了，偶尔有几枝枝丫落下来，光光的没了兰梅果。他不觉得叹息一声"太可惜了！"此刻空中传来了话语声音："我让天鹅把兰梅果带去神州山岭，在那里生根、开花、结果，供后人享用吧！"张兰方高兴极了，听出是外甥女的声音，这真是神仙啊！

刘兰梅送走舅舅回了庄子，发现李德昭领着一个胖墩墩的老太婆正朝她家走去，紧走几步追了上去想和李德昭搭话，不想又是一句话也说不出来，只好点头哈腰地做手势，把李德昭让进了家门。刘河悍一眼就看出了李德昭，赶忙从屋里出来迎接；不想看见了蛙婆却立在那里呆若木鸡了，一时一句话也没说出来。见到刘河悍，蛙婆也是大吃一惊："怎么是你？"刘河悍脸憋得有些发红地说："金蛙，怎么是你？"李德昭和刘兰梅也都好奇地望着他俩，想解开这个谜。

第二十九章　夜移仁和堂

李德昭和刘兰梅看出来了，刘河悍和蛙婆过去一定是熟人，而且关系似乎很暧昧，是同乡？是师兄弟？是友人？是恋人？从那眼神、那尴尬的表情，那不自然的而又惊喜的相见场面，双方都有着难言的话语。见孩子们都在观看，蛙婆打开僵局，对李德昭说："我俩从师杨戬，他是师弟，我是师姐；他是河马，我是金蛙。过去有过一段不堪回首的经历，如今已是春去秋来，不值得回忆了。他都有了孩子，再纠缠还有什么意义，不过友情尚存，我一直想念他。"刘兰梅望着刘河悍，想从父亲的脸上得到回答。刘河悍觉得蛙婆已经把话挑明了，孩子已经听到也就没什么秘密了，坦诚地说："我和金蛙学徒时确实关系很好，方方面面互相照顾。后来东土闹蝗祸，玉帝派金蛙下凡间灭虫害。临走时我也要去，玉帝很不高兴，让师傅将我送去西野护河。当时我俩都哭了。后来我用了二十多年的时间从西野辗转到了东土，一找就是十来年。天上斗转星移，地上春秋轮换，一晃我就五十多岁了。恰好水蛭仙投胎张可望家，妙龄婚嫁，我就千方百计把她娶了来，就是你娘张兰多。唉，四十来年的阅历不是几句话能说完的，但是今天能见到依然是幸事。兰梅啊，快去告诉你娘令人做饭，我们一家，还有大恩人李德昭好好庆贺一下，四十年的老情人今天见面了！"刘河悍激动得眼泪流了下来。李德昭和刘兰梅看到了二人的情感是多么纯净和晶莹啊！

吃饭的时候，刘河悍告诉李德昭说："这几天你下了一场雨，正值播种好时节，老百姓都乐坏了，全都忙于整地播种，想秋天有个好收成！但是有人可能会利用这个机会提出给你建府邸，实在不是时候，恐怕是另有所图吧？"蛙婆问："你怎么知道？"刘河悍看了刘兰梅一眼说："几天前听刘兰梅说的。当时不知道李德昭就是黑龙。"蛙婆又问："刘兰梅怎么会知道？会是真的么？李德昭可是刚回来啊！"刘河悍说："刘兰梅有点特异功能，听见了白龙和乌龟精的对话。"李德昭说："敖景和他的乌丞相是说过给我建府邸，我没答应。我去找他们，告诉他们我不需要他们建，我有地方住。"

乌丞相受命建李德昭府邸，回到龟王府后着实动了一回脑筋，把鱼鳖虾蟹一杆大将聚在一起商讨物资筹备，征召木工匠人。乌丞相对属下说："这次府邸建设很重要，涉及白龙爷今后地位能不能坐住，没了白龙爷这个靠山，换了别人当爷，大家可以想象会是个什么样子！这些年白龙爷对咱们不错，让我做了这个丞相，大家也都借了不少光，白龙爷有点难事，咱们能撒手不管吗？"黑鱼精站在一旁听明白了，着急地说："头，我们都听懂了，你就说叫弟兄们做什么吧！"

乌丞相脸上露出笑容，继续说："我就知道嘛，大家都是明白人，不用多说。那好，我把任务给大家说说：黑鱼兄弟，你带领自家兄弟负责木料筹集；龟鳖家族负责征召泥瓦木工；狗头鱼兄弟负责伙食杂务。我是总指挥，坐镇工地。大家没有价钱可讲，有什么难处，自己去圆，保证质量，保证时间。大家有什么疑问没有？"狗头鱼问："白龙爷说没说给点散金碎银什么的？"乌丞相立马严肃起来，严肃地说："这次行动就说是给黑龙建府邸，分文没有，应征材料、工匠俱不付酬劳，生拉硬拿，绝不可手软。你们大小也是一个精怪，难道还惧怕那些草民吗？"

龟鳖家族说："感情这个差事是空手套白狼呀！一点油水也没得赚哪。"乌丞相听了大怒，用手"啪"地一下拍桌子，想来个杀鸡儆猴，用力一指同族长者呵斥说："你个鳖羔子，竟敢带头起刺？来人啊，给我拉出去往死里打！"卫士一拥而上，将个龟鳖头领抹肩头拢二臂，五花大绑捆起来，推出门外，按倒就打。也倒是平日他倚仗头领做了丞相，什么事都抢占风头，他想咋的，卫兵就必须咋办，卫兵们早就敢怒不敢言。今个赶上丞相发令要往死里打他，可算有了机会发泄，卫兵们棍棍用力，尽挑胳膊、腿脚、腰部要害部位打。痛得龟鳖头爷呀娘呀地哭喊不止。相府大厅内众多官员也都与卫兵同感，都盼着"别看你今朝得势闹得欢，留心以后失势拉清单"，见他有了今日，无人肯出面讲清。鳖头躺在地上，呼叫声越来越小、呻吟声越来越微弱、手脚挣扎越来越无力。黑鱼精怕乌丞相失了面子，慢腾腾出班跪倒，求情说："丞相，鳖首领出言随意，并无领头闹事之嫌，望丞相念他平日忠心耿耿饶他一回吧！"乌丞相头不抬眼不睁，也不言语。黑鱼精见状，冲着诸位文武大臣一挥手，很多人也觉得解了恨，便随着众官一起跪下，齐声为鳖王求情。乌丞相见杀鸡之计已圆满收官，这才挥挥手让卫兵扶起，将其送回家中调治。

升班散去。乌丞相又招来土地佬，吩咐他："你去把乡绅富豪各庄保甲聚到龙门寨，我替白龙爷有事对他们讲。"土地佬问："近日喜降透雨，各地忙于抢种，此时不宜召集大会。"乌丞相眼睛一立，呵斥说："少他妈的废话，这是白龙爷的意思，你也敢拒绝吗？"他见土地佬无动于衷，眼睛一转来了主意，态度缓和地说："其实，白龙爷也是要他们带好头，精心组织，抓住当前农时，抢墒播种。一来尽个督促之责，二来也是表达一下关怀之情。这一点小小的脚力难道土地爷也不肯相助吗？"土地佬理直气壮决心坚持下去，但是见乌龟这么一说，也就信了，转身走了。

会议是在龙门寨庞有福家召开的，方圆百里的富商保甲都来了。乌丞相很高兴，大声说："各位大人，今日有幸请大家来，感到很荣耀。白龙爷原定来开会，因有急事委托我与大家说说。过去大家对白龙爷的事情都很支持，白龙爷呢也没少麻烦大家。"庞有福接过话说："白龙爷的恩情，我们大家都是心知肚明，毋庸再言，乌丞相有话尽管开口！"有几位也随声附和说了几句。乌丞相显得很高兴，继续说："这么说来，倒是我见外了。"乌丞相咳了几声嗓子，又说，"白龙爷新来了一个帮手，是当今皇帝御封的巡按。白龙爷意思是给他助手黑龙也修一座府邸，便于大家近水楼台先得月。眼下呢银两不足，想祈诸位赞助一下，能者多劳，各尽所能。另外，请保甲回去多多动员劳力积极参加，勤劳奉事，使府邸尽早完工。我知道眼下大家忙于春种，但是如果种了不再降雨，怕也是徒劳，据说新来的黑龙，不比我们白龙爷，此人年轻气壮，啥事都做得出来，万一惹怒了黑龙老爷，那局面可就惨了，听说这个黑龙爷最记恨有钱人的，你不肯拿钱，他都敢出头抢，我看还不如送个顺水人情，主动点为好。你们说是不是？"

会场一时默然无声，人们想到：白龙一个就够我们喝呼一气了，要啥给啥，甚至童男童女都送了，已是苦不堪言，可倒好，这回又来了一个黑龙，真有点喘不过气来了。于是你瞅我我瞅你，谁也不吭声。

乌丞相看到这般光景，意识到还得抓住庞有福这个领头羊，觉得白龙为他做的事情最多，关键时刻他不应该装糊涂，于是盯住庞有福问："庞员外，先来说说你的意思？"庞有福心里矛盾，乱得像女人脑后一团鬏鬓，尚没有一个清晰的思路，见乌丞相点名发问，急忙说："应该应该，我看应该，老的要搞好关系，新的也要搞好关系，咱们图的不是风调雨顺吗？应该应该。"他见乌丞相还在死死地盯着自己，咬咬牙说："我愿意出资白银三千两！"众人听了都直起了脖子，觉得这位平时飞扬跋扈不吃一点小亏的堂堂庞有福，今天却是如此放血，真是不可思议。

乌丞相轻蔑地笑笑问："诸位，庞员外开了个好头，你们是不是也都表示一下态度？啊？"有几个沉不住气了，都清楚今天不出血，日后在这帮妖魔鬼怪手下绝不会有好果子吃，索性纷纷表了态。有出两千两的，有出一千五百两的。最后几个觉得拘禁不能硬冲富汉，只表示出资一千两白银。除了保甲每人八百两外，没有不出资的。

乌丞相问身旁的记账先生："都记好了吗？"记账先生回答："记好了。""多少？""三万六千八百两。"乌丞相脸上露出笑容，心想：当官的就是有这点好处，想个主意就是钱，这一回这些白花花的银子都入我的库房了。这建府邸还能用到这些钱啊！

其余几路人马也都各显神通，该抢的抢，该拿的拿，只要相中的东西一扫而光；征召劳工的更是无所顾忌，只要能动的一个不少，全部带走。弄得黎民百姓疾苦叫喊，怨声载道。事情倒是快了，不到两天府邸工地就来了上

176

千号人。民工们如羊羔似的，默默辛苦劳作，一个大气也不敢喘，稍有懈怠，一帮小个子手持柳条上前就打，不听话的被打个皮开肉绽，踢到一旁置之不理，苍蝇蚊虫满身乱爬。有断气的，也不准掩埋，蛆虫满身，臭气熏天。人们忍饥挨累，不敢言语一声。吃的更是不用提，米带糠皮，菜带泥土，即使这样也只能一顿一碗不能饱食。睡的路天地，地当床，天当被，伴着鼠蛇一起睡。不是人管的地方，有谁拿人当人待呢？

几天以后，李德昭布完一场雨回到摩尔根，看见有工地上千号人正在建房屋，建筑规模看样子不小。便走上前向一位木匠问："大师傅，这里大兴土木是建什么呀？"木匠看了看眼前这个年轻人，神情寡淡，语气平和，停下手中活计，四下巡视一遍，神经兮兮地悄声说："你不像本地人，打听这些事干嘛？事不关己，赶快走吧，免得被白龙爷的人看到了横生祸端，对你对我都不好。"李德昭听了，更想了解真情，便刨根究底继续问："那你们这些人，家中不种地吗？眼下刚降过雨，正是播种的好时节，抓不住农时会耽误收成的！"木匠听了这话，心中气恼不打一处来，压低嗓音不忿地说："谁家不种地，这里人家不种地吃啥？可是，听说来了一个什么巡按李德昭，要求在这里建府邸，连白龙爷都劝止不住，这不号令这一带的能工巧匠，强壮劳工，昼夜不停，务必半月之内竣工呢！"这时，好多人围拢过来，七嘴八舌地责骂起来，有的说："什么皇帝派来的巡按，好几年盼来一场透雨，好端端的地不让去种，偏叫到这来建什么府邸？这哪是帮咱们农民做事啊？分明是丧门星，来祸祸人的。"也有的说："听说这位巡按，是什么黑龙？纯属胡扯，招摇撞骗，哪有人间皇帝敕封天上神灵的事理？"也有的说："咱也不能光听白龙说，那家伙一肚子花花肠子，兴许就是那个秃尾巴老李呢！咱们也许不知情，硬是被人家糊弄了！"

李德昭听了这些议论，心中暗想：敖景使的是毁誉驱人之计！他忍住怒火对大家说："农民兄弟，父老乡亲们，大家辛苦了，现在农时正紧，不可荒废土地，大家从即日起再不要来建什么府邸了。李德昭的事情，让李德昭自己做，都回去抓紧时间播种吧，千万不可贻误农时啊！至于工钱，我会尽快补偿大家的，请放心走吧！"人们一时摸不着头脑，愣愣地站在那里，没敢动弹。

李德昭见状，马上说："乡亲们，大家听信我的，赶快回去吧，季节不饶人啊，种地要紧呀！"这时，有人扯起嗓门喊："听你的，那白龙找我们算账咋整？那家伙满身妖术，我们谁禁得起他整啊？前几日就在龙门寨庞府弄死三四个，听说还有个会武的也在其中，像我等这样更不在他的话下，全灭了也就是举手之劳。"李德昭脸涨得通红，无奈抖出实情，坦白地说："我叫李德昭，就是黑龙，那个秃尾巴老李，这里的事有我撑着，保你们无事！"人们早就听说过秃尾巴老李，从没见过其人，对眼前这个自称是秃尾巴老李的小伙子，依然犹疑不信。李德昭实在无奈了，只好跃上空中。这时人们看见一条黑龙在云中盘旋，不一会儿下起雨来，雨越下越大。人们吓坏了，伏地叩头。齐声说："黑龙爷，草民无知，不知黑龙爷驾临，多有冒犯，尚请垂怜！"

李德昭立即落地化为人形，诚挚地说："大家快快起来，赶紧回家种地吧！"人们听罢，立即爬起来，一哄而散了。李德昭望着人们拖着劳累的身子走了，心中有同情也有愤怒。他决定去找敖景说个明白。

李德昭找到敖景，要求立即停工，现在搞土木建设，是劳民伤财，不合时宜。敖景假意地说："老弟履新，何言劳民伤财，此是民之所愿。"李德昭态度坚决地说："为别人造，我不管；给我建，我不干。我的居所，我自己解决。再不得动用百姓搞什么勤劳奉事！"

李德昭一气之下，回了天台山雷音寺，见了师傅讲述建府邸一事。张天师听了很是气愤，没说什么，让弟子们热情招待李德昭。自己叫来了甄元子，交代他今晚要这么这么办！一切安排停当，才回来与李德昭团聚。

甄元子领了师傅的令牌，悄悄找到园悟和飞腾二位师弟，告知了师傅用意。哥俩一听是为李德昭做事便满口应承。飞腾说："师傅让咱仨将他的仁和殿给李德昭搬去，他住哪里呢？"园悟说："聪明一世，糊涂一时，当今皇帝不是给咱们那么多金子吗？干啥用？大建雷音寺啊！你想，师傅把仁和殿给了李德昭师弟，再过些日子仁和殿就要拆了，现在送给李德昭是一举两得的高明之处。"飞腾点头称是，十分佩服园悟的智慧。

飞腾又疑惑地问："就咱仨，偌大个仁和殿可怎么搬呀？"园悟也有些犯愁，听了问话摇头无可奈何。甄元子笑了，对两位师弟说："刚才还佩服你们的智慧，可现在你俩倒成了笨蛋。我有办法呀，要不师傅怎么把任务交给我牵头呢？"园悟说："师兄，你从没说过大话，今个怎么玄起来了？不会头脑有了毛病吧？"飞腾吸取了刚才的教训，看着甄元子不作声。

甄元子说："今晚的事，是师傅用了咱仨各自一技之长，咱仨合起来才能运走。"二人不解。甄元子拿出一张纸，放在地上，凭借记忆画了一张仁和殿院落图。他画完问："二位，像不像？"园悟说："谁不知道你能画，精湛独到，谁能看出哪里不像啊！话又说回来了，这能顶什么用呢？"甄元子对飞腾说："你把它拿起来。"飞腾伸手去拿，那画纸纹丝没动。飞腾心想：我力拔山兮气盖世，一张薄薄的画纸岂能难住我。想罢，双手去取，然而只能挪动，却抬不高。甄元子一旁对园悟说："园悟师弟，你去扶他一把。"园悟上前去扶飞腾，不想飞腾却站立起来，双手捧着图纸不敢走动。园悟问甄元子："师兄，你这搞得什么把戏？"甄元子不慌不忙地说："走！"三个人起身跃到空中，直奔摩尔根去了。

不一时到了摩尔根，来到白河西岸一处高地上。甄元子一眼就看到了那块建府邸的地方，场地已被李德昭荡得溜平。他嘱咐飞腾和园悟："你俩停在

178

空中别动，我到现场看看位置。"说罢落到地上，很快找好了地方，返回空中，对园悟和飞腾说："此举成功与否，都在你二人了。要稳重，听指挥！"二人答应。三人缓缓落在地面上。甄元子将图纸安放位置交代一遍。园悟和飞腾小心翼翼地将图纸放在地面上，立起身放松地喘了一口气。甄元子说："二位师弟，配合一下，你俩去百米开外那块地方，瞪上眼睛看好，别让散乱杂人过来。"二人走开，夜里黑洞洞的什么也看不见，只听甄元子那边轰轰隆隆响了一阵，然后就没了动静。

甄元子过来引二人从大门进了庭院。园悟说："奇怪，这不是雷音寺吗？"飞腾也说："对呀，这就是师傅住的地方啊！"甄元子说："这就对了。咱们的任务完成了。"飞腾不解地问："就这，算完了？"甄元子说："还差一点。走，跟我来！"三人一同来到一栋平房，走进屋内，飞腾惊喜地叫起来："这不是李德昭师弟住的地方吗？"甄元子说："正是。"说完怀中掏出一个红包，恭恭敬敬地放在被子的一边。园悟问："放的什么东西？"甄元子说："师傅给李德昭的一百两金子，让他给以前施工建府邸的工匠发放工钱。"园悟问："被别人拿走怎么办？"甄元子笑了笑说："别人拿走？你也拿不走啊。只有李德昭师弟才能拿到！不信你去试试。"园悟出于好奇，伸手去拿，谁知无论如何也弄不到手，无奈只好放弃了。园悟问："师兄，咋回事？"甄元子说："机密不可外泄。"园悟缠磨说："我们辛苦一宿了，这点兴趣还不满足我们啊？"甄元子笑了笑才说："其实也没什么，师傅只是写了他和李德昭的名字，只有他俩能动，别人都无缘。"三人笑着离开了摩尔根。

回到雷音寺，甄元子三人向师傅交了差。张天师道了三人辛苦，让他们休息去了。

张天师与李德昭师徒二人亲亲热热唠扯一晚，天亮师徒二人用完餐，张天师才说："李德昭，府邸落成了，你该回去验收一下。"李德昭很是奇怪，不解地问："我不过是顺便与师傅唠叨唠叨，怎么竟成这事了？"张天师叫来甄元子，对李德昭说："这事是甄元子办的，什么地方不如意尽管和他说便是，都是自家人，好事我们借了光，难事我们也不能看着不管。今后有什么难处尽管说，这里是你的大后方。"李德昭见师父这么说，感恩不尽，给师傅磕了三个头，又拜别了诸师兄，返回了摩尔根。

李德昭落下云头，只见建府邸那地方已是高墙围院，朱漆大门相对开着，院里厅堂、殿舍古典靓丽，布局错落有序，正中大殿上挂着一块匾额上书三个大字：仁和堂。看了半天才弄清楚，这院落不是师傅的仁和殿吗？千里迢迢搬迁到这改叫仁和堂了，该是多大的工程啊！他到大殿里走走，一切都是他熟悉的；又转到卧室，这正是自己起居的禅房啊！被子方方正正摆放在地炕上，枕旁放着一个鼓鼓的红包，打开一看是一百两金子，上面有一封信，写着一行字：此是黄金一百两，用于土木匠人工费发放。落款：师傅。

李德昭感激落泪，回想起来，很是后悔，悔不该到师傅那里唠叨，还没立事啊？这么点小事劳师傅操这么大的心啊！李德昭哇李德昭，何时自己才能长大啊！他想哭，又想起娘，光哭是不能解决问题的，必须从今天做起，管束好自己，立大志，做大事，溥惠众生，保天下太平，不生灾祸。

李德昭看到府邸问题已经解决了，脑子里又出现个新的问题。他想：与敖景打交道来日方长，两个若是不好好配合，这天下怎么可能风调雨顺呢？想来想去，他决定去找敖景好好唠唠，沟通沟通想法。

第三十章　施雨闹纷争

敖景得知李德昭府邸一夜建成的消息，知道自己的计谋彻底失败，气得七窍生烟，发誓说："我总有一天会把那座庙宇砸到地底下去！"乌丞相听了笑着说："白龙爷不必生气，气大伤身不值得。我有个想法你听一听，看看中不中你的心意。"敖景看看他，没说什么。乌丞相继续说，"要想从名誉上搞臭黑龙，其实很简单。"他见敖景眼睛亮了起来，略显得意，又说，"咱们可以从破坏他的施雨布局下手，改成偏雨、散雨，或是集中一点骤降；还可以乘机重复降雨，你降我也降，施加雨量，你降一分，我加数倍，使降雨这件好事演变成洪涝灾害。他不是想让人们知道雨是他李德昭下的吗？正好让人们看到他是洪涝的祸首。"敖景关切地问："一次两次还可以，时间长了他察觉出来怎么办？"乌丞相认真地说："这事不能打拖延战术，抽冷门做一次就成。"敖景默不作声，想了一会儿，才表态说："可以试试！"

乌丞相还就一些实施细节做了说明。敖景听后现出悦色。

过了些日子，李德昭来了。敖景正在书房无事，悠闲地翻看着庞有福送给他娟子的画作，心思早已追忆到当年的场面，那是多么美意的时刻啊！这时卫兵进来报告说："黑龙来了，在门外等候。"敖景听了立即起身迎到门外。敖景见了李德昭显得格外热情，上前拉着李德昭的手，假意近乎地说："你看看，一走就是这些天，早就盼望你回来呢！你嫂子也念叨了好几次。"说话间二人走进书房。敖景请李德昭坐下，亲自取杯倒茶。坐下后，敖景歉意地说："上一次你走后，你嫂子责怪我好几天。我早就想找你谈谈，咱们之间可能存在一些误解，正好今个你来了，我想和你好好谈谈。"李德昭看出敖景真情背后的虚情假意，看他究竟想怎样演绎，迎合说："也好，那就谈谈吧！"

敖景见他这么说，正中下怀，便说："既然老弟如此说法，那就请老弟说说吧！"

李德昭看看敖景，神态中确有温和的色彩，便开门见山地说："我是一个直性人，不会拐弯抹角，有啥就说啥，话语重了，有伤害的地方还望谅解。"敖景笑笑点点头。李德昭继续说："关于给我建府邸一事，我觉得你做得太过了，打着我的旗号，不顾百姓疾苦，强取豪夺，强行征召泥瓦木工和强壮劳力搞勤劳奉事，利用农忙季节大兴土木，毁坏我的名声，请说清是何企图？"

敖景不慌不忙，解释说："这件事是我做得不够稳妥，带来一定的负面影响，我负有责任。不过，你应该理解，建府邸完全是为了你，真真实实是一件好事。没想到的是手下做起来出现了一些偏差，其实他们也有着一个好的出发点，这就是早日把它建成。事已至此，我无话可说，真心向你道个歉吧！"说完，站起身给李德昭鞠了一躬。敖景一番不软不硬的话和突如其来的鞠躬，令李德昭猝不及防。他原以为敖景会狡辩一番，没想到转变得这样快。李德昭不是一个得理不饶人的人，一时没了话语。

夏秀丽在内室无事可做，来到书房想看看敖景在干些什么？推门走了进来，见李德昭在屋里，正逢两人闷坐，便笑嘻嘻地说："哎呀呀，每次在一起总是吵吵闹闹，今儿个怎么这样清静啊？"

李德昭见是夏秀丽来了，赶紧站起来深施一礼，问候说："娘娘万福！"赶紧给夏秀丽让座。夏秀丽自己找了把椅子坐下，也让李德昭坐下，随口问："你俩干啥呢？"

李德昭说："来说说给我建府邸的事。"

夏秀丽有些不解，唐突地问："咋，还没建啊？"

李德昭说："建完了！"

夏秀丽高兴地说："咋建的这么快呀！真的吗？"

敖景接过来说："是真的。不过不是我给建的，不知谁给建的，一夜之间就矗立起一座寺院。"

夏秀丽惊讶地说："哎呀，真是神人呀！黑龙，谁有这么大本事啊？"

李德昭嘟嘟囔囔地说："是我师傅让我的三个师兄从雷音寺给搬来的。"

夏秀丽高兴地说："天下竟有这等奇人！那你俩还说建府邸干啥？"

敖景说："黑龙对我的一些做法有些不解，我已经认错了，还赔了礼。"

夏秀丽问李德昭："真的吗？"李德昭犹豫了一下，点点头。夏秀丽说："兄弟，有怪他的地方就怪我吧，都是我监督得不够，有时他会使些坏点子。啊？"

李德昭笑了。

夏秀丽说："既然和好了，我去弄点饭，中午一起吃吧。"没等李德昭回答，夏秀丽起身出去了。

敖景说："你嫂子一向对你很好，从不拿你当外人。今后我俩一定会配合得很好。"

李德昭望望敖景，真诚地说："我会努力的！"说罢，笑了一回。敖景也笑了起来。

李德昭总觉得心里不舒服，认为敖景使的是退二进三缓兵之计，由于事情已经过去，也是囿于夏秀丽的面子，毕竟打交道的事以后时间还长着呢，问题也就不深究了。李德昭问："今年降水是做如何安排的？"

敖景见李德昭转变了话题，紧张的心情放松下来，和颜悦色地说："早就照惯例做了安排。大体在春天、夏季、秋初雨量比较集中，考虑到作物生长期需要，深秋下一场较大的冬雨，封住地面，利于土壤保墒。现在再过个六七天，准备下一场，雨量要适中大一点儿，促使草木发育、禾苗生长、果木开花。"李德昭点点头。敖景邀请说："届时兄弟有何公干？我们一起布一次雨怎么样？"

李德昭也想做一次，想探探敖景诚意，便同意了。由此二人唠得比较投机，似乎隔膜已解除。敖景让李德昭聊聊学艺的趣闻，借以消磨时间。李德昭讲了几件，甚至把送云为伞给丛尚书的事也别有情趣地说出来了。敖景听后似乎十分感慨，夸赞说："兄弟真是一位重情重义的人啊！"

李德昭在水宫府吃完午饭回了仁和堂。回到新家，别有一番感触，对娘亲的思念、对师傅的留恋，一起涌到心头。他左看右看越看越亲近，走到自己卧房，往床上一躺完全放松了，四仰八叉的姿势，完全没有任何拘束，想怎样就怎样，自由百姓真好啊！躺了一会儿，他坐起身子四下看看，发现被子旁边那个小红包裹，伸手拿了过来，打开一看里边的金子一动未动。还有师傅写的那封信，拿起来仔细一一推敲觉得师傅想得忒周到了，连自己许诺过的民工工钱他都给包来了，真是个有心的人。而自己都忘到脑后去了。他坐在那里盘算着如何将这些工钱发放到民工手中。

这时，有人敲门。他赶紧冲着门口说了声："请进！"一个老者应声走了进来，一头白发，满脸白胡子，手中拄着一根树条做的拐杖。满脸褶皱，神态安然。来到李德昭身边说："小官乃是当地土地张福德，人们都叫我土地佬。太上老君嘱咐我：说这里来了个新主人，要我过来看看，不知主人有何吩咐？"

李德昭说："我是黑龙，这里人都叫我秃尾巴老李。你是土地爷，来得正好，前些日子我答应给那些民工打工费，麻烦你拿去替我分发一下吧！"土地佬接过金子，颠了又颠沉甸甸的，便问："这么多，分给多少人啊？再说找谁去呢？"李德昭说："你说让我吩咐你，咋啦，吩咐你又不接受，这不是来送空头人情嘛！"土地佬哭笑不得，又问："这些钱非得发吗？"李德昭坚定地回答说："答应人家了，非发不可。而且发错了还不行！这关系到一个人做事的信誉问题，这一次我就相信你了。"土地佬嘟嘟囔囔地说："人家都往手里划拉，你可好，到手的钱却往没主的人手里送，而且还非送不可，真是天壤之别呀！"李德昭不再说话。土地佬欲走，回头又说："你这里不找几个人当当帮手啊？"李德昭说："以后再说吧！"土地佬拿着金子走了。

时间到了六月中旬，高阳炎热，大地热气升腾。敖景找来李德昭，提议说："咱俩这两天降一次雨怎么样？"李德昭同意，二人约定明天一早启程。

降雨从始发地摩尔根开始，沿结雅河东行，沿岸雨势宽度一千多公里。

二龙一边驱动云彩一边调整雨势，遇山则弱，遇川则强，断断续续，绵绵不断。这场雨对田里庄稼生长是极为有利的，小苗水灵，地垄湿润，非常适宜。敖景洋洋自得，李德昭由衷满意。二龙往来折返数趟，整个黄河流域、长城内外、关东大地，雨水基本覆盖一遍。

　　回来途中，敖景亦是十分精心，不断地调整雨的速度，有块地方甚至细雨蒙蒙，在原来降过雨的基础上，多覆盖了一次。李德昭问："这是何故？"敖景回答："这是老规矩，每次降雨这些地块都是格外照顾一下，适当多降一些，所以这些地块庄稼年年都比他处多收几成。"李德昭不解，又问："如此区分是何道理？"敖景说："这些地块都是庞员外的土地，他对我们支持很大，所以降雨也要倾斜一下。"

　　李德昭听后极为反感，指责说："作为地上苍生，对我们都是一样，不存在亲疏，更不应该有照顾之说，即使照顾，也应该扶弱济贫才是。"敖景说："吃富人的饭，为什么替穷人说话？"李德昭不肯相让，强调说："我是穷人生的，庞有福是我的仇人，他靠土地生存；穷人靠打工谋生，是他们付出了辛苦汗水，才有了土地收成，庞有福过多地剥夺了打工人的劳动成果，这是不公平的。我们不应以我们的喜好来区分，而应该从职责范畴去对待，尽量要一视同仁。当然，包括陆地上的众多生灵。人类崇奉我们，是相信我们会保佑他们，渴望我们给他们带来风调雨顺、天下太平。如果我们做伤害他们的事，他们会恐惧我们，把我们视作恶魔。"

　　敖景大不高兴，质问说："你在教训我？"

　　李德昭摇摇头说："是提示！"

　　敖景气急了，公开叫骂："你是个什么东西，人不人鬼不鬼的，竟敢对我这种态度？看我如何收拾你！"

　　李德昭不甘示弱，淡淡地说："那好，我愿奉陪！"

　　脆弱的合作，就这样不欢而散了。自此，敖景再降雨注重一些富户的土地，其他则随他嗜好随意而行了。

　　二龙相互靠了一段时间，谁也不去施雨，关东大地又有些干旱了。李德昭看不过，自己去施雨。依然从摩尔根出发，沿结雅河向东布雨，折返几个来回，关东大地就浇了一遍，旱象基本解除。

　　敖景知道了，寻了一块低洼地带，聚了一大片云彩下了三天三夜。好端端的一块平原全泡了汤，成了一片海洋。庄稼淹没了，村庄不见了，大树也没了。正是：空中千鸟飞绝，高处虎猿哭号。人畜尸首漂移，瓷缸木杆互敲。烟波一望无边，大水浩浩渺渺。二龙相争谁是，人们无从知晓。

　　李德昭一时也是傻了眼，他知道这是敖景和他作对，硬是重复降大雨毁掉了自己降雨的成果，变利为害苦了平民百姓。怎么办呢？去找找姥爷吧。刚要起身，他想到了姥爷交给他的异术，旋龙卷风将大水移到大海里去。想

184

到这里，他跃上天空，将尾部插入水中，全力摇晃身躯把水带起，径直飞到大海里去了。不到一日，被淹土地裸露出来。

敖景也是慌了，知道自己闯了大祸。怎么办？计上心来：恶人先告状，借机将黑龙除掉。于是他跑回天庭去告状，南天门撞钟三响。

玉帝坐在凌霄宝殿问："何人撞钟？"值日官报："白龙回天庭有要事禀报。"玉帝："传来！"敖景被值日官领上殿来。玉帝问："白龙，不在东土施雨，到此撞钟所奏何事？"

敖景跪地奏说："小臣禀告玉帝，凡间土皇上封了一个五湖四海都龙王，名叫李德昭，其实就是黑龙，外号秃尾巴老李，为凡人所生，天台山雷音寺学得异术，故能呼风唤雨，自恃皇封与小臣作对，乱施雨水，造成大兴安岭以东一带特大洪灾，数十万人死于非命。望玉帝发兵捉拿治罪，已慰苍生死难之屈！"

玉帝闻奏，大为不悦，又问："怎么人间皇帝也能敕封龙王之职？哪位爱卿能够说个明白？"

太上老君出班禀奏："臣禀玉帝，这个黑龙乃是东海龙王三公主吉云所生，是龙家血脉。经观音菩萨指点已是认祖归宗，成为龙族一员。年幼被其养父断其龙尾，故称秃尾巴老李。曾在天台山雷音寺从师张伯瑞，学得一身文笔武功。学艺期间经大清文部尚书介绍，施雨抗旱，使百姓、朝廷解除危难。皇帝欣赏他的贡献和为人，一时兴起给他个巡按之职。只为做事方便，并无实职薪酬。至于施雨成灾，死人不计其数，微臣不知，不敢妄言，可派人传他上殿对证。"

玉帝心想：黑龙投胎尚有我的一分心思，得细细问明白，不可造次草率。想罢，便说："老君你派个童儿下凡，去把那黑龙领来，朕要问个明白。"太上老君应诺，离开凌霄宝殿。玉帝宣布散朝，改日再审。

敖景见事情已有变故，怕殃及自己，一时慌了手脚。月和老人走在最后，侧脸瞧了敖景一眼，正好与敖景目光相对。敖景赶忙奔他而来，哀求说："月老，救救白龙，日后报恩万死不辞！"

月老闻言觉得奇怪，刚才慷慨陈词毫无惧色，如今何以求我救他？欲之不理，敖景不依，缠磨哀求。月老硬要脱身已不可能，只好推脱说："玉帝问讯，必讲真凭实据，要想通融别人不可，唯有西王母娘娘说话。"说完，甩袖离开回了天宫月楼。

敖景无奈来到瑶池，正遇侍女飞龙姑娘出来。敖景急忙向飞龙姑娘施礼，问候说："飞龙姑娘一向可好，白龙这厢有礼了！"飞龙一见是敖景笑了，含蓄地说："哟，今个怎么这样清闲啊，有空来这里？怎么不好好守着虾姑娘呀？"敖景苦笑说："姑娘不要玩笑，正有急事找你，你万万不可谦辞了！"飞龙见他神情恍惚的样子，知是事情不小，也想躲避。敖景无奈放出狠话："今日我要完了，你也跑不掉。"双手拇指食指合拢做个圆状。飞龙见了立即停住，悄声问："出了什么事？"敖景哆哆嗦嗦地说："今天殿上，我把黑龙告了，说他发洪水淹死数十万人，玉帝要治他罪，怎奈太上老君要求黑龙上殿对证。如果真的对证于我十分不利，但有一招：只要玉帝问是谁先降的雨，黑龙肯定说是他。这样我就不至于丧命。回头你与西王母娘娘作扣，成全了我，否则后果……你自己酌量！"说完，敖景转身走了。飞龙受到要挟，无奈回瑶池去找西王母娘娘。

第二天一早玉帝登朝。太上老君将李德昭带上凌霄宝殿，与敖景对质。玉帝问："那黑龙，白龙告你乱施雨，淹死数十万百姓可有此事？"李德昭回答："禀玉帝，施雨之事确由我先始。不过，半个多月不降雨已使禾苗枯黄，再不雨，怕是颗粒无收。我想我有这个能力，不能见死不救，就施起雨来。谁知后来白龙熟饭加柴，使得前功尽弃，才淹死百姓无数。"玉帝问敖景："雨后你为何还降雨？"敖景说："事先不知道李德昭已降过雨。"玉帝又问："黑龙，事先可曾沟通过？"李德昭说："未通气。"

玉帝又问太上老君："爱卿，你看此事如何办好？"太上老君说："都是为了救庄稼，都不为过。令其回后努力补过也就是了。"玉帝哼了一声："倒也可以。众爱卿哪位还有话说？"众天仙谁都听明白了，责任在敖景。碍于太上老君和稀泥，玉帝也表示赞同，皆不愿再发表什么意见，便都默然不语。玉帝又问一遍："真的没有了吗？"话音刚落，东海龙王敖广出班禀奏："玉帝大人，老臣有话说。"玉帝说："爱卿，有何事尽管讲来。"敖广奏："如今黑龙已胜任施雨之职，老臣愿将重任交予黑龙。"玉帝说："唉，敖广，你想躲清闲？不行，我还不放心，这差事你还得管着点啊！给他个官职倒还可以，再说人家土皇帝都敕封了官职，黑龙行的是天庭之职，固然应该封个职位。"玉帝犹豫了一下，询问："给他个什么官呢？"西王母娘娘一旁笑了笑说："上天玉帝没有官职可给，那就把土皇上封号送他也好，叫个四海都龙王如何？"玉帝说："这个官职不妥，吏部编制中尚无此职！待将来看看表现再说吧。"

敖景一旁牙都快咬碎了，这个气呀，后悔不该来天庭告御状，不但没治了李德昭，反倒差点给他讨个官职。

玉帝又宣布一项决定，大声说："张天君、张兰英听旨。"张天君、张兰英出班跪倒。玉帝说，"派你二人下凡任灶王爷之职，下凡后，画影图形，张贴家家户户灶前，为一家之主。为朕反映民意，监督二龙治水。每年腊月二十三回天庭汇报情况。"张天君与妻子张兰英跪倒谢了玉帝。

朝散后，李德昭、敖景领着灶王爷、灶王奶奶来到了凡间。

第三十一章　助蛙婆天蝗

从天庭回来的路上，敖景当着张天君夫妻的面对李德昭说："从今个开始，摩尔根一带降雨咱俩分开，以白河为界，河东归我，河西归你，互不干涉。其他地方你一年我一年轮着来。"黑龙不十分赞成地说："你愿分就分，干着看看，搞不好的都可以管，咱俩都是干这个的，要是必须分，玉帝早就断明了。"敖景气愤地说："你愿意行不行，我就这么办了，到时候别说我找你小脚！"说完独自走了。

"这个人怎么这样？"张天君很是气愤地说。李德昭笑笑说："今天他的算盘没如意，告恶状不成反把自己搞臭了，心里不舒服着呢！"张天君又说："看样子这个人持强，你年纪小，他没瞧起你。我早就知道他高傲喜功，一般的不放在眼里，不管怎么说我夫妻初来乍到，两眼一抹黑，什么都不知道，好歹他也应该打声招呼才是。"张兰英接过话说："一个爷们家，别婆婆妈妈的跟娘们是的，净计较那些没用的。"张天君嘿嘿一笑："像娘们还不好，要是就更好了，都不用娶媳妇。"张兰英横了张天君一眼，嘟囔说："一点正经的没有。"

说话间三人来到摩尔根，落下云头。还没等李德昭往仁和堂里让，敖景走上前来，对灶王爷说："二位去我那里吧，他这还没开张，要人没人，要吃没吃，我那什么都有方便着呢！"李德昭说："已经到门口了，不妨进去看看，愿走再走也成啊！"张天君笑嘻嘻说："也行，敖景老弟你也一起进去看看怎么样？"敖景大度地说："真的，我还没进去过呢！"说完一起进了寺院。

其实原本敖景没有请张氏夫妇去水宫府的意思，走不远便听见张天君挑剔他，打了一个寒噤，盘算道：灶王爷惹不起，是个多嘴多舌的人，玉帝派他是用其长，日后真要是得罪他回去一顿嘟啵，听的人不知情，那事情就坏了。小人之辈，得罪不起，敬敬也不费事，比临阵抓挠人要强。这么一想他觉得合适，明知道他们会来仁和堂，索性在这等上了。

三个人在李德昭引导下，整个寺院都瞧了一遍，非常满意。张天君意欲留下，张兰英却有些犹豫。敖景便对张天君拉拉扯扯硬劝去了水宫府。

李德昭送走了张氏夫妇和敖景，转身出了寺院，踏云去了结雅河下游的刘庄。见了刘河悍又蹭了一顿饭。吃饱喝得便同刘河悍攀谈起来。李德昭问刘河悍："刘伯，你种的地苗子长势如何？"刘河悍高兴地说："苗子都出齐了，上场雨可借老劲了，长得绿油油的那才喜人呢！你帮着开的那块地，地力特好，现在玉米都腰深了，茎秆也粗壮，保证产量高，你就瞧好吧！"刘河悍越说越兴奋。

李德昭见他这么高兴，心里很满足。他笑笑说："刘伯，有件事想和你打打招呼，以后我可能不会常来你这了，你要有什么事情需要我帮忙，你就冲着我开的那块地喊两声'秃尾巴老李，秃尾巴老李'即可。"刘河悍不解地问："为什么？"李德昭一本正经地说："就这样定了！"说完便走了，不一会儿便没了踪影。刘河悍琢磨了半天也没能悟出个头绪来。

李德昭又到别的地方实地察看了几天，觉得有些地块没有被绿色覆盖，怎么也没琢磨透，索性回了摩尔根。刚要进寺院，被蛙婆婆叫住了。蛙婆婆埋怨说："这一天天忙啥呢？寻了好几天了，也没傍到个影？"

李德昭笑着说："婆婆，身体还好吧？好几年没见了怪想的。最近回来不几天，打仗升天的没得消停。"他拉着蛙婆的手进了寺院，径直到了卧室。蛙婆一边走一边瞧，一边赞不绝口地夸："哟，哪儿都这么好，谁给建的？"李德昭说："师傅。"蛙婆说："哎哟，那个老妖怪还挺仁义的呢！"李德昭说："婆婆，你是我的大恩人，带我去看病的是你，领我去找师傅学艺的是你，没有你的真情帮助哪来我的今天啊！婆婆，你坐好，我给你磕头了！"说着跪地就拜，一气磕了三个头，慌得蛙婆连拉带拽也没阻止得了。蛙婆说："老黑啊，拜不拜都一样，婆婆不会挑的。你是一条小生命，没了亲人多可怜呀！我没把你当成外人，当成个孩子。"李德昭坐在蛙婆身边亲昵得无可无可。蛙婆笑了，又说："如今你大了，又能做大事了，好哇，你现在是个有官衔的人，可要尽职尽责呀！要讲奉献，不要贪图享乐，别忘了自己也是一个普通百姓来着。这是你的根你的本啊！"李德昭精神起来，一本正经地说："婆婆总是在关键时刻指点我，我真有点离不开你了！"他摇着蛙婆的手说，"婆婆，你就别走了，住在我这里行吗？"蛙婆笑了笑，回答说："这哪行啊！我住的都是沟泡河塘，哪住过厅堂楼阁呀！我还有我的活呢，不行不行。"李德昭坚持说："我不管你行不行，反正我给你留个屋子，愿住就住，来去总有个歇脚的地方啊！"蛙婆笑了，夸赞地说："这孩子，懂事了，有这话不住心里也舒坦，其实我也愿意和你在一起，只是每天东奔西跑的没个定时。"李德昭说："就这样定了。"蛙婆温馨地笑了，是从来没有过的满足。

过了一阵子，蛙婆说："老黑呀，婆婆有一件事还想求求你。结雅河下游有块地方，发生了蝗虫灾害，情况很严重，蝗虫铺天盖地，我使尽了浑身解数，也没有消灭，强势发展，越来越重。昨天我找到敖景，请他帮助，他说他是降雨的不是管虫子的，此事与他无关，不肯出手，可能对我有成见，还说我是阴阳人。其实我也是为了老百姓有活路过得好一些，做到也算进了天职。我知道你俩分了地界，你去做对你也是个挑战，可不这样问题又解决不了！"蛙婆陷入为难地步。

李德昭说："婆婆，你别急，说让我如何做？"

蛙婆说："那发蝗虫的原因，是去年干旱，今年初春也干旱，诱发大面积蝗灾发生，最好的办法是下一场急雨，断断续续来个两天，蝗虫飞不起来，再加上不适合大湿度环境生存自然就会自灭了。"

李德昭听了拉起蛙婆的手，坚定地说："婆婆，你领我去，我去施雨，你说咋下就咋下！"李德昭架起云彩，载着蛙婆一起去了蝗区。

到了现场，李德昭看出来了先前来过这地方，因为自己不明白，被蛙婆一指点才知道原来是蝗虫作的妖。李德昭好奇地抓住一只左瞧右瞧一不小心蝗虫蹦跑了，他想再抓不想向前一跑，哄地一下密密匝匝飞起一片蝗虫。飞了不远便落下来，听见一片嚓嚓响，飞快地啃食作物枝叶，只一会儿工夫，绿油油的庄稼变成树杈杈的根茎了。真是太可怕了。李德昭问："婆婆，咱们开始吧？我带着你咱们一起布雨，哪块怎么下你及时说，这样效果更好一些。"蛙婆有些不放心地说："你那又是风又是雨的，我能受得了吗？"李德昭说："没事的，我会保护你的！"李德昭马上又说："婆婆，你先在地上等我一会儿，待我把云彩聚好你再上来一起驱着走。"说完，一跃飞上天空，霎时天空云团翻滚，风声呼啸，冷气嗖嗖，云彩越聚越多，空气也变得湿润了。

很快李德昭落在地上，招呼说："婆婆，咱们上去吧。"于是李德昭拉着蛙婆的手飞入云中。雨唰唰地下起来，打在地上在尘土中溅起白烟，不一会儿白烟被雨势压了下去。说来也怪，那蝗虫没有一个飞起的，拍在地上动弹不得。他们驱着云彩沿结雅河向下游走，走了一气又向前折去，方圆百里，三四个时辰就浇了一遍。这样下下停停，浇了一遍又一遍，很快两天就过去了。李德昭问蛙婆："婆婆，用不用下去看看？"蛙婆说："还是看了的好，假如有装死的就再浇它一气。"李德昭按住云头落了下来，还没来得及查看，就被敖景抓住了，劈头盖脸地打了一顿。李德昭并没有还手，质问说："这庄稼都被吃光了咋还不行杀杀蝗虫啊？"

敖景气急败坏，恶狠狠地说："杀蝗虫，我还想杀你呢！不是说好了吗？分界治水，谁叫你越界了？"说罢抡拳就打，李德昭只是左闪右躲不曾还手。蛙婆见了气不过，呵斥说："你给我住手，李德昭是我请来的，有气你冲我撒！"敖景说："你一个癞蛤蟆多个啥，打你还不是小菜一碟！"说罢转身挥拳就打，眼看打上了，只见蛙婆身子飞了起来，顺势吐出舌头在敖景脸上抹了一下。就这一抹不要紧，敖景没有防备，脸蛋被扫去一条子肉，鲜血淌了下来。敖景气得二目赤红，追着蛙婆打。

李德昭实在看不过，心里感觉打蛙婆和打他娘差不多。他大声地说："敖景！不要太狂了，黑爷和你比画比画。"说着，拦住了敖景。敖景眼都红了，哪还在意李德昭，也不说话掏心就是一拳。李德昭见敖景拳到了，也不躲闪，迎上去用头上的角一顶，疼得敖景妈呀一声收回拳头，改用异术，甩出两颗魔钉。蛙婆眼快喊了一声："魔钉！"李德昭见过这东西，不慌不忙，待魔钉到了张嘴衔住，吐在手上，还没等敖景反应过来，魔钉被甩了回来，一颗落空，一颗不偏不倚定在敖景的右肩上，疼得敖景一个劲地咧嘴。

敖景吃了两回亏，实在不甘心，立即改变套路，用口喷水柱击打李德昭。敖景以为李德昭比自己年龄小，技艺力量不如自己，忽略了李德昭学的都是高手的过人绝技，有张天师奇异绝妙的玄术，也有龙王的祖辈家传，特别是龙族的水技，都是多少代前辈博采众家之长传下来的，吸取了高人的精髓，去伪存真锤炼而形成的精华。李德昭见敖景喷出水柱，不慌不忙，一龇牙，一粒水珠从牙缝中飞出，速度之快，瞄准之精，不偏不倚正中敖景面门。敖景急忙用手去摸，口中水柱啪叽落在地上，地上留下一条深深的沟痕。

这时，李德昭与蛙婆已经走开了。敖景吃了亏不依不饶，死缠硬磨赶了上去，指着李德昭鼻子叫骂："你这个人不人鬼不鬼的东西，爷我今天岂能容你，快来受死吧！"说着，人没到剑到，一下戳到了李德昭左肩头，鲜血流了下来。吓得蛙婆急忙用身遮挡。那敖景穷凶极恶，疯了似的挥剑冲了上来。李德昭怕蛙婆吃亏，忙将蛙婆提到空中，隐入云中不见了。敖景找了半天没找到，自以为捡了便宜又占了上风，消了消气，自回水宫府去了。

李德昭和蛙婆在云层中走了一会儿，李德昭记起什么停住了。他问蛙婆："婆婆，咱俩是不是还得回去看看，那些蝗虫也不知死了没有？如果没死再轮他两遍。"蛙婆说："怕也是差不多了。以我的经验应该是灭掉了。"李德昭说："不行，咱回去看看吧。"蛙婆问李德昭："这是到哪了？"李德昭向下望望说："已经到了药泉山。"蛙婆说："那咱俩下去停会儿。"李德昭不知蛙婆要干啥，便落下云头停在药泉山下。蛙婆拉着李德昭钻进一片树林，李德昭误以为蛙婆要解手，挣脱手说："那不方便。"蛙婆瞅瞅李德昭笑了，假装生气地说："你个混球，长大了？我不是来解手，是要给你找个泉子洗洗伤口！"李德昭不好意思地笑笑。

来到一处地方，林中地上尽是水，水中一个一个水柱不停地蹿出水面，翻着花又落到地上很快融入水中。蛙婆说："这泉水可以疗伤，洗洗你的伤口吧！"蛙婆让李德昭脱掉上衣蹲下，她一捧一捧地将水浇在李德昭的左肩头受伤处，一边浇一边问："疼不疼？"李德昭说："不疼，凉丝丝的挺舒服。"洗了一会儿，蛙婆一拍李德昭的肩头得意地说："好了！"李德昭右手伸过来摸了几回，惊喜地说："真的，连点伤疤也没有，还以为敖景没扎到我呢！"

李德昭穿好了衣服对蛙婆说："婆婆，这回咱们该去蝗区了吧？"蛙婆深情地说："老黑呀，还惦记着呢？不看看你指定是不放心。行啊，走吧！"二人复又返回，落到结雅河下游的一块玉米地，玉米叶子被蝗虫吃得残缺不全，但雨后长势还是不错，绿色渐渐地多了起来。李德昭走进地里往垄沟一看，惊喜地叫："婆婆，快来看呀，满沟子都是死蝗虫，密密麻麻的一层呀！"他俩又向纵深查看，效果差不多，奇怪的是竟然没捡到一个活的蝗虫。

两个人一直走到地的另一头，钻出焖锅似的玉米地。李德昭举起双手深深呼吸了一口凉爽的空气，回头对蛙婆说："这玉米……"他愣住了，敖景正气势汹汹地拽住了蛙婆的衣领。

李德昭回身看见蛙婆已被敖景抓了，交给手下乌龟精等押着，便蔑视地说："敖景，你要是条汉子的话，你把蛙婆婆放了，你不是冲我来的吗？我陪着你，欺负一个老太婆算什么本事！"敖景带了好几十人，见李德昭当众这么羞辱他，面子上有些挂不住。对乌丞相说："把那个老废物放了，把她扔得远一点，别再让我瞧见她。"那帮人连推带搡把蛙婆带走，走到很远才将她放了。李德昭说："咱俩是文打武打？文打，就咱俩定个日子在结雅河里打，不伤及黎民百姓和土地建筑，输方卷起铺盖立马走人，永远离开结雅河，赢方不再追究；武打，你把你所有的鱼鳖虾蟹都带上，咱们还是在结雅河里打，输方俯首称臣，赢方不再追究。你看怎么样？"敖景一拍大腿说："我就是这个意思。那好，你说哪天？"李德昭痛快地说："明天！"敖景走到李德昭跟前一击掌，说："文打！"说完带着虾兵蟹将走了。

第三十二章　大战结雅河

敖景走后，蛙婆带着李德昭来找刘河悍。蛙婆说："刘员外，明天老黑要与敖景决斗，在结雅河里分个胜负，决个生死。"刘河悍问："为什么事啊？采取这种方式！"蛙婆说："事因我起。前段时间结雅河两岸旱情严重，蝗虫乘势大面积发生。蝗虫过处庄稼、野草皆被蚕食而尽，尤其是庄稼秸秆不留。我使上浑身解数扑腾了好些日子，怎奈还是无济于事。正在愁苦万分时看到李德昭回来了，便将灾情说与他听，求他相助。他听我说百姓为此事哭天喊地，便于心不忍，欣然答应，当即到结雅河南岸下游一带查看，随即按着我的要求和指点施雨除灾。一连大雨小雨断断续续降了两三天，果然奏效，遍地蝗虫基本灭绝。正在我俩查看灾情是否解除时，被敖景逮着，以跨界施雨之罪痛打于我。黑龙不忿与其交手，结果不分胜负。"刘河悍说："敖景那个家伙才不是个东西，根本不思尽职，而是为了享乐乱使权力，一年没个次数，无端索要贡品，甚至生食童男童女的心肝！人们都恨他不死！平心而论，黑龙为我和当地百姓做了好多善事，这是众人皆知的。金蛙，你干脆点说吧，我能帮点什么？"

蛙婆看看李德昭。李德昭见蛙婆既然说了，也就没客气，直截了当地说："刘伯，明天我和敖景在结雅河中决斗，你需找些人来帮助。多蒸些馒头，再备一些白石灰。在河边看着，黑水上来那是我，你们要扔馒头，我乘机吃了，会补充体力；白水上来那是敖景，你们要扔石灰，石灰水能刺激眼睛，使敖景捕杀不住我。这样我就能获胜了。"刘河悍听了一口应承，表态说："敖景眼下已是孤家寡人，百姓除了几个富户，一般没有搭理他的，甚是不得人心。你要打他，我一定帮你出把力。我这就去派人认真准备。你们先唠着，我一会儿回来。"刘河悍出去了。刘兰梅去找他娘。蛙婆悄悄对李德昭说："待敖景打得精力集中时，冲他身后喊声'蛙婆婆你别过来'，敖景肯定回头找我，那时他的精力就分散了，你使一绝招，一战可胜！"李德昭点点头记住了。

不一会儿，晚饭准备好了。刘河悍对李德昭和蛙婆说："今天晚饭在这吃吧，还有明天的早饭。你那里还没有伙食，在我这里会吃得舒服一些。"蛙婆说："行！今个不走了。"

晚饭时，刘河悍一家三口都来陪李德昭和蛙婆进餐。刘河悍讲述了他与蛙婆的友谊，张兰多对刘河悍和金蛙表示敬佩，坦诚地说："如果金蛙姐姐愿意，可以和刘河悍再修旧好。"蛙婆急忙摆手说："刘夫人哪里话来，我今天陪李德昭过来，一是说说李德昭与敖景决斗的事，二是也想和你们一家人见见面。我能够和你们坐在一起叙一叙已是求之不得的了，都这大一把年纪啦，哪还有青春梦想，祝你们幸福快乐吧！"

刘河悍说："欢迎酒咱们喝了，我还要提一杯祝愿酒。明天是李德昭和敖景决战的日子，建议大家借这个机会祝愿李德昭明天一战获得胜利！"大家一起喝了一杯。刘兰梅站起来端着酒杯来到李德昭跟前，比画要干一杯，完后伸出大拇指晃动了一下，示意一定胜利。李德昭抱抱拳表示感谢。张兰多有个新发现，怪怨地说："你俩有话就说，当这么多人比画个啥！"刘员外解释说："自从李德昭来后，兰梅见到李德昭就说不出话来，你们说奇怪不？"蛙婆笑了，解卜似的说："这是缘分，一家人不说两家话。干脆我给他俩撮和撮和算了。不知二位意下如何？"刘河悍和张兰多互相看看，张兰多说："不知兰梅愿否？"刘兰梅扑哧一下笑了。蛙婆欣喜不已，马上说："成了！"李德昭给刘河悍和张兰多跪地磕了三个头，起身跪下又给蛙婆磕了三个头。蛙婆婆向刘河悍全家敬了一杯酒，以示庆贺！于是屋内充满了喜气。

喝了一气，刘河悍说："天也不早了，让李德昭好好休息休息，明天还有一战呢！"饭局很快结束了。刘河悍安排李德昭和蛙婆去休息。

张兰多和刘河悍回到了卧室，躺在床上谁也睡不着。张兰多挑逗说："你和蛙婆一见如故，我看出你俩感情已是心心相印，衷情没改，虽是表情默然，言谈举止依然还是脉脉相通的，可见都是痴心不改。"刘河悍坦言说："你观察得挺细致，不知金蛙咋想，我还真被你说中了，回忆起那段时光还是很欣慰。不过，我看出来金娃对自己的命运现实还是真心的理性的有个认知。她一向尊重我，会确认我的选择也是她自己的心愿，这一点我是了解她的。所以你给她的建议，她说了反对意见。我认为她是真诚的。"张兰多又笑嘻嘻地问："说实话，你心里也是这么想的吗？"刘河悍说："你这样问，我也理解。可是你要知道，我现在已不是你那般年纪，我从未把爱情当游戏，我是珍惜和专一的。我既然千方百计地挖空心思娶了你，你又死心塌地的跟着我，我还能见异思迁吗？旧情毕竟是历史，是过去的事情了。何况你又年轻可人，我们又有了兰梅，有个舒心的家庭，我还会追求什么呢？现在我已是心满意足了！"张兰多说："要是我呀，我可得好好寻思寻思，旧情多温馨啊！"刘河悍笑笑说："那是你们年轻人的浪漫，我已经知足了。别说当时没结婚，就是结婚了，也不会撇了现在的妻子去复旧。历史造成的事实，我没有理由改变，何况当时只是钟情而已！"张兰多娇滴滴地说："这么说，我还得死心塌地地跟着你了！"刘河悍也激情洋溢地说："我是不会变心的，除非你背叛我。"张兰多捂住了他的嘴，将脸贴在男人的脸上。

结雅河是一条大江的中段，河谷左岸是平原，右岸是山脉。河床有一段沿着一条峡谷狭窄通道穿越小兴安岭，水深流急极具挑战性，敖景和李德昭选择在这段河里决斗。刘河悍带着家丁早早地来到东山上观阵。过了一会儿，只见东山上空阴云密布、电闪雷鸣。云团一会儿黑，一会儿白，很快两团云彩落入河面不见了。河水立即沸腾起来，刘河悍知道两条龙已经打了起来。

　　河水中虽然带有一些泥沙，但是近处视觉还算清亮。敖景见李德昭如约而来，仗义地说："你还算条汉子，说来就按时到了，好样的。"李德昭一抬手说："废话少说，动手吧！"说罢恢复了龙相，是一条又黑又壮的无尾巴的黑龙。敖景也无心唠叨，伸出双拳在胸前快速摇晃了几圈，一挺身现出白龙相。二龙凑在一起交战起来。

　　黑龙目标明确，只想打赢这场仗，不想伤害到白龙，交起手来从不先出招。白龙则完全不一样，他不是只想把黑龙赶走，意在斩草除根杀了黑龙。所以白龙招招用心用力，既准又狠，直奔要害部位。二龙头撞爪挠，击头抽尾。一会儿喷水，一会儿撕咬。盘旋中白龙明显占有优势，尾部摆动身体机动灵活遂心如意。黑龙有些笨拙，尾部摆水力不从心，且速度缓慢，往往分手后，白龙能迅速回转身体，而到黑龙翻转过来时，白龙已经冲到跟前，防御不及时，有时被先击打到。但是，黑龙依然不改变战术，始终处于防御状态。仗打了有三个时辰，白龙仍不能获胜，心情有些急躁，他想在翻转时咬住黑龙的脖颈，最好上下咬住能致其死命。

　　又一个回合分开，白龙马上转回身，全身搅动河水箭一般扑向黑龙后脖颈。黑龙知他扑来转身已是来不及了，便回头喷出一团火球，那火球直入白龙口中，烫得白龙立即含满一口水，将火球吐出。但还是灼伤了口腔肌肉。大家可能会问：水里怎么能用火攻呢？可您是否还记得黑龙东海认亲时姥爷梦中传技就有这个招数。白龙又吃了一回亏，体力和锐气都有所下降。白龙又攻到黑龙跟前还没等头部出招，只觉得后爪被什么碰了一下，低头一看是乌丞相拎双锤前来助阵。白龙随在黑龙面前做了一次佯攻，乌丞相立即绕到黑龙背后，照后脑抡起就是一锤。黑龙见白龙攻来而不动手，知他有诈，便提高了警惕，忽然听见脑后水声响动，便朝白龙身下一缩头沉了下去。再看时乌丞相正扑了一个空，身子撞在白龙身上。

　　俗话说：是亲三分向。刘兰梅已经与黑龙定亲了，能不惦记他吗？刘兰梅坐家里就像坐在针毡上，躺也不是，坐也不是，往日平静的心情不知怎的一下子闹腾起来，满脑子里竟是李德昭的影子。一会儿出门望望，一会儿又折回屋里，自己也奇怪怎么会是这样。翻来覆去她想定个主意：去找娘说说，自己也去东山上观阵。来到娘的卧室，娘竟然不在屋，会去哪呢？平时都在屋里待着，今儿个怎么也不安稳了呢？她问丫鬟小桃："我娘呢？"小桃说："刚才还在，这会儿可能去后边灶房了吧？"刘兰梅说："小桃，一会儿你和我

194

娘说一声，就说我去东山看我爹去了。"小桃应声答应。

刘兰梅出了院门纵身跃到空中，踏着清风直奔东山去了。刘河悍看见刘兰梅来了，问她："你不在家中待着来这干啥？"刘兰梅调皮地说："看看你呗。"刘河悍怀疑地说："看我？"刘兰梅微微一笑说："那不看你看谁呀？"刘河悍说："关心我好啊，会不会还有别人呢？"刘兰梅撒娇地说："爹，干嘛刨根问底的没完没了，心里明镜似的，非要让人家说出来，真坏。"刘河悍笑了，随口问："你娘知道你来吗？"刘兰梅心想这回我不给你留活口了免得你没完没了地问，回答说："知道。我和她说了。"刘河悍眼盯着刘兰梅，又问："真的？"刘兰梅不耐烦了，埋怨说："人家不是说了吗？干嘛没完没了的。再问啥我都不知道了。"刘兰梅的目光也转向河里，那湍急的河水，翻腾的漩涡，说明战斗正在劲头上。刘兰梅心里闪过一个念头：不幸随时都会发生。怎么办？想着想着来了主意，探身子看着河水，一不小心滑到河里去了。家丁们唬得失了魂，赶紧问："刘员外咋办，咋去救她？"刘河悍继续望着河水，也不着急。家丁们以为他还没反应过来，又催了一遍。刘河悍慢吞吞地说："不管她！"家丁们吓得脸都变了色，巴不得刘兰梅游回来。

刘兰梅入水后变成一只小泥鳅，在水里观阵，发现黑龙没有尾巴，扭动身子没有白龙快速，捉摸着帮他一把，想来想去给他做一次尾巴行不行呢？她跑到一边变化了一下，觉得不把握，怎么才能固定住呢？她记起爹爹讲过的一件事，说他师父吐口唾沫就能把两个人粘住，她试了一下两个手指，一口唾沫涂上果然粘上了。她又担心了，怎么分开呢？她没听爹爹说过，掰掰看，试了一下不行。她往手上吐了一口唾沫想使劲再掰掰，不想一动手指开了。她高兴得不得了，又变只泥鳅围着黑龙转，伺机给他安上尾巴。

黑龙见是乌丞相前来助阵，便蔑视地说："非正人君子也，言而无信。"白龙大言不惭地说："自古以来两军对垒明抢暗器谁都使用，君子小人不足为论，胜者为王。"黑龙气急欲要张嘴，白龙吓得后退丈许，生怕火球再烧着。黑龙没有动，也没有喷火，他觉得尾部有人拍打了一下，是那么轻柔，感觉好像是刘兰梅的手，回头看看，未见人影，正在犹疑，蜷身一瞧尾巴长全了，他动了一下，身子着实灵活了许多，心中纳闷，却又不好吭气。这时，白龙在前，乌丞相在后，前后合围来战黑龙。

黑龙也不畏惧，依然精神抖擞，斗志十足。大约时近中午，黑龙觉得肚子有些饿了，便想起由左右前后翻腾，改为上下翻腾躲闪计划，乘机好吃几个馒头。白龙不知是计，黑龙躲到哪他追到哪。

刘河悍见河面上黑浪涌起，便叫人们快往那个泛花的地方扔馒头，人们喊哩喀喳地扔下去，黑龙一口气能吃到十来个，这样往返数次肚子就饱了。

白龙感到奇怪，每次追赶回来，眼睛总是刺得慌。乌丞相看出门道，悄悄告诉白龙河岸上有人捣鬼，给黑龙喂馒头充饥，给你撒石灰刺眼睛，是给黑龙助阵。于是白龙用上心，对黑龙来了一个佯攻，果然看见有一个头人叫喊着给他扔石头呢。

刘河悍见白浪涌起喊叫人们赶快往河里投石灰，刹那间石灰中夹杂着石块一齐飞向河中那块白浪翻滚的地方。刘河悍一边快速地投，一边指挥集中到一点，叫喊着少了不起作用。正在干得来劲的时候，白龙突然跃出水面，一把将刘河悍拽入河中。

白龙入水后，指着黑龙骂道："你这个不是人的东西，说话为什么不算数？"说着，想当着黑龙的面将刘河悍掐死，待他伸手去掐刘河悍脖子的时候，不防刘河悍嗷的一声吼叫，变成一只雄壮的河马，大身材，一身黑，圆又肥，四肢短腿粗又壮，大头，大眼，大嘴巴，俨然一个庞然大物。吓得白龙想往后撤，河马一口咬住白龙的右手，使劲地晃动着大脑袋，将白龙狠狠地甩到左岸上，疼得白龙嗷嗷叫，迅速腾上天空逃跑了。

刘河悍水中复了原形，回到岸上不见刘兰梅，有些着急，问李德昭："看见兰梅没有？"刘兰梅从爹的后面闪出，叫着："爹，我在这哪。你怎么样，伤着没有？"刘河悍淡淡地笑了笑说："我还能有事！不用你惦记，有工夫惦记惦记别人吧！"

说话间，天空现出一团云彩，霎时间到了眼前，人们一看都惊诧不已，原来是敖景回来了。敖景立在地上，气势汹汹，二目喷火，鄙视说："咋？胜利了？高兴得太早了吧，我还没说输呢？"他用手一指李德昭："走，继续打！"说着跳进河里。李德昭脱下上衣缠在腰间，紧跟着也跳进河里。河水又开始泛起花来。敖景没有变形也不吱声，李德昭见他没变也就没复原龙形，二人交手就打。一个暗藏杀机，一个舍命奉陪；一个取胜心切，一个套路清晰。你来我往，数十回合，不分胜负。敖景使出一个破绽，顺手拽出一把刀，搂头就劈。李德昭闪开，一张嘴吐出一把钢叉，晃了晃七尺多长，双手握紧，抵住敖景劈来的大刀。敖景推开叉杆撤回大刀，向前一步跨越，逼到李德昭面门，心想：这回你还哪跑？没想到李德昭不跑不闪泰然不动。敖景有些奇怪，开始紧张起来。这时只听李德昭坚定地向敖景身后喊叫："蛙婆婆你别过来！"敖景激灵一下，回头去看。说时迟，那时快，李德昭拽下腰中衣服一抖变成一条口袋，顺势不偏不倚将敖景套在口袋里，收紧袋子口拎起就走。敖景在口袋里手撕脚蹬，使刀又划又捅，全都无济于事。李德昭口中叨咕几句，口袋立马变小，敖景也跟着变小。李德昭来到岸上，口袋往地上一扔，敖景在里嗷嗷叫。刘兰梅过来用脚踢了一下，敖景在口袋里直骂。这时众人抄起棍棒刀又要打敖景。李德昭说："我俩是比武，不要伤害他。"李德昭又问敖景："你服不服？"敖景自知如果不服软李德昭不会放他，只得说："现在服了！"李德昭将敖景放出。

敖景从地上站起来，整理了一下衣服说："以后再说吧！"抬腿走了。

第三十三章　魔口夺童子

　　敖景在东山结雅河一战惨败，回到水宫府郁郁不乐，饭也不愿意吃，茶也不愿意喝，连睡觉也不愿意上床了，成天的一个人闷坐书房。夏秀丽见他这样痴痴呆呆，又不像生病的样子，猜到心中必有不快之事，便关心地问："你近来精神状态不佳，一定是遇到了什么棘手的事情，说来听听嘛？"敖景斜了她一眼，闭上眼睛一声不吭。要在以往敖景从来没有这种表情，夏秀丽见他这样藐视自己便有些预感，他的事是不是和自己有什么关联？于是满脸温馨地问："是我什么地方惹你不高兴了？"敖景毫无表情地看了夏秀丽一会儿，依然一声不吭。夏秀丽坐在他身边，拉着他的手说："什么事使你对我这种态度呢？"敖景没看她也没回答她的问话，现出一种不屑一顾的表情。夏秀丽松开他的手，无趣地离开了敖景，默默地走出了书房。

　　夏秀丽走出门庭，倚在门边向外望着，想排遣一下心中的委屈和压抑。正好看见乌丞相跛跛趄趄走来。乌丞相近前问："娘娘一个人在此望啥？"夏秀丽灵机一动问："乌丞相，你也好几天没来了，我想问问：你家爷出了什么事？"乌丞相反问："白龙爷没和你说吗？前几天他与黑龙决战输了，被黑龙抓了又放了羞臊了一回！"夏秀丽一下醒腔了，一定是敖景把对黑龙的怨恨又和自己联系在一起了。想到这儿，她的眼圈马上红了。

　　乌丞相见状也明白了几分，心中暗笑嘴上却说："娘娘，我有事先进去了。"夏秀丽没吭气。乌丞相一个人走进了书房。

　　敖景见乌丞相来了，脸上现出一点活气，却故装生气的样子问："这些天你到哪儿消遣去了？"乌丞相马上回说："我的爷，现在哪有心思消遣啊？"他凑近敖景低声说："我去找来几位高手想给爷出出气，狠狠地治治那个秃尾巴老李！"说完简单介绍了几个请来的高手。敖景听了动情地说："还是我的丞相知道我啊！"敖景显得有些激动，嘱咐说："这事千万不能和娘娘说啊！"乌丞相明白他的意思，辩白说："娘娘不至于吃里爬外吧？"敖景脱口说："那谁知道。"乌丞相心中暗笑，嘴上却说："娘娘不是那种人呀！"敖景笑了，委婉地说："我也没说别的呀！"两个人同时笑了起来。乌丞相又压低声音说："今儿个我找好个地方，和那几个人见见面，借机你再散散心，行不？"敖景来了精神，立刻回应说："消遣消遣吧！"于是两个人一起走出水宫府。乌丞相四下看看，也没看到夏秀丽，便轻声说："娘娘刚才在这了。"敖景一边走一边说："没事，随她便。"

敖景走着问乌丞相："咱这是上哪去？"乌丞相笑着说："庞府啊！"敖景犹豫了一下才说："走吧。"二人这才驾云去了。从空中俯瞰地上，大地一派绿色景象。乌丞相赞叹地说："这可是爷的一大功劳啊！"敖景不忿地说："什么功劳，还不都记在李德昭的名下了？"乌丞相嗔怪地说："爷你说哪去了，他李德昭才来几天呀？人们心里都有数，都夸你哪。"敖景问："还真有人？谁呀？"乌丞相说："前天在庞员外家，所有人都这么说的。"敖景叹口气说："也就这帮人吧。"乌丞相反驳说："不可能。那天在庞府我和那帮家伙说：'今年白龙爷为大家没少费心血，你们可不能忘记了爷的恩德呀'，大家说：'那哪能呢！这一段时间白龙爷也没得到犒劳，我们回去在原有的供奉基础上加活牛一头，烈马一匹，肥羊十只，生猪六口，外加童男童女一对，每村一份。谁不兑现，将来大水就淹谁！'这都是原话。"眼看快到庞府了，乌丞相告诉敖景说："这些东西，咱们留一点在庞府享用几天，其他的送进水宫府，免得娘娘在家生疑。"敖景说："咱乐呵咱的，管她呢！"

走到庞府大门前，庞有福早就迎候在门外了，见敖景来了，赶紧向前走了几步，寒暄说："白龙爷，这几天恋窝子了，怎么老也不出来了？"敖景说："都老掉牙的婆娘了，有什么恋头。"庞有福说："看你说的，才多大岁数呀。"敖景觉得自己太龌龊了自己夫人，也怕人笑话，便打趣地说："开开玩笑嘛，你们为啥非要刨根问底的呀？看出点毛病了？"庞有福赶紧说："哪敢哪敢。"说着，进了大院，走进客厅。敖景坐下，庞有福赶紧出去张罗茶水。乘这机会，敖景附耳对乌丞相说："你赶紧出去，把那两个童男童女带到深山无人处剜了心拿来，说是鹿心，千万不能在这里动手，那样名声就坏了。"乌丞相马上出去了。在门口遇见庞有福问："乌丞相有何公干，这么匆忙？"乌丞相一边走一边说："安排一下，去去就来。"说着没了影。

夏秀丽暗中跟随敖景到了龙门寨不远，看见一辆马车拉着四个女子，穿得花枝招展，个个喜笑颜开。一个说："上次呀，我们两个没玩过他一个，把我俩造的都拉胯骨了。这回可好了，咱们姐四个，一定把他玩趴下。"说完哄然大笑。赶车的说："你们高兴得太早了，这回来了五个爷们，一对一还不够呢，谁输谁赢还说不定呢。"四个女人不吭声了。这时前边不远走来一个年轻女子，虽然衣服旧点，但是身材妖娆，神姿妩媚，长相俊俏。车夫说："你们要把她拉上来，就一对一了。"四个女子一哄下了车，围住那女子，说是要赶个堂会，非要女子跟着凑个热闹。生拉硬拽的把她弄上车，按住没放手。进了庞府，关进了后院。

吃饭的时候，庞有福对婆娘说："你去跟那几个姑娘说说，梳洗利索，带过来伺候这几位爷。"婆娘出去安排了。

客厅里坐台已经摆好，客人们拥拥挤挤走了进来，庞有福一个一个安排了座位，鲨鱼精座次排后，脸上十分不悦。庞有福搞不明白到底如何排座，这活本应该乌丞相的事，谁知他半路出走才造成他失了章法。脑袋一转来了招数，笑嘻嘻地说："各位爷，现在还没有到开饭时间，再说乌丞相点的那个绝佳菜肴还没到货，先请几位歌姬陪咱们玩耍玩耍。"说罢，五个歌姬分个头大小依次走进客厅来。先是一人弹琵琶，四人跳舞。跳了一会儿，改为无伴奏五人集体舞，舞姿轻盈优美，个个逗人，舞着舞着，就散了花，被五个大汉一人抢了一个，后来的那个女子姿色甚佳，鲨鱼精去拉，不料敖景抢先一步搂入怀中，鲨鱼精只好捡了一个最小的拽到身旁。庞有福年长，不堪入目，走了出去。

这样一玩所有的烦恼都没了。鲨鱼精搂着个姑娘咧着个大嘴，流着口水说："白龙爷的地方是好，还有这么多玩意可玩，以后弟兄们咱们要常来啊！"狗鱼精见鲨鱼精用这话贴乎敖景，自己也不甘落后，拍马屁说："白龙爷，你那水宫府所在河叫什么雅什么挺别嘴的，干脆改叫白龙江多好，一说我们就知道了是白龙爷的地界。这一叫白龙爷的名气可就大了。"众人拍手叫好。搂着狗鱼精的女人娇声娇气地说："哟，我以为老狗很骚，没想到真还有点正事。"众人又是一阵大笑。嘎鱼精溜缝说："把庞员外叫进来，让他写个告示，昭告天下结雅河自今日起改名白龙江！"庞有福站在门外早就听见了，立即跑进来应答说："没问题，赶明儿个杀几头猪，方圆千里要员富商政客名流都找这来，好好开个发布会，到时候列位可别忘了捧场啊！"几个精怪说："着，保证随叫随到！"众人玩耍起来情更浓了。敖景早已神魂荡漾，女人朝他的脸上狠狠地咬了一口，深深地留下几个牙印。

李德昭自与敖景决斗后，依然每天查看土壤墒情，缺雨的适当降一些，内涝的能排的排一下，记到心中，待以后降雨时区分雨量。这天回往摩尔根途中听见有个村落中有人哭喊，于是按下云头落在地上，变为人形，上前察看。只见有八九个男人和女人痛哭失声，让人听了撕心裂肺，惊魂落魄。有两个女人哭得死去活去，瘫在地上，不能动弹。一个气息微弱地唤："麻秆，麻秆！麻秆呀，可怜的麻秆，你回来呀！你不能……"下边的声音听不清了；一个声嘶力竭地吵骂："毛毛，毛毛！你才六岁啊！这惹谁了？非要拿你去送礼，还要摘心挖肝！吃人的人他咋不死啊？都是人哪，他为什么要孩子的心？他没有孩子吗？他是畜生啊！世上好人都死，恶人为什么不死呀？老天啊，公平吗？"村里好些人都战战兢兢地看着，有的上前劝着，有的也跟着抽泣。李德昭挤到一位老者身边，悄悄地问："老人家，这些人家出了啥事？"老人看看李德昭不认识，摇摇头，闭上眼睛仰面长叹一声，疯狂叫喊："世道啊！罪孽啊！"泪水如注，面色苍白。李德昭同情地向他靠了靠，扶住他颤抖的身子。老人忽然喊叫着："我那可怜的孙子孙女呀，小小的年纪被人剜心了，咋都让我家摊上了！我哪辈子没积好德呀！我连一只蚂蚁不敢踩呀！我的天啊！"老人背过气去。人们过来喊他的名字，称谓他的辈分。一位中年男子见李德昭对老人甚是同情，知道他是个好人，告诉他说："今天早晨，有一伙人将他的一个六岁的孙子和一个六岁的孙女拉去给白龙送礼去了。白龙要吃他俩的心。"这村子每年都要送两对童男童女。李德昭急切地问："去了什么地方？"那汉子说："好远呢，什么龙门寨或是水宫府。"

李德昭什么也没说，一跺脚腾上天空，一团黑云向北飘去，眨眼之间没了踪迹。人们吓得屏住呼吸，个个都傻了眼，谁也不知道这回是祸是福。

李德昭进了摩尔根地界，一边走，一边向下寻看，快到龙门寨了，忽然看见乌丞相从庞府院子走出来，神色匆匆，奔西南大路走去。李德昭觉得可疑就飘在他的上面想看看他要干啥。大约走了七八里路，有六七个人牵着牛马赶着猪羊奔龙门寨方向走来。乌丞相迎了过去，嘀咕些什么李德昭没听见。只见乌丞相急匆匆又朝西赶去，过了一道小河，发现四个人，两个抱着孩子，两个跟随后面也急匆匆奔龙门寨走来。乌丞相迎上前去，五个人折向西走。李德昭断定那两个孩子定是麻秆和毛毛。于是赶上去落下云头截住乌丞相五人，喝道："把人放下！"五个人吓了一大跳，乌丞相一看是李德昭，魂都要出来了，掉头就跑；那四个人撂下孩子撒腿也跑了。李德昭抱起两个孩子，问叫什么名字，两个孩子都战战兢兢，满脸恐惧，男的说："我叫麻秆，她叫毛毛。"李德昭说："想见妈妈不？"两个孩子齐声说："想！"李德昭又说："我送你俩回家好不好！"男孩问："你是好人吗？他们见你为什么跑呀？"李德昭说："你妈在等你呢？你俩把眼睛闭上，不许张开，懂吗？"说完抱起孩子跃上天空，不一会儿工夫就看到了那群人。李德昭落下地，放下两个孩子，对大家说："老乡，两个孩子回来了，看好别再让魔头抓去。"说完转身走了。

有人惊诧地说："这人该不会是秃尾巴老李吧？"有人醒悟说："肯定是，要不谁有这本事。"也有的说："孩子回来了，赶快找个地方躲起来！"

李德昭离开那个村庄，直奔龙门寨去了。刚走近寨口一群人闹闹嚷嚷地窜了出来，有的甚至五马长枪地舞闹起来，前面领头的正是乌丞相，敖景和庞有福也在其中。李德昭猜到这伙人可能就是吃小孩那伙人，耀武扬威也是冲自己来的。李德昭毫无惧色，从空中落下来双手掐腰立在路中间，怒气冲冲地盯住他们。乌丞相告诉那几个人，夲咱们食的就是那个黑小子。鲨鱼精一看笑了，骂骂咧咧地说："嘿，他妈的，和我颜色差不多。龟孙子，来吧，今个老子正没处活动筋骨。"说着，举两只小手就冲了上来。李德昭笑了，讽刺说："旱鸭子，这里不是大海，逞什么能啊？"说罢，没等那鲨鱼精到跟前便一个火球喷过去，噗的一声击到怀里，呼啦一下烧了起来。鲨鱼精满地乱滚也无济于事，不得已化作一股黑风窜走了。敖景一见这几个全是水中货，陆地上施展不开，便提议："兄弟们，跟我到结雅河去！"这些怪物各有变化全都走了。地上只有庞有福一个人。他跪在地上直磕头，央求说："黑爷爷，饶命，饶命！"李德昭上去狠狠地打了他一巴掌，顿时门牙掉了两颗，血从嘴里流出来。李德昭又怕那些人跑掉，再没顾忌他，追那些人去了。

到了结雅河，情况就不一样了，水中物，回到水中，游鱼得水，各显其能了。狗鱼精使把三尖刀，嘎牙子使把三刃铜，乌丞相晃着两柄锤气焰嚣张地将李德昭围住打了起来。李德昭毫无惧色，推划躲闪，翻腾跳跃，四肢全用，弄得刀剑铁锤叮叮当当响作一团。三十个回合不见输赢。这时乌丞相的鱼鳖虾蟹十几个头领也来轮番上阵，将李德昭的前后左右上上下下围个水泄不通。李德昭一时逃脱已是不可能了，只好躲闪跳跃，偷空还击。

敖景一旁观阵，心里这个乐啊，打不赢也消耗你的力气。旁边叫了一声："加把劲，弟兄们，好虎架不住群狼，都使劲，拖也把他拖垮！"敖景这一叫喊，唤醒了李德昭。我不能叫他们缠住呀，得跳出去，治治他的幸灾乐祸。想罢，一个隐身跳到敖景身后叫喊一声："你想坐享其成，做梦吧！"话到手到，啪的一声，一拳击在敖景的后颈上。敖景一个前倾，险些趴下。敖景说："弟兄们歇会儿，看我的。"手中魔钉一晃，李德昭只管对付暗器，不想脚下敖景来个兔子蹬鹰，结结实实踹到李德昭的肚子上。李德昭一个趔趄，踉踉跄跄地后退几步，好不容易站稳，敖景扑上来一个魔钉按在他的肩上，黑龙顿时浑身发麻，力不从心。敖景还想在李德昭额头拍上一个，见他身体有些僵硬，便正面举手过来。李德昭岂能容他，张口一个火球正打在敖景的面门上。敖景烧得白烟冒起，急忙用手去拨，不想手也被烧着。嘎鱼冲过来，将三刃铜在身上一蹭，双手举铜夹住火球拨了下来。此时敖景已被烧了满脸泡，疼得龇牙咧嘴。他令乌丞相用兜网将李德昭拿了。

李德昭已是没有反抗能力，只有任人摆布了。乌丞相将李德昭捆好，令众人正要抬走，远处传来瓮声瓮气喊叫声。到了近前才发现是鳇将军。乌丞相笑呵呵地迎上去，幸灾乐祸地说："兄弟，来得正好，弟兄们刚抓住李德昭，真不容易，多亏了白龙爷的魔钉。"鳇将军说："乌大哥，我感谢你救了我。今天我不伤害你，别人就讲不起了，放开李德昭万事皆无，否则他人在劫难逃。"说罢，一口黄雾将敖景罩住，问乌丞相："大哥，你要敖景还是李德昭？"乌丞相卡巴着眼睛说："兄弟，你不能这样。咱们好好商量一下。"鳇将军说："没有余地，快选择！"乌丞相磨磨蹭蹭来到鳇将军跟前，笑嘻嘻地要说什么，却突然举起双锤砸向鳇将军头部。鳇将军觉得有点不太对劲，但是已经晚了，铁锤已经到了面门。鳇将军叫了一声："哎呀！噗！"身子往后一仰，一团雾将乌丞相包在里边。鳇将军说："哪位不知趣的过来！"无人搭言。

鳇将军走到李德昭面前，解开捆绳说："黑龙爷，对不起了跟我走吧！"说着，背起李德昭就走。李德昭不知他往哪里走，只听耳边水响，他已经没有气力与鳇将军交流了，迷迷糊糊地没了意识。

第三十四章　鲤鱼救黑龙

鲤将军驮着李德昭驾黄云来到水宫府，停在门前高声叫喊："夏娘娘，我是鲤鱼精，你出来一趟！"夏秀丽正在屋里生气，敖景在外面寻花问柳，心中像是根本没了她，越想越憋得慌。正在这时，一个熟悉的很长时间没听到的声音在呼喊她，便慢腾腾地走出来，一看是鲤将军，高兴起来，惊讶地说："你咋的了，背的那是谁呀？"鲤将军指指李德昭说："今儿个给你背来个病人。"夏秀丽上前仔细一看是李德昭，虎了一大跳。他不是跟敖景他们打仗去了吗？一看肩头盯着一个魔钉，心里全明白了。于是问鲤将军："敖景呢？"鲤将军说："让我给粘住了！你赶快给他拿掉魔钉。我一会儿再去放他们！"夏秀丽笑了笑说："你想等价交换？"鲤将军说："娘娘说的哪里话，你一贯大度，心地善良，尽人皆知。我怎么能那样做呢？快点吧，晚了会有麻烦！"夏秀丽也知道，如果敖景回来她肯定救不了黑龙了。趁现在他不知晓，糊里糊涂救了李德昭，敖景知道了也不能咋的她。想到这儿，夏秀丽口念咒语伸手擎住一颗魔钉，把魔钉对准了李德昭肩上那颗魔钉一贴，李德昭肩头的魔钉就脱落到地上。

鲤将军看见夏秀丽把魔钉取下来，背起黑龙就走，径直朝东边飘去。李德昭趴在鲤将军的后背上，渐渐地苏醒过来，睁眼瞧瞧背他的人是一个大汉，肥壮又有力气，驾的云彩不白不黑而是黄澄澄的，背上还有股腥味。他不知道这人的来历，只好试探地问："请问壮士是何人？"鲤将军听见李德昭说了话很是兴奋，急忙收住云头落在地上，从后背上把李德昭慢慢地放下来。鲤将军说："真好，你醒了？"说着将李德昭扶着坐下来，继续说："你也真够英勇的，一个对五个。佩服，果然名不虚传！"李德昭听出他不是敖景的人，便试探地问："你是谁呀？"鲤将军回答说："我原来是乌龟精的部下，后来白龙占据了这块地方，我又成为他的将军，其实我就是鲤鱼精，还有一帮军卒。白龙使坏心眼，要用我的族人做礼物送给长白山天池的泓溪，要是打仗死了倒也不怪，拿我的人当盘菜送人，这我不让。便与白龙闹翻了，于是携家带口地跑到了乌苏里江，现在在那儿仙游。"

李德昭听明白了，警觉地问鲤将军："那你为什么要救我呢？"鲤将军笑笑说："这话一会儿半会儿说不完。反正你的身子还没恢复过来，我带你去我那儿，有些事我再和你细说说。"李德昭觉得身子虽然恢复了知觉，可是浑身还是散架子一样使不得力气，想了想便同意了。

歇了一会儿以后，鳇鱼精重新背起李德昭，驾着黄云往东飞去。过了好大一阵子才到了乌苏里江，他们进了鳇将军的帅府，家人将他俩迎进客厅。鳇将军安排李德昭先休息，又安排家人去灶房准备饭菜。

李德昭打斗了大半天，又昏睡到傍晚，肚子早已经饿得不得了。饭菜上来，他便狼吞虎咽地吃了起来。鳇将军也是早已饿了。两个人糊里糊涂吃了一顿饱饭。

李德昭吃了饭精神好多了，也来了兴致，问鳇将军："途中你要和我说什么来着？"鳇将军说："不急，等你恢复好了再说不迟。"李德昭坚持说："待着也是待着，聊聊也累不坏，能说就说吧，早知早放心。"鳇将军叫来老婆和小女皇皇。母女见过李德昭，纷纷落座。鳇将军讲述了小女皇皇的事。

十多天前的一个中午，皇皇闹着要出去玩玩，夫妻俩都不太愿意，说她尚小，独自出去不太放心。皇皇固执坚持，两人只好同意了。临行前妈妈嘱咐皇皇："皇皇呀，你一个人出去可要小心呀，外面好玩，也布满了危机，山猫野狗到处都有，还有很多渔人捕捞，万一被弄了去小命就没了。"皇皇说："哎呀娘啊，人家都六七岁了，防御知识和能力还是有的，那么关心有必要吗？"

皇皇出去了，独自一人在水中游啊游啊，感到从未有过的畅爽和惬意。她游到一块江水很浅的地方，也不停止，用力地向前游，越游感觉江水越热乎，金色的沙滩，暖暖的太阳，蓝蓝的天空，从来没有见过，真是美极了。她甚至还怪怨妈妈，这么好的地方为什么不早点放她出来，憋在那么个小地方，天天见识就是那么一点点，真是无聊。

皇皇想着玩着，也是又累又热，闭着眼睛在浅滩上迷糊起来。

江边来了两个渔人，不停地向江中观看。忽然一个年轻人发现了皇皇，蹑手蹑脚走到皇皇跟前，伸手将皇皇抓了起来，惊喜地叫起来："爹爹，你看是一条鳇鱼呢！"回身跑向老者，边跑边说："这可够咱家美餐一顿了。你看：长长的足有三尺长，七八斤重，嫩嫩的皮肤，黄黄的颜色，油光锃亮，真招人喜欢。"

皇皇被抓住时才睁开眼，知是情况不好了，拼命地挣扎了一番，一点效果也没有。听见了年轻人对她的夸奖，泪水流了下来。老汉说："怎么，她怎么还会哭哇？"年轻人说："可不咋的，真流泪了。"老汉说："这是今年干旱呀，江里的水都快枯竭了，鱼儿也是受害者，要不咋会浅在这里呢？这是咱们发现了，若是遇上野狗她早就没命了。"年轻人也感叹说："这鱼啊，也是怪可怜的，它也通人性呢！"老汉说："要不咱也行行善放了它，吃一顿也解决不了长时间的饥饿，积点德说不定会感动老天爷给咱那地方降点雨呢！"皇

203

皇听了嫩声嫩气地说："我爸能找来秃尾巴老李，他能给你们降雨呀！"年轻人吧唧松了手，撒腿就跑。皇皇落在地上，蹦了几蹦。被老汉拾了起来走向江边，一边走一边说："鲤鱼娃，你要是有神灵就帮我们做点事吧，我们成天拜天求神也没祈来雨啊！你救救我们这些苦难人吧！"说完将皇皇放入江中，矗立良久才离去。

鳇将军说："皇皇的遭遇令我感动，我决心求黑龙爷施雨救助这帮农民脱苦难。这样我就去找你，我有信心，知道你总愿为黎民百姓做善事。头一天正好遇上你与白龙决斗，你要是不用计惊诈罩住他，我也会喷他一头雾水。看你拎着白龙走了，我也没追，知道你还要处理他。今天，我听说白龙要吃童女童男的心，估计你肯定会去阻止，所以暗中跟随你，遇到了这样的结果。"鳇将军看看李德昭，继续说，"我的初衷带有私心，可我知道这不会影响你做事。"鳇将军嗓音有些哽咽，喝了口水看李德昭没有再说什么。

李德昭听了鳇将军一番由衷的话很感震撼，心想：这些农民百姓多好啊，善良且有同情心，他们的需求就是我的职责呀！此地，虽然二龙分工归属敖景，但是他不务正业，不思其职，残害百姓，也不能宽容啊！想到这里，他说："鳇将军，你救了我，你还信任我，这事一定做，管他谁的地界呢，雨该下还要下！明天一早我就去那里查看，看怎么个施法。"鳇将军很是感激，也很佩服，许诺说："黑龙爷，今后我就是你的人，有事叫我，赴汤蹈火在所不辞！"李德昭听了说："承蒙将军抬爱，我一定尽心为百姓做事！到时候可能会有你出力的地方。"

鳇鱼婆和小女皇皇站起来，规规矩矩地给李德昭鞠了一躬。皇皇说："爹、娘，我说对了吧？这事黑龙爷一定肯干的！咋样？"李德昭和鳇将军夫妇都笑了。

第二天，李德昭辞别了鳇将军夫妇，开始了兴凯湖一带旱情和地势调查，巡查到一个叫南山村的地方，看见一群一群的人往山上走。李德昭也跟着朝山上走去。一路上来往的人还不少，老老少少男男女女单个的或者成帮的，有拿红布条的，也有拿水果供品的，有的嬉笑，有的表情严肃，随着上山的人群他来到山上。这是一块不太大的开阔地，东南方地上摆着一张桌，桌子上放着供品，有山梨、苹果、仙桃、馒头、蛋糕、饮料、香炉。围观的人们中间跪着一大群人，这是一群上了年纪的男女，岁月在他们纯朴的脸上留下深深的皱纹。可以看出日出而作日落而息，他们并没有获得快乐和幸福，在自然灾害面前多么无助，跪在地上，头顶炎炎烈日，汗水湿透衣衫，膝盖卧进土里，虽然表现出虔诚，内心却急如汤煮，脸上却又是十分无奈。时近中午，只见一位身穿灰色长衫头戴短顶帽的长者，站起身来走到供桌与跪着的人们中间，双手秉持文书恭敬地向东南方向深深地鞠了一躬，半转身来，高声诵祷：皇天在上，我等是当地顺子良民，祖祖辈辈以地为生，承蒙上天恩惠,我类得以繁衍生息;如今遇旱,庄稼失水,危及收成,子民恐民不聊生,叩拜皇天派龙洒水,成我等丰衣足食之愿。说罢,求雨的人们伏地一片呼天之声,其情之至震撼心灵。

李德昭向靠近身边的一位老人问:"老人家,这么做有作用吗?"

老人盯了李德昭一眼,打量了他一会儿,见他黑不溜秋的样子,摇了摇头继续看热闹。李德昭又走到别处,问一个青年人,青年人指着满山攒动的人头说:"人们都是这么想啊,心诚则灵,心到佛知,谁知哪天感动老天爷呢?明知不解决问题,也要坚持这样做,可见百姓盼雨的心情是多么迫切呀!我要是黑龙我就得哭。"李德昭问:"为什么呢?"青年人摊开双手说:"放不开手脚呗!怕白龙,怕老天爷,有必要吗?说为百姓,那该干就干呗!我是没那两下子,要是有,我早就轰隆轰隆下它几天了。"李德昭听了青年人的话,虽然不很准确,但是说中了,就是左顾右盼了嘛。

李德昭对青年人说:"你喊几声,让大家回去吧,雨马上就下了。"青年人看看这个黑不溜秋的黑小子,贬斥说:"你说了算呀?"李德昭往天上一指说:"你看下雨了。"青年人看着蓝蓝的天空灼灼的太阳说:"一派胡言,晴天亮日的哪来的雨呀?"话音未落,大雨哗哗地降下来。

李德昭跃上天空,开始了大面积降雨。李德昭刚刚被敖景致伤,余毒未清,体能未能复原,高强度的体力消耗,他如何承受得了,眼前一黑,跌到地上,昏厥不醒。

鲲将军自从李德昭离去,心里一直放心不下,那个行走晃动、落脚轻飘不稳的影子,一直在他眼前晃动。毕竟李德昭是他请来的,又是为小女还愿,越想心里越不踏实。于是他便起身从后面追了上去,一直追到那个祈雨的地方。他摇身变成一个青年男子,见李德昭走近他开始搭讪,便说了一些刺激黑龙的话,想激起李德昭施雨的决心,果然他如愿了。待李德昭施雨时,他变成一只蟋蟀藏在他的背上,随李德昭在天空飘游。施雨时间不长,他感到李德昭的身体在颤抖,从低往高处升起时不那么轻松,给他一种不祥之兆。过了没多久,不愿看到的一幕终于发生了,李德昭倒在地上。鲲将军蹲在李德昭的身边,用手摸摸他的鼻息,感到呼吸十分微弱。他有点慌了,怎么办?忽然,他从腰中拔出一支令箭,拿在手中摆弄了几下,又放在嘴里含了一阵子,取出抛向天空,那箭朝北飞去。

不一会儿,一片黄色的云彩飘了过来,云彩上跳下来三个人,急匆匆走到鲲将军面前。一个大嘴者问:"怎么回事?"鲲将军说:"大郎中,你过来看看他这是咋啦?我没敢动他,怕他禁不住折腾。"大郎中俯下身拉起李德昭的手,摸了一会儿,回答说:"虚弱。"鲲将军问:"把他运回家去行吗?"大郎中肯定地说:"应该可以。"鲲将军有些不悦,瞪起眼睛说:"我问你行还是不行?"大郎中干脆地说:"中。"鲲将军横了他一眼,对那两个人催促说:"来,快帮我把他扶到背上！"那两个人犹豫一下，试探地说："我俩背不行吗？"鲤将军有些急了说："不行！我不放心。"两个人对视一下，迅速弯腰把李德昭轻轻地扶起来，安稳地放到鲤将军的背上。鲤将军下令说："走，回家。"一团云彩升起，快速向北飘去。

到了鲤将军府，鲤将军先落下来，那两个人搀着李德昭进了后边将军卧室。鲤婆赶紧平整被子，垫枕头，把李德昭安稳地放在床上。鲤将军出去换衣服。那三个人乘机问鲤婆："娘娘，这黑小子是什么人？劳将军非要亲自背呢？"鲤婆说："他是军爷请来兑现皇皇许愿帮助百姓施雨的恩人。"三个人长长眼睛，盛赞说："鲤将军真是个重情重义的人啊！"鲤将军走进屋来，立起眼睛说："怎么还没给脱衣服？"说罢，自己上床去脱李德昭的外衣。那满是泥土的外衣一动散落到床上不少泥土，鲤将军有些不高兴，质问说："咋？他娘的，让你们来是看热闹的？"鲤婆、大郎中还有两个人一起动手将衣服床单枕头一起撤了下去，换上新的。鲤婆打来一盆水，给李德昭洗了头脸、手脚。鲤将军看着安静躺在床上的李德昭，放松地嘘出一口气。

李德昭躺在床上动了一下，厚重的嘴唇也动了一下。大郎中看见了，连忙说："快，给他喝点水。"鲤婆这时才想起来使唤丫鬟，叫喊："玲玲，倒喝的水来。"丫鬟玲玲赶紧端水走进来，鲤婆接过用勺子舀给李德昭喝。李德昭一口一口连续将一大碗水全喝下去了，安稳地闭上了眼睛。

睡了一会儿，李德昭开始骚动，手不停地抓挠前胸，头也不停地晃动。一屋人慌了手脚。鲤将军不安地问："这是怎么回事？"大郎中张着嘴答不出来。鲤婆伸手去摸李德昭的额头，刚碰上就缩回来，轻声叫了一声："烫的慌！"大郎中也去摸摸，也说："怕是发烧？"鲤将军很不高兴地问："咋办？"大郎中赶紧跑出去，取回一包板蓝根，叫丫鬟给加水熬熬。不一会儿药熬好了，鲤婆接过来试试太热，放在一边凉着。鲤将军显得有些急躁，对丫鬟说："玲玲，再拿个碗来，来回折折凉得不是快嘛！"丫鬟玲玲赶紧又拿来个碗，这碗倒到那碗，那碗倒回这碗。大郎中看出门道，嫌她慢，接过来自己折。折了一会儿，试一试还行，便停下手。端到李德昭跟前，亲自喂药。这时鲤将军脸上神情松弛下来。谁知道喝了药，李德昭还是折腾。鲤将军又紧张起来，在卧室里来回不停地走动。

这时卫兵进来报告："门外来个女的，挺漂亮，要找鲤将军。"鲤将军上去"啪"的一掌，气乎乎地骂卫兵说："咋他妈的说话呢？"随即走出去。

鲤将军走到门外，见是夏秀丽，不屑理睬地说："娘娘来此何干？"夏秀丽说："请鲤将军去放了白龙。"鲤鱼精说："没工夫。"说完转身要回屋。夏秀丽慢悠悠地说："看来鲤鱼将军用不着我了？"说完转身也要走。这次鲤将军脑袋来得快，马上意识到夏秀丽话里有话，态度缓和地说："什么意思？"夏秀丽笑笑说："急啥？我还没想好。"鲤将军急了，转身往回走。夏秀丽笑着跟在后面，进了卧室，人们都惊住了，鳇将军怎么领回个娘们。鳇将军意识到大家都看他身后，这才回头看一眼，立即站住了，喊了一句："谁叫你进来了？"夏秀丽说："那你还敢撵我走啊？"鳇将军有些告饶，央求说："白龙娘娘，你看这床上病人，我哪有心思还跟你走？"鳇婆听得明白，转身出去了。鳇将军见了哭笑不得，生气地说："娘娘，你这不是来添乱吗？我倒出工夫一定会去救他的！"夏秀丽笑着说："那好，我先治治黑龙的病。"说完，走到李德昭旁边，拉出李德昭右臂，左手按在伤口上，右手使劲去掐李德昭的人中。不一会儿，只听李德昭"妈呀"一声睁开眼睛，见是夏秀丽，马上要起身，惊喜地叫着说："娘娘，你怎么来了？"夏秀丽说："在我家，鳇鱼将军没等我给你治完病，就把你背跑了。我算计昨天该你发病了，今天是病熟期，恰好治疗，便来了。谁知这位鳇大将军不让我进来，我便硬是跟进来，把他的婆娘都给气跑了。"鳇将军见夏秀丽把李德昭的病治好了，咧着大嘴笑着说："娘娘对不起了，我是急中出差，还望谅解！"随即叫丫鬟请回婆娘，介绍说："这位是李德昭的救命恩人，白龙夫人。"鳇婆赶紧让座，双方客气了一回。

李德昭跳到地上，光彩如初，笑着说："这回还是感谢鳇将军，这两天他辛苦了。"转身向夏秀丽点点头，笑着说："大恩不言谢！"夏秀丽温馨地笑了。李德昭说："鳇将军，我们一起去救白龙吧？"鳇将军犹豫了一下，忽然举起大拇指说："好！好！"

三个人一起去结雅河救敖景了。

第三十五章　赐名德都镇

夏秀丽、李德昭、鳇将军一起来到结雅河那个打斗的地方。敖景和乌丞相分别还在粘罩中，两个家伙仰头闭眼神情迷茫。敖景见夏秀丽带着李德昭和鳇将军来了，猜出是夏秀丽救了李德昭，心中十分不快。夏秀丽说："敖景我知道你心里想什么，但是我要和你说明白，我是以治愈李德昭为条件要挟鳇将军来放开你的，你要不认账，那我可管不了你了，孰轻孰重你自己掂量。"敖景听夏秀丽这样说心里还是醋腥味，脸上却是笑意盈盈，口中说："夫人过虑了，我还没有开口你就指责我一番，是不是太寡情了！想放你就放，不想放要我现在给你磕头也是不可能了，你看着办吧！"说完，敖景现出一副可怜的样子。

李德昭说："敖景，你应该学学娘娘，心地向善，不要把别人看得都那么恶毒。"转而又对乌丞相说："乌头领，原来对草民尚有同情之意，如今为了讨好敖景，却宁可助纣为虐，逆天下之大不韪，竟然杀童男童女取其心以享食，真是死有余辜不可饶恕。"鳇将军从旁说："黑龙爷，本人念他过去救过我一家老小，故请放他，以观后效。"李德昭说："将军义气，情实可嘉。人是你抓的，随你意便是。"李德昭站到一旁去了。

李德昭等鳇将军放出敖景和乌丞相，这才与鳇将军、夏秀丽、敖景道别，驾云走了。

敖景、夏秀丽、乌丞相回了水宫府。一进屋敖景就急了，愤怒地说："我宁可不出来，也要李德昭死，这你救我有什么意义？"夏秀丽笑了，冷冷地说："你要是嫌弃我，你先把脸上那几个牙印蹭掉，然后再规规矩矩的说话，否则，你没有资格与我发火！我还等着发火呢！"夏秀丽说着说着激动起来。敖景心里警觉，连忙用手抹了一下脸，一下触到牙印上，不自然地笑了。他说："这是夫人的牙印啊！"说着，跑过去搂住夏秀丽就啃，夏秀丽又推又搡也没推走，还是被敖景吻住了腮。夏秀丽也就不计前嫌了。

乌丞相独自坐在客厅里，实在无聊，便找个借口回府里去了。

鳇将军辞别了乌丞相和夏秀丽回了乌苏里江。途中他还是惦记李德昭，他身子刚好可别再干累活啊。鳇将军决定改变主意去追李德昭，不一会儿便追上了。

李德昭看见鳇将军追来，便问："鳇将军，又有何事？"鳇将军赶上前说："我想约你去我那里疗养几日，怕你再累着。"李德昭笑了，感激地说："谢谢你，我自己会把握好的，你不用担心我，我身体已经没事了。"鳇将军问："那你一个人要去哪里呀？"李德昭说："我想到南河寨看看。"鳇将军问："那是什么地方，去那儿干啥？"李德昭说："我埋我娘墓的时候，占了他们不少地，我给他们垫了些，不知他们现在生活得如何？总惦记着，想去看看。"鳇将军说："我也跟你去？"李德昭想了想说："只是随便看看，如果愿意就去好了。"

李德昭领着鳇将军奔南河寨去了。从空中俯瞰南河寨，是一个不大的村镇，房屋规整有序，道路横平竖直，村寨中路旁和村子周边绿树成荫，家家庭院里都种着瓜果蔬菜，窗前点缀着鲜花异草。寨子西北边不远有一条小河流过，河水涓涓，银光闪闪。寨子风景秀丽，一派祥和。

鳇将军说："哎呀，这个地方不错啊！这么一个平原小镇还是头一次看见呢，大开眼界了。比较我们那条乌苏里江要有情趣。"李德昭见他这么说很高兴，便夸奖说："没看出来你还很浪漫呀！"

他们怕吓着百姓，落在河边，步行进了寨子。路上人不是很多，大概都在地里忙吧？树荫下只有几位老人坐在一起闲谈，神情是那么悠闲愉悦，几个孩子在不远处尽情地玩耍，偶尔高声地争论几句，过后相处依然。见有生人来了，有两位老者站起来，满面笑容地问："二位客官，从什么地方来，有什么事吗？"李德昭微笑着说："我们是路过此地，看见景色宜人，故进寨子看看。"一位花白头发的老汉说："我们这寨子与别处不同，这个寨子是黑龙爷帮助过的地方，所以风土人情、村规家风，比他处相对严格，大家总觉得要展示出黑龙爷向善的情怀，绝不做出对不起他的事！"鳇将军要问什么，李德昭摆摆手说："你指的都是哪些方面啊？"老汉说："我们感恩黑龙爷的惠泽，受其影响、弃恶从善、包容和睦、互帮互助、敬老爱幼、扶助残弱、重德守礼、民风淳朴、无盗无娼，过上富庶的生活，村人快乐舒心。"鳇将军耐不住说："啊，比我治家还高好几筹呢！真个了不起啊！"

李德昭笑着问："种地和生活方面还有哪些不顺心的地方呀？"老汉想了想说："这方面嘛……"他犹豫起来，两个人不熟悉，问这些干啥？说吧向诉苦似的不太礼貌。李德昭提示说："尽管说，无妨。"老汉清了清嗓子说："是这样，村西那条讷莫尔河上游雨多了，河水流到村南那个高坡时犯卡，一时水不通畅，村民担心有着一日冒上来怕淹着人家，几次动议要清一清障，无奈人力微弱，难如搬山，故此至今尚未解决。"

鳇将军插嘴问："你们这里没旱过吗？"老汉一听问这个，满脸充满了喜气，美美地说："这是我们这里的自豪，我们不用老天下雨，只要我们叫声秃尾巴老李，雨要多大有多大。"鳇将军不信，老汉要给示范一下，被李德昭制止了。老汉十分不解，瞪着眼睛看着李德昭。

李德昭问鳇将军："那条讷莫尔河河道拓宽一事你有办法吗？"鳇将军回说："不就是和弄和弄泥吗！没问题。咱们就去看看。"说完抬腿就走。几位老汉要跟着。李德昭说："不可，恐吓着你等不好，在此稍等即可。"几位老汉二意思思地坐下等着，眼看着两个人朝南岗去了。约莫一袋烟工夫，听得西南方"轰隆"一声巨响，宛若山崩一般。唬得几个小孩跑到几位老汉跟前，惊恐得不知所措。有几个妇女从屋里走出来，惊魂不定地问："咋回事？"老汉说："那边清河道呢！"

剧烈的震响，惊动了一个人，这个人就是张子善。张子善自那次与李德昭对话，回来切实又给村民解决了土地问题，人气大旺，一致推选他做了保长。甚至有人认为他之所以能和李德昭说话，说明他也有点仙气，一时崇拜、敬畏、赞誉诸多光环戴到他的头上。他呢，治理寨子的事点子也确实多，他出一个主意，村民个个都能通得过且能得到贯彻落实。治理寨子里事务的村规民约，条条得到很好应用，效果出人意料的好。原是地痞流氓的偷鸡摸狗的也都个个向好，浪子回头了。

张子善走进寨子，白发老汉学说了两个陌生人进村的事情。开始张子善思路还不清晰，后来老汉说起那两个人去南岗拓宽讷莫尔河河道的事情，他才醒悟过来，一拍大腿说："哎呀，那不是秃尾巴老李来了嘛！"说着撒腿奔向南岗，到那一看窄窄的河道已是宽阔无阻，河水慢悠悠地淌着，可能是新阔的关系，河水有些浑浊。

张子善向前边走边寻找，猛不防岸边玉米地里走出两个人，唬了他一大跳，仔细一看其中一个正是李德昭。他高兴地叫喊："黑龙爷，什么时候到的，事先怎么没告诉一声啊？"李德昭见是张子善，笑笑说："刚回来时间不长，事务繁杂，没得空闲，今儿个有点时间就过来了，真有点想你们啊！"张子善说："这些日子，人们天天都在叨念你，说别的地方干旱，我们这儿却一点没旱着，需要雨时想下就下，要下多大就下多大，都成了天庭一角了，算是近水楼台了。"张子善得意的不得了，贴近李德昭说："进村和大家见见面吧？看看瞧瞧，指点指点。"又看黑龙身边跟个胖子，笑嘻嘻地问："这位是谁呀？"李德昭介绍说："这可是个大能人，刚才拓宽河道就是他干的，怎么样？有本事吧！他是乌苏里江镇江大将鳇将军。"张子善听了受宠若惊，兴奋地说："这么大的官也到我们这个小寨子来了，还给我们办了大事，这让我们如何感激呢？"鳇将军说："别见外，我是李德昭的人，以后想干啥说一声就行。"停了一下，鳇将军的疑问又进入了脑海，他说："看我弄得满身是泥，你能不能来点雨洗洗呀？这泥头拐杖的咋见百姓啊？"张子善看看李德昭，李德昭接过话头说："我来吧！有我在这儿，他那说法就不灵了。"鳇将军有些扫兴，本想看看张子善如何降雨，李德昭却不同意，不过也没有强求。李德

210

昭伸手向天空一指，说声下雨一刻，那雨就在鲤将军上空淋了下来。不一会儿，鲤将军洗完了身子。

他们一起进了寨子。寨子里的村民倾巢而出，大街两边站满了人，人们眼睛中饱含着感激。

张子善停在前头，高声说："乡亲们，这就是给我们造地、施雨的那个秃尾巴老李啊！"那个白发老汉听了张子善的话，十分激动，扑通跪在地上磕起头来。呼啦一声人们都跪下了，一片黑龙爷的叫声。李德昭见状赶紧说："乡亲们，我的父母和你们一样，我是你们的孩子呀！大家都快起来吧！你们都这把年纪了，给我磕头我受不起啊！我能给你们做点儿事，完全是我的职责呀！"张子善见李德昭不能让这帮人起来，知道是乡亲们感激至深，走到一位老汉面前恳切地说："大叔，你老就说句话带头起来吧！别难为人家黑龙爷了！"老汉听了张子善的话立即站起来，喊了一声："都起来吧，黑龙爷不兴这个！"人们呼啦一下都站了起来。

人们都不肯走开，都想看个够。是的，开天辟地以来，能见到真龙的人不多，谁不想多看几眼呢？张子善说："谁领黑龙爷到家去看看？"

话音刚落，寨子里有名的二流子陈虻站出来，跪在地上说："黑龙爷，我原来是寨子里的二流子，什么都不做，也什么都不会做，家中一贫如洗，五十里外都知道我的名字，自从你来到我们寨子，我变好了，家里婆娘、孩子、吃穿物品什么都有了，日子那才舒服呢！"李德昭说："那好，去验证一下。"到了陈虻家，老婆从后边走过来，给李德昭磕头，深情地说："黑龙爷，你尽给百姓办事，我们心中可感激你了。"进了屋子，里边宽敞明亮，东西摆放整齐，干净利落，空气清新舒爽。一男一女两个小孩活泼可爱。李德昭兴致盎然，伸手摸摸孩子的头，那女孩吓哭了。李德昭说："哎呀，你哭的声音不大，我要哭啊，房上的土都会震下来。我娘都害怕。"女孩看看他娘没哭，她也不哭了。

这时外面进来一个仪表堂堂的汉子，进屋就跪下了，磕头说："我是一个风流人，看着女人就流口水，非得占人家便宜，计算起来连脚趾算上都不够用了，闹的人家家庭不睦。自从寨子里立了规矩，我立志幡然改过，不做那种下流人。如今自己有了妻子。"说着拉到面前，李德昭一看心想：怪不得有外遇呢，婆娘这么丑呀！风流汉子说："看我婆娘丑了吧？这是特意挑的，这么丑的一个人，别人要是惦记，我心里还不好受，将心比心，我还有脸活在世上吗？"李德昭说："浪子回头金不换，知道做好人就行。"

李德昭又走进一家，主人是个女的瘸子，又有一只眼。李德昭问："你如何残疾？"瘸子说："自小上山让熊瞎子撵的摔了一跤变成这样。我这样在寨子里可有人缘了，谁家有个大事小情都请我去，回来好吃好喝好东西一堆一堆地给我送，有点病啥的，大夫主动上门看病，老的少的没有一个欺负我。"

211

李德昭和鳇将军看了几家感触很深，这样一个舒心幸福的寨子真是太好了。李德昭对张子善说："你们的寨子人人亲如一家，人人都幸福，要让所有的地方都这样，那该多好啊！"停了一会儿，李德昭又问："你们的寨子原来叫什么名字？"张子善说："原来叫德都勒屯，是一个叫德都勒的达斡尔族人先辟建的村子，后改南河寨。"李德昭说："根据你们村子的演变，原来姓氏屯名尚有可取之处，你们的道德风范值得宣扬，我看叫个德都镇，意为有德之都如何？"

张子善立即大声说："大家过来一下，黑龙爷赐给咱们寨子一个新名字，叫德都镇。大家喜欢不喜欢？"全村人又都跪下了，高呼着："以德为重，向善人生。"

李德昭和鳇将军离开了德都镇，张子善出村送行。已经送出很远了，张子善依然不肯回去，恋恋不舍地一步一步向前送着。李德昭说："大叔，都送这么远了回去吧！"张子善笑着说："反正回去也没事，再往前送送。"三个人说着又走了一程，李德昭说："就送到这了，快回去吧！"张子善回答说："你来一趟不容易，再送送吧！"李德昭又问："大叔，你是不是有事要和我说？"张子善说："看你说的，有什么事早和你说了。"李德昭停住脚步说："真没什么事，那我就让你送到这里了。"张子善同意了，止住脚步停下来，向他俩挥着手。李德昭和鳇将军转过身刚要腾空驾云，李德昭却转回身子向张子善走去。张子善和鳇将军都很诧异，鳇将军也跟了回来。张子善见他俩回来，自己笑了笑说："不让我送，你俩咋还不愿意走呢？"李德昭深情地给张子善鞠了一躬，郑重地说："谢谢大叔逢年过节到我娘的坟头烧烧纸，祭奠我的娘亲。这一点我都没做到。"说着，眼眶湿润了。张子善说："你不要见外，你那么善待我们，我们咋能忘本呢！"李德昭说："降雨，其实是我应该……好了，不说客气话了。你回去走好！"李德昭再次向他鞠躬。

鳇将军此行感触颇深，暗自思量：我也要崇尚这种风尚，治家，治部下。李德昭和鳇将军离开了德都镇，鳇将军依然要求李德昭去他那里待几天。李德昭犹豫不决，自然自语地说："我还去吗？"犹豫了半天又说："我还有个家呢，回去搞搞，也有个停脚的地方，今天就不去了，以后再去吧。"

第三十六章　仁和堂揽局

李德昭坚持回仁和堂。鳇将军说："既然你不去我那里，那么我就去你那里看看。"李德昭同意了。鳇将军来到仁和堂一看赞不绝口，这种古典式建筑他从没见过，宏伟大气，庄严肃穆，内含着无数的玄机和智慧。他们正在寺院里走着，蛙婆从屋里出来，笑着迎接说："哎哟哟，这咋一出去就是好几天，原本你心中也没这个家啊！"

李德昭向蛙婆道了好，转身对鳇将军介绍说："这是我的婆婆，名叫金蛙，是玉帝派下凡间除虫害的天使。"鳇将军像有所悟，便问："那前些日子降几场大雨，将蝗虫全灭掉了，这事是你干的了？"蛙婆说："哪里，是我求老黑干的，因此事敖景找老黑算账，说老黑越权行雨，在结雅河里打的翻江倒海。"鳇将军说："原来是这么回事，那一场恶战我亲眼看到了。"蛙婆问："你是谁？"李德昭介绍说："婆婆，他是鳇鱼首领，人称鳇将军，原来是乌龟手下一员战将，后因敖景割其族人给泓溪送礼造了反，跑到乌苏里江为王。"蛙婆说："原来也是一位反敖景的斗士啊！听说了，了不起！"

李德昭三人在院子里转了一圈，鳇将军感到耳目一新，算是大开了眼界，十分羡慕。回到议事大厅，鳇将军眼神都不够使了，弄得眼花缭乱。大厅高大宽敞，光线柔和。墙的正面是一幅战恶魔无所惧的壮美画卷：云推海浪，惊险刺激，龙腾骁勇，神情豪放。左面墙上是一幅群雄斗殴图：武技超凡，智慧聪颖；怒目喷火，狡黠沉稳；计谋灵活，泰然应对；赢者作揖，输者拱拳。千姿百态，各具情志。右面墙上是一幅温馨励志画卷：赤背岳飞，面窗静坐，白发老母，精琢细拨，精忠报国，气壮山河，千年古训，万代魂魄。

蛙婆笑笑说："鳇将军如此聚精会神，不知喜的是外功还是内功？"鳇将军不解蛙婆寓意，直白地问："什么意思？"蛙婆说："外功嘛，画面之状；内功嘛，就是画的含义。"鳇将军夸赞说："老人家，学识如此高深莫测，问得精辟！"

李德昭说："当然，蛙婆也是天之骄子呀！"鳇将军拱手一拜说："我是庸人俗辈，略有食肠，人等次末，庸庸碌碌。如果尚有启达之处，还望微怜教诲。"蛙婆说："老弟过谦了，岂能妄自菲薄，人各有志，各有事从，用心打理即为俊杰。"鳇将军哈哈大笑："原来你也承认人是有差异的呀！"蛙婆说："当然。譬如身材武力，我就不如你，你能把敖景困住战败，我却是常被敖景擒拿，差别事实存在。"鲤将军听后哈哈大笑地说："蛙婆也承认差别，就是说无小视本人之意了！好啊好啊，能否拜蛙婆为师啊？也好增加几分文采。"蛙婆举手推脱说："不敢不敢！"李德昭说："鲤将军不必拜她为师，一起时间长了，你想学什么，问啥告诉啥。"说完，三人一起笑起来。

蛙婆提议说："老黑啊，鲤将军为人也很实在，我看就这个机会商量一下你这个黑龙府何日启用呀？"鲤将军也附和说："应该，怎么也得亮亮场子啊！找些朋友知己闹腾闹腾。虽然上有玉皇令，下有皇帝令，但是，搞个窝还是个人的事。现在师傅送了，咱就把它利用起来，方便生活和差事。"蛙婆也说："我看还是黑龙拟个名单，定个日子，交给土地佬去通知。"李德昭说："也好，我先说个名单，你俩推敲一下，谁行谁不行，还有哪些人参加？"说完，他提出一个名单，有蛙婆、刘河悍、张兰多、刘兰梅、鲤将军、甄元子、张子善、夏秀丽、张福德。蛙婆对这些人都熟悉，与李德昭的关系很清楚，没有什么疑问，表示同意。鲤将军对刘河悍、张兰多、刘兰梅、甄元子四人不认识，要求李德昭给他介绍一下；但对夏秀丽表示反对，认为她是敖景的人。李德昭正在思考如何解释，蛙婆按捺不住了，争着说："这五个人我说说，刘河悍和张兰多是一家子，刘兰梅是他们的女儿，他们救助过老黑，老黑也没少麻烦人家，现在老黑与刘兰梅定了亲，请是应该的。甄元子嘛是老黑的师兄弟，这个院子就是他和两个师兄从天台山雷音寺搬来的。"鲤将军听后伸伸舌头，有些震撼，觉得太了不起了。蛙婆接着说："至于夏秀丽，她确实是敖景妻子，但当初老黑被砍掉尾巴的时候，是我让她帮着治伤的，夏秀丽任劳任怨体贴周到把伤给治好，有救命之恩理应请她。夏秀丽与敖景有别，敖景一心想赶走老黑，不走就欲置死命，可谓恶毒；夏秀丽却是用心善良，反对敖景从恶，只要有不利于民众和老黑的事她都阻止。这次救老黑，她不是出于与敖景等价交换，如果那样她完全可以在救治老黑过程中敷衍一下，让其毒患不彻底清除，结果证明夏秀丽出于真心。"鲤将军听后点点头表示信服，也很赞佩她对夏秀丽的评价。

李德昭将名单整理了一下，蛙婆和鲤将军已经知道，刘河悍一家、张子善那里他要自己亲自告诉去。他唤来土地佬张福德告知他出席宴会，又将甄元子、夏秀丽二人的通知任务交给了他，请他费心转达。土地佬高兴地应诺后走了。

聚会的前一天，李德昭去了刘河悍家，把仁和堂聚会的事与刘河悍说了，征求刘河悍对此事的安排还有什么意见。刘河悍高兴地说："这是好事，早就应该办。我负责后勤吃喝，我们一家子明天早早去准备。"李德昭表示感谢，便匆匆去了张子善那里。

刘河悍又把张兰多和刘兰梅叫来，与娘俩说了李德昭的来意。刘兰梅听了十分高兴，兴奋地说："明天我摆一桌蓝梅宴，效仿蟠桃会。西王母娘娘用蟠桃请诸仙，我用蓝梅果帮李德昭招待客人。"张兰多不太赞成，略带异议地说："人家西王母娘娘是礼仪性招待，你看这帮人能等同诸仙吗？饿了的还不得叫起来呀！"刘河悍说："兰梅的主意也有可取之处，蓝梅果可用到客人初来唠嗑时食用，既新颖又美味，客人一定会满意的。至于你娘说的吃饭，我已有打算，弄些山珍佳肴没问题，整两桌，一桌在大厅招待主客，一桌放在侧室打点随从人员。"张兰多见父女都抢着找活，犹豫起来，疑惑地说："我干点什么呢？"刘兰梅说："你当聚会司仪呀！帮着接待客人呀！再带两个丫鬟帮你干活。"刘河悍说："别说兰梅的主意不错，她娘你看行不行？"张兰多苦笑了一下，勉强地说："你看行就行呀！"一切商量妥当，三个人分头准备。

鳇将军回到府上，与众头领商议仁和堂聚会一事。鳇将军说："这几天我跟李德昭在一起，让我感触很深，黑龙爷的为人与敖景截然不同。前者事事与人为善，后者处处施恶于人。我决定从属黑龙爷，这样我们可以继续为当地做善事，也可以受到黑龙爷一方的保护。敖景那边没什么能人，充其量有个乌龟；黑龙爷这边不一样，蛙婆说黑龙爷有个师兄叫甄元子，那个大院和楼舍就是他从天台山雷音寺搬来的，你们说那得多大能耐！"属下一听欣然赞同。鳇将军说："再有两天就是聚会日，既然大家赞同那得表示一下。怎么个表示呢？"二当家的说："送礼呀！"鳇将军立即反对说："不行不行，俗气俗气，黑龙爷不会接受，那帮人也会耻笑咱们。"二当家的说："不至于吧？哪有拒财的呀！"鳇将军急了，但一时又说不清楚，强词辩驳说："人家不少是天神，有文采，咱们一介武夫怎比人家，那天在仁和堂差点被人耻笑！"想了想又说："咱们这样，黑龙爷那里现在是屋空人空，搞聚会没有吃喝不行，咱们从实际出发，帮他弄顿午餐，也不为过，大家意下如何？"二当家的说："不接礼，帮顿饭倒也可以。到哪做？还是做好送去？"三头领说："听头说，那里人楼两空，在那咋做呀？咱们做好包好送去就行了。"鳇将军说："就这么定，当天做好送去。二当家的送时你和老三押送，保证热乎准时。"安排完毕各自分头准备去了。

夏秀丽接到土地佬的通知，没有感到意外，心中有个难题在困惑着她。她琢磨了半天，这事如何告诉敖景呢？他要不让自己去该如何说服他呢？明天就要去了，不告诉他还不好，告诉了结果未卜。到了晚上不得已说与敖景。敖景听后笑了，痛快地说："请你就去呗，这事还用请示啊？"夏秀丽说："不与你说一声，怕你不高兴。其实你知道，我是不愿意出席这种场合的。"敖景歪歪脖子说："看样子还挺为难，不行我去吧！"夏秀丽立即说："那哪行，人家又没请你，再说你俩闹得那么僵，这种场合会面不太合适，还是我去吧！"敖景转了转眼珠说："咋的都行，你要去，你就去。"说完上床躺下了。

第二天一早，按照约定，夏秀丽出发了。

仁和堂里里外外收拾得干干净净，门口挂出一排五盏大红灯笼，非常喜庆。蛙婆第一个来的，来时天还没亮，早点来帮着筹划筹划，能干的活计多做做，别出什么纰漏。

第二个来的是刘河悍一家三口。李德昭见刘兰梅娘也来了，意外惊喜，不住地向刘兰梅伸大拇手指头。张兰多一眼就看见了蛙婆，赶紧走上前去打招呼说："姐姐来得真早啊！接过扫把要扫地。"蛙婆说："啧啧，大家闺秀，哪干得了这活计，快快别抢了。"张兰多说："不要我干也用不着你干呀！"说着，唤过来两个丫鬟："你俩接过扫把清扫一下院里卫生。"说完拉着蛙婆的手进了大厅。刘河悍令仆人和厨子将食物用品抬进灶房，开始准备午餐。

第三个来的是鳇将军，他是准备给黑龙等人一个惊喜，看见刘河悍往灶房运东西，也没作声，直接走进大厅。看见蛙婆和一个女人在说话，马上要回避，可是来不及了，蛙婆看见了他。蛙婆说："鳇将军，躲什么呀？过来介绍介绍。"她指指张兰多说："这位是刘员外的内人张兰多。"又转向张兰多说："这位是乌苏里江首领鳇将军。"一个躬身，一个抱拳，相互打了招呼，寒暄了几句。鳇将军还是觉得不便，就到外面去了。

第四个来的是张子善，他带来一幅丹青高手的画，画的是黑龙喜雨图。鳇将军看见了走过去接到手中，将张子善带进了大厅。李德昭从侧门进来，看见张子善笑着迎过来，接过鳇将军递上的画卷看了看，又交给鳇将军。拉住张子善的手问累不累，张子善告诉他这点路途不算什么，过去种地的路途要比这多好几倍呢！

这时刘兰梅进来，比画外面又来人了。李德昭猜道：来人不是甄元子就是夏秀丽了。刚往外走夏秀丽走了进来，笑嘻嘻地说："恭贺乔迁之喜了！"李德昭说："只是找几个人凑凑热闹，何来贺喜之说。"鳇将军听了走过来，插话说："还是娘娘说得好，有文采，准确，就是乔迁之喜嘛！"

夏秀丽见是鳇将军，笑着说："鳇将军也来了？"鳇将军也笑着说："我早来了，夫人爱打扮固然会晚一点儿。敖景让你来吗？"一句话说得夏秀丽满脸通红。蛙婆过来解嘲说："鳇胖子，没见过女人啊？见到女人就开涮，注意点儿礼貌。"鳇将军笑笑说："打个招呼而已，何必小题大做呢？"蛙婆不高兴了，冷下脸说："咋，不认我这个师傅了？"鳇将军想起来了，有些后悔，忙说："认，认，差点给忘了。"说完，哈哈笑了几声出去了。蛙婆将夏秀丽引到张兰多跟前，介绍说："这位是敖景夫人，夏娘娘。那位是刘员外夫人张兰多。"两个人拉拉手，寒暄了一气。

李德昭早就从屋里出来，翘首南望，祈盼师兄的到来。这时，南面天空飘来一团云霞，远远的光环笼罩。说话间来至近前，甄元子落到地上。李德昭迎上去，问候说："师兄一路辛苦了！"甄元子拉住李德昭的手说："师傅让我代表他和诸位师兄表示祝贺！"两个人说着话并肩走进大厅。

土地佬张福德随后也到了。

人员到齐，蛙婆看看时辰已近午时，对李德昭说："开始吧。"李德昭站起躬身施礼，大声说："各位前辈、朋友，欢迎大家光临!"人们呈以笑脸。李德昭接着说："承蒙家乡父老的养育，现在学了点儿施雨本事，愿意为家乡风调雨顺做事。前些日子，师傅念及徒弟甘苦，特派甄元子三位师兄搬来师傅的居所让徒弟使用，本人特请甄元子师兄转达对师傅和师兄们的尊敬和谢意! 感谢他们为我生活和做事提供的方便和帮助! 今后大家有事常来这里，我会热情招待大家的! 希望朋友们常来，给予我多多支持，为百姓过上安稳风调雨顺的日子一起努力。"

这时四个丫鬟走进大厅，个个身材婷婷，仪容文静，身着淡紫色旗袍，一人端着一盘蓝梅来到餐桌前，将四盘蓝梅果规规矩矩地放在餐台上。人们静静地观看着，每盘三枚。鳇将军见了暗自心中嘀咕，过了一会儿忍不住问："这是什么东西啊? 个头倒不小，好吃吗?"张兰多站起来介绍说："此果名叫蓝莓果，源自西王母娘娘蟠桃园，因其稀少，故在人间少有。今日一人一枚，尝尝足矣。个中味道亲口而试，别人说出不如自己知道。请了。"人们伸手各取一枚吃起来。个个喜气洋洋，边唠边尝，吃的有滋有味，甜嘴巴舌。鳇将军咬了一口，脸上露出笑容，夸赞说："确实不错，好个蓝梅: 个个大如拳，色彩青紫蓝。人间真稀有，不知甜是酸。"人们听了哄堂大笑。蛙婆说："好个鳇胖子，还跩起来了呢，你自己吃了咋还不知是酸是甜啊?"鳇将军知道装文采出丑了，自嘲地说："我说错了吗? 这又酸又甜的，那你选一个口味，是酸? 是甜?"蛙婆笑了，佯装自责说："黄将军说得有道理，我也说不出是酸是甜!"人们友善地笑了一阵。

果品刚刚吃完，菜品就摆上桌了，午宴即将开始。

这时，鳇将军的三掌柜悄悄进来，俯耳几句，鳇将军脸色大变，立即走出去。他飘在空中，望见二当家正与敖景拼打。鳇将军大喊一声："你个不知趣的敖景，前次看你夫人面子饶你不死，今日又来寻衅，找打啊!"

夏秀丽来仁和堂赴宴，敖景越想越憋屈随即跟了来，本想跟进去又怕夏秀丽失了面子回去算账，无奈在空中转悠，不多时东方来了一伙人，云雾中个个挑着担子。敖景迎上去问："是去仁和堂吗?"二当家说："正是。"敖景模模糊糊认得二当家的，二当家也认出了敖景。敖景说："既是送好吃的，拿来我先尝尝。"二当家呵斥说："敖景，凭你身份竟然这等不要脸?"敖景火了，二人打起来。三掌柜立即来仁和堂报告，鳇将军出来这才伸手就打。

鳇将军的喊声被夏秀丽听见了，马上离席出门，一看是与敖景打闹起来。立即制止说："敖景住手，赶快回去，大庭广众之下如此做法，羞耻否?"敖景也不吱声，只当没听见。夏秀丽又叫他，仍是无济于事。

李德昭听见外面吵了起来，赶紧走出大厅，见是敖景在闹，本想发火，一想今天客人很多，发火有失身份，不如顺水推舟请敖景入席。于是李德昭上前笑着说："敖景，请屋里入座！"敖景没想到，停下手来看着李德昭。他终于说："还拿我当客人吗？"李德昭说："既然来了，理应当客。请吧！"敖景跟着李德昭进了客厅，所有人都惊诧了，怎么把他请进来了？李德昭把他安排在自己旁边坐下，介绍说："诸位，这位是东海龙王的协理白龙敖景。"鲤将军要发火，怎奈李德昭平静淡定，不好意思轻举妄动。一时间宴会沉默下来。敖景亦是洋洋不睬，按个巡视客人，一个、两个、三个、十个人中他有三个不认识。看着看着眼睛突然转向天棚，心想坏了，怎么是她？张兰多坐在那里神情淡定，双眼眯眯，似乎什么都没看见。敖景内心急了，知道误闯了客厅，怎么办？留下还是走？他如坐针毡神情慌乱。

张兰多看了一眼敖景，吓得敖景一哆嗦。张兰多说："敖景，你既然来了，就和大家亲近一下，说说唠唠不是很好嘛！"敖景镇静了一下，笑着说："夫人说得极是，只是来得仓促，有点失去方寸。"敖景振作起来，歉意地说，"不好意思，今天是不请自来，有失礼貌。给大家道个歉，对不起了！既然来了，我给黑龙贺个喜，祝他望门初喜，大吉大利！坦白地说我与黑龙闹得挺别扭，当然我是年长，错不在他而在我，今后我会支持他、扶持他，兄弟相处，共同做事。"李德昭碍于面子说："敖景都这么说了，我看咱们也要既往不咎。今天我也有失误，没有直接请他，造成这种局面也是我的不好。大家一如既往该吃的吃该喝的喝，啊？动筷！"有几个响应的，拿起筷子吃了一口。

张兰多见敖景在这里调不起大家的情绪，站起来对夏秀丽和敖景说："今天本不该如此，走，我们三个出去唠唠如何？"夏秀丽说："如此甚好！影响大家情趣，实在对不起了。"张兰多一边向外走一边回头说："大家该吃的吃，该喝的喝，继续吧！"三人走了出去。刘河悍不放心要跟着，被张兰多阻止了。

第三十七章　初露宏图志

张兰多领着敖景和夏秀丽从仁和堂聚会大厅出来，直奔旷野深处的一片空地。敖景躲躲闪闪不敢正面对视张兰多的眼睛，心情忐忑不安。张兰多问："敖景你今天整这一出想达到个什么目的？"敖景说："我也没有什么目的呀？只是路过，顺便问问，谁知就打了起来。"张兰多走过去伸手"啪"的一下扇他一个耳光。敖景疼得龇牙咧嘴的也没还手，甚至都没说一句抗议的话。夏秀丽一旁愣目愣眼地看着十分纳闷：敖景为什么不还手呢？

三十多年前，在凌霄宝殿的飞檐下边有一排玉石栏杆，内侧有几盆观赏鱼虫，白鳗鱼和小水蛭同放在一个鱼缸里，终日游戏追打，翻上翻下，十分有趣。西王母娘娘和丫鬟、太上老君和童儿每逢临朝常来玩耍。后来白鳗鱼发现水蛭是个姑娘，便动起春心想要和水蛭姑娘玩玩，一到没人观赏时就去骚扰水蛭，前前后后地颤动着尾部，炫耀他的私下的美丽。水蛭姑娘慢慢地明白了他的用心，发现他盯着自己颤抖就躲到鱼缸一角，静止不动。白鳗鱼身体长，角落里他进不得，便使起坏主意，喷水冲击水蛭，那水蛭无处藏身，随水流漂了出来。白鳗鱼上去就用身子磨蹭水蛭，水蛭无奈只好躲开。一次，白鳗鱼要得逞了，压住水蛭颤动起身子。水蛭姑娘急了，狠狠地咬住白鳗鱼的肚皮，将毒液快速地输到白鳗鱼体内。白鳗鱼不动了，不久便漂浮在水面上。西王母娘娘的丫鬟飞龙发现白鳗鱼快死了，赶紧报告了西王母娘娘。西王母娘娘派御医前去诊治。御医说："白鳗鱼可能是吃了什么不好的东西中毒了。"急去太上老君那里要了一粒仙丹，硬是塞到白鳗鱼嘴里，过了一会儿，白鳗鱼苏醒过来，恢复了几天痊愈了。白鳗鱼贼心不死故伎重演，再一次按住了水蛭姑娘。水蛭姑娘拼命挣扎，终于逃脱了，躲到鱼缸的角落里，用嘴牢牢吸住缸体。白鳗鱼又用水激，始终不得灵验。白鳗鱼气急了掉过头狠狠地咬了水蛭一口，一下咬去水蛭姑娘的下肢一大截，活活地吞到肚子里，转身若无其事地去玩耍了。白鳗鱼幸灾乐祸地玩了一气后，回头想看看水蛭姑娘死了没有，不觉大吃一惊完全出乎他的意料，水蛭姑娘身体居然完好无缺，吓得他得意扬扬的神色立马不见了。

水蛭姑娘警告说："白鳗鱼，你休要疯狂！看到我了吗？你吃进肚子那节，已经生成多个水蛭，我们之间有感知！不想活你就动我一下？"白鳗鱼见水蛭还是风采依旧，吓得骨头都酥了，邪念消失，再也不敢碰水蛭姑娘了。

后来，西王母娘娘见白鳗鱼和水蛭姑娘不像以前那样活泼可爱情趣盎然了，便决定将他俩分开。白鳗鱼单独一缸，旁边放了一个装有竹节虾的鱼缸。水蛭姑娘则被放养到凡间河塘水池中了。这样水蛭姑娘便投胎张可望老婆腹中，生出的姑娘就是张兰多。

夏秀丽听完了张兰多讲述的往事，冲着敖景"哼"了一声，一甩胳膊回了水宫府。张兰多见夏秀丽怒冲冲地走了，问敖景："她走了，你想怎样？还要不要再体验一下？"敖景跪地求饶。张兰多说："知趣你就今后少惹我！滚吧！"敖景爬起来就没影了。张兰多不用横眉立目，不用大喊大叫，不用拳脚相加，把那么强悍的一个对手，只用几句话就给吓跑了。这件事验证了民间俗话说的：卤水点豆腐，一物降一物。

张兰多回到仁和堂大厅，人们正在急切地等待着她。刘河悍见张兰多一脸平淡的样子有些不解，担心地问："敖景走了吗？"张兰多说："两个都走啦！"刘河悍深深地呼了一口气，心里一块石头才算落了地。

大家见张兰多平安无事地回来了，而且敖景没有跟回来，都乐得不得了，这才又高高兴兴地吃喝起来。鲟将军把夺回来的菜肴端上桌来，大家都差点叫起来了。蛙婆说："啧啧，你看看，你看看，这大的螃蟹不算两个钳子身子比我的头还大。这在哪弄来的呀？"鲟将军说："这是我们那地方海里的。吃吧，肉多着呢！"仿佛刚才那一幕没发生过，人们早已忘到脑后去了。

甄元子问李德昭："师弟，今后有什么打算说来听听。"李德昭没有多想便说："刚来，这里的很多情况还没有弄清楚，具体打算还没想过。不过从这段时间踏查来看，搞好关东一带的降雨，还要做很多事情。我的印象降雨是我的职责，但是雨后给人类带来的是福是祸也是我的责任。施雨是好事，这个好事分对什么地方来说，同样的降雨，高处可能不解渴，洼地可能受涝灾；而同样时间不降雨，洼处可能不会干旱，高处则可能旱得茅草不生；同样的土壤墒情，温度高的地方庄稼长势就茂盛，相对凉冷地带作物就会矮小，有些庄稼不仅穗小而且籽粒空瘪。我盘算一下，首先地域环境要治理，把平原中的几座山搬走，实现直观意义上的大平原，西部、北部、东部形成山区，既抵御寒冷，又抵御海洋台风，营造一个平原温湿气候。其次要疏通河道，使河道不仅排水顺畅，又能蓄水保湿，防止冬春季气候干燥。还有人工修筑堤坝抗洪，修筑渠道灌田等。这样，把施雨与除涝相结合；把管雨与管地相结合；把治水与改造自然环境相结合。使水的使用效率和地理环境融为一体，减少少数地带的旱灾和涝灾，最大限度减少自然界给人类造成的伤害，让人类真正过上风调雨顺、丰衣足食、太平富庶的生活。这些想法还不成熟，将来邀请一些能人实地看后给论证一下，可行的招手就干。"

甄元子听了很高兴，欣赏地说："回去后我和师傅说说，将来有用得着的地方，你就打个招呼，保证随叫随到。"李德昭听了非常高兴，感激地说："师兄一句话，我心里敞亮多了。将来好好琢磨琢磨，等有了模样再找你参谋参谋，到时候别嫌麻烦就好。"蛙婆见两个人说得挺投机，便插嘴说："对呀，雷音寺，那是啥地方？藏龙卧虎之地啊！谁人不知，谁人不晓呀？就说建府邸吧，敖景咋咋呼呼动员了两千来人，干了好几天也没见个模样，甄元子三个人不到一夜就建完了，大家坐在这看看，这是说瞎话吗？事实！"

刘河悍听大家说得挺热闹，摆起了老资格，也发表意见说："我虽然是个打鱼出身，现在也是务农种地的，听到黑龙说治旱治涝长远愿景，也很振奋，如果有那么一种地理环境，那还不得年年丰收哇。我期盼着这一天啊！"

张子善找到了话题，也抢着说："实实在在我是一个庄稼人，疏通河道，移山造平原，现在我们那里就是受益者。"鳇将军截话说："这个我可以证明，那天我和黑龙爷去德都镇，老百姓说村边有一条河遇大雨会淹村子，黑龙爷就叫我把那个河床给疏通疏通，我就疏通了，嘿，老百姓那个高兴劲甭提了。"张子善继续说："鳇将军说的是事实，种地嘛，旱能灌，涝能排，庄稼才能正常生长，才能丰收。还说要移山造平原，我可没想过，我没有那种本事啊，要说想，也是奢望，我们这些人怕是实现不了。但是，话是从黑龙爷巡按口里说出来的，这我信，不含糊，将来需要我们，我们也能尽点微薄之力，为此在所不辞。"

鳇将军见人们对他提供的饭菜很满意，又觉得李德昭的抱负很大，将来仁和堂会忙碌，便提起一个话题。他笑着说："大伙一个劲地说往后的事，眼下的事也应该说说呀？"他看看大伙都在听，继续说，"今个大家伙都在这儿，说说这个院子谁来看吧？"问题是单刀直入，人们都没有思想准备，一时沉默下来。李德昭说："不用搞什么看家的，反正我也经常不在家。看不看都一样。"鳇将军说："这话说得太简单了，好赖也是个家啊！没人照看哪行呀。"他瞪着眼睛满屋子里搜寻，没找到一个合适的人。蛙婆看没人应答，弄得鳇将军一脸尴尬神色，解围地说："不行，我老婆子在这先看几天也中。"鳇将军说："不行啊，正值夏季各种害虫萌生的时候，你哪能待在家里呢？我看这样，我呢先在这待几天，谁想好了呢，就过来找我，我马上让窝。"张子善说："大家不用操心了，这个事我们德都镇包了。明个我派三个人来，负责看管就是了。"刘河悍想了想说："眼下也可以，费用我全包了。明天我就送二百两银子过来，以后每月三千两，包括看管人员的薪水。"见大家没有反应，又说："再加上一千斤米面，吃菜等开销，我常往这儿送送。"鳇将军觉得还是不妥，声明说："咱们一个个神神叨叨的，这些人又不懂得规矩，要是吓着或是听错了事咋办？"蛙婆有点不耐烦地说："哪来那些说道，我常关照一下，试用一段再说。这回行不？"李德昭说："先这么安排吧。德都镇的人不论谁来都要给工钱，老百姓养家糊口撇家舍业的不容易。目前，出钱的出钱，出人的出人，这样挺好了，将来用各位的地方多着呢，人手还不够，婆婆妈妈的事哪能要这些人干啊！慢慢再物色吧！"刘河悍、蛙婆、鳇将军都同意，看护仁和堂的事就定下来了。

李德昭看看时间也不早了，便宣布说："各位忙活了一天，都受累了，抓紧时间回去休息休息吧！"大家七嘴八舌地说："今儿个聚会搞的挺好，定了几件事，没有光吃喝，很有意义。"

李德昭将人们一个个送走，和蛙婆又收拾一阵子东西，两个人都累了。李德昭问："婆婆，让你选个房间，你选了没有？"蛙婆说："随便哪个都行。"李德昭说："东边那间和我屋一样大小，又很规矩，你就在那屋吧。"说完带着蛙婆去了东屋。蛙婆走进房间很满意，说她从来没住过这样的房子，住上也算享福了。

李德昭安排完蛙婆，自己也回到房间歇着了。躺在床上，他想到自己也应该有一支队伍，有点什么事情不至于手忙脚乱，没有章法。今天这事就是个例子，谁都是自愿，很多事没有统筹安排，捉襟见肘了。你看一个员外家都有几个打零工的人，要做起大事来，全靠一个人东挡西杀不成规矩。无论雷音寺，还是丛尚书府，再到刘河悍、鳇将军家都是这样，不管哪种形式，都是一个管理组织，少了不可。他决定留心这件事情。他忽然想到一个人，这就是鳇将军，此事是他提出来的，为什么别人提谁他都不很赞成呢？难道他要干吗？从这段时间观察，鳇将军做事还算一个硬手，用这样的人看家望门不是大材小用了吗？思来想去决心来了：蛙婆考虑问题周到细致，最好让她兼一下，意见也是她提出来的，这样安排也能接受。他想着渐渐睡着了。

夏秀丽和敖景回到水宫府，看到敖景一头扎到床上，一言不发地躺着，肯定思考着今天发生的事情。张兰多讲述的事情太可怕了，敖景居然隐瞒她这么些年，而且事关重大，他的城府很深哪。她有点被欺骗的感觉，想来想去觉得不可容忍。于是她开口说："敖景，你真行啊？闯荡在天地间原来你是这么一个货色，太叫人失望了，真是龌龊！"敖景坐起来，低沉的声音问："你在说谁？什么都是我做得不对吗？你就完美了吗？是，我那时候不懂事，做了些不光彩的事。可那也是事出有因啊？西王母娘娘领着一帮丫头蛋子，站在鱼缸旁，看我那么做好玩，逗使我，叫我给她们刺激，不是这样吗？若不是为什么把两个异类公母放在一个缸里呢？动物就是动物，人就是人，当然，我做人也风流。可风流的不是我一个啊？所以，这类事你别说我，该说的人多了。"夏秀丽问："你是指谁？"敖景不愿意再争吵，连忙摆手笑嘻嘻地封口说："声明，我可没说你啊！"夏秀丽不再吱声了。

凭借这样的本事，敖景获得了夫妻间争吵的又一次胜利。

第三十八章　白龙盗灯油

　　敖景征服了夏秀丽，自己躺在床上翻来覆去睡不着，近期与李德昭交手的画面历历在目，他想不开自己为什么总是回回输给李德昭呢？人心也都被他争取去了，甚至连妻子也总愿帮别人做事来对付自己，这究竟是为什么呢？经过反复推敲最终结果出来了，那就是能力不行，这个认知令他沮丧，也思索不出解决办法。

　　第二天早晨，乌丞相来了，看见敖景眼睛红红的，满脸倦怠的样子，知是晚上没有休息好。乌丞相问："白龙爷，身体不舒服吗？"敖景无力地摇摇头，又眼神凄婉地低下了头。乌丞相似乎看出点脉络，仰着脸问："是不是哪件事让你不称心，内心总感到憋屈对吧？"敖景眼睛里闪动着期盼的眼神，犹豫了一会儿，他见乌丞相没再说什么，推心置腹地问："丞相，你我这么些年，可算是彼此了解，你说我现在处境为什么这么尴尬，事事不称心，如何解决呢？"乌丞相问："你想没想过关键在什么地方？"敖景像是早已深思熟虑过了似的说："我自己断定是能力差，到哪去学学经呢？"

　　乌丞相听敖景这么说，想了想建议说："我有个办法不妨试试！"乌丞相俯在敖景耳边嘀嘀咕咕说了半天。敖景听了眼睛一亮喜上眉梢，连声说："好，好，好主意。咱们明天就去！"乌丞相也笑了。

　　次日早晨吃罢早饭，两个人乔装打扮一番去了天庭。乌丞相仔细打听才知道玉帝下界巡查去了，最后又从飞龙那里得知准确消息去了倭海。两个人折头又急急忙忙赶去倭海。来到倭海水晶宫门前两个人心都凉了。乌丞相悄声说："怎么没见到玉辇啊？玉帝外出不会驾云，都是坐玉辇的呀？怎么没见到呢？"说着眼睛一亮，与敖景嘀咕说："倭海龙王的宫院小，不可能放在宫院，再不就是飞龙撒了谎，玉帝根本没来这里！"敖景说："既然来了，问个明白才好。"乌丞相走到卫兵跟前满面笑容，点头哈腰地说："几位军爷，我俩来此是向玉帝禀告点事，请问玉帝在这里吗？"卫兵面无表情地说："玉帝正在听取倭海龙王的奏本，现在不能接待外人！"乌丞相听了满心欢喜，对卫兵说："这位军爷，那我们就在外面遛遛，再等一会儿。"卫兵没有搭理，两个人便离开了水晶宫大门口。乌丞相见卫兵也不看他们，距离又远了，便贴近敖景的身子说："咱俩围着水晶宫找找。"于是两个人便在水晶宫附近巡查起来，经过前门朝右拐，乌丞相一眼就看见玉皇大帝的玉辇九天奔雷。指着玉辇前挂着的两盏灯说："白龙爷呀，你看那两盏灯就叫九连八宝七星天宫水族灯。小的听说，这对九连八宝七星天宫水族灯，用尽天下各种奇珍异宝。用天上地下九千九百九十九个工匠打造了八千八百八十八天，又用三昧真火煅烧七千七百七十七天方打造出这对九连八宝七星天宫水族灯。据小的所知，只要喝一口灯油，胜过修炼千年。"敖景说："若真有此效，爷我不妨一试。"敖景见四周无兵看守，几步跨到玉辇跟前，伸手将一盏九连八宝七星天宫水族灯摘了下来，打开油箱盖仰脖将灯油倒入口内。本想伸手去摘另一盏，不料"啪"的一下没拿住，掉在车上摔碎了。卫兵听到了响声，很快就围了上来。敖景和乌丞相摇身一变拔腿就跑，逃离了倭海。

回到了结雅河水宫府，开始养起了身子。日子长了，他确实觉得自己好像壮实有力了，知道是灯油发挥了法力。为了检验自己的变化，宫门外有一杆挑灯的杆子，是铁的，有碗口粗细，两丈多高，他飞身一掌劈去，那杆子应声折断；剩下一段依旧立在石砌的地面上，他飞起右脚踢去，那杆子连根飞走；宫门外不远有一座假山，全都是石头砌的，他走过去弯腰毫不费力搬起一块足重千斤的大石头；他觉得不过瘾，扔在地上，举拳就砸，那石头居然碎成几十块。他回到室内，想在夏秀丽面前炫耀一下，用手一指那张大床，大床顺着手势飘了起来，唬得夏秀丽直叫。夏秀丽问他："你这是练的什么功啊？"敖景笑了，自得地说："没见过吧？叫你先享受一下。"说罢，右手画了一个圈，嘴上吹口气，夏秀丽就地飞旋起来。敖景哈哈大笑不止。夏秀丽惊叫着，叫他停下，他也不听，直到感觉尽意了才住手，吓得夏秀丽满眼是泪。敖景还不过瘾，又跑到宫外，用左手向前一搅那水就是一根白白的粗棍子，足足有四丈多长，而且能随着手的动作可以击刺，也可以抽打，甚是奇妙。他又想试试自己惯用的口喷水柱，便张口向假山上的石块呲去，那水柱穿石而过，留下一个碗口大小的洞。他看完那个洞口，顺脚踹了一下假山，那假山竟然滑出十数丈远，撞在北岸上，只听轰隆一声，江岸塌下一里多地。敖景站在北岸上，双腿蹦了几下，地上出现了一个大大的水泡子，江水哗哗地流了进来，不一会儿就淌满了。他想：这回看谁能赢过我？

敖景回到水宫府里，悠闲地在地上来回踱着步子，不平衡的心理又嘀咕开了：我到这儿有几年了，可是这里的人太吝啬，只知道索取，不知道回报，没想想我成天降雨，天南地北地跑，饥餐渴饮都吃些啥呀？整的肚子里一点儿油水也没有。想着想着灵机一动，想到这里的人愚昧，不如装神弄鬼给他们传达信息。

一个漆黑的夜里，敖景来到结雅河东岸一位巫师家，见巫师正做着祈祷，便吹口风把门打开了。巫师听到门开了，停止祈祷问："谁呀？有什么事？你难道不知道我在和神灵对话吗？"敖景从门缝中飞进一张龙鳞帖。巫师捡起龙鳞帖，见是结雅河神旨意，马上说："一切谨遵白龙爷懿旨，照办执行。"

敖景又来到结雅河西岸一个老巫婆家里，巫婆正在打坐，突然房顶传来一个声音："巫婆何在？"巫婆回答："小仙在。不知神灵驾到有失迎谒，诚望多多恕罪。"房顶上传出话说："姑且不治你罪，白龙爷有事要你做，你可照办？"巫婆赶紧回答："小仙一定照办。"这时房顶飞下一张龙鳞帖。巫婆赶紧捡帖读看，看完说："小仙一定按照神的旨意去做。"

到了约定的日子，巫师和巫婆同一天分别在结雅河两岸设立祭神台，召集两岸民众前来祭奠江神，人们纷纷将带来的供品献上。巫师和巫婆做起法事。

不一会儿，敖景现身在朦胧的云雾里，高声喊叫："承蒙两岸父老的收留养育，白龙在此谢谢各位父老了！可是，你们的供品太没有油水了。我希望各位在原有贡品的基础上再加活牛一头、壮马一匹、肥羊一只、生猪一口，外加童男童女一对，每村一份。如果不能兑现，将水淹两岸。"

敖景回到水宫府，美滋滋地悠闲地在屋子里来回踱步，静候贡品的到来。可是一连十多天不见一个村子将贡品送来，即使送来了也没有童男童女。敖景派人把丞相叫来。乌丞相问："白龙爷呼叫卑职何事？"敖景说："这些天你钻到哪里去了？"乌丞相回说："哎哟，爷呀，百姓都反了，说什么他妈的白龙鳖呀，要吃孩子心，你们吃了，那我们还有后代了吗？真是断子绝孙啊！"敖景问乌丞相："什么是断子绝孙？"乌丞相回答："就是没儿没女！"敖景一踩脚，咬牙切齿地说："好啊！看他妈谁个没儿没女！"乌丞相问："白龙爷，你这是什么意思？"敖景说："我要水淹两岸！"说着起身就走。乌丞相拦阻说："爷呀，万万不可！"敖景推开乌丞相，呵斥说："给我滚开，现在我怕谁呀？"说罢，飞身跃上天空。

敖景在天空使足了劲呼风唤云。只见漫天乌云越积越浓，蓝绿相间压向地面，狂风怒吼着卷起地面的尘土，一时间天地间混沌昏暗。只听得天空惊雷轰鸣，闪电明亮，滂沱大雨如注而降。顷刻间结雅河两岸千里浩渺，白亮亮，浪滔滔，漩涡飞旋，大水只见上涨，不见流去。

大雨下了两天一夜不见雨势减弱，霹雷闪电气势汹汹。李德昭立即警觉是敖景开始报复了。他急忙起身跃上天空四周查看，只见敖景怒焰飞腾正在弄云播雨。李德昭飞快过去，令其停止降雨。敖景哼了一声，藐视说："有本事你停啊！"李德昭铆足力气将云雨向大海推去。推了一段，再无进展。李德昭对敖景说："你赶快把雨退去，否则你会遗臭万年的。"敖景冷笑说："万年？十万年、百万年又如何？"李德昭劝导说："敖景呀，不要因为索要贡品不成便和人类斗气，葬送无辜天下众多苍生啊！住手吧！"敖景哈哈大笑说："秃尾巴老李啊，秃尾巴老李，你也有今天？跪下吧，跪下也不行了！"

李德昭仗义执言，冷静地说："玉帝封你降雨之职，你应该施责务尽、至周至善；你这样挟权欺下、违拗天职；狡智谋私、玷污官誉；索贿报复、天理难容；涂炭庶民、必遭惩罚。何去何从你自己选择吧！"

敖景二目圆睁，藐视说："你黄嘴丫子未退，却教训起我来！我是何人？岂容你侮辱我的尊严！"他矜持了一下又说："呀，我倒忘了，今儿个咱俩应该好好比试比试了！"

李德昭怒不可遏，上去就与敖景厮打，二人交搏在一处。打了一会儿，李德昭看出敖景的用意是要牵制他，是在拖延消磨时间，但此刻时间不等人，于是要求说："比试可以，你要把雨停了！"敖景冷冷地说："你敢要挟我？要停雨，你得打败我，打不败，岂能停啊？"李德昭毫无办法，只好去和敖景继续打斗。

那敖景如同雄狮一般，飞腾跳跃步伐稳健，出拳击掌凶猛有力。李德昭一惊，暗想：他这力量何处得来？从未见过他有这般力气。打了数十回合，不见分晓，急坏了李德昭。李德昭知道一时取他不得，打个隐身走了。

李德昭来到天台山雷音寺找到恩师，禀告说："敖景降雨成灾，阻止不住，不知他从何处获得一身力气，搏斗数十回合不胜，又急于拯救百姓，故请师傅明示。"张天师说："此状说明他可能吃了什么食物，助他潜力发挥。"张天师唤来甄元子，令他去天庭走一趟。

甄元子来到天庭，到瑶池找飞龙丫鬟，请她协助速查何物壮力？飞龙笑了笑说："不用查了，那敖景偷喝了玉帝的玉辇灯油。"甄元子又问："如今敖景索要贡品不成，正在降大雨要淹死结雅河两岸众多苍生，如何制止他？"飞龙说："你稍等。"说完进屋去了，不一会儿，返回来举着一瓶水说："拿去，这是消辛水，浇点儿到他身上即可，短时间内对他有控制作用。"甄元子接过水，谢了飞龙丫鬟，火速回到雷音寺。李德昭正在火烧火燎，忽然甄元子回来了，他兴奋地迎上去。

未等张天师问话，甄元子呼哧带喘地说："得了。"随即将水交予师傅。张天师对李德昭说："回去你要小心慎用，不可伤了敖景！"甄元子叮嘱说："只需一点点撒到他皮肤上即可。"李德昭谢了恩师和甄元子师兄，立即返回了结雅河。

敖景见李德昭不到一个时辰返回来，嘲笑说："何处学技去了？再来比比？"李德昭也不言语，出手袭来。敖景回手拳头只一扬就击在李德昭脸上。李德昭闹了一个倒仰。敖景乘机上前击打。不想李德昭一个滚身躲过，立即站起来，顺手掏出水瓶起开盖，擎在手上备于身后。敖景扑了一个空，转身又打过来，李德昭亦不躲闪，见敖景的拳又到了，瞄准拳头撒了上去。敖景知道不好，赶紧收拳，可是已经晚了，那水早就浇到他的手上，只不过没浇上多少。敖景不以为然继续与李德昭搏斗。李德昭撒了水，心里有了底，也就不惧他了，发力进攻他的面门。敖景不知他的力气已经被消减，还是亡命

226

上扑，想治李德昭死命。打着打着敖景速度慢了下来。李德昭呵斥说："敖景，赶紧退雨，否则悔之晚矣！"敖景哀求说："李德昭，已经晚了，我已无力而为！"说罢，跌下云层，回水宫府去了。

李德昭慌了手脚，雨未停下怎么办？忽然想到一个办法：刮风。他先将云彩向海的方向推动，后使用风力再驱动，很快让狂风将云雨一扫而光。

天晴了，结雅河两岸银光一片，江连水，水连天，一眼望不到边。没有虫鸣，没有鸟叫，没有炊烟，天上没有飞的，地上没有走的，成了一个真空世界。人呢？全让水淹了。地呢？全在水下边。山呢？还是山，不过邻近的人、老鼠、狼、虫、虎、豹、熊、鹿、豺、狸、狍、猪、狗、鸡、鹅、猫；麻雀、喜鹊、老鸹、猫头鹰、雉鸡鸟，凡是天上飞的、地上走的，全上山了，在这里避难。一时间疟疾、痢疾、感冒、出血热等疾病流行；鼠疫、瘟疫等大病发生。总之，淹不死的病死了，病不死的被咬死了。荒山野岭人与动物的死尸比比皆是，整整一个残破的世界。

李德昭目睹了这一切，心急如焚，焦躁不安，如何才能使水尽快地排出，对这位人间皇帝封的都龙王是一个绝命的挑战。李德昭想要先排江水，江水少了，地水归江，这样地面才能露出来。他想起年幼时提水灌田，便将尾部插入结雅河，晃动着身子向上吸水，使水经天上送入大海。不过这样速度慢，他又旋了几个龙卷风，弧圈好大好大，旋风直通天上云雾，旋转着送入大海。这样做很奏效，江中水位迅速下降，地表水很快汇入江中，江水一边下流，一边被旋上天空带入海洋。经过一天的拼搏，地皮亮出来了，不见了青草，不见了树木，不见了村庄，沿江数百里一片荒凉。有的低洼地带还存有水，李德昭就把它们豁开连通结雅河，很快也排走了。李德昭开始找人。

德都镇距离结雅河远，张子善发现雨下得急，流走速度十分缓慢，觉得情况严重，赶紧组织人筑堤护村。百姓拿来袋子装土砌堤，袋子没了，被子裹土压堤，经过一夜奋战终于保住了村子。附近村寨效仿他们也都保住了村寨。

李德昭来到德都镇见了张子善的做法也受到启示，夸赞说："你们做了一次很好的示范，效果很好，以后让大家都来做。"张子善笑着说："我是跟着啥人学啥人。"李德昭拍了他一下走了。

李德昭沿着结雅河地域外线向东走，一路走一路看，真有幸存下来的村子，大底都是德都镇的做法。但是，大部分村子没有了，很多村中一个活人也没看到，他心情十分压抑。快到东山了，他也饿了，想到了刘庄，要去刘河悍那里看看。云头按下，往下一瞅，连一座房影也没有了。李德昭心里咯噔一下，心想坏了，刘庄怎么也没了呢？

第三十九章　刘员外移村

李德昭到刘庄没见着房子也没见着人，心里百思不解：刘河悍常年居住河边，曾经打鱼为生，是一个熟习水性的人，怎么可能在这场涝灾中有危险呢？再说他们一家都能驾云行走，怎么也不可能挺着挨淹啊，是不是躲到他乡去了？头绪太多，一时难以确定，索性去别的地方走走。他离开刘庄准备回仁和堂，又想到了自己给刘河悍开垦的那片土地，地势不是很高，能不能也被淹了呢？准备看一眼再走。

他涉水往地里走，转过高坡，远远地看见了那片土地。地上没有绿油油的庄稼，影影绰绰像是一座村庄。心想不可能呀，记得自己是在这里开垦的耕地啊，什么时候谁给盖了房子了？想看个究竟，大步走了过去。越近越清楚了，越看越眼熟，忽然醒悟了，这不正是刘庄吗？什么时候建在这里了？

李德昭正在惶惑不解的时候，身后忽然感到有人用手捅了一下他的腰，力气很大也很疼，不像是恶意，很像是逗着玩。他回头一看，惊讶地说："这不是兰梅吗？"刘兰梅笑着点点头。李德昭问："你怎么看见我的？"刘兰梅指指自己的耳朵，示意是自己听到的。李德昭问："是你自己猜的呀！"刘兰梅努着嘴生气地又用两只食指分别往两只耳朵边指点。李德昭笑了，伸出拇指称赞她。两个人拉着手高高兴兴地进了庄子，走进院子，来到客厅。

刘河悍站在客厅门口，望着李德昭笑着说："兰梅早就告诉我们，说你来了，叫我们在这等着，她自己去迎接。果然让她说对了。"刘河悍赶忙把李德昭让进屋，给他让了座。

张兰多说："看看他这个倦怠的样子，像是几天没吃饭了吧？赶紧把咱们要吃的饭端上来先给德昭吃点。"

刘兰梅飞快地走出去了，到了厨房叫厨子用盆盛好，她自己端起就走。厨子拦挡说："小姐，我端。"刘兰梅回头说："你闲不着，赶紧蒸馒头做饭吧！"说完出了灶房。

刘兰梅把饭菜端上来，在桌子上摆好。刘河悍说："德昭啊，你自己先吃，接着再让厨子做，别着急，慢慢吃！"李德昭真的饿极了，也没客气，狼吞虎咽地大吃起来。不一会儿，桌上的饭菜光了，他撂下筷子，抹抹嘴巴痛快地说："这饭吃着真香。"刘兰梅赶紧给他倒了一碗水，放在面前，用手指指李德昭又指指自己的嘴。李德昭明白是让自己喝水，端碗喝了起来。

刘河悍坐在桌子另一边，看着李德昭笑了笑说："等会儿再吃。这会儿咱们唠唠嗑。我想知道，怎么突然下起这大的雨呀？"李德昭告诉刘河悍说："敖景觉得这些年他给江边父老没少卖力气，两岸谁也没给他送点儿实惠的贡品，于是狮子大开口，让每个村子除了以往送的那些样数外，再加一头牛、一匹马、一口猪，外加童男童女一对。限三天送到，如若不送，水淹两岸，人畜一个不留。这之前敖景偷喝了玉帝玉辇上的灯油，体力技能增长数倍，胆子也壮起来，见人们没送新贡品来，一气之下，骤降大雨，淹死两岸人畜无数。"张兰多问："你怎么没去制止？"李德昭回答说："哪是没制止，是没制止得了！那拳脚动起来，我靠不得近前。我要求他停雨。他却要我赢了他才肯停雨。"刘家三口人听得挺认真。张兰多又问："后来咋停的？"李德昭把甄元子去天庭取来消幸水，得消幸水后才打败敖景的经过说了一遍。又把雨水通过龙卷风吸入大海，排除洪涝，营救村民，巡查灾情，以及考虑将来减灾自救等情况，向两位长辈一一说了。张兰多听后大怒，咬牙切齿地说："这个残暴的恶棍，终有一天让他为死去的百姓偿命！"刘河悍说："敖景非一般人物，乃玉帝钦差，治罪也得玉帝说话才是，否则我们是自寻责难。"

李德昭见二老情绪都有些激愤，便调转话题问："你们是怎么到这来的？整个村子原样迁来如何做到的？"刘河悍准备回答，见张兰多有意说说，便停住口没吱声。

张兰多说："那天雨来得快，说到就到，倾盆一般，雨水降而不流。感到降雨范围很大，即便停了，短时间内也流不出去。老刘说把人领到这来，等雨过后，再返回去。我觉得事情不那么简单，漫天浓云黑得连个缝也没有，再加上没有一丝风刮，一天两天的可能性几乎没有。如果那样，大水泡了村庄，百姓多年的积蓄也就光了。我们分析了雨势和利害，决定全庄移居，搬到这来。"张兰多看看李德昭，知道他想问啥，看看刘河悍，又说："你知道老刘是谁的徒弟吗？"李德昭回答说："上次蛙婆来说他俩是二郎神的徒弟啊！"张兰多说："好记性，正是。你听说过杨二郎劈山救母担走山的故事吧？你想啊？师傅会，徒弟能不会点嘛！我请老刘试试，老刘怯怯地说还有那些人呢！房子本身就不好搬，再加上上千号人多危险啊！我一想是危险了点儿，不过也有成功的可能呀。就鼓励他，让他大胆地做，姑娘和我都配合他。姑娘也一再撺掇，他的胆子才壮起来。"

刘河悍接着说："整村转移，说着容易，还有许多技术问题。比如往哪搬，接收地有没有价值，地面平整如何？还有图纸谁来画，有没有误差，房屋比例是不是等同，这些都容不得马虎。当然，长远讲转移是个正确的决策。把江河低洼地段、河泡塘坝区域，还有明显低洼地区住的民众转移出来，本身就是抗洪减灾的重要措施。将来如果有可能应该把这个事情好好规划规划。

你降雨是惠民，排涝保丰收也是惠民呀。假如降完雨不管了，旱的旱，涝的涝，那你这个惠民行动的结果就要打折扣了。德昭，你说呢？"

李德昭听得很认真，而且津津有味，认识到内中道理深邃，对于自己将来做事有着很重要的启迪。因此，刘河悍问话时他还没有反应过来。见刘河悍看着他眼睛不动，这才说："老人家说的恰到好处，这个道理说得深刻明白，好事也不能只做其一面，不顾其另一面，或是虎头蛇尾、半途而废，做每一件事都要考虑周全，特别是降雨与治水应该综合运作，这样才能把好事办好。"停了一下，他又说："你们这个迁移方案考虑得很周全，各种可能都考虑进去了，事先有了应对措施，决策选择得很正确。"他说着，笑了笑又问："那么迁移方法呢？"

刘兰梅站起来比画要说。张兰多说："得，你歇会儿吧。说还说不明白呢，比画比画能省几个字呀！"张兰多没让兰梅比画，接着说下去："老刘先让兰梅上天远看，回来画图。她这个机灵鬼，哪还用现看呀？都在心里呢。兰梅很快画了一张草图，拿给老刘一看，老刘瞠目结舌，看了半天居然没有差错。但是，老刘还是不放心，拿图亲自腾空顶雨一一核对，确认无误了这才下来回到屋中。嘱咐我和兰梅立即去各户通知，告诉他们坐在家不要动，闭灯不语，耐心等待；说这是人命关天的事，不可违拗。我俩走街串户，一一嘱咐，并约定以钟声为号，静坐守约！"

接着，张兰多讲述了刘庄搬迁的经过。

刘河悍持图在村庄上空盘旋了一回，下令鸣钟。庄里老榆树上的铸铁大钟被家丁敲响了，"当，当，当！"三声钟响较之往日分外洪亮。刘河悍对刘兰梅说："你在空中监视，一旦有动静，就要立即除掉，确保全庄人生命安全！"刘兰梅答应着，纵身跃上了天空实施监视。刘河悍又让张兰多扶住自己，要求她千万不能晃动，一旦有闪失那就会造成整个庄子人命和财产重大损失。张兰多深深明白这一点，说声"知道！"上去扶住丈夫的左臂，牢牢地亦步亦趋，谨慎又小心。

刘河悍手捧样图，沉甸甸的，纵身跃上高空。张兰多紧随身旁，眼睛盯着丈夫不敢有丝毫差错。两人慢慢地移动有三百来米，刘河悍身子突然有些吃力，知道不好，村中有人走动了。

村中有个叫二泊头的人，三十多岁，壮汉，平日就看不惯刘河悍老夫少妻的做派。今日张兰多娘俩逐户通知，他就有点看法，认为是故弄玄虚，糊弄百姓，获取人缘。搬迁时听到耳边风声响起，他不以为然，开门出去看看。老马有些晕，看见主人开门出来嗷嗷叫了两声。

刘兰梅正在空中俯视，听见马叫，抬眼一看，有人活动，冲着响处，手掌一击，人和马悄无动静了。

刘河悍身子刚要倾斜，被张兰多较住劲死死托住，未能斜过去，坚持了一会儿终于站稳。两个人相互依托，一挪一蹭地向前走着。刘河悍这时已是满头大汗，满脸青筋暴跳，嘴唇紫涨，呼吸急促。张兰多知是一个人力量有限，眼见刘河悍撑不住了，一时急中生智放开丈夫左臂，口中说句："我来吧！"便迅速钻进丈夫怀中，背着图纸，脚下拼命用力踏云，图纸开始升高。刘河悍得到了喘息，很快恢复了状态，将图持稳，驱动云彩快速前行。大约一个多时辰，他们到了林中高地。刘兰梅急忙落地，指给父亲方位。刘河悍和张兰多稳稳地落下来。

刘河悍没敢停歇，迅速将图纸铺好，让张兰多母女闪开。他闭上眼睛口念咒语，大喊一声"开"！只听眼前烟尘四起，沉闷的隆隆声响了一阵便烟消云散了。再往前看，虽是雨中，青砖绿瓦清晰可见。

村庄的老钟又响了三下，钟声驱走了人们心中的压抑，所有人不约而同地纷纷跑出房门，呼喊着跑到刘河悍府上。刘庄远离了洪水，家园保住了，人们欢呼着、跳跃着，有的甚至扭起了秧歌。做梦也没想到他们会逃离了灾难，庆幸自己的幸运。

这时，二泊头的女人哭哭啼啼地来了，说他家的马死了，男人也受了伤，这可咋好呀？说完大哭起来。她数落说："一样飞过来的，为啥偏我家伤人又死马？要是不搞这一套，我家哪会有这事，都是巫人歪道搞的，我家决不饶恕！哎呀我的天啊，皇天有眼快来看看吧！"

二泊头家有位邻居名叫佟二羟，解释说："刘员外在村庄挪移之前，曾逐户告知：千叮咛万嘱咐钟声响后任何人不得行动或出声，谁要是违反了会导致全村遭殃。你男人不听信，私自出门照看马匹，老马叫了几声。当时我们都感到晃动，心想要坏。后来声音没了，又平稳下来。是你家人不守规矩，现在你又在这里吵闹，胡搅蛮缠。大家没有指责你家已是很宽宏，人家搭救了咱们，总不能卸磨杀驴呀！人哪，总要有点良心！后悔你咋不自己回水泡子里去住啊？"

二泊头的女人急了，骂说："关你屁事，装个啥呀？"上前挠了佟二羟一把，佟二羟的脸上流下血来。佟二羟骂了一句："你是四六不懂！"二泊头女人又扑上来，佟二羟急忙躲闪。二泊头的弟弟过来相助，狠狠地捶了佟二羟一拳，随后两家人打在一起。

刘河悍劝止不住。这时，刘庄有位长者，八十多岁，对打架人家臭骂一顿，人们平静下来。老者说："你救了他们还说你不好，都他妈的狼心狗肺不是人。今天你救了我们，我代表庄里老少爷们谢谢你！"老者规规矩矩地给刘河悍鞠了一躬，刘河悍赶紧扶住。老者又说："二泊头家确实受点伤害，要我说那活该，自作自受！可是，这回他受了伤，又死了马匹，这小家小业的损失也不小，日后过日子就很难了，乡里相亲的谁也不能看着是不是？你只当这是个例外，给他点补贴，他不就和大家一样过日子了吗？"老者说完看着刘河悍。

刘河悍非常敞亮，对大家说："乡亲们，这次搬家，大家都给了积极支持，非常圆满。感谢了！刚才老人家的话大家也听见了，全庄子人都欢喜，缺一个也不行是不是？"又对泊头女人说："弟妹，这次搬家你家受到损失，我愿意给你补偿，你说要多少钱？"二泊头女人左顾右盼没了主意。刘河悍又说："这样，大家说说，一匹马多少钱？人看伤带疗养多少钱？"人群议论开了，一锅粥似的。过了一会儿，二泊头女人站到刘河悍跟前，先是规规矩矩地鞠了一躬，眼泪吧差地说："你是做好事，我一时着急说了胡话，对不起了！连马带人就给二十两银子吧。"说着泪水流下来。刘河悍十分怜悯，对她和人们说："我知道你不是讹我，我很同情你家遭遇，再给你加上二十两怎么样？"二泊头女人跪地连连磕头不起。

此后，有人觉得刘河悍做了好事又赔钱，便给他编了个顺口溜：好人难，好人难。赔上妻孩又搭钱。世上衣服花千样，紫绿黑白都有穿。劝君不要太为难，好事办好难周全。

李德昭听了张兰多讲述的搬迁经过，感动地说："真是做什么事都不容易，你看刘伯伯费了全身力气，脸憋成那样，多危险啊！不过，话是这么说，该做的事还得做，做事不能因为有人反对就放弃了，那样会无所作为的。"

刘兰梅出去一趟回来说饭好了，该吃饭了。一家人和李德昭围坐在一起吃起饭来，边吃边唠，气氛格外的温馨。

家丁进门报告：说院门外有一个人长得怪怪的，吹胡子瞪眼的要找李德昭。刘河悍说："你们先吃着，我出去看看！"

刘河悍来到门外，一眼看出来人是天将周登，急忙上前施礼，诚惶诚恐地说："不知值日官大驾光临，有失远迎，多有得罪，快快请进！"周登说："刘河悍，你原来在这里啊？今日幸会！不过玉帝令急，令我前来带李德昭到天庭，不敢耽搁须速速回旨，还请河悍莫怪。"刘河悍说："敢问周大人，传李德昭何事？"周登看了刘河悍一眼，直言说："实不相瞒，请叫李德昭出来再说。"刘河悍只好进屋把李德昭叫出来。周登说："张灶王代白龙奏黑龙一本，说黑龙两日前私自降了一场大雨，造成结雅河两岸一片汪洋。黑龙不顾白龙规劝，一意孤行，甚至用药水害他，贻误时机没有及时停住雨，淹死黎民百姓数十万人。玉帝听后勃然大怒，令小官前来捉拿黑龙。黑龙，你有啥话天庭去讲，本官只负责带你回去。"

李德昭毫无防备，甚感意外，从来没想过教景会倒打一耙，欲置自己于死命。想了想事已至此，这时多说也无用，便跟随周登去了凌霄宝殿。

第四十章　灶王爷奏本

上次敖景降大雨淹死不少人，怕玉帝追究责任，搞了个恶人先告状，奏到凌霄宝殿。不想太上老君要求找来李德昭对质，结果黑龙不但没有受到处罚，还被玉帝差点封个四海都龙王之职。敖景正在懊恼之时，玉帝又派张天君和妻子张兰英下凡任灶王爷之职。一来体察民情，二来监督二龙治水。

其实，灶王爷就是玉帝的耳目。灶王爷画影图形进驻家家户户，体察民情，上达民意。逢年过节，众民都让灶王爷先享，恐怕慢待获罪。每年腊月二十三送灶王爷时，各户都要央求几句："灶王老爷本姓张，上上方见玉皇，好话多说，赖话少说，平日怠慢多担待，保我黎民百姓，明年风调雨顺。"也有的说："一家之主啊，上天言好事，下界降吉祥。"岂知普天下穷人居多，喜庆之日拿不出酒肉佳肴。灶王爷得不到好处，回去多进谗言，甚至添油加醋的说何地人等对玉皇如何如何不恭。尚有举证实例的，玉皇如有震怒，便下令不雨。

敖景在回来的路上，仔细分析了玉帝派灶王爷下到凡间的意图，看中了灶王爷的这个身份，觉得灶王爷有很大利用价值，应该拉拢过来，到时候一旦有事好为自己说话。便想到要和灶王爷套套近乎。到了摩尔根，硬要接灶王爷夫妇到水宫府去。张兰英坚持先找土地佬安排住处，以后有时间再去坐坐。敖景脑子来得快，知道张氏夫妻都是秀才，喜欢以文会友，便装腔作势地说了一套："初来乍到，无处安稳，寒宅小住，略表真心。祈望哥嫂，委屈存身，饮食无肴，杯水情深。"

张兰英一听笑了，夸赞说："不想老弟还有这等文采，不去怕伤了和气；去吧又怕惊扰弟妹，进退两难啊！"敖景说："宅子虽小，屋子还是够用的，不嫌不嫌。"张天君感到不太好意思只好应承了，于是随敖景去了水宫府。

灶王爷和灶王奶奶随着敖景来到了结雅河水宫府，走进一看甚是阔绰，并非小宅概念，二位灶王立即显露出羡慕之意。

敖景唤夫人夏秀丽来见。夏秀丽正在灶房帮着厨子忙活，听说敖景唤她，便轻衣简装匆匆赶来，一进客厅略微愣了一下，原来认识，来人是玉帝身边掌管文稿折奏的两位秀才。由于办事准当，深得玉帝宠爱，经常协同丫鬟飞龙陪同西王姆娘娘到东华厅游玩。不能说是天庭的要员，但是每次玉帝登朝他们夫妻俩都是不可少的人物。于是夏秀丽不敢怠慢，赶紧走上前去拉住张兰英的手问："嫂夫人，你们俩怎么会跑到这么僻静的地方来了？"敖景插话说："还没来得及介绍，两位哥嫂被玉帝封为灶王爷了，派到这里监督我和李德昭！"夏秀丽问："是不是又是你瞎折腾的？"敖景嘴硬又怕失面子，辩解说："这和我有什么相干？尽胡猜忌！"

夏秀丽亲热地拉着张兰英的手扶她坐下，又请张天君坐下，跑来跑去给他们端茶倒水。张兰英静静地看着夏秀丽辛勤地忙碌着，嘴上夸说："看看人家夏姑娘，生活的多潇洒呀，嘴里像含了蜜似的，你看那脸红扑扑胖乎乎的多快活啊！"张天君迎合地说："日子过得舒心呗！"敖景笑笑说："她成天无事，无忧无虑，想吃就吃，想睡就睡，哪还有不快活的呀！"夏秀丽瞪了他一眼，埋怨说："来了客人也不说一声，得，你们唠着，我去灶房张罗饭菜。"说完，向灶王爷灶王奶奶点点头，自己去了灶房。

很快饭菜就端上了桌。夏秀丽问敖景："喝什么酒？"敖景对灶王说："这里都是粮食酿制的烧酒，味道很好，值得尝一尝。"灶王说："喝什么酒啊！不喝酒，吃点饭就行啦！"夏秀丽见灶王磨不开，便说："咋，见外了，这初来乍到的，头一次吃我家的饭，就算接接风吧，岂有不喝酒的道理。跟你们说，我可最小，喝！"张兰英快活地说："这个夏姑娘还是那么活跃，那就请你们男人喝吧！"夏秀丽接着说："那就女人和女人喝！总行了吧？"敖景乘机说："那还不如一起喝了，人多多热闹呀！"说着给灶王爷倒上了烧酒，又恭恭敬敬地给张兰英倒了一杯，张兰英接了下来。

敖景和夏秀丽站起来。敖景说："今儿个，张家兄嫂初来寒舍，我们家蓬荜生辉。你们看我们夏秀丽乐得嘴都合不拢了，天庭里来了娘家人。来吧，二位兄嫂，你们一路辛苦，希望你们在我家过一个快乐的夜晚！我们两个先敬你们两位三杯酒。"说完敖景举着酒杯和灶王爷灶王奶奶碰了杯子，四个人一起喝了下去。夏秀丽赶紧给张兰英和张天君夹菜，边夹边说："这是我们这里特产鲜美的鳇鱼和大白鱼。"每人往碟里夹了一大块，眼睛看着张兰英往下吃。

张兰英吃了一回，觉得很是好吃，自己便又夹了一块吃起来。夏秀丽看了笑着，现出了欣慰和成就感。张兰英对张天君说："张兄，你吃了怎么样？"灶王爷点点头说："是挺好的。"放下筷子说："该咱俩回敬一杯吧？"张兰英跟着站起来举起杯子。灶王爷说："今晚，我和兰英冒昧前来，多有打扰，深表歉意，同时对敖景和夏姑娘的盛情款待，也深表谢意，我俩先敬你们小夫妻一杯，能看到你们在这里过得开心幸福，羡慕之余，表示衷心祝贺！也希望你们日子越过越好，身体越来越好，事业越干越好！"灶王爷同敖景和夏秀丽碰了杯，一仰脖把酒喝了下去。之后，灶王爷觉得自己好像酒劲上来了，提议说："我看咱们还是慢慢吃喝吧？"敖景点点头说："也好，也好。"夏秀丽赶紧起来，每人倒了一杯茶水。

　　敖景见这饭吃得很是惬意，借着酒劲说："玉帝派你们下凡画影图形入驻千家万户体察民情，实际是一件挺辛苦的差事，今后有什么困难有什么事情尽管说，我会尽力而为帮助你们。过些日子我给你们弄些钱物，什么地方用着了免得为难。我知道灶王兄你是一个万事不求人的手，凡是涉及自己的事总是碍着面子不愿张口，放心吧，这些事情我来给你办，不用你直接出面。"灶王说："我现在有人供奉着，吃喝是不愁的，用不着什么钱物。"敖景笑笑说："这我知道，那么有着一日告老回乡了呢？除了些许薪水还有什么？那点薪水能干什么呀？不寒酸吗？趁着有权有势划了点还过分吗？在我这儿，我不说了吗，我出面，我顶名，出了事我负责，和你没有任何关系，你擎现成的就行。"灶王很高兴，抬举敖景说："老弟对世道观察得还挺清楚，乃高明者也。"敖景见灶王爷并没有明确拒绝，只是闪烁其词地应付了一下，觉得把灶王爷改变成自己利益的自觉维护者，随时随地替自己说话办事已经是一件很容易的事情了。敖景说："天上人间古往今来就是这么轮回，在那摆着，哪是什么我的高明啊！"张兰英听了说："真没看出来，敖景老弟说话还挺实在的呢！"敖景假装憨厚地笑了。

　　第二天中午，灶王爷夫妇要走。敖景挽留不住，叫来土地佬说："这两位是玉帝派来的灶王爷，到我们这里画影图形入驻家家户户，体察民情，监督我和李德昭治水。工作和生活上有需要我支持和帮助的，一定来找我！"土地佬应诺一声，带着灶王爷和灶王奶奶走了。

　　八月节这一天，忽然一夜之间家家户户都贴上了灶王爷的图像，上面标注着：今年二龙治水。

　　当地百姓穷困潦倒，生活无助，可是每天吃饭还得端出一碗最好吃的饭菜，先敬敬灶王爷，心里感到很不是滋味。

　　石龙寨庞有福家的西院住着一个老孙头。这一天孙老汉刚从地里回来，又饥又渴，口干舌燥，点着锅灶煮了一碗稀粥。煮好后，他舀在碗里凉了一会儿，端起来欲吃又罢，想起灶王爷好久没有进食了，便将这碗粥虔诚地放在供板上，歉疚地说："灶王老爷，不是我不敬，实在是没有办法，天不下雨，长年大旱，收的谷子不抵种子数量，没有收成，难得糊口，今幸得几粒熬粥，您老人家先尝了吧！"说罢，伏地磕了三个头，起身仰首望了望灶王爷，伸手又去拂灰尘。孙老汉不识字，只是听人们议论时记得灶王爷像下边有一个长方形白框，内中四个字，最左边的那个字是一杠便是一龙治水，今见两杠，不觉气从心来，于是骂骂咧咧地说："什么他妈的二龙治水，滴雨未见，挂你何用？"顺手将灶王爷图像从墙上撕下来，抛在地上，踏了几脚，弄个稀烂，踢入灶中烧了。灶王爷张天君感知到了，哭哭啼啼地往凌霄宝殿跑。敖景看见了把他拦住，好奇地问："怎么回事？谁欺负你了？"灶王爷鼻涕一把泪一把地说："石龙寨有个孙老汉，看见我图像上有二龙治水的字样火了，说他妈的还二龙治水呢，多少个也白扯，不降雨有啥用。说着把我和夫人的画像从墙上撕下来，用脚踏了一顿，踢进灶膛烧了。"敖景说："灶王爷，这事你不能跑去凌霄宝殿奏给玉帝，那样对你形象也不好，你要沉住气，多走走看看，查查是不是有人从中挑唆，弄清楚了再报告，有利于解决问题。再说，你也应该想想，同在一块土地上，同在一片阳光下，他旁边那家为什么就有吃有喝呢？你初来乍到，不清楚情况，有点事就跑回去奏本，这么大一块地方天天有事，你能天天往回跑啊，你不絮烦，玉帝还嫌你事多呢！"灶王爷被敖景说得气消了，便问："我是不是应该走访走访？"敖景眼睛一亮，夸他说："对呀！玉帝就希望你这么干？掌握实情。"灶王又问："头一家，我该去哪儿？"敖景说："那不很简单吗？去老孙头邻居家看看呗。不过，这种走访你要自己去，我不能陪你，你知道我是你的监督对象，一旦别人知道了，说你有失公允。"灶王爷很钦佩白龙的胸怀，认为他正派。

灶王爷来到庞府。庞有福一眼就看出来了，高兴地说："这不是灶王爷吗？"热情地迎进屋里，茶水伺候。灶王说："我今儿个是来走访，想问你个问题，你同那西院老孙头邻居住着，为什么他穷得那样，而你却富得这样？"

庞有福望望灶王爷笑了笑，深沉地说："这事说来话长。人生在世都有天帮忙和自己努力，天资和运气好的就走字，傻了吧唧、奸懒馋滑、身子多病，就容易穷困潦倒，甚至吃不上饭。我家西院老孙头就是这样的，他家虽然人口不多，但是常年有病，收不抵出，年复一年，就翻不过身来。听说他把你的图像撕了，我还不知道他呀，就是再给他个胆，他也不敢，一准又是李德昭唆使了他。"灶王爷问："这事你如何知道的？"庞有福说："这事你是不知根底，我们邻居住着我还不明白？他一个大字不识，怎么会说出那种话呀？不是我多嘴多舌，前年有几个痞子来我家闹减租，他也来凑热闹，想得点什么好处。我就背地问他：老爷子，你这么大年纪跟他们闹腾个啥，你要是缺啥少啥和我说给你不就结了。老汉说是李德昭捅咕他们闹的，理由是地不产粮不是他们造成的，而是老天不下雨造成的，损失理应我也承担一大部分，有的要地租全免，更有甚者还要给他们救助。后来我没答应，白龙爷救了我的驾，否则他们早就把我整死了。我现在很恨李德昭，他站着茅坑不拉屎，该下雨他不下雨，尽在后面戳鼓人。"

灶王爷又按着庞有福的指点走了几户，心里觉得情况比较清晰了。

有一天傍晚，灶王爷通过感知知道结雅河流域普降大暴雨，大地一片汪洋，很多村庄被洪水吞噬，自己的图像也浸在水底，数万民众丧生。这是怎么了？灶王爷跑到水宫府找敖景想问个究竟，可是敖景不在家，夏秀丽也说不清去了哪里，又在那里干什么呢？灶王爷急得团团转，急急忙忙出了水宫府，正低头往前走，不想和一个人撞了个满怀，抬头一看正是敖景。敖景说："灶王爷，我正想找你。"灶王爷也说："敖景，我正在找你。你干什么去了?"敖景拉住灶王爷往水宫府里走,一边走一边说:"坏了、坏了,李德昭连续降了三天大暴雨,淹死老些人了。我看雨势这么大,知道事情不妙,便去找他。谁知他继续呼风唤雨下个不停。我说死了这么多人,玉帝会惩罚你的,他眼睛红红地疯了一样,什么都听不进。我不得已用手拉他,他却用药水涂我的手。我也不知道是什么药,涂后我的力气一点也没有了,总想睡觉。这不走路就和你撞上了。"说着,两个人走进水宫府客厅。灶王爷问:"这种情况怎么办?"敖景有气无力地说:"你赶快写个奏折,速速送往凌霄宝殿,递给玉帝,让他快快拿住李德昭治罪,惩罚他发洪造成的生命伤害。"

灶王爷心中很是着急,敖景还没说完,他就动笔写了起来。

玉皇大帝:

卑职张天君、张兰英诚惶诚恐禀奏李德昭三条罪状:一、李德昭有渎职和害民之罪。李德昭不司本职,乱谋降雨,应付差事,布雨忘止,造成洪灾,贻害百姓;李德昭降暴雨淹死庶民数万。李德昭不满贡品,报复拒纳,暴雨三天,龙江两岸,一片汪洋,洪水肆虐;土地村庄,无一幸免,人畜尸体,任其漂流,疫病暴发,殃及千里。挤对他人,施罪于民,千古之冤,寒心彻骨。二、李德昭有羞辱玉帝之罪。李德昭骄横自大,目无天庭,指使刁民,撕扯画像,踩踏本官,讥笑玉帝,用人昏庸。三、李德昭有唯我独尊藐视天条戒律之罪。勾结纵容地痞无赖,为所欲为,欺负乡绅,奸污女人,餐食童心,祸害良民。

以上三条,卧底亲查,所见所闻,绝无瑕疵;人之所恨,天理难容,拜请玉帝,明鉴不饶!

臣张天君、张兰英奏上

灶王爷写完,递给敖景,请他修改一下。敖景问:"只写了这一件事吗?"灶王爷回答说:"不是,是三件。那两件是勾结地痞害良民,写的庞员外的事;另一件是李德昭指使孙老汉讥辱玉帝。怎么样?"敖景说:"我不看了,我的眼睛已经模糊不清,你琢磨着办吧!"灶王爷拿起奏折塞在怀里,急急忙忙去了凌霄宝殿。

灶王爷跑到南天门敲了三通鼓。玉帝问:"快散朝了,谁还在敲鼓?"下面回答:"灶王爷。"玉帝说:"传他上来。"

灶王爷战战兢兢地跑上殿来,跪倒禀奏:"卑职有本急奏!"玉帝说:"拿上来。"两边侍卫将奏折递了上去。玉帝看完交给太上老君。太上老君草草看了一眼说:"此事须将当事人叫来当场对质才能问清。人命关天,不可草率。那就明天一起解决吧!"朝散,诸臣扬长而去。

灶王爷回到凡间摩尔根,将凌霄宝殿奏本的事向敖景学说了一遍。敖景听罢很是震怒,大吼一声:"岂有此理!该死的太上老君又出来搅局,看我如何对付你!"

第四十一章　凌霄殿冤案

　　敖景听灶王爷说太上老君又要李德昭上凌霄宝殿对质，犹如五雷轰顶，气得二目圆睁直冒金星。一通发泄之后，他冷静下来，平和地对灶王爷说："刚才失态让您见笑了！不过太上老君罔顾事实，一味袒护李德昭，甚是有失公允，怎么的也不该为一个害民之徒说话啊？"灶王爷亦有不忿，阐述说："按理我是玉帝钦差，禀告改为状告，已是验证过的事实，不应该再有核实之说，这有毁我声誉否我施职之嫌！着实令我气恼不已！"敖景见灶王爷已是偏向自己一边，心中很是惬意，转而开导灶王爷说："老兄不必往心里去，我有一计可以绕过他，让他害我等之心不能得逞。"遂将自己的计划和盘托出，简要地说了一遍。灶王爷听后赞成地说："老兄主意甚好。一会儿咱们写完庭审稿件，我再去一次天庭，找我那好友舒浩，让他直接交给玉帝，乘玉帝发怒之时，照本宣读。"敖景听罢，恰中心怀，连声说："老兄真是奇才，不仅文笔好，而且人品极佳，可谓德艺双馨啊！"乘灶王爷忘形之际，敖景从桌案下拽出一袋金子，拽到灶王爷面前诚挚地说："这是我十几年来积攒的全部积蓄，这次回天庭你拿去，有需要疏通打点的地方好用用。"灶王爷推辞说："我与舒浩乃是莫逆之交，早已肝胆相照，不分你我，且是我照顾他胜于他对我，真的用不着这些东西！"敖景出主意说："老兄须择机而行，怎知用不上？倘是到了用时也有应手之物。即使这里用不上，也只当是付给老兄的辛苦钱！"灶王爷坚辞说："我就不必了！"敖景立即封堵说："也没说就是给你的啊？还是先拿去为好！"灶王爷见敖景诚心诚意，只好暂且收下。

　　次日凌霄宝殿上，玉皇大帝稳坐宝座上，抬眼望见龙书案上昨晚灶王爷递交的奏本，顺手打开阅览，眉头越皱越紧，满脸怒色。他合上奏折，抬眼刚要说什么，猛然听到南天门响起了"当！当！当！"三通钟声。

　　玉帝立即问："谁在敲钟？"值日官回答："白龙敖景鸣钟！"玉帝想：灶王和敖景连续奏本，不免有些咄咄逼人了，究竟发生什么大事了呢？想罢，玉帝说："传敖景进殿。"敖景被带上凌霄宝殿。玉帝问："敖景，不在人间施雨，唯唯诺诺来此撞钟所为何事？"敖景战战兢兢地跪地禀奏说："卑职状告李德昭报复结雅河两岸民众，私自降三日大雨，已造成数十万黎民百姓死于洪水。卑职及时前去劝阻，他执意不听，雨越下越大，卑职因其用药点伤未能及时挽回局面。望玉帝为卑职和数十万百姓讨个公道！"说罢抹起泪来。

玉帝一听大怒，气冲冲地问："哪位爱卿去那凡间将李德昭拿来？"话音刚落，值日官周登向前一步，禀奏说："微臣周登愿往。"玉帝说："好，快快去来！"

不多时周登将李德昭带到凌霄宝殿。玉帝当即开庭审理。

玉帝宣布：李德昭、敖景，本座问你们几个问题，要如实招来，回答要简约精准，不得絮叨纠缠。听懂了吗？

李德昭：是。

敖景：是。

玉帝：好。本座问李德昭，你和敖景谁先到的降雨现场？

李德昭：敖景。

玉帝：谁来证明？

李德昭：没有。

玉帝：敖景，你和李德昭谁先到的降雨现场？

敖景：李德昭先到。

玉帝：谁来证明？

敖景：乌龟丞相。

玉帝：好！问第二个问题：你俩到底谁劝谁不要降雨了？

敖景：我劝李德昭。

玉帝：谁来证明你？

敖景：乌龟丞相。

玉帝：李德昭回答。

李德昭：我劝敖景。

玉帝：谁来证明你？

李德昭：没有别人。

玉帝：好，再问一个问题：谁往敖景身上撒的药水？

李德昭：我。

玉帝：事情已经问得很清楚了。敖景前两个问题都有证人，而李德昭没有。第三个问题李德昭自己认账。各位爱卿应该听得明白了，敖景以3：0胜诉。哪位爱卿愿意替本座处置李德昭？

太上老君：微臣愿往。

玉帝：很好，处理结果告我。

太上老君：是。

太上老君接了玉帝圣旨，对李德昭说："李德昭，走吧。"李德昭问："到哪去？"太上老君严厉地说："你能去哪？到一个消闲的地方清静去吧！"说完一指李德昭"变"，李德昭倒地变成了一条黑狗。太上老君叫："大青。"

黑狗望望太上老君，便跟着太上老君来到了蟠桃园大门口。太上老君对李德昭说："大青，从今以后，你就在这里看守这片蟠桃园了！"大青眼里湿漉漉的，站那没有动，眼巴巴地看着太上老君走了。

太上老君回到凌霄宝殿，玉帝问："如何处置？"太上老君回复说："我把他变成了一条青狗，令他看守蟠桃园。"玉帝叹了一口气，不快地说："其实李德昭自出世以来，做了一些令人满意的善事，使得东土地面大部地区近年来风调雨顺，特别是黄河流域，雨势适中，人们还是安居乐业了。不过这次乱耍威风，狂降暴雨，淹死草民无数。再者又图谋不轨，欲杀天庭命官，实在是罪不可赦。既然老君给他留条生路，那就让他悔过自新吧！"众官员齐呼："玉皇大帝宽宏大度，我等深受教益！"玉帝挥挥手说："尔等无事退朝！"众臣散去。

日月轮回，光阴似箭。一晃又一个桃花盛开的季节，蟠桃园一片繁忙，园丁们松土施肥，引水灌溉，修枝剪桠，除虫护果，精心伺候，盼望着新一年的蟠桃会。西王母娘娘身在瑶池，心飞桃园，惦记着蟠桃长势。一大早便对丫鬟飞龙说："飞龙啊，咱有几日没去桃园了？"飞龙微笑着回答："娘娘，咱们已是一年没去蟠桃园了。"西王母娘娘说："这丫头，怎么这么长时间也没和我说一声啊？我说这些日子怎么突然惦记起蟠桃园了呢？原来这么久了！今天咱们去看看吧。"飞龙答应说："好，知道了。"停了一下，飞龙又问："娘娘，还邀请谁去呀？"西王母娘娘想了想说："要不你去问问玉帝爷有没有心情，只他一人就行了。"飞龙答应着去找玉帝，回来说："玉帝爷说了，今天有急事不行，明天可以。"西王母娘娘说："也好，咱们也好好准备一下。"

第二天不是临朝之日，玉帝问西王母娘娘："今天你不是要去蟠桃园吗？怎么去呀？"西王母娘娘忘记玉帝是不会腾空驾云的，怎么办呀？一时没了主张。玉帝见娘娘为难，便说："要不咱们一起坐我的玉辇九天奔雷吧？"王母娘娘不好意思地说："事前忘记了这件事，现在只好这样了。"玉帝说："没关系的，不就是去看看嘛！"西王母娘娘歉意地说："那就谢谢玉帝的宽宏了！"二人上了玉辇飘飘而去。到了蟠桃园门前，玉辇停下。飞龙赶紧上前撩开帘子，搀扶着将西王母娘娘从玉辇上请下来。接着又去搀扶玉帝，玉帝摆摆手说："你还不如我强壮呢，还是我自己来吧。"说着，下了玉辇。三人来到蟠桃园门前。门口站着一条大黑狗，雄赳赳，威风凛凛，毛绒整齐，黑亮闪光，犹如黑缎披在身上；虎形面孔，伶牙俐齿，耳朵尖长，二目炯炯有光；骨骼健壮，身体绵长，肥瘦适度，只是尾巴短去一截。见玉帝和西王母娘娘来了，点头摇尾，不卑不亢。西王母娘娘见了十分欢喜，回头看着玉帝便问："玉帝，什么时候弄个玩物放在这里看起园子来了？你看多好呀，浑身黑亮，雄气飞扬，从来没见过这么好的一条大黑狗啊！"玉帝笑了笑说："你还不知道哦，他是有来历的，不是一条普通的宠物狗，他是黑龙变化的。你没见他少

240

了半截尾巴吗？他是秃尾巴老李！现在它的名字叫大青。"西王母娘娘十分不解地问："黑龙不是被你派到凡间施雨去了吗？怎么蹲在这儿看起园子来了？"玉帝笑呵呵的，一边往前走，一边把他去年断案的事细说了一遍，最后说："就这样，太上老君把他安排到这里看园子了。"

飞龙一旁听了觉得这事蹊跷，怎么把一位抗洪英雄给变成这样了？一定是敖景害怕玉帝追责，才来个恶人先告状的。颠倒黑白的事怎么会在天庭得逞呢？一定有人蒙骗了玉帝！

三个人漫步在桃花迷人的树荫下，心神飘逸，怡然惬意。满树的红花、粉花、白花、黄花、紫花、蓝花竞相绽放，初蕾的、半蕾的、吐艳的、孕果的争相献媚，好像有意勾引玉帝和西王母娘娘的情怀。二人不知不觉拉起手来，温馨相依，似有青春的浪漫。飞龙跟随后面心中暗自发笑："终日看见玉帝仪表堂堂，正色威严；却也有心中的儿女情长。"她不愿意打扰这对沉迷的恋人，自己一个人拿着枝条追赶挑逗飞来飞去的蜜蜂和彩蝶去了。她不奢望自己什么，只祈盼主人们快乐吉祥。

太阳不意间已经偏西了，挥放出热烈的情怀，蟠桃园里渐渐地热起来了。玉帝无意间说："天光过得这么快，你看都过晌了。"西王母娘娘也迎合说："哎呀，可不咋的，光顾唠了，晌午都过去了。"于是大声说："飞龙，都过了晌你咋不叫一声呢？"飞龙从后面跑过来，呼哧带喘的还没来得及说话，玉帝低声地说："你自己都没注意，光顾玩了，怪怨人家孩子干啥。"西王母娘娘笑了，对飞龙说："天不早了，看看咱们爷该回去了，去做做准备。"飞龙跑去叫玉辇到园子里接玉帝。玉辇刚起，大青狗就过来了，冲着飞龙眨巴眨巴想说什么。飞龙一下明白了，大青狗很委屈。

玉辇到了蟠桃园门口，飞龙赶紧过去把玉辇里里外外清理了一下，然后请玉帝和娘娘上玉辇。玉帝很快上去了，西王母娘娘回头看看那只大青狗还在望着她，便走过去摸了摸他的头。大青狗温顺地抬起头，轻轻地舔舔她的手。西王母娘娘感觉像过电一般，意识到它可能要对自己说什么，便蹲下来抚摸大青狗的脊背。大青狗眼泪汪汪，什么也说不出来，不得已点点头摇摇尾巴，眼光坚毅地看着她。这时玉帝催促了，飞龙赶紧扶着娘娘上了玉辇。玉辇离开了蟠桃园，飘飘悠悠地飞往玉清宫去了。

路上，玉帝意犹未尽，继续唠着园中的话题。玉帝说："这里的环境真美，以前也来过，可是从来没有感受到过，你说为什么呢？"西王母娘娘抿嘴笑了一回，慢慢回答说："这还用问呀？你自己还不知道？"玉帝想想，不解地说："真不知道啊！"西王母娘娘说："你不知道，那我知道呗？"玉帝看看西王母娘娘的脸红红的，反问她："知道为什么不说呀？"玉帝见她不开口，便缠着催促说："赶快讲呀？"西王母娘娘不高兴地说："你自己不想说，为什么非得要我说！我就是不说！"玉帝笑了，醒悟地说："那我知道了。"哈，哈，哈，大笑了起来。西王母娘娘拍了他一下，害怕尴尬便岔开话题，略有所思地说："你说狗也通人气啊，刚才大青狗对我眼泪吧差的，像是很委屈，是不是你冤屈它了？"玉帝说："我也觉得有些蹊跷，那天开审前，执监官舒浩送给我一份审讯稿件，说照稿审问一切顺利！我便照稿读了，果真顺利。"西王母娘娘说："草草率率，颠倒黑白。此事人命关天差不得！"玉帝悄悄地对西王母娘娘说："你和飞龙去兜率宫找找太上老君，问他为什么当时没有处死李德昭，又为什么让他变成狗来看蟠桃园？我想他可能知道些什么不便在大殿上当众说明，也可能尚有难言之处。"西王母娘娘拍拍玉帝的肩头说："聪明，聪明。我还以为你真是糊涂了呢！"玉帝说："当时，我要处理，定是杀掉。推给太上老君就有了回旋余地。"说话间回到了太微玉清宫。

西王母娘娘问玉帝无事，自己与飞龙回瑶池去了。

太上老君一边炼丹，一边琢磨，那天执监官给玉帝的稿件出自谁手呢？这个人可真够阴险的，谁会走此下道呢？想来想去天庭里还没有这么个人。那么执监官又是哪来的稿子呢？他也是担心直接去问执监官会惹出麻烦，一直未得其解。

这时书童来报，说西王母娘娘来访。太上老君哆嗦一下，忙说："快请！"话音刚落，西王母娘娘已经踏进门来，笑盈盈地说："老君，不辞辛苦，天天忙碌，可要注意休息啊！"太上老君谢说："娘娘厚爱，微臣诚惶诚恐，尽力理所当然。"太上老君说完，捋捋胡子，笑了笑继续说："微臣烟雾之室，何劳娘娘乘兴而来？定有赐教之事，请尽言之。"

西王母娘娘看着太上老君的脸，收敛了笑容，严肃地问："老君，你是一位智慧人，玉帝敬你三分，你做事从不苟苟且且，一向光明磊落。我问你，玉帝审李德昭，你为什么不说句公道话？还将黑龙变成大青狗，去守桃园？"

太上老君心里明白，娘娘从不干政，此事必有来头，有话不敢不实说。于是他谦卑地苦笑一下，委婉地说："娘娘问起，微臣尽其所知说与娘娘。去年玉帝在审理李德昭案前一天傍晚退朝时，张天君风风火火地送来奏章，状告李德昭三条罪状，玉帝看完说当事人都没在，明日传来再审吧。当时玉帝征求我的意见，我同意了。散朝后，我故意留下看看奏章，发现奏章简单笼统，其中有两条是强加给李德昭的。第一条说李德昭渎职害民；第二条说羞辱玉帝用人昏庸。说句心里话：敖景从任职到现在；李德昭从投胎到施雨惠民受皇封巡按，我可以说都是心知肚明。上次敖景状告李德昭乱施雨淹死庶民数十万，我押他到凌霄宝殿的路上，就问过李德昭：为什么会降雨成灾？李德昭是个孩子，不会说谎，他告诉我：已经半个多月没降雨了，百姓愁苦期盼，自认为不能再与敖景攀比下去，就恰到好处地施了一场雨。让他没想到的是敖景乘机熟饭加柴又降起雨来，这才酿成灾祸。我知道敖景最忌讳李德昭的出现，他意欲将李德昭除掉，之后好稳坐关东享乐。玉帝裁断时征求我的意见，我和了稀泥，其实满朝官员都清楚是敖景造灾，也都考虑到李德昭尚小，不能担此重任，不得已支持了我的意见。"

西王母娘娘听后默然良久，语调沉重地说："那么李德昭这次案子何时才能纠正呢？"太上老君说："目下缺少确凿证据，还考虑……"话没说完，飞龙走过来，一本正经地说："娘娘，我可以作证！敖景状告李德昭给他撒药，那药就是你的消幸水！"西王母娘娘听了惊诧地说："这丫头，怎么把我给扯进来了？"飞龙回答说："娘娘，你还记得我向你要过一瓶消幸水吗？那就是李德昭的师兄甄元子奉张天师之命前来给李德昭讨要的。玉帝断案时不是问李德昭是不是给敖景抹了药，那药就是那瓶消幸水。这可以证明：李德昭在制止敖景犯罪！"太上老君微然一笑说："飞龙姑娘大义直言，可嘉。怎奈事不适宜，机会未到，条件尚不成熟。"西王母娘娘问："怎讲？"

太上老君严肃地说："娘娘慢慢听来。"太上老君沉思一下，又说："那敖景之所以敢制造灾害，胁迫一些人作证，嫁祸于李德昭意愿得以实现，是因为他偷喝了玉辇灯油。现在敖景的武功不亚于当年的孙猴子，执监官舒浩迫于他的威慑无奈只得将敖景拟的稿件递给了玉帝。玉帝不知，照本宣读，故成冤案。当时玉帝也有察觉，推微臣处置。我若将其发配凡间，必为敖景所害，其命休矣。留之天堂别处，也防不了为敖景所害，因为天庭武士无人能敌。想来想去，蟠桃园最佳，不招风不惹草，隐藏起来以待机会。此实情也。"

西王母娘娘说："现在看来，敖景日后必是一害，谁能胜此灭敖景之重任呢？"太上老君说："此人非李德昭莫属。但是，现在不能让他去，他如今已不是敖景对手，须得三年恢复，还得求助于玉帝剩的那盏九连八宝七星天宫水族灯。"

西王母娘娘好奇地问："那是一种什么灯油啊？竟然如此神奇？"

太上老君回答说："娘娘有所不知，玉帝玉辇九天奔雷上的两盏九连八宝七星天宫水族灯，用尽天下各种奇珍异宝。用天上地下九千九百九十九个工匠打造了八千八百八十八天，又用三昧真火煅烧七千七百七十七天，方打造出这对九连八宝七星天宫水族灯。这灯油只要喝上一口，就能胜过修炼千年。"

西王母娘娘又问："敖景是如何知道的呢？"

太上老君回答说："他手下有一个乌龟精，有千年修行，他曾经盗过九连八宝七星水族灯，被当时看护玉辇的二郎神杨戬发现，逮住贬入凡间，因此偷油未能得逞。敖景知道一定是他告诉和唆使的。"

西王母娘娘继续问："那么敖景又是如何盗喝灯油的呢？"

太上老君笑笑回答说："去年有一天，玉帝去倭海巡查，老龙王业龙将玉辇停放在水晶宫后边，以防被别人发现。可是事与愿违，被来偷盗的敖景和乌龟精发现，那敖景使个障眼法避过卫兵偷喝了一盏，欲要再喝另一盏灯油时被卫兵发现，不得已逃之夭夭。如今他已是法力无边了，如要再喝一盏，怕是玉帝也不会再坐凌霄宝殿了。"

西王母娘娘倒吸了一口凉气，又问："那有着一日敖景反上天庭该如何是好？"

太上老君看看西王母娘娘，回答说："娘娘，你那消辛水是眼下唯一可以控制敖景的妙药，抹上这种药水他的魔力就会减少七分，抹一次可以顶用三天。当时敖景所喝的灯油，只吸收了几滴而已，未能全部吸收发挥。现在他还不知道自己的魔力已是无人可敌了，若是知道就不得了了。所以那天我未敢吱声，目的就是别激怒了他！"

西王母娘娘咬牙切齿地说："那要是设计让敖景多喝几瓶消辛水，他不就消停了吗？"

太上老君苦笑一下说："没那么简单，现在已是打草惊蛇了，他知道世上已经有了削他魔力的药了，待人接物、饮食睡眠会十分小心的。如果现在处置他会适得其反，肯定招来祸殃。"

西王母娘娘又问："那么，李德昭什么时候才能恢复原形呢？"

太上老君默然不语。

244

第四十二章　新来的书童

西王母娘娘问太上老君李德昭什么时候能够复原，太上老君很为难，没敢冒然回答，只好沉闷了片刻。他觉得这是说不清楚的，所以才吞吞吐吐地说："娘娘心情急切，微臣是知道的，我本人何尝不是如此呢？唉，说句心里话，我这炉里炼的仙丹就是给李德昭用的，至今也没炼出个头绪来。"他斜了一眼飞龙，再也没有往下说什么。

西王母娘娘心眼来得快，马上对飞龙说："我那梳妆台下有一个玉盒子，知道不？给我拿来，让太上老君看看能不能用上。"飞龙走两步回头问："是如来佛祖送的那个盒子吗？"西王母娘娘说："正是，你用包裹把它包好带来！"飞龙答应走了。见飞龙已经走远，太上老君马上近前说："娘娘智慧！下官有话要说，你且听仔细了。过几日，我将我的一个童儿变作大青狗的替身，去守蟠桃园。把李德昭由大青狗化作书童名曰尤尔，派你门下役使三年。武力、记忆、体能恢复或提升，皆由我做安排。此事只限咱俩知道，任何人包括玉帝也不得透露半字，否则天庭必出大事！"

太上老君说完马上去炉前加火。这时飞龙风风火火地返回来，手里拿着一个黄色的包裹递给了西王母娘娘。西王母娘娘打开包裹一看点点头说："正是。"说完起身来至炉前递给太上老君。太上老君连忙说："娘娘，此处烟熏火燎，还请门厅坐吧！"西王母娘娘回身走回门厅坐在檀香椅上。太上老君关上炉门，来到门厅打开包裹见一玉盒，便小心翼翼地擎在手上打开仔细瞧看。太上老君一边看一边假意地念叨，这仙丹：拇指大，圆又圆；紫中红，味甘甜。仙人无，佛祖传；神人得，能延年。

太上老君看到这两粒天地无二的灵丹，心中暗暗赞佩娘娘，这位妇道人家，能为天庭大业愿倾其所有操劳奉献，可见胸怀博大、志向高远，仙之俊杰也！太上老君思而又思说："属己者而施他人，他人存而己何益？"西王母娘娘笑笑说："愿以天下为己任，求一英雄也！"太上老君夸赞说："娘娘仙中圣人也！"

飞龙一旁见他俩望风捕影的，估量有什么事情要交流，便走到太上老君跟前说："老君，有什么活没有？我闲也是闲着，不如出出力气。"太上老君说："手上磨出茧子，怎么伺候娘娘啊？丫鬟秀女还是温柔的好。"飞龙生气，回答说："油腔滑调，是想羞辱我不成？向来敬你有嘉，不要妄自轻薄。"太上老君哈哈大笑，褒奖说："如此伶牙俐齿，应该当个管家婆才是，何以大材小用呢？娘娘将来送与我管管丹库如何？"西王母娘娘说："一老一少说说闹闹成何体统？"太上老君一本正经地说："给你换个男童，给我换个女童，相互监督，互不作弊，甚好。"西王母娘娘明白其中之意，假作不耐烦地说："玩笑一下就行了，正事以后再说吧！"西王母娘娘站起身来对飞龙说："行了，时间不短了，咱们该回瑶池去了。"西王母娘娘辞别了太上老君，飞龙挽扶着她踏云走了。

太上老君送走了西王母娘娘，回来收拾一下，进后堂带着书童连笔，去了蟠桃园。大青狗看见太上老君领着书童连笔来了，摇摇尾巴。太上老君对大青狗说："大青，我给你带来个弟弟，你看如何？"大青转身一看书童，书童连笔一下变作自己了。正在惊诧，不想自己被太上老君一指变成了一只小白兔。太上老君顺手抱起，飞身踏云向普陀山奔去。

观音菩萨正在南海普陀山洛迦洞禅房打坐，眼皮突然突突一阵跳动，掐指一算太上老君来了，急忙起身到外迎接。不一会儿，太上老君踏云而至，观音菩萨上前打恭说："太上老君，别来无恙！"二人寒暄一阵，来到大堂，落座看茶。观音菩萨看见太上老君怀抱一只小白兔，笑着说："老君今日如此柔情不知何故？"

太上老君说："此来有一事相议。敖景偷喝了玉帝玉辇上的灯油，胆大妄为，下大雨成灾，淹死庶民数以万计。为了诛杀李德昭，到天庭奏本，污蔑李德昭降雨所致，诱逼天官伪判，玉帝无奈判李德昭有罪，责卑职处置。"如此这般详说一遍，观音菩萨听得认真仔细。太上老君又说："为了保全将来李德昭替天行道，诛杀敖景，拟将李德昭放于你处调养数日，烦菩萨亲送尤尔给西王母娘娘作书童。娘娘自是明白。"太上老君还将李德昭恢复武艺、记忆、体能和各方面提高的计划也做了交代，烦请观音菩萨辛劳。

观音菩萨一一记牢，应承说："承蒙娘娘和老君信任，一定竭力而为，妄图早成。"太上老君留下书童尤尔，返回兜率宫去了。

观音菩萨拉过尤尔，问他："你今年几岁了？有没有小名？"尤尔摇头。观音菩萨拍拍他的头说："该记的一定记住，该说的一定要说，不可一问三不知，懂吗？"尤尔回答说："孩儿知道。"观音菩萨又问："你是哪里人？知道为什么来这里吗？"尤尔摇摇头说："真的不知道呀！"观音菩萨笑了称赞说："好孩子，做得真好。不该说的，一定不要说，守口如瓶。"观音菩萨将尤尔拉到一个水塘边说："你太黑了，应该洗洗澡；还有你是不是有个半截尾巴？你要把它收藏起来，不让任何人看见，任何时候都不要得意忘形！记住了吗？"尤尔回答："孩儿一定牢记心中，绝不会大意。"菩萨叫他脱去衣服洗澡去了。

过了一个时辰，尤尔回来了。身上脸上都变了颜色，既不是黑色，也不是白色，而是白里透红、红里带黄的白黄色皮肤了。菩萨夸赞说："漂亮、白皙、强健，好看多了。"尤尔也笑了。菩萨取出一个荷包袋，用红线系了挂在他的脖子上，嘱咐他保管好别丢了。尤尔这时感觉好像真的回家了。

这一日，玉帝驾临瑶池。西王母娘娘将太上老君对她说的教景如何要挟执监官告玉状，如何处置李德昭的事细述一遍。玉帝听了若有所思地说："看来日后教景要成天庭一害。"西王母娘娘开导说："玉帝不必担忧，自古以来，水来土掩，兵来将挡，过虑也是无益。"玉帝没有再言语。

过了几天，飞龙报说："南海观音来了。"西王母娘娘赶紧出门迎接，双方相互问候后，观音菩萨说："我有一个徒儿，名唤尤尔，今年八岁，天生乖巧聪颖，愿从娘娘习文识礼，如不嫌弃留在身边做个书童吧！"西王母娘娘心里明白，嘴上却说："高门贵子，焉敢误教，怕有失众望。"观音菩萨笑笑说："娘娘之才名闻天下无须谦辞，因材施教即可，不必强教。"西王母娘娘也说："菩萨既不嫌弃，我当愿为，还望常来看看为好，免得贻误年华。"

观音菩萨将尤尔拉到身前，叮嘱说："以后叫这位娘娘！他不是你亲娘，但是胜比你亲娘，所以无论在什么地方你都叫她娘娘。记住了吗？"尤尔欢天喜地地跑到西王母娘娘身边，亲切地叫了一声："娘娘！"西王母娘娘喜得不得了，拉着尤尔的小手左瞅瞅右看看，夸赞说："真是个好孩子。"观音菩萨也笑了。

临走时，观音菩萨嘱咐尤尔："孩儿，记住一定要听娘娘的话。切不可玩起来不服管教！"尤尔见观音菩萨要走了，眼泪流下来，哭泣着说："孩儿会做到的！"

西王母娘娘送走了观音菩萨，回头说："尤尔，这些日子你就和飞龙姐姐在一起，生活起居听她安排。"尤尔看看眼前这个干净利索的姑娘，问她："你是龙啊？"飞龙说："我叫飞龙。"尤尔说："不对呀，没听说女孩叫什么龙的，听说过霞呀凤啊什么的。龙都是男孩叫的，是强壮、凶猛的意思，男子汉嘛，要有点刚性。"飞龙撇撇嘴质问说："年纪不大，懂得还不少，谁教你的？"尤尔说："这还用教啊，比我小的还有知道的呢！你不知道小子就是男子汉啊！"飞龙更是笑得不得了，服气地说："好好，尤尔就是懂得多，是真正的男子汉！"西王母娘娘一旁听着只是笑。

过了几天，西王母娘娘把尤尔叫到跟前，对他说："尤尔呀，我给你找了两个师傅，一个教你武功，一个教你识字。"尤尔举起小手。西王母娘娘问："你有什么话说？"尤尔说："来的时候，观音菩萨说让您教我识字啊。没说还请师傅呀？"西王母娘娘笑了笑说："我没说不教哇？给你找两个是专职老师。我管两个老师，懂了吧！"其实尤尔没听懂，不过他想起观音菩萨嘱咐让他听话，这才点点头不作声了。

从此尤尔每两天上午学识字，下午学武功。过两天上午学武功，下午学识字。如此两天一轮回。时间长了，尤尔不高兴了，当对西王母娘娘提出意见。他说："娘娘啊，我一天都不歇歇，啥时候叫我玩玩呢？"飞龙一旁扑哧一声笑了，取笑说："哎哟哟，要求还挺全的呢！小不点儿，嫌累了吧？要不咱俩换换？"尤尔说："谁跟你换呀？成天屋里屋外磨磨叨叨的，就是个娘们。"飞龙听了又气又笑，说："你娘不是这样吗？"尤尔大哭起来。王母娘娘劝阻说："不许哭，哭就不是男子汉了。"尤尔还是哭，指着飞龙说："姐姐指我说娘了。"说完哭得更厉害了。西王母娘娘也笑了，安抚说："尤尔孝心，护着妈妈，是好样的男子汉，以后我再不许飞龙姐姐说你娘了。"尤尔立即停止了哭泣，抹着泪水感激地望着西王母娘娘。

　　有一回，西王母娘娘坐在床上隐隐约约听见尤尔和飞龙唠嗑。清晰听到飞龙压低声音问："唉，小男子汉，知道你妈是谁吗？"尤尔的声音："不知道。""你怎么叫尤尔呀？不觉得少点什么吗？""就叫尤尔呀！什么都不少。""你几岁离开娘的？""不知道。""你家在什么地方呀？比方说有山呀，有水呀？是河还是海呀？你最喜欢水里什么东西呀？""飞龙姐姐，你也呀呀的太多了。不能单个说吗？那样好回答。""哦，我再问你，谁把你送给菩萨的呀？""不知道，记事我就跟着师傅。""你师傅咋让你到这来了？""师傅说，他是佛，你这里是神仙。""来时你师傅没嘱咐你啊？""嘱咐了，每天要多吃饭。"

　　西王母娘娘一旁听着，总觉得飞龙在追问什么？以至于联系到那天太上老君说的以男换女的事。西王母娘娘思绪飞旋，影影绰绰似乎感到飞龙背着自己曾经干了什么？想到这里，她一脚踏进屋去，马上说："飞龙哄着尤尔玩呢？"西王母娘娘微笑着盯着飞龙的眼睛。飞龙猝不及防，注意力还没有转过来，闹个满脸通红，很快神情就平静下来。她嘿嘿了两声，解释说："这个小男子汉挺好玩的，问啥都说不知道，真逗人。"西王母娘娘随口说："没想到你还挺会逗小孩的。"飞龙的脸唰地一下有点白了。

　　西王母娘娘若无其事地在屋里转了一圈，回卧室去了。她自己将黑白棋取出来一个人对着下起来。下着下着一粒棋子啪地掉在地上，她吓了一跳，心想怎么这样粗心大意呀，什么时候把棋子碰掉了呢？一切都在把握中，却也有把握不住的时候呀！粗心大意，过分信任，不拿别人当外人，外人却拿自己当别人。西王母娘娘像是在拿自己撒气，将一盘棋划拉个乱七八糟。她仰卧床上，眼望天棚，心胸起伏，长吁短叹，自己最信任的人，在为别人真心做事，好在自己只是臆测，并无确凿证据。过了一会儿，她自己冷笑了起来，暗想：警钟已经敲响了，尾巴已经露出来了，静观其变吧，风口浪尖且要淡定应对！随即将棋子划拉到地下。

　　飞龙听见西王母娘娘屋里棋子哗啦哗啦响了一通，立即过来走进卧室，瞧见满地都是黑白棋子。西王母娘娘看见飞龙进来，大声说："赶快给我都捡起来，一个都不能少！"飞龙蹲在地上一粒一粒地往起捡，拾完了又一对一对地数，一共一百零三对零一个。飞龙还没报完数，西王母娘娘叫喊："一个也不能落！"飞龙听西王母娘娘的语气，话中有话，先说一个都不能少，最后又说一个也不能落，明明是在敲打自己。她害怕了，知道西王母娘娘看出来自己的马脚，想着，扑通跪在地上，飞龙自摆乌龙，自己的问题自己说。飞龙求饶说："奴才该死，奴才该死，娘娘饶命！"

西王母娘娘坐起来，假意不解，正色质问说："飞龙，你这是为何？"飞龙眼泪簌簌落下来，啼哭说："娘娘，奴才做件错事。前天乌龟精来找我，说娘娘身边来个书童，事情蹊跷，你问问小孩的来历，是不是与什么龙有关？刚才我便以与尤尔玩耍为借口想探他的口实，不想尤尔记忆模糊，什么事都说不清楚。但是问话目的是清晰的，让你听出来了。好在没有什么不该说出去的给说了。"西王母娘娘冷笑说："我这里有什么不该说的？什么都可以说，搞那么云山雾罩的干什么？不就是个尤尔吗？那是观音菩萨的信任，我都没好意思问来历。一个乌龟精不知受了谁的唆使跑这来苟苟且且探风声，想干啥呀？我的人就是我的人，怎么会给那种人当口舌呢？"飞龙跪在那里身子越发颤抖。西王母娘娘也斜着眼睛接着说："再说，他们给你什么好处了，敢这么暗中卖力，如果没得好处，那么是什么短处捏在人家手里了？叫别人随意支使？"飞龙雨点似的磕头说："没有啊，都没有，如果怀疑有，那我就说不清了，只有以死证明！"说完抽身朝外跑，欲寻短见。

第四十三章　白龙江称霸

　　西王母娘娘见飞龙向屋外跑去，手指一点，喝止说："你给我回来！"飞龙往前去不得，只得转身返回来，又跪在地上，泣成泪人了。西王母娘娘说："你现在翅膀硬了，连我都说你不得了，我管不了你了！说你两句还要死要活的给我个下马威？好吧，你去太上老君那里看守仙丹库去吧！"说完，起身叫尤尔。尤尔蹦蹦哒哒跑过来，好奇地问："娘娘，何事？"西王母娘娘说："太上老君那里需要人，你把飞龙送过去，交予他如何？"尤尔说："娘娘，飞龙姐姐对我挺好的，干嘛给分开呀？你可怜可怜我吧，你看连个玩的人也没有了，是因为我吗？那样我和师傅说，我回去吧！"西王母娘娘心中哭笑不得，暗说尤尔做得乖，提示一个道理，不要以小说大坏了大计，张扬出去反倒不好。何不化小为无呢？这样，飞龙不敢再犯，乌龟不敢再求，尤尔的事不当真，他们也就淡化了此事。还是留下来为上策。于是说："飞龙啊，你跟了我这么些年，真要走了，还真有点舍不得，念你多年对我的悉心照料，就不在这点儿不值得的小事上计较了，起来吧，该干啥干啥去吧！"飞龙给娘娘磕了三个头，爬起来被尤尔扶出去了。

　　第二天，观音菩萨来了，见了西王母娘娘说："我给尤尔找了位师傅，专门教尤尔习武，大致要三年时间。"见屋内没有飞龙，嘱咐说："这段时间你可要稳住驾啊！"西王母娘娘说："谢谢菩萨，为我们的事操了这么多的心，真是不胜感激！"观音菩萨带着尤尔走了。

　　蓝蓝的天空只有少许淡淡的浮云，天高气爽。观音菩萨摇身一变成了嫦娥仙子，带着的尤尔变成了玉兔抱在怀里，准备回到洛迦洞。她正走着，已经望到了普陀山，心中略感轻松了些，不多时落到了洞口。她往怀中一看惊呆了：什么时候不见了尤尔？她急忙升空四下寻找，终无所获。正在疑惑之时，忽然看见不远处飘着一张纸条，奔过去取在手上，仔细看看，上面写着：慈航道人，玉兔我带走了，三年后还给你，请别再找了。观音菩萨第一次感到五迷三道，掐指算了几遍，一无所获，不免心中烦躁起来，是谁这么大胆，竟敢与我开这等玩笑！又一想，此人定是高人，知我是谁，还知我意图，只是不明说，这样一想恰合我意，心里反倒豁然轻松起来。

　　乌丞相又一次来到瑶池，转悠了一阵子不见飞龙，不免有些怪怨起来。

这时瑶池的大门开了，一个丫鬟裹着头巾拎着一个盒子从宫里出来，急冲冲地的往东北走去。乌丞相跟在后面从背影看好像飞龙，便蹑蹑跶跶地追了过去，见果然是飞龙，上前压低声音问："飞龙姑娘，干嘛走得这么急呀？手拿的什么好东西？这是上哪去呢？"飞龙笑笑说："乌丞相呀，来了咋不知会一声呢？偷偷摸摸地吓人家一跳。"乌丞相矬哒矬哒跟着问："你这是上哪去呀？"飞龙说："我给太上老君送仙丹去，娘娘说这两粒丹火候不到，请太上老君再给纯青一下。"乌丞相问："管啥的？"飞龙说："不太清楚，大概是壮阳补肾强身的吧？"乌丞相一把夺过来打开一看果然是两粒仙丹，顺手拿起扔进口里一粒吞了下去。飞龙连忙制止说："你怎么给吃了呀？不怕吃坏了？"乌丞相笑嘻嘻地说："一个丫头片子知个啥？这是爷们专供品，玉帝用的还有孬货？"说完另一粒也放入口中吞了下去。飞龙生气地说："你都给吃了，那我咋交代呀？"乌丞相毫不在意地说："那是你的事，与我说不着！"一副洋洋得意的样子。

没走几步，乌丞相站住了，突然问："哎，我说飞龙，上次和你说的事儿有没有结果啊？"飞龙漫不经心地说："有啥结果？一个糊了巴涂的孩子啥也说不清楚，白费我半天心血。"乌丞相立即瞪起眼睛问："一点线索也没抠出来？"飞龙强调说："一个小孩子对过去的事情记不清是正常的。我问你三岁的时候你妈打你几下？"乌丞相说："尽胡扯。"飞龙嘲笑地说："连你现在这样聪明都说不清，他那么点儿能记个啥！"乌丞相没了言语。他寻思了一会儿，沮丧地说："大老远的白嘚瑟了两趟。"飞龙以牙还牙说："你愿意嘚瑟，与我说不着！"乌丞相生气了，俚俚搭搭地回去了。

到了水宫府，乌丞相将见到飞龙的事细说了一遍。敖景听后觉得飞龙也没说出个子午卯酉也就拉倒了。敖景满怀壮志地说："这回好了，黑龙被整成了大青狗，给王母娘娘看园子了。这里就是咱的天下了！哈哈，好啊好啊！白龙江，白龙的天下！"他狂笑了一大阵子，又戛然而止，欣喜地说："这回帮李德昭的几个人，咱们可得好好收拾一下，出出这段时间的窝囊气。"乌丞相试探地问："那么先从哪个下手呢？"敖景寻思寻思说："他妈的，那个姓刘的给他弄掉，看把他美得连姑娘都许给了人家。太能嘚瑟了，不给他点颜色，他也不知天高地厚了！"乌丞相问："你不是很惧怕他夫人吗？万一那女人出手是不是很麻烦啊？"敖景沉默起来，冷静一下说："试试看，我亦今非昔比了。"

夏秀丽给他俩准备了饭菜，两个连吃带喝策划了一夜。乌丞相直到天明才回自己府上。

刘河悍自打值日官周登将李德昭带走，一连几日不闻音信，心里着实慌乱起来。会是什么事呢？走路想，吃饭想，睡觉想，说是灶王代敖景告了御状，可李德昭没有什么错啊？百思不得其解。

张兰多也在想：李德昭这孩子是不是有事了？都这么些天了也不来家，甚至连个口信也没有，到底发生了什么？难道真的落入敖景的圈套了？这个敖景心狠手辣容不得别人，他是什么事都会干出来的。她想着想着心里一惊，坏了，他一定是恶人先告状了，玉帝不分青红皂白处了李德昭。

刘兰梅这几天见不到李德昭，心情忧郁，成天的头不梳脸不洗，丢了魂似的。昨天晚上她躺在床上，冥冥中听见敖景和乌丞相在说话，说李德昭变成了一只大青狗，敖景得意地说先拿姓刘的下手。又仔细一听，那个姓刘的就是他爹，还说怕一个女的，那女的就是她娘。她睁开眼睛，天已大亮了。赶紧爬起来跑进爹娘屋中，上气不接下气地说："爹，娘，不好了！昨晚我听见敖景和乌丞相对话了。敖景在天庭告状赢了。李德昭被贬去蟠桃园当了一只看门狗，敖景霸占了白龙江，还要报复帮过李德昭的人。现在敖景喝了玉辇上的灯油，魔力超群，谁也咋的不了他了，说连娘也不放在眼中了！大概快要来打咱们了，你们看看如何是好？"

张兰多听了刘兰梅的一番诉说，心中恍然大悟，肯定地说："兰梅所说如果是真的，那事情可就惨了。喝了玉辇灯油，胜过千年修行，功力要高出几百倍，可就不得了了，整个天庭也没有敌过他的能人了。我看这个事实咱们不可逆转，也得赶快有个对应才是啊！"

刘河悍听娘俩这么一说，心情格外沉重，真的厄运当头了。垂头思考了好一阵子，心情才平静下来。他平和地对张兰多说："孩她娘，你俩离开这里吧，留个后，我一个人在这里对付他们，估计凶多吉少。我这么大年纪，也不在意生死了。"

张兰多说："应该留个后，不过我要不在敖景不会罢休。我听出来敖景誓死要和我对决，以试探他的绝世武功，但我不会成全他！"

刘兰梅说："什么后不后的，要留三个全留下，到时候一起上，不胜也能战他个半死。"

爹娘不同意。张兰多说："兰梅呀，你年纪也不小了，不能意气用事，要理性一些，鲁莽应对肯定没有好的结果，不要抱有幻想。听娘的，你变作一个乞婆，到你姥家去吧！李德昭既然没死，那么定有出头之日，那时你再出来助他。这才是你的正事，也是爹娘的心愿。你一定要听爹娘的话，你懂吗？"刘兰梅哭了。刘河悍拍着刘兰梅的头，开导说："你娘说的是肺腑之言，爹就你一个根苗，你一定要对得起爹啊！天无绝人之路，三年后说不定谁的天下呢！你妈相信，我也相信，李德昭会回来的，敖景一定会被打败。你一定能替爹娘报仇。"刘河悍老泪纵横，声音哽哑，大声说："孩子，说走就走吧，再不走就走不了了！"刘兰梅还要说什么，刘河悍给了她一掌，推出门外，吹了一口气，将刘兰梅吹得无影无踪。

刘河悍和张兰多回到屋里坐下，二人都很淡定。张兰多说："敖景打来必与你先战，你要尽全力与他拼杀，我乘机一口咬住他的脖子，如能制服，咱俩就有生的希望了。如果敖景没有倒下，那先死的是你，后死的是我，不过我不会让他活得轻松。"二人话唠得情急气壮。敖景踢门闯了进来，冷笑着说："刘员外，你没想到会有今天吧？今天我来请你去见阎王！"说完就要动手。刘河悍说："慢来！要打也不能在这里，咱们到江中一战，敢否？"敖景冷笑一声，毫无惧色地说："就凭你？还敢和我叫号？走吧，任你！"

敖景带着乌丞相，大小喽啰兵数百个，蜂拥着敖景来到江边。刘河悍和张兰多跟在后边，在江边停住。敖景说声"请！"扑通一声跳进江中，刘河悍随后纵身也跳进江水里。张兰多见岸边只有她一人，随后也跳进江里。

江面上令人惊骇：上游的江水箭一般向下游泄来，雄浑的江水大浪翻涌，咆哮着吼叫着，发出隆隆的震颤，浪头像无数匹烈马奔腾着涌向下方，击打两岸放出雷鸣般的巨响。一波连一波，一浪接一浪，顽皮的永不停歇。

江里是一个混沌的世界，没有往日清亮的流水，完全被泥沙所代替，变得昏黄一片。江中水流湍急，冲力无限，石块嗖嗖，残枝如箭，击上疼，刮上残，甚至翻滚的泥沙也扑打着眼睛。

江水里白龙与河马两雄搏斗，却是如火如荼。两个上下移动，左右腾挪，爪挠嘴咬，身拥脚踹，角顶牙衔。双双大口，如蟒吞咽，吞进死，刮上伤。一会儿变换身形，一个拳脚犀利；一个扑打力悍。你来我往，往返回转，有打有退，相互进攻。双方四十余回合不分上下。敖景身子轻盈，劲更凶；那河马体型大，脚力勇，二人谁也不惧谁。

一个是：原为龙族助雨者，降为人间反成魔。修行不悟走邪路，童男童女鲜血喝。禾苗黄黄不作雨，施雨滔滔淹人河。多行不义干坏事，天怨人恨怎存活。

一个是：原本投师二郎神，西域寻友路无门。人间默默三十载，求娶娇妻亦可心。捕鱼耕地积家业，施舍行善除恶人。巧遇黑龙增活力，驱灾避难是真神。

二人酣战半日，不见输赢。敖景不免有些急躁，念个口诀举双拳奔刘河悍面门打来。躲在旁边的张兰多早已变成一只小巧的水蛭，看见敖景集中精力冲向刘河悍，猜想这一拳要是打中，刘河悍可就一命呜呼了。她急切中一个发力箭一般射向敖景咽喉，原本想贴在敖景的脖子上，不想用力过猛一下钻进敖景体内。敖景这当儿也正是举拳砸向刘河悍之时，突然觉得心神不安，体力顿失，那拳头依附贯力还是打在刘河悍面门上，只听咣的一声，当即刘河悍闹个仰面朝天不省人事，随流漂向下游去了。敖景闹心无意追赶，便踉踉跄跄来到江岸上。乌丞相人等一拥而上扶住敖景，带他回了水宫府。

张兰多钻进敖景腹内觉得太热，便寻了比较凉爽的腰部肌肉里一处躲藏起来。她很高兴：这里不凉不热，有吃有喝，逍遥自在，还躲避了敖景的追杀。她索性决定寄生在敖景的腹内，等待时机日后好出去。

敖景回到水宫府，煎汤熬药往腹内喝，想毒死张兰多，不想张兰多与他一样有抵抗力，他不死怎么能毒死张兰多呢？灌了几天不见效果，也没感觉有什么不舒适，便认定张兰多死了。

敖景休息了几天，觉得身体无恙，便把乌丞相找来商议下一步消灭谁？乌丞相颤呵颤呵地来了，先向敖景问安，然后说："这个刘员外也不知是死是活，活人死尸俱无踪影。"敖景得意地笑着说："那还用问啊，早他妈没命了。那就是他皮糙肉厚吧，换了别人早已是脑浆迸裂了。"乌丞相立马应和说："可不，那还用说，白龙爷喝了天尊酒，天下无敌！如今啊，这个结雅河真正成了白龙爷的白龙江了！"敖景高兴得有些发狂，一蹦多高，高声喊叫："啊！结雅河，终于叫白龙江了！那就是说这结雅河是我白龙的了？我就是关东的霸主了呀！啊！哈哈哈！"说完手舞足蹈，耀武扬威，有些天旋地转了！自己蹦了一气，他又骄横狂妄地问："乌丞相，你看下一个该谁了？"乌丞相捏着手指，装出盘算的样子。敖景猜出他不想说，便点了人名，问他说："你看鲤鱼精怎么样？他妈的上次逼我最凶，不收拾他这口气难咽。现在我得势了，有我就没他！还想埋伏起来等待时机日后再整我呀？没门！做他娘的梦去吧！"乌丞相笑嘻嘻地说："人家上次不是已经放了你了吗？"敖景眼睛一瞪说："放了我？那是他妈的用李德昭交换的。不行，这次决不能放过他。你愿去就去，不愿去在家里待着！"乌丞相狡辩说："我也没说别的呀！我去还不行吗？去！"

敖景横了一下眼睛，觉得扫了他的兴，没再说什么。

254

第四十四章　剿杀鳇鱼精

鳇将军从仁和堂聚会回来一直待在家中，由于心情好天天在家品茶。这一天突发大雨下个不停，不一会儿岸边就沟满壕平了。乌苏里江的水瞬间不往下流了，反倒往上游淌去。他很是奇怪，这雨怎么吓得这样大啊！雨下了三天，第四天下午才突然停了，接踵而来的就是大旋风，顶天立地地刮，江水都被吸到天上落到海里，大水很快就退去了，大地留下一片狼藉。这些日子，奇异的天象吸引了他，他天天都到两江口查看水位和流速。这一天，他发现结雅河上游漂来一个黑乎乎的东西，漂到近前才看清是匹马。这匹马与一般常见的马不同，胖胖的身躯，大大的头，嘴也大大的。鳇将军看着有点眼熟啊，于是将那匹大马拨弄个个，"哎哟"，这不是河马吗？鳇将军见过这匹河马在黑龙与白龙决斗时帮助过黑龙，他就是刘庄的刘员外啊！他怎么会弄成这样？结雅河水再大也淹不死河马啊？想归想，鳇将军二话没说把大河马拖上岸来。

也许是有人折腾的关系吧，河马醒了，瞪起圆眼睛喷出一口水，喊了一声"哎呀！"又不动了。鳇将军见他还活着很是兴奋，赶紧弯下腰拍打着河马的肚皮，呼叫着："刘员外，刘员外，醒醒，醒醒啊！"迷蒙中河马再次睁开眼睛，他看到了鳇将军。河马立即恢复人形，大声说："鳇将军，鳇将军啊，不好了，出大事了！"鳇将军见刘河悍躺在地上也不是说话的地方，赶紧把刘河悍扶起来，见他还不能走路，便将他背在背上，回到了将军府。

鳇将军将刘河悍放在床上，更换衣服，洗漱一番，见他还是有些昏沉沉的，知道可能还是神志不清，也不去打扰他，让他继续昏睡。过了两个时辰，刘河悍睁开迷蒙的眼睛看见有人坐在身旁，便问："我这是在哪啊？"鳇将军说："老兄，这是我家。"刘河悍看见是鳇将军，痛苦地流下泪来。鳇将军见他嘴巴干干的，给他喝了几口水。刘河悍神色有了好转，惊恐而又气愤地说："鳇老弟，不好了，李德昭被天将周登带上凌霄宝殿，玉帝给判了刑，变成大青狗去看守蟠桃园了，现在结雅河已成了敖景的天下。"

鳇将军一听事关重大，冷静地问："老兄，别急，详情慢慢说来。"刘河悍往外看看天，问他："今个几了？"鳇将军刚要回答，刘河悍又问："有吃的吗？太饿了！"鳇将军立即让家人拿来饭菜。刘河悍狼吞虎咽大吃了一顿。

刘河悍吃饱了饭，神情渐渐恢复了好多。他把近些日子看到和听说的事情对鳇将军讲述了一遍。敖景自从偷喝了玉辇灯油，功夫武力大增，开始忘乎所以了。认为这些年自己辛辛苦苦为关东布风施雨做了很多事，却没有得到应得的回报，便通过巫婆巫师假传天意，提出各处进贡礼单，限日献上。敖景坐在水宫府不见贡品，一怒之下下起大雨。那雨那个大呀，结雅河两岸数千里成了一片大海，田地、村庄瞬间不见了踪影。李德昭知道了，劝止不听，无奈求师傅弄来消幸水，制止了雨势。还通过驱云、刮龙卷风将水带去海里。大地显露出来，人和动物尸横遍野惨不忍睹。敖景害怕天庭知晓，来个恶人先告状，说大雨是李德昭降的，玉帝听信谗言，降罪李德昭并把他变为青狗贬去看守蟠桃园。敖景回来，认为这里又是他的天下了，便对过去支持过李德昭的人大肆报复。刘河悍劝导说："老弟呀，听说敖景和乌丞相草拟了一个计划，我是第一家，第二家就是你了。事关家族性命，别不当事，快想个办法逃吧！留得青山在，万一李德昭再有个逆转，报仇也不晚啊！"

鳇将军听后沉思良久才说："老兄，别急，我还有个祖传绝技，乌丞相等人谁都不知道。如果咱俩合力，我想胜算的可能还是很大的。但不知老兄是否愿意出力？"刘河悍大不高兴，怪怨说："老弟何出此言？我一个人都敢与他拼，怎么俩人倒会不愿意呢？只要打敖景怎么都行！"鳇将军听了很高兴，两个人开始策划如何打法。鳇将军连比画带说：咱俩合起来打敖景，乌丞相不会上阵，因为他怕我吐他。敖景被吐，乌丞相肯救，他被吐，敖景不会救他，乌丞相心明镜似的。咱俩缠住敖景厮打，以我为主，你补空当，让他消耗体力。敖景性格暴躁，没有耐性，不肯打僵持战，必然发力于我，在他急于取胜的时候，你替我打个马虎眼，削他气焰。当他回来再打之机，我先喷他眼睛，糊住后，你立即撤开，我再将他罩住。其他人无能不会再战，我俩就胜利了。

刘河悍见鳇将军说的条理清楚也挺高兴。鳇将军让家人出去，安排刘河悍休息恢复体能。刘河悍一个人在屋里睡起大觉来。

鳇将军来到门外，令二当家的召集人马。不一会儿，大小头目全部到齐。鳇将军将敖景要来剿杀鳇鱼家族的事说了一遍，众家人听了群情激愤，个个摩拳擦掌，喊叫誓与将军共存亡。鳇将军见大家支持，倍感兴奋，立即着手部署兵力。他令二当家带人护住鳇府，军营也令人带兵卒看守；三当家的带领众头目和士卒列阵助威。哨马早已派出，以飞黄箭为令开始行动。兵力部署完毕，军营悄然无声。

敖景休息调整了几日，觉得身体恢复好了，令乌丞相率军卒进军乌苏里江清剿鳇鱼府。人马倒也不算少，鱼鳖虾蟹、蛤蚬蚌螺，拖拖拉拉一大帮，沿江道顺流而下，不多时来到乌苏里江与结雅河交汇口。乌丞相下令："改道，沿乌苏里江逆水而上，直抵鳇鱼府。"敖景阻止说："白龙爷出征岂能不讲排场。来，岸边列队。"人马齐聚岸上，闹嚷嚷地团成一堆。敖景兜里掏出一个手绢，吹口气扔在地上变成一大朵云彩，下令人马全上去。敖景驱动云彩飘向鳇鱼府。

鳇将军守候家中，见飞黄箭到，令列队。队伍一字型排开，头领在前，士卒在后，严整庞大，士气昂扬。鳇将军和刘河悍并列队前。

敖景落下云头，令乌丞相列阵。自己抬头朝对方一看，倒吸了一口冷气，暗自说：他妈的，这个姓刘的还没有死，可恼！想到这儿，未等队伍列好，便冲到对方阵前，大声叫喊："姓刘的，你还没有死，爷我再给你补一下！"说着奔了过来。鳇将军胳膊一抬说："刘员外乃是我家来客，不得无礼！"敖景有些眼红，冷笑一声说："你家又如何？好吧，一起收拾！"说罢，轮拳冲了上来。鳇将军不慌不忙，出拳相迎，刚一搭手，便吃了一惊，感到敖景功力的确与往常不同，力量骁勇，拳法刁悍，拳拳相扣，不容还手。刘河悍见鳇将军有力使不上，便从侧面挥拳打向敖景左脸。敖景只顾与鳇将军厮打，而且已占优势，想乘机拿下，不料左脸挨了刘河悍重重一拳，趔趔歪歪差点倒下。敖景停住手，眼睛盯住鳇将军和刘河悍，算计是一起打还是打单个。正在犹豫时，鳇将军突然发力扑向敖景，敖景无奈只好还手，三个人又一次缠打在一起。三人混战，跳跃腾挪，拳脚并举，影子闪动，呼号震撼。江边上尘埃飞旋，两边小兵摇旗呐喊。战有四十回合，双方难分胜负。敖景眼都红了，怪怨自己武功高超却不能取胜，心中十分急切。他跳出圈外，闪开鳇将军，直取刘河悍，他俩开始单打独斗。敖景脚步轻盈快捷，刘河悍移动沉稳不乱，二人你来我往，越战越酣。这样的打斗体轻者固然耗力小，似刘河悍魁梧身材自然耗力大，又加上伤病刚愈，时间一长刘河悍有点大喘气了。鳇将军看刘河悍要吃亏，轮拳扑上来。敖景看见胜利的曙光了，想在鳇将军到来之前的刹那结果刘河悍的性命，便大吼一声"刘河悍，拿命来"！

这一喊不要紧惊醒了一个人，这就是张兰多。张兰多在敖景腰间迷迷糊糊听到敖景呼叫："刘河悍拿命来！"断定这一拳下去老刘可能没命了。于是钻到敖景一个肾上，狠狠地咬了一口，立马疼得敖景"妈呀"一声差点趴在地上。鳇将军见时机来了，照敖景的一对眼睛吐了一口。敖景意识到不好赶紧收拳来挡，可是晚了，什么都看不到了。刘河悍见敖景在地上揉搓眼睛，赶紧跳到一边闪开。鳇将军乘机喷出雾团将敖景罩住，转身直逼乌丞相，高声喊叫："这回你还想怎样？"乌丞相吓得屁滚尿流，带着鱼鳖虾蟹跑了。

敖景被扔在乌苏里江岸边，一个人困在团雾里挣扎。一会儿手撕脚踹，一会儿挺身穿刺，一会儿大施魔法，变刀、变针、变剑、左扎右砍，全不见效。自己歇了一会儿以后，开始喷火烧，大火燎也毫无效果。挣扎了大半天，自己也灰了心，只好放赖顺其自然。他想乌丞相不会弃他不管，肯定会想办法救他。敖景冷静下来觉得今天的事又有困惑，为什么在自己发力击打刘河悍的一瞬间，腰部十分疼痛，可能是扭斗时间太长了，累的？再不就是不意间扭伤了腰？这种情况从未有过，那该是怎么回事呢？他朦胧中想到了张兰多，难道是她？似乎也不可能，因为这些日子没有过感觉，身体还是挺舒服的。

正在这时，刘河悍走来，十分得意的样子像在故意气他。敖景心生一计，吼叫起来："刘河悍，这回你还往哪跑，快拿命来！"说完，舞动双臂在团雾里噗噗地敲打着。果然奏效，腰部又疼了一阵子。敖景断定张兰多还在自己体内，他吓了一身冷汗，不除掉她，她在腹内兴妖一定会影响功力的发挥，那么玉辇灯油就算白喝了。他心中暗想：我无论如何也要出去，想办法清除张兰多，那时我就会无敌天下了。

刘河悍见敖景行动诡异，似乎精神失常，是不是受到刺激太大了，完全出乎他的意料，一时不能接受，情急至此。似乎是拿他作为理由，或在发泄情绪故意比比画画，或在回应着什么？他一时捉摸不透，索性不去想了。

十多天以后，乌丞相一个人来了，见鳇将军说："这一仗的结果，我早就知道，可他不听我的，一定要报上次你助黑龙那仇。鳇将军你提条件吧？"鳇将军说："敖景能答应我什么条件呢？"乌丞相说："你尽管提，我想只要你提了他就会答应你。"鳇将军问："果真如此？"乌丞相回答："君子一言九鼎！"鳇将军说："对我等的报复计划撤销，今后不要再生这个念头，已经造成人员伤亡或损失的道歉赔偿。今后多为民众谋福祉，不能再伤害童男童女。李德昭的事，禀告天庭，是错怪了李德昭，敖景承认是自己降雨造成的灾害。能不能答应，答应放人。"

乌丞相听后没说什么，便与鳇将军、刘河悍三人来到江边。乌丞相对敖景说："白龙爷，事情已经协调好了，你只要满足鳇将军等人的要求，即可放人！"敖景说："乌丞相，你就全权代表我了，你答应什么我都承认，照办！"乌丞相说："不行，人家一定要亲耳听听你的意见。"敖景叹了口气，又笑着说："一切听从你的安排。"鳇将军走到黏球前把对乌丞相提的条件一一说出。敖景听了果断地说："这些都是合理正当的要求，我都同意，并对以前给大家造成的伤害道歉，今后以实际行动予以补偿。对于这次降雨造成的伤亡损失，我悔过，保证今后不再发生，并努力为大众谋福祉！"鳇将军看看刘河悍，觉得敖景的态度比较诚恳，所提的条件答复也是无可挑剔，答应放了敖景。

敖景回到水宫府，第一件事是吃饭休息睡大觉。一连五六天没出屋，精心调制饮食，调理心神状态。果然奏效，身体恢复很快，体重也上来了，情绪也十分愉悦，成天笑眯眯的，就连夏秀丽也觉得他是判若两人了。

又过了两天，敖景嫌在屋里待久了太闷得慌，要出去遛遛。乌丞相就陪他出去了。这是他要办的第二件事，去找大夫检查检查身体。乌丞相不知道他为什么要检查身体，以为打斗伤了什么地方，也没细问，便跟着去了。

敖景和乌丞相来到了庞有福府上，请他帮着找个好郎中。庞有福问看什么病，敖景指给他腰中长个包，想手术取出来。庞有福派车去了几十里外的柳庄，把个有名望的郎中请了来。

郎中名叫刘克柏，治个跌打损伤、脓包疥疮、肠道寄生虫什么的都很见长，尤其是动刀切割，麻利准确，外号刘一刀。刘一刀坐下例行望闻问切程序，问敖景："这位爷，你觉得什么地方不舒适？白龙不语，指指腰部。"郎中撩衣去摸，果然有个小包包。郎中问："爷想怎么治？"敖景用手比画一个切除的动作。郎中怕弄错了又问一遍："是不是割开拿出去？"敖景点点头。刘一刀便将刀、剪、镊子器具摆放到桌子上，发出了叮当的响声。

张兰多在腹内开始没太在意，感觉敖景不语，另一个人还一直在问，觉得事情蹊跷，便警觉起来。当听到刀剪声才知道敖景是冲她来的，立即想出一个办法，决定找个替身。她乘郎中做准备的时候，离开了肾脏，找来当年白鳗鱼咬自己一截存活的一个同类，把其安于肾上，并且鼓大，自己钻到肝脏旁边隐藏起来。不一会儿，手术开始了，刘一刀利落地在腰部切开一个小口，夹出一个大水蛭来，活蹦乱跳地挣扎着。敖景说："别放开，怎么把它整死？"刘一刀说："这个东西，摔不死，砸不死，烧不死，煮不死，生命力很强，且能再生。唯一好的办法是将咸盐拿来将它腌上，时间长一点自然就不会复活了！"敖景叫庞有福找来一个瓷罐子，又拿了食盐。敖景亲自将罐子放了一半食盐，然后叫郎中将镊子夹着的水蛭送进瓷罐，镊子不动，将食盐加满，拔出镊子，封好罐口，再用皮口袋将罐子封包好，自己用手拿着不放。

刘一刀奇怪地看看病人，没再说什么。庞有福给了钱，并用马车将刘一刀送了回去。

张兰多经历了一次险情，心想：自己今后不可再轻举妄动了，万一再被发现，自己又不知情，那不就得等死吗？还是找个安全的地方待着，最好是心脏附近，那里动起手来反应快，易于制服敖景。于是她便在肝脏上找个位置隐藏起来。

敖景自以为除掉了心病，每天发功练武，功力大增。过了几个月，情绪也有了恢复，每天觉得不是这个对不起他，就是看那个又不顺眼了，决定重剿鳇将军，非杀他不可。他把意思和乌丞相说了。乌丞相问："那次你不是承诺人家了吗？怎么反悔？"敖景说："什么叫反悔？军不厌诈！哪有过敌对者是讲诚信的？太幼稚了！你想：把我捆起来，他提条件，逼我满足他们，那不是要挟吗？对我公平吗？他们用计捉我，我也用计让他们放我，这不是以其人之道还治其人之身吗？有什么可非议的！"乌丞相摇摇头，不再说什么了。

第四十五章　乌龟劝鲤鱼

　　敖景从腹内取出水蛭，身体放松多了，精力也越发充沛了。他躺在床上琢磨鲤鱼精这个雾团，它把自己罩了好几回，难道就没有一个破解的办法吗？他不服气，很多天神的特异功能都有破解的办法，一个土鳖鳖的鲤鱼精一口臭气就把我治了？觉得不可能，这玉辇的灯油喝了，总该有点魔力不是？想着想着他憋出个办法，如果把鲤鱼精那个黏球在里面把它吹圆了，使上功力或魔法让它遍地骨碌，地上砂石就会摩擦它，黏球应该是经不住摩擦的，时间长了就会破裂。他觉得这一招是可行的，应该灵验。敖景退一步又想：硬东西怕磨，软东西不怕磨。敖景心里一亮，有了，能不能把黏球变得硬一些呢？敖景笑了，自责的思量："就这点小事憋了这么长时间！"

　　敖景觉得自己想得周全了，便把乌丞相叫来商量剿杀鲤鱼精的事。乌丞相原本不太赞成，见敖景主意已定，再坚持也是徒劳，索性同意了。第二天，乌丞相集聚人马，开往乌苏里江剿杀鲤将军。大兵到了乌苏里江边，早有哨兵报与鲤将军。鲤将军带领鲤鱼家族摆开阵势。大小头领雄赳赳，兵卒老少同仇敌忾，一字排开，严阵以待。

　　敖景来到鲤将军府，按住云头，降下人马，直奔阵前，叫喊："鲤鱼精，你几次羞臊于我，恶气难咽，今日特来算账！你，有话就说，无话动手。"鲤将军将大刀交到二当家手里，赤手空拳走向敖景。鲤将军气咻咻地说："知你早晚这招，要打奉陪无话可说。"说着举拳打来。敖景侧身躲闪，随即出手一拳，碰到鲤将军的拳上。鲤将军感觉力气很大疼得一咧嘴，叫出声来："好拳，再来。"敖景接二连三打了十多拳，鲤将军感到力不能敌，便出假拳干扰敖景的注意力，抽冷子捶了敖景两拳。敖景急了，大声叫喊："你敢耍我？看拳！"当的一下正中鲤将军的面门，疼得鲤将军嗷嗷直叫。敖景步步紧逼，上一拳，下一拳，左一拳，右一拳，拳拳打中，只打得鲤将军鼻青脸肿，满脸是血。鲤将军击打不到敖景，气得眼都红了，拼力挺进，见敖景躲闪换拳之际，面部露出空档，便吐出一口黏液，封住白龙双眼，随即喷出雾团，将敖景又一次罩住。鲤将军完事大吉，大摇大摆走回本部。

　　敖景在雾团中，一如既往，拼力挣扎，闹腾一阵，瘪了茄子似的一动不动了。乌丞相率兵逃离不知去向，只留有尘雾在空中与地面间升腾。

一天过去了，三天过去了，敖景圈在雾团里一动不动，乌丞相也不来讲和。鳇将军的兵卒们放松了警惕，该吃的吃，该喝的喝，该玩的玩，该睡的睡。第四天夜里，乌苏里江边忽然刮起一阵大风，尘沙滚滚，烟气腾腾，警卫的军士躲进军营里去了。敖景见时机已到，便将雾团鼓圆，雾团在大风中跳跃滚动，滚了没多远，只听"砰"的一声雾团破裂，敖景从雾团中出来，偷偷地走进鳇鱼府，见鳇将军正在酣然大睡，便将一颗魔钉打入鳇鱼精右臂上，悄悄地离开了鳇鱼府，径直回了水宫府。

鳇将军在沉睡中"嗷嗷"地喊叫了两声，便悄无声息了。鳇婆起身摇动鳇将军，并无反应，只是酣睡，吓得鳇婆哭叫起来。二当家的和军卒们正在梦乡，听见有人哭叫，便都惊醒。二当家地问："是谁叫喊？"兵卒回答："好像鳇将军内室。"二当家的慌了，急忙跑进卧室，见鳇婆哭得泪人似的，惊惧地问："嫂嫂，怎么了？"鳇婆指指鳇将军说："不知你哥咋的了，昏迷不醒，叫也不动，怕是不行了？"二当家的赶紧跑去把大郎中找来查看。大郎中查看一阵发现鳇将军右臂插着一朵花，咋也拿不下来，也慌了手脚，掏出刀子要往下割。二当家立即阻止说："我想起来了，前些日子，李德昭就戴过这种花。后来是将军背到水宫府找敖景娘娘才给拿下来。不是一般人能取下来的，还有若是晚了会有生命危险。"大郎中问："那咋办呢？"二当家说："此时只有找乌丞相了。请他看在共事一回，诚心辅助的份上，救救将军吧！"二当家的背起鳇将军就走，鳇婆问："你去能求动吗？"二当家说："你又没跟人家打过交道，去也无用，好在我在乌丞相身前听过差，认得，总还有个能说话的机会，凭运气试试吧！"

二当家的背着鳇将军来到丞相府，对门卫说："烦军爷通报一声，说鳇将军的二当家有事求见。"门卫跑进去，很快返回来说："乌丞相有请！"二当家进屋跪地磕头，央求说："丞相大人救命，我家将军身中白龙爷的魔钉，性命岌岌可危，望大人垂怜往日赤诚，搭救搭救吧！"乌丞相手摸短须沉思起来：当年鳇将军对我痴心不二，有求必应，出谋划策，冲锋陷阵，我理应救他。可是谁来救呢？娘娘不可，必得敖景。也好，我去试他一试。乌丞相让人将鳇将军扶到屋里等候，他去找敖景说情。

乌丞相来到水宫府，门卫不拦，径直进屋。敖景正在摆弄九连环玩耍，见乌丞相面容拘谨地来了，心中已明白八九分，笑笑说："丞相请坐。这么早跑来有何要事禀告啊？"乌丞相看看敖景的脸，也笑笑说："还用问吗？你早就猜出来了。"敖景故作惊讶地说："我能猜出什么事呀？"乌丞相说："此事在我意料之中，一是我与鳇将军旧情没断；二是白龙爷不绝杀留个余地，给我一个说情劝降的机会。所以我的到来也在你的意料之中。"敖景笑了笑说："乌丞相神人也！那你意下如何？"乌丞相说："我看这样，那李德昭大势已去，鳇将军不是作王的那块料，只有干将之才，所以他要择一个靠山除了你

261

他别无选择。此人义气行事，使用好了能肝脑涂地，人才难求，还望白龙爷慎思！"乌丞相几句话恰中要害，说到敖景心中纠结处。敖景问："他若是不愿屈从于我呢？"乌丞相说："事不宜急，你想：他又不是木头人，你不杀他已是手下留情，他能没有感悟吗？一时感情弯子转得慢可能会有，但是绝不会不从。劝降的事情嘛，我负责到底。"敖景问："如此说定。他人呢？"乌丞相马上说："在我家等候呢。"敖景叹口气说："既然答应救人了，干脆还是弄到我家来吧！"

乌丞相出了水宫府，叫人立即把鳇将军抬过来。

敖景给鳇将军去掉了魔钉，除净了遗毒，令鳇将军的二当家将其背回调理。二当家谢过敖景，背着鳇将军回了乌苏里江鳇鱼府。

鳇将军回家将养数日，身体完全康复。二当家讲述了敖景疗伤的过程，鳇将军听后默然不语。自打回到家中，他一次也没出屋，一个人默默地待在家里，既不接待属下朋友来访，也不同家人情感交流，梳理着毵髻般的思绪。时间一天天过去，一天也没见到他的笑脸。

这一天，天气很好，阳光温和，煦风轻柔，天蓝蓝的，只有天边才有几抹淡淡的散云。鳇将军面色有些舒展，背着双手准备出屋到江边遛遛，刚出了大门，迎面撞到乌丞相。他尴尬了一会儿，平淡地说："来了，乌丞相。"乌丞相面带笑容，和蔼热情地说："啊啊，你这是干啥去？"鳇将军懒洋洋地说："没事，出去走走。"乌丞相附和说："我来看看你，陪你溜达溜达。"鳇将军没有反对，也没说行，但还是默默地跟着乌丞相一起走了。

他们沿着江边走着，开始谁也没说什么，似乎千言万语不知从何说起。江边还是挺平坦的，松软的沙子，偶尔有几块石头露出沙面。鳇将军也许是过于拘禁，没注意脚下被暗石绊了一下，身子一趔趄差点摔倒。乌丞相赶紧扶住他的胳膊，借机说："想啥呢？走路也打不起精神。"鳇将军随意说："也没想啥，你看，这回又欠了你的人情。"乌丞相立即说："你说啥呢？咱俩谁跟谁呀？干什么分得那么清楚。"鳇将军说："你看咱俩，你打我，我打你的这算咋回事呀？"乌丞相说："世界就是这样的，原来咱们是各为其主，打打杀杀，可别说也不尽然，哪次都有你救我我救你的。"说完笑笑，又说，"现在，李德昭被玉帝收归天庭了，结雅河已更名白龙江了，这里包括关东乃至黄河长江流域；不久东海龙王敖广退隐，四海龙王也要听白龙的了，天下水域只有敖景一个人说了算，据我所知天庭诸仙无人可替，白龙主持水政事务已是大势所趋了。"说完笑笑，又看看鳇将军的脸，见没什么反应，继续说："其实呢，敖景早就跟我说过，那次送礼他是对不住你的，一直想当面和你谈谈，解除这个疙瘩，却一直没机会。这次来剿杀你，不是他的本意，他是想借这么一种场合找个时机和你唠唠。在家走时我们就合计好了，他钻到你那个雾团里，我们都躲开，你要过去他就会和你交流了。可是你一连多天没露面，我一看不行这才出面和你要人。"鲲将军抬头看看乌丞相，没说什么，自己默默地往前走。乌丞相又说："这次就更明显了，他从你那个雾团里出来，满可以将你杀害，可他却没有那么做，只将魔钉按到你的胳膊上，后来老二去了，在他家里亲自给你拔出来。你说要是害你的话，他能这么做吗？老弟呀，你是个明白人，冷热不知道，好坏总还能分吧？敖景是一心要和你和好啊！"

鲲将军说："大哥，你对我好我知道，他对我好不好我知道，你也知道。人的秉性不相投啊！他现在可能想对我好，可我心里膈应，容纳不下。李德昭呢，我处处都崇敬他，也愿意和他在一起，为他做做事情。和他我是合得来呀。我想了很多天，敖景和李德昭是两回事，人家李德昭想的是谁呀，那是百姓，他降雨为谁呀？那是百姓。敖景呢，你是知道的，他为自己，做点事要人情，不给就下大雨发洪水，往死里淹，上一次死了多少人啊？几十万哪。罪过不？罪过呀。他不仅不反省，反倒恶人先告状，玉帝竟判了李德昭的罪，天理呀，天理何在？"鲲将军越说越激愤，脸都涨红了。

乌丞相说："我的鲲将军呀，你这个人怎么不信事实，尽听些道听途说啊？你不想想，那玉帝是好糊弄的吗？人家纵观天下，而且能掐会算，什么事情断不明白呀？你我这等昏昏沉沉的草木之身咋能对老天爷说三到四呢？不该呀！你听我一句，要眼见为实，不可以听信谣言。你耳朵不硬啊！"

鲲将军斜了乌丞相一眼，略带提示地说："大哥，对敖景和今后谁主风雨的事，咱俩见识根本不同，很难趋从啊！咱俩多少年了，彼此相知，咱俩现在道行不同了。你能识时务顺应权势，始终会占到得势一面。我则不同，你说将来白龙会主水事事务，为我们一主，可我听了怎么也找不到我在你手下时那般感受。白龙是个什么货呀？喜欢花天酒地玩弄女人吧？灾祸吧？自打他来，生食童男童女的心，怎么和他贴心啊？平白无故降大雨，活活淹死多少人呀？明明自己作的祸，硬是嫁祸于人，这么个东西怎么和他共事啊？他来这些年给关东做了几件善事啊？一年不如一年！大哥，你是他的丞相吧？他做的事，件件都在你的心里吧？这样无德之人，何以长久？跟他，我做不到啊！"

乌丞相一时无语辩驳，只好默不作声。鲲将军想立即甩开乌丞相，便说："大哥，我想往回走。"乌丞相应和说："好啊，我送送你。"二人说罢折回身子往回走，乌丞相没话找话说："老弟，你这地界不错嘛，视野广阔，绿荫如坪，江水碧波，波光灿灿，不是仙境胜似仙境啊！这种环境，宜人居住，不是神仙胜似神仙哟！"鲲将军不懂文字，也不懂浪漫，无论乌丞相说得多好听，他都没有心思听。不知不觉到了府门外，鲲将军觉得过去不分你我，这次来了总得家里让让呀。于是说："大哥，多年没有交往了，好不容易借由差事何不屋里坐，弄两个菜，兄弟俩再喝两盅如何？"乌丞相没完成任务，巴不得进屋叙叙，高兴地说："好啊，难得兄弟今天有如此好心情啊！"说罢，随鲲将军进了府门。二人来到客厅，分宾主落座。侍女过来送干果、沏茶水。鲲将军令侍女告诉灶房做菜品，回头来又陪乌丞相说话。不一会儿，酒菜上来一桌，尽是海鲜山珍，美味飘香。这是过去乌龟精常来常往的地方，见此情景似有故地重游的感觉。乌丞相不免见景生情叹了一口气，回味说："若不是敖景来此改变现状，咱弟兄不知过得该多有惬意呀！"

二人饮酒叙旧，感慨不已。乌丞相借机爬高，交心地说："其实，今天大哥来你家是拉兄弟入伙的！咱哥们势力壮了，别人还敢再欺负咱呀？到那时我也不是老哥一个了，人家咋捏咕咋是，连个大气也不敢喘；如果我们哥们在一起了，他要是横了咱一眼，心里也得寻思寻思，逼他凡事都要敬着咱们点儿！"鲲将军见乌丞相磨磨叨叨地缠住没完，便顺水推舟打住话题，慷慨地说："大哥，你说这话我爱听，能不能容我想想？"乌丞相乐得一拍大腿，干脆地说："行！我就等你这句话呢！往下什么都别说了！"二人举杯开喝起来。兴头上，二当家、三掌柜，还有几个头头，也都上来给二位敬酒。这顿酒，推杯换盏、猜拳行令、嘻嘻哈哈、说说笑笑，足足闹腾了一夜。

乌丞相第二天中午才进水宫府向敖景汇报。敖景听后问："鲲将军到底同没同意呀？"乌丞相说："差不多，叫咱们容他想想！"敖景不高兴了，责备说："尽他妈的扯淡，去了一大天，就带回四个字：容他想想？竟没一句痛快话，真是目中无人。不行明天我还去收拾他！"

第四十六章　刘员外寻妻

鳇将军和刘河悍困住了敖景，经过乌丞相的谈判协调，当即放敖景走了。鳇将军对刘河悍说："敖景这个东西反复无常，今天用着你了百依百顺，明天心不顺了变卦翻脸，一切由着自己的性子来。我想用不多久他又会剿杀回来，我们还是各自准备准备吧！"刘河悍听鳇将军这样说也很赞同，便说："老弟所言极是，这个家伙一向骄横，心里容不得他人，你这里目前还是重点，要安排好退路，防止偷袭。我呢，出来好多天了，妻子音讯皆无，我得回去看看找找，但愿不会发生意外。"鳇将军很同情地说："应该回去了，如果没回家，要好好找找。人手不够说一声，我这儿人多找起来会快一些。"刘河悍谢过鳇将军回刘庄去了。

刘河悍到了家中，屋内空无一人，不觉身上颈骨冰凉，不由得心生孤独、忧愁、担心和急躁，结婚后每次回来那股温馨氛围不见了，妻子默然微笑成了思念。他心中愁苦万分，不觉叨叨自语："兰多，兰多，你在哪里呀？我回来了，你也要回来啊！"年迈的喉咙哽咽了，干涩的眼眶里流下了热泪。这些日子耪青的杨老汉一直照看着刘河悍家的庭院，见刘河悍家有了动静过来看看，见是主人打招呼说："员外回来了？夫人怎么没一起回来？"刘河悍听他这样问，心里更加凄凉了，知道张兰多从来没有回来过，回句："我也不知道。"

杨老汉安慰说："兴许她还在外面寻你呢？过两天会回来的，你别着急。"刘河悍无奈地点点头，感激杨老汉的同情和安慰，自己进了屋子躺在炕上。

杨老汉回到家中，做了一顿晚饭装在盒子里给刘河悍送了来。刘河悍接过饭盒打开就吃起来。这些日子，他没休息好，自然吃饭也不香。可是人不吃饭也不行，饿了不仅没力气，也没精气神。撂下饭盒，自己又端起水碗喝了一气水，这才感觉身子骨有力气多了。他对杨老汉说："你在家帮我看着点，张兰多回来别让她走，叫她在家等我，我去找她，一两天就会回来。"

结雅河上游至乌苏里江口绵延上千公里，江水经过多日流淌，已经恢复了往日的流速，那种万马奔腾的景象不见了。刘河悍一个人游荡在江水里，往返两岸搜寻着张兰多。江面很宽，一眼望去江边不能尽收眼底，还需左顾右盼。寻找了一天时间没有看见张兰多的影子，他心情急切，认为这样速度忐慢，还是江中间走兼顾勘察两边稍微仔细些，速度也会快一些。他改变了搜寻方式又搜了一天，仍然毫无结果。刘河悍焦躁起来，他想把自己变成河马，与其他动物交流，找起来效果会好。于是他变成了一头雄壮的河马畅游水中。游了一段时间，情形果然大不相同了。有几条红鲤鱼向他游来，好奇地在他上下游动，河马问红鲤鱼："哎，可爱的姑娘们，你们看见过一位美丽的姑娘吗？"鲤鱼说："她是你什么人啊？"河马说是他的媳妇。鲤鱼姑娘嘲笑说："哎哟，这么一个雄势的大家伙谁跟你呀？真能骗人。"河马不好意思地走开了。又找了一阵子，河马看见一群河蚌，便问："朋友们，你们见过水蛭姑娘吗？"一个河蚌冲着下游说："这里没有水蛭，那边倒是有一堆。"

河马朝下游找去，果然看见一只水蛭，于是问水蛭说："水蛭先生，你看见一位美丽的水蛭姑娘吗？"水蛭先生问："她是你什么人啊？"河马说："她是我的老婆。"水蛭先生说："这里的水蛭都是我的老婆孩子！到这搅和啥呀？"河马坚持要看看，水蛭先生火了，叫喊说："孩子们，来了入侵者，快把它赶出去！"一大群水蛭拥过来将河马围住，张开吸盘往河马身上贴。河马无奈又逃开了。

一连找了七天，刘河悍一无所获，连点消息也没有，失望地回到了刘庄。每日精神不振躺在炕上，满脑子全是张兰多的身影。他想不通：张兰多会去哪里呢？活不见人，死不见尸，找了这些天丁点消息也没有，活活急死人了。他忽然闪过一个念头：他被敖景击中那一拳时张兰多在场，是不是认为自己已经死了，又被敖景所迫不得已逃走了？甚至想到会不会是去了娘家找刘兰梅？想到这里，心中多少有些慰藉，神情立即变得兴奋起来了。他起身准备到灶房做饭，忽然听到院外有人叫门，便放下手中活计急忙去开门。

敖景听到巡江夜叉报告，说刘河悍江中寻找妻子张兰多很多天了。敖景与乌丞相商议如何对付刘河悍，乌丞相说："亦应采取鳇将军之策。"敖景摇摇头说："不行，刘员外与鳇将军不同，他是天庭仙人，我们属于同类。我知道刘员外不会轻易归顺于我，还是让我作践他一回吧！"乌丞相问："如何作践？"敖景满脸狡黠的样子，神精分分地说："慢慢你就会知道了。走吧，咱们一起去刘河悍家演一场大戏。"这样敖景带人来到刘庄，敲起刘河悍家大门。

大门没有关闭，只是半开着。刘河悍拉开大门抬头一看是敖景，猛然愣住了，一时手足无措紧张起来。敖景看出他的神情很慌乱，以为自己是来剿杀他，猝不及防，才失了方寸。敖景嘲讽地笑了笑，得意地说："刘员外近日辛苦了！可爱的妻子找到了吗？"刘河悍不知敖景啥意思，以为他是狗嘴里吐不出象牙，也就没理睬。

敖景哈哈大笑，妩媚的眼神看着刘河悍，嘲讽地说："哎呀呀，你看都这把年纪了，还至于想婆娘想成这样？有多少人没了婆娘，也没看到谁萎靡成你这熊样的！"敖景指指自己身后兵卒说："他们都比你年轻，可是没有一个你这样的，太不自重了吧？"刘河悍让他说得有些恼怒，质问说："敖景，你满嘴污言秽语，来此究竟想干什么？"敖景显得十分得意，冷笑着说："我是来给你送夫人来了？怎么还不请屋里坐坐？"他见刘河悍心存戒备，无意让进，解释说："刘员外，你不要以小人之心度君子之腹，实话对你说，今天不是来打仗的，确实是给你送夫人来的，你若不信也好。"说着，他叫一个兵卒递上一个包裹，擎在手里在半空中晃了晃，觍着脸问刘河悍："信不信？要不打开看看？"

刘河悍木然了。这件突如其来的事情，打破了他所有的设想，看来妻子已被他打死了。刘河悍攥紧拳头跃跃欲试。敖景看见了，警告说："你先不要动手。你是不是应该讨个明白呀？要不怎么会安心呢！"刘河悍心想：进屋也是一拼，见敖景这样说，也显得大度起来，说："屋内小，不方便，只请你和乌丞相进去吧！"说完领着他俩进大厅。大厅桌椅板凳样样齐全，摆放整齐，三个人随便选个位置坐下。刘河悍严肃地说："二位有话请讲吧。"

敖景笑嘻嘻地说："这是一个有趣的故事，你坐好，听我慢慢讲来。"敖景讲述：那天我和你搏斗，拳头眼看砸到了你的面门，这当儿你老婆变成水蛭钻进我的腹内，吸我心血，我的拳头一软力量减小，本应该灭你性命，结果才打个半死。大概你还记得吧？那天在乌苏里江边你我还有鳇将军，咱仨打斗，把我困在雾团里。我见你来了，便重复"刘员外，你拿命来！"当时你幸灾乐祸不以为然，可我感觉十分疼痛，断定水蛭存在我的体内。回去，我找个郎中，动刀把她取了出来，这才去掉我的一大块心病。她要存活在我的腹内，我那玉䗫灯油也就白喝了。

敖景说到这里笑笑，问刘河悍说："你说，今天我把它送给你，叫你们夫妻团圆，这不好吗？"说完，打开盒子，小心翼翼地剥去食盐，用镊子夹出一只水蛭，僵硬的躯体说明她已经死了。

刘河悍勃然大怒，狂躁地叫喊："还我妻子命来！"举拳就打。敖景也不还手，不紧不慢地说："如今我留你一条性命，让你的思念陪同你走进坟墓吧！"

敖景将瓷罐连同那只僵硬的水蛭留给了刘河悍，幸灾乐祸地走开了。

刘河悍悲痛地拿着那只水蛭左右翻看着眼泪流淌下来，难道这就是自己昼思夜想的妻子吗？他把妻子的僵尸用清水洗净，又放在掌心中瞧看，一遍又一遍，一遍又一遍，足足看了一夜。天亮了，那只水蛭也晾干了。他拿起来用鼻子嗅嗅，一点也嗅不出妻子的味道。他开始怀疑这不是妻子，妻子已是成仙的人了，怎么能让一个郎中用镊子给夹住呢？这谎话也太幼稚了。

刘河悍一夜没睡，第二天决定去找女儿刘兰梅。她有感知功能，又能耳听千里，一定会弄明白。于是收拾收拾屋子，跃上云团，直奔东营镇去了。

刘兰梅离开了刘庄，驱五彩祥云来到姥姥家东营镇。按下云头扮成了一个乞丐婆，在姥姥家门前转悠。大约傍晚时分，张兰方扛着锄头从地里回来，拉开大门准备进院，忽然看家一个乞丐婆朝他走来，衣衫凌乱，埋了巴汰。心生不快，驱赶说："老太婆，你去那边要去，我家日子拘谨，自己度日尚有困难，哪有钱财食物分拨与你，快走开吧！"乞丐婆说："大人，恩赐多少不会计较，可你逐客却是损人，望你收回成命恩施一点吧！"张兰方听了很是奇怪，一个要饭的不给就算了，如何这等污损人。他气哼哼地说："我只是不肯给你，就损人了？坏别人才是损人呢，走吧走吧。"乞丐婆说："如果不走你会如何？"张兰方看看她，现出无奈的样子，便说："好吧，不与你计较。这里等着，我去端来。"说完，迈进院里。乞丐婆说："慢着，似你这等慢待客人的人，如果进屋不出来，我该怎么办？我也得跟你进去才放心。"张兰方不高兴地说："不行不行，我家有客人，你去不方便。"乞丐婆跟着一边往里走一边说："来的都是客，有何不方便？"张兰方回头去推他，乞丐婆不见了，竟是一个大姑娘站在那里，笑眯眯地看着自己。他傻了，揉揉自己的眼睛，惊问："你不是兰梅吗？啊，真是。好你个调皮鬼，竟敢戏耍起你的舅舅来了！"说着，大声向屋里喊叫："娘！娘！快来看呀，你看谁来了？"张兰方说话从来没有张狂过，突然如此喊叫惊动了娘，风风火火地从屋里跑出来，边跑边问："咋回事，这样大惊小怪的！"张可望也跑出来，愣愣地问："发生了什么事？"张兰方的婆娘牵着孩子跌跌撞撞地也从屋里挤出来。张兰方惊喜地说："爹，娘。"说罢闪身拉过刘兰梅，"爹，娘，这就是兰多的姑娘兰梅啊！真的，快来看吧！"他拉过刘兰梅送到娘的身边，介绍说："这位是姥姥！那位是姥爷！"张可望和老伴喜从天降，乐得说不出话来，目不转睛地看着这个从未谋面的外孙女，一时不知咋个亲昵好了。

刘兰梅的到来，真是张家的喜事。从没想过孩子一个人能找来，而这个活泼俊俏、聪颖智慧的外孙女，又是这么可爱，给张家带来了欢乐。张兰方娘一直拉着刘兰梅的手，捏啊看啊，咋看咋好，眼睛眯着，嘴儿张着，什么都没说，只是一个劲儿地笑。

大家亲热了好久，张兰方娘似乎想起来，便问："你娘咋没来？"刘兰梅告诉说："我娘事多，脱不开身，叫我过来先看看。她和我爹都挺好的，说过些日子要来呢！"

一家人问这问那，一连热闹了好几天。从那日起，张家成了戏院，七大姑八大姨，舅舅舅妈一帮一伙地你来我往络绎不绝。人们都想看看这个仙人究竟什么地方与众不同。

没过几天，有人传说，说是看到河边打鱼的那个老渔翁回来了。张家又惊又喜慌了神。

第四十七章　德都镇遭劫

刘河悍来到东营镇这块热土，没有直接去老丈人家，而是去了河边寻找自己生活的遗迹。十多年过去了，河边风光依旧，唯一的变化是自己住的窝棚没了，可能叫谁拆去烧了火。他是在这里娶张兰多的，新婚蜜月的甜蜜时光是在这里度过的，刘兰梅也是在这里诞生的，这里有着他最美好的回忆。

刘河悍还想在去老丈人家之前打听一下张兰多的音讯，问过好几个熟人没有得到任何消息。偏巧遇见了自己的媒人，媒人告诉他只见过女儿刘兰梅，没有听说张兰多回来。刘河悍听了心里咯噔一下，心想：张兰多没来这里又会去哪了呢？丈人问起该怎么说呀？他寻找张兰多的美好愿望又一次成了泡影。

"爹爹！爹爹！"是刘兰梅的呼唤。他寻声音看去，刘兰梅拉着舅舅的手飞快地奔了过来。刘兰梅见到爹爹略感奇怪地问："爹爹，你怎么一个人来了？我娘呢？"刘河悍没有回答。这时张兰方赶到了，开口就说："大老远来的，赶快到家去吧！"说着，和刘兰梅一起拉着刘河悍去了张家。

张可望和婆娘还有张兰方媳妇都在门口翘首眺望，见张兰方领着老妹夫还有刘兰梅边说边唠地走过来。丈母娘急切地问："他妹夫，兰多呢？"刘河悍向张可望老丈人还有丈母娘大人鞠躬问了安，也和大舅嫂打了招呼。然后说："家中还有点事务需要她办，一时脱不开身，让我过来把兰梅接回去。"他看见人们期盼的目光，又说："将来完事了，我会送她回来。这次就对不住大家了，还望两位泰山大人见谅！"张可望见姑爷态度诚恳，解围说："以后来就以后来吧，姑爷和兰梅来了也好，看着一个踏实一份心。等赶明儿个兰多再回来也就谁也不用惦记了。"张可望将姑爷让进屋。一家人家长里短地唠了起来。刘河悍尽量装作若无其事，回话轻松快乐。

丈母娘总是惦记自己姑娘的，找机会就问问张兰多的情况。张可望有些不愿意，姑爷来了，却总问女儿的事，害怕姑爷挑理不高兴，所以他尽可能地多问一些男人的事情。一会儿问问房舍，一会儿问问生计，再不唠唠外边交往的事情。总之不给婆娘插嘴的机会。婆娘陪坐了一会儿不得已起身去了灶房张罗饭菜。

刘河悍细心地询问了张家的生活情况，问有什么困难，还有什么需要用钱的地方。听说大舅哥想买一条船出海打鱼，刘河悍很支持，当即给了五十两金子。说这次来得匆忙，没来得及买什么礼物，分别给丈人、丈母娘各五十两金子；大舅嫂和侄女各二十两金子。张家人皆大欢喜。

第二天，刘河悍和刘兰梅要走了，说家里边留下张兰多一个人不放心，这里看看就行了，以后有时间再多来跑跑。张家人惦记张兰多，也就没敢再留刘兰梅爷俩。刘河悍带着女儿刘兰梅辞别了两位泰山回了刘庄。

一进家门，刘兰梅扯着嗓子喊叫："娘，我回来了！娘！"喊了几声无人应承，刘兰梅有点傻眼了，问刘河悍："爹爹，这是怎么回事，我娘呢？"刘河悍眼泪簌簌地落下来，心中无比悲切，拉着刘兰梅走进屋里，迫不及待地对女儿讲述了她走后家中发生的事。他对刘兰梅说："我去你姥姥家，有两个目的，一个是看看你娘在没在你姥姥家；另一个是把你尽快接回来感知一下你娘的下落。如今爹爹能想的办法都想到了，能做到的也都做了，爹是实在没有招了。"他看着女儿在抽泣，实在不忍心再看下去，又说："我为什么想到让你感知一下，因为看了敖景出示的尸首，凭感觉我认定不是你娘的，他说你娘曾在他腹内助力于我，我确定你娘很有可能还在敖景肚子里藏着，在等待时机帮助我们。"刘兰梅听爹这样说，也就不抹泪了，便问爹爹："那我该怎么办？"刘河悍说："此事急不得，咱们得等待时机，莽撞不仅咱俩没命，你娘也会有生命危险，万万不可轻举妄动！"

敖景对过去和李德昭有过交往的人实施了一系列报复、离间、拉拢手段，一件件都没有得到理想的效果，这伤了他的自尊心，思考了数日决定继续实施报复，不能这样整日憋屈着。他觉得凭他目前的本事，叫谁咋样就得咋样，不顺心意就干掉他，免得以后做别人的帮手。他找来乌丞相商议。乌丞相说："目前，该对付的基本都差不多了，还有就是蛙婆。她与夏娘娘不错，又没把你怎么着，再说她也不堪你一击，打不打的没啥意思，多一个仇人反倒不美。"敖景低头沉思，忽然他眼睛一亮，兴奋地说："对了，不是有个什么德都镇吗？那个姓张的那天在聚会桌上坐着来着，一定也是座上宾。整整他也杀杀这帮草民的威风！要不跟着起哄也是个问题。"乌丞相听了也有感触，迎合说："连那天那个出童男童女的村子一起整整，杀鸡儆猴，以后再不会有人拒礼了！"敖景说："对！别让这帮捡剩饭的人得烟抽。"敖景想了想又说："这回咱们也不用去那么多人了，去了也没用，有咱俩就行了。"他见乌丞相没言语，便试探地问："你看还带谁合适？"乌丞相说："我看不行咱带着鳇将军，主动叫他，逼他就范。"敖景回答说："既然你说了，不行就试试。让他别装磨不开，去了，如果再帮帮手，那就算降服了。哈哈，是个好主意！"

当天，乌丞相来到乌苏里江鳇将军府，见到鳇将军劝导说："明天白龙爷准备去德都镇看看，白龙爷说你给他们做过贡献，熟悉他们，请你带个路。你在家待着也是待着，跟着出去散散心也好。"鳇将军犹豫半天问："你也没

270

说清教景去那里干啥?"乌丞相卡巴卡巴眼睛说:"白龙爷说那里过去都是李德昭帮助过的人,这回李德昭没了,他也准备帮着做点什么。"鳇将军听乌丞相这么说也来了爽快劲儿,痛快地回应说:"行!什么时间?"乌丞相说:"明天一早,德都镇北讷莫尔河边上会合。"鳇将军应承下来。

早晨,鳇将军起来吃口饭,一个人早早出发了。他踏着黄云一路西行,路过刘河悍的庄园,想起刘河悍寻找妻子的事。望望日头觉得天时尚早,不如下去问问,这也是哥们一回。于是便停下云头落了下来,朝刘河悍家走去。刘河悍很早就起来了,一个人在院子里来回踱步。鳇将军推门进来,使他惊喜不已,迎上去说:"这一大清早就跑来了,想必有急事吧?"鳇将军说:"路过,过来看看,问问嫂夫人有信没?"刘河悍将鳇将军让到屋里坐下,告诉说:"哪来什么消息,半字没有,急死人啦。"鳇将军追问:"那咋办?"刘河悍哀叹了一声说:"有啥法子,慢慢等呗!"看看鳇将军很是同情的样子,也想转换一下话题,便问:"老弟这么早,一定还有别的事吧?"鳇将军略带不满地说:"屁事,他妈的乌丞相说教景要去德都镇做什么善事,说我熟悉情况让我也去。"刘河悍说:"教景也去做善事?他没说做什么善事呀?该不是糟蹋那帮老百姓吧?不是好兆头。"鳇将军说:"我答应人家了,不去好吗?"刘河悍说:"他这回放了你,也想让你入伙。你去干什么那凭你自己了,我知道你是不肯干坏事的人。"鳇将军没了主意,到了那里万一教景干坏事怎么办?看着不忍心,拦又拦不住。他觉得刘河悍说的不一定没道理,教景向来就不是什么善人,便要求说:"刘员外,你若没事陪我一趟,帮我出出点子怎么样?"刘河悍笑了笑说:"我能上赶着跟他去吗?他不请我,是因为我和他是死对头,去了也不会顺着他!"鳇将军争讲说:"我也不可能顺着他呀!"想了想,又说,"再不我明着去,你暗中去,若打起来你就上前帮我怎么样?"刘河悍心想这是一个机会,刘兰梅近距离接触教景会知道她娘的事情。于是勉强地说:"老弟既然这么讲,那我就照办了。你这就走,我随后就到。但有一点,有事你不要着急,沉着应对。"鳇将军答应着走了。

教景和乌丞相早早到了河边,等了一会儿鳇将军姗姗来了。三人寒暄了一阵,往村子里走去。几个老汉吃罢早饭聚到树下闲聊。乌丞相走上前说:"几位老人家,打听一下这里是德都镇吗?"一个老汉立即站起来说:"没错,正是德都镇,不信……"用手一指鳇将军,"你问他,他还给我们村拓宽河道了呢!啊,啊,你们一起来的呀,他知道你还问个啥?"教景用手一指鳇将军,质疑地说:"他还为你们村拓过河道?不会记错了吧?"老汉说:"不会,那次还有黑龙爷呢。黑龙爷啊,那人真好,给我们整地降雨,还给我们起了村名,大家可敬重他哪。"教景挑逗地问:"黑龙爷有白龙爷好吗?"老汉乐呵呵地说:"那还能比呀?不可比,白龙什么个东西尽干坏事,连孩子的心都吃,哪有点人性!黑龙爷来我们村子好几趟了,一次饭也没吃过。可好了呢!"

敖景气得鼻子都歪了,一股邪火冲了上来,走过去照着老汉就是一巴掌。老汉就地转了三圈,扑通倒在地上,连呼吸都没有了,瞪着眼睛看着敖景,似有无数的情仇。

又有两个老汉站起来,质问说:"你们究竟是要干什么,为什么不敬重老人?"敖景正在气头,抢起拳头又打倒一个,一边打一边说:"这等刁民留着何用?老子在这里镇守关东,成天雨啊风的伺候你们,倒过来对本爷说三道四骂骂咧咧,甚至贬毁我的形象,目无天地神灵,难道不该打吗?老子就打了,谁敢把我怎么样?我就是要打喜欢黑龙的人!"说完又一拳打倒另一个。

这时,村人越聚越多,人们开始声讨敖景,说他是妖魔鬼怪,毫无人性。有的人拿来钩杆铁齿欲与敖景拼斗。这时张子善从地里回来,看见敖景在村中厮打,又有三个老汉死在地上,眼睛红红火冒三丈,走上前与敖景理论:"敖景,德都镇人安分守己,勤劳种田,何处招你惹你了,你竟下此毒手?"敖景见是张子善,冷笑着说:"哎呀,这不是张大老爷吗?今天正想找你哪。"说着,往前一蹭右脚一个扫堂腿将张子善踢倒跪在地上。敖景已是眼睛红红、目光直直了,右手举拳挥向张子善的头。人们害怕再出人命,扑通一下全都跪倒在地,央求说:"白龙爷手下留情,他是我们村里的当家人,村里人指望他管理过好日子呢!"敖景停下拳头,嘲笑说:"哎呀,还挺有人缘哪!就是他把你们拢到李德昭那边,不杀难解心头之恨!"一位白发苍苍的婆婆站起来颤颤巍巍地走到敖景跟前跪地求情说:"白龙老爷,我在村里年龄最长、辈分最大,平日人们都很尊敬我,叫我老寿星。今儿个我拿这条老命换回张子善,你看值不值?"敖景乜斜着眼睛看着老太婆,鄙视地说:"就凭你个糟老婆子?"说着迎面门一掌将婆婆击倒在地,婆婆口吐鲜血双眼瞪圆一动不动了。

人们愤怒了,忘记了凡人妖魔之别,拿起家伙将敖景团团围住。有的抢起四股叉就扎,敖景躲闪不及屁股被扎了一下,疼得嗷嗷直叫。敖景跳起来拳打脚踢撂倒了几个,还觉得不解气,又跃上天空一阵盘旋,这下可坏了,只见得:莽莽烟尘搅成绳,通天挂地任飞行。庄稼披靡闪通道,庄园顷刻变空城。莫道风儿未长手,滚木石磊击天声。男女老幼齐开眼,继续哭泣吊幽灵。好端端的一个村寨,霎时房倒屋塌一片狼藉。

鳇将军实在看不下去了,喝道:"白龙,你不是要行善吗?为何置这多人死命!还毁坏村庄!"白龙说:"你他妈的算老几还管到我的头上来了,是不是也来找死啊?"话没说完,拳头就到了鳇将军面门。鳇将军只好用手拨开。敖景见他把拳头拨开了,怒气盈门,接连几个掏心拳打到鳇将军的胸部,鳇将军咳了几声倒在地上,嘴角流着血。乌丞相见敖景火气不消,拦挡说:"白龙爷息怒,这等玩偶刁民死了几个也就算了,没必要击打鳇将军,忘了他是咋来的吗?"敖景骂骂咧咧地说:"狗屁,鳇将军多个啥?没他老子还是老子!

贱骨头，劝着不听打着好受！你问他服不服？"鲤将军一个鲤鱼打挺站了起来，抢拳就打。敖景只顾耀武扬威，没想到鲤将军起得这么快，脸上挨了一拳。敖景疯了似的猛烈攻击鲤将军，鲤将军趔趔趄趄东摇西晃难以招架。刘河悍一旁看着鲤将军有危机，便"嗷"的一声冲了过来，三个人又一次厮打在一起。敖景躲闪不及脸上被刘河悍狠狠击了一拳，疼得敖景直叫唤。敖景喊叫："乌丞相赶快上！"

刘河悍捡了一拳的便宜，喊道："兰梅，撒药水。"刘兰梅就在敖景头顶拿出早已准备好的李德昭交给她保管的消幸水，打开瓶子浇了下来，撒了敖景一头。敖景见事不好，掉头就跑。刘兰梅后面紧追，不小心被一段树干绊了一下，差点儿扑倒，惊得喊叫："我的娘啊！"敖景回头一看刘兰梅眼看着追上来，加快速度猛跑，不想已经慢了两步。刘兰梅急速冲上前照着敖景左侧腰部就是一拳，说来凑巧张兰多正在这个位置隐藏，这一拳打在敖景软肋上也触及了张兰多，疼得张兰多"哎哟"一声，恰巧敖景也"啊呀"了一声，几乎是同时呼出，没有引起敖景的注意。刘兰梅听得真切，认定娘还活着，便鼓舞万分盯着敖景不放。敖景打吧，又怕刘兰梅泼水，不打吧又逃不脱。敖景正在左右为难，看见乌丞相拎着双锤从刘兰梅身后追来，便喊："乌丞相，给我拦住刘兰梅，打死她！"刘兰梅见身后乌丞相追来，只得转身与他厮打。打了几个来回，乌丞相见敖景已经逃远，虚晃一锤逃掉了。

远处，敖景高声叫喊："你们走着瞧吧，我一定会回来算账的！"

人们看着敖景走了都围拢过来，见张子善还活着急忙扶起来，望着张子善说："今后的日子可咋办？要房没房，要吃没吃，要穿没穿，这敖景咋不早遭报应啊！"张子善还处于昏迷之中，嘴唇动了动，没说出一句话来。

刘河悍和鲤将军、刘兰梅站在一起，给大家鞠躬，为没能制止敖景恶行而惭愧。刘河悍说："大家不要悲伤，我们一起来想办法解决吃、住、穿和种地问题。有我们吃的住的，你们也会有的，绝不会放弃大家不管！"

人们依然哭泣不止。

第四十八章　福庆山掘坟

张子善在众人保护之下免遭一劫，低头看见老寿星满脸是血倒在地上，便扑过去伏在老人身上失声痛哭起来。这些年来，他只知道为乡亲办点事是自己应该做的事情，是乡亲们的信任，是应该的，一点都没想到在这生命攸关的时刻，乡亲们义无反顾地保护自己，连一位年逾古稀的老奶奶也挺身而出用生命换取自己的生命，这是多大的情义和袒护呀，是母亲也莫过如此啊！他哭得死去活来，不能自制。张河水老汉走过来扶他不起，便拉住他的手哭诉说："子善呀，老寿星救你可不是让你哭她啊，她是看你有能力护着镇里的人。眼下镇子没了，人们要吃没吃，要住没住，你这样哭下去，实在是对不起她呀！孰轻孰重，你可要掰开镊子啊？"张子善听了张河水老汉的话，咬咬牙，扶老汉站立起来，哽咽地说："大叔，你说得对，眼下咱们要振作起精神来，首要的事情是要把活着的人吃住安置好！"张河水欣慰地看着他点点头。

张子善精力还没有集中到一起，一时拿不出主意。张河水看他只顾着急，便出主意说："你看这样行不？让一些能够投亲靠友的人家去投亲靠友，剩下的咱们再想办法？"张子善的思路终于被引上路，他说："对对，大叔的主意好，就这么办！"他忘记了伤痛，蹒跚着走到一根树桩前，在几个人的帮助下爬了上去，站直身子嘶哑地喊着："乡亲们，今天我们镇子遭到白龙的浩劫，现在我们一无所有，吃的住的没了，生计也没了，为了活下去，图个东山再起，还要好好的活！眼下我们有亲投亲、有友靠友，暂度时光，过些日子，等有了出路，再请大家回来。你们和亲友说这种日子不会时间太久的，这段时间吃的用的东西，要记上账，用不两年镇里会还上的！"很多人不解，有个刺头说："还？拿啥还呀？"张子善说："大家要有信心，日子会好的！"很多人对这一点还是疑云重重，不敢相信。但是，对于投亲靠友，觉得这是唯一的出路，是可行的，人们情绪很快平静下来。张子善接着说，"无路可走地跟着我！"有人嘲讽说："跟你，喝西北风去啊？"张子善自信地说："没事的，我吃啥你们吃啥，好歹死活在一起，绝不会把大家扔了。现在，大家开始行动吧！"人们散开了，开始各奔东西。

张河水没有走。张子善问他："去你姑娘那不是很好嘛？"张河水笑笑说："我留下来，帮你张罗张罗。我走了，心里也不踏实；留下来和你在一起，做事有个主心骨；再说你也可以多个帮手了。"张子善亲昵地说："大叔，愿意和我捆在一起，那好啊，正愁有事无人商量呢！"张河水笑了。张子善又说："大叔，现在还有工夫，你去找几个人，把过世的几位老人安葬到镇西那块高地上，他们都是为了镇子受害的，将来给他们立个碑，让人们永远记住他们！我先出去一会儿，给余下的人找个栖息的地方。"张河水说："辛苦你了！"张子善说："咱俩都有差事，以后可不要过谦了。咱们一家人，可不能说见外的话。"张河水显得有些不好意思。张子善说："大叔，安葬的事，咱们力所能及，尽一切努力把故去的人安葬好，能用的东西，不分谁的，该用就用，有要价的，你就答应，将来我来还！"张河水说："子善啊，你放心去吧，交给我的事情，你就不用再操心了，眼下是要把活着的人安置好。"

张子善离开了德都镇，来到药泉山下的仁和堂。院里悄无声息，安然而又寂静，仁和堂仿佛主人还在，祥光瑞气照耀屋顶，是那样庄严而又肃穆。张子善推门走了进去，生活区东侧的一间房门打开了，蛙婆婆走了出来。二人见面还没言语，张子善像见到了亲人，泪水流了下来。蛙婆说："张子善，你不要哭，德都镇的事我已经知道了，我和刘员外爷俩商量好了，这里能安排好多人，你尽管领人来住，吃的由刘员外负责。"说到这里，她神经兮兮地环顾了一下四周，声音微弱地说："我再给你透露点好消息，李德昭可能还活着，迟早还会回来。这事你不要再对别人讲了，免得再生灾祸。"张子善听了万分欢喜，对蛙婆婆的善意一再感谢。他说："婆婆，你真是个好人，事事想得这么周到。"蛙婆说："该感谢的人不是我，是刘兰梅和她爹。爷俩此时正在家给你们准备晚饭呢！"

张子善听蛙婆这样说，兴奋不已，转身就往回跑。蛙婆把他拽住，笑着说："问题解决了，乐成这样，回去报信是不是？"张子善点点头说："是。"蛙婆立即抹下脸来，一本正经地说："我看你的头上还在流血，怕是不轻吧，过来我给你看看！"蛙婆不容分说，把张子善拉到床边坐下，认真查看他的伤口。蛙婆仔细地搜寻着，手不停地摁摁这儿，摁摁那儿，摸到后脑上了，张子善咧咧嘴，马上又咬紧牙关，强忍疼痛，一声不吭。蛙婆的手一颤抖缩了回来。张子善的头破了，血还在流，后脑已经肿胀起来，看样子伤势不轻。蛙婆说："张子善，你在这坐好，不要动，稍微等我一下。"说完蛙婆出门走了。

张子善一个人在屋里坐着，想那镇子里的人还在慌乱中，需要有人安慰他们，把这里的消息尽快地告诉他们，能稳住他们的情绪。想到这里，张子善起身就往回走。

蛙婆半路上看见张子善已经走出仁和堂很远了，赶紧追了上去，一把扯住张子善的衣服，埋怨说："你不要命了，脑袋快成柳罐斗子了。赶紧跟我回去，我给你处理处理！"张子善不同意，继续走。他哪里是蛙婆的对手，被蛙婆抓住肩膀轻轻一提，双脚就离了地，在半空中悬着，吓得他闭上眼。不大一会儿，蛙婆落在仁和堂院里。她拉着张子善进了屋，按在床沿边，仔细给他疗伤。

蛙婆处理完伤口，对张子善说："张子善，这回你可不能再动了，活动容易再出血。现在是精神支撑着，一会儿药劲上来了，你就会昏睡的。"张子善一听火了："这咋能行？我还有好多事没办呢！"说罢起身就走。蛙婆手来得快，在他后背上一戳，张子善就动弹不得了。气得张子善干嘎巴嘴说不出话来。蛙婆说："你不要急，我知道你心里想什么？我的药很灵，过一会儿就好了。现在，你老实在这待着，我马上去告知镇里人。有什么事等镇里人来了再说！"蛙婆一阵风似的走了。

晚上，镇里余下的一百多号人，由张河水全部带来了。刘河悍送来了饭菜，镇里人在仁和堂度过了第一个夜晚。

敖景挨了刘河悍一拳，又遭刘兰梅浇了消辛水，还叫老百姓攮了一叉子，回到水宫府心里这个憋屈，气得饭也不吃觉也不睡。他不明白明明是喝了玉辇的灯油，也感觉到神功武力大增，可是一到打起仗来往往吃亏的还是自己，怎么想也想不明白。

天亮了，乌丞相早早就赶过来，问敖景说："白龙爷，昨晚休息可好？"敖景愁眉苦脸地说："哪睡得着啊？我就不明白，喝了玉辇灯油应该是天下无敌了，可是现在依然是谁都没打过！"乌丞相听了，笑笑说："白龙爷不必着急，功到自然成，目前力量是有了，对吧？"敖景点点头。乌丞相接着说，"爷的内力尚需加强修养。"敖景听得入神，插话说："你具体指哪方面？"乌丞相从上往下做了一个手势，严肃地说："耐力不够，打起仗来一心奔赢，不认真接招，也不细心观察别人招数，找不出有效应对办法，光凭气力是不够的。人家不和你硬碰，以一点巧劲破你千金之力，你的弱点都被别人利用了，就是再悍勇也是徒劳呀！"敖景咬着牙没讲一句话。乌丞相劝说："白龙爷，你不要性急，沉稳下来，耐心应对，动脑观察，这帮家伙哪个是你的对手？我这话可能大点，现在天庭上下，单打独斗，哪个是你的对手呀？犯不着这样憋屈自己。你只要耐心，肯用脑筋，事必躬亲，定能如愿。"敖景被劝得振奋起来，脸上露出了笑意。他压低声音说："那今个儿咱俩和死人练练拳脚？"乌丞相不解地问："和哪个死人啊？"敖景神经兮兮地说："秃尾巴老李他妈呀！"乌丞相晃晃脑袋，一本正经地说："这事咋还劳你费神啊？我叫几个喽兵去，刨吧刨吧就得了。"敖景晃晃头，惬意地说："这事必得我亲自动手，你想啊，那秃尾巴老李，是我最恨，能亲自掘他娘的坟，该是何等尽兴呀！古人说：要想知道桃子的味道，就要自己动手摘下亲口尝尝。这个机会无论如何不能舍弃呀！"乌丞相见他这么兴致勃勃，顺情地说："也好，我还是带几个头头去，你可以开个头，比画比画，剩下苦力让他们出。"敖景拍了拍乌丞相的肩头，称赞说："到底是乌丞相啊，就是懂我的心！"

次日早晨，刘河悍一边叫人做着早饭，一边寻找刘兰梅，他心里疑惑：这孩子不知干啥呢？早起就没看到她，会不会又到哪淘气去了。果然，刘河悍发现刘兰梅趴在房顶上一动不动，便喊她快下来。可是刘兰梅酷似一点都没听见，或是听见了而又无动于衷。刘河悍见时间不早了很是着急，便大声音喊叫她。这回刘兰梅听见了，动作迅速地下了房子，也没来得及和爹爹说句话，扑拉扑拉身上的泥土，双脚一跃，站在彩云上，径直朝东南方向飘去，转眼没了踪影。刘河悍不解：这孩子是咋了？

刘兰梅来到东海龙宫外，有巡海夜叉阻住，问："何方人士，有何贵干？"刘兰梅也不答话，直奔龙宫而去。夜叉不许，百般阻挠。二人闹闹吵吵来到宫门，早被敖广听见，迎出门外，大声问："何人闯宫？"见一女子急急赶来，便用手拦住，问："你是何人，这等放肆！"刘兰梅见是龙王，低声说了几句，折身就走，出海驾云返回了刘庄。

刘河悍站在院里愣着，不大一会儿看见刘兰梅回来了，急忙去问根由。刘兰梅将她听到的敖景与乌丞相的对话一五一十地对爹爹学说了一遍，又说去给东海龙王送了信。刘河悍听完觉得事情严重，催促刘兰梅带人赶紧去送饭。刘兰梅转身刚走，鲺将军来了。刘河悍简单说了敖景要掘福庆山的事。鲺将军说："正好我也去送饭，咱们一起对付敖景，也能抵挡一阵子。"他看见刘兰梅要走，喊住说："大侄女，你那瓶里的水，敖景很是害怕，是何药剂？给我拿点，他现在不把我放在眼里，极容易近身接触，我给他涂方便。"刘兰梅眼珠一转，认为鲺将军说得有道理，便答应了。自己心里也揣摩：这东西使一次少一回，时间长了瓶子就干了，得节省点用，便找个小瓶给鲺将军倒了一点点。

敖景和乌丞带领狗鱼、黑鱼、鲶鱼等大小精怪头领三十余人，驾黄云飘飘悠悠到了福庆山下。敖景下令：列队两排。敖景面向福庆山哈哈大笑，得意地说："三公主，只因你生了一个不伦不类的儿子，上扰天庭，下乱我心，虽是我心术不正，却也是玉帝断案，贬为赖犬守护桃园，可怜巴巴实属应得。我本应称心如意，奈何俗党作乱，使我心忧意乱，惶惶终日不安。如今我已决意，一不做二不休，斩草务必除根。自古酷刑诛九族，我只开了一个掘其母坟的先河，况已不是活人亦不为过啊！"敖景说完，走到山上，动手去掘石头，手摸石头还没用力动却传来一声巨响，霎时间地动山摇。敖景吓得跳了起来，还未等落到地上，天空黑云一团，碗大的冰雹铺天盖地砸将下来，顿时三十个喽兵头领一命呜呼。敖景骇然不语，慌张不知所措。

乌丞相觉得意外，不知哪个神灵保佑，悄悄走到敖景跟前，提示说："白龙爷，此事其中必有玄妙！"乌丞相一句话唤醒了敖景。他立即跃上空中，左右上下巡视一番，没见可疑迹象。正要落地，忽然山间密林中走出一个老汉。

待来至近前，敖景认出来，原来是东海龙王敖广。敖景大怒："好个敖广老儿，竟敢如此欺我，拿命来！"说着举拳冲敖广打来。那敖广虽然年事已高，却也是一生练就的武功，岂能惧他，雄赳赳抬拳相迎。真假二龙打斗在福庆山上空。

敖广知道敖景偷喝了玉辇的灯油，功力倍增，举手投足处处小心。敖景傲视敖广年迈，动作迟缓、力量不足，打着打着加大了力气，频率也是越打越快，逼得龙王只有招架之力，没有还手之功。突然敖景一个发力，擒住敖广右臂，只轻轻一甩，老龙王便啪叽摔到地上。敖景双手掐腰站在不远处，十分得意，笑声不止，嘲笑说："敖广，你还敢比试否？"敖广虽然摔了一下，但毕竟功夫在身，没伤到何处，佯装身子不听使唤，卧地不起。敖景见状徒生歹意，欲置龙王于死地。举拳狼步奔来，照敖广面门就是一拳。唬得乌丞相急忙闭上眼睛，心想：这下龙王怕是凶多吉少了。不想半晌没有动静，睁眼一看他惊呆了，白龙留下一个精彩的造型：大步流星，目光凶凶，拳头足力向下，气势咄咄逼人。龙王呢，却不见了踪影。

乌丞相小心翼翼地走近敖景，问敖景："白龙爷，你这是干啥呢？"敖景仍然不动，没说一句话。乌丞相慌了，这可咋好呢？于是闭上眼睛思考解救的办法。正在这时，听得一阵玻璃破碎声响，惊得乌丞相赶忙睁眼瞧看，敖景竟然毫发无损，活脱脱地站在他身旁。乌丞相问："白龙爷，你是怎么出壳的？"敖景又气又笑，得意地说："他这雕虫小技，能耐我何？老子不作践他也就罢了，他反倒戏耍起我来，气杀我啊！"说完，重新去掘山。

远处传来一声大吼："白龙，休要动手，老子来也！"敖景抬头一看，不是别人，来的人正是鳇将军。敖景吐了一口唾沫，恶狠狠地说："你他妈的也算个人物，定是活腻了前来找死，那好吧，爷我马上成全你！"敖景转身回来，迎了上去，也不说话，举拳就打。鳇将军也不说话，闷头往前走，及至敖景来到面前，突然喷出一口水。敖景还以为是雾罩，伸手去挡，结果弄得他脸上手上全是鳇将军吐来的水。鳇将军也不再交手，慢悠悠地回到刘河悍身旁，笑嘻嘻地静观其变。

敖景不以为是计，紧追了两步，扑腾一声摔倒在地上，浑身酸软无力。他立即警觉起来，喊叫："乌丞相，快来救我！"乌丞相摇摆双锤赶到敖景身边，警觉地望着刘河悍等人。刘河悍还有兰梅、鳇将军正气势汹汹地朝敖景走来。乌丞相喝止说："你们要干什么？"

鳇将军说："这不明摆着吗？他要怎么着我们，我们就要怎么着他！老兄，识时务者，请闪开！就凭你能救得了他？"乌丞相说："慢着！咱们可以谈谈条件，你们说吧？"鳇将军说："没条件，就要他命！"乌丞相央求说："鳇老弟，给大哥点面子行不行？"鳇将军说："今天无论你说啥，敖景是死定了。"乌丞相说："刘员外，你等好好想一想，如今能降雨者还有谁？你们现在杀了他，不是为民除害，而是害了百姓。没人降雨，百姓怎么种地？吃啥？喝啥？穿啥？住啥？不要一激动酿成千古恨！"一席话弄得三个人哑口无言。乌丞相见自己的话很奏效，继续说："你们今天放了他，明日咱们和平相处，谁也不招惹谁，你们看怎么样？"刘河悍说："那百姓怎么办？"乌丞相问："什么百姓？"刘河悍说："比如德都镇，你们造的孽，百姓居无舍、食无粮、穿无衣、种无地。他们赖以什么为生？"乌丞相沉默不语。鲥将军催促说："怎么办？来点真格的。"乌丞相一跺脚，说："我负责！"刘兰梅插话说："好勇敢啊！你负什么责呀？具体点。"乌丞相急得小眼溜圆，狠狠地说："刚才说的衣食住行。如果我说了不算，你们就取我的颈上人头！"刘河悍问："从什么时间开始？"乌丞相说："后天早上。"三个人相互对视了一下，刘兰梅说："敖景今后行事，如果涉及我们，也要尊重我们的意见！"乌丞相举拳发誓："一定尊重你们的意见。"

　　三个人离开了福庆山，回仁和堂去了。乌丞相将敖景抱起，踏云回了水宫府。

　　敖景见刘河悍三人走了，有些反悔，坚持要回去继续掘坟。乌丞相拗他不过，只好又回了福庆山。敖景里倒歪斜爬上山，伸手去掘石头。忽然一粒石子飞到脸上，疼得他一激灵，脚下一滑，跌下山来。敖景身体更加酸软，摸一摸脸颊，闻了闻手，知是又有人射来消幸水，晦气地低下头说："算了吧，这个死人惹不起！"乌丞相又一次架起云彩回水宫府去了。

第四十九章　蛙婆移二墓

敫景回到水宫府又一次反悔，坚持非去福庆山不可。乌丞相劝告说："你身体尚未恢复，不宜连续折腾，歇息几日为好，想去随时就去了。这事说来也怪，是谁透露的风声呢？咱俩商量的掘坟，他们那些人怎么知道的呀？而且连龙王都来了？"敫景也有同感，疑惑地说："这里必有文章，今后做事要谨慎才是。"说完，他似乎有所醒悟，与乌丞相耳语说："是不是夏秀丽？"乌丞相没有根据，晃了晃头没言语。敫景警惕地说："不是她可怪了，会是谁呢？是你？反正我是不会的。"敫景自己也笑了，补充说："这可能吗？"乌丞相说不清了，本来是不可能，可是又说不出是谁走漏了消息，只好承认说："是我干的，可是我又图个啥呢？"敫景又说："再不就是我干的，别人不在场啊！"乌丞相哭笑不得，猜忌说："难道有谁来窃听？这也不是没有可能。"

鳔将军在家休息了两天，吃完早饭出去溜达，刚出大门脑子里忽然闪出一个问题：这两天敫景怎么没啥动静啊？难道他真的履行乌丞相说的诺言了吗？越想越觉得不对劲，他觉得敫景不可能那么听乌丞相的话，再说乌丞相有几回说了算数啊？他俩都是搪塞和应对老手啊，不可能在这件不情愿的事情上说了算数！他决定派个人去水宫府那里去探听探听。他把贴身随从童逊找来，对他说："童儿，你去水宫府那里打探一下敫景这几天的行踪轨迹，忙什么事呢？快去快回，如有急事，速发传令箭。你继续跟踪，我速速就到。"童逊得令去了。

童逊变作一只七星瓢虫落在水宫府岸边的草丛里，不一会儿敫景和乌丞相从结雅河里出来。乌丞相说："爷，这回真的就咱俩了，看这掘坟的消息还能传出不！"敫景环顾四周，担心地说："那也不一定，快走吧！"两人踏上云彩径直飞到福庆山下，快速往山中移动。

童逊见敫景和乌丞相出来，听见是去掘坟，马上明白了。他在敫景和乌丞相踏云飞走的同时将传令箭发了出去。鳔将军在门口等不多时，传令箭带着低低的哨音飞了回来。鳔将军伸手接住，近眼一看火冒三丈，踏上黄云径直去了福庆山。路过刘庄赶紧停下，推开刘河悍的大门，叫喊说："刘员外，不好了，敫景掘墓去了。"然而院子里一点回音也没有，这是咋的了？人呢？鳔将军正在纳闷，看门杨老汉迎出来，见是鳔将军，告诉说："爷俩刚才匆匆出去了。""去哪?"鲤将军急切地问。"不知道。"杨老汉回答。

鲤将军心想:肯定也去福庆山了,又是刘兰梅报的信。鲤将军赶紧起身追赶。

刘河悍在家心里也是慌着,刘兰梅天天听消息,却没一点动静,越是没动静,刘河悍心里越是慌乱。第三天上午刚过饭时,刘兰梅跑来告诉说:"爹,敖景掘墓去了!"刘河悍爷俩二话没说,起身奔福庆山去了。

自从上次敖景掘墓未成,惊动了一个人,这个人不是别人,她就是蛙婆。蛙婆知道敖景的为人处世,他想要掘李德昭母亲的坟墓没有掘成是不会甘心的,总会抽冷子还去掘的。她知道刘河悍和女儿还有鲤将军会来护墓,可是他们都不是敖景的对手,真要打起来,不仅人要吃亏,墓也保不住。想来想去还是自己在这儿守护吧,总归自己和敖景都是玉帝差官,同殿共事,应该还是有点面缘的,或许能把敖景阻止住。她决定这些日子在福庆待着,万一敖景来了好阻止。可巧这天上午敖景和乌丞相真的来了,径直冲上山来。蛙婆大声吆喝说:"敖景,你想怎的?"

敖景聚精会神往山上爬,被蛙婆一喝,差点没趴下。静下神来一看,原来是蛙婆,气不打一处来,吼叫说:"你个癞蛤蟆,瞎叫唤啥,差点没吓死我。"蛙婆说:"你连死人都敢惹,难道还怕我这个老太婆吗?"敖景冷笑着说:"大清早的,你在这候候啥?"蛙婆正色地说:"挡你掘墓啊!"敖景笑了,鄙视地说:"就凭你?你虽然肚子大脑袋小,可你也得想一想啊,就你那小老样还来阻止我?哈哈,哈哈哈,太不自量力了吧!"蛙婆知道真要打起来自己不是对手,语气有些缓和下来,劝告说:"白龙,挖坟掘墓,从道义上说,是一件耻于开口的事,下九流的人都不肯干,你怎么想得出?你和李德昭是啥仇恨呀,让你做出这种抉择?杀人不过头点地,何况你俩没有这么大的仇恨吧?再者说,李德昭的母亲乃是东海敖广的女儿,虽犯有家规,但是尚轮不到你来制裁呀?掘墓对你有什么好处,说白了也就是泄泄私忿吧?这种事别说在人间绝无仅有,就是闹到天庭,也无仙称道啊!劝你还是断了这个念想,把精力放在多做点善事上多好。"

敖景自从喝了玉辇灯油,被乌丞相崇为天庭独大,早已目中无人了。对于蛙婆的说辞,即使他无可争辩,也不会屈从蛙婆认输,还是铁了心认准一条道执意跑到黑。敖景待蛙婆说完,气哼哼地说:"老癞婆,说完了没有?完了,赶快闪开,别误了爷的事!"

蛙婆一听怒火攻心,污秽他说:"你充其量不过是一条长泥鳅,供人观赏的玩物。我呢,乃是上苍灭除虫害的蟾神,咱俩不是同一地位,在我面前还敢装爷。你本来就是个没爹没娘的东西,可惜费尽口舌与你说了这些人话,你却一点也听不进,真真到了不可救药的地步,成了该天杀的恶物。"

敖景见自己的老底被蛙婆揭穿,怒不可遏,出手来打。蛙婆见他拳到也不躲闪，猛然吐出舌头在敖景脸上抓了一下，敖景脸上立即出现一道划痕，鲜血顺着颧骨淌到腮下。这下可逼急了敖景，抽拳同时飞起一脚，将蛙婆从山腰踢到山下。敖景回身就去掘墓，搬起一块大石头，狠狠地砸向了墓碑。就在石头出手的同时，从山下刮起了一阵狂风，砂石中夹杂着尘土，劈头盖脸砸向敖景。敖景和石头从山上连滚带爬地摔到山脚下，急忙起身便去追打蛙婆。

这时正好刘河悍父女赶到，出手相助。刘兰梅有点后悔，来时着急忘了带消幸水了。但是赶到点上了，只好空手去打敖景。历次交手，刘兰梅从未与敖景正面交过锋。敖景只知道她有消幸水能消减自己的体能，从未见过她使过别的招数，对她只是躲闪。敖景一边躲刘兰梅，一边猛追蛙婆。忽然，他一眨眼不见了刘兰梅，也没太在意，眼看就追上蛙婆了，耳旁飞过一道黑光，随即耳下被针刺似的扎了一下，敖景的头嗡的一下，眼睛有点发花。蛙婆乘机跑了很远。

敖景不想去追蛙婆，返回来战刘河悍。二人交了几个回合，刘河悍觉得敖景凶狠毒辣，招招紧逼，再加上人单势孤，心里有些胆怯，不免有些走神，被敖景脚下一个扫堂腿踢了个趔趄。敖景没给他机会，就势右手拳猛地出击，直奔他的面门打来。刘兰梅从旁看见了，骇得"妈呀"一声，几乎闭上眼睛，以为父亲这下肯定被打个半死。

张兰多寄生在敖景的心室一侧，开始听见敖景和蛙婆打斗，后来又和自己男人打斗，这过程中忽听刘兰梅"妈呀"一叫，认为男人或兰梅可能被敖景打死了，惊恐万分，狠狠地朝心室壁膜咬了一口，想冲出去救助爷俩。敖景身体一抽搐，这一拳没有打到刘河悍。刘河悍闪到敖景身后，乘他颤抖之时狠狠一脚踢到他腰间，敖景踉踉跄跄摔在地上。敖景说："没想到你这河马怪还有这手，让你捡个便宜。"敖景重新爬起来，继续同刘河悍搏杀。

张兰多在敖景腹内听见敖景的话，知道刘河悍没事，又不是与兰梅厮杀，也就安下心来不动了。

这时，鲤将军赶到，看见刘河悍正和敖景厮杀，便奔向前去帮忙，正好来到刘河悍身后，本想借助刘河悍背后出其不意打敖景一拳，赶上敖景出拳猛击刘河悍面门，刘河悍很机灵一个跳跃闪开了。事情常有巧合，敖景这一拳不偏不倚正打在鲤将军腮上，鲤将军一个趔趄仰倒地上。敖景抬脚正要踏上欲治他死，这时刘兰梅冲上来喊声"看招！"敖景急忙跳闪别处。鲤将军乘机跳到一边，用手不停地揉着自己的腮帮。

刘兰梅在旁一晃身子没了踪影，正在敖景愣神的工夫，一道黑光又钉在敖景右耳下。敖景身体不由得颤抖了一下。敖景明白了，上次那一口也是刘兰梅咬的。

敖景见自己连打了一圈没捡着便宜，便看着不远处站立的蛙婆气不打一处来，怒气冲冲追上去，举拳就打，蛙婆一个跳跃闪开。敖景紧窜两步追上蛙婆，狠狠一拳打在蛙婆腰上，疼得蛙婆呲牙咧嘴蹲在地上直哎哟。敖景迅速上去一把抓住蛙婆的衣领，将她牢牢地按在地上。刘河悍、鳡将军、刘兰梅围了上去，要与敖景动手解救蛙婆。敖景要挟说："上，谁敢再上一步我就掐死她！"说着双手紧紧地卡住蛙婆的脖子。

这时只听空中有人叫喊："住手！放了她！"敖景一听就知道谁来了，满脸怒不可遏。

敖景和乌丞相从水宫府走后，夏秀丽见他俩形迹可疑，似有防她之嫌，便想看个究竟，变化一只小鸟跟随查看。见敖景把蛙婆按倒用拳猛打，怕伤害蛙婆便突然喊叫："住手，放了她，不可伤害蛙婆！"敖景回头瞭了夏秀丽一眼，不以为然，继续使力狠掐。夏秀丽气得脸都红了，飞身上去拉住敖景的手，严厉地喝止说："蛙婆是玉帝亲命差官，伤她不得！"敖景按住蛙婆不放，仰脸斥责说："给我回去！这里没你事！"夏秀丽面容严厉地说："回去？谁应该回去？作为妻子在家应该听你的，作为监督人你应该听我的！回去！"敖景怒气不消，呵斥说："监督我？谁请你了？别胡闹快回去，别跑这来瞎掺和！"夏秀丽不动声色一字一板地说："我是你请来的，这事你也忘光了？你先放了蛙婆！"敖景横横眼睛说："我要不松开呢？"夏秀丽眼睛一瞪，挥手"啪"地扇了敖景一个嘴巴。敖景没有准备，撒开蛙婆起身要与夏秀丽厮打。夏秀丽见敖景放开蛙婆了，便松开敖景的手上前赶紧扶起蛙婆，道歉地说："婆婆，都是敖景狂妄无知欺负了婆婆，望您看在同是天庭共事的份上，念他年纪尚小，孤陋寡闻，不懂天地人间礼数，今天得罪了您。您年长宽宏大量，不与他一般见识就消消气吧！日后再找机会训斥他如何？"蛙婆能说什么呢，是夏秀丽解了自己的围，整整自己的衣服淡淡地说："多谢娘娘救护，否则我命休矣！"说罢，看着敖景扭扭搭搭站在刘河悍一边。

敖景见夏秀丽不顾自己的要挟，置个人安危不顾去扶蛙婆反倒情有所动，心想：因耍弄一个死人而责打自己的女人，有点得不偿失，索性站在一边不作声了。夏秀丽放走蛙婆来到敖景身边，望了一会儿才说："你俩这几天鬼鬼祟祟原来掘李家的坟啊！这种事你也做得出来？论名分，李德昭也是玉帝亲准与你一起施雨的吧？"敖景截过话头说："我不服！"夏秀丽说："你不服？不容你不服，你如果用尽心思做事，天庭和地上百姓能不满意吗？这种局面不是你自己促成的吗？现在你反对李德昭又是错上加错，你与李德昭是同事不同仁，他处处为黎民百姓着想，你事事为个人私利打算盘，目的和结果则截然不同！如今你是与玉帝的要求和百姓的祈望越来越远了，已经走上了绝路了呀……"

乌丞相见夏秀丽责备起来没个完，赶紧过来劝慰说："白龙爷，你看娘娘都气成这样啦，她说的不是没有道理，是不是住手啊？"敖景有了台阶，加上被夏秀丽一顿吵闹弄得一点兴致也没了，垂头离开了福庆山。夏秀丽和乌丞相紧随其后，此事暂时收了场。

福庆山下剩下了蛙婆、刘河悍、鲤将军、刘兰梅四个人。蛙婆说："敖景不会就此罢手，隔日定会再来。我们得想个长远之计，了却此事。"三个人听了都觉得有道理，一时又谁也拿不出主意。过了一会儿，蛙婆说："大家看这样行不行：咱们将李德昭的母坟，迁到山东小李庄的老家，李家祖辈都在那里，这也算归宗吧。本不应该折腾她，可又有什么办法？咱们打不过也守不住，咋好？"蛙婆见三个人不说话，又说："一会儿咱们把墓起开，整理整理棺椁。我把她运送回山东李家祖坟地埋了，再给她立个碑，等李德昭回来好去祭奠。"刘兰梅说："我也去，认认祖坟。"刘河悍说："我也去。"鲤将军说："还用报名吗？咱们都去！"蛙婆说："路途遥远，就不拖累大家了，我一个人就可以了。"三个人谁也不依，坚持要去。蛙婆说："也好，就这么定吧！"

四个人去起坟墓。他们刚到坟前，说来也怪，墓穴就开了，棺椁完好地裸露出来。大家正准备动手去抬棺椁，突然北边玉华山也"嘭"的一声开裂了。大家都惊讶地立在那里不知所措，人们知道那是李德昭父亲李憨的墓穴。蛙婆说："此事准是李德昭的娘在天有灵让把她丈夫棺椁也带上。咱们就从主人所愿吧！"于是四个人把李德昭父母的棺椁都抬放到山下，清理完毕，找来绳子捆绑结实。蛙婆说："咱们走吧，宜早不宜迟！"

正在这时东南方向赶来一伙人，大约有一百多人，人们钩杆铁齿晃动着奔了过来。这群人来到他们近前，四个人才看清楚原来是德都镇的乡亲们。张子善走在前头满脸怒色，看见是蛙婆她们，面色舒展开来。张子善问："蛙婆，你们都在！早晨我们吃完饭，正在打扫院子，发现您不见了，一问老张头说已经两三天没见了。我们都很纳闷，这些日子您总是和我们在一起，成了我们的主心骨，悄无声息的不见了都很担心，叫我出来找找。我刚一出门就远远地看见这里闹吵吵的，飞沙走石，像是有人打起来了。我一想在这里打仗会是什么事呢？一想到前几天的事一下就明白了，准是敖景又来掘墓了。我把这事一说乡亲们不干了，这不一股火的都来了。敖景呢？"

蛙婆说："刚和我们交了手，叫他老婆领回去了。你们这些人来了顶什么用，他使一招还不把你们都灭了。"有个壮汉不服气，争讲说："谁说的，别忘了上次我还扎他一叉子嘞！"有几个人吵吵说："我们虽不如你们那么厉害，可是人多，可以乱中取胜啊！"蛙婆说："好了好了，你们的心意我知道了。"随后把迁坟的事对乡亲们说了。张河水说："蛙婆，按我们民间风俗，这迁坟有好多说道，你们不能随便说弄走就弄走啊？管咋的，我们守护了好几年，这走了也得让我们表达一下哀悼吧！让我们也送她一程！表表我们对她老人家的崇敬之情啊！"

蛙婆眼有点红了，看看刘河悍。刘河悍说："张子善，乡亲们的心意我们理解，这事还得从速啊！大家简单表示一下就行了。时间长了容易再生变故。"

张子善看看蛙婆，又看看鲟将军和刘兰梅，转身对乡亲说："大家都听到了吧？我说行，你们呢？"张河水接过来说："子善呀，你拿意见就中了。咱们烧些纸，哭几声，磕三个头吧！"张子善向大家挥挥手，招呼人们说："乡亲们，咱们都跪下吧，我说一句大家跟着说一句。"人们齐刷刷跪在两个棺椁前，跟着张子善说："李德昭老娘啊，张氏桃红，你养育了一个好儿子，他为我们造福，我们感谢您啊！这回您回归故里，一路要走好啊！磕头吧！"人们默默地磕了三个头。

蛙婆说："好了，都起来吧！我们该上路了！"张子善挥挥手说："都闪开吧！蛙婆、刘河悍、鲟将军、刘兰梅，你们一路辛苦了！"人们都掉下眼泪，静静地恭送这位伟大母亲的英灵！

蛙婆走到棺椁前，肃穆地说："张桃红啊，你和李憨也算没白来闯一回关东，看吧，这么多乡亲们来送你了，与他们说声再见吧！"人们的哭声大起来。

张子善凑到蛙婆跟前，低声央求说："婆婆，我也想和你们去，您能带上我吗？"蛙婆有些犹豫。张子善的话被鲟将军听到，扭过身来大声说："行，多了不好办，只你一个我带着！"刘兰梅帮腔说："我帮着鲟叔！"刘河悍见蛙婆看他，便说："到那边，还有个风土习俗，你我都不识人间规矩，他去倒也必要。"蛙婆见大家都赞成，便吩咐说："也好。刘员外你们三个负责押运棺椁，我带着张子善，路上顺便聊聊坟墓安放的事情。"

蛙婆说完一挥手，棺椁和五个人都升起空中飘飘悠悠往山东文登小李庄去了。

第五十章　张子善唤雨

张子善踏上云彩，立在蛙婆身边，牵住她的右臂，闭上眼睛听着耳边呼呼的风声，心却像悬在嗓子眼里，身子不免有些颤抖。蛙婆感觉到他是紧张，安慰说："不要害怕，你从未来到这么高的地方，是不是感觉胸口有些闷。还有你从未走过这么快，多少有些心慌。这不打紧，放松一些就好了。你们人间有个怪现象，小孩子幼年时候多半都会躺在摇车子里，悠啊悠的，安安甜甜地睡在里面，回想起来是不是美美的？"张子善如梦初醒，睁开眼睛，原来自己真像坐在摇车上，风儿耳边吹着，云团常常擦着脸儿闪过，天蓝蓝的好高好高，顿时感觉清爽惬意。蛙婆看到张子善脸上现出笑容，便笑着说："怎么样？不害怕了吧？你看就要到李家庄了。这会呀你还真得闭上眼睛，咧开嘴唇咬紧牙齿，不许半途偷看。"张子善心想这个老太婆刚才安抚我，这会儿又来吓唬我，耍的什么把戏呀？嘴里哼啊哈的答应着，眼睛却偷偷地睁开一条缝儿。这一看不要紧，他妈呀一声，身子便软软地摊成了一堆，失去了知觉。刘兰梅看见笑了笑说："这个张叔原来这么大个胆呀！"

这时云团落在地上，棺椁稳稳地停在那里。四个人围住了张子善，见他还有些许气息。蛙婆也笑了笑说："这个人啊，就是不听话，闭上眼睛啥事没有，非要睁眼偷着看看，真是不听老人言吃亏在眼前啊！"说完随口问："谁去给他弄点水来？"刘兰梅说声"我去"，转眼不见了，没过一会儿工夫返了回来，将手里拎的一瓶水递了过去。蛙婆接过水瓶，将水瓶子口对着张子善的嘴轻轻地滴了几滴，仔细观察他的动静。接着又滴了几滴，见还没什么反应，便放下水瓶子，用手按住张子善的人中。过了一会儿，张子善终于哼了一声睁开眼睛坐起来，立马问："你们在看什么？"几个人大笑起来。鲤将军说："看什么？你没感觉到吗？都在看你呀！看你怎么装死！"张子善辩解说："谁个装死了？我好像是睡着了呢。"几个人又笑起来。刘兰梅笑盈盈地说："原来是装睡呀？"张子善憨然一笑又说："可不咋的，真的睡着了。"蛙婆见他苏醒过来，一副憨态可掬的样子，还在扭捏强辩，认真地说："好了，没事就好。不过，你是不是忘了，你可是要求来张罗入葬之事的，是不是醒醒啊，该去张罗了！"张子善这才感到有些不好意思，一骨碌从地上爬起来，弹弹衣上的泥土问："这是到哪了？"鲤将军告诉他说："已经到了李家庄，咋个办？

要听你的呢？"张子善抱歉地说："你看看，这觉睡得真耽误事。"

张子善走进庄子，打听李氏家族的当家人，有一个妇女将他带到一户人家，敲开门问："大爷在家吗？"不一会儿，一个满脸褶皱，头发黄白的驼背老人走出屋门，问："小孙媳，有什么事？"见他身旁跟着一个五十来岁的男人，张嘴刚要问，那个小孙媳对张子善说："这位老人就是我们的族长，他叫李庆坤，有什么事就和他说好了。"说完，转身对李庆坤说："爷爷，他要找您说事，我就走了。"老人摆摆手送走了小孙媳。

李庆坤见张子善是个外地人，便客客气气地将他让进屋里坐下，唤来家人给他倒水沏茶。李庆坤老汉望望初来乍到的张子善问："敢问客官尊姓大名，贵府何地？"张子善恭恭敬敬地回答说："我免贵姓张，名子善，关东摩尔根德都镇人氏，今年五十有二。"李庆坤笑笑说："请问来此地访我何事？"张子善停了一会儿说："老人家一定知道咱们庄有位名叫李憨的人吧？"李庆坤回答说："认识，十来年了，还有印象。他是领着媳妇走的，至今没有音信。听客官的意思想必是为他而来，不知他近事如何？"张子善又问："老人家，不知您听没听说过秃尾巴老李的故事？"李庆坤显得有些兴奋，告诉说："听说过一些，据说还是我们山东人哪！这个人可不简单啊，凡人生子，居然会行风布雨，说是尽为平民百姓做善事，连皇上都夸他呢！真是我们山东人的好后代。"张子善说："这很好，既认识又有好感，那么事情就好办了。这个秃尾巴老李就是张桃红的亲生儿子。"李庆坤有些愕然，事情突然不知所措，觉察到事情有些蹊跷，面容紧张地说："客官有事请直说！"张子善立马严肃起来，认真地说："秃尾巴老李在我们那里因与白龙敖景道行不同而不和。敖景将他告上天庭，玉帝将他贬职负罪。他的父母亲在他幼年时候病逝，葬于摩尔根福庆山和玉华山。如今敖景报复秃尾巴老李，几次剃坟掘墓，被几位义士拦挡，暂时未能得逞，这些义士都打不过敖景，就把秃尾巴老李父母的坟迁来老家，欲寻一块宝地安葬。此事尚须老人家惠宜。"李庆坤问："现在棺椁何处？"张子善说："庄西山脚下。"李庆坤收敛了笑容，认真地说："此事关系到我族人后代运势，待我与几位族人商量后再做答复。烦请客官先回。"

张子善返回出发地，见到了蛙婆等人，讲述了事情原委。他说："此事不会简单，各地风俗不同，我们应该尊重，就等等看吧！"鳇将军说："那要磨磨唧唧等到何时？我们能等，死人能晒吗？"一句话提醒了张子善，他说："看来事情不是一会半会能了结的，我们得把棺椁掩盖起来，避免阳光直晒。"蛙婆听后说："大家动手找点什么给棺椁搭个凉棚。"刘河悍和鳇将军都说："这个好说，我俩马上去办。"说完二人没了踪影。时辰不大，鳇将军回来了，对蛙婆等人说："请你们把眼睛都闭上，没让你们睁开，你们不能睁开！马上闭眼！"

287

随后，一阵轰隆声响。过了不大工夫，一座灵堂出现在眼前。刘河悍和蝗将军身戴重孝护立门旁。蛙婆和刘兰梅也摇身一变成了戴孝女子，哭哭啼啼地烧香跪拜。独有张子善丝毫没有改装，依然是掌事人身份。

远处，有三位老人姗姗而来，带头的正是李庆坤老汉。张子善迎了上去，热情地向三位老人亲切问候。李庆坤领来的两个人都是年龄与他相仿的同辈人，一个叫李青庆是李庆坤的本家人，年龄八十多岁；一个叫李庆柱是李庆坤的堂兄弟，年龄不到八十岁。这两个人在庄子里都是德高望重，凭借平素为人做事的诚实、正派、公道，赢得族人和乡亲的信赖与尊敬。但凡涉及庄中的大事小情，人们都敬服三个老人的决断。

刚才，李庆坤送走了张子善，立即派家人将两位弟弟找来商议。李庆坤说："来人名叫张子善，千里迢迢为咱李家事而来，其诚可嘉。不过我恍惚感觉他的表述有点儿云山雾罩，什么天庭、玉皇老子、白龙等话语，并且绘声绘色，他是怎么知道的呢？不信吧？他又说秃尾巴老李的父母名叫李憨和张桃红。还明明白白地说，这棺椁就是李憨和张桃红的。这么远的路，他们是怎么翻山越岭地把棺椁运来的呢？还说呢，他们为了李憨、张桃红都豁出命来呢！"李青庆没能听出个头绪。李庆柱说："觉得来的人护送的棺椁指定是李憨和媳妇张桃红的了，至于别的事都不打紧。我觉得老惯例李憨和张桃红死于外地，归乡安葬，应该是本着死鬼不入村，安葬不入祖坟地来对待。"李庆坤见这话不好回复，提议："咱们这工夫去西山看看，再听听那几个人如何说法。"两个兄弟同意，一起来到灵柩停放的地方。

李庆坤将俩兄弟和张子善相互做了引见。三个人面对灵棚惊呆了，惊异那两对男女，怎么那样情真意切，哭得死去活来，尤其那个年轻一点的，哭得眼睛都红了，细嫩的脸上扬尘与泪水让那纤细的手指划了得五花三道，既可怜又可笑。李庆柱走过去轻轻地问："孩子，你是死者什么人？"刘兰梅哇的一声大哭起来，涕诉说："三位爷爷，孩儿是未曾过门的孙媳，棺椁里面乃是我未曾谋面的公婆。啊，我那未见面的婆婆啊，他对儿子是那么好，可我还没来得及孝敬二老呀！我那可怜的二老啊，已经过世的人了，招谁惹谁了，那个白龙还不肯放过，真个该天杀的呀！"

三个老人被刘兰梅边哭边数叨一闹腾，心肠软了下来。李庆坤说："孩子，要节哀，爆热的天，看哭坏了身子。"不劝还好，一劝反倒越发大哭起来。李庆坤走到刘河悍身边，低声问："大兄弟，你是张桃红什么人？"刘河悍回答说："我与张桃红是儿女亲家，那边哭的是我女儿兰梅。"李庆坤又问鳇将军。鳇将军回答说："我是刘兰梅的鳇叔，也是亲家叔。"李庆坤又领着两个兄弟来到蛙婆跟前，见她又矮又胖年纪又大，便有些好奇地问："大妹子，你与李德昭是什么关系呀？"同行的几个人也都好奇地看着蛙婆，看她如何回答。蛙婆不慌不忙地回答说："要论亲啊？我们五个人数我和李德昭最近！我从小收留了李德昭，她管我叫婆婆。"李庆坤满怀敬意地说："啊呀，您可是我们李家的大恩人啊！啧啧，您这大年纪了还跟着劳这份心，我代表我们李氏家族感谢您了！"李家三老向蛙婆深深地鞠了一躬。同行那四人也都肃穆地望着蛙婆。蛙婆温和地说："我的最大心愿就是把孩子的爹娘棺椁安置好，既是承认这是你们李家的事了，那我就算完成了任务。拜托了！"人们都露出虔诚的目光。

张子善将双方诸位都请到灵棚东侧休息室，见大家都已坐好，开口说："诸位老少爷们，你们都是亲戚里道的，我呢也不算外人，秃尾巴老李对我们德都镇恩重如山，就是上天入地也不会忘记。今儿个大家凑到一起，咱们把秃尾巴老李父母安葬的地方定下来，埋葬了。不知三位老前辈如何打算？"

李庆坤清清嗓子说："张桃红自打来到我们李家，我就看出来了，她不是一个凡人，定是不俗之辈。虽然我们李家出了那么大的事，可人们对她的赞誉还是无与伦比的。我们谁都没有达到她的境界。族规虽有外鬼不进庄门、不入祖坟地之说，而且我觉得就是入祖坟地安葬，也是不恰当的。因为我们这些人无法与张桃红相比，如果安葬到祖坟地，那会玷污了张桃红的仙体和声誉，无论如何不能那样做。"他看了两位兄弟一眼，见二人都在仔细听，接着又说，"我的意见：咱们另找一块风水宝地，堂堂正正给张桃红建一座庙，一来慰藉亡灵，二来便于弘扬张桃红的育儿有方，培养出万民盛赞的好儿子秃尾巴老李。这也是我们李家族人的骄傲！"李青庆接下话茬说："我看中，建庙需要银两，我把那点积蓄都拿出来，族内、庄内有钱出钱、有力出力，怎么想办法也得把庙建起来！"李庆柱十分赞成，又问："五位亲朋意下如何？"鳇将军抢先说："挺有意思，我们不怕大，越大越气派！"刘河悍说："我责无旁贷，出钱出力都行。啥时候干吧？"李庆坤盘算一回，说："明天咱们看地，请个风水先生好好看看，争取个把来月启用。"鳇将军说："哎呀，太慢了，那么长时间还不把那两个棺椁叫大风给吹裂了？三天，三天就行。"李庆坤说："不行不行，咱们一没看好地界，二没筹集好钱款，三没召集到木瓦工匠，……"没等李庆坤说完，鳇将军又耐不住了，拦住话题说："你们三人分好工，你选地方，二哥筹款，三哥招工和召集匠人。"李庆坤头摇得拨浪鼓似的，坚持说："时间太短，三天怕是草图都绘不出来。这不是着急的事！"鳇将军见他这么说，很是不高兴，叫号说："要么这样，你在家歇三天，我来张罗，三天建不成，你拿烟袋锅子刮我三天脑袋，怎么样？"

蛙婆见事态有些僵局，从旁说："今儿个咱就把地定下来，其他事情慢慢做吧！"鳇将军知是缓兵之计，也就没再言语。三个族人长者同意蛙婆建议，决定请张子善参加地址考察。

张子善随三个人看地址去了。蛙婆对刘河悍说："你此地守候，不许任何人惹是生非，这是安葬之事，要虔诚肃静才是。不管怎么说，老人们的动议是可贵的。我们都没想到，我们要敬重他们。我出去走一趟，选个样子，建一回，一定要建一个最好的，有着一日李德昭真的回来了，看后也不会晦气。"刘河悍说："随你去吧，要快些回来。"

蛙婆一动身子就不见了。蛙婆踏云团急速行进，不多时来到天台山雷音寺。蛙婆停下云头，举目观瞧，果是仙境，风景依然。蛙婆看罢赞叹不已，想到当年送李德昭前来拜师时的情景：自己拉着李德昭的手说："秃尾巴老李啊，这真是世外桃源呀！什么时候咱那地界也能这样啊？"李德昭望望自己，信心坚定地说："婆婆，你不要泄气，我会努力的，一定会的！"如今李德昭蒙罪音讯皆无，不由得心中感慨万分。忽然耳边传来呼唤声："那不是金蛙婆婆吗？怎么一个人呆站在那里？"蛙婆赶紧顺着声音寻去，见是张天师的书童玄惠，赶紧说："是玄惠啊，烦请通报你师傅，说蛙婆候见。"玄惠小跑进了雷音寺，不一会儿返回来说："婆婆，师傅有请！"

蛙婆进了雷音寺张天师的书房，宾主寒暄一气。书童玄惠沏茶端给蛙婆，蛙婆接了放在身旁桌子上。张天师坐在对面，看见蛙婆脸上现出抑郁神情，便好奇地问："一向开朗的金蛙婆婆，今天如何沉闷无语了？"蛙婆叹了一口气，说："我为你那徒儿忧伤。"张天师马上问："德昭咋了？"蛙婆告诉说："已被玉帝判罪，不知发往何处去了？"张天师站起来问："何罪之有？"蛙婆回说："说来话长，那白龙敖景，向两岸黎民百姓索要贡品，数额庞大，百姓衣食不饱，拿不出钱物。敖景连降三天大雨，弄得方圆千里洪灾泛滥，百姓房倒屋塌，庄稼尽失，结雅河两岸人、畜、动物尸横遍野，真是惨不忍睹。李德昭在敖景发水时制止未果，倾全身之力布龙卷风多处，将大部分洪水卷入大海，才算控制了洪灾漫延。谁知敖景恶人先告状，跑到玉帝那里诬陷灾害是李德昭所为，玉帝惧怕敖景偷喝了玉辇灯油，武力法术无边，大闹天庭，有意判李德昭有罪，让太上老君发往蟠桃园当了看园狗。敖景仍不作罢，几次潜入蟠桃园准备下黑手将李德昭治死，终未得逞。"张天师气得满脸青筋暴跳，要去天庭找玉帝算账，气愤地说："白龙降暴雨的事，我知道。当时李德昭来找我，说他劝止白龙不住，事情紧急，问我怎么办？我派甄元子去了天庭寻计。甄元子去瑶池遇见了飞龙丫鬟，说明了情况。飞龙进宫取来消幸水，告诉了用法。甄元子立即返回来将消幸水交给了李德昭。后来李德昭再没有来，想是问题已经解决。这事无论如何也不能将李德昭判刑啊？太荒唐了！"蛙婆见张天师越说气越大，怕耽搁迁坟的事，便制止说："现在不是时机，吉人自有天相，事情总有出头那天。现在去等于火上浇油，弄不好又中了敖景的计谋。"张天师坐在太师椅上口喷大气，长吁短叹不已。

蛙婆见状赶紧把话拉回来，说明来意："今天上午，敖景又去福庆山掘张桃红的坟地，要将她抛尸荒野以泻心头之恨。我和几个义士劝阻拦挡不住，皆被他打。后来夏秀丽赶来将其带回。我等乘机将张桃红和她丈夫的棺椁迁出，移送到山东老家安葬，当地村人念及李德昭功德，要给张桃红筑庙以敬贤者。我不忍心因此事去劳民伤财，故来求你相助，不知是否成我美意？"张天师果断地说："此事是李德昭家事，我当义不容辞，有事尽管吩咐，我代徒儿谢了！"蛙婆说："都是一宗事，何必客气！我对建庙不明白，烦你给选个好样，给搬个现成的去，期限是三天内。"

张天师十分仗义，立即唤来甄元子，让他带着蛙婆遍游各地寻找庙宇，给她搬到山东文登李家庄去。甄元子带着蛙婆出了雷音寺踏上彩云遍地寻找起来。途中甄元子问："婆婆，给什么人建庙宇？"蛙婆说："说出来，就不用我跟着你找了，你自己就知道咋办了！"甄元子问："谁呀？"蛙婆："李德昭他娘。"甄元子方才醒悟，自语说："是这样。"蛙婆见甄元子已经明白，便说："要新的，明天夜里。我先回去清理场地了。"说完回山东去了。

蛙婆回到李家庄，人们都在紧张筹备着。蛙婆找到张子善，问他："地址选好了吗？带我们四个去看看。"张子善告诉蛙婆地址选好了，按着当地风俗是一块风水顶好的地方。于是带四个人去了。他们来到庄西那座山上，张子善指着说："这座山叫柘阳山，四周视野开阔特敞亮！山顶这块平地，足有一垧多地！怎么样？"四个人谁也说不出个子午卯酉。张子善解释说："当地的风水先生说这个地点是最好的，庙修在这里，彰显李家庄人心地向善，让人羡慕。"

看完庙址回到灵地，蛙婆对张子善说："子善啊，这修庙筹钱筹劳的事，凡属百姓摊派的就全免了，不能再以任何名堂收取了，钱由我们负责。明天白天让老百姓出点力，将那块地上的野草铲除干净就行了。晚饭后你再去庄子和那个李庆坤说一下。"张子善答应了。

第二天，又是一个炎热的天气，一大早空气里就热嘟嘟的。庄里的男人们都出来了，手拿锹镐搂耙，兴冲冲地奔往工地现场。工地上热火朝天，人们挥锹轮镐。拿搂耙的人将除下来的蒿草拖出场地，扔到远处干涸的沟子里。到了傍晚，场地清理得干干净净，连根草刺也没留，像一块镜子一样平展。

第三天早晨，李家庄传出一条新闻，昨天清理的那块场地上，不知是谁给盖上了一座大庙，又高又大，好不气派。张子善来找李庆坤，告诉他说："老前辈，庙已经建好了，安葬的事是不是请您老人家张罗一下？"李庆坤爽快地说："中，中。上午十点怎么样？挖穴、抬灵、入葬，都由我来管。你们都是亲戚里道，又都是外乡人，习俗不同，这里人挑拣大，避免他们说三道四反不作美。这些天你们都很辛苦，今天就好好歇歇吧！"张子善暗自笑了一回，没再说什么。过了一会儿，他记起蛙婆说的话，又把李庆坤找到跟前叮嘱说："李老人家，还有一件事必须说清楚，你们必须照做，不然后果可就大了！"李庆坤听后有些颤抖，忙问："什么事？"张子善果断地说："张桃红要葬在正庙里，李憨要葬在侧室，不可合葬！能不能做到？"

291

李庆坤深知这群人的厉害，战战兢兢地承诺说："保证做到，绝不走样！"李庆坤立即把李青庆、李庆柱找来，把张子善的主张与他俩说明了。不等两个人回答，李庆坤说："就依他们吧，人家千里迢迢送尸棺来，别无其他要求，仅提一点点要求，难道还不能满足他们吗？"李庆柱问："夫妻死后不让合葬，这是何道理？"李庆坤说："他们夫妻已死多年，移过来时仍是两个棺椁，怕是里边有说道，未敢细问。"李青庆问："不依他们会怎样？"李庆坤说："这问题我也想过，可是，那人说话坚决，已经答应了人家，改了不好！"李庆柱说："既然答应了，就要算数。这次安葬就依他们，过五过六的可就咱们说了算了。"三个人统一了意见。

整个安葬过程，蛙婆方面仅有张子善一人监察。蛙婆四人未来介入，安葬顺利完成。

上午十点钟，安葬仪式结束。庙宇前全村的人都来了，十里八村的人也来了好多，庙门前的广场上人山人海，烧香的、拜谒的，络绎不绝。人们都说："这要是李龙爷来了多好，现在就能给咱们下下雨，那旱灾就解决了该有多好。"有人提议："他们不是来了好几个能人吗？怎么不来给咱们弄场雨，以示龙母庙的神威啊！"此事越传越大，真的有人将蛙婆四人请了来，并当众提出了降雨要求。

这下可难住了四位仙人，个个如热锅上的蚂蚁，挠头搓手，辗转不知所措。张子善忽然灵机一动，对蛙婆等说："我来试试！"蛙婆等无一相信。鲤将军大咧咧地说："若论治风，我还有两下，你如何口出此言？"张子善笑笑说："俗话说人不可貌相，海水不可斗量，我虽是一个凡夫俗子，但也有过和仙人有约之事，试试看，效果可能会比你们想象的要好得多呢！"说罢，张子善仰天呼唤："秃尾巴老李！下雨三刻！"

响晴的天，怎么会下雨呢？人们抱着一丝好奇眼巴巴地望着天空。

第五十一章　庞府赂白龙

张子善要降雨，同行人和满场百姓无一相信，只因他喊了一嗓子"秃尾巴老李，下雨三刻"，人们想辨个究竟，这才望天期待。

须臾间，天空出现一片云彩，雨下了起来，越下越大，地面存下了积水。燥风扬尘瞬息不见，空气清新了，热风凉爽了。

广场上沸腾起来，人们身不由己地匍匐在地，口称："龙母娘娘，日后臣民过上风调雨顺的日子，可就完全依赖您老人家了！"

蛙婆等四个人目瞪口呆。鲟将军诧异地问："张子善，你是何方神圣？"张子善自喜地说："一介草民也！"蛙婆拉过张子善，惊诧地问："你哪来的道行？"张子善于是把当年李德昭葬母占地的事悉数相告，几个人略有所悟。刘兰梅欣喜地说："这么说李德昭还活着！"蛙婆急忙遮掩说："兴许是仙气所使。"

蛙婆将李庆坤叫到一边，嘱咐说："老李头，我比你年长，这样称呼你请不要怪罪。临行时我有一句话相告请你记住：将来有人对张桃红和李憨的棺椁存放提出异议，你就告诉他这是蛙婆的主意。否则你会受到惩罚！老李头，到时候可别糊涂啊！"说完，蛙婆身子一动不见了踪影。转眼那三个人不见了，连张子善也找不到了。

蛙婆一行回到摩尔根仁和堂，还没坐好，敖景逼宫来找她要棺椁。蛙婆说："敖景，你做人要有点人味，你与夏秀丽同床共枕，人品却截然不同，将来终没个好下场！"敖景嬉皮笑脸地说："我本来就不是人，还讲什么人味！"蛙婆瞪起眼睛，质问："那你想怎样？"敖景露出凶相咄咄逼人，要挟说："今天你交出棺椁了事，否则拿你是问！"蛙婆笑了，有意气地说："我上哪给你弄棺椁去？"敖景质问："那张桃红的棺椁呢？"蛙婆慢调斯理地说："怎么也不能让你抛尸暴骨呀，烧了，送她上天了！"敖景不信，逼着问："在什么地方烧的？"蛙婆灵机一动想起前几天有个老百姓要回山西，想迁祖坟做不到，只好将母亲的尸骨烧掉，将骨灰带走了。于是蛙婆信誓旦旦地说："在三间房，不信你可以去看呀！"

隔壁屋里刘兰梅听得真切，她知道三间房离她家有三十多里，前几天她路过那里，看见那户人家走了，房子也拆掉了，是有一个坟刨开了，棺椁烧掉了，这个蛙婆真有心计。刘兰梅仔细一想感觉还有点破绽，万一敖景去了发现不是那就遭了。她灵机一动化道清风就溜出了仁和堂，跑去三间房紧急处理焚烧现场。

敖景见蛙婆说得真切，似有几分相信，不过他那狡黠的心态还是促使他提出了要求，眨巴眨巴眼睛说："既然事情如此，难为你和我走一趟，现场看看。"蛙婆说："要看你自己去嘛，又不是我不信？"敖景说："如果不是，你不就跑了吗？"蛙婆笑了，回答说："我跑？我能跑出你的手心吗？别耍我了！"敖景有些为难了，蛙婆说的倒也是实情，如此看来这烧尸是真的了？想来想去还是觉得不妥，还得坚持让她去，于是态度强硬地说："今儿个，你去还是不去？"实际蛙婆心中并不十分把握，敖景一逼她也不好犹豫，那样就会露馅了，还是去后再随机应变吧！于是蛙婆十分不情愿地说："非得要去，就去呗！"说着往外就走。刘河悍、蝗将军、张子善要跟着去。蛙婆急了说："我一个人去就够抬举他了，你们还要助威，臊不臊得慌。"三个人被蛙婆埋怨一气，蔫蔫地退了回来。不过还是担心蛙婆的安危。

刘兰梅听到蛙婆和敖景对话，知道她们已经往这边过来，匆忙将坟中骨头和烧焦的木板填埋盖住，旁边只留了一些零碎的骨渣和木炭灰。填好后仔细观察了一阵子，觉得美中不足就是土迹是新的，很容易露馅。她忽然想到张子善，他能整来雨，这新旧茬也就差个三五天，雨水一浇不就难以辨认了吗？想到这儿，她急忙赶回了仁和堂。

仁和堂里刘河悍、鳇将军、张子善正在屋里忧心忡忡地坐着。刘兰梅风风火火地闯进来，开口就说："张叔，你快往我们那里下点雨。快，快，不赶快下就来不及了呀！"一通没头没脑的话，把三个人造懵了。鳇将军说："孩子，有话慢慢说，看把我们弄得云山雾罩的，到底咋的了？"刘兰梅急急解释说："我刚把那坟埋上新土，怕敖景看出破绽。要是张子善大叔浇点雨，那就天衣无缝了。"三个人还是没弄清楚。张子善说："我明白了，她叫我往刘员外家那里降雨。"刘河悍恍然大悟，催促说："快快，快往那边下雨。三间房就离我家不远。"这一说所有的人都明白了。张子善说："这离得远点，就是能弄来雨，怕也轮不到那地方。我往近前跑跑。"说完出门就跑。鳇将军跟出来，一把抱住他，架起黄云就飞走了。张子善说："鳇将军，别离太近了，被白龙看见反倒更麻烦了，几里地外就行。"鳇将军说："这也差不多了，你就这样喊，喊完咱俩就跑回去不就结了。"张子善一想也对，扯开嗓子喊道："秃尾巴老李，降雨一刻！"鳇将军急了，埋怨说："你干嘛非得降雨一刻呀？多降一会儿不行吗？"张子善说："下得时间长了，敖景再起疑心不就麻烦了吗？"鳇将军只好认了，带着张子善回了仁和堂。刘河悍爷俩站在院子里等着，忽然雨淅淅沥沥地下起来。不一会儿，又见鳇将军带着张子善回来了，知道事情已经得手，几个人欢天喜地进了屋里。

蛙婆领着敖景来到三间房。敖景有些傻了，房子只剩下参差不齐的土墙了，房子的草和木头也都只剩了炭灰。不远处有火烧的痕迹，零零碎碎的还能看到骨头渣子。蛙婆提心吊胆地来到现场，一看无懈可击，胆子壮起来，挑逗敖景说："敖景，管咋的你与李德昭也有一面之交，今儿个你既然来了，是不是也磕个头，以安慰亡灵！"这时，天下起雨来，敖景有些疑惑，说："他妈的，谁下的雨？"蛙婆说："敖景，别忘了，那张桃红可是东海龙王敖广的三小姐，今儿个你来到她的失魂处，她感到冤枉，故此下点雨还不是情理之中的事吗？赶快磕头谢个罪吧，免得日后找你小脚！"敖景很生气，叽叽歪歪地说："她愿咋的她咋的。我他妈的不信那套。"说完一跺脚驾云走了。

蛙婆十分惬意，高高兴兴地回了仁和堂，见了刘河悍，五个人禁不住哈哈大笑起来。鲟将军告诉说："今天这事亏了刘兰梅了，这姑娘真机灵，听说你要去三间房造假，自己偷偷跑去了，回来害怕骗不过敖景，又请张子善下了一次雨。"蛙婆说："兰梅这姑娘是好样的，我这个媒婆没白当，算是有慧眼了，一般人家李德昭肯定不会要的，也算是缘分。"刘兰梅见蛙婆当着这么多男人面夸自己，羞的脸蛋红红的，像个大蟠桃。这是仁和堂的主人走后第一次出现的欢乐，院里院外充满了欢快的笑声。

敖景回到水宫府，一个人坐在书房里默默不语。为什么自己最近做的几件事没有一件做成呢？就说扒个坟吧，接连两次没有得手，这次还说不定咋回事呢？不过眼不见心不烦，管他烧了扔了，只要我不知道就行了，咋也不能因为这么一件不值得的事伤了夏秀丽的心。

正在这时，乌丞相慢悠悠地走了进来。敖景有些不高兴，问他："这一下午你干什么去了？"乌丞相回头回脑地看了一下，贴近敖景的耳朵说："晌午被庞员外请去了，说晚上请爷过去会会。"敖景问："什么事？"乌丞相说："爷，您还生我的气不是，干什么那么严肃呀？请您非得有什么事吗？就请您乐和乐和还不行嘛！"敖景似乎并没有真的生气，随即便说："这愁还愁不过来，哪有什么心思乐和呀！"说完看着乌丞相的脸。乌丞相诡秘地说："庞员外新建了一栋楼，据说是京城有个宋秋实的给找西洋人设计的，乳白色色调，女人屁股造型，名字也是京城名人起的叫怡心楼。我刚看过，整个关东也没有第二座，庞员外还说了这是特意给白龙爷修建的，供您消遣享受。这不嘛，特意让我来请您！"敖景似乎并没有被乌丞相的喜讯所打动，仍是没有想象的那么开心。乌丞相继续说，"爷，你有不可取之处。"敖景见他这么说，便问："你指什么？"乌丞相不紧不慢地说："您看您现在独占关东，举手投足地动山摇，哪个不听，哪个不敬？有些事不是我说是您自讨没趣。放着乐和不乐和，图个啥呢？要是我呀，无忧无愁，成天乐乐和和的。再说这些日子与夫人斗气，在家待着也不爽，有这么个机会乐乐不好吗？"敖景被乌丞相数落得乐了。乌丞相见状催促说："咱们走吧！那头还等你呢！"

敖景整理衣装，悄悄地离开了水宫府。没用多时，二人收住云团落在庞府门外。家丁报了进去，庞有福颠颠小跑迎了出来，满面春风地说："真是贵客，等盼多时才见光临。快快屋里请！"三人来到客厅，分宾主落座，女招待上茶。庞有福说："白龙爷很长时间没到本府坐了，老生无奈只好请了。今天有件事情向白龙爷汇报。这些年了，老生看见白龙爷日理万机为我们操劳，心里实在过意不去，总想着为白龙爷做点事，这不张罗一年多了，才建起一个小屋，名义是开戏院活跃当地生活，实际是供白龙爷消遣享受。一会儿呢，就请白龙爷登楼指导。不知白龙爷意下如何？"敖景听了庞有福一番可情话，心中很是欣慰，便说："本府来此多年，深得庞员外厚爱，此事如此安排本府十分感激，只是盼望早些目睹！"庞有福点头哈腰地说："那就好，那就好，咱们这就过去。"说着起身前面引路出了客厅。

三人步入后花园，绕过一条小河进了一片浓密的树林，沿着青石铺就的小路，走了三十多米，眼前出现一栋别致的建筑，乳白色的外墙，干净华丽，阳光下显得华润而又温柔，往大一点说像是一个体态丰满的女人弯腰在干着什么。腰间挂着一块不大的蓝底金边的牌匾，上书三个秀气的金字：怡心楼。转到东侧仔细端详，光光的造型就是一个女人丰满的臀部。这是一栋三层楼，面积有一千平方米。这个规模在关东是独一无二的。

庞有福领着二位围着楼房看了一圈，又从牌匾下的正门进入楼内。进门就是一个大厅，装饰典雅大气，西侧摆放着一大两小红木座椅，前面是一张精致的茶几。迎门处是一个大的柜台，是用来接待客人的。东侧有两个房间，一个是伙计居住和休息的，一个是备品库房。柜台西侧是楼梯间，都是木制雕花的，很上讲究。梯子西侧还有些屋子，灶房、食堂、仓库什么的。二楼有舞厅、游戏室、卧室多处、洗漱间等。三楼有客厅、餐厅、欢乐谷、蜜月宫、娇人房、丽人间、闻香阁、洗漱间、佣人房等。敖景一一看了个遍，最后回到三楼餐厅一侧的座椅上坐下，女招待倒了茶水。庞有福说："今天晚餐就在这里用。"餐厅中间放着一张餐台，周围摆放六把红木椅子，佣人正在放置餐具。

不多时酒菜上来。庞有福起身说："白龙爷请！"三个人三角形阵坐下，然后拍拍手。女招待领着三个女人走进来，安排坐下。庞有福坐下郑重地说："今天本府宴请白龙爷。"用右手往桌子上首一指说："这位就是。"下首一指说："这位是白龙爷水宫府的乌丞相。"又指着女子一一介绍说："这位是京城歌妓环环，这位是苏州歌妓婷婷，这位是杭州美女柔柔。"庞有福介绍完毕，接着说："我先说说今儿个这酒的喝法：首先我先敬三杯；然后分文喝、武喝、自由喝。什么是文喝呢？相互各敬一杯；武喝呢？就是能者多劳，谁高兴和谁喝就跟谁喝，不喝不行；自由喝呢？猜拳行令想怎么喝就怎么喝。明确一点：今晚重点是白龙爷！陪好了，重赏！好了，我先敬三杯。"说完将杯子举了一圈，大家都喝了。连喝三杯，他放下杯子又拿起筷子指点说："吃菜，吃菜。"坐在他身边的柔柔要给他倒酒，被他制止了，伸过头去低声地说："你们三位今晚陪好白龙爷就行！"柔柔心知肚明，立马过去伺候敖景。婷婷看见不高兴地说："着什么急呀？我来唱支曲子。"说罢回屋拎把琵琶来，站在敖景斜对面唱起来。婉转悠扬的江南乐曲确实好听，不过敖景已无心听下去，早已把环环搂在怀中啃起来，而环环一个劲儿地挣扎。

乌丞相见状对庞有福说："你们先慢慢喝，我内急出去一趟。"说罢走开了。庞有福过不多时走近敖景也说："我去灶房加个菜，您和她们由着性子慢慢喝啊！"说完也出去了。出了餐厅，庞有福对女招待说："留心伺候着，有事找我！"女招待应诺。庞有福下楼去了。

餐厅里三个女子轮流敬敖景，喝得敖景五迷三道，找不到北了。四个人一直闹腾到午夜，敖景迷迷糊糊地开始装睡，便趴在桌子上。三个女子把女招待叫来，帮着将敖景弄到欢乐谷休息。她们三人各自回屋梳洗打扮去了。敖景哪里有心思睡觉，早已是按捺不住了，爬起来闯进了对门蜜月宫。

蜜月宫里坐着的正是他的陪客环环，于是便立在门口端详起来：这个环环不愧是京城来的歌妓，见过世面。她见敖景进来，腔不欠，身不动，眼不抬，只在鼻子里哼了一声："来了。"便抬眼睛盯住自己的右手指，眼睛是化过妆的，黑黝黝的，长睫毛，双眼皮，眉毛细挑，面色粉红，高鼻梁，薄嘴唇，双耳挂坠。静如含苞欲放的花蕾，神情脉脉，娇媚而不张扬。

敖景口含唾液走近环环，伸手摸着环环的肩说："咱俩玩玩怎么样？"环环推开他的手说："玩，可以，钱呢？"敖景一瞪眼倍感突然地问："什么钱？不是庞员外给了吗？"环环说："他给，那是给班主的。我们是跟谁睡谁给钱，白玩我们图个啥呀？"敖景伸手从腰里掏出两块汗水浸湿的金条递过去。环环接过来说："这水了吧唧的是真的吗？再说伺候你一回，就嘚瑟这点玩意啊？"啪叽扔在地上。敖景问："你想要多少？"环环："五十两。"敖景叫起劲来："给你一百两干不干？"说完走回欢乐谷拎出一个包裹，重重地扔给环环。环环立即眉开眼笑："白龙爷真是个人物，一把甩出这么多钱，别说一宿，就是两宿三宿也行啊！"起来就抱住了敖景的脖子。

天快亮了，敖景回到欢乐谷，躺在床上喘口气，心想：那个婷婷也不错，去她那里再混混，于是又推开了闻香阁。婷婷还没有睡，大概是在等他吧。敖景立在门口愣愣地看着她：婷婷身姿妖娆，舒展修长，胸凸圆润，臀鼓丰满；鹅蛋面形，白净盈光，双眼秀气，手指柔长。坐不失文静，立不失刚爽。大气俊美，温柔坦荡。敖景走过去二话没说，抱起来就上床了。一直混到太阳当空。

出了门遇见柔柔，敖景问："昨晚可好？"柔柔噘噘嘴说："好什么呀？失落落的一个人真没意思。"敖景望着柔柔，见这个柔柔不愧是南方女子，水嘟嘟的眼睛，水灵灵的脸，光润的肤色，长长的黑发似流水。一开口飞出蜜蜜音，一微笑秋波荡涟涟。受端详，真是纯情可爱。敖景问："要不我再陪你玩玩？"柔柔有点委屈，撇撇嘴没吱声。敖景把他抱起来进了娇人房，帮着柔柔脱了衣服，两个人如胶似漆混在一起。敖景早已忘记了日月星辰，一直到半夜才想起吃饭。

庞有福给他准备了晚饭，还准备了春药。敖景连饭带药一股脑都吃进肚子里。回到欢乐谷没待上一个时辰，又进了蜜月宫和环环嬉戏起来。三天吃了两顿饭，早已记不起自己还有个家了。

夏秀丽一连等了三天不见敖景回来，疑心出了什么事情，放心不下准备出来找找。敖景临走没有告知夏秀丽，夏秀丽也不知他到了哪去，无奈只好变只鸽子到处寻觅。终于在庞府的后花园传出来的嬉戏声中听到了敖景的声音。一下她就明白了。摇身变成一个讨饭的老太婆，一挪一蹭地来到庞府门前敲门。家丁开门见是个要饭的，拦阻不让进院。夏秀丽哪管这个迈步进了院子，家丁还是阻拦。闹吵声惊动了庞有福。他怒冲冲赶过来，见老太婆有几分眼熟，一时想不起来，但态度缓和下来，问："老人家来本府，如此鲁莽有何话说？"老太婆伸出拐棍打了他一下，斥责说："混账东西，这等事你也做得出来？把敖景给我叫来！"庞有福听这话明白了，她是搭救娟儿的救星。但他不明白，今个她找敖景干什么呢？于是庞有福便拿腔拿调地说："白龙爷现在正在做公事，闲人不得打扰！""啪"庞有福脸上挨了重重一巴掌。庞有福火起，喊叫："来人哪，给我拿下！"呼啦一声围上十多个打手，将老太婆团团围住。

老太婆也不着急，前挡后推无人近前。打斗声惊动了乌丞相，他扭扭搭搭走过来，呵斥说："何人在此闯宅？"待至近前，妈呀一声，唬了庞有福一个趔趄。赶忙问乌丞相："怎么回事？这人是谁？"乌丞相没有搭理庞有福，扑通一声跪在地上，自责地说："娘娘，都是奴才该死！这事完全是奴才撺掇的。要打您就打我吧！"庞有福晃晃脑袋看看老太婆，他不相信眼前这个老太婆就是敖景夫人。乌丞相不会认错人啊！庞有福终于醒悟过来，哎呀，当初救娟儿的老太婆就是敖景夫人，真真不可思议呀！

乌丞相央求说："娘娘，这么多人面前，你就给白龙爷留个面子吧！管咋的夫妻这些年，也不能因这点事闹得天下皆知啊！"

老太婆没说话，愤然离开了庞家大院。

第五十二章　大闹凌霄殿

日月轮回，光阴似箭，一晃关东大地又和别处一样过去三年了。入夏的关东大地闷似炉膛。这种焦灼的天气太阳像一个巨大的火盆燃烧着，一天，两天，似乎没有收手的意思。老天咋的了？从春到夏一滴雨也没看见。人们崇敬上天，好心的巫师无奈地提议说："咱们每天都去祈雨吧？"于是山冈上集满了人，虔诚地跪在供桌前。这时，人群里站起一位老者，年过六旬，须发皆白，老态龙钟，叽叽歪歪地说："再跪也是徒劳，那白龙敖景不降雨，求谁也没用，赶紧给他筹点贡品送去或许还能顶用。"一位四十来岁的男人质问："大爷，那童男童女到哪去弄呀？谁个忍心把孩子扔到江里呀？"老大爷说："要不把我那三头牛十只羊给他送去试试，也许他心一软能给降点雨呢？"那人摇摇头没说什么坐下了。人群中还有几个捐赠的，又凑了不少。巫师说："这些东西，对咱们来说不算少了，不行回去凑凑送去试试吧！"

午时刚过，巫师带领人们牵着牛马赶着羊群，抬着礼品拖拖拉拉来到江边。巫师捧香面对江水躬身说："白龙爷，小仙带着百姓给您上贡了！微薄之物不成敬意，敬请笑纳。可怜可怜老幼俗子，施雨救救庄稼吧！"巫师正说着突然江水翻了一个花钻出一只大王八，只见它瓮声瓮气地说："我们爷说了，这点玩意他根本没看在眼里，也不缺这玩意。降雨的事现在没有心情，等有了心情再说吧。"说完掀起一个大浪将人们带的贡品全数卷进江里去了。

人们不得已空手而回，只好继续天天等日日盼。时光到了入秋，仍不见老天爷下雨，眼看着灾荒降临，人们开始失望了。天旱地干，风一吹漫天尘土飞扬。人有饿死的了，牲畜有饿死的了，鱼儿有干死的了，野兽有饿死的了，飞鸟也有饿死的了。瘟疫趁着燥热开始流行，每个村里都有人死了，余下的人没有几天也都没了，整个关东地区，尸横遍野，哭声动地。

这一日，太上老君化作采药人到长白山寻找山参，路过关东大地，发现山野村庄一派荒凉，热风里臭气熏人，不由心里一颤，这不是流行的醯瘟病吗？于是他找到一位打鱼人探问详细。打鱼人告诉他：这里两三年滴雨未下了，人畜、禽鸟、鱼类大都干死了，各地瘟疫肆虐，很多村庄里的人已经所剩无几了。太上老君问："不是有个白龙在这里降雨吗？"打鱼人说："嗨，老百姓能求动吗？先前要点猪马牛羊什么的，管咋的老百姓还能对付上点儿，

299

后来逢年过节或是用雨季节都要送几对童男童女。"太上老君插嘴问："要孩子干啥？"打鱼人叹了一口气说："祸害人呗！专吃小孩的心和肝。"太上老君不信，又问："你是听说的还是看见了？"打鱼人很激动，信誓旦旦地说："我的八岁儿子就被送去活活开了膛，我是亲眼所见啊！"打鱼人痛哭不止，哭了一会儿觉得和一个不认识的老头说这些没用，便撵太上老君说："你老是一个采药人问这有啥用，不走染上瘟疫可就活不成了。"太上老君掏出一把树叶塞给打鱼人，嘱咐说："这些叶子你拿回去，亲友得了瘟疫，给他塞嘴里一片就没事了！"说完就走了。

太上老君在空中眺望着，看见一大群人身上白布条条随风飘摆，感到好奇。他走了过去，来到一个哭得死去活来的妇女跟前问："这位大嫂，你如此痛哭为的何事？"女人抬起头抹着泪水说："我男人染了瘟疫，村里人怕传染，还没等咽气就抬出来非要埋不可！"说完又号啕大哭起来。太上老君问："他们为什么这样做呀？"女人说："这也不怪他们，村里流行瘟疫，得了就没好，村里人也无奈！"太上老君问："怎么流行这种病了？"女人说："还用问吗？从春到秋滴雨不下，啥都死，人还能不死呀？要是下雨，万物滋润，哪还会有什么瘟疫！都是那个该死的白龙作的孽呀！老天咋不长眼瘟死他呀！"太上老君说："这位大嫂，莫要悲伤，我是一个采药之人，这里有把树叶子你拿去，取一片塞到你男人嘴里，顷刻就会活了，再也无事！"那女人接过树叶赶紧起来拦下棺椁，让人们打开，便将一片叶子塞入丈夫嘴里，丈夫马上坐起，竟然无事发生一样。众人问："怎么回事？"再找那老人早已无影无踪了。

太上老君沿着关东大地走了一遍，百姓所言没有一丝一毫的夸张，气得直打自己的脸，自责说："你这个监军怎么当的？你这个监督官监督啥了？成天昏昏沉沉的还以为不错，坑害了多少百姓性命！哎呀呀，可惜个老臣！人家玉帝不好意思说难道你自己还不能自觉吗？那个白鳗鱼代人家行事，就可以上无尊长下无百姓吗？"太上老君回到兜率宫，连夜写了一份奏状。

第二天登朝，玉帝尚没坐好。太上老君气咻咻出班跪倒，刚要说话。玉帝站起身离开龙书案，扶起太上老君，惊诧地问："老君何事行此大礼？羞煞我也！"太上老君气得发抖，递上奏状说："我已无颜面再说，还请玉帝自看便知。"玉帝又扶太上老君归班站立，自己回到书案后坐下，仔细看阅，看着看着脸色大变，怒不可遏，唤来天师许逊说："爱卿，当着诸天官宣读一遍状子！"许逊念着念着泪流下来，众神听后无不震撼。玉帝问："哪位爱卿下关东走一趟，传那敖景上殿。"天将周青远出班施礼说："末将愿往！"玉帝说："此物定会习顽。他若问何事？你就说玉帝令来，其他不知。"

周青远虽是一员武将，却也当过县令府尹，对民间之事尤为关心。一路走一路看果然如太上老君所奏，一词不虚，陈述实在，心中甚是愤慨。到了水宫府守门官传入，正好敖景不在宫内，夏秀丽一无所知，便差人打探敖景下落。就在夏秀丽为差官取水之时，丫鬟悄声告诉周青远说："娘娘早已管不了敖景之事，敖景行迹从不告诉娘娘。但是据我所知可能在龙门寨怡心楼杂耍，不妨那里找找。"丫鬟说完诡秘地眨眨眼。周青远已明白八九分，定是胡混去了。夏秀丽端茶回来，周青远说："夏娘娘，不用忙了，下官还有他事，下午再来见他不迟。"夏秀丽对周青远不是很熟悉，也就没有特意挽留。

周青远来到怡心楼上空，便化作一只蝴蝶查看，听见一窗内有女人燕语莺声，猜定必是男女之事。附窗一看果然是敖景正在房间里与三女子赤身淫耍。周青远气得咬牙切齿，恨不得破窗擒拿，怎奈玉帝有交代，实在不敢私自造次。便飞到庞府门前，请家丁通报。庞有福听说有钦差来传唤敖景，不以为然，挺着肚子，走出门来，傲气十足地问："何事找白龙爷？"周青远说："我本天庭天将，特意来传玉帝指令，请敖景凌霄宝殿议事，烦请庄主传唤一声！"庞有福听口气来人也不是多大官，洋洋不睬地说："稍后，待我与他说来。"也没有请周青远进屋休息休息，扔在了门外。

过了一阵子，敖景打着哈欠走了出来，见是周青远赶忙快走几步，强打精神地说："周将军好久不见还好吗？"周青远平淡地说："奉玉帝之命前来传唤敖景凌霄宝殿议事。"敖景问："我的婆娘还不知道啊，是不是回去禀报一声为好？"周青远说："不必了吧？我在此等候已有一段时间了，还是以公事为重吧？"

敖景跟着周青远来到凌霄宝殿。周青远让敖景门外等候，一个人上殿禀报说："玉帝，敖景带到！"玉帝有些不悦，严厉地说："为何这么久才回？"周青远害怕敖景听到跑掉，回说："待末将后报！"

敖景被宣进凌霄宝殿。玉帝问："今年雨事如何？"敖景似乎没有听清楚，问了一句："什么？"玉帝端坐不语。太上老君见状说："玉帝问你今年雨事如何？"敖景仍是魂不守舍，反问："雨事？什么雨事？"玉帝说："我问你今年降了几次雨啊？"敖景说："问这个呀？过几天再降也不迟。一年降个十多次就可以了。"玉帝冷笑一声说："降雨要不要分个季节啊？"敖景说："降雨就是往地上洒水，啥时候都一样。"玉帝又问："当初敖广没有对你做个交代吗？"敖景说："这点事玩似的，用他交代个啥！"玉帝继续问："你履职有几年了？"敖景说："十多年了。"玉帝说："十多年还不知道什么时候该降，什么时候不该降啊？"敖景说："您不是问的年降雨吗？"玉帝眼里充满了蔑视，又问："朕问你，今天你干啥呢？"敖景啊啊了几声说："今天嘛，和庞家商量疏通河道。"

玉帝侧过头去问周青远："周将军，朕叫你去传敖景为何这么长时间不回？"周青远犹豫了一下。玉帝说："你要从实说来！"周青远不得已回答说："我到水宫府找他不在，问夏秀丽也说不知道去向。下官只好出门自找，行到龙门寨，听得一楼内有男女嬉笑声，而男人声似乎很像敖景，我便化作一只蝴蝶，寻窗查看，在一房内果有三女一男正在淫戏，那男子就是敖景。据微臣与门丁交谈，他们庞员外专为敖景建了一栋怡心楼，供他终日享乐，而那庞员外倚仗他横行乡里。"

玉帝问："敖景，周将军所供可实？"敖景一笑说："无稽之谈。我成天深入田间旷野百姓无人不知，玉帝可派人私访！"

玉帝看看太上老君，期待说："老爱卿，将你亲眼所见可否说上一二？"太上老君出班奏说："禀告玉帝，臣去长白山采参发现疫情，寻遍了关东地区，其状惨不忍睹。大地苗枯，全无绿色；小河干涸，已无滴水；炊烟消失，百姓哭嚎；人畜禽鸟，尸横遍野；虽有生者，不过旦夕。究其原因，三年不雨，满地风尘，疫病肆虐。百姓沉疴，举足重轻。臣要求撤去敖景协助敖广降雨之职，责打百棍扔回大海。"

太上老君话音刚落，未等玉帝说话。敖景蹿上来一把抓住老君的衣领，恶狠狠地说："你个老不死的东西，胆敢诬陷我！我问你：李德昭藏哪儿去了？"玉帝喝止说："白龙，不可撒野！放开老君！"敖景本想捶打太上老君，只好放开手。太上老君说："既然你问起李德昭之事，那我也如实告之。三年前玉帝判罚李德昭有罪，事出有因：一是你买通了书记官张天君和执监官舒浩，事先给玉帝写好审判稿。二是你偷喝了玉辇灯油，一时恐怕无人能敌，便使了缓兵之计，故误判李德昭获罪。当时众多大臣都认为你敖景是洪害祸首，而不是李德昭。问我李德昭去了哪里？自有天意。"

敖景反扑过来，又一次抓住太上老君的衣领，举拳就打，一边打一边呵斥："你个老不死的东西，该糊涂时你不糊涂！"此时恼怒了天将周青远，周青远一个腾跃从背后飞来，照着敖景的后脑就是一脚。敖景埋头责打太上老君，不曾有所防备，实实在在挨了一脚。这一脚踹得不轻，敖景下意识地松开手，太上老君挣脱立于班内。待敖景回过神来一看是周青远踹了自己一脚，奔周青远扑来，举拳就打。二人在凌霄宝殿上格斗起来，你来我往打有四十个回合不分胜负。这时三十六员天将中又有邓伯温、辛汉臣、张元伯围上前来帮助周青远。四员天将轮番打，合围打，越打越勇。敖景呢，一个个不放在眼中，毫无畏惧，打来打去谁也不能赢谁。

敖景心中不快，心想：玉辇灯油喝了好几年了，武功为何没有大的长进，问题出在哪儿呢？想着想着注意力有点溜号，迎面被周青远狠狠掴了一拳，鼻子打出血来。这一刺激叫敖景反倒精神起来，一个腾跃飞到半空，接着一个扫堂腿，一下踢倒了三个。周青远看着三个兄弟倒下，急忙拦阻，不想敖景没有搭理他，乘人不备跑到太上老君面前，上手掐住太上老君的脖子，下手抓住太上老君的腰带，将他举起来，喝叫："谁再敢动我就摔死他！"敖景眼睛的注意力全盯在四员天将身上了。太上老君算是道家老祖，岂能甘于败在敖景手中，他被举在空中，两只手还是空着的，别看他平时甩头慢悠悠地走来走去，那是没有用武之地，今天落在敖景手中也是不失元老身份，绝不轻易出手伤人。不过敖景所作所为确实令他心中震怒，他要惩治一下这个胡作非为又不知天高地厚的东西！便在敖景举起他的一刹那，右手照着他的后脖颈轻轻点了一下。敖景全身松软丢开了太上老君，远离了四位天将，有一阵子才恢复过来。待四大天将围来时，他已经全然无事了，太上老君很是惊诧，没想到他恢复得如此之快。

四大天将与敖景又开始搏斗起来。又战二十个回合，不分输赢。一旁气坏了值日神周登，举叉挺来，呼叫："胆大白鳗鱼，竟敢搅闹凌霄宝殿，老实就擒便罢，如不从命本官不容！"话到叉到，二人厮打起来。一个空手，一个使叉，你来我往数个回合不分胜负。值日神周登性急，见不能取胜，便使出抖叉魔法，那叉子伸到敖景面前不知有多少个叉头，哪个是真哪个是假很难辨认，眼睛开始发花，手脚开始乱套，众神开始呼叫呐喊。忽然敖景看到周登手腕只轻微震颤，并无挥翻大力，而且叉子握得不紧。于是他眼前一亮计上心来，见周登又一次挺叉过来，飞起一脚将叉踢飞，顺势抢到周登跟前，上手掐住脖子，下手抓住腰带，一较劲将周登举了起来，往前跑了两步，啪叽往地上一摔，可怜个值日神周登，鼻口出血倒在凌霄宝殿上，一命呜呼了。

玉帝一看这还了得，正要说话，一旁走出武德星君。武德星君呵斥说："胆大敖景，竟敢来凌霄宝殿杀人，有伤神威，天理不容，快快服绑，否则叫你尸首难全！"说罢，拎着两把短戟直奔敖景而来。敖景一看此人蓝脸钢须眼如灯、口如碗，头顶两只尖尖角，满身金锁连环甲，凶神恶煞一般，别说交手，看着都发惧。武德星君说罢逼近敖景，敖景也不躲闪也不动手。武德星君见状哗啦一磕双戟，分上下向敖景扎来。敖景就势躲闪，寻找破绽。武德星君封住上身，全力逼近，寻找机会，取其性命。他很快发现敖景并不还手，心里警觉，时不时地也朝下方划拉几下，与此同时，加速逼近，想快点结束格斗。武德星君跳到空中，头对头刺杀，敖景没了办法，只好快步躲闪，不一会儿敖景的汗水顺着两腮淌了下来。

话又说回来了，双方格斗不能总是停在半空啊，这事不像驾云，单凭轻功持久是不可能的。武德星君格杀了半天不见奏效，落到地面上。就在他落地未稳的当儿，敖景一个扫堂腿将武德星君绊倒，又飞快地跑过去拽住一条大腿，拎起来快速转了几圈，猛地一松手甩出好远，只听噔啷啷连人带戟一起摔到地上。邓伯温、辛汉臣二将过去将武德星君扶起，发现武德星君的一只戟尖扎进了左腰间，又有人上来将其扶下治疗。

一旁气坏了一个人，只听嗷的一声吼叫："我来也！"

第五十三章　黑龙缚白龙

凌霄宝殿上敖景将武德星君举起猛力摔了出去，武德星君当时卧地就没有起来。邓伯温、辛汉臣二将过去将武德星君扶起，发现他的一只戟尖扎进了左腰间，唤人上来将其扶下治疗。

一旁气坏了一个人，只听嗷的一声吼叫："我来也！"众人一看是大力鬼王。大力鬼王出班立于大殿之中，对敖景大声威吓说："一条鳗鱼也敢来凌霄宝殿撒野？知趣，赶快滚开！如果不识时务莫怪本王不客气！如何？"敖景鼻子一哼根本没瞧起他，举拳就打。大力鬼王劈手相迎打在一起。大力鬼王力大无比，一只手能举起一尊千斤鼎，讲比武一般不在话下，但是与敖景一交手便知这小子有点力气，于是动起了心眼，出拳绵软，真打慢触，想消耗敖景体力。敖景正在狂妄之时岂容他磨磨蹭蹭，快拳猛击，步步紧逼。打了一气，大力鬼王开始反击，左手黏糊拳打出，敖景以为又是虚拳没有使拳去迎，只是往旁边闪闪，不料那拳半路加速，嗖的一下捶到敖景的左脸上，顿时感到火燎燎的疼痛。敖景吃了一个亏岂肯罢休，使足了力气直击大力鬼王面门，一拳打得大力鬼王眼花缭乱。敖景正在上风得意，不想大力鬼王在应酬上部来拳时，下边突然飞起右脚不偏不倚踹在敖景小腹上。敖景"啊呀"一声险些弄个后仰，趔趔趄趄倒退了三四步才停下来。敖景吃了两次亏改变了打法，寻找大力鬼王的弱点，他表面上还是快猛，却在暗中揣测大力鬼王的出拳意图。打着打着大力鬼王的黏糊拳又来了，敖景抓住他开始出拳慢的弱点，待大力鬼王刚一伸手，敖景的快拳便直奔他的面门击去。大力鬼王抽手拦击不及右腮被结结实实打了一拳，顿时红肿起来。大力鬼王吃了亏抽身便走，跑出了殿外。敖景觉得才打了一下，还有一拳没报回来便追了出去，眼看要追上了，只见大力鬼王脚下绊了一下摔到地上。敖景一看机会来了，扑上去伸手要掐大力鬼王的脖子。就在他弯腰伸手之时，大力鬼王突然往左侧一滚同时抬起右腿刚好绊在敖景的前脚上，又弄了敖景一个前饯。大力鬼王起身要去抓他，可是来不及了，敖景已经爬起来。大力鬼王见势不妙又跑开了。敖景后边紧追不放，追着追着大力鬼王忽然不见了。敖景巡视了半天也没发现踪影，只好返回凌霄宝殿。

敖景闯进凌霄宝殿，一眼看见太上老君正与玉帝说话，气不打一处来，又一次跑上前抓住太上老君喝问："老不死的，快说把李德昭藏哪去了？"太上老君毫无惧色，义正词严地说："天庭的事由玉帝来管，尚轮不到你来掺和，知趣的走开点，耀武扬威的你算个啥呀！"敖景恶狠狠地说："你算个什么东西，成天养尊处优无所事事尽在这里糊弄人。"太上老君说："敖景，你别忘了，你去协助敖广施雨还是老生举荐，你可不能忘恩负义、恩将仇报啊！"敖景说："就那么点破事，你记一辈子，我还得感念你一辈子呀！我又不是你养，你算个什么东西？"太上老君气得毫无办法，用眼睛横了他一下。敖景看见了，"啪叽"给了他一巴掌，又觉得不解恨又按在地上狠狠地捶了起来。打一拳说一句："报答你一下！""还你人情！"一连打了十几拳，打得太上老君鼻青脸肿，叫苦不迭。

玉帝几次劝阻也不奏效，无奈宽慰说："敖景，你且放了太上老君，有事慢慢说。以往的事，朕可以不再追究，也可以不治你的罪！你就放了太上老君吧！"敖景眼睛一瞪，喝止说："你也不比他强啥，竟做别人的傀儡，高高在上，一手遮天！我看你这个位置让给我得了！"说罢就去赶玉帝要坐他的位子。玉帝边撤边躲边叫嚷："众爱卿，哪位与朕将这个叛逆敖景拿下！"余音未止，托塔天王出班吼喝："胆大白鳗鱼，这是何地，岂能容你猖狂？看塔！"那金塔自空中溜溜转下，眼看落在敖景头上。敖景不慌不忙飞起一脚，将塔座踢掉一块，宝塔破锣似的落在地上。敖景直奔李靖跑来，吓得李靖魂飞胆战，左闪右藏不知所然。凌霄宝殿上一片混乱。

菩提老祖坐在通灵洞中鼻子一酸打个喷嚏，掐指一算原来是敖景大闹凌霄宝殿，心想此时正是李德昭东山再起的时候，何不叫他赶去救驾，若被加封功成名就也算了却一件心事。想罢来到练功房叫住李德昭。菩提老祖说："李德昭，随师傅普陀山洛迦洞走一趟！"李德昭收拾收拾跟着师傅走了，很快来到洛迦洞前。菩提老祖又说："李德昭，咱俩师徒从今天起断绝关系，将来如有交往以友人相待，记住任何时候不要提及师傅，不得违拗！"李德昭问："师傅，好好的呢，为啥？"菩提老祖认真催促说："没有为啥！速去见观音菩萨，晚了凌霄宝殿将倾覆！"菩提老祖话音刚落没了踪影。

李德昭向洞里走去。木吒拦住问："何人敢闯洛迦洞？"李德昭说："我要见菩萨，晚了凌霄宝殿就毁了。快！"木吒也不问所以，拉住李德昭就往洞里跑。

李德昭跑进洞里见了观音菩萨深施一礼，问候说："菩萨万福！"观音菩萨惊诧地说："李德昭！你怎么回来的？打哪回来的？"李德昭回答说："被人捂着眼睛送来的。送的人说：让您赶紧带我去凌霄宝殿，晚了凌霄宝殿就倾覆了！"观音菩萨赶紧闭上眼睛，突然睁开说："敖景在大闹凌霄宝殿。李德昭，快，咱们走！"

凌霄宝殿上，敖景一人独领风骚，赤手空拳，耀武扬威，无人能阻，玉皇大帝被追得绕着众仙身前身后跑。

正在这时，观音菩萨临门喊了一声："敖景，休得无礼，我来也！"敖景鼻子一哼，鄙视说："你有何能，快快离开，免得大祸殃及自身！"观音菩萨飘然进殿，向玉帝拱手一礼，禀告说："玉帝，观音带李德昭特来救驾！"玉帝问："观音菩萨，那李德昭被朕贬去看守蟠桃园，不是让你给弄丢了吗？何而复来？"观音菩萨说："我在洛迦洞坐禅，李德昭突然进洞要我带他来此，说晚了凌霄宝殿将要倾覆。我掐指一算敖景正在发飙。便将李德昭带来阻止！"玉帝说："也好，朕就免去李德昭罪罚，待立功后另有封爵！"李德昭走上前谢过玉帝。

敖景看见李德昭又出现了，红了眼似的扑过来，冲着李德昭当、当、当就是三拳。李德昭立在那儿犹如铁人一般一动未动毫发无损。众天官看了大嘘了一声，都看出李德昭的功夫非敖景可比，不由得士气大振。敖景乘李德昭与玉帝说话间，迫不得已又奔过来，叫嚷："秃尾巴老李，你还没死啊？今天白爷就送你去个地方？"说着，蹿上来举拳劈头打来。李德昭并不急于还手，轻轻一闪身子躲过拳去，随后一脚蹬在敖景的后腔上。敖景晃了几下差点跌在地上。李德昭闪到观音菩萨身边问："要死的还是活的？"观音菩萨犹豫了一下说："我也不知咋回事，先留个活口。"敖景过来瞪起眼睛说："谁死谁活还指不定呢？"说着举拳掏心就是一下。李德昭不躲，见拳打来一手抓住。敖景甩了几下没甩开，瞪起眼睛狠狠地看着李德昭，李德昭也瞪眼看着敖景。李德昭看见敖景卡巴一下眼睛，知道敖景是中催眠术了，心中暗笑，就这点本事还敢大闹凌霄宝殿？双手一甩，飞身来个横跃，一脚蹬在敖景前胸，敖景似乎感觉失灵倒退几步倒在地上。李德昭奔过去弯腰准备擒住敖景，不想敖景双腿突然挑起夹住了李德昭的脖子，李德昭怎么晃也不得脱身。这时，敖景得手，开始击打李德昭的头和脸。李德昭立马挺起身子，双手握住敖景双腿，就地开始旋转，转速越来越快，以至于人们看不清个数。就在这时李德昭腾起身子，扭住敖景的一条腿又上下轮转起来，转着转着猛的一松手，敖景的身子像车轮子似的滚向凌霄宝殿的大门柱，只听啪叽一声响，敖景乖乖地贴在立柱上。

众人以为这下敖景完蛋了，可是没多久敖景清醒过来，从柱子上下来扑向正在盯着他的李德昭。敖景不懂催眠术，也就看不出李德昭对他使了催眠术。但是忽然间眼前一阵眩晕使他意识到可能是自己的心脏病犯了，不过眩晕过后没什么感觉，他晃了晃头，扭扭身子，伸伸胳膊腿，精力神经一切正常。他抬眼看看李德昭，心想这小子武功有些长进，出招动手须加小心。于是，敖景振作了一下走向李德昭。李德昭说："还打吗？"敖景说："怎么能放弃？都等你三年了，祖坟都给你掘了，还能留着你吗？"李德昭说："你还是老样子心毒手狠无恶不作！"敖景说："这叫为达目的不择手段！有大智者必是果断。"李德昭问："敖景，你要我怎样才肯罢休呢？"敖景说："那很简单，亲手把你整死！"李德昭说："好吧，你有这等雄心大志应该成全你。不过，念你在我小的时候曾经救助过我，九年了我始终没忘，今天让你三下以做报答！"敖景问："随便什么地方都可以打了？"李德昭说："当然，为了你后顾无忧，我闭上眼睛，你想打哪就打哪！不过你可要数好数，不可少了！"敖景嘲笑地说："怎么会少呢？我恨不得把你捣成肉泥！废话少说，何时开始？"李德昭说："现在！"李德昭说完走到大殿中央站好，真的闭上了眼睛。

敖景心里这个乐呀，斗了这么些年，今天可算打个实在的了；该怎么打呢？得找个要害部位，一下就窝他老才好！他围着李德昭转了几圈，终于下了决心，站在李德昭的对面，向后退了几步，运足了气力向前冲去，照准李德昭的下身卡裆踢出致命一脚。只听当的一声，众仙们闭上了眼睛，想象着李德昭必死无疑！响声过后，没有听到李德昭的呼叫声，也没有听见李德昭的倒地声。众仙们惊惧地睁开眼睛仔细一看，敖景捂着脚龇牙咧嘴地蹲在地上。李德昭岿然不动，直直地立在那儿等待着下两拳或是下两脚。他听见敖景没有了动静，便催促说："还有两下呢？都等了三年了还要等多久啊？"敖景一瘸一拐地爬起来，运运劲，准备打下一下。下一下该打什么地方呢？敖景想来想去决定去捶李德昭的太阳穴。敖景拖着一条腿后退了几步，伸出右臂摇晃了几下，憋足了力气猛扑上去，挥右臂摆出右手拳直击李德昭的左太阳穴。众仙们断定就这一下，劲铆得这么足，要是砸上不漏才怪呢！众仙们还没回过神来，只听哎呦一声，敖景便又蹲在地上，龇牙咧嘴的疼痛难忍。

敖景心想：这两下不但没伤李德昭一根毫毛，自己倒是伤了一只手一只脚，不行我找个应手的家伙，何必用手用脚呢？转来转去他看见天将吕魁配挂的一柄宝剑，过去劈手来夺。吕魁说："比武应是对等，你这样打法就不公平了，还要动铁剑，不行，不能给你！"敖景硬是夺到手里。

敖景料定：这下下去你要不死才活见鬼呢！他站到李德昭对面举起宝剑，运足了劲，狠狠实实地照着脖子砍了下去。众仙们转过头去，不忍心再看，断定那结果肯定是没命了。玉帝站起来准备制止。观音菩萨拦阻说："李德昭既是有言在先，他自己都不反悔，咱们就静观其变吧！"玉帝啧啧了两声也就没有阻拦，可是头还是不停地摇了几下。这时，只听噌啷啷两声，那宝剑分成两段落到地上。敖景见势不妙拔腿就跑，径直朝南天门外跑去。

李德昭睁开眼睛时，敖景已经跑出去了。观音菩萨过来摸摸李德昭的脖颈，关切地问："有事没？"李德昭笑了。玉帝也走过来夸赞："真是个英雄，致命三招，毫发无损！是我天庭战将。只可惜让敖景跑掉了。"观音菩萨说："玉帝，我把他捉回来！"玉帝犹豫不决，怕观音菩萨捉不回来反被伤了。李德昭说："菩萨，不要急，他跑不掉的！我去捉来！"说罢，出了凌霄宝殿向北追去。追不多时看见敖景脚踏浓云疾驰奔走。李德昭在云上一个盘旋翻个跟头追了过去，看见敖景回头回脑神色慌张，便矗立敖景正前方等待。那敖景磕磕绊绊跑到李德昭面前正好撞个满怀。李德昭抓住敖景说："打完了，不能不辞而别呀？跟我回去说个明白。"敖景哪里肯依，拼命挣扎要跑。李德昭说："怎么可以这样啊？作罢完了，拍拍屁股想溜，好事都是你的了？可能吗？"说罢抓住敖景的右手一托，敖景的身子都酥了，乖乖地跟着李德昭回了凌霄宝殿，停在殿门外。

太上老君见李德昭将敖景抓回来，咬牙切齿地说："这回有人治你了吧？你闹啊？现在可是死到临头了！"

玉帝说：把敖景带上来！

四位天官过去押着敖景进了凌霄宝殿，令敖景跪下。

玉帝问：下面所跪何人？

敖景：罪臣敖景。

玉帝：所犯何罪？

敖景：凌霄宝殿上作闹，杀人。

玉帝：还有他因吗？

敖景：没有。

玉帝：太上老君，今日敖景何事？

太上老君：从春到秋未曾施雨，致使关东地区河流干涸、庄稼枯萎、疫病肆虐、尸横遍野。其人不施其职，淫乐成性，纵使富豪横行乡里，欺压百姓，民怨甚嚣，有损天庭之威！

玉帝：敖景，你可知罪？

敖景：没降之雨可以弥补，构不成犯罪！

玉帝：补雨？那人还能活？还是禾苗再生？

敖景：（沉默）

玉帝：今日辱打老臣，杀死周登，可认罪否？

敖景：（沉默）

玉帝：朕拟赦李德昭无罪，让李德昭接替白鳗鱼敖景辅助敖广施雨之职。各位爱卿赞成否？

敖广（出班）：臣有本奏。

玉帝：有本奏来。

敖广：微臣年老体弱，精力不支，还望玉帝成全卸职夙愿！

玉帝：朕已有考虑，时机不到，到时自会给你个圆满。

众天官：玉帝圣明。

玉帝：朕拟撤销敖景协助东海龙王敖广布雨一职，治以砍头弃海之刑。各位爱卿赞成否？

李德昭：玉帝且慢，敖景职务可改协助施雨之职；其刑可免，改易戴罪立功。

　　玉帝：李德昭，你这何意？

　　李德昭：敖景其才可用，赋予改过自新之机。

　　玉帝（叹息一声）：虚怀若谷。众爱卿可支持？

　　众天官意见不一。

　　玉帝：太上老君意下如何？

　　太上老君（笑了笑）：我岂能连李德昭不如？可也！

　　玉帝：依李德昭所奏，敖景协助李德昭施雨。敖景处以棒打二十之刑，立即逐去凡间。

　　（敖景拉出加以刑罚）

　　玉帝：执监官舒浩何在？

　　舒浩（左班尾排走出）：微臣在。

　　玉帝：朕处罚敖景可合乎律条啊？

　　舒浩：玉帝圣明，今日完全符合律条。

　　玉帝：这么说朕还有不符合律条之事？

　　舒浩：微臣不敢。

　　玉帝：那你没做过吗？

　　舒浩（立即跪倒在地）：玉帝爷，微臣上次受了敖景胁迫做了错事，不是本官主观愿为。

　　玉帝：似你这样，该负责的不尽责，却为敖景庇护而陷朕于昏庸，该判何罪呀？

　　舒浩：玉帝饶命！

　　玉帝：身边潜你这么一只耗子，吃里爬外，玷污公正，毁我圣聪！来人啊，将他拉出去，瘦其身形，逐入凡间旷野打洞为巢做一只行偷盗之事的老鼠吧！

　　（群仙昂奋，喊打不止）

第五十四章　重访德都镇

玉帝撤销了敖景协助敖广施雨之职，由李德昭取而代之。二人离开凌霄宝殿时，李德昭要与敖景一同回摩尔根。敖景借口有事去别处，拒绝了他的邀请，便一个人回来了。路上，李德昭看到关东大地久旱无雨，植物毫无绿色，田里的庄稼枯干折落，地上风吹尘埃滚滚而起，到处一派荒凉景象。他没有多想一路布云施起雨来，开始细雨蒙蒙，接着雨滴淋淋，整整下了一天一宿。他怕雨急造成洪涝，便停了一天，接着又下了一夜的中雨，算是基本解除了旱象。

三年多的光景了，李德昭又重回了摩尔根，直接去了德都镇。镇子光秃秃一片，整齐的民宅没了，满街的树木没了，成堆的破坏烂土到处都是，土堆上长满了蒿草。原来远近葱绿的庄稼地变成了撂荒地，讷莫尔河的水也没有多少了，连个鱼郎也不见，一片死气沉沉的。整个镇子连一个人影都没有，空荡荡的一片废墟，一点儿活气都没了。这是咋的了？怎么连一个熟人都看不到了呢？远处星星点点的村庄尚有袅袅炊烟在高空漂浮，现出几分活力。这里到底发生了什么事情啊？李德昭心中满是疑惑。

这时，不远处有一个人影影绰绰地往这边走来，步履蹒跚，东张西望，好像发现了李德昭。李德昭期待着他的到来，那样可以问问这里的事情。来人在十丈以外就停住了，惊异地打量着李德昭，似乎发现了什么？来人五十多岁，但是鬓角已经花白，黑黝的脸上刻上了几条深深的褶皱。李德昭看着来人似乎有点熟悉，快到跟前了他才叫出："你不是张子善大叔吗？"来人听到呼唤，却仍没有辨认出李德昭来。那人继续往前紧走了几步，终于认出这个陌生人，惊叫着："秃尾巴老李！老黑！"李德昭也朝前跑了两步，一下抓起张子善的双手摇晃着说："张大叔，真的是您啊！"张子善热泪盈眶，颤抖地说："真的把你盼回来了，这回好了，这回好了！"李德昭问："这镇子咋的了？为什么这样破乱不堪呀？"一句话问得张子善哇哇大哭起来。李德昭感觉不妙，这话定是触到了老人家的痛处了。

经过一顿安抚，张子善终于讲述了实情。张子善抹着泪水把李德昭被贬以后，敖景前来报复的事翔实讲述了一遍。德都镇遭到了一场浩劫：人员虽有伤亡，但是大多数还是生存下来，大半都投亲靠友去了，有的在附近，有的躲得很远，人们多么盼望自己能有个家啊！这一盼可就三年多了呀！土地也被糟蹋光了，教景是想把这些人都整死啊！张子善说完了哭，哭完了又说，眼睛都红了，可以看出来这里的人受到多么大的煎熬啊，他们又是多么憎恨那个教景啊！

李德昭继续安抚说："德都镇的人们因我受到牵连，我对不起大家！"张子善说："老黑呀，你千万不能这样说，这要让镇里的人们听见了会伤心的！大家都支持你是因为你对我们有恩泽，人们都拥护你啊！你和教景比，你想他们会跟着他吗？跟他好的都是啥人呀？都是富豪和有权势的人，根本不是一回事呀！全镇子的人即使到了这一步也没有一个反悔的，他们没有感到受牵连，反而觉得拥戴你是光荣、是仗义。"李德昭眼里含着泪说："大叔，我听明白了，我就是全村人的孩子，我的事，你们没有见外，统统当作自己的事情来办，我很感动啊！我绝不会对不起大家，我一定用我的力量回报大家，只有你们过好了，我才会高兴！"张子善说："这话我爱听，自打你没了音讯，我们一直惦记着你会回来的，怎么样？盼回来了吧！能回来，能见到就好。"张子善望了一眼李德昭，又说："走吧！我和你回仁和堂，那里还住着一百多号人呢！他们要是知道你回来了，还不得乐死几个呀？"李德昭这时感到心里有了热乎气。

张子善领着李德昭进了仁和堂大院，赶巧蛙婆在院子里神情专注地打扫卫生。张子善喊了一声："蛙婆！"蛙婆没有转身一边继续清扫一边说："哎哟哟，知道你快回来了，轻一点很怕谁听不见。"张子善向李德昭摆摆手，二人悄悄地靠近蛙婆，张子善蹦到蛙婆正面笑嘻嘻地说："蛙婆，你猜谁回来了？"蛙婆也嘻嘻笑着说："看你乐的，不就是张子善回来了吗？"李德昭扑哧一声笑了，亲切地喊了一声："婆婆，我，秃尾巴老李呀！"蛙婆一扭身埋怨说："谁敢开这大玩笑……"她丢下手中扫帚把话咽了回去，惊讶地叫着："老黑？"赶紧上去搂住李德昭，哭啼啼地说："真是你呀老黑？可想死我了！"李德昭说："婆婆，我也想你们啊！"眼泪转了下来。蛙婆拉着李德昭的手要往屋里走。各屋听见蛙婆说话的人都跑出来了，其余晚知道的也都破门而出跑到院子里，人们将李德昭团团围住，都想和李德昭说上几句，怎奈人太多一半会儿轮不上，有几个年轻人开始起哄把李德昭拉扯着跑了起来，人们乐呀、说呀、笑呀，眼里充满了欣喜的泪花。张河水老人抹着眼泪对蛙婆说："这回李德昭可真算是回来了！咱们可是盼了三四年了呀！"蛙婆也说："我们坚信他会回来，但是没想到他真的回来了，真是个意外的惊喜啊！"

这时，土地佬走进院子，蛙婆拦着喊："出去！这里没你的事！"土地佬说："这回你是赶不走了。"蛙婆急了，问他："怎么？你这投降派又要改成两面派了？出去！"张子善见土地佬执意不走，便走过去问："土地佬，你有事呀？"土地佬理直气壮地说："当然！"他见人们稍稍静了下来，高声说："乡亲们，我是来转达玉帝诏书的！"人们感到奇怪静了下来，等他往下说。土地佬宣布说："玉帝发布诏书了，李德昭被封为协助东海龙王敖广降雨之职，坐镇大关东。也就是说李德昭取代了敖景之职！敖景呢？变成李德昭的助手了。"人们一拥而上又把李德昭抬起来，抛向天空，仁和堂沸腾了，洋溢着久违的欢乐。

人们高呼："苍天有眼，这回敖景完蛋了，彻底的败了，给咱黑龙爷当个随从！"有人喊："他妈的，不用他！把老百姓害苦了，咋不判他入十八层地狱啊！"有的撺掇说："走啊，乡亲们，咱找他算账去！非打死他不可！不能给他活路，他从来也没给过咱活路啊！"张河水老汉说："这人啊，还得走正道，走歪门邪道终没有好下场！"张子善回答："这人活着就得做善事，积德越多留的念想也是越久远。"

到了半夜了，人们还是意犹未尽。有人说："黑龙爷还没吃饭吧？"蛙婆说："走吧，咱们大家都去陪陪！"人们笑了，有人揭发说："咱们也没吃呀！"院子里一派喜气洋洋！

第二天一早，刘河悍、刘兰梅和鳇将军都来了。鳇将军说："哎呀，我梦见好几次了，醒了一睁眼只是空乐一场。这回也像是做梦，可是美梦成真了呀，得好好乐和乐和！今天，咱们在仁和堂摆一桌，好好庆贺庆贺！"说完就去灶房张罗了。李德昭问刘河悍："刘大伯，这几年辛苦你们了，百姓的事、我家的事，你们样样都管了，真得好好感谢感谢您老！"刘河悍说："这说的哪里话，乡亲们都是这样做的，我还能做个别样吗？说句实在话，你平时对大家好，大家也不会忘了你呀！"李德昭问："婶娘咋没来？"见刘河悍没有马上回答，赶忙说："过几天我去看看她老人家。"刘河悍淡淡地摇摇头说："不用了！你走后不久敖景第一个拿我开了刀，扬言要把李德昭的人赶尽杀绝。我和他在结雅河里厮杀起来，你婶娘恢复原形一旁为我助阵，伺机助我一把。我没想到敖景功力大增，他大叫一声'刘河悍，拿命来！'一拳狠狠砸在我的头上，之后我就什么都不知道了。后来兰梅感知她娘钻进敖景的肚子里，可能关键时刻击打了敖景的内脏，使得他功力没有完全发挥出来，否则我早就没命了。"刘兰梅点头证实了这一点。李德昭点点头。

晚上，人们大吃大喝了一顿，一直闹腾到半夜，很多人喝醉了还觉得没有尽兴，亢奋的情绪始终难以平静。李德昭天快亮的时候才去休息，可是躺在床上怎么也睡不着，在筹划着德都镇的重建事宜。太阳出来了，这个太阳对于这里每一个人都是新鲜的、清亮的、明媚的、祥和的。李德昭起身来到蛙婆房间。蛙婆也是早早起来了，见李德昭进来，她说："趁早晨清净不多睡一会儿，过会儿就没有机会了？"李德昭说："我想去看看师傅。"蛙婆说："应该！这几年他替你操了不少心，容貌也苍老了许多。"蛙婆看了一眼李德昭说："要不要我和你一起去？"李德昭说："大老远的，就不用再操劳你了。

我也是去去就回。你在家里帮我应酬应酬，别凉了大家的心。"蛙婆夸赞说："这孩子，成熟多了，这么微小的人情道理都考虑得十分周到了。"

李德昭辞别了蛙婆和沉睡的人们，直奔天台山雷音寺去了。到了洞门书童玄惠正在值班，乐呵呵地问："师弟何时回来的？"李德昭说："刚回一天，烦请师兄通报师傅，李德昭求见。"玄惠乐颠颠地跑进洞去，不一会儿又返了回来说："师傅有请。"李德昭被玄惠引进张天师的书房。李德昭跪在地上说："徒儿李德昭拜见师傅！师傅万福！"张天师喜出望外地起身走近李德昭，扶起来，拉到自己座位旁问："这三年里，你音信全无，可想坏了师傅了。什么时候回来的？"李德昭说："昨天下午。"张天师问："怎么想起回来了？"李德昭说："弟子向师傅请罪，离去归来没得机会告与师傅，让师傅担心了！"李德昭将观音救助，又到凌霄宝殿救驾诸事该简则简该详则详地说与了师傅。张天师听了感叹不已，感触颇深地说："人间正道是沧桑，玉帝总归给你个圆满的认可，这与你的一贯坚持是分不开的，你要持之以恒普惠众生！凡此英雄人物只有人民认可，天庭玉帝和凡间皇帝才会认可，所以历史上的英雄是庶民的英雄。"张天师看了一眼李德昭，见他眉头不舒展，知道他定有心事，关心地说："德昭，你似有不快之事，说来听听，师傅帮你圆一圆。"李德昭说："师傅英明，徒儿却有难事，不过此事自己有能力解决。当初德都镇有部分土地被我修筑母亲墓地时占了，我为了补偿给他们开垦了耕地，并答应他们可以随时降雨。我被贬职后，敖景报复我株连了德都镇百姓，将其村庄田地毁成废墟。我想给他们新筑房舍，让他们能够寝食安居。此事只需甄元子师兄帮忙画个图纸即可。"张天师说："应该做，应该做！不能苦了百姓。"说罢，令玄惠找来甄元子。师兄弟二人亲热了一回。张天师将李德昭的难事说了，让甄元子帮助李德昭。甄元子欣然应诺，问："师弟，此事何时开始？"李德昭说："今天最好。"张天师说："我也跟去待几天。"李德昭谢过师傅，并带领张天师和甄元子返回了摩尔根仁和堂。

仁和堂的人们还在欢庆着李德昭的归来，扭秧歌跳族舞火爆异常。李德昭和帅傅师兄进院人们才肃静下来。李德昭说："大家该玩的玩，该说笑的说笑，我请师傅来帮我做点事，不影响大家，大家可随意尽兴。"打过招呼李德昭领师傅进了书房。这时，蛙婆、刘河悍、鳇将军、刘兰梅、张子善过来见张天师。茶水倒上后坐下唠起来。

李德昭说："我请师傅过来帮我给德都镇重建房舍，让人们尽快住上新房，过上安居乐业的日子。"张子善高兴得简直发狂了，起身就往外奔去。李德昭说："张大叔，先别急，等我说完了，你再和他们征求意见。最先考虑的是我们应该建一个什么样子的村镇，房子是什么结构的，样式如何？谁有现成的意见或者有现成的房样最好。咱们统一规划、统一样式、统一规格。你去问问大家如何？"张子善的疯狂劲不见了，这些问题他还没来得及想，而李德昭却明确地提了出来，叫他一时不知所措。以致李德昭问他半天了，他还是木讷不语。

李德昭看他很是为难，便说："张大叔，你去把人集中起来，我和师兄去对他们说，听听大家的意见，怎么样？"张子善像是得到了解放似的轻松了许多，立即说："我就去召集。"

院子里站满了人，李德昭站在大厅出口的台阶上大声说："乡亲们，没有房子住是个坏事，这些年大家四处奔波，辛劳疾苦，饱尝了心酸。但是，也不尽然，现在可能是件好事，我们想重建一个德都镇！我现在问你们：大家想不想住好房子呀？"众人应声回答："想！咋不像啊！早就想了！"李德昭说："想就好，我想问：谁知道啥是好房子啊？"很多人感到意外，觉得这个问题提得有点太超前了，一时不知如何回答。李德昭又问："遍地找，谁见过好房子呀？一定是好得不能再好了！有没有见过的？"人们还是无语。过了一阵子，有位以往经常出去倒卖盐的中年人蹁起脚来说："那好房子可多了，只是咱们住不起啊！吃穿还愁呢，哪有钱建房子呀？是不是？咱得实际点吧？"李德昭解释说："适不适合咱们这个地方人居住啊？"那人说："有适合的。"李德昭对张子善说："先把这个人名字记上。"又问："还有谁知道呀？"又有一个人没说先笑了，结结巴巴地说："龙门寨庞员外家那几栋房子不错，青砖灰瓦的，挺有讲究，可人家是财主咱们比不起呀！"张子善说："这个挺靠谱，在咱们跟前儿，很多人都见过。"李德昭说："记下。"李德昭抬起右手示意说："还有谁知道？"有人说："能整个土坯房就行了，实在不行干打垒也中！"有人配合说："干事总得讲点实际，想入非非那不白扯？"

又过了一会儿，张子善见人们不再说什么了，便大声说："先这样吧，没有真正能够说出个子午卯酉的。"李德昭说："今个就到这儿，明个再和大家商量一下。"李德昭回到屋里对张天师说："师傅，您和蛙婆他们在这坐着，我和师兄出去一趟。"于是李德昭、甄元子、张子善三人出去了。人们也不知他们到哪儿去，去干什么？

李德昭带着甄元子和张子善来到龙门寨，在庞府上空盘旋起来。张子善指指庞府后院那座粉色的楼房说："那个怡心楼就是教景玩女人的地方，是庞有福专门给他建的窑子。"甄元子说："这儿的房子是老式样，不发达的地方就显得阔绰了，要是地方富裕点的，这样的房子就没人用了。不知师弟你是怎么想的，要是看好房样还是去人群比较集中的地方，那里生活水平、文化层次、人们追求程度都比较高，相对好看实用的房样就比较多一些。"李德昭问："那去哪里看比较好呢？"甄元子说："我看选几个州城县府去看看比较好，选择的余地多。"李德昭看看张子善。张子善说："我也没个谱，那就听甄师兄的吧。"

三个人一边行一边来到了东宁府。李德昭说："这地方挺热闹，下去看看吧。"三个人在城里转着，看见一位挺富态的老者。张子善走上前问："老人家，我们三人是木匠，主人叫我们出来寻个房样，相中了要建一些，您在这里住知道谁家房子好，领我们去瞧瞧好吗？"老者笑了笑说："啊，要我推荐我们的好房样，这是好事啊，行，那就跟我走吧！"

老者走进一户独门独院，推荐说："要是小门小户，这种房就可以，三间砖瓦房一个院，人多可以加一间，再多还可以加，太多就得住四合院了，你看仓房、茅房、畜圈一应俱全，理想不？"又领三人进了隔壁院子。他对三人说："这就是我家，相对阔绰些，人口几代同堂，就是四合院了。人多多盖，人少少盖，实用就行。"这时几个娃娃欢蹦乱跳地跑出来，围着老者转，小眼睛不停地扫着三个陌生人。老者礼让说："三位可以进屋看看格局。"张子善三人跟着老者进了内室，灶房在房子中间，两侧各有两间大房，一侧干脆就是一铺通炕，可以睡十多个人，炕中间根据需要还可以用幔帐隔开居住休息。这主要是考虑到冬季取暖。张子善问："三间房也可以搭通炕吗？"老者说："那要看开间大小，大的可以通炕，小的按需可以搭个南北炕，这样住个两三代人满够用。"三个人相互看了一下都点点头。

李德昭三人谢过了老者，来到大街上，又转了几家，然后找个小店坐下喝茶。张子善说："这里的房屋比较适合咱那地方，构造、样式、格局都行，外边看着漂亮，里面利索实用，我看挺好的。"甄元子说："一个地方一个习俗，这里的房屋挺适合摩尔根一带，现在看比咱那好，几十年后还不算落后，总体看现在比庞府房子要好，起码是外观比他好，若是有规模我赞成选老者邻居那房样，一排排独门独院甚是可观。"

三个人基本达成共同意见，对设计也提出要求：宽窄高低必须一致，庭院配置必须一致，室内格局必须一致。分配原则：人多的四间房，人少一点的三间房，再少的两间房。实施中房屋布局要整齐：每条街房子间数相同，两间、三间、四间各在一条街，相同间数房子多的可以增加一条或两条街，保持村镇格局规矩气派。再设计一个四合院，作为镇公所用房。

图样不一会儿就画完了。三个人铺在桌上仔细看着，推敲哪里不合适。李德昭看完，问张子善有没有不妥。张子善本意有个住处就无可无可了，觉得现在规划的几种样式都是自己没想到的，全都这么好还有什么可挑的呢？什么不同意见也没说出来，图纸便敲定下来。

三个人来到德都镇，查看了一下地形，觉得原地方还够用，只是不够平整，需要弄平。李德昭说："还有什么问题？"甄元子说："就看你什么时候动工了。"李德昭说："回去再定。"

回到仁和堂，三个人都有点累了。李德昭告诉甄元子和张子善两个人要好好休息，明天还有任务。吃完了晚饭甄元子和张子善两个人早早睡了。兴奋了两天一夜的人们，也都在日落之后不久睡觉了，仁和堂平静下来。院子里只有蛙婆一个人磨磨叨叨地做着散碎的事情。张天师也睡了，刘河悍、刘兰梅、鲟将军收拾完碗筷餐具也都回去休息。李德昭开始时静静地躺了一会儿，听到蛙婆开门进屋关上房门。他悄悄地推开房门走进院子里，身子一动跃上天空，独自一人来到德都镇的废墟上。他打了几个盘旋，场地就扫的光板一样平整，不见了碎石土块，不见了包包洼洼。他把图纸拿出来铺在地上，借着天空半个月亮的光辉，辨别着房屋的趟数和座数。他先用泥土捏了一座两间房的套院，放在了第一趟的东头；做了一套三间房的套院，放在了第三趟的东头；又捏了一套四间房的套院，放在了第五趟的东头。回头把第二第四第六趟的东头各比照前一趟东头的房样都捏了一个，如前放好。在村东头的空地上做了一个大的四合院，按照方位摆好。房子的布局基本有个初模。李德昭升到空中，对着地上的图纸默默地念叨三遍咒语，然后双手用力一推，只听噼噼啪啪冰雹声响起，一时间电闪雷鸣，大地蓝光闪耀。大约有一个时辰，又降了一阵雾蒙蒙的细雨，渐渐的大地和天空清亮起来。

李德昭回到仁和堂，师傅和甄元子正在睡觉，自己也悄无声息地躺在床上，闷头假装睡觉。张天师低声问："搞定了吗？"李德昭一惊，随口说："什么事？"张天师问："漫天蓝光，别当我不知，搞定了吗？"李德昭不敢再瞒，只好说："搞定了。"张天师说："你快睡觉吧，还有点事儿我去搞定。"李德昭说："师傅，你休息吧！没有你可干的活了。"张天师下床要走，李德昭下地阻拦。张天师说："你要管也可以，你给我看住蛙婆，她不能到我那里捣乱！"

张天师出去了。李德昭心里纳闷：师傅要干什么呢？为何叫我给他看着蛙婆呢？他了解张天师，所以不敢跟去，便留心看着蛙婆。

张天师到了德都镇，只是几声咒语唤来铺天盖地的蝗虫，将德都镇几千亩荒草地转眼吃个溜溜光，连蒿草的茬子也没留，可算是干干净净草刺没有。他见蝗虫撤了，便又念起咒语，呼啦啦飞来遍地蝼蛄，将地从里到外翻个遍，使板结的土地变得疏松。张天师收拾完土地正往回赶，迎头遇上了蛙婆拖着李德昭往德都镇方向来。还没等蛙婆说话，张天师说："早一点啊！现在两拨都走了，你说你还拼命似的往那赶有什么意义？"蛙婆哼了一声，横了张天师一眼，嘟囔说："真是个老怪，做好事还这么偷偷摸摸的！"张天师笑了。李德昭问："师傅，你做啥去了？"张天师说："天亮见分晓！"

三个人回到仁和堂，天已大亮了，人们都已起床。甄元子见张天师和李德昭还有蛙婆从外面回来，便问："师弟，这么早你们干什么去了？"李德昭说："一会儿吃完饭你和张子善大叔带着纸笔，按着镇里的人名榜，逐户贴上户主的名字，并将户主的房屋编号记准，最好搞个花名册，千万不能搞错。"

张子善和甄元子不到中午就回来了，乐得合不拢嘴。李德昭嘱咐张子善说："房子有了，土地我师傅也给翻好了。人们回来还要面对很多问题，比如吃饭、穿衣、被褥、锅碗瓢盆和很多日常生活劳动用品，必要的生存物资都不能少。咱们好事要办好，房屋、土地生活用品的分配坚持按需分配，老弱病残人家适度照顾，做到公平合理，人人满意。粮食和必需的生活经费我负责筹集，大家要互相体谅，本着勤俭节约克服困难的标准安排各自的日子，争取一两年内步入正常，再有一两年的时间达到富裕程度，告诉大家要有这个雄心壮志。还有德都镇恢复了，原来好的规矩不能丢，在那个基础上要对镇子的管理提出更高要求，特别是村规民约要结合实际详尽规定，比如爱护公共设施、勤劳持俭、邻里和谐、尊老爱幼、尊重妇女、扶弱助残、不偷不盗、言行文明。对于违犯约定的要有处罚措施，可以视错误程度强制做几日义务工，比如清扫环境卫生、修筑水利工程、帮助困难户种地等都行；执行规定，也需要人们之间的相互监督，谁做错了，可以提示或制止并及时纠正，不听劝告的要举报，形成一个大家守规矩的氛围。头人要坚持依据村规民约办事，公道正派，不徇私情，对恶劣行为敢于扼杀。"

张子善认真地听着，不时地点着头。李德昭又告诉张子善说："尽快开一个现有群众会，发动他们尽快将那些流离在外的群众找回来。提出房屋土地以及相关物资的分发意见，等人们都回来了，开会讲清，不能少数人先行分配，使群众知情满意。待生活恢复了，再研究生产自救。"

甄元子说："师弟，你想的可真周到，很多细小问题都研究得这么细致。"张子善说："他把心思都耗给我们了！"

李德昭说："谁说的，下一步还有大事呢，德都镇可要带头把你们这侧的河堤自己修起来啊！"张子善说："我们修个河堤算啥大事呀？"李德昭说："到时候就知道了。"

第五十五章　降马施农技

　　刘河悍和女儿刘兰梅与鲟将军又来到仁和堂。李德昭对刘河悍说："刘大伯，德都镇的人快回来了，住房问题已经解决，还有吃的用的需要帮助，你帮助周济周济。"刘河悍说："没问题，在仁和堂的这伙人吃的用的照旧，新回来的吃的用的现在就准备。完全保证今年和来年的物资需要，再帮着找个郎中解决看病问题。以后我一个月去一趟，有问题随时解决。"鲟将军还没等李德昭说话，主动说："种地我帮着，人力、物力、用钱什么的我都管。德都镇的人可好了，不管咱也对不起良心。我也定时常去，别让困难难为着德都镇人。"李德昭说："这些天咱们有时间都过去看看，老百姓撺家舍业的折腾一次也不容易，有人关心点会好一些。"

　　仁和堂的人们得知房子土地都有了，乐得了不得，嘟囔张子善领他们回去先看看。张子善看见群众情绪振奋也很受鼓舞，对大家说："把人都召集到院子来，我有话说。"人们一吵吵，屋里的人全跑出来了，规规矩矩地站在那儿，想知道张子善要说什么？

　　张子善站在大厅门前的台阶上，先整理一下衣服，又清了几下嗓子，挺直身板说："乡亲们，正式告诉大家一个意想不到的好消息：我们昼思夜想的房子现在有了，而且那个好哇，你们做梦都不会想到，忒好了！还有我们那些耕地，也都收拾好了，现在种荞麦和白菜萝卜还来得及，怎么样？"有人叫喊："张子善，你说话要贴点边际，大白天不是瞪着眼睛说梦话吗？"张子善说："梦话？不信一会儿我领你们去看看！"那人将信将疑说："这可神了！"张子善说："没错，是我们感动了上苍，神仙来帮助我们了！"张子善看见大多数人已经相信，又说："从今天开始，三天内在仁和堂的人，要把躲居在外地的德都镇人一个不少地都找回来，缺一个房屋土地都不能分，急不急你们酌量着办！一会儿我就按着德都镇的人员名单给大家分任务，通知到户，被通知的人在表上签字画押，保证按时回来！"人们齐声说："没问题，现在就分吧！"其实张子善早就请甄元子给写好了。张子善掏出来签个字给一份，不一会儿发完了。张子善说："现在我领你们回德都镇看看！"人们簇拥着张子善，出了仁和堂大院。

　　刘河悍和鲟将军也想看看，便说："大家都来吧，我们送送你们！"人们第一次踏上云团，不少人胆突突的有些害怕。鳇将军说："没事的！害怕你就闭上眼睛！"不一会儿就到了德都镇，人们说："还是这玩意快！"

人们站在德都镇的土地上，都傻眼了，昨天还是一片废墟，今天排排青砖灰瓦的大房矗立在眼前，漂亮的房屋，规矩的庭院，整整六大排，街道整齐平坦，路边绿树成荫，院门上贴上门牌号码和户主的名字。

人们又一次欢呼雀跃起来，喜庆自己获得了新的生活。很多人看见未来属于自己的房子，趴在名牌上叫着自己的名字，拍打着门楣哭着说："真没想到啊，我也有今天！"也有的评论说："这房子比龙门寨庞有福的那几间破玩意可强百倍！"

这时，李德昭领着张天师和甄元子也来了。张河水说："乡亲们呀，是他们给咱造的福啊！谢谢他们吧！"说着老汉跪在地上，人们呼啦一下全都匍匐在地上，齐声说："黑龙爷、张天师、甄元子啊，你们是我们的再生父母啊！我们这些穷苦人能够有今天的日子全托你们的福了！"说完磕头不止。三人上前赶紧搀扶，人们不愿意起来。李德昭拉起张河水说："老人家，您要说句话啊！你们不能这样啊！这是我们不能接受的，我们来日方长，你们这样叫我们很为难呀！"张河水说："我也没有想那么多，一时冲动无法表达，就来此下策了。"转身对大家说："乡亲们，都起来吧！恩人不喜欢我们这样做，只希望我们靠着自己的努力过上好日子，他们就满足了！"人们陆陆续续地站起来，满含热泪地望着三个人。

过了一会儿，张子善催促他们赶快去通知。人们这才散开。

李德昭望着千顷沃野感慨万分，如何叫这肥沃的土地变成百姓的生活来源呢？让他们吃靠它、穿靠它、住靠它、生活生产费用也靠它。不仅目前恢复生活需要它，将来解决房子、走向富裕更需要它呀！简单地凭人用锹翻远远不够，找一些人帮忙开垦，百姓这么多也解决不了根本问题。这时一位蒙古族牧人赶着一群马奔向牧场，李德昭望见灵机一动：要是把这些牲畜变成犁田的动力该有多好啊？给它们配上耕田的犁具，怕是会比人力干的多上多少倍呀！想到这里，他对张子善说："咱们找来一匹马试试犁田怎么样？"张子善回答说："从没干过，那家伙那么壮实，能乖乖地听人使唤吗？一个尥蹶子还不把人踢翻了？伤了不要紧，死了可就麻烦了。"李德昭笑笑说："走吧，咱们去看看再说。"张子善向未来得及离去的村民们一挥手，招呼说："走吧，瞧瞧去！"人们带着好奇心跟来看热闹。

到了牧场，人们抬头望去，不远处绿茵茵的草地上，马群悠闲地嚼食着嫩草。有的摇晃着长长的尾巴，略有情趣地垂着头慢慢地咀嚼；有的懒洋洋地卧在草地上，眯着双眼正在打盹；有几个马驹任性地追逐着，扬起后腿尥起蹶子。草原上安静而又祥和。这时，忽然丘陵的背面传来马群的嘶叫声，由远而近，由弱变强。原来放牧的马群开始骚动，老马都扬起头竖起耳朵，眼睛惊惧地望着马群嘶叫的那个方向，鼻子不停地发出咴咴声。

转眼之间，岭后边奔出一群烈马，马头攒动，奔驰而来，足有三十来匹。一匹红色大马跑在前头，转眼闯入吃草的马群。原有的马群霎时间被冲散了，倒的倒，逃的逃，失了阵脚。那群烈马，奋蹄飞奔，朝人群跑来。只见跑在前头的那匹枣红马，红红的，像跳跃的神鹿，周身热血溢出烈焰光芒。四蹄生风踏出坚实步履，回眸一望喜悦和自信显出轻狂。假如用这匹马去作象征，世间万事求成绝不是空想。

李德昭看罢迎面走上去，张子善急忙拦阻。李德昭笑笑没说什么，伸手抓住马的鬃毛，身子一纵跃到马背上，稳稳地坐着不动了。那红鬃烈马似乎没有把他放在眼里，前蹄扬起要把李德昭翻下身来。前扬后蹬，几番腾跃，李德昭像黏在它的背上，怎么也抛不下来。红马于是在草地上纵身飞奔，有如离弦的箭眨眼窜出一二里地远。

马儿疾驰，四蹄生风，向前奔去。不远处现出一条小河，银光闪闪，微波荡荡。马儿没有止步的意思，脚步越发快速，眼看就到水边了，马儿腾身飞起离开地面。李德昭十分亢奋，挥手照马屁股轻轻拍了一下，身子离开马背，随势飘向对岸。那马的屁股挨了一掌，愈发骁勇，一跃蹿出十几丈，稳稳落在对岸的河滩上。马儿回头望望背上的李德昭，见李德昭并不在脊背上，十分不忿，喷气似的咴咴打着响鼻；又见李德昭来到身边，转身就跑。李德昭不给它机会，飞身骑在它背上，随它任性而去。

马儿跑上河堤，在茫茫旷野中狂奔，脖上鬃毛倒向脊背，尾巴直飘在身后，像一根坚硬的棍子。跑啊跑，不见它出汗，没感到它喘息，身姿依然，越跑越来劲。不知跑了多久，前面闪出一片树林，马儿夺小路闯了进去，在林木稀疏的空隙间穿行。尽管树的枝丫羁羁绊绊，它也没有停歇的意思，似乎早已习惯了这种路况，依然奔驰不止。前面出现一座山峰，吸引了马儿的兴趣，飞也似的向上攀登，陡坡似乎对它毫无阻挡，越跑越快，刹那间奔上了峰顶。峰顶十分狭小，马儿立足未稳，顺势跌下了深谷。李德昭一看坏了，山后是一道齐刷刷的断崖，足有几十丈深。这大概也是马儿没有预料到的，顺势向下滑去。李德昭见势不妙，右手一指一团云彩擎住了马蹄。说来也巧，就在马儿落在云团的同时，两只马前蹄踏在一棵树上，只听咔嚓一声，马儿借力腾起身姿，远远地落在对面的矮崖上，随即仰起头张开大嘴嗷嗷的一阵嘶鸣。李德昭在马背上轻轻拍打了几下那长长的马脖子。马儿温顺地踏了几下前蹄。

李德昭坐在马背上，右手用力向左拍打马的前脖。马儿已是通情达意，迈开四蹄向回跑去。步伐均匀、身体稳健、气宇轩昂，像是凯旋的胜利者。李德昭识出方向，他原来乘马跑了一个大圈圈。很快他和马儿就回到了出发地，与来时的人们会合了。李德昭跳下马背，轻轻地拍了一下马屁股，那马悠闲地回到伙伴中间，马与马居然脖子相擦亲热起来，像是赞赏它的出色表现。人们向李德昭伸出拇指，赞扬他的勇敢和娴熟的技艺。

李德昭来到张子善跟前，兴致勃勃地说："这马很通人性，你想让他干什么，给它个支吾它就知道怎么做。怎么样谁来试试？"

这下百十号人可被叫住了，无一人肯去试一试。张子善挠挠头嘟囔说："这些人都没摆弄过马，尤其刚才您骑过的那种马，所以不敢照量。"李德昭有些失望，低头默然良久。

老汉张河水耐不住沉闷的气氛，自告奋勇地说："我来试试！"张子善立即拦挡住，劝说："大叔，这可不是闹着玩的，您老那么大年纪能禁住那通折腾吗？万一有个好歹我们怎么向您家人交代啊！"张河水固执地说："这我明白，不过万事开头难，真能降服住这种烈性马，那耕田、拉车、骑乘不就解决了吗？这要是开了头，咱就能多打粮食多挣钱了，还愁过不上好日子吗？这种技能我们会了，传给后代，传给亲友，全体百姓都学会了，那不就造福子孙了吗？我从小摆弄马，多少通点马的习性，我留点神也就是了，虽是年岁大点可身子骨还挺结实，摔摔打打的也不算什么。不就是试试嘛，不行再放弃。"

一席话说得人们茅塞顿开，几个年轻人走上前来，争着抢着要试试。李德昭走过来说："诸位，敢试试是好事，张子善大叔的担心不是没有可能。不过，我还是支持你们试试，只有亲身体验才会得到真正的本事。咱们别着急，一点一点来，你们在这等一下，我去去就回来。"说完转身走开了。

过了一会儿，李德昭返了回来，手里拿着绳子和拴好的套套。又把那马拉了过来，一边往马头上套一边讲解说："这个可以叫作马笼头，马要带上这玩意就比较好控制了。"李德昭把马的笼头戴好，翻身骑到马的背上，开始演示马笼头的使用方法。他说："人要骑在马的肚子前部，两条腿夹住马的身子，不要夹住不放，那样马会感到难受，容易耍脾气。人要保持平衡，不要紧张东倒西晃，手要拉住马缰绳，不要总是绷紧，应松弛有度，停的时候要用力拉住，转向的时候，往哪边拐往那边拽缰绳。"李德昭见大家听得认真，接着说："这是基本的无声操作。下面再说说语言指挥：马能听懂简短的行为语言，比如叫它走喊'驾！'叫它停喊'吁！'左拐喊'里里！'右拐喊'喔喔！'叫它快走喊'的驾'还有一些慢慢再学。"

张河水摩拳擦掌走到李德昭面前，坚持说："还是让我先试吧！"李德昭犹豫了一下，看看张子善。张子善走过来接过马缰绳，争着说："咱俩比，要试也得我先试呀。"张河水拽住缰绳不松手，固执地说："不管咋说，我摆弄过几年多少懂点，比你一个愣头青要好一些，放手我来吧！"说罢一抖缰绳，张子善就松了手。张河水也算真有两下子，一个鹞子翻身就坐在马背上，手中缰绳一抖，口中同时喊声"驾！"那马撒腿就跑，不过速度不比李德昭骑时那般快。张河水绕草场兜了一圈，快到人们近前了，想展示一下自己的骑艺，两腿一磕马的肚子，口中喊声"驾呃"。那马受到刺激，身子一纵，四蹄放开，腾跃奔驰起来。没跑几步，张河水感到身体不稳，急忙喊叫"吁……"马还是没停住。他紧急拽住缰绳，不想拽得太猛，那马前蹄仰起，张河水顺着马背溜了下来，一个腚蹲坐在地上。人群一片惊呼。李德昭和众人赶紧跑过去搀扶他。张河水一骨碌爬起来，拍拍屁股笑嘻嘻地说："他妈的，停得还挺快。不过要是我年轻时即使这样也不能摔着我。"有几个后生都对他说："是啊，您要是我们这年纪，站在马上跑的也比这快，这不是到了好汉不提当年勇的时候了嘛！"张河水听出有嘲讽之意，立即抹下脸说："去去去，狗嘴吐不出象牙来。"几个年轻人不饶，耍笑说："爷爷，脱了您的裤子吧，一定是把屁股摔八瓣了！"张河水薅起一把草追着几个年轻人抽打，弄的全场人哈哈大笑。

几个年轻人还要试试，李德昭说："诸位，再等等，稍候就来。"说完转身就走了。不多时又折身回来了，手里拎着一根绳子，绳子中间拴有一节铁棍。有个年轻人低声问张河水："爷，他拿的是什么？"张河水回答："没见过。"大家很是好奇，琢磨着它会派到什么用场？

李德昭把那匹红马拉过来，将拿绳上绑的铁棍部分塞到马嘴里，绳子通过笼头的左右环穿过放到马背上，然后骑到马背上说："在马不听话的时候，拉住两侧的绳子，马惧怕疼痛就会顺从人的指令。"说完，他给示范起来。

李德昭骑在马背上，双腿一磕马肚子，同时喊了一声"驾！"那马一个箭步窜出去，飞快地奔跑起来，不一会儿转了回来，铁棍含在马嘴里，马感到不舒服，一个劲地摇头。李德昭喊了一声"吁！"那马似乎没在意继续奔跑。李德昭又喊了一声"吁！"同时用力一拽两侧绳子，那马果然停住了。

有个年轻人走上前要求试试，李德昭同意了，嘱咐了几句就把马交给了他。年轻人接过缰绳和后加的两根绳子，搬住马背一个弹跳骑到马背上，欣喜的不得了。他摆正身子，拉住缰绳喊声"驾！"马随声而行，平稳地迈着缓步。年轻人要显示一下，双脚一磕马的身子，那马一个腾跃奔驰起来。跑不一会儿，年轻人想再快一些便使劲一拉那拴铁棍的绳子，那马疼痛难忍，抬起前蹄树立起来。年轻人越发拽紧绳子，那马就地转圈尥起了蹶子，活生生把他掀到地上，当即没能站起来。人群迅速围拢上来。幸好年轻人没有大伤，只是左手掌外侧扎进了两根蒿榨子，足有半寸来深，疼得直咧嘴。

马有很多分类，比如分圈养和放养，分家马和野马；马的自身也分很多品种。类别品种不同，马的素质和习性也不同。李德昭选骑的这匹马，非是一般马匹，那是一匹汗血马，在使役上区别于一般品种，古代是不是用于农耕不太知道，现在多用于赛事、观赏、骑乘、礼宾接待等用途。一般马也通人性，人与马长期接触情感上也有交融，主人想干什么？一接触马就猜个差不多；反过来马要干什么？一般主人也会猜到一些。

这个年轻人挨摔，与人马两生有直接关系。许多事情都是熟能生巧，骑马也是一样的。李德昭将那匹红色汗血马牵回来，大家觉得那马很听李德昭的话，其实就是这个道理。如果没有李德昭制服在先，如果没有先前的那些情感融合，李德昭与汗血马之间不会有后来的配合默契。所以，李德昭坚持让大家练习，是他认为人是能改变一切的，应该迎难而上，去努力争取成功。

张河水看见那个年轻人被摔下马，想到对马的使役从不会不熟到熟悉会用需要一个过程，人们在学的时候要有人指导，这样这个过程才会短，效果才会好。于是提出自己再试试。李德昭同意了，将马交给张河水老汉。老汉再次上马，在草场上跑了一大圈，试用了那个拴铁棍的绳子，觉得挺管用。在马上问李德昭："这拴铁棍的绳子应该起个什么名字？"李德昭问："这绳子管用吗？"张河水回答说："挺好使的，有个名字以后好再做一些。"李德昭想了想说："老人家，你对马很有研究，你就起个名字吧！"张河水低头想了一下，看到这匹马带上这铁棍的时候，嘴里不停地咀嚼着，像是个负担，便说："要不就叫马嚼子，怎么样？"李德昭笑了笑说："很形象，就叫马嚼子吧！"张河水老汉也是受宠若惊，生来第一次被人这样重视，要求说："以后你就把这事交给我吧，我能做好。"

挨摔的那个年轻人赶紧走过来对张河水半真半假地说："这不公平，你老骑了两次就当上师傅了，我骑一次怎么也得称个小师傅啊！"众人听了哄堂大笑。李德昭说："别着急，后生可畏，你做得比他好不就成了大师傅了嘛！"

李德昭对张子善说："张大叔，回去咱们再做一些犁具，试着耕地种田，两匹马一副犁，一天下来会翻好几亩地，翻的又深，是人的多少倍呀，也不会耽误农时了。"李德昭这么一说，张子善的信心就激发起来了，答应说："回去我就去放马那家商量商量，是借、是租、是赊，先弄他个四五副犁干着，实验成了，那就大扯了，两三家一副犁，这一年下来咱们德都镇得开多少地啊！到那时种地、吃饭、穿衣、住房还成问题吗？那样咱就发大财了！"李德昭说："这就好，以后你们有什么事继续找我，我全力以赴。"

人们兴奋极了，欢呼雀跃，一起喊起来："秃尾巴老李，下雨一刻！"话音未落，大雨就下起来。

第五十六章　李家庄祭祖

德都镇人回迁新居的消息很快通知到那些躲居他乡的人们，人们大包小包背着扛着携儿带女从四面八方赶回来，住进了新房。家家欢天喜地，人人喜气洋洋，全村沉浸在浓浓的节日氛围中。德都镇人怎么能不高兴呢？整个村子都是青砖灰瓦建筑，房屋一排一排坐落整齐，户户独门独院规矩实用，家家屋里布局合理舒适；衣食住行样样考虑周到，男人女人老的少的人人可心。谁家遇见这样的美事能不乐呀！但张河水老汉家这种欢乐就来得迟一些。张河水的老伴、儿子、儿媳、孙子四个人都投奔姑娘家去了。他的姑娘出嫁到了四川省武侯县，从送信到返回大约得一个月的时间。老汉看见别人家都团聚了眼热得不得了，天天一有时间就到村头去眺望，成天盼呀盼呀就是不见亲人归来，心里这个急啊真是望眼欲穿了。别说亲人回来呀，就是送信人恐怕还没到地方呢！

这一天李德昭来了，准备和张子善合计一下土地复种灾民自救的事情。李德昭还没有说正题，张子善却将张河水老汉的事当作一个趣闻讲给了李德昭。李德昭要去张河水家看看，路上张子善说："张老伯的家人不能尽快返回来，我也替他着急，可有什么办法，路太远了。"李德昭问："张老伯的女儿怎么嫁到那么远去了？"张子善告诉他说：当年张老伯的女儿才十六岁，名叫小琴。村里来了一个卖药材的郎中住在他家，姓诸，有个二十五六岁，文质彬彬，一表人才，在村里还给好多人诊过病，医术还挺娴熟。过些日子，诸郎中突然提出要娶张老伯的闺女小琴。张家犹豫不定，老伯找到了我的父亲想讨个主意。我见父亲还没思考清晰正在举棋不定，便在一旁说："那么远，嫁给他咋办呀？"老伯当时瞧不起我，嫌我油嘴滑舌，讲究穿戴。他猜到我的心思怕我娶小琴，便当即表态同意了这门婚事。就这样诸郎中将小琴带走了。之后小琴没有再回来过，逢年过节有书信或钱物寄来。

李德昭问："那老伯现在对你印象如何？"张子善笑了，他告诉李德昭：后来老伯感到我这个人虽然油嘴滑舌，但是做事还挺实在，慢慢看我也就顺眼了。现在我们爷俩成了老铁。李德昭说："看出来了，老伯现在对你很支持，这次灾民转移安置，包括回迁，他帮着做了好多事。"张子善说："那可不咋的，上次往山东迁坟，他非得要去，说他是山东人，知道那里的习俗，有些事情会办得更好。我说他年纪大了，路上身体吃不消。他急了骂了我一顿，结果大家还是没有让他去。"张子善说完笑了笑。

张河水一个人正在屋里打扫卫生，看见李德昭来了，立马停下手中的活计迎了出来。张河水指着刚刚擦过的椅子说："您坐！"见李德昭迟疑了一下，对张子善埋怨说："来了客人你也不让让座？"张子善赶紧示意李德昭坐下。

李德昭看见张河水家分的是三间房，便问："老伯，三间房够住吗？"张河水喜滋滋地说："够住，够住。孙子将来结了婚，就住西屋，儿子他们住我这屋北炕。挺好挺好的，多亏了您了！村里人说了，将来咋个谢谢您呢？"李德昭说："谢个啥，应该做的，又不是做不到。"张河水说："话是这么说呀，村里人心里都有数，同是施雨人，有人祸害我们，有人造福我们，真的是不一样啊！你这么恩惠我们，我们老百姓为了您也愿意什么都豁出去！"李德昭说："老伯，言过了。我就是干这个的，不干好能行吗？"张河水一本正经地说："敖景也是干这个的，人家咋个干法？活干的不咋样，可是人家享受的可挺滋润！人心呀看你正不正！"张子善说："老伯的想法代表了老百姓，大家都心明镜似的！很多人就是不善于表达而已。"

李德昭看了看张河水说："今儿个来本想同你和子善叔说说种地的事，路上听说您的家人还没返回，心情急切。我想全村子的人都回来了，也不能差您一家，想帮您把他们接回来，您能告诉我他们具体的地址吗？"张子善感觉出乎意料，跟张河水玩笑说："老伯，今儿个你可得破费点儿了，人家老黑要出手相助了！"张河水很难为情，觉得自家这点小事怎么能骚扰人家那么大的人物呢？便吞吞吐吐地说："不，不用了。慢慢自己回来算了，不给你们添麻烦！"

张子善说："老伯，您也不是不知道老黑的为人，他既然说了，定会给你办到。你心里还挺着急，就别咬牙坚持了，快说说地址得了！"张河水脸色红红地沉默起来。李德昭说："老伯，快说吧，不费什么事。你们办可能不容易，我是举手之劳，很容易的。不管咋的，您在救灾过程中尽了那么大的心力，我给您办点小事还不可以吗？"张河水听李德昭说地很恳切，真心实意地询问不好再推辞，便将老伴的详细地址告诉了李德昭。

李德昭记好了地址和姓氏就出发了，离开了德都镇便驾云直奔四川。四川天台山是他学艺的地方，方向路途很熟悉，再加上武侯县与成都很近，很快就到了。李德昭一直来到武侯县与郫县交界处的崇义桥村，驻足望去，为之一振。这里建筑古风古韵，样式繁多各具特色，街道宽敞，作坊众多，小商小贩占道叫卖，商行客栈门庭豪华，热热闹闹一派喧嚣。绝无关东地区那样萧条冷落。说是村子，早已失去古朴清静，且外来做生意人众多，到哪里去找这个诸郎中呢？

李德昭急于回去选了一条捷径路子，直接来到一个药店向掌柜的打听，询问了三四户果然奏效。一个掌柜的认识，说这个诸郎中是他的大伯，今年五十六岁，三十多年前从关东领回的那个女人就是他的大娘，现在开一个益华诊所行医看病。三年前他的丈母娘领一帮人来躲灾，目前正在这里住着。掌柜的很热心带着李德昭来到了益华诊所，见到了那个诸郎中。诸郎中把李德昭领进内室见过妻子和丈母娘带来的儿子、儿媳和十八岁的孙子。

李德昭说："我是来接您老一家回德都镇的。眼下所有德都镇到外逃难的人员都已全部返回，住进了新盖的房舍，衣食和日常所用也都做了安排，全村人都认为德都镇人真的盼到头了，过上了连土豪大户都比不上的好日子。张河水老伯看见全村家家户户都团圆了，唯独自己孤独一人，心里很着急，成天到村头张望，巴不得马上看到你们才好。"

这时，从另外一间屋里走出一个男子，年龄四十来岁，中等身材，体格壮实。进来问："你是什么时间来的？怎么会和我一样快？我才刚进屋，汗水还没干透呢。"李德昭不想说，反问他："你是什么时间出发的？"那人毫不犹豫地说："八天前，分完房子我就来了。"李德昭又问："你咋那么快？"

这下问到兴奋点上了，那人自得地回答："我是第二天上午到的哈喇宾，正赶上郭县的商贩找人卸车，我就拉了主动，约好我帮他卸车，他用车拉我到郭县。他是放空车往回跑，省了卸车钱，也不在乎多拉一个人，何况路上还有人拉呱呢。"送信人说完抹了抹嘴角的唾沫笑了起来。他问李德昭说："你是德都镇的？我怎么没见过？"

李德昭说："我都好几年不在家了，刚回来不几天，你当然不认得。"张老太听出门道了，问李德昭："孩子，你是谁家的？"李德昭微笑地说："我是老李家的！张河水老伯都认识我，你，喔，您不经常出门可能就不认得呗！"张老太腼腆一笑没再问。她儿子插话问："我成天在外面转咋就不认得你呢？"李德昭笑了，回答说："这我怎么知道？"

李德昭见没人再问，忙说："大家收拾收拾赶紧走吧，早一阵张老伯早安心！"张老太听了着了急，催促儿子说："赶紧吧，可别让那老东西再上火了！"人们听老人这样说，也就不再问了，呼啦一下回屋收拾东西去了。

姑爷姑娘听说娘要走，既舍不得又不放心，俩人合计合计要跟来。诸郎中说："这么些年了，我得回去看看我的老爹，顺便看看新房子，再看看有什么难处再帮一把，回来也放心了！"

李德昭说："这位先生挺孝顺，有这么个姑爷也是福分！"张老太听见李德昭夸姑爷，心里美美的，一边打点东西一边说："这个孩子真懂事！谁家姑娘嫁给你算她有眼光！"

这一下呼呼啦啦凑了七个人，加上李德昭总计八人。诸郎中雇了一辆三挂大马车，说是送到郭县城，然后再换乘别的车。马车颠颠簸簸地跑起来，前面马蹄带起的尘土和车后卷起的灰尘随着马车前行。车老板想让马走得慢点，尽量减少一些灰尘，不知咋了马儿越走步伐越快，根本不听老板子的吆喝。到了村外，马儿越发毛愣了，惊惧地跑了起来。三匹大马竖起耳朵扬起脑袋嗷嗷地吼叫着，马车轱辘飞旋不时地离开地面。车上的人惊骇不已，张河水老伴被颠起离开车板好高，脸都吓白了，紧紧地抓住姑娘的手，张着大嘴说不出话来。张小琴早已六神无主，脸色灰灰，两手胡乱地抓挠着。张河水的儿子歇斯底里似的喊叫着责骂着车老板：“你他妈的会不会赶车呀？赶快停下来！快呀！快呀！”车老板早已失了方寸，他赶了二十多年的马车，从未遇到过马儿毛成这样，对于他的指令竟然无所适从。马儿沿着土路只是跑，也不管是车辙还是土包，毫无顾忌地猛力狂奔。张河水的孙子坐在大车外手，看见里手马匹奔向路左边的荒野，惊骇地叫了一声：“哎呀妈呀！这下可完了！”马车被那马带进了路边沟，右车轮已经颠了起来。几个人随时都有被车扣住的可能。有的妈呀妈呀的大声喊着，有的惊慌失措干脆闭上了眼睛。

李德昭见状心里明白马儿因他而惊惧，便飞快地跳下车，右手拽住辕马的笼头，左手扳住外侧车辕子，身子一用力向右一搬，将马车按在路边上。这时人们才稳稳地坐在车上，个个安然无恙。

张河水的儿子稳了稳神惊恐地问：“你到底是什么人？竟有这般力气！”

这时李德昭对车老板子说：“你这马车我们做不成了，一车人都跟你担惊受怕多危险啊！我给你车钱，你回去吧！赶快调理调理这三匹马吧！”说完，李德昭付了到郫县的路费。车老板子惊魂未定，一个人赶车回了崇义桥村。

诸郎中赶上前忙问：“不坐马车，老太太怎么办呢？那要是走还不得散了架子呀？”八个人站在一块空旷的路边。

李德昭说：“你们七个人这回听我的，我保证你们最快最安全到家。”张河水的儿子站过来问：“你到底是干啥的？我怎么没见过你？”李德昭见他追问，知道如果不说明白人们不会跟他走，强行聚在一起人们心里也不踏实，特别是老太太还不得吓死呀。想到这些，他说：“你听没听说过秃尾巴老李。”张家儿子愣了一下回答：“谁不知道他呀！”李德昭说：“我就是秃尾巴老李！”张河水儿子还是不放心，继续问：“你教过谁，怎么喊，天就下雨？”李德昭说：“张子善。秃尾巴老李降雨一刻！”张河水儿子又问：“我们走后，我爹他住哪了？”李德昭回答：“仁和堂。”

张河水儿子扑通一下跪在地上对母亲说：“妈呀，赶快跪地给黑龙爷谢恩吧！”七个人齐刷刷跪在地上，李德昭赶紧过去将老人搀扶起来，这当儿那六个人都给他磕了头。人们惊惧的心终于踏实下来。李德昭说：“各位不要这样，大家都是彼此照顾，不要客气！”

李德昭让七个人围成一团，将老人围在核心扶住，谁也不要说话，都闭上眼睛，不管发生了什么事都和你们没关系。只要大家能够管住自己，我们很快就会到家的！众人应诺。李德昭将他们靠紧，让他们闭上眼睛。然后吐出一口云彩，将七个人团团围紧，右手在地上一抹，那云团飘了起来，随着李德昭快速地飘移，越来越快，越来越快。

张子善留下来帮着张河水收拾屋子打扫庭院。快近晌午了，张子善抬头看见西南方向飘来一团彩云，到了近前缓缓地落在地上。张子善喊叫起来："老伯，快出来看呀，回来了！"

张老汉闻声一个箭步从屋里窜了出来，额头刮在门楣上，血流了下来。这时云团已经落到地上，人们从云团里走出来还没等缓过神来，张河水老汉就站立在他们面前。先是老伴扑了上去，激动得说不出话来；儿子上来了，望着爹爹脸上的血，流着泪说："爹呀，你这是咋的了？"张老汉乐得拢不住嘴说："刚才听说你们回来了，一急碰在门框上了，没事！"姑娘姑爷一前一后围住张老汉，姑娘说："爹呀，你知道我们多担心你呀，咋不上我那去呢！我和我娘几个每天都是提心吊胆的，你孙子天天出去打听咱这消息，虽是在那安稳，可是一想到你心里就不踏实。"

张子善走向前来向张老太问好。张小琴走到张子善面前，眼睛眯眯地笑着，见他和母亲说完话，上前拉话说："子善哥，还认得我吗？"张子善其实早就看出来了，不过想借机二目对对眼。他端详着说："好像比以前漂亮了，真年轻，风采依旧！"张小琴脸红了，娇滴滴地说："我长得有那么好看吗？"张子善把脸转向诸郎中说："妹夫，你说好看不？"诸郎中笑着说："有人夸我的内人咋不高兴啊？就是好看嘛！"张子善把人们让进屋里。张家人欢聚一堂其乐融融，别提有多开心了。

张河水一家团聚的情景深深触动了李德昭，他眼眶湿润了，怕别人看见，借口仁和堂有事还需回去处理，提出要走了。张子善看得真切，立即说："张家大叔，我们就不打搅你们了，你们一家人好好亲热亲热，过几天我再来看你们。"

张河水一家子出门相送，千恩万谢。张河水满含热泪将李德昭送到村外。李德昭让他和家人好好团聚团聚，好说歹说才将他劝回去。张河水走后，张子善说："这里的事情已经差不多了，大家还需兴奋几日，现在干啥都刹不下心来。这是个机会，明天咱们去山东。"

李德昭听了张子善的话，想起刚才张河水老汉一家人相会的那一幕，着实让李德昭感到震撼，不由得想到了自己的母亲，她如果活着有多好呀！相会之日其乐融融，该是多么幸福啊！李德昭眼里闪着泪花，勉强微笑着说："谢谢你的两次提示，真的想去看看！"

张子善说："已经三年没去母亲坟前了，其间还有迁移，再不去老娘会想的。要去就明天去，当地习俗我也了解一些，那我就做一下准备了。"李德昭说："那就入乡随俗吧。"张子善笑笑说："还有几个人应该知会一下，不告诉一声情理上是说不过去的。我说的是上次迁坟的那几个人。"

李德昭犹豫起来，张子善的话不是没有道理，你不在时人家都肯帮忙了，人回来了自己偷偷地去，以后见面咋说呢？如果和他们说一声，大部分肯定要去的。可是这事毕竟是属于个人私事呀，总麻烦人家好吗？人家就是不说心里会咋想呢？想着想着李德昭说："我看还是不叫他们去了吧。"张子善变通一下问："要不我和他们沟通一下？"李德昭说："那还不一样吗？还是尊重我的意见为好。"张子善说："要不我就适度让一下吧？这样总该行了吧？"李德昭勉强地笑了一下说："不用了，我和他们直接说去。"张子善点点头。

第二天李德昭来找张子善准备启程。张子善把准备好的祭品带上来到村外。刚要走，张河水老汉跟头把式地赶来，一边跑一边招手，来到跟前上气不接下气地说："子善，这事不能落下我呀。"当着李德昭的面张子善问："老伯，你咋跑来了？"张河水说："这事瞒得了别人瞒得住我吗？昨天你大包小包往回拎东西，有一个袋子露出烧纸来，我就猜到了，日头没出我就趴在门缝往外看，盯住你们看看啥时候走。果然不出我所料，走吧！"

李德昭劝慰说："张老伯，您这大年纪了，折腾您我不忍心啊，您的心意我领了，人就别去了？"张河水说："不行，上次就该让我去！"说罢眼睛盯着张子善，见张子善面无表情，张河水有些不愿意，心想上次就是你做梗，嘴上却说："子善，你倒帮我说句话呀！"张子善想到上次落个埋怨很不值得，老人去也是善意，于是便说："老黑呀，你就让我们这真正的百姓代表去吧！不去，我就领导不了。"李德昭见状，时间已是不早，就点头同意了。李德昭将二人放在云团上，三人出发了。

一个时辰，三人就到了文登李家庄。落地后就往龙母庙里走，刚入庭院，只见蛙婆、刘河悍、鲤将军、刘兰梅四人迎了上来。鲤将军说："啊，你们就悄悄地来了，咋不知会一声啊？"张子善一本正经地问："没知会你们咋来了？"刘兰梅说："我们自己听到的呗！"李德昭心想我没告诉他们咋来了？脸上却笑着说："来了就好，辛苦你们了！"说罢李德昭就往龙母庙里走。张子善拦挡说："别急，这里是有人看护的，进去祭奠的需要有族人带领才行。"

蛙婆见时间尚早，将李德昭拉到一边，郑重其事地告诉李德昭说："这里有一件事情需要和你交代一下。移坟那天原本只迁你母亲的坟墓，在起你母亲坟的时候，已经是露出一部分棺椁了，却是再也挖不动了。不一会儿，你父亲那坟突然自开露出棺椁来。当时我们几个商量认定是你母亲的意愿，便决定一起迁来，果然一切顺利。来此安葬时，李氏家族要求合葬，我们坚决不同意，僵持最后才按我们的意见办了。我认为：我充分尊重了你们母子二人的意愿。今天你必须尊重这个选择，不得再节外生枝招惹是非！"她见李德昭眉头紧锁，沉默不语，便立即抹下脸来坚定而又果断地说："今天你要不尊重我的意见，那以后你们李家的事我不再参与！"说罢转身要走。

李德昭一把抓住，含着眼泪说："婆婆，您做的事，我满意，一切听您的！有了您的仗义举动，才留存母亲一个完好的坟墓。为了保护母亲的坟墓，您没少受教景的凌辱和伤害，刘伯甚至说您都豁出性命来了，完全把自己的安危生死置之度外，这对我是多大的情意啊？对我如此大恩大德，在这件事上我怎么会什么都不顾来和您较劲呢！放心吧，李德昭永远是您的孩子！"

蛙婆眼含热泪拍拍李德昭的肩头说："老黑啊，你毕竟还是姓李，对自己的族人要宽宏大量，所有要求能依便依，不可持强，让族人理解我们，毕竟坟墓不是迁着玩的，尚需李家人长年管护，不排除他们有耀祖的目的，可那对你也是有益无害，希望你慎重考量，相信你能做好。"

李德昭擦干眼泪给蛙婆深深地鞠了一躬。

张子善过来对李德昭说："护墓人要求去找族人，你要亲去才可。"李德昭和张子善还有张河水三人进了村子。找到了李庆坤老人。张子善相互做了介绍，说明了来意。

李庆坤老人终于看到了耀祖光宗之人，眼睛盯住李德昭半天不动，深感荣耀无限，上前拉住李德昭的手说："孙儿，今年多大岁数了?"李德昭回答："是，爷爷。我十二岁了。"李庆坤眯缝着眼睛笑呵呵地说："看，这孩子，长得壮实！又知书达礼，真是个好孩子。"继而转向张子善问："今天来做如何安排?"张子善说："进庙烧纸焚香祭奠而已。"李庆坤说："第一次来，中午总得吃点饭呀?"张子善解释说："不必了，尚有随行人员，不便骚扰，以后再来走动。"李庆坤担心此人不知咋个招待法，便借机下了台阶笑着说："也好，来日方长。"说完领着李德昭三人来到龙母庙，又同蛙婆诸人见了面。

护墓人见到李庆坤兴高采烈地带着张子善回来，马上肃穆静立一旁。蛙婆四人也都相继进入。人们将供果等祭品摆到供桌上。李庆坤问张子善："你们谁来主持祭奠?"张河水说："我来！"

张河水整理一下衣服，清了清嗓子，身姿挺拔站立。庄严地说："黑龙之母张氏祭奠仪式开始！祭奠人员整理衣冠，按照直系亲属辈分年龄排序，其他人员依其资历、年龄排序。"人们站好，依次是：李德昭、刘兰梅、刘河悍、蛙婆、鲤将军、张子善。

张河水宣道：第一项由张氏之子李德昭烧纸焚香！李德昭至墓前，张子善、张河水过来都他点火焚烧，约有两刻钟才烧完。

张河水宣道：第二项孝子三叩首！李德昭跪地磕了三个头。

还没等李德昭起身。张河水接着宣道：第三项李德昭致祭母词！李德昭跪地说：张氏桃红，我的娘亲，孩儿李德昭三年未来母亲墓前尽孝，孩儿罪过。今后孩儿定然每年必来感念养育之恩。孩儿牢记母亲教诲，强身励志，溥佑惠民，造福天下生灵。望母亲在天之灵盛聪保佑！娘亲啊，当孩儿失去自由时，是在此各位恩人惜情仗义，保住了母亲墓穴，费尽千般周折，迁来老家安居。孩儿在此也是代母亲大人向各位恩人叩头致谢！

李德昭说完，调转身子给六个人磕了三个头。事发突然，六个人还没反应过来，李德昭已经起来了。

众人起哄，将张河水主持一职罢免，说他有渎职之罪！

这时，李庆坤老汉见张河水被免去祭祀主持，心想：李憨的坟上还没烧纸呢？不能就这样不了了之散了，于是面色严肃地走过来要与张河水理论。

张子善见李庆坤老汉盯住张河水，知道他想说啥，便将李庆坤拉到一边，亲和地问："老人家您是不是因为李德昭未去他父亲坟上烧纸挑理了？事情不是这样。大家因为仪式程序中没有李德昭给大家磕头致谢这一项，不接受这个磕头礼，起哄将他免职了。但是，祭奠仪式还没有结束。"说完转身对刘河悍、鳇将军等人说："刚才那一节过去了，请大家谅解。下面请张河水继续主持，咱们到张氏丈夫李憨坟上祭祀。"

张河水带着李德昭、蛙婆等人来到了偏殿给李憨烧纸。李德昭信守了对蛙婆的承诺，给李憨磕了三个头。

李庆坤老汉见状得意地笑了，亲自上前拉起李德昭，对他说："孩子，你放心去做事吧！这里有我们护着，人们都很崇敬你的母亲啊！"李德昭向李庆坤老汉鞠了一躬，深情地说："爷爷，辛苦你们了，谢谢你们！我是李家的后代，一个平民的儿子，我一定遵循母亲的遗训，终生为平民百姓做事情！"

李庆坤老汉落下了眼泪。

第五十七章　乌丞相献计

自从李德昭回到摩尔根仁和堂，乌丞相一直在监视他。开始几天，仁和堂院子里热闹异常，那些个无家可归的逃难者欢呼雀跃，喊声传出几十里远。后来院子突然寂静下来，乌丞相感到奇怪，找来土地佬问讯，土地佬告诉他：原来德都镇那些逃难者已经回去住新房了，李德昭和他的那伙人去了山东祭祀她母亲。乌丞相听后感到震惊，匆匆回到水宫府向敖景报告。没料到敖景听后无动于衷，根本不感兴趣，继续思考自己的事情，没有搭理他。

敖景自从大闹凌霄宝殿后，杀了值日神周登，打伤了武德星君，辱打太上老君，蔑视玉帝，被玉帝撤去职务，欲杀死弃之大海。李德昭出面说情，弄个协助李德昭降雨之职。过去二人争锋，如今落人名下，敖景意识不到自己所犯的罪行，不能总结吸取教训，仍是一味地认定是别人整他。

敖景的精气神判若两人，成天的郁郁寡欢、茶饭不思、寝卧难眠，原来那种扬眉吐气、盛气凌人的做派已是无影无踪。更令他难以接受的是李德昭的屁股还没往椅子上坐，就提出个搬山造平原的计划，要求准备实施。第一步就是去找那个杰蜥。李德昭已经摊了牌，让敖景拿个态度。敖景认为这是李德昭给他的下马威，心中着实反感，却又一时难以说出口，无奈只好假辞思考一下。

乌丞相十分理解敖景此时的心情，过去感兴趣的事现在连听都不愿意听了，这说明敖景既争不过李德昭也打不过李德昭了，无奈只得暂时服输。他知道敖景内心是不服的，若依了李德昭搬山造平原的计划，将来有个功成名就，他敖景就会荣誉全无，威风扫地，再说什么也就自然无人听了。如果不依李德昭，此事宣扬出去，百姓会认为他敖景不肯做善事，只知作威作福；传到天庭那效果就更坏了，肯定灭了他东山再起的欲望；这样就打碎了敖景奢靡眷恋的享乐生活，这是他压根就不愿意看到的。乌丞相千思万想认为：这当儿，敖景肯定希望他这个丞相站出来替他出个主意，而他也已经想好了，盼望着早一点说给敖景听。

一天早晨，乌丞相满心喜悦地走进水宫府，进得屋来看见敖景和夏娘娘正在进早餐。敖景面无血色，头没梳脸没洗，后背肩上挂着长衫，敞怀露出两只胳膊，端碗正在沉思。夏娘娘见乌丞相来了，离桌起身让座。乌丞相坐在桌边，夏娘娘拿来一套新碗筷递给他，他挥挥手说："您和白龙爷慢用，我已经吃过了。"夏娘娘给他倒了一杯水，放在桌上。

乌丞相见状问："白龙爷，这才两天没见，您这是怎么了？看这脸色灰灰的，哪里不舒服吗？"敖景没有回答，长长叹了一口气，又垂下了头。他又转脸望望夏娘娘。夏娘娘没等他问，自己感到有些委屈地说："这话我已经问过多次，他一个字也没回答我。可能是又把我与李德昭扯到一起了吧？"乌丞相听了笑了笑说："看娘娘说的，别把我们爷看得太小气了。"敖景见夏娘娘又是旧事重提，有些不耐烦了，生气地说："没事别瞎咔嗒牙！成天没点正经事。"夏娘娘见他这么说，原本想再回他两句，又一想：既然没牵扯到我，那我就不再给他添乱了，索性不再言语。

敖景振作了一下，平和地说："那天和李德昭唠嗑，我本不想说那个泓溪的事，谁知却说走了嘴。可是人家李德昭却当成事了，问我好几次了，追着要我领他去趟天池。我正在为这事作难。"乌丞相听了兴奋起来，笑笑说："嗨，这事咋还能劳您的神。我这几天也想好了，这不，一早赶来与您说说，看看中不中您的意愿？"敖景没有插嘴。乌丞相继续说："我想让李德昭自己去！"敖景问："怎么个自己去？"乌丞相抬眼皮扫了夏娘娘一眼，假意咳嗽。夏娘娘见状赶紧起身去厨房取来一个痰盂，放在乌丞相一侧脚旁，说了一句"反正也没心思吃，我都收拾下去吧。"她一边说一边将菜饭、碗筷都堆放在合盘里，端起来匆匆到厨房洗涮去了。这时敖景眼睛转向乌丞相的脸。乌丞相见只剩他俩了，又拾起话题说："我们给李德昭象征性地备点礼品，你就装病，让他自己去，这样结果如何与您毫无关系。怎么样？"敖景说："这事这么做对李德昭不公平，与泓溪结怨是我造成的。当初新来乍到，行雨之事十分生疏，多亏了泓溪相助，才圆了场。答应给人家送礼品，帮人家找老婆的，最终没有兑现，泓溪不冲我算账吗？我没去，那还不把火气全发在李德昭头上啊！"乌丞相听出点门，笑笑说："这事我知道，没成能怪您吗？那次您不是把礼品都准备好了吗？是那个鳇赖皮不肯才放弃的。您已经尽了心了。再者说找老婆的事，已经过了几千年了，说找就能找到吗？那么好找，他自己早就找到了，还用得着您吗？不过是顺口应承而已，或许他自己早就忘了！再说，那次您也没当李德昭的面说及此事啊！"

敖景说："让李德昭一个人去，我很内疚，担心他出意外。那个泓溪不通人情，脾气暴躁，性情刚烈，想咋的就咋的。动起手来，力大无穷，没深没浅的，道行极高，拿捏他李德昭还不是小菜一碟啊！"敖景话虽这么说，语气中流露出丝丝惬意。乌丞相是什么人，贼精贼怪，听懂了弦外之意，笑笑说："白龙爷真是菩萨心肠，事事替别人着想。"敖景没有反应。乌丞相继续说："要不咱俩找李德昭谈谈？你坚持要去，我说您有病在身。他一向宽以待人，绝不会强人所难，见您这副样子绝不会逼您去的，他李德昭心急，未尝不愿意自己去。他这一去肯定凶多吉少，还不得被弘溪砸巴死啊？到那时李德昭的死与你毫无关系！这不叫借刀杀人，这是他自己上赶着找死！"敖景终于松了口，脸上微微露出几分笑容，却假意十分勉强的样子说："要不先找他谈谈看？"事情便决定下来。

偏近中午时分，门卫来禀报："府门外李德昭与鳇将军等候。"乌丞相一激灵，脱口说："这小子怎么跟来了？事情怕有麻烦！"敖景惊异过后，冷静地说："不足为虑，有请！"李德昭与鳇将军走进水宫府，被直接带进客厅。四个故人重会，各揣旧事，心都不爽，寒暄之后，分别落座。

敖景首先开口说："刚才我和乌丞相还念叨李德昭老弟呢，不想余音未静，竟然自上门来，有缘啊，有缘。"说完，故作开怀笑了几声，继续说，"知道李德昭老弟心情急切，我等亦不敢急慢。如果没说错的话，就请老弟先说说主动来的缘由吧？"

李德昭倒也率直，开门见山地说："今天我来是想确认一下敖景天使是否同意搬山造平原的设想？"敖景称赞说："好！好！痛快！我也不兜圈子，对于老弟的宏伟蓝图，愚兄不敢奉承，原因很简单，这是我的能力所不能实现的，我不能说大话、说空话，眼见为实，不着边际的事情我不会做。"李德昭插话说："那么看来，此项计划的实施你也不想参与了？"敖景立即回答说："差矣！此项计划实施过程中，我能做的，请求我做的，我会尽力而为。我的这种态度，是借鉴以往的教训而选择的，我不能因为我们的争斗而影响你宏图大志的圆满实现。因此，还望老弟理解和担待！"李德昭笑了笑说："也好。我很佩服敖景天使的胸怀！那么我还有个问题：几天前，你给我举荐了那个泓溪，能不能带我去见见他？"敖景故意认真地问："什么时间？""最近一两天。""再过些日子呢？""不行。此事受天时制约，宜早不宜迟。""这个吗……"敖景做出犯难的样子。

乌丞相见到了自己说话的时候了，咳嗽一下说："哎呀黑龙爷，您这是强人所难啊？没见我们白龙爷这脸色，这神情啊？已经两三天没太进食了，正在病着呢！"李德昭特意看了一回敖景的脸色，见黄黄的、灰灰的，神情萎靡不振，虽是刚才言语了，亦有勉强而为的姿态。于是他问："敖景天使患了什么病？"乌丞相看看敖景，对敖景也是对李德昭说："白龙爷，这你可得担待点了，我不是咒你。我们白龙爷，得了肝胆病，你们来前他正躺在床上哼哼哪！"

李德昭说："如此说来，官不欺病人，那就不勉强敖景天使了！"乌丞相连忙摆手说："别，别急嘛！我们白龙爷还没有表态呢！"敖景苦笑说："我真的不好意思说，到泓溪那去，头次我是应该引荐引荐，谁知天有不测风云，人有旦夕祸福，没想到才几天啊，我就病成这个样子，真是天意不作美啊！"敖景喘息了一会儿，继续说："我把路径指给你，泓溪生活在长白山天池中，你到天池边一入水，他就会出来见你。泓溪这个老家伙，大概是几千年前躲灾剩下的恐龙吧，反正道行挺深，有绝技在身，脾气暴躁，性情刚烈，想怎么的就怎么的，毫无人情通达可言。与他接触应该小心为好！其实我与他也没什么交情，没有面子可言，去与不去都是一样。"敖景说到这儿停下，笑笑说："老弟这回去，要比我上次去强，我上次去他瞧不起我，因为我白。你有优势，因为他也黑，你们俩都黑，相互看起来顺眼，易于接受。我说的对吧！"四个人第一次都同时笑出声来。

鲤将军哼了一声，说："风马牛不相及，这都哪跟哪的事呀？"乌丞相立即回应说："白龙爷说的真是那个道理，泓溪毕竟和我们不是同一个时代的人啊！"鲤将军责问："不通人情，那上次为什么拿我去送礼啊？"乌丞相拦挡说："不是没送成吗？都是过去的事了，还提他干什么呀？"鲤将军又说："我怎么听着心里不踏实呀？不又是再和我们耍心眼吧？"

李德昭见鲤将军说话没有依据，怕事情再弄僵了，忙说："我看这事就到此为止吧。先谢谢敖景天使的善意指点！我们就此告辞了。"乌丞相把李德昭二人送出水宫府，回来时心里洋洋得意，小脸笑成了一朵花似的。

李德昭和鲤将军出了水宫府，来到岸上。鲤将军问李德昭："明摆着，敖景就是存心不去。依我看来，那里定是鬼门关，能不去就不去的好。"李德昭说："你说得对，敖景就是存心不去，而且他还对我们隐瞒了什么。那个乌丞相在说病和送礼问题上明显遮遮掩掩，有意欺骗，却还要左右逢源，编的有声有色。"鲤将军问："既知道这样，这事到底咋办？"李德昭说："依我看，移山造平原一事，我压根也没指望他敖景能做什么，我只祈望他别从中作梗就够了。这两个人今后还是要提防为好。至于找泓溪，我倒觉得泓溪确实有移山的本事，说不定敖景领教过。天池还是要去的，书上说'不入虎穴焉得虎子'啊，我倒要见见这位老前辈，争取了他事情成功可能就容易一些，机不可失呀！"鲤将军战战兢兢地问："那真要是动起手来，万一让他伤了毁了咋办哪？"李德昭笑笑说："他那是吓唬我呢！你想啊，在天庭他连我都没打赢，在泓溪面前，他都没咋的，我的结局难道还不如他吗？咱是求他、敬他，没有恶意，感动争取泓溪还是有胜算的。"鲤将军听了觉得有道理，胆子也壮起来了，建议说："我和你一起去，深潭望切，弄个究竟。"李德昭说："你拖家带口，不像我仅老哥一个，没了也没人惦记不是。"鲤将军炸了庙，争辩说："谁说的，你不在的日子，有多少人惦记你啊！我们别的不说，德都镇人、刘家人，听说张兰多可能还寄生在敖景腹内，等着助你战败敖景呢！还有蛙婆、龙门寨人，有好多好多呢！但愿你这话别伤害着他们啊！"李德昭知道自己说走了嘴，故意辩解说："我没有说他们，我指的是亲人。"鲤将军不愿意听，责问："亲人？什么亲人？刘兰梅不是你的亲人啊？我们这些人中有一个拿你当外人了吗？说错了话还不认账，头一次见你这样！"李德昭赶紧服软，拎起鲴将军的右手往自己脸上打。鲴将军赶紧撤回手，抗议说："认个错就行了，干嘛非要打自己呀！别说，我这也是得理不饶人了。扯平吧！"李德昭说："你是对的，朋友有时比亲人还亲呢！"鲴将军高兴地说："真的，你真的这样认为了？"李德昭拉住鲴将军的手说："真的！"二人大笑起来。

忽然天空一朵浮云飘来，落地一看，来的是刘河悍。刘河悍急急忙忙对李德昭说："坏了，敖景他们对你用计了，想治你于死地呢！"鲴将军问："你是怎么知道的？"刘河悍说："你们走后，兰梅不放心，趴在房上听你们说话。你们离开水宫府后，乌丞相和敖景这样说：满心全无害人意，谁想竟遭人算计，活该！此去是福是祸吉凶未卜，应该是有去无回，等着瞧吧！这是原话，咋办？"李德昭不慌不忙地说："他也只是念念快，自我安慰而已。我和鲴将军沟通过了，已是意料之中的事，不会有他们预期的那种结局。"刘河悍仍然提醒说："与敖景共事千万不可大意，要处处小心才是。这不事情还没开始，这坏肠子就露出来了。"李德昭说："这一点很重要，以后大家都要提防着敖景和那个乌龟精，他俩一唱一和，歪歪点子多着呢。他们参与和不参与对我们都不是好事，参与是明着来，不参与是背后玩诡计，他们的目的就是不让搬山造平原成功。不成功他们的势力继续；成功了，他们啥都没了，怎么会甘心呢？我们是为一方百姓做件善事，让百姓都过上平安幸福的日子。完全两种不同的追求，我们做的完全符合天地人和，是人间正道；他们只为自己的权势与享乐，完全是没有人性的。"刘河悍说："我们没读过多少书，你讲的道理我们听不懂，不过你做的事情，我们都很服你，愿意跟着你干。"刘河悍说完，见李德昭不作声，又问："那么你想什么时候出发？"李德昭说："今天下午就去。"

刘河悍和鲴将军对视了一下，不约而同地说："干嘛这么着急呀？"李德昭说："早去早好，再耽搁下去天气变冷就不得手了，这期间还不知道会出现什么差头呢，时间上得留点余地。"鲴将军说："那我们还没做好准备呀？明天不行吗？"李德昭笑了笑说："我说我手脚利索，无牵挂。你还不服气，这不来了吗？"鲴将军说："行，不言语也中！"

李德昭又笑笑说："我决定了，去只能我一个人去，去多了反倒不好。你们的好意我领了，但是我的决定你们得服从。"说完食指向地上花了一个圈，自己腾空驾云瞬间就没了踪影。

鲴将军和刘河悍被李德昭聚在地上动弹不得，只好眼巴巴地望着天空，期待时间快些过去。

第五十八章　初次会泓溪

　　刘河悍和鳇将军站在地上，你望望我，我望望你，谁也动弹不得，看了一阵子，二人扑哧一声笑起来。鳇将军心里憋着劲，问刘河悍："你笑啥？有什么好笑的？"刘河悍越发笑起来，笑嘻嘻地说："合着，这里只许你笑，别人就笑不得了？"鳇将军说："你笑，你尽管笑，为啥看着我笑得那样开心啊？"刘河悍反问说："那你看我笑什么呀？"鳇将军卡壳了，一时答不上来。刘河悍说："你这个人啊，是在拿我抓四邻出气。"鳇将军不服，反问他："谁说的？"刘河悍笑着说："还不承认，你在冲谁说话？"鳇将军又卡壳了，可又觉得不是那么回事，捉摸了半天才觉悟过来，赶忙辩解说："刚才，我是争着要去，没去上不说，反被定在这里了，是自觉可笑。你就不同了，你是嘲笑我呀！"刘河悍笑着说："你这个人啊，真有点不讲理，翻来覆去都是我的错呀？"鳇将军似乎不生气了，静静地站在那里闷不作声。

　　刘河悍原本就没生气，他也觉得自己有些可笑，还没说去的意愿就被圈起来受了牵连。想到这儿，他笑着说："你看我呀，我还没说去呢，也被圈在这了，我找谁撒气去啊？"鳇将军也笑了，反问说："这么说是我牵连了你了？"刘河悍说："咱俩呀，别在这闲逗了。这工夫也不知李德昭咋样了？得想个办法脱身才是呀！"鳇将军嘟囔说："我是啥招没有，就看你这天庭神仙的了！"刘河悍抓耳挠腮好一阵子，最后一拍脑门，说声："有了。"鳇将军愣愣地看着他究竟使什么招数。只见刘河悍嘴里磨磨叨叨地嘀咕了一阵，身子一晃就没了，地上出现一条蚯蚓，蠕动着钻进地里，不一会儿人就出现在那个圈外了。鳇将军眼巴巴地望着刘河悍，拜求说："员外哥，你真有两下子，这么轻松就出去了，快来帮帮我呀！"刘河悍笑了，得意地说："这回不说我的错了？"鳇将军嘟囔说："谁说你错了！那不是闲咔嗒牙吗？别当真了，赶快把我整出去吧！"刘河悍卡巴卡巴眼睛说："鳇将军，假如出去了，李德昭要怪怨下来，你就说是自己出来的！"鳇将军说："你这个老丈人当得真窝囊，这么怕姑爷啊！"刘河悍说："事到如今你还耍贫嘴！那我不管了！"鳇将军立即改口说："我自己出来的。"刘河悍说："这回说你自己出来的也不行了，你还得答应让我和你一起去天池。"鳇将军高兴地说："咱俩谁跟谁呀，多咱有好事把你忘了？咱俩一起去！快点吧！"

刘河悍说："你闭上眼睛，不管发生了什么事情，都不能睁开眼睛。还有你的内功要使足。"鲲将军急不可耐，嫌他太啰唆，催他快些。刘河悍提示他："开始了！"鲲将军只听咣当一声，像有一面墙忽地倒了过来，墙带着气浪将他撞出好远，胳膊腿都麻酥酥的针扎似的疼。刘河悍说："好了，睁开眼睛吧。"鲲将军睁开眼睛，看见刘河悍也从地上爬起来，不停地拍打着浑身的尘土。

刘河悍问："怎么样？还疼吗？"鲲将军确实觉得身子有几个地方特别疼，他摇晃了一下，却无所谓地说："挺好的，没感觉疼。"刘河悍知道他是咬着牙说的，自己都感觉很疼了，被撞的人能不疼吗？不免心中暗生敬意。刘河悍说："如果能坚持，咱俩现在就走，赶快去看李德昭咋样了？"刘河悍走过去提起鲲将军的腰带，身子一纵踏上了天空的云彩，立即朝长白山赶去。

二人飘飘荡荡来到长白山天池上空，俯瞰下方一片银白，月亮已经挂在天上，虽然不是很圆，但是黄色的月儿还是洒下清幽的光辉，云彩下面山峰陡峭，深谷悠长，惊险而又神奇，幽暗中似有无穷的玄机。鲲将军问："这里就叫天池啊？"刘河悍停了一会儿问："怎么样，是不是有点瘆得慌？"鲲将军说："我胆子本来不小，可这地方没见过，心里还真有点没底，一切都是未知！"话语未尽，鲲将军手指天池的南部一片水域浪花翻腾，一会儿东一会儿西，一会儿汹涌，一会儿喧嚣。刘河悍果断地说："赶快下水，一定是在那里搏杀呢！"两个都是水中斗士，入水直奔翻滚的浪花游去。

李德昭正与泓溪厮杀。远看两个缠搏在一起，看不出谁处优势谁处劣势，分不清谁出招谁接招，你来我往步步紧逼。一个翻腾骁勇，一个缠绵紧逼；一个老道娴熟，一个谨慎机灵；一个体态敏捷，一个身子灵活；一个千古绝技招招狠，一个百家妙艺顶顶新。只见池中水搅动，难见武者真面颜；都想一式定胜负，不想式式被拆分；输赢本该早有定，只怪一方不想赢。

鲲将军见状精神抖擞，说声："你攻左我攻右，上！"二人呼啦围了上去，伸手就打。李德昭看见赶忙喝止："谁叫你俩来的？赶紧回去，我不是来打仗的！"鲲将军也喊起来："不打仗，你俩在干啥？"李德昭忙说："这不用你管，别来瞎搅和！"鲲将军害怕李德昭吃亏，哪里肯听，越发逞强起来。

李德昭无奈跳离战区，双手抱拳，高声说："老人家，暂且停歇一下，待我把两个来者打发出去，回来再陪！"说罢直奔鲲将军和刘河悍，抱怨说："叫你们俩离开，听见没有？!"鲲将军说："他那块头，你一个不是他对手，多一个人多分力，早早了结算了！"李德昭念他俩年长，劝导说："你们明白不明白我来干啥？我不是来打架的，我是来求人家的，初来他不肯接待我，要动手试探试探，这是善意。咱们来个群殴，是不礼貌的。你们说得对，他那块头，如果真打早就把我灭掉了，还等你们看见！"鲲将军还有些犹豫，刘河悍拉起他的胳膊往外就走。

刘河悍和鲤将军来到天池边，坐在高处。刘河悍说："李德昭是对的，他是来请人家帮忙的，人家不了解你，怎么和你交谈。练武人嘛，只有比出个高低，认定你是个人物了，有了好感交往才能开始。"鲤将军情绪缓和下来。两个人坐在那里，静静地观察着天池水面。

池面上，浪花又一次沸腾起来，哗哗的水声打碎了沉静的夜晚。这一次比试，与上次不同了，泓溪开始说话。他问："你是什么人？功夫不赖。"李德昭说："我是黑龙，先前有个白龙来过，我们是一起的。"这个名号一报坏了。泓溪暴跳如雷，真打实凿地用上真功夫，下手准且狠。泓溪说："你和白龙既是一伙，那我就不会两样看待了！"说着出手一拳直奔李德昭面门，喊叫着："点脑门！"李德昭没想到泓溪拳来得这么快，躲闪不及右角挨了一下，一个趔趄跌出一丈多远。他身体还没立稳，泓溪又扑了过来。这次泓溪没有出拳，他见李德昭还在晃悠，突然飞起一脚，喊叫着："断腰杆！"话到脚到。李德昭一见不好，这一脚踹上腰就折了，顺势一卧，让过前脚，飞起右脚踢在泓溪后腿上。泓溪没料李德昭有这招，一个踉跄来了个前扑。李德昭乘机站好，静候其变。

泓溪岂肯善罢甘休，摇身一晃露出恐龙真身。好一条恐龙：身长足有二十丈，个高五丈像赌墙；四肢灵活力无比，脖颈粗壮似钢梁；形如玳瑁磐石状，眼窝深藏犀利光；万年阅历万年寿，搬山绝技胸中装。

李德昭见状身体一晃现了真龙貌。好一条黑龙：身子一动波浪翻，祥云护身一团团。满身鳞甲光光亮，四肢粗壮鹰爪尖。头上生角雄如鹿，二目炯炯似灯阑。形神骁勇威风凛，呼啸一声敌胆寒。

李德昭见泓溪扑过来，纵身跃起迎了过去，泓溪将李德昭上身拨过，顺势去咬李德昭的尾部，企图咬住他的尾巴将其甩动。李德昭察觉连忙收起尾巴，泓溪落了一个空。泓溪奇怪地叨咕："这个家伙怎的没个尾巴？"李德昭听了挑逗他说："尾巴嫌害事，令老爸砍了去，我就成了秃尾巴老李。"泓溪听了说："你这个娃子真有意思，尾巴怎么能砍下去呢？"说完又亮出架势。李德昭立即说："慢着，这水里咱俩比画半天又大半宿了，能不能空中或地上再比试一番？"泓溪说："依你。"说完，二者恢复人形，纵身跃出水面。李德昭一个腾跃飞上半空，身下祥云朵朵，周身活力顿生。两个又在空中拼杀起来。没有几个回合，泓溪心生一计，一个跌足摔到一座山下。李德昭不知是计，风雷电掣般跟了下去，还没等他落到谷底，看见泓溪一道红光划过山顶去了。只听天崩地裂一声巨响，烟云就地升起，随后便是密石坠落下来。李德昭被这突如其来的变化吓了一身冷汗，惊醒之际化作清风逃出尘埃。泓溪站在山上哈哈大笑，以为李德昭被压在山下了。

正在泓溪尽情欢乐之际，李德昭站在他的身后说话了："前辈，这使得是什么招数？"泓溪惊骇地说："怎么，你还活着吗？"李德昭没有直接回他的话，继续问："没想到老前辈竟有这等本事，我服了！"泓溪见李德昭夸他，并向他折服，心中十分爽快，自豪地说："这是移山填海术，不瞒你说，当年杨二郎劈山救母，还是我帮他把山担到成山去填海的呢！后来张果老成仙了，把驴弃在那山上，人们把这山叫作野驴岛。"李德昭赶紧上前拱手施礼，央求说："老前辈，你这么博闻强识、武艺精湛，我真的打不过你，不想和你打了，讲和行不行？"

泓溪笑了，感觉李德昭对他的阅历很钦佩，满面沧桑的脸上舒展了许多，不见了恼怒和仇恨。但是还是深深地叹了一口气："嗨，累了，咱们坐下聊聊。"

泓溪约李德昭坐在地上一块大石上。泓溪问李德昭："你是无事不登门，我刚才听出来了，你说来求我，想问：什么事？"

李德昭见泓溪已经亮明态度，心情很激动，这一刻来得真不容易啊！李德昭说："老前辈，你如此坦诚地让我说，我很感激，我此来是想求你一件事。过去白龙敖景主管关东地区施雨之事，他对百姓不敬，所做的都是施舍，都是恩惠，件件必要回报，稍不如意，持雨造灾，水淹村屯，死人无数。敖景认为我挤兑了他，处处与我做对，先前他恶人先告状，玉帝贬我为蟠桃园看门狗。现在事实清楚了，玉帝把敖景官职封给了我，让我约束他。"

泓溪听了如梦初醒，有点后悔似的说："原来白龙和你是对头啊！咋不早说呢？耗了我这大功力！不过，你这把手比他可强多了。你找我什么事？说来听听。"

李德昭心里踏实了许多，侃侃而谈："关东地带地形复杂，一下雨必是非旱即涝，我想改变这个现实，还百姓一个风调雨顺、丰衣足食、太平舒适的环境。准备搞搬山造平原，从平原中把大兴安岭搬至西部，小兴安岭搬至北部，春天可以抗御风沙，冬天可以抵御北风；横向几座大山脉移至东南部，防御夏季台风。这样群山环绕的地方就成了一个大大的平原，形成一片宜于农事种植、适宜人类生存的福地。实现这些愿景也不知可不可行？"

泓溪听得很入耳，他很欣赏眼前这个娃子的心计，问李德昭说："什么时候能让我看看你这个愿景，让我做什么我就知道了，能做的我尽力做，不能做的看看别人谁还行，或帮助出个主意什么的。"

李德昭听了欣然同意，约定第二天就去看看那些需要搬移的山脉。泓溪不同意，说："我这年龄没了你那火暴性子，今天累了，歇几天再说吧。"李德昭不能强人所难，也就接受了泓溪的意见。

这时，刘河悍和鳇将军过来见泓溪。二人主动上前施礼说："老前辈在上，晚辈无知冒昧无礼，望祈恕罪！我俩这厢赔礼了！"说着二人单腿跪地双手抱拳恭恭敬敬深施一礼，然后才起来，规规矩矩地站在一旁。

李德昭说："今天就当见见面吧，老人家还得休息，我们改天再来！"

泓溪说："我这也没你们能吃的东西，我们各自方便吧。"说完，一伸胳膊跳到天池里。

泓溪走后，三个人一商量，干脆也别回去了，找个地方歇息歇息。于是就近找了一个小店走了进去。店小二见有客人来了，非常热情，让座、端茶忙个不停。他看客人们坐好，肩上摘下毛巾擦净桌面上滴的几滴水，面带笑容地问："客官，都来点什么呀？"刘河悍知道两个人的底细，直接点着饭菜。他对店小二说："要三大笼屉馒头，三面盆汤菜，有鱼上一锅，别的就算了。"店小二心里直打鼓，追问了一句："客官是带走啊，还是在这吃？"鲟将军一拍桌子不高兴地说："哪来这些废话，坐都坐这了，不在这吃在哪吃呀？"店小二赶紧去了灶膛，不一会儿返回来，点头说："对不起各位客官，现在仅有半屉馒头了，没有那么多。"鲟将军很不满意，大声说："做呀！怎么怕不给钱是怎么的！"这时掌柜的听了赶过来，满脸赔笑地说："各位客官，您看天这么晚了，又没有发好的面，一会半会蒸不好，怕您等不及，不行把现有的上来先吃着，怕是各位饿了吧？"回首叫小二："把馒头和汤先上来。"

店小二端着一盆馒头和三碗汤来了，先放好碗筷，然后摆上三碗汤，馒头放在桌子中间，笑盈盈地说："客官，请慢用！"说完笑着走了。刘河悍看出点门道，发现店小二笑中带有狡黠的神色，便警觉起来。赶紧端过汤闻闻，拿起一个馒头闻了一下，又仔细看看，放下说："这汤和馒头都有问题，不能吃！"鲟将军问："那怎么办？"刘河悍说："咱们每人先藏起两个馒头，表示吃了，然后装晕，仰在椅子上或是趴在桌子上，看他们干什么！"于是三个人一边藏馒头，一边嘎巴着嘴，像是饿极了，狼吞虎咽地嚼着。不一会儿三个人便各摆姿势倒下了。

店小二探头看时，三个人已经全都晕过去了。店小二冲里边喊了一声："掌柜的，全都了结了。"于是掌柜的带着六七个人一拥而上，将三个人抬到后院放在案板上，抄刀就动手开始宰杀三个人。

鲟将军看见人家已经动手了，一个鲤鱼打挺从案板上跳到地上，抓住一个家丁就打。举起手来还没等落下，早被掌柜的抓住拎起来，用力甩出几步远趴在地上。掌柜的抄过一把刀奔他而来。鲟将军也不是凡人，并不慌张，躺在地上装迷糊，看见掌柜的弯腰伸手来抓他，突然飞起一脚踢向掌柜的的卡裆，那掌柜的凭空飞出三四仗远，扑通一下趴在地上，手中砍刀喤啷啷落在石磨上。几个伙计立即将鲟鱼将军围起，鲟将军便同他们扭打起来。掌柜的也爬起来杀回马枪，赤手空拳与鲟鱼将军对打起来。

刘河悍见家丁们都去围打鲟将军，知道这些人不好惹，赶紧使上法术将他们定住。他见独有掌柜的不但没被定住，反而将鲟将军又抓住了，举刀正要砍头，便奔了过去，从背后抓住掌柜的拿刀的手扭向背后，不想掌柜的回头一口咬住他的右肩头，疼得他嗷的一声，赶紧松手躲开。李德昭见鲟将军危险在即，一口唾沫吐在掌柜的脸上，这一下正击中他的眼窝，疼得他转身就跑，途中砍刀也扔掉了。冲进堂屋，另只眼看见老婆正坐在床上，喊叫说："孩他娘，赶快救我，拿药来啊！"婆娘知道他不是一个邪乎的人，定是疼得厉害才叫的，鞋也没穿跑到梳妆台下，取出一粒药丸，翻身急忙塞到男人嘴里，找来温水给他喝下。大凡妖魔鬼怪都有自救的绝招，掌柜的喝下药伤情很快缓解。掌柜的说："孩他娘，你快跑吧，今天遇上强人了，咱们拼不过他们。"婆娘说："我来收拾他们！"掌柜的说："有一个黑小子不一般，只坐在那里轻轻吐我一口痰，我就变成这样了，要是人家动起手来，恐怕咱就见不到面了。"婆娘说："嗨，既是这样，何必还去撩骚人家呢，悄悄溜不行吗？留得青山在还怕没柴烧吗？"掌柜的一听有道理，也顾及不了手下人，拽着婆娘一晃身就不见了。

院子里的伙计家丁早被鳇将军凿巴死了，尽是些野狼、猎狗、野猪之类的兽精变化成人形的，难怪这个地方清冷荒凉呢！三个人前后院查看了一下，一个活影也没了。刘河悍问："怎么办？"鳇将军来得快，大声说："嗨，烧它不就完了嘛！烧，我来。"鳇将军跑到灶房从锅底拽出一把柴草前院后院点了一通，顿时大火燃烧起来。点完火，鳇将军说："走吧。"刘河悍摇摇头说："等等，烧了房子可以，别在山上放了荒，那就不好了。"李德昭没说什么，鳇将军也就没急于走。

没有几间屋子，都是干木柴草搭成的，禁不住烧，不大一会儿火就熄灭了。刘河悍说："走吧，咱还没吃饭呢。还是回我家吧！这地方不安全，歇又歇不好。回去休息两天，或许泓溪老人家也歇个差不多了。"李德昭点点头，三个人正朝院外走，忽然，院子里啪啦一声像有人影闪动。鳇将军大喊一声："谁？"

第五十九章　泓溪闹水宫

在山庄小店遭遇豹子精开店投毒，三人一怒杀了家丁伙计，见都是山中野兽，索性烧了整个店宅。刚要离开时，发现院子里有人影晃动。鳇将军问："谁？"那个人影晃动了几下，窜进森林不见了踪影。待鳇将军赶过去追时，发现树枝上刮落的一块花裙布拎了回来。三个人一分析人影可能是个女的。刘河悍说："跑就跑了吧。八成是店掌柜的内人回来找东西，要真是这样，日后怕有麻烦。"鳇将军不在乎，大声说："一个豹子婆，不过是个母豹罢了，还能强过公豹吗？"刘河悍说："母的一般不出面，一旦出面，肯定比公的有道行。"鳇将军玩笑说："别说，你还真有研究。"三人半真半假，说说笑笑待了一会儿离开了林中小店。

第三天头上，李德昭再也等不了了，一大早就急急张罗着要走。刘河悍、刘兰梅和鳇将军都劝吃了饭再走。李德昭拗不过只好吃了早饭。三人整装刚要走，刘兰梅走近刘河悍说："爹爹，我也跟着去，看看那个老人家泓溪长个什么样？"刘河悍悄悄地说："我们俩人李德昭还嫌乎坠脚哪，你又跟着来添乱。"刘兰梅撅起嘴来。刘河悍劝慰地说："好好，我先去问问，要是行，你就去；要是不行，你可不能闹，要闹我和你鳇叔也就去不成了，万一有什么危险咋办？"刘兰梅听爹爹这么说也就答应了。刘河悍把李德昭领到一旁，轻轻嘀咕了一会儿。李德昭摇摇头。刘河悍就离开了李德昭往刘兰梅这边走来。鳇将军看见了叫住刘河悍问咋回事，刘河悍如实相告。鳇将军叫了起来，大声说："这有什么不行的，人家耳朵好使，说不定还能用上哪。去，我去说。"说完径直走到李德昭面前。还没等他开口，李德昭说："还用说吗？那么大的嗓门，我早就听明白了，我说不行，你还会跟我吵，不如这事交给你，你说咋的就咋的怎么样？"鳇将军挤咕挤咕眼睛笑了，嘻嘻地说："这还差不多。行了，兰梅侄女，咱们走吧。这回你可得感谢你鳇叔吧！"刘兰梅非常高兴，乖巧地说："我一切听鳇叔的，这回你总归满意了吧！"四个人嬉笑一气，去了天池。

泓溪休息了两天，觉得有了精神，走出池面看了一回。刚要回身，见空中飘来一大朵云彩，知道是李德昭来了，便走出水面迎到岸上。鳇将军抢先对刘兰梅做了介绍，完了说："这么大年纪还是头一次见到孙子媳妇吧？"说完，自己先哈哈笑起来。泓溪看着刘兰梅，古老多皱的脸上现出喜气，还用苍劲的老手在刘兰梅的头上抚摸了一下。李德昭一行三人也都很欣慰。刘兰梅美美地说："今天伺候老人家的事我包了！你们可要多帮忙呀！"鲟将军严肃地说："这话你跟谁说呢？他们都是你家的人，就我还可以当当你的领导，今天你就听我指挥吧！"刘兰梅说："反正你们都管得着我，谁管都行。"

泓溪说："我也没什么宫府，说白了天池就是我的家，水底有个窝，只是空旷了点，不过也不错。生活呢，抓什么吃什么，吃饱了该玩时就玩，该睡时就睡，无忧无虑，自由快乐。这两天若不是你们来和啦，我这儿还挺平静呢！"泓溪看看李德昭，问："你们要领我到哪去？咱们走吧！"

过了兴凯湖，到了乌苏里江下游，鲟将军对弘溪说："老人家，下面就是我的家了，有没有兴致到我家里坐坐？"泓溪说："我没有串门的习惯，不去了。"过了一会儿，鲟将军又说："到了饭时了，进家吃点午饭吧？"泓溪说："我吃饭没有顿数，什么时候饿了什么时候吃。现在还不饿。"李德昭和刘河悍都笑了。刘河悍说："老人家的生活习惯和咱们不一样，属于自由百姓那种。"刘兰梅听见老人叨咕，大声说："他说你们的话他听不懂。"鲟将军笑了起来。李德昭和刘河悍没有笑也没有说什么。

李德昭引导继续前行。到了小兴安岭一带，北面有一条河，泓溪问叫什么河，李德昭解释说："过去叫结雅河，白龙敖景现在是以他的名字命名的，叫白龙江。他的驻地叫水宫府，就在附近。"泓溪像是对水宫府感了兴趣，好奇地问："这个假龙王也有府了？"李德昭说："是，老龙王给的。"泓溪说："那一定好玩吧？能不能进去看看？"李德昭说："大约可以吧，要先通报一声。"泓溪说："我不用通报。"李德昭说："老人家，到敖景这里是要求通报的。现在是你不需要，他需要。"泓溪有些不悦，嘟嘟说："行行，我自己通报。"李德昭示意鲟将军前去通报。鲟将军刚要下去，被泓溪拽住，对他说："他到我那里也没通报啊！我来这里通报不公平。"说完，身子一晃，钻入水中，李德昭随后跟进去。

泓溪进了府门，直奔大厅。后边卫兵跟着喊："站住！有事通报。"泓溪说："我没事，不用通报。"卫兵说："进门就得通报。"泓溪站住说："可我已经进来了呀！"卫兵还是喊。

敖景正在与乌丞相议论李德昭请泓溪的事，听说有人闯宫。乌丞相急忙跑出来，看见一个老者闯进来，急忙挡住。泓溪不认得，也不想搭理，径直往里走。乌丞相横双臂拦挡，泓溪不管那套，只用手一扒拉，乌丞相的右臂就耷拉下来，疼得嗷嗷叫。敖景赶紧下地，嘴里叨咕："是谁这么大的胆子，青天白日竟敢闯我的水宫府！"出门正撞见泓溪，唬得敖景魂都飞了，"妈呀"跌倒在屋里。泓溪将敖景提起来，问他："这是你的家？"敖景颤抖地说："是，是。"泓溪说："我他妈替你施了那么多的雨水，连一片琉璃瓦都没混

344

上，你他妈尽造孽了还混出个水宫府。天理呀，天理，公平吗？"李德昭赶上前企图阻止，泓溪摆摆手，眼睛一瞪制止说："住嘴！没有你说话的地方。"转向敫景又问："小白脸，我问你，杰蜥，你找哪去了？"敫景强词夺理解释说："还，还，还没来得及。"泓溪说："混账话，你他妈水宫府都享用上了，干我的事却没工夫！"出手给敫景就是一个嘴巴，血水立即淌下来。

夏秀丽听见吵闹声，从卧室走出来，见是一位老者，看样子敫景很是畏惧他，心想：这人是谁呢？见他提着敫景不放，赶紧上前微笑着说："老人家，进得家来就是客。来来，消消气。说着，要扶老人家坐在椅子上。"泓溪看着夏秀丽，看了一阵子，问她："你是什么人？"夏秀丽一时摸不着头脑，慌忙说："他是我男人。"泓溪说："念你是个妇道人家，样子贤惠端庄，也不加害于你。那就给你留个窝吧。"说罢扔下敫景，又说："扶他进里屋吧，发生什么事都不要出来。"夏秀丽扶着敫景进了卧室。

看见夏秀丽，更刺激了弘溪老人家的情绪，他拳打脚踢，将个水宫府砸了个稀巴烂，转身出了结雅河。

回到岸上，泓溪说："这是我和敫景的事，今天就算个了断！"说完神色平和下来，要继续看看。李德昭驾云一路西行，看完小兴安岭，接着看大兴安岭。泓溪见两山相接，走向合理，且外侧有河流通过，不宜动的则不必搬动。只是大兴安岭南部需要向西北方向移动。李德昭将云升到高处，俯瞰下望，确实比较顺当，便欣然接受了。转到赤峰一带看到大兴安岭和小兴安岭与长白山对角之间的平坦开阔地带就是要搞的人造平原了，李德昭介绍说："这片要造平原的地方内中有几座山，主要有两座大山，一座叫张广才岭，一座叫遮根猜山，需要搬到长白山附近，形成一个群落。其中有河流经过的地方尽量把山搬移出去，这样使平原更开阔，避免阻风挡云造成小范围的恶劣气候。"泓溪看着听着，深有考虑，没作声。

整个看完之后，泓溪提出一个想法：四周不宜大动，中间不宜都动，消除阻风阻雨，杜绝河流断头。泓溪说："这都是过去寻草食的规律，用于农事种植是否合理，还要看你们的体会，不要照搬执行。"李德昭虔诚点头，流露出感激之情。

估计行程快完了，泓溪看看李德昭说："若要搬山，指望我一个人不行。这不是我不愿意干，而是我不完全具备这种能力。说起来，打斗时动个小心眼还可以，那天我就搬了一下山，规模很小是个小玩技，若搬座大山，这点雕虫小技没有用。我不欺骗你，但是我有个想法可以助你一臂之力。这就是找来我的那位伙伴杰蜥，我俩合力一块，搬哪座大山都是可行的。这么多年了，我不保证她还活着，或者说一定能找到，只能说假如能一起合作，那是有成功把握的。年轻人，你好好考量考量。我怪怨过白龙敫景，那是他欺骗了我的感情；我不怪怨你，你是真心为凡人做事，我愿意出手，是因为你感

345

动了我。"他见李德昭正在低头沉思，便说："今天不早了，我也饿了，得回去找点吃的才行。"说完，一个灵巧的转身，踏上祥云奔往天池而去。这时李德昭才想起给泓溪回话，他高声说："老人家，您放心，我一定能找到杰蜥！"泓溪走远了也不知道他听见没有。

刘兰梅用手比画着说：要去追上泓溪，告诉他一声。李德昭说："行了，没有那个必要了。只有找到杰蜥，一切才有希望。"

刘兰梅忽然发现北边方向飘来一朵云彩，翻滚着，来得很快，会是谁呢？云团很快来到眼前，那人跳下云彩，大家都愣住了，原来是泓溪。泓溪说："我返回水宫府找了一趟敖景，向他索要杰蜥的信物，没有这个信物，她是不会来天池的。"说完，将一个金黄色的小巧包裹交给了李德昭。凭借李德昭的为人，泓溪坚信李德昭一定会去找杰蜥的。李德昭告诉泓溪："我一定会找到，请您放心！"泓溪流下了眼泪，洒在云朵上，变成了淅沥沥的雨。

李德昭目送泓溪回了长白山天池，觉得身上担子骤然间重了许多，什么东西能比信任更重要呢？转回身来他对刘河悍说："看来咱们的大事和泓溪老人的大事重叠在一起了，事情更显得紧迫，不能再耽搁，得尽快采取行动才是！"他见几个人都在认真地听着，便下定决心说："我看你们都先回去。我一个人去西海走一趟。"鳇将军一听炸了，脸上憋得红红地说："干嘛你做事总是要撇开我们呀？我们什么地方不尽心了？"刘河悍见鳇将军火了，想打个圆场，看看鳇将军，又看了李德昭一眼，婉转地对鳇将军说："老弟，先不要发火。"转身又对李德昭说："我看也不差一宿，咱们回去商量商量准备准备明天再出发也不迟。"李德昭见气氛顿时紧张起来，心里觉得好笑，便平和地说："没料到大家也很在意这件事，是我低估了你们，我向你们道个歉，既然大家心都往一处想，就不需要这种方式解决问题了。大家都回去，明天上午咱们商量，我会充分听取你们的意见，希望你们也要顾及我的想法。行不行？"刘河悍看看鳇将军也有了笑模样，表态说："中！"

李德昭说："那好！你们先回吧。我再去别的地方办点事，晚些时候回去。这回不用惦记我了吧？"几个人还没来得及表态，李德昭身子一纵没了踪影。鳇将军举手嗷了一声，还想说什么。刘河悍说："你放心吧，他会回来的！"

李德昭辞别了三人，踏上云彩向东海奔去，想把去西海的事情和姥爷说说。不多时来到水晶宫前，李德昭对守门卫兵说："麻烦禀告龙王一声，黑龙李德昭求见。"一个卫兵匆匆进了水晶宫，不大一会儿返回来，报告说："龙王有请！"说完便引着李德昭来到龙王敖广的书房。老龙王敖广迎到门口，满脸喜气地对卫兵说："以后这位外孙来，不必禀告，直接进来即可！"卫兵挺直身子规规矩矩地说："喏！老爷。"敖广拉着李德昭的手，走进书房坐下。侍女们取干果的端茶倒水的忙个不休。

老龙王敖广满脸笑容，仔细地端详着这位英俊少年，想到他已经身负重任开始接替自己的工作。想起那天在凌霄宝殿他想让玉帝封李德昭一个全职巡按，不想玉帝未能支持，回头一想玉帝是对的，因为眼前这位胜任者还是一位童稚未去的孩子。尽管如此敖广还是十分满意，李德昭有了一身超人的武功和文彩，当场制服了敖景，使凌霄宝殿上的风波得以平息。更令他佩服的是李德昭居然会替敖景说情，玉帝居然采纳了，免去敖景的死罪，安排在李德昭手下当个助手。这个治罚震撼了凌霄宝殿上的大小官员，人们都十分钦佩这个少年所具有的博大胸怀和力挽狂澜的能力。

李德昭感觉姥爷只是出神地望着自己并不说话，心中不免有些疑惑，于是对姥爷说："姥爷！我来有点事想和您说说。"敖广这时才觉醒，自己只顾端详李德昭了，忘记了唠嗑。愣了愣神说："啊，啊。你说，你说。"李德昭见姥爷注意力集中起来，就把自己准备搬山造平原的事简要地讲述一遍，接着又把泓溪的事、要找杰蜥的事也如实地告诉了，并表明态度说："我这都是初步想法，想请姥爷帮助拿拿主意。"

敖广听了茅塞顿开，感慨万千，颤抖着声音说："姥爷施了一辈子的风雨，只知因地势而异，从未想到治理河川山岭，真是今非昔比，后生可畏啊！"他抚摸着李德昭的头，深情地望了一会儿，又拍拍李德昭的肩头说："孩子！真要到了搬山治河那天，老夫一定到场助上微薄之力，绝不会坐在家中袖手旁观！至于你要找的那位能人，姥爷也不知其下落。如果你去西海找，……"他停下话语，走进卧室，不一会儿又走了回来，手里拿着一个黄灿灿的小盒子，递到李德昭手上，动情地继续说："孩子，此一去西海，你三姥爷敖闰必会难为与你。这是一只扳指，是我们的父亲给我们的，每人一只，他也有。他如果看见它会放弃前嫌，欣然助你。"李德昭跪倒在地，给姥爷磕了三个响头，含着眼泪说："孩儿铭记姥爷教诲，不负姥爷厚望！"敖广说："孩子，你有这个能力，好好干，一定会成功的！"

姥姥和诸位舅舅、姨娘、舅妈听说李德昭来了，不约而同地都来到书房。姥姥说："你姥爷也是，外孙子来了，怎么能一个人独见呢？别人不告诉，姥姥得知道啊！"说完忙将李德昭拉到自己身边，握着手不肯松开。舅舅、姨娘、舅妈们起哄了。二姨说："妈你那话说的就不公了，怎么着李德昭来就只可你和爹爹两个人见啊？合着没有我们的份了？可我是他二姨呀！"舅舅见妹妹责怪母亲，使母亲多少有些尴尬，争讲说："妹妹这你就……"话没说完，二姨吉虹不干了，抢着说："哥哥，你干嘛呢？逗逗老太太乐你还要较真评论一番呀！"弄得舅舅满脸绯红。姥姥说："得了，得了，都是我口不择言，让老二钻了空子！"吉虹听着有些不顺耳，不过她见大伙都在看她却笑了起来。书房里满屋都是温馨的气氛。

晚上，姥姥准备了一顿盛宴，又要李德昭住下。李德昭心里着急不肯留宿，姥姥有些不高兴，表白说："上次就应该跟我睡，被你姥爷抢了风头。这次是外孙子不肯了……"敖广见老伴眼睛有点红了，急忙解释说："今儿个德昭确有急事，我们不能添乱，放他走吧！我保证以后再来回回都和你睡行吧！"姥姥笑了，辩解说："我也没说别的呀？"吉虹抢过来说："老太太什么也没说呀！只是……"人们又是哄堂大笑。笑声中，水晶宫的主人们送走了李德昭。

晚上，李德昭睡在床上心想：去西海路途太远，那么多人去很辛苦，没有那个必要，用不着兴师动众。这几天大家很辛劳，在家好好休息一下，回来还有好多事等着大家去做。还是一个人去比较简便，来去轻松。很想再和他们商量商量，又一想三个人的心情都很恳切，如果再说不让去怕是说服不通，弄不好会伤害几个人的真诚。想来想去放弃了这个想法。

第二天一早，刘河悍、鳇将军、刘兰梅就来到了仁和堂。李德昭准备了早饭，大家急匆匆地吃了一顿，便放下筷子来到李德昭的书房。

李德昭看了几个人一眼，解释说："大家都愿意和我结伴去西海找人，我也很开心，说句实话，有伴总比没伴好，人多胆也壮。但是也要有言在先，人多了是个整体，要有个规矩：不能任性私自活动；不能各管个要单帮；有情况要相互通气，不能私自行动；有事情要明说，不要暗自斗气。我就提这些，大家要有个态度。"鳇将军抢先说："我个性突出，容易出毛病，我保证什么都听李德昭的！"刘河悍说："我尽量不给大家添麻烦。"刘兰梅最后说："我一如既往听鳇叔的。"鳇将军有些不好意思，喃喃地说："要针对李德昭要求说态度，听我的算咋回事？"刘兰梅说："咱们还是四个人，前天你还让我听你的呢？今儿个我主动服从咋还不行了呢？管就管吧，一管到底。"几个人都笑起来。李德昭问："你们两位家中事务都安排好了吗？弄不好得个十天八天的。"鳇将军回答："没啥准备的，一切都有人管。现在就等着出发了。"李德昭又看看刘河悍，刘河悍笑了没回答。李德昭说："路上吃喝拉撒睡谁负责？"鳇将军说："刘员外呗！他做事心细，考虑全面。"李德昭同意了，又说："既然都准备好了，咱们就走吧！"

第六十章　访西海龙王

李德昭要去西海，刘河悍、鲟将军、刘兰梅三人要求同去，经过四个人的商量，李德昭同意了。这样四个人高高兴兴出发了。由于路程远，行得急，所以云彩飞得比较高。很快他们就飞离了大陆上空，越过了一道高高的山峰，来到了一片海域。好大的一片海啊，茫茫无际，蓝蓝的天上没有云彩，海天一色，海上翻涌着巨浪，偶尔有海鸥不时地在浪花间翻飞，好像与大海玩耍。刘河悍在陆地生活时间比较长，喜欢陆地，不停地寻找着陆地和礁石。功夫不负有心人，他发现不远处有一块礁石露出海面，建议李德昭在那里停下。李德昭停下来，落在上面才看清原来是一个小岛子，林木茂盛，山峰柔缓，生机盎然。"咱们就在这里先站站脚吧。"李德昭看了一会儿对三个人说："歇会儿，咱们下海开始找找！"

这时，近旁海水泛起了浪花，像是从海底翻上来的。四人愣住了，眼睛都盯着那浪花里的漩涡。突然一个水怪窜出来，手握钢叉，龇牙瞪眼，一脸凶相，嗓音尖尖地面对四个人问："哪里来的？到此何事？"说完，手中的钢叉摇晃得哗哗响。

李德昭走近海边说："我们是东土来的，到此找一个叫杰蜥的恐龙。"海怪不懂，疑惑地问："什么恐龙，不知道，从来没见过。"他说话时歪歪着脖子眼睛盯住四个人，不断地观察，似乎也从来没见过他们的样子，又问："不对，人怎么能来到这里啊？你们到底有何意图，快快说来。"鲟将军有点烦了，呛了一句："刚才不是和你讲过了嘛，怎么竟装糊涂！"海怪说："我们这里是西海，我是巡海夜叉，负责海域安全，你们要如实回答我的问题，好好配合，否则我会抓你们去坐海牢的。"

李德昭听他自报是西海巡海夜叉，心里有谱了，上前一步说："这位夜叉，我是东海龙王的外孙，想去见见你们的老龙王熬闰，烦请通报一声。"夜叉一听来者是东海龙王的外孙，态度有了转变，用眼打量了一下其他三个人，这才说："也好，请耐心等待。"夜叉钻到水里不见了。不一会儿夜叉又返回来，冲着李德昭问："那你叫什么名字？"李德昭说："秃尾巴老李。"夜叉歪歪脑袋想了一下，又问："这是个什么名字呀？有没有简单一点的名字呀？"刘兰梅回答说："你就说黑龙来了。"夜叉横了刘兰梅一眼，又钻入水中。

过了好一会儿工夫，夜叉从水里窜出来，严肃地说："我们老爷说了他不认这个外孙，请回吧！"说完身子一缩不见了踪影。

李德昭吃了一个闭门羹，内心十分不爽，猜出内中可能有什么过节。四个人找了一块地方坐下，面面相觑，谁也不知该怎么办。过了一会儿，李德昭说："你们三人原地等待，我独自到龙宫闯闯。如果咱们都去闯，显得不礼貌，一个人去有些话我也方便说，因为这毕竟是我们家族内的事。不过你们放心，他们不会把我怎么样。"刘河悍说："我们在这里等你，你这一去要小心才是。"李德昭说："那好，就这么定，等我回来。"说完跳入水中。

李德昭在水中游荡，东瞅西看，寻找西海龙宫。游逛了半天，他被巡海夜叉看见了。夜叉说："我不是告诉你了吗？龙王不认。你这是要干啥去。"李德昭想求他，但一想他毕竟才是个夜叉，想到这里，他硬气起来，对夜叉说："你带我去见龙王，你要不从，我就自去，你敢阻拦那我就对你不客气。你好生掂量掂量。"夜叉一想，龙王只是说不认他这个外孙，没说他不是龙族，我不让他去，得罪了他，有一天他们和好了，吃亏的肯定是我，坚持不划算。夜叉很犹豫。李德昭说："我也不难为你，你把我带到龙宫附近，我自己想法进去，与你无关。"巡海夜叉应承下来，带他来到西海龙宫附近停下，让李德昭自己进去。

李德昭刚要往龙宫里走，迎面晃晃悠悠走来一个大汉，阻止住李德昭，他气呼呼地说："野小子，胆子不小，谁叫你进了？滚开！离龙宫远点！"夜叉早就吓得没了踪影。李德昭问大汉："请问你是谁呀？"大汉乜斜一下眼睛，憋声憋气地说："你站好了，我告诉你吧，我是滚刀肉二少爷敖荣。听说了吧？"李德昭摇摇头。敖荣大为不悦，又说："咋？没瞧起我？"说完轮拳朝李德昭面门打来。李德昭一看这人有毛病吧？头脑这么简单说打就打呀？不过人家拳头已经过来了，没办法将头向左一躲，敖荣拳头落空。敖荣觉得意外，惊异地说："哎呀，你还敢躲？"李德昭一听心想：这是什么脑袋，那我还挺着让你打呀？又一想大概是没打着，他的火没发出来，如果让他打几下，他感到自己捡了便宜兴许态度会有转变。又见敖荣举拳奔来，拳路也没规矩，立在那里假装躲闪慢了，拳头恰好捶在左脸上。李德昭故意疼得嗷嗷叫。敖荣十分兴奋赶上来左一拳右一拳，接连打了十几拳。敖荣累得呼哧带喘，一边还说："不是看你年小，肯定砸扁你。嘿嘿，舒服吧？"

李德昭捂着脸哭哭唧唧地说："没见到姥爷，倒被你给打伤了，我得找姥爷讨个公道去！"说完转身就往龙宫里走。敖荣说了一句："那你别说是我打你了，啊？"说完溜走了。

李德昭来到龙宫门口，卫兵止住他问："哪里来的？"李德昭回答："天上来的。"卫兵问："到此有何事？"李德昭回答："有事见龙王。"卫兵又问："你叫什么名字？"李德昭回答："秃尾巴老李。"卫兵说："怎么叫这么个名字呀?"李德昭没吱声。两个卫兵嘀咕了一下,一个进了门里,不一会儿领个丫鬟出来。丫鬟问:"谁叫秃尾巴老李呀?"李德昭说:"我就是。"丫鬟看了看笑了,细声细语地说:"就是长得黑点,还挺帅气。"李德昭不知咋回事,没有吱声。

西海龙王敖闰得到巡海夜叉报告,说东海龙王敖广有个外孙名叫秃尾巴老李求见,心中暗想:东海龙族里也没有个秃尾巴老李呀?还说是敖广外孙,他两个女儿家也没有叫这个名字的?他既恳报是敖广外孙想必是大哥让他来此,这个秃尾巴老李到底是何来历?想来想去既然是打着大哥的旗号来的,理应见上一面问个究竟。于是入后宫与娘娘说了,娘娘听后也觉新奇,忽然眼睛一亮,猜测说:"哎呀,是不是那个吉云在凡间生的孩子呀?八成是了,那大姑娘和二姑娘谁也没有这么个儿子啊?"敖闰说:"有这个可能。"想了想又说:"要不这样,你先见见,和他详细唠唠,问他来此做啥?我躲在侧室里听着,如果有必要,我出面见他,如果没必要,你应付一下就打发他回去。你看行不?"娘娘心里也觉得若真是那吉云的儿子,自己也不愿意见,虽说事过境迁十多年了,毕竟是个心结,想起来总是有些不舒服,低头寻思了一会儿,无奈顺口应了下来。

丫鬟领着李德昭进了龙门,直奔后宫去了。到了门口,丫鬟报告说:"禀告娘娘,秃尾巴老李带到。"这时有两个中年女人扶着一位老太太走到门口,老太太颤颤巍巍地站在那儿细细端详李德昭,端详了一会儿,才说:"哎呀,你们也是,别竟光顾看了,怎么也得问一下啊?"

两个中年女人中大一点的问:"秃尾巴老李,你是何方人士,母亲何人,到此何事?"李德昭说:"我乃是东土摩尔根人士,姓李,名德昭,乳名老黑,也有人叫我黑龙,因为小时候被父亲砍去尾巴,人送外号:秃尾巴老李;母亲张氏桃红。后经观音菩萨指点,我去东海认亲,才知道我母亲是东海龙王的三女儿吉云。现在我来西海寻人,故请三姥爷帮忙。"老太太见事情被自己说中,又见这个黑小子甚是招人喜欢,便改变态度说:"哎呀呀,孩子,怎么还站着呀,快进来!"李德昭被带入内室,大一点的女人继续问:"我说秃尾巴老李,你既是姓李,能说说你爹长得什么样?是个干什么的?家里一定很有钱吧?"李德昭说:"我离家时还不到半岁,记忆中的事都是朦朦胧胧的,叫不准。你还是第一个问我这话的人,说的对与不对,好与不好,是也不是,还请见谅。"他说完看了看三个人,两个年纪大的表情依然严肃,唯有年纪最小的那个女人脸上现出几许笑容。于是他看着老太太继续说:"我的父亲是一个地地道道的农民,可能是家中过不下去了,从山东逃到墨尔根。我记得开始开个吃店,后来被姓庞的财主霸占去了。我娘和爹爹给庞家扛活。庞家经常欺负他俩,让爹娘一天浇一垧地。我见他们累得起不来炕,便替他们浇地。庞家那个老东西发现了我,好生好奇,带着婆娘和女儿黑夜偷偷看我,不想

351

那个女儿被我的龙相吓死。庞家非要我娘偿命，拉扯间，我喊了一声。爹爹怪我多事，一怒用刀砍向我，正巧砍去了尾巴。我疼痛难忍'嗷'的一声跑出家门。后来才知道母亲在我逃命的一刹那，一股急火一口气没上来过世了。爹爹将母亲埋在寨子南面的一个岗地里。庞财主说地是他的，硬是把坟给掘了。爹爹和庞财主理论，被乱棍打死。"

老太太问："你这么小，是咋活过来的呀？"

李德昭本无心讲这些事，怎奈有求于人，不得已还得回答人家，想了想这回得拣些好听的说，他说："我跑出家门，在水泡子遇见一位好人，给我疗伤，伤好了，又送我到天台山雷音寺向张天师学艺。快学完时，东土有位尚书举荐我去降雨，说是一解国难二救百姓脱苦难。我去下了三天雨，大片东土旱情解除。皇帝一高兴封我巡按五湖四海九江八河之都龙王，还夸官三天哪；赏给我们雷音寺黄金千两，重建寺庙，以扬雷音寺溥佑惠民之功德。后来南海观音菩萨又送我西方学艺，三年后回来凌霄宝殿擒拿白龙敖景，玉帝又封我为协助东海龙王敖广施雨之职。"

老太太听罢拉住李德昭的手，亲昵地说："哎呀孩子，真是从天上掉下来的。你们看，长得多结实，多好看，文静、大方，看样子很聪明，多招人喜欢啊！小小年纪尽办大事！"

年长一点的中年女人给李德昭介绍说："黑龙，这是你的三姥姥，快叫姥姥。"李德昭问候说："三姥姥好！"

老太太听了李德昭的话忘了心结，喜欢得不得了，介绍说："刚才说话的那个是你大舅妈，扶我这个是你二舅妈。"李德昭分别向大舅妈、二舅妈问了好。说话间他们来到内宫客厅，分别坐下。李德昭给三姥姥磕了三个头。三姥姥特意把李德昭拉到自己的龙椅上坐着，满脸微笑着又端详起李德昭来，笑笑说："这模样真有点像吉云那孩子。像，真像，真是谁的孩子像谁。"说着又扯起李德昭的手，显得十分亲昵。

三姥姥摸着李德昭的头，摸着摸着忽然问李德昭："这脸是怎么搞的，这块都苍起来了？"李德昭不在意地说："路上不小心摔了一下。"三姥姥啧啧两声说："小心点啊！看这小脸蛋这个嫩。"说完又摸了起来，显得有些爱不释手了。

大舅妈见了有些不高兴，怪怨说："娘，你偏心不偏心啊？自己的孙子你也没这样亲过呀。"三姥姥说："你这是咋说话，他不是个没娘的孩子吗？管咋的？他也有我们的一份骨血。这亲近一点也是应该的呀！我抱着孙子亲的时候，你不是很反对吗？又是怕碰着，又是怕摔着的，弄得我都向远了。"一句话逗得二舅妈哈哈大笑。大舅妈也扑哧一声笑开了，不见了恼怒不满之气。

三姥姥问："黑龙啊，你怎么想起一个人跑来了？"李德昭把搬山造平原的事说了，又说是来找个能人。三姥姥听了直咂嘴，夸赞说："你看看，你看看，这么点个小孩就知道干大事了。可叹你二舅，都那么大了，还只知道玩呢。"二舅妈不大赞同，眼睛瞪得圆圆地说："娘，谁说的。这不也娶了老婆了吗？还给你生了孙子。"大舅妈笑得弯了腰。三姥姥说："还说呢，一点品位都没有，你看我们秃尾巴老李，年纪小志气高有出息。"二舅妈把李德昭拉进自己怀中，亲着说："黑龙，别走了，你就是我的儿子了！你要不做我的儿子，连姥姥都瞧不起我！"三姥姥叹口气，感慨地说："这事不能怪你，当年你男人就是娶了她妈，也生不出这好孩子。都是我娇生惯养的果子呀！"二舅妈说："娘，您别伤心，浪子回头金不换，从现在起咱俩管教他，保他活出个人样来。"大舅妈又笑了。二舅妈不高兴了，埋怨说："笑，没日子笑了。你那个男人就好的不得了了？彼此彼此。"大舅妈又笑了，恬怪地说："我也不操那份心，他愿意啥样就啥样，生就的骨头长就的肉，不关我的事。"

西海龙王敖闰在侧室开始心中不是滋味。当年二儿子敖荣相中吉云，吉云嫌敖荣不务正业宁死不嫁，这件事让西海龙族耿耿于怀。后来吉云被他爹敖广贬到人间，在人间嫁了人，又生了子，后来死了。敖闰听李德昭说此来是为了搬山造平原，不由得心中为之一振，暗想这个小黑龙还了得。敖闰在四海龙王中是颇有造诣的一位，长时间探索降雨给人类带来风调雨顺的同时也衍生次生水患，始终没有破解这个难题。再加上不久前又听说李德昭在凌霄宝殿的佳话，心中阴霾立马消失，满面喜悦地走进客厅来。

三姥姥见敖闰来了，对李德昭说："黑龙，见过你三姥爷。"李德昭面向敖闰跪地磕了三个头，拜说："外孙黑龙拜过三姥爷。"敖闰说："你小子自己找上门来了！挺闯荡的，是块料。干啥来了？"李德昭回答说："我准备在关东搬山造个大平原，给老百姓创造一个宜居的环境，使他们风调雨顺，太平幸福。这回来西海就是找三姥爷帮助找个叫杰蜥的能人。"敖闰听了李德昭简短的说明十分惊讶，认为小小的孩子能想到做这种事情是十分难得的。看来是自己太小气了，不应该把长辈的恩怨算在孩子头上，太不该了，想到这里自己感到惭愧。三姥姥见敖闰有些沉默，便说："这孩子，可懂事了，比咱们那两个都强。咱要是有一个说得出的，哪用得着你现在还在扑腾，啥都摞不下。"敖闰说："不要说了，已是毫无意义了。"他看看李德昭。李德昭乘机将小黄包递上。敖闰接过打开一看，眼泪就下来了，望着李德昭说："孩子，实在是对不起你了，是三姥爷不好慢待了你。你记恨我吗？"李德昭眼含热泪说："三姥爷，孩儿不怪，都是上辈人的事，我听说了，您能这样对我，是我没想到的，我不会怪您啊！"

敖闰一把将李德昭拉到身边，高兴地说："你在凌霄宝殿的事情我也听说了，你胸怀博大啊，三姥爷佩服你！孩子，三姥爷能帮你什么忙？你说吧！"李德昭说："只烦三姥爷派点人四处帮着打探一下杰蜥的下落即可。"敖闰说："这没问题。一会儿我就叫八方夜叉全海域巡查，查找那个杰蜥的下落。这回来了，三姥爷有几招，你两个舅舅都学不会，咱们龙族的绝艺咋的也不能失传啊，趁这个机会，三姥爷就教教你吧！行不？"李德昭起身再次给三姥爷磕头。

三姥姥来神了，对两个舅妈说："咋样，咋样？说我偏心眼，看吧，偏心眼的不是我一个，姥爷把绝技都传下去了。"

李德昭对敖闰说："三姥爷，孩儿还有一事，这次同来的还有三位，他们都在离这不远的一个小岛上等我呢。你派人四下寻找时能不能带上他们一起去，我也想跟去。"敖闰说："这个没问题，我来安排。你那三个人在哪住？"李德昭说："我想回去和他们一起住。"敖闰说："那不行，我还得传你武艺呢。如果方便他们三人过来找个地方安排吃住。"李德昭说："也好，不过我要和他们吃住在一起。"敖闰问："他们是你什么人啊？形影难离？"李德昭说："他们都是主动帮我来找人的，我不能失信于他们。"敖闰点点头，夸赞说："是这样，够意思。那样三姥爷给他们倒出两个房间让他们住，你单独和我一起住，我好传授你武艺。吃饭嘛，都一样，咱们一起吃。"李德昭立即说："三姥爷，万万不可，我有龙族之脉，您宠爱我，叫我怎么都可以。他们不同，另处给他们安排吃住即可，不过每天我都要看看他们。望三姥爷恩准。"敖闰挠挠头，又夸赞说："你这个小大人，懂得还挺多，知书达理，怪不得你三姥姥见了你就喜欢了。行，你们四人都是客，我都要安排好。待会儿安排完了，你先看看满意不，满意了再把他们请来。"李德昭谢过敖闰。

一切安排好了，四个人在龙宫住下来。李德昭早晚和三姥爷学武，白天和那些巡海夜叉又去找杰蜥。一连找了五六日，毫无结果。各方夜叉常年在海里巡逻，个个都是千里眼，哪个地方有什么都了如指掌。全海巡查，没有结果，毫无疑问，结果是真实的。李德昭越来越感到愁苦。

这一天夜里，三姥爷传授完武艺，就睡下了，可能是这些日子太劳累吧，躺下就打起鼾声来。李德昭翻来覆去睡不着，杰蜥没找到，搬山造平原也没希望了。也是连日的操劳吧，李德昭晕晕沉沉进入了梦乡。他飘悠悠地来到一座吉光普照的山冈，觉着好奇想进去看个究竟，便寻见一条大路往里走。快到山门时被四个光头大汉拦住，豪横地问："来者何人，敢闯佛祖圣地？"李德昭还有些犹豫自己怎么跑到佛祖这来了，心中一想：既然来了也别空手回去啊，问问杰蜥在什么地方，佛祖慧眼识天下什么不知道呀？当年孙悟空都未能逃出他的手心，若杰蜥尚存，定然也逃不出他的手心。想到这里他来了精神，回答说："我乃东土行雨之人秃尾巴老李，想问问佛祖知不知道杰蜥在什么地方？让我进去吧！"四大汉相互看看，其中一人跑了上去报告如来佛祖。

佛祖如来问："门下诸仙卿，哪位知晓东土秃尾巴老李？"观音菩萨近前稽首笑着说："佛祖，弟子知情，那秃尾巴老李，乃是东土行雨治水之人。此

354

人颇有来历，当年太上老君奉玉皇旨意，点化东海龙王敖广之女吉云所生。因那吉云违拗父王所定婚事，被老龙王贬至凡间，故黑龙乃是龙族，非草民也。此人自幼行侠仗义，溥佑惠民，深得庶民爱戴。他惩治了害民的白龙，现又移山造平原，想给黎民百姓创造一个宜居的丰衣足食的新境地。此来必是有求于佛祖。"如来笑着说："真是一个救苦救难的菩萨，那泱泱东土如此细微之事你都知晓，想必你对他已有帮助？"菩萨也笑笑说："佛祖慧眼！"如来令："宣那秃尾巴老李进殿说话。"

李德昭健步登上宝殿，看见佛祖在上急忙躬身施礼，拜说："佛祖在上，秃尾巴老李问候佛祖吉祥！"如来问："秃尾巴老李，千里迢迢来此何事？"李德昭回答："我想移山造个大平原，改善人类居住环境，减少自然灾害给他们造成的痛苦，使他们安居乐业。需要一位能人的帮忙，她叫杰蜥。八千年前她与同伴走散了，她的男伴没有她的合力搬山不动，我已经找她好久了，如果找不到，搬山的愿望就泡汤了，所以请求佛祖指点迷津。"如来说："看来你的志向不小啊！"李德昭说："佛祖别见笑，我还是个小孩子，什么都不懂，不知深浅，想到就干了。"如来夸赞说："好好，小人物，大作为，应该帮忙！你事多，先回去吧，待我查到后想办法告诉你！"李德昭拜别了佛祖就回来了。

也不知过了多久，李德昭独自一人回到来时站脚的那个小岛，依然愁苦地坐在一块礁石上，用石块不时地打着水漂。玩着玩着身边啪叽掉下一块鱼肉，说来也奇怪，那肉在石头上还蹦了几下，随后一只黑天鹅落在身边。它还不怕人，踧踧达达地走到他的身边，望着那块肉不动。李德昭伸手将那块肉拾起来扔给它。它几嘴就吃掉了，冲他嘎嘎叫了几声，然而并没有飞走。李德昭觉得它好玩，向它招招手，它竟然走到自己近前开口说："你是黑龙吧，干嘛一个人在这忧愁啊？你不是来找杰蜥的吗？你找错地方了，她在西海，那个西海不是这个而是青海湖。青海湖中有一怪物，形似恐龙。善能兴风作浪，是水中巨无霸，亦擅长捕捉空中的飞禽和山中猛兽。有人管她叫杰蜥。那里看看吧，或许她就是呢！"

李德昭扑棱一下坐起来，发现自己还睡在床上，三姥爷依然呼呼大睡。李德昭觉得有些奇怪，天鹅怎么知道我找杰蜥呀？是不是哪位神灵点化的呀？说的那么绘声绘色，一定是了，就是那里不是西海去看看也是一丝希望，有希望就不能放弃。想到这里，他唤醒了三姥爷，说他有事得马上走，等以后找时间再来看望姥姥她们。

三姥爷问："你小子是不是睡毛愣了？"

第六十一章　西海寻杰蜥

　　李德昭半夜三更把三姥爷敖闰叫醒，说要回去。敖闰说："你小子是不是睡毛愣了？黑灯瞎火的回什么家呀！"李德昭说："我刚才稀里糊涂像是做了一个梦，遇见一只黑天鹅，它告诉我黄河上游一带有一个青海湖，过去这个湖也叫过西海，不知姥爷听说过没有？"敖闰低头想了想，语气含糊地说："好像有人说过，是谁记不清了，是不是那年娶你姥姥的时候途径的那个湖泊呢？等我问问你姥姥去，她的记性好。"说完拉着李德昭去了隔壁。三姥姥正在朦胧之中，被敖闰叫醒了，很不满意，责备说："三更半夜的闹腾啥呀？越来越不正经了。"敖闰哭笑不得，忙说："你快醒醒，德昭要问你点事儿。"三姥姥一下坐了起来，睁眼一看李德昭真的在身边，急忙问："你看看这孩子，这么晚了问什么？那么急呀？"李德昭赶紧上前说："姥姥，我有急事要走了，原本不该打扰您的，怎奈有个问题没弄清，姥爷说您记性好，可能记得。"三姥姥听李德昭这么一说兴奋起来，高兴地说："是的，有些事我比他记得扎实。"李德昭说："姥爷讲当年他去北海接亲回来的时候，路过一个湖泊也叫西海。"三姥姥兴奋地说："对对，有那么回事，挺大一个湖呢，风景可好了，湖水比西海的蓝，因为天热，我还在湖边的石头上洗了脸，感觉这脸光滑细腻可凉爽了！哎哟哟，半夜三更的你问这个干啥呀！"李德昭对敖闰说："三姥爷，看来这事是真的。"李德昭顿时兴奋得不得了。又说："三姥姥，孩儿此刻就算跟您辞行了，将来事成之后，我拿好东西再来看望您和三姥爷，好好孝敬孝敬您二老！"李德昭说完跪地给三姥姥磕了三个头，转身又给敖闰磕了三个头，站起身说："再见，三姥姥、三姥爷！二老多保重！"

　　李德昭领着三个人星夜赶往黄河上游的青海湖。天已经大亮了，在高空俯瞰陆地上的湖泊还真不少，大的小的，长的圆的，也算星罗棋布吧。具体哪个是西海，他还无法确认。这时他看见湖边有一个渔夫正在补网，便远远地落下云头，步行走了过去。来到渔夫跟前，见是位老者，李德昭上前问："老伯，知道西海在什么地方吗？"问题看来有些唐突，老汉半晌没作声，后来他停下手中的活计，问李德昭："这位官人，我们这里过去也有一个叫西海的湖泊，现在不叫了，叫青海湖了。还有山那边的大海也叫西海。不知您问的是哪个西海？"李德昭拍着手说："就是那个青海湖！"老人站起身用手一指

356

说："再往西北七八十里就到了。"李德昭谢过了渔夫继续赶路。

李德昭四个人走到隐蔽处踏上云彩不多时就到了。停下云头来到湖边，抬眼望去好大的一个湖啊！这里太美了：白森森，波涟涟，一眼望去不见岸；水蓝蓝，天蓝蓝，天连水来水连天。静静湖中鱼儿闹，高高天空鸟盘旋。寻遍西海徒劳事，夜奔青海觅良缘。

李德昭一行正在欣赏眼前的美丽风光，忽然有一只天鹅俯冲下来，稳稳地落在李德昭面前，李德昭见了感到奇异。只见这只天鹅浑身羽毛黑亮，黑嘴巴，黑眼睛，黑腿，黑爪，水琳琳满身灵气。他记起来了，这就是那只告诉他杰蜥在西海的那只天鹅。李德昭向它摆手示好。天鹅亦是弯脖点头回敬。神了，只见天鹅扬起头说："此处不宜你的同伴同行，他们可在五十里外的一座山上等候。"

李德昭依天鹅所言，对刘河悍和鲤将军说："二位长辈，咱们就依天鹅仙子所言，你们带着兰梅去那山上等候吧！"鲤将军本想说点什么，一想临行时有言在先，只得吞了话语随刘河悍走了，走很远才回头说了一句："黑龙爷，小心啊！"李德昭挥挥手没有言语。

黑天鹅见三个人离开了，悄悄地对李德昭说："黑龙，我是受南海观音菩萨指点前来协助你的，但是我不能出手相助，可是你懂得自己不是来打仗的，要由着杰蜥的愿望来，她打你就随着，等她不打了，你就赢了。开始见面时我教你一招：你变作一只黑天鹅，口中衔着一条大鱼，在湖的上空飞，她要扑食你，你就如此这般就可以了。"说完黑天鹅展翅飞走了。

李德昭站在湖边，犹豫起来，到哪去弄一条大鱼呢？想了半天，只好去了湖边草丛摸去了。说来也巧，一进草丛就踩到一条。弯腰抓出来一看是一条不小的鲶鱼，心想就它吧！于是身子一晃变成一只黑天鹅叼着鲶鱼飞向湖心的上空。

李德昭在湖面上空飞翔，一会儿高空滑翔，一会儿贴水面掠过，一会儿振翅奋飞，鹅头不紧不慢地左右摆动，显得格外悠闲自在。飞了很久，他看见很远处有一个很大的物体游了过来，越来越靠近自己，那物体越来越清晰，来至近前才看清是一个怪物。那怪物很大，身长足有二十来丈，高有五丈有余，脖颈有二丈多长，尾巴也有三丈长，龟形的身躯巨如磐石，皮肤光光，深灰发亮；头如乌龟，眼窝深陷，目光锃亮；喘息瓮声瓮气清晰可闻。怪物在自己下方游动的速度减缓下来，不时地抬头向上张望。

李德昭开始警觉起来，情知这家伙如果发动攻击，一般怕是难以逃脱。他断定这家伙就是杰蜥了，不由自主提升了高度，想再看个仔细。谁想这个怪物早就注意他了，见他要跑，岂肯舍弃，哗啦一声跃出水面，一口咬住天鹅的一条大腿，扑通一下落入水中，径直往深水中游去。光色越来越暗淡了，那怪物游到湖底，按她以往的经验认为猎物已经闷死了，便松开大腿想要再咬身子，不想她刚一松口，那天鹅扑棱一下不见了，身边出现了一条长长的蛇状东西在游动。她仔细辨认，确认那不是蛇，是什么呢？已是说不出来，只见他：通身黝黑，足有二丈多长，大大的头，嘴似鳄鱼，眼似灯笼，角似雄鹿，蛇一样的身子，长有四只粗壮的腿，腿上各有一爪，酷似鹰的爪。神情威武，体态骁勇，目光灼灼，没有丝毫畏惧。这条蛇状东西就是黑龙原型。

那怪物看罢李德昭，犹豫一下，还是发起了攻击。"你是何方怪物，胆敢来此戏耍于我！看招！"那怪物还会说话，话音未尽，尾巴一摆如排山倒海一般，铺天盖地向李德昭扫来。李德昭不惧就势躲闪。那怪物见没打中李德昭，便更加发威朝李德昭躲闪的方向迎面摆头击去。李德昭早有准备往上一翻正好落在怪物的脖子上，谁知那脖颈粗大得很，而且表面滑溜无比，没有抓住滑落下来，正正好好落在怪物前两腿间。怪物头咬不到，尾打不到，后腿踢不到，气得嗷嗷大叫，吓得小鱼四散逃离。怪物闹腾一顿消停下来。李德昭乘机大声问："老人家您是不是杰蜥呀？"怪物说："是又能怎的！"身子灵活地一跃，跳进了李德昭的保护圈，不由分说甩头向李德昭打去。李德昭见她已经承认身份，心中便有了底，完全不出招，防止伤害到杰蜥，缩身闪开了。

杰蜥不知李德昭的用意，反以为听了名号惧怕了，便越发疯狂。收首张开大嘴射出一道白光，直逼李德昭身前而来。李德昭见势不妙，一个旋转从杰蜥身下穿过去。杰蜥射了一个空，一个侧回头张开嘴朝他吸来。李德昭没防备她来这一手，赶忙对着她张开的嘴猛一使劲喷出一团火来。李德昭很后悔，忙闭上嘴收住火焰，可是已经晚了一些，那火已经快到了杰蜥嘴边。杰蜥正要闭嘴低头，火烤了一下就没了。这下杰蜥更火了，庞大的身躯开始旋转，速度之快，目标之精准，着实令李德昭吃惊。那杰蜥旋转起来，四肢、头颅、尾巴、身体处处都是武器，哪个划上打上都是致命的。李德昭戒备万分，一个劲儿地防啊、躲啊，动作敏捷，小心翼翼。

这场恶战，不知打了多久，从天明，打到暗夜；又从暗夜打到天明；往返三个循回不见输赢。杰蜥似有使不完的招数，有使不完的气力，越战越勇，大有不达目的绝不歇手的势头。李德昭虽未还手，却是无比佩服，这么大体型，连续动作，手眼耳目，思考综合运转，神不慌，手不软，竟然没有一次失手。

到了第三天中午，天空有些阴云，太阳光从云缝中照下来，青海湖和周边地带还是亮堂堂的。杰蜥从湖中跃起，一个盘旋便来到一座山下。李德昭慌了，以为她要逃走，心想：你可别走啊，找你找得好苦啊，有话慢慢说，干嘛跑呢？一纵身跟了下来。还没到山下，只见杰蜥一道闪光飞到山那边去了。李德昭还没等反转身体，只听天塌地裂般一声巨响，顿时尘烟升腾，山石铺天盖地落下来。李德昭觉得不妙，化作一股清风随着尘埃升到高空。这时，杰蜥站在远处哈哈大笑，觉得这个不知名的来敌终于被她镇在山下了。

就在她笑声未止的时候，李德昭突然出现在她的眼前，唬得杰蜥倒退了好几步。"你怎么在这儿？"杰蜥惊诧地说。"我怎么不能在这儿！"李德昭平静地回答："你这招我早就领教过了。""在哪里？""在长白山。""谁？""一位叫泓溪的老者！""怎么？你认识泓溪？""认识，不仅认识，还是他叫我来找你的！"

杰蜥摇摇头说："这是不可能的，这么久了，都八千多年了，他还能活着？你小小的年纪，竟然把瞎话编到我面前了？太可笑！"李德昭辩解说："我真的见过泓溪老人家！"杰蜥说："你真见过泓溪？可有什么佐证啊？"李德昭想了想一拍手，笑着说："都被你打蒙了，你都没容我空啊！"说完，在怀中摸了一下掏出个小盒子，吹了吹包上的尘土走到杰蜥近前递了过去。

杰蜥接过金黄色的小盒子，马上乐得像个孩子，高兴地说："这是我的小镜子啊！"她赶紧打开盒子，露出里面的小镜子。她又用手轻轻擦去镜面上的污垢，忽然镜子里出现泓溪的头像，活脱脱地开口说："杰蜥，我是泓溪，八千多年了，你还好吗？我凭感觉你可能在西海。近日，黑龙约我帮他做事。他是个好人，事事替苍生着想，我很愿意帮他，可是没有你的助力我是帮不成的，便求他找你。他答应我愿意找你。其实我帮他做事是一个方面，主要是为了圆我们的梦。他吉人天相，总有人帮忙，一定会找到你。我希望和你在一起！"

杰蜥看罢闭上眼睛，自言自语地说："真的像他吗？像，真的像，真的是他。那眼睛，那眼神；那嘴唇，那口型；那鼻孔，那鼻梁都还是原来的印象。"杰蜥突然睁开眼睛问："他在什么地方？"李德昭回答："天池，长白山天池，一个与世隔绝的地方。"

杰蜥有点惭愧，责问说："我说你怎么不还手打我呢！原来是受人之托呀！你应该早说啊！嗨，都怨我这个坏脾气，差点误了终身美事。这么说你真的是来找我的了。"李德昭坦诚地说："是的，还有三个人在等我们呢！您是同意和我们去了？那好，请准备一下吧，我们明天来接您。"杰蜥说："是的，我很想去。这么多年了，没有一天忘记过他，喜欢和他在一起的日子；再说他也喜欢我，那我是知道的，时间虽然很久了，但是感情的青春是永存的。可是我还觉得我们分别太久，这期间谁的情感都增加了什么相互都不了解，还是冷静考虑一下再最终决定吧！"说完，转身一跺脚没了踪影。

刘河悍和鲤鱼将军三个人坐在那个山头上，三天三夜没有动地方，不知哪一时哪一刻会有什么事情发生。果然不出所料，第三天中午事情发生了。他们坐在那里看见了长白山发生的那一幕，心里着实有些踏实了，因为他们都亲历过。

李德昭回来给他们带来了欢乐，但是很快又变成了忧愁。不过，李德昭始终是快乐的，他有信心说服杰蜥，他不怕她反悔。鲤鱼将军说："你回来就好，我这颗悬着的心算是落了地。说来也怪，从未感到饿，自打你回来，倒是觉得饿得受不了了，赶快想办法弄点吃的去吧！"

刘河悍说："这事怨我，我看你俩没心思吃，我也就没心思张罗。好了，人已经找到了，去不去再说吧？该吃就吃，该睡就睡，反正惦记也解决不了问题。"鳇将军说："对，咱们把那事今儿个全忘了，集中心思吃饭睡觉。"

刘兰梅很高兴，一个劲地盯着李德昭，看他脸上的表情，是忧，是乐；看他的行为举止，察看哪里受了伤没有？当她发现李德昭一如既往没有改变时，她心花怒放了，忘了累，忘了困，忘了饿。一句话，她什么都不关心，只要看着李德昭就高兴。

四个人在附近的城镇找了一个店，欢欢喜喜地吃了几顿饭，舒舒服服地睡了两天觉。第三天早上刚起来，李德昭就张罗着去湖里。李德昭说："你们三个就地不动，我还是只身前去。看看怎么个结果。"说完就去了湖里。

李德昭来到湖里，东找西看，不见杰蜥的身影，于是起了疑心：她是不是躲了起来？那样可就坏了。越想越不是滋味，越想心里越犯堵。自言自语地念叨着："人呢？能躲到哪去？"于是他在湖中游荡开了，南北东西一气找个遍，可还是徒劳，仍不见杰蜥的身影。他开始发火了，身子一晃，尾巴一摆，湖水像开锅似的翻腾咆哮。这下可坏了，湖中鱼群像爆炒的米花，在湖面上窜跃；空中的各种鸟儿像炸群了似的，上下不停地翻飞鸣叫。一时间，青海湖沸腾了。

杰蜥在睡梦中不知道发生了什么事情，被湖水的搅动惊醒了。赶紧浮到湖面上察看，发现是李德昭在作妖。她赶紧说："黑龙，你这是干啥？"李德昭仍无停止的意思，却问杰蜥说："你倒是去也不去？"杰蜥说："如果我不去呢？"李德昭斩钉截铁地说："那我就和你拼了，我宁愿死在这儿，也不能空手回去！"

杰蜥听明白了，和着这李德昭的死活都是为了她。不知不觉爱上了眼前这个小孩，他是那么纯洁热心，为了他人的事情宁可舍弃自己的一切，以至于生命，太可爱了。于是，她心情平和地说："黑龙，你停下吧，我和你走！"

李德昭很出乎意料，惊喜地责怪说："真的！早说呀，费了我这大力气！"

杰蜥笑笑说："你也没给我机会说呀！我前次只说时间太久了，再考虑考虑，也没说不去呀！你这一闹，不就是不让我考虑了吗？你要是真的死在我这里，你的人回去对泓溪一说，那他还不得和我拼了，到那时我好事没了，反倒成了罪人。"

李德昭憨憨地笑了。

第六十二章　千载相思缘

李德昭走了，连早饭也没有吃，想必是心中纠结，想尽早弄个水落石出。刘河悍三人默默地吃过饭，回到客房坐着，室内静静的谁也不说话。鲤将军是一个有话就说闷不住的人，便央求刘河悍说："刘员外，咱们去湖边看看吧？闷在这里也是闷着，不如看着点踏实。"刘河悍说："不行，李德昭有话。"鲤将军看看刘兰梅说："那我和兰梅俩去，你在这守着。"说完，问问刘兰梅："你去不？"刘兰梅说："叔，我听你的。"鲤将军说："走吧，我们去湖边。"刘河悍说："不行。"鲤将军问："怎么不行？兰梅答应过听我的，这是你和黑龙都在场的。"刘河悍回答："不行！这回兰梅不听你的是不从，她要不听我的是叛逆！"刘兰梅听了，伸伸舌头，冲着鲤将军挤挤眼睛。鲤将军不再说什么，停了一会儿，又开口说："刘员外，你看咱们折合一下，咱们都去湖边看，你听我的；到了湖边要打起来，动不动手我听你的。你看行不行？"刘河悍寻思了一会儿，又问："你说话算数不？"鲤将军立即回答："算！肯定算！"刘河悍说："即是这样那就去吧。"三个人急急忙忙去了湖边。

三个人来到湖边找个高地坐下，往湖里一看不由得都吸了一口冷气。湖面上波浪涌动，大小鱼儿打从水里向湖面上蹿，蹿上来，落到水里，再蹿，再落，拼命地蹦跳，像是水下无论如何不能再待了。大一点的鱼儿，落到水里，砸得水花四溅，还发出扑通扑通的声响。乌云浓密不均的湖面上方，各种鸟儿炸了锅似的上下翻飞东西南北胡乱窜，个个惊骇不已，惊慌失措。整个湖面上笼罩着紧张的恐怖气氛。湖里到底发生了什么事情？

鲤将军真的坐不住了，站起来向湖中眺望，想看个水落石出。无奈不见那里翻花沸腾，不见李德昭身影。自己心里像着了火似的，令他焦急万分。他知道自己不好再提什么，便极力耐着性子，焦灼地等待。

刘河悍心中更是焦灼，看不到李德昭他也是撑着脖子盯住湖面。心中猜想：李德昭现在在干什么呢？水里湖面上乱了营，到底出了什么事情？急切中他站起来，双手卡在腰间，面情严肃，耳目紧盯着湖水，心里就像湖面那样乱七八糟的。

刘兰梅开始也是坐着，见父辈们都站起来了，自己也站着望湖。她千方

361

百计扒拉着耳朵，希望能听到李德昭的声响，然而一切努力都是徒劳的。她眼望湖面浮想联翩：

波光粼粼的安静的湖面啊，你告诉我：水面下究竟发生了什么？是不是老黑还在寻觅？那明亮的大眼晴正在洞察一切，杰蜥到底是一个什么样的妖魔？

鱼儿窜跃的沸腾的湖面啊，你告诉我：水面下究竟发生了什么？是不是杰蜥已经发威？那张开的血盆大口正扑向老黑，要不你们为什么仓皇跃出水面？

巨浪泛起的翻花的湖面啊，你告诉我：水面下究竟发生了什么？是不是他们仍在交战？三个昼夜的艰苦鏖战胜负未卜，我兰梅这里满目无奈只有期待！

岸边高高的呼啸的山峰啊，你告诉我：重现长白山一幕为什么？是不是杰蜥使出绝招？这下可以断定老黑肯定获胜了。看啊！老黑回来了满脸都是笑颜！

李德昭在湖水里闹腾了一阵，见杰蜥明确地说跟他去长白山天池，一片云彩散去，笑着问："两三天了准备得差不多了吧，都带点什么？我帮你拿！"杰蜥笑着说："我跟你不同，孤身一个，走到哪儿都是家！"这让李德昭想起了泓溪，他不也是这样吗？他们是同类，有着共同的习性，生活在大自然里，哪吃哪住四海为家。想到这儿，李德昭说："前辈，这么说现在咱们可以走了？"杰蜥说："我在这里生活了八千多年了，总还是有些留恋的，不过泓溪大门不出，固守田园，想来也是一处自娱自乐的世界。所以哪都一样，走就走吧，没什么依依不舍的。"李德昭拉着杰蜥的手走出了青海湖水面，准备回小店见那三个同路人。

刘兰梅站在岸上听到了李德昭和杰蜥的对话，知道他们在那里，所以一直盯住那个地点。李德昭他们一露头，刘兰梅便大声惊叫起来："看呀，李德昭他们出来了！李德昭还拉着杰蜥的手呢！"刘河悍和鲲将军望湖水望久了，眼睛有些发花，一时没找到，急切地问："这孩子，好好说，在哪呢？"刘兰梅拉住鲲将军的左手指给他看："在这儿呢！"

鲲将军"妈呀！"一声，窜进水里向李德昭奔去，喊叫着："哎呀呀，你可把我们盼的好苦啊！"同时，嘻嘻地望着杰蜥。身后跟来了刘河悍和刘兰梅。

李德昭望着水中奔来的三个人，心中也是百感交集，他知道他们都在为自己担惊受怕。但是，胜利的喜悦还是战胜了脆弱的情感。他笑着说："老前辈，这就是我那同行的三个人，他们都是来找您的。"说完，一一给杰蜥做了介绍。杰蜥很感激他们，抚摸着刘兰梅的头，爱抚地看着她，对李德昭说："那两个见面都和你说了话，她为什么不说话？你们俩是不是一对？"鲲将军

362

拍手夸赞说："前辈，神了，他们已经订婚了。"刘河悍一旁抿着嘴只是笑。

这也是八千多年后，杰蜥第一次接触人类，和这么多人一起欢乐。

来到岸上，李德昭说："前辈，咱们搭一块云彩走，免得寂寞，也免去了您的辛苦。"杰蜥似乎很开朗，嘻嘻哈哈地应承下来。

泓溪自从李德昭去找杰蜥，心中很是惦念：能找到吗？找到杰蜥还能认我吗？都八千多年了，她还肯来吗？诸多疑惑使他心里没了底。不过事情总是往好处想，往好处努力。那天他砸了敖景的水宫府，给他留下个问题：觉得自己也应该有一处窝窝，不然杰蜥来了待哪呀？他想：还有几天时间了，搞个什么窝呢？他觉得不应该比敖景差，赶不上敖景他心里很是不平衡。想来想去，他想到了东海龙王敖广，自己也算为他做过事，可不是吗，那次敖景降不成雨，他龙王也是难看，因为敖景是在替他做事，找找他也是应该的呀！于是异想天开，直接去了东海见到了龙王敖广。

泓溪自己做了自我介绍，说明了来意。泓溪说："龙王，我不是来敲诈，先前我帮白龙降了第一次雨；这次，李德昭又找我帮他搬山造平原，不管怎么说我对你们龙王家的事还是有过贡献的。就说这次李德昭搬山造平原，这是多大的好事呀！我不是贬你，你干这么些年治水也没想到这个问题。可李德昭想到了，雄心勃勃的要干成。我觉得这孩子是个人才，他把凡间的事想得这么周全，可谓普惠人间啊！找我我就帮了。这个事也不算我讨价，那样你就小看了我，我有我的具体情况。他要搬山，指我一个人是不行的，我说要两个人才行。他问我谁行，我推荐了我的老婆杰蜥。李德昭现在去西海找杰蜥去了，如果顺利马上就会回来了。杰蜥来了，如果没地方住的话，我怕影响她的情绪，要是耍闹起来会误了事。所以我想请你帮我造个房子。我想了一下：我这房子不能比白龙差。你说是不是？"

龙王敖广说："你能帮李德昭，我心里很宽慰。听你说了，我觉得给你盖个房子是应该的，前辈只是太客气了。在什么地方盖？盖个什么样的？都想好了吗？"泓溪摇摇头说："我只是要，对此事我是一窍不通。"龙王敖广说："可以。"想了想，又说，"我有一处旧的，我没用，叫白龙去住，他又没敢住。把那套给你怎么样？"泓溪听了很高兴，问："在什么地方？"龙王敖广说："在兴凯湖里。"泓溪说："可我住在长白山天池呀！"龙王敖广说："去兴凯湖不行吗？"泓溪摇摇头。

龙王敖广有些犯难了，这么几天，这么大的房子，怎么办啊？龙王敖广问："这两天，我找人给你搬过去怎么样？"泓溪一听高兴起来，欣喜地问："能搬吗？"龙王敖广说："有会搬的。"泓溪说："那就搬吧！"龙王敖广又说："你要同意，一会儿咱们去看看。"泓溪同意。两个一同来到天池，龙王敖广和泓溪选好地址。两个一起又来到兴凯湖龙宫，泓溪看了非常满意。龙王敖广说："明天上午咱们就搬如何？"泓溪同意，二位各自回家了。

第二天一早泓溪来到兴凯湖，场面很壮观。龙王敖广和请来搬房的人都来了，人人各显其能，龙宫连同大院一起被搬出兴凯湖，运着，前往长白山天池。一路还算顺当，过了内长山岛，黄巾力士说要换下手，不小心花园一半滑落到水里。龙王敖广有些不高兴，泓溪说："大家很辛苦，掉点掉点吧，无关大局。"掉到海里的那部分变成了后来的海市蜃楼，常常露出面容供人们瞻仰。

剩余的部分，帮忙者运到了天池，放在水底安装完毕。龙王敖广说："你这里就叫天池宫吧。明天我派几个丫鬟杂工来帮你收拾收拾，搞得干净漂亮些。等你们住下了，我再叫李德昭给你们找几个丫鬟杂工，也好保持宫廷干净整洁，那样住着舒适。"泓溪连连说："不用，不用，将来自己再安排。"龙王敖广说："也好，只是前辈不要客气了。千万别委屈了自己，这等年纪才夫妻相会，天庭人间从未有过，实属奇缘！先祝福啦！"龙王敖广回去后，派人送来用品和仙桃果品等吃的，还给了一枚夜明珠，以作暗夜照明之用。

龙王敖广走后，泓溪望着自己的天池宫，心中无比感慨，多少年了自己才混上一座小宫殿。这个说是自己劳动所获，有些牵强，确切点说是打借条借来的，虽然龙王敖广没说往回要，可是自己心中有些愧疚，毕竟该干的事还没影呢。泓溪暗自下决心：李德昭求助的事无论如何得做好，千万不能愧对龙王敖广。

泓溪很欣赏这个天池宫新家，左看看，右看看，真个漂亮，不由得心中暗自赞叹：黄墙绿瓦一座城，龙王赐名天池宫。殿外清水缓缓动，室内无水通通明。玛瑙银盆件件美，玉兰珊瑚色色青。只等老婆来居住，丢弃荒野入宫廷。

泓溪越看越兴奋，喜得不得了。闭上眼睛似乎看到老婆坐在龙椅上，也喜滋滋摸摸这儿，动动那儿，嘴里不停地啧啧着。

泓溪每天都到长白山上向西张望，盼望妻子欣然到来。有时静下来自己猜想：杰蜥会是什么样子了呢？还那么光滑漂亮吗？她可是个智慧聪颖、凡事都有主张、特别乖巧的人。现在身体还好吗？满怀不俗的功夫，现在还那样高超灵活吗？移山之术是不是还很娴熟？泓溪站在山上无端地想象，弄不清自己想要明白什么问题。

这一日，几千载难逢的时刻来了。泓溪站在长白山上正眼巴巴眺望着，看见一朵彩云飘飘悠悠地飞到山顶的天池边，定睛一看有五个人，其中三个男人先跳下云团，随后有一个少女搀扶着一位老妇人缓缓地走下云团，那个老妇人多少有些印象，是不是就是杰蜥啊！他赶紧走过去。

李德昭望见了泓溪，在还没有停云的时候，就指点给杰蜥说："那位山上驻足期盼的人就应该是泓溪老人家了。你还认得他吗？"杰蜥只是望着，并没有回答李德昭的话。他们下了云彩，泓溪奔了过来。刘兰梅立在那里祈望这对别离八千八百多年的老夫妻能够热烈拥抱，亲切接吻，两腮流泪，泣不成声。原本叫儿撒欢爱说爱讲的鳇将军也静静地期待那个相见的场面。然而现实的一切令他们失望了。

泓溪和杰蜥见面了，他们显得那么陌生，只是相互对视着，眼睛里渐渐地出现光亮，随之脸颊上缓缓地滴下泪水。多少岁月的牵挂，多少日夜的思念，多少撕心裂肺的时刻，积攒了满池满湖的话语，此时此刻不知从何说起。泓溪和杰蜥慢慢地走向天池边，忽然恢复了原身，他们是一对彼此相近的恐龙。两条恐龙越走越近，头挨着头，尾擦着尾，慢慢地慢慢地走进了天池水里。

李德昭四人立在池边，望着默默入水的一对老夫妻，他的心在震颤，想到他们分别得太久了，太久了！甚至想象他们的恋情当年该是多么热烈啊，八千多年了，八千多年了，他们还是那么默契，相见无言啊！是一场劫难让他们永别了；而又是一场前所未有的壮举，偶然间又让他们跨越时空碰到一起，这里有永不放弃的思念，也有对他人的热心。

李德昭感慨万千，一首念奴娇（千载相思缘）油然而生，脱口诵道：

牛郎织女，鹊桥会、感动多少夫妻！泓溪杰蜥，八千载、圆梦天池宫里。流年更久，苦尽甘来，是无尽期盼。梦里嬉戏，消磨多少时日。

遥想二杰当年，青春正娇媚，豪气盖世。狂放不羁，玩耍间、练就满身绝技。今朝被邀，焕发青春，双肩担重任。知恩图报，宁愿肝脑涂地！

第六十三章　拜访天池宫

　　杰蜥与泓溪别离八千多年后相会在长白山天池，两个心中都感意外，这么久远了，虽然是日思夜想，刻骨铭心，盼能相见，但是谁都知道实现这样的梦想是多么难呀！泓溪握着杰蜥的手说："杰，咱俩能有今天，多亏了李德昭啊！要不是李德昭怕是到死也不能团圆呀！"杰蜥一往情深地说："真的呢！我是相信你会活着，可没想到咱俩能活到这么久远，太久了，八千八百年了呀！我也想找过你，可是分开时都是神志不清，光顾逃命，相互没能顾及，及至苏醒过来不见了你。那时我都疯了，想到原来的地方去找你，可是地上烈焰腾腾，烟云弥漫，火燎气熏，数月不停，没招只好放弃了。"杰蜥说着眼泪流了下来，呜呜哭出声来。泓溪劝慰说："当时我也是，想你想的不想活了，我的身子被火烧得很重，掉在这池水里硬泡着，多亏是水凉啊，要不烂也烂死了。"泓溪也抹了一把眼泪，接着说："唉，不说了，过去的就过去了，现在看也不过是弹指一挥间。我们又在一起了，这不是高兴的事吗？干嘛非找不乐呵的事情说呢？"杰蜥顺从地点点头，她说："我们得感谢李德昭，他的事是正经事，我们一定要帮他完成。"泓溪也说："对对，咱俩想的一样，做不成就对不起他了！"杰蜥说："看你身子板还行。我在西海成天作妖，没有老实时候，不是水里厮打就是天上捉拿，养成了一种好斗不服输的性格。也攒下了一副好身体，练就了一身好功夫。"泓溪很高兴，感叹地说："那就好，那就好，啥也没有身体好好。你要是没啥说，明天咱就到李德昭那里看看，问问他什么时候开始干。"

　　二人正在宫里有滋有味地唠着，忽然池水一阵响。杰蜥立即精神起来，好斗的性格引起了她的好奇心，边往外走边说："这里是随便来的吗？我去看看！"泓溪也跟了出去。

　　李德昭领着十个人拖拖拉拉地正往池水里走，他们背着扛着都是满载而归。杰蜥看见是李德昭，立即惊叫说："泓啊，你猜谁来了？秃尾巴老李！"泓溪也看见了，夫妻双双喜气洋洋地迎了上去。李德昭说："这半个多月了，没敢打扰你们，可又惦记你们的生活，实在耐不住就冒冒失失地跑来了！"泓溪说："刚才我和杰蜥还念叨你呢，明天想去你那看看！来得正好！"说完，亲昵地走近李德昭，笑嘻嘻地望着他。杰蜥早就拉住李德昭的手了，嘴角挂着甜蜜，拍打着李德昭的肩头，不停地说："这是恩人啊！真是个好人！"

李德昭和刘河悍、鳇将军、刘兰梅进了天池宫。老夫妻俩先是让座，后是倒茶水。刘兰梅急忙过去接过茶壶倒茶水。杰蜥高兴得不得了。李德昭说："二位前辈，你们别忙了，坐下我想和你们说说。"老夫妻俩坐了下来。李德昭说："今天是第一次走进你们的新房，恭喜你们老夫妻重相会又住新居，真是双喜临门啊！我们给你们带来点小礼物，不成敬意，望请笑纳！"说着礼品清单递了过去，又说："给你们派来六个人，两个女的是丫鬟，一个叫翎儿，一个叫羽儿，她们服侍您二老起居、室内卫生、日常杂务；两个男的，一个叫王元，一个叫李三，他们为您二老烧火做饭，打扫院内卫生及勤务杂要；还有两个棒汉，他们主要是守宫巡池，通报信息，随时可使役杂要。这六个人就归您二老支使了，哪里做的不可心，该说就说。"杰蜥笑着说："你这不是让我们俩享清福吗？我俩还没说句感谢话呢，你倒给我们安排个周到。"

泓溪内心很迫切，便问："黑龙，你那个搬山什么时候开始？"李德昭不好意思单刀直入便委婉地回答说："不着急，您二老休息一段时间再说也行。"泓溪说："哎呀，你走的时候有多着急我是知道的。今天来了，说来听听，别在心里窝囤着，越快越好。"杰蜥也说："你们没来时，他就张罗去呢，心里急着呢！这两天就动吧？"李德昭说："你们老夫妻俩八千多年才见到面，多么不容易呀？好好忆忆旧，倾诉一下衷肠，该有多难得啊！"杰蜥笑笑说："年轻轻的懂得还不少，都这把年纪了，有啥唠的？再说以后有的是时间，没事的时候说说更开心。你要做的事情很多，这两天就开始干吧！"

李德昭满怀敬意地说："看样子，两位先辈比我们还急，谦让不如从命了，那我就说说：什么时间干，二老说了算；要搬的山呢，前一段时间泓老前辈看了一回，大体差不多少，个别的前辈有一些不同见解。我想近几天您二老有精神头咱们再勘查一遍，具体落实到哪座山往哪搬，落地位置和起运地点都确定好，还需要哪些人帮忙，具体帮什么都要搞清落实。另外，有些不测也应是有个预先打算，不能走一步说一步推着干！"泓溪一拍大腿，夸赞说："好！精辟！可谓是深思熟虑了，思考的恰到好处，将来还有大出息！"

李德昭说："前些日子咱们踏查的时候，我说大小兴安岭都要挪，泓老前辈说没有多大价值，当时我也同意了。这几天我去看了看大兴安岭南部有必要动一下，以小兴安岭交界处为轴，成一线往西挪，尽量压住西边的沙漠。这样从朝向上看，与小兴安岭形成了一道影墙，对春季防御西北的风沙和冬日的寒流很有作用。千年大计要从长计议。"泓溪说："有道理，我光考虑平不平了，没想到大山有阻挡风寒的作用。明天咱就现场看看，有必要直接把它挪了。"

鳇将军终于憋不住了，一拍大腿站起来盛赞说："好！老前辈人老志不短，说的干脆。佩服，佩服！"刘河悍也夸赞说："两位老前辈的精神确实可嘉，让人敬佩不已，有干的精神头，又能权衡利弊，头脑清醒得简直让人望尘莫及。"刘兰梅笑嘻嘻地说："二老的精神确实叫人敬佩，我没啥说的了，明天我一定当好二老的随身侍女！"

李德昭问杰蜥："老前辈新来乍到，还有啥说？"杰蜥说："你刚才说话间无意提醒了我，明天就不必了，下次搬移大山的时候，找一个熟悉符帖的，必要时让他出出手，搬起山来会顺当些。"李德昭点点头。杰蜥说："别的没了，我和泓就等着明天行动了。"李德昭说："行。就这么定了，一早我来接二老。"泓溪说："不用，大老远的来回跑啥，留点精神头以后用的地方多着呢！就在你们那个仁和堂等就行了。"

李德昭留下了六个人，叮嘱了一番，便和刘河悍三人离开了天池宫。出天池走了不多会儿，发现前些日子烧掉的那个小店又挂起了幌子。鳇将军好信儿，提出前去看看。于是四个人落下云头又一次走进路边小店。

大概是还没到饭时吧？屋里没一个客人。他们寻了一个敞亮的地方坐下来。鳇将军对着李德昭夸赞说："今天你挺有抻头，心里着急，嘴上不说，可憋死我了。"李德昭说："你说的不对，我们着急是没用的，得观察人家意思。他是说过帮我们，可是现在他的诉求得到满足了，主意是不是有所变化呢？你要知道这是搬山，非同游戏，来不得半点马虎和懈怠。反复让着他们，如果他们顺水推舟，那这件事就做不得了。即使做了，可能也是应付了事。那样的话，这个山搬得就会达不到预期的效果。"鳇将军有些觉悟，便说："咱这四个人数你岁数小，看来谁也没你点子多。你长几个脑袋？"说完晃动着自己的头看着李德昭。刘河悍开口刚要说话，这时店小二走过来问："几位爷，用点什么？"鳇将军问："饭食都有什么？"店小二回说："包子。"鳇将军问："什么馅的？"店小二说："肉馅。"鳇将军突然问："是人肉馅吗？"店小二一愣神，继而笑笑说："爷真会玩笑。"说完要走。鳇将军把他叫住，又问："回来，怎么不卖呀。多大屉？"店小二用手一笔画，告诉说："大包子，一屉十个。要几屉？"鳇将军回答："十屉。"店小二又是一愣神，没再说什么去了灶房。

不大一会儿，店小二端来了五屉，放在桌子上，解释说："那五屉正在做着，稍等。"说完走开。鳇将军叫住他："怎么？你家只做包子，就没有馒头、粥什么的？汤菜总该有吧？"店小二很不乐呵地说："你们也没点啊？"鳇将军急了说："这还用点吗？连他妈碗筷都没有，你家兴抓着吃呀？这是怎么待客呀？"店小二一立亮眼高声说："咋？上次不是你们给砸了嘛？现在我家只能这样，爱吃不吃。"鳇将军一听找茬，也是气不顺，瞥了一眼笼屉里的包子，见那包子个个支支棱棱的，右手抄起一个掰开闻闻看看，尽是手指头脚趾头什么的，他二话没说将包子顺手打在店小二的脸上。店小二一边跑一边喊："掌柜的，不好了，他们又打人了！"

这时从后堂走出一个女子，胖乎乎矮墩墩的，但是走起路来甚是利索。来到桌前停住脚步，怒目呵斥说："客官，这是吃饭还是打架呢？老娘这里不怕横的！你们不就是搬山吗？老娘这里的山谁也动不得。"

刘河悍问："掌柜的，你如何知道的？"掌柜的说："刚才你们自己说的，怎么男子汉这点事还不敢承认？尿泡尿浸死得了。"

李德昭忽然闻到一股怪异气味，刺激神经有些恍惚便警觉起来，立即向三个人使个眼色。刘河悍和刘兰梅眼神透露出会意之情，独有鳇将军眼皮遝遢振作不起来了。黑龙用手轻轻按下桌子，身体还坐在那里不动，自己化作一缕清风飞到屋外，飘在窗边盯住屋里的动静。刘家父女采取了同样做法，悄无声息地跟了出去。四个人都还坐在桌子边迷糊，实际上只有鳇将军一个人了。掌柜的返回后堂，取来绳子将四个人老老实实地捆好，吹了一口气，房屋一下全没了。李德昭看明白了，房屋原来是女掌柜变化的。他也在琢磨女掌柜肯定是只母豹子了，这个母豹使的什么药物呢？想到刚进屋时稍微有点异常味道，不是很明显，后来鳇将军掰开包子气味就大了些，再后来……他觉得思路不对，肯定是屋子的问题，那么她想把我们怎么处理呢？

女掌柜叫店小二，店小二一个人跑了来，原来店里店外就她两个。女掌柜叫店小二把那堆柴草抱来，堆放在鳇将军和三个人身上，准备将他们一把火烧死。店小二刚抱起几捆柴草，扑棱棱飞起三十多只黄鸡，带头的公鸡喔喔叫起来，母鸡也迎合着咯咯哒咯咯哒地叫。女掌柜发火了，厉声责备说："怎么搞的，小心点儿，咋全放跑了？"那个店小二哭着说："娘啊，我也不知道啊，你怎么把鸡子藏在这儿了呢？把我吓了一大跳！"女掌柜说："没用的东西，快把柴草抱来点着！"那店小二跑过来放好柴草，从腰中摸出打火器，卡卡没几下火就点着了。

李德昭一看不好，草若烧起来鳇将军可就没命了。想到这里，他升到半空喷起水来，几口水下来那火就灭了。那掌柜的见势不妙，叫了一声："儿子快跑！"娘俩跑的那个快，一步好几丈远，箭一样飞快。李德昭让刘兰梅盯住那只母豹的去向，刘兰梅一股风飞走了。李德昭和刘河悍解开鳇将军的绳索，想把他叫醒，鳇将军睡得很深沉，怎么呼叫也不醒。李德昭没了主意，刘河悍也是原地团团转。

正在这时刘兰梅回来报告：她用手比画那意思是前面不远处是片密林，母豹子和小豹子爬到一棵大树上藏起来，怕是跑累了肚子一鼓一鼓的嘴里淌着口水。李德昭说："他们藏在前面树林的树上，对吧？"刘兰梅点点头。李德昭说："你爷俩在这看着鳇将军，别让别的什么来把他伤着，我去把那两只豹子精灭掉。"说罢没了踪影。

李德昭找到树丛，看见那只母豹正在休息。飞过去一个雷掌，把那母豹打掉树下。母豹十分灵活，还没落地已经调整好身体，脚一沾地就飞也似的跑开了。李德昭飞也似的赶了上去，探下身子用爪抓住母豹的脖子拎到半空，号叫着问："好个精怪，前次害我等在先，此番又来加害，这回看你哪里跑？"

话音刚落豹子不见了。李德昭正在诧异，忽听背后风声响起，猛的来个向上跳跃，只见母豹从身下穿了过去，着着实实扑了一个空。李德昭发出一道闪电，击中了母豹左耳，刺啦一声烧着了。母豹似乎不在意，张着大口向李德昭颈下咬来。李德昭不给它机会伸出两只手抓住母豹两条前腿，母豹又低头来咬李德昭右手。李德昭一见不好一抖右手，那母豹就掉了下去。母豹也非是一般，半空中又是折身回来扑向李德昭，来了一个死缠硬磨，非要置李德昭于死地。李德昭向上升腾，母豹穷追不舍。李德昭想：刚才我小看了你，这回我给你来点硬的。他见母豹没命似的冲来，见快到跟前了，猛回头喷出一团火，那母豹赶得极快，没料到李德昭来这一招，火球正正当当打到脑门上，嗷的一声跌落地上。李德昭追到地上见她还在喘气，便问她："我那兄长被你迷倒，什么办法可以救过来？快说！如果真的救过来了，我会放过你，只是希望你不要和我们作对。"母豹子慢声拉语地说："死一个赚一个，都死了才好呢。你就别做梦了，救你们是不可能的了。"说着，口咬舌头自绝身亡了。李德昭回去寻小豹子，小豹子早已死掉了，估计是他的母亲药死了他，才决意和李德昭死拼。

李德昭空手回来，还是救不了鲤将军，三个人一筹莫展原地转悠。忽然蹦蹦跳跳来了一群鸡，带头的正是那只雄公鸡。雄鸡向李德昭喔喔叫了几声，后边跟着母鸡中有几只叫起来：咯咯哒，咯咯哒。雄鸡见了冲着李德昭又喔喔叫了几遍。李德昭似乎有所醒悟，捡起一个鸡蛋向雄鸡举了举，走到鲤将军躺的地方，又看看雄鸡。雄鸡头朝地上敲个不停。李德昭虽然没有十分弄明白，但是想试试。他将鸡蛋打个孔，对着鲤将军的嘴往里滴，一滴、两滴、三滴，一连滴了十来滴，鲤将军鼻子里哼了一声，不多时自己坐了起来，惊异地问："你们围着我做什么？怪怪的，我咋地了？"刘兰梅告诉他说："你晕过去了，咋才醒啊！可吓死人了。"

鲤将军扑棱一下立在地上，不解地说："为什么偏偏是我自己？你们咋都没事呀？是不是你们欺骗了我？"李德昭说："你还要感谢那几只鸡呢，是它们的蛋清救了你！"鲤将军不信实，乍起膀子去哄小鸡，小鸡害怕一哄而散。

李德昭见它们叫嚷不停，于是说："鸡公鸡婆，你们不要叫了，你们有什么要求吗？"鸡婆指着鲤将军真的说了话："哟，你个没良心的，还赶我们，是我们救了你鲤鱼怪！你想：要不是那娃子拿柴想烧你，我们往哪跑啊？所以我们救你，可没想到你是个忘恩负义的人！黑龙啊，我们没别的要求，给我们找个生存的地方吧！"

李德昭接过话头说："我责无旁贷，包你们满意。"鸡公鸡婆问："我们去哪儿啊？"

第六十四章　杰蜥试锋芒

李德昭见鸡公鸡婆叫个不停，问鸡婆说："你们有什么要求吗？"鸡婆真的说了话，她说："哟哟，我们别的要求没有，给我们找个生存的地方就行。"李德昭回答说："这事好办，包你们满意。"鸡公鸡婆问："我们去哪儿啊？"

李德昭笑笑对刘河悍三人说："你们可以直接回去了，我先把鸡子送到德都镇。然后我再去趟雷音寺找找师傅，求他找个懂得符帖的人，可能回来会晚一些。"鲩将军说："我跟你去趟德都镇，安置完鸡子再回去。"刘河悍也说："干脆我们三个去德都镇，你直接去天台山不是快吗？"鸡公鸡婆喊叫着："不行不行，我们信不着他们。"李德昭笑了，对鸡婆说："还是我直接去吧，有些事情交代一下。"鲩将军还是坚持要去，嘟囔说："人家说我忘恩负义呀，你就给我这次机会吧！"李德昭理解鲩将军的心意，让刘河悍父女先回去了。

李德昭和鲩将军带着鸡子来到德都镇，找到了张子善，说明了来意。张子善满心欢喜，哈哈大笑了一回，高声说："还是秃尾巴老李呀，有事总是想着我们。"李德昭解释说："过奖了，不全是那个意思，我主要考虑德都镇正在重建，有些事要打破旧习俗，搞点新花样，让人们享受好事带来的享乐；再有你们搞成了，可向别的地方的人推广，大家共同分享。"鸡婆叫着说："哎呀，高人哪，我们会下蛋，可好吃了，以后你们享用了，保证舍不得我们呀！"李德昭对张子善说："这些鸡子原本在荒野中生存，生下的蛋只能用来孵化下一代，这期间很多动物来抢食，所以存活下来的很少。"鸡婆说："真是个通情达理的人。"李德昭继续说："很好饲养，它们能够自己捡拾草籽、昆虫、野菜业茎，刨食地下的蝼蛄、蚯蚓等，家中有条件的也可以喂些杂粮糠皮或是剩饭也行，总之食物选择很广。鸡子有吃的，会慢慢变胖，那时跑跳能力就会减弱，依赖人们的习性就会加大，所以不用担心它们会跑掉。养的地方也很随意，泥巴木杆搭个架或是用草编织个窝挂在墙上就行了。鸡蛋很香，鸡肉鲜美，都是上等佳肴，相当贵重，以后尝到了就明白了。"张子善问："这么一大群，谁家会养啊？"李德昭说："你可以将它们分发给大伙，愿意养的每户三五只，不会成为负担。"张子善信心不足地说："那就养养看吧！"张子善想了想又问，"喂它们的时候怎么叫来呀？"李德昭看看鸡婆说："喔喔，喔喔……可以吧？"鸡婆没说，鸡公点点头说："喔喔，喔喔。"张子善笑了，鸡子还会通人气。鲟将军说："黑龙爷，你先忙去吧，我留下帮着老张分发一下。"李德昭对鸡公鸡婆说："怎么样，满意不？"鸡公鸡婆都点了头。

李德昭离开了德都镇，径直去了天台山雷音寺。一路上云团急促，约有两个时辰就到了雷音寺门前。正遇书童玄惠，李德昭上前施礼说："师兄一向可好？麻烦通报一声：李德昭求见师父！"玄惠说："师弟呀，怎么这么晚才来，师傅正在屋里坐着呢，进去吧！"李德昭坚持说："师兄，师弟不敢无礼，还是通报一声为好。"玄惠说："不用，师傅说了，别人谁都得通报，独李德昭来可以直接进去，无须禀告。"玄惠领着李德昭来到雷音寺师傅书房。李德昭拜见了师傅，向师傅问了好。

张天师问："李德昭，天时已晚，千里迢迢来此何干？"李德昭又是躬身一礼，回师傅说："师傅在上，弟子赶来有一事相求，自明天起弟子开始移山，那杰蜥说要找一位懂得符帖的人，关键时能助她一臂之力，弟子故来请教师傅可知何人可为？"张天师笑了，嗔怪地说："李德昭啊，你是故意忽悠我了，明知你师兄甄元子可为，偏来找我讨教，直接找他不就完了吗？"李德昭回答说："徒儿不敢！无师命不可为也！"张天师心想这也是我平时严格管束养成的依赖思想，便令玄惠说："玄惠，将甄元子叫来。"玄惠跑了出去，不一会儿领着甄元子走进来。李德昭向师兄问了好。张天师对甄元子说："李德昭前来向我求借懂得符帖之人，你可愿往？"甄元子回答说："弟子谨遵师命，愿往。"张天师又说："你去后不要急于回来，悉心相助李德昭搬山为好，其间师傅也会前去观阵，咱们合力助他成功。"李德昭乐得慌忙跪倒在地给张天师磕头说："弟子谢过师傅，师傅往那一站，弟子胸有成竹喽！"张天师满面笑容让他起来。甄元子上前拉着李德昭的手一起跪地给师傅磕头，二人齐声说："弟子谨遵师命，不负恩师培育，定当齐心协力！"

李德昭谢了师傅走了。张天师独在书房品茶，很是欣慰，暗自想道：自人类开化以来，龙王只知施雨，以为尽天命便已是保风调雨顺了。而今李德昭经过实践发现风调雨顺尚缺地势支撑，地势不平，降雨无论多少都会极易成灾，百姓仍得不到实实在在的恩惠。李德昭能够站在百姓的利益上提出搬山造平原顺应了民意。他很欣赏，认为李德昭是个又有智慧又肯实干的人，天庭需要，人间需要。自己一定要站在现场助阵，以彰雷音寺之声威。于是叫玄惠收拾收拾衣物盘缠，明日一早奔赴摩尔根。

李德昭同师兄甄元子回到仁和堂，天色已晚。刘河悍、鲟将军和刘兰梅已在院内等候，看见李德昭领着甄元子回来就知道是符帖知者，迎了上去。

这时一阵呱呱大笑声传来，蛙婆从外面回来，看见李德昭领着甄元子，心里明白八九分了，还没到跟前就说开了："李德昭，天下奇人你无所不知，先请泓溪，后找杰蜥，这又请来了甄元子。据我知道四海龙王也要来。"李德

372

昭补充说:"明天我师傅来。"蛙婆叫嚷开了,闹吵吵地说:"这不是群英会了吗?哎呀呀,搬山造平原惊天之举啊!"甄元子抽空赶紧向蛙婆问了好。

刘河悍将人们带进饭堂共进晚餐。一夜无话,第二天一早起来,个个精神抖擞,士气昂扬。说笑着,静候泓溪夫妻的到来。

大约太阳升起一竿子高,东南方向飘来一团彩云,速度飞快,不多时来到眼前。云团停处下来一对老年人,一男一女,着装朴素,表情威严。李德昭迎上前去,欲请屋里坐坐,被二位老人拒绝。杰蜥问:"符帖之人请来没有?我有事交代。"李德昭请过师兄甄元子向二位老人做了介绍。见面之后,杰蜥掏出一张黄娟子布在上边划了两下,对甄元子说:"这块布你拿着,布上没什么可看的,到用时自然你会知道。你拿着这块布,跟住我,其他人要离开五里之外,且双目紧闭,不得说话。好了,你与他们讲去!"甄元子走过来,把事情说了,问:"听明白没有?能做到不能?"众人回答:"能!"于是移山的人们开始进发了。

杰蜥、泓溪、甄元子、李德昭一个云团先走了。蛙婆领着剩下的人紧随其后跟了过来。到了大兴安岭地带,云起高空,俯瞰山脉,大小兴安岭成个直角形。泓溪看罢对杰蜥说:"李德昭言之有理,南部应该西挪到沙山一侧,挪过去能够起到压沙挡风的作用,是个好主意,就这么定了。"他又问杰蜥:"你看从哪发力好?"杰蜥回答说:"要搬当然要从主峰底部动手为好。"又顺山势看一眼说:"泓,这点活儿,我自己干了!"泓溪问:"能成吗?"杰蜥说:"没问题。"

于是人们又来到主峰下,泓溪和杰蜥连同李德昭、甄元子一起在主峰底部踏查了一遍。杰蜥说:"准备好,我要动手了!"泓溪和甄元子留下。

李德昭独自一人下来,带领余下的人来到五里以外的一处洼坑里。人们刚下到坑内,大地就开始颤抖了。霎时间狂风大作,嗷嗷怒吼,飞沙走石,天昏地暗。远处传来越来越大的隆隆声,眼睛睁不开,满耳轰鸣,不敢抬头,石子带着哨音嗖嗖飞过。鲲将军捂住双耳,口中暗自祷告:说不定哪一颗会击打到头上,那可就惨了,没准一命呜呼了。

大约一个时辰,太阳又露出来了,高空清爽,天色蓝瓦瓦的,大风也停了,只有细小的扬尘还弥漫在大地上,诉说着刚才发生的一切。不过,随着尘埃落定,大地似乎敞亮了许多,不久前坐落在眼前的大兴安岭,变成一条细小的黑线,隐隐约约矗立在远方了。

张天师来迟一步,问李德昭:"怎么样?搬了没有?"李德昭回答说:"那不,远处天边的那座隐隐约约的山就是大兴安岭南段,刚刚搬过去!"张天师又问:"怎么搬的?"李德昭摇摇头说:"没看见,或许甄元子师兄一会儿能说清楚。"张天师感到有些失望,告诉李德昭说:"今儿个不回去了,等着看明天的!"

大伙都笑了。蛙婆说："老妖怪，明天也是今天这样，看个啥呀，冒烟咕咚的啥也看不清。"

忽然，远处奔来一群野狗，号叫着，挤挤叉叉足有三十多只。跑到李德昭跟前汪汪地叫起没完。李德昭一时不知所措。张天师说："这狗子，真讨厌，叫个啥，我来收拾它们！"李德昭见师父要管，便急忙拦阻说："师傅，此事我来处理，您老不必管它们。"

正在这时，甄元子和泓溪、杰蜥过来了。李德昭马上迎上去。杰蜥说："今天事情挺顺利，我们这就回去了，明天在哪见？"李德昭有些着急说："辛苦了半天，总该歇歇呀，干嘛那样急呀？我的师傅特地赶来看望您二老，还是见见面吧？"杰蜥一听是李德昭的师傅，高兴地说："应该见一面，教了这么一个好徒弟呢！"李德昭指指张天师说："这是我和师兄的师傅！"张天师与泓溪和杰蜥打了招呼。杰蜥笑着说："那就多待一会儿吧。"说完人们一起回到了仁和堂。

人们簇拥着两位老人进了仁和堂，李德昭张罗着让座。刘兰梅忙着端水沏茶。待大家坐下之后，李德昭站起来规规矩矩很有礼貌地说："两位前辈、恩师、师兄、同仁，今天大家能够聚会在这里，是我的荣幸，非常感谢大家因我的事情光临此地。现在我向我的师傅、长辈、同仁隆重介绍我的两位客人。"李德昭探头问杰蜥："两位老前辈，先介绍谁？"杰蜥说："当然是我了，你不知道啊，我是他找来的。"泓溪说："那就先介绍她。"李德昭笑了，用手指指泓溪、杰蜥介绍说："这两位老前辈可是咱们的宝啊！八千八百年前他们就已经是夫妻了，因为一场浩劫，被分开了，前些日子这对老夫妻重相会，为了人类搬山造平原的事业又一次走到一起，奇迹吧，那我们就期待奇人再一次创造奇迹吧！这位女祖宗就是今天搬山的人，名字叫杰蜥，大家为她的功劳庆贺吧！"众人一片呼叫声。李德昭接着说："这位男祖宗叫泓溪，是他的热情帮助鼓舞了我的信心，将来他还有大任在肩，让我们为他和他的夫人叫好吧！"人们站起来欢呼不止。

张天师面对两位神奇的人物，备感兴趣，他不仅钦佩老人的武力智慧，还十分欣赏他们的爱情，这是绝无仅有的奇迹，也是人类值得弘扬的道德品质。想到这儿，他离开座位来到泓溪和杰蜥面前，扑通跪在地上说："今天见到二老，一生荣幸。你们年龄大，大到上万年；你们的爱情长久，久到八千八百年前；你们的道德美，美到万年以后。你们一生传承着人性的美德，是我们道教永远传扬的精神！为此我要向你们叩上三个头！"甄元子和李德昭齐声说："师傅，等等，还有我们呢！"说罢，三个人一起跪地给泓溪夫妇磕了三个头。

人们又一次为杰蜥和泓溪欢呼，大堂里洋溢着欢乐的气氛。这一天，是多少年了他们没有过的欢乐，这出乎杰蜥和泓溪意料。数千年来他们单独的生活，孤独的日子养成了他们孤僻的性格。这一次，数千年来第一次与人类欢聚，在人群里交流思维和情感，而且受到尊敬，他们也感到新鲜、幸福、惬意、快活。

杰蜥和泓溪开天辟地的与人共餐了一顿，尝到了人间的情趣。李德昭见二位老前辈无拘无束，满脸微笑，暗自高兴，不时地给杰蜥和泓溪夹菜，介绍菜品的名称，口感和营养价值。杰蜥和泓溪二位老前辈满心欢喜，吃什么都说好吃。过了一阵子，泓溪对李德昭说："黑龙，明天还去哪里？"李德昭看看杰蜥说："明天二老歇一天吧，这么些年也没干过这么重的活，今儿个虽是初试锋芒，还是需要恢复恢复。不用着急，抻悠点干，千万别累着！"杰蜥接过话说："不累！这顿饭吃了，累劲也就过去了，咱们还是趁热打铁一气呵成吧！"泓溪说："这孩子，总是想着我们！我与杰蜥对我们的身体评估过了，觉得我俩现在还有胜任这份差事的能力。今天这点活对于我们俩来说，小事一桩，像我们过去玩似的，累不着！"杰蜥见时间不早了，饭也吃饱了，起身要回天池宫。众人起身相送。杰蜥和泓溪返回天池宫去了。

说来也怪，那一群野狗见了泓溪骨头都酥了，一个喊叫的也没有，悄悄地躲在一边待着。后来发现泓溪走了，便又集群跑出来吼叫。鳇将军要出来打杀它们，被李德昭制止了。李德昭自己走出仁和堂，来到狗群跟前，问狗狗说："狗狗，你们想干什么？"一个狗头儿走出群来回答说："我们在这住得好好的，硬是把我们弄到沙堆里，待不下去，你得给我们找找出路，不然我们只得在这儿候着了，这吃、这耍，都是个事，咋办？"李德昭一听这又是搬山带来的问题，应该给解决，否则也不得安宁。想了想说："给你们找个村屯待待怎么样？"狗头儿说："有吃有喝哪都成。"李德昭说："那好，我给你们安排，怎么样？"狗头儿问："去哪儿？得快点儿，我们还没吃饭呢！"李德昭说："别急，好办！等等。"狗狗们不叫了。

过了一会儿，灶房里人拎出来两桶人们吃剩下的饭菜，倒在平整的几块石板上。狗狗们一哄而上，吧唧吧唧一顿狂食，个个肚饱体圆，有的撑得直抻脖子。

李德昭走过来问："狗狗，怎么样，吃饱了没有？"狗狗们汪汪几声平静下来。李德昭又说："我带你们去个地方。"狗头问："到哪儿？"李德昭说："到地方就知道了。"于是把狗狗们圈到一起，使了个迷魂术，狗狗都睡着了。李德昭架起云彩带着狗狗就走了。

路上，李德昭想：到哪去呢？要不去龙门寨？又一想这并不是一件坏事，看家望门的总比没有强。于是决定还去德都镇。到了德都镇找到张子善。张子善看见李德昭带着一大群狗来笑了，问李德昭："不是又来给我们送狗的吧？"李德昭笑了，一本正经地说："正是。怎么，烦了？"张子善不好意思地说："这个东西，不像鸡子，它能吃还咬人，不成了没事找事吗？"李德昭说：

"不会的，我给它们约法三章，出了问题你找我，我会全部领走的。"张子善听李德昭这么一说知道是搬山弄出来的事儿，不得已硬着头皮认了。他问："咋个三章？"李德昭说："你别急。"李德昭回身对狗头儿说："你把狗狗叫到一起，我有话要对你们说。"狗头儿很听话，往天上仰仰嘴号叫一气，尾巴摇一摇，狗狗们便齐刷刷地围拢过来。李德昭说："你们给我听好，今儿个我给你们约法三章，谁不听话就把谁整死吃肉。你们要听好：专向生人咒叫骂，不计主子贫贱差。棒打三顿终不去，誓做忠良守在家。听懂了吗？"狗头儿说："倒是听懂了，那吃啥呢？"李德昭说："给你啥你吃啥，没给就去吃屎。"狗头儿顺下眼去，其他狗狗亦无反对，都摇着尾巴样子很如意。

李德昭对张子善说："记住，对狗不能太仁慈，主人要有威严，你横了它就怕你，走狗走狗，它有奴才性。当然，狗通人气，相处好了，它跟你摇头摆尾挺好的，有时它还会帮你做点事，放心吧，狗会成为人类的朋友的。"张子善笑了笑说："你说得这么好，我们一定好好养，有些亲戚朋友喜欢这东西，将来也可以送个人情。"

李德昭说："待的时间不短了，家里那边还有好些人呢！我得回去打理一下，明天事还很多。"张子善说："我一会儿处理完狗狗的事，也过去忙活忙活，这几天光忙庄里的事了，没想到你行动得那么快。"李德昭说："这里很重要，离不开你，再者我那里还不怎么缺人手，你去了也是个浪费。"张子善笑了，诙谐地说："要去，起码再有个什么物，我可以直接领回来，不用你再送了。"说完两个人都笑起来。

第六十五章　夫妻失默契

　　仁和堂众人聚会，泓溪和杰蜥老夫妻又一次走出了二人世界，感到外面的世界精彩；又一次享用了人间烟火，尝到了珍肴酒香；又一次与他人情感交流，体验到了推心置腹的真情乐趣。回到天池宫，杰蜥意犹未尽，对泓溪说："泓，咱俩活了近万年，从前虽然常与人间交往，却是高傲自崇，以为不凡，蔑视俗人，今日一会方知人间的美好。人们之间相互来往，融通情感，可谓其乐无穷啊！"泓溪也有同感，十分满足地说："你看李德昭那小子，有情有义，实实在在。咱俩分离八千多年了，很想念你，有追忆往昔的意愿。我对他一说，他没有半点推辞，立即奔赴西海找你，其间不知历尽了多少千难万险，一下子就把你找来了。"杰蜥笑了，笑得很开心，不好意思地说："别说了，我就给他出了不少难题。"泓溪有些不解地问："你咋个难为他的？"杰蜥说："开始我根本没认为会是你找我，以为他是在耍我呢，便与他大动肝火打斗了三天三夜。他功夫还行，处处让着我。最后见我有点疲倦，便拿出你那面小镜子递给我看。我看到了你，又听到你的喊话，我哭了。即使这样，我也没明确表达来这儿。他急了，以死相逼。我一看这还了得，为了别人相见，自己宁愿豁出命来，真情感动了我，这才答应来的。"泓溪听了感动地说："我也是。初次见面我就大打出手，使出了好些绝招，连推山压他都使上了。"杰蜥笑着说："我也是。"二人不由得哈哈大笑起来。泓溪说："咱俩不能愧对了人家，答应人家的事就一定要做到。"杰蜥问："你现在还有这个能力吗？"泓溪回答说："我觉得还可以，这是过去咱俩杂耍的游戏。虽然这些年没玩了，可回想起来还是记忆犹新，一招一式历历在目，这么点儿事还能做不到吗？"杰蜥看看他没说什么。

　　第二天，阳光照在天池上，水里也是格外亮堂。杰蜥爬起来伸伸懒腰，打着哈欠说："今儿个天气不错，给我们增添了好心情，感到浑身倍儿爽。你抓紧起来，我们吃点东西。"泓溪赶紧起床。

　　丫鬟翎儿和羽儿知道两位老人睡醒起来，赶紧走进屋来伺候。翎儿叫羽儿收拾卧室，自己赶紧跑去灶房料理饭菜。翎儿摆放完过来请泓溪和杰蜥早膳。二位老人也过上了讲究的生活，起居饮食按部就班，又有了丫鬟使役伺候，说起来也可谓是心满意足了。吃完了早膳，杰蜥面带兴奋地催促说：

"泓，走吧！"泓溪乐颠颠地跟着，二人就出发了。

泓溪和杰蜥来到遮根猜山上空，巡视了一回，仔细地查看了山势地貌。泓溪说："杰，这座山峰不是很高，但是底部庞大，且宽窄参差悬殊。山的底部搬多了将来会是一片洼地，搬少了山体易散，也不知此山是石头的还是土石的？应该查看几处。"杰蜥同意。二人寻了几个点仔细查看。他们来到一个独立的山峰上，杰蜥说："推倒它，勘查个究竟？"泓溪还没有反应过来，只听轰隆一声巨响，山峰倒下半截，烟尘立即升腾起来弥漫了天空。杰蜥拍打着双手，笑嘻嘻地说："石头还挺多，不过里面掺杂着黄土。这个山肯定是年年风吹雨打，底部大体以泥土居多，搬起来不可抖动！"泓溪点点头。

李德昭远远地望见泓溪二老过来了，急急起身迎了过去。人们纷纷围到跟前，向二老问候。杰蜥问李德昭："甄元子来了没有？"甄元子从师父后面走上前，躬身施礼说："老人家，孩儿在。"杰蜥将甄元子拉到一边，递给他两副符帖，悄声说："这两副符帖，我叫你贴的时候才能贴，贴的时候要贴在距离我二里地远的地方，选一光滑大石贴牢；记住要以山体走向为准，我的位置左右各贴一贴。你重复一遍。"甄元子应声说："依你站的位置为准，顺山势二里远的地方，左右各贴一副符帖。听令而行。"杰蜥愣了一会儿，笑着说："你比我有文化，善于归纳，头脑精明。"甄元子规规矩矩地站着问："老人家，贴的时候要不要说点什么？"杰蜥语重心长地说："孩子，这符帖关系到我俩生死，关系到搬山是否成功？举足轻重在此一举，切勿马虎了。你记住：贴时要快，两贴都贴完毕，一定要回到我所在的位置山外，平心静气地叩咕一字'起！'声音不要大，却要掷地有声般的有力，感觉地颤时为好。"甄元子回答："孩儿谨遵先祖教诲，记住了！"

杰蜥又将李德昭叫到身边，嘱咐他说："李德昭，搬山是一种意念中的功力，要平静不急不慌，功到自然成。这点活儿，是我和泓溪年轻时的杂耍游戏，轻而易举，从未失手。时过八千多年了，虽是记忆犹新，但是毕竟多年未游戏了，把握程度可想而知。不过，既然答应你了，我们定会尽力而为！来时我与泓溪交换过想法，我们俩的重逢是你的功劳，为这万年一会，你宁愿奉献自己；我们呢，为你如愿以偿奉献一切，也是理所应当。事情该怎么做，我们就怎么做，相信你的愿望一定会实现！"李德昭说："两位前辈，大明大义，晚辈折服不已，祝愿你们成功！"杰蜥问："李德昭，你还有什么要求没有？"李德昭说："二老年迈，要量力而行，注意安全！"杰蜥说："好！你们原地等待。"说完，带着泓溪和甄元子就走了。

杰蜥来到遮根猜山主峰下，让甄元子原地等候。便与泓溪二人朝主峰近前走去。泓溪说："杰，原数操作？"杰蜥说："行！"泓溪走过去握住杰蜥的手旋转起来，转了三十圈时，杰蜥喊了一声"断！"猛然间天上一道蓝光闪耀，地面酥酥震颤不已，方圆数千里震荡着隆隆的鸣响，情景甚是震撼！那山飘然而起，慢悠悠向上高升。

泓溪见此情此景很是兴奋，松开手对杰蜥说："你向南，我朝北，分挺两处不是更好吗？"杰蜥立即喊了一声"符帖！"山体随声落了下来，严严实实地盖在两个人身上。

甄元子站在遮根猜山主峰下隐隐约约感知到杰蜥喊了一声："符帖！"便飞快往山下跑，谁知刚要往山根部进去，山体落下来，刚好将右脚夹在大山石头下，疼得"哎哟"大叫了一声。刘兰梅听见，喊声"不好！"李德昭一摇身子到了甄元子跟前，问："怎么回事？"甄元子说："他们两个被压在山下！"李德昭看见甄元子手里捏着符帖，赶紧问："符帖上写的啥？"甄元子躺在地上说："杰蜥让把符帖贴在山底石头上，叫声：'起！'山就会升腾起来。"

李德昭望望静静卧在那里的遮根猜山，心想：如何把符帖贴到山底的石头上呢？李德昭心里这个急呀！双脚在甄元子面前来回不停地走动。甄元子说："赶快把我的脚弄出来呀！"李德昭这才发现他的脚被夹在山石下，急忙弯腰发力搬起山体巨大的石头。甄元子将右脚抽出。李德昭问："伤得怎么样？"甄元子活动活动右脚，似乎没有感到十分疼痛，咧着嘴说："似乎没咋地。"李德昭说："那就好！咱俩得想个办法将符帖贴到山底的石头上。"甄元子问："怎么才能钻到山底下去呢？"李德昭说："我有办法！你要卧地稳住，如果山体腾空而起，你要趁机钻进去贴上。之后火速退回！"李德昭说罢，身子急剧飞旋，风越刮越大，风速越转越快，不多时山体底下出现了很大一片空洞。甄元子乘机钻入山下，贴上一副符帖，马上退了出来，又朝相反方向跑去。李德昭不知怎么回事，张嘴叫了甄元子一声，好家伙，这一叫喊可坏了，身子支撑不住，山体落了下来，那一副符帖未来得及贴上去。

甄元子知道李德昭不见了泓溪和杰蜥心急如焚，立即返回来，急中生智说："我来试试！"说罢，双手合掌举到面前默默叨叨地叨咕了一阵，然后双手突然发力指向符帖贴的地方。唬了李德昭一跳，师兄竟有这般神力，那山离开地面有半人高！这时，甄元子双手不停，嘴里说："李德昭，乘机进去找泓溪！"李德昭忘记了一切，飞速地钻进山里去找泓溪和杰蜥。他刚走了一会儿，折返回来探出头叫喊："兰梅，快来听着点儿，有动静告诉我！"

刘兰梅和一帮人一起奔了过来，听见李德昭喊她，未及搭话就不见了。甄元子告诉她："李德昭让你在这听着点儿，有信喊给他。"刘兰梅到山根前找了一块平滑的石板趴上去侧耳静静听起来。人们由于过分惊骇，开始议论纷纷，也是见解不同，时而争论不休。刘兰梅堵住上面的耳眼儿，然而无济于事，吵闹声不绝于耳。不得已，刘兰梅抬起头喊着："你们别吵了好不好！再不你们远一点儿，这样我可啥都听不到啊！"人们开始鸦雀无声。但是好景不长，没一阵儿，嘈杂声又一次响起来，动静最大的是鲤将军。他显得格外急躁不安，瞪着眼睛，手叉着腰，火愣愣叫喊："没有那金刚钻，就别揽这瓷器活！跋山涉水，我们死里逃生的图个啥？"

刘河悍走过去拦挡说："鳇老弟，都啥时候了，别说这种噎人的话。咱们是有求于人家，找上门去的，不是人家上赶着咱们，让人家听到该有多堵得慌呀！"转脸又对蛙婆说："玉蟾，咱们都过那边去好不好？让兰梅静静地听听，大家不都在急急的等待消息吗？"刘河悍领着一伙人去了原来地方。

鳇将军依然不肯离开，眼睛盯着刘兰梅，祈盼她能尽快地听到消息。刘兰梅闭着眼睛听着，以为人们都离开了，不想一睁眼正遇鳇将军看着她。于是她挤挤眼睛，又努努嘴，伸伸舌头。耍完鬼脸，她半开玩笑地说："鳇叔，你要是着急，就过来趴着听一会儿，说不定您的耳朵会比我先听到呢。"鳇将军真的过去要拽开刘兰梅想自己听。刘兰梅摆摆手，突然脚下发力踹他一脚。鳇将军也是没防备，结结实实摔在地上，见刘兰梅依然在摆手，便停止了发怒，愣愣地坐在那里一动不动。

刘兰梅的头快要扎进山里了，突然喊叫："右走五十步！"鳇将军听她蚊子似的叫声，忍耐不住了扯起嗓门喊叫："黑龙，右走五十步！"一声喊叫打破了山坳里的沉静，喊声在山梁上、山谷间回响。

这时喊叫声传到了山跟下。李德昭在参差不齐的山底部寻觅，听见喊声转向山的右面找去。为了更快捷更方便，他变成一只萤火虫，点着光亮向前找去。过了一会儿，他影影绰绰地看到不远处有一个身影，便急速飞了过去。还没到跟前，他辨认出来那是杰蜥的身影，他喊叫："杰蜥老人家，李德昭来了！"那身子蠕动了一下，没有地方坐立，依然趴着。李德昭来到跟前，看见真的是杰蜥，兴奋地问："老人家，伤着没有？"说着，用力拽动杰蜥的右边臂膀。杰蜥没有回话。李德昭心里一颤动，意识到肯定是受伤了，于是使用力拖动她。他拽了几下不见移动，心想该不是闷坏了吧？钻到她的面前，伸过头去听她鼻子有无气息。一股股微弱的热气，一阵一阵敷在他的脸上，他意识到杰蜥还活着。李德昭决定将杰蜥尽快地拖出山底，离开险区。他将杰蜥的衣衫用上法力，地下喷了水，再拖，果然有了效果。大约用了一个时辰，李德昭将杰蜥拖出了山底。

甄元子和刘兰梅、鳇将军一忽而上，将杰蜥扶坐起来。杰蜥依旧垂着头不言语，像在昏迷中痴睡。

李德昭没有滞留，转身往山底下跑去。刚一近山跟忽然想起什么，回头对张天师说："师傅，有劳您照看杰蜥一下。"回头钻进山底下没了踪影。张天师动了动杰蜥的头，软绵绵的东倒西歪立不正，既不见伤，也不是死，望着她狐疑起来。

李德昭进了山底下，吸取了上次经验，把自己仍旧变作一只萤火虫，在缝隙中搜寻。经验有时会助力某些事情，有时也会使结果走向反面。这一次，李德昭依然朝着杰蜥的方向搜寻，找了一个时辰毫无迹象。他开始怀疑自己的巡查方向了，又找了一会儿，便折身往回找，大约一个多时辰，外面又传来了鳝将军的喊叫："往前四十步！"李德昭在里面一边飞一边计算距离，数着数着前面出现了一个黑影，该是泓溪了吧？他这样想着，急急飞了过去，仔细看看，依稀辨别出泓溪的模样。于是上前推了一下，泓溪身子软绵绵的没有任何反应，与杰蜥的状态十分相仿。他想还是先把泓溪弄出去，到外面再研究吧！他将泓溪的身体放平，地上喷上水，拖着爬向山外。移动了有两刻钟，已经快看清楚山外的树木了，这时山上的土石哗啦一下塌下来不少。塌方了，他想这事不妙，危险就要发生。李德昭急中生智狠狠地喷水将泓溪冲向山下，就在泓溪快到出口之时，大山瞬间落了下来，李德昭急切中又喷一口，大山落时泓溪飞快地推了出去，噗的一声泓溪摔出好远落在地上。甄元子也顺势冲到远处去了。

张天师等人迅速将人扶起，检查一下两个人毫无伤害。甄元子很快就清醒了，只是泓溪仍在昏迷之中。张天师让人们抬着把弘溪放在杰蜥一边，站在一旁静静地观察着他们的脸部表情。忽然张天师像想起了什么，惊讶地问："李德昭呢？"人们你看他，他看你，各个惊恐万状。

鳝将军怒吼了，仰起脖子叫着："李德昭，你在哪里？你在哪里呀？快快来见我们呀！"刘兰梅依然趴在石板上，满头泥土，侧耳听着，眼里流着泪水，执着地捕捉着李德昭的声响。

张天师把甄元子叫到跟前，问他："你还有没有办法，再把山抬一抬，为师进去搜上一搜！"甄元子流下眼泪，边哭边说："徒儿无力了！徒儿的右脚踝骨砸碎了，站且不能自立，已无力发功了。"张天师说："徒儿，你骑在为师的脖子上师傅撑着你，你可发功！"甄元子不干，对师傅说："您老年纪大了，那么做会伤害您的身体的！"蛙婆过来劝阻说："老妖精，你可别做了，李德昭要是出来看不到你，还不得死个好歹呀？你可不要做死一个搭一个的蠢事！急是不能解决问题的，尚得从长计议，不能想一出是一出啊！"

这时，东南方向天空飘来一团彩云，急急地落将下来。别人不认得，蛙婆一眼就看出来了，迎上去呱呱两声说："哎呀呀，你们怎么才来呀？李德昭进山底下救人没出得来，怕是……"来者中年长的一个吼叫说："住嘴，不得信口雌黄！我那外孙子别说这座土山，就是十座八座大山压上也不能将他怎样！"蛙婆的话被拦下来，毫不计较，介绍说："这是四位龙王爷。"用手一一指着说："东海龙王敖广、南海龙王敖钦、西海龙王敖闰、北海龙王敖顺。"张天师、刘河悍等见过四位龙王。张天师简要讲述了事发经过。

东海龙王敖广听了火冒三丈，问三个弟兄怎么办？

第六十六章　观音寻救星

敖广听后十分着急，对三位弟弟说："各位弟兄，此事不能袖手旁观，咱们要有个办法才是。"南海龙王敖钦说："我们四个兄弟一起喷水将山冲开一段，不就救出来了吗？"敖广说："好主意，走咱们救黑龙去！"

观音菩萨正在普陀山洛迦山打禅，右眼突突跳了几下觉得不妙，掐指一算知道李德昭被压山下不得脱逃。赶紧来到太微玉清宫见玉帝，诉说了李德昭搬山造平原被压山底之事，恳请玉帝救助。玉帝大为不悦，对观音菩萨说："那山川河湖是我一手布置安排，怎么能许他随便更改呢？出现此等事情实属罪有应得。我不追究他触犯天条已是网开一面了，怎么还能救他？今天是你来说情，若是别人来我早已盛怒不止了。现在咱们唠点别的不好吗？"观音菩萨听后深感意外，在她心目中一向宽容慈祥的玉帝，一下变得丑陋龌龊了。观音菩萨坦然笑笑说："玉帝寝宫不便打扰，告辞了。望玉帝万福！"

观音菩萨出了南天门不觉有些惆怅，到哪里去找个救星呢？那么又大又重的山体压着，就算是修了几年道法也不足以支撑啊？她想到了如来佛祖，何不去找找他，他一定会有办法的，于是她直奔灵山雷音宝刹来见如来佛祖。如来佛祖问："菩萨不在普陀山来此何事？"观音菩萨说："上次求助你的那位秃尾巴老李，在实施搬山造平原过程中，为搭救杰蜥夫妇被压在遮根猜山下，请佛祖设法相救。"

如来佛祖微微一笑，看着观音菩萨说："你与菩提老祖同属鸿钧老祖门下，同修三清境界，尚有一脉之缘，找他可解李德昭之危。当年那孙猴子就是菩提老祖传授了一身惊人道法。据我了解他留了几手，怕那猴子搅乱天罡，其中有一技就是搬山。有人说他同情杨戬救母之心，传给杨戬一些。杨戬斧劈桃山，担之入海。你此去他未必同你前去，据我了解他会同情李德昭，不会闻而不理，定会给你出个主意。"观音菩萨问："到什么地方可以找到菩提老祖啊？"如来佛祖说："你出了雷音宝刹，去往歪头山通灵洞就会见到他。"

观音菩萨谢了如来佛祖，火速往歪头山去了。刚入山门，有一道童把守。观音菩萨打个稽首说："阿弥陀佛，童儿，请报菩提老祖，南海观世音菩萨来也。"道童匆匆去了，一会儿返回来说："菩提老祖有请。"道童前边引路来到通灵洞。菩提老祖见了观音菩萨满面笑容地说："什么风吹来观音菩萨！"观音菩萨说："今日有急事前来。"菩提老祖没有吭声，观音菩萨继续说，"玉帝有一使者名唤李德昭，今日在关东地域搬山造平原，事出意外，被压山下，情形危急，特来请菩提老祖前往拯救苍生。"菩提老祖问："你怎么会想到来找我？"观音菩萨犹豫起来。菩提老祖果断地说："不去。"观音菩萨合掌一恭，态度异常和蔼地说："此人尚有别号秃尾巴老李。"菩提老祖冷笑一声说："有没有尾巴与我有何相关？不去。"观音菩萨说："此人还有一名尤尔。"菩提老祖摇摇头，似乎没有听清楚，随口追问说："谁？"观音菩萨回答："尤尔。"

菩提老祖笑着问："谁叫你来我这里的？"

观音菩萨平静地问："你怎么认识尤尔的？"

二人僵持起来，谁也不肯交出答案。其实菩提老祖很是着急，师傅听到徒儿被压山下哪有不急的道理；观音菩萨心如火燎，但是她已经清楚地意识到菩提老祖认得尤尔，他不会置之不理。想知道他是怎么认得的，又不愿意放弃这个想法。

观音菩萨闷了一会儿，平和地说："看来菩提老祖不肯出手相救了？那也不必牵强，我真的到了山穷水尽的地步了，能力所及说说而已。愿菩提老祖万福！"观音菩萨起身便走。还未走到洞口，菩提老祖已经站到门口，迎面笑着说："你不肯说，其实我也知道是如来指点你的。"观音菩萨立即显出不悦，冷冷地说："即是已经猜到为何还要三番两次逼问我？你当我有本事弥合你们之间的缝隙吗？"菩提老祖依然微笑着说："师妹息怒，我不是与你过不去，只是有一个人情想向你讨要。"观音菩萨问："我？我欠你什么人情啊？我怎么不记得呀！再说我急于救人，来日有工夫再与你偿还人情！"菩提老祖笑着说："不急，不急。坐下谈谈再救人也不迟！"观音菩萨听出他的话有玄机，也不敢真的得罪他便依从了他。

回到座位上，观音菩萨心里依然感到不踏实，始终惦记着李德昭的安危。菩提老祖呢，只是笑，却不急于说怎么去救李德昭。菩提老祖看出她心情急切，依然笑着说："我们还是先谈谈人情问题吧，这是我很久以来的心结。"观音菩萨见他这么说，默然不语，只好随他说了。

菩提老祖满脸笑容，时不时地扫上观音菩萨一眼，慢慢述说起来。那是三年前的事了，一个风清日丽的天气，还没到中午时分，太阳光也很柔和。菩提老祖坐在蒲团上诵经，不知怎么搞的他睡着了，恍恍惚惚有一只金刚鹦鹉落在膝前，看了看菩提老祖叫了三声，清晰地说："菩提老祖呀，还睡呢？你的三弟子要被害了，观音菩萨正抱着他跑哪，也不知躲到什么地方才安全。快去救救他吧！"鹦鹉说完就飞了。菩提老祖睁眼醒来，屋子里空空的，洞门关着没有一点缝隙。他精神起来，心想：我从来没有过三徒弟呀，万事都讲个缘分，说不定菩萨抱着的那个孩子就是呢？带着好奇心他来到洞外，抬头仰望天空，整个宇宙依稀缥缈什么都没看到。望了一会儿，他跃身飞到云朵上，漫天游荡开了。刚刚来到南海，便一眼看到观音菩萨抱着个玉兔轻飘飘地向下落，观音菩萨注意力很集中，歪着头盯着着陆点。此时玉兔也睡着了，被菩萨推到胸前突出位置。菩提老祖立即变作一只白色鱼郎，顺势将玉兔掠将下来，扶摇直上飞得好高好高。待观音菩萨看到玉兔没了，东西南北四下寻找时，菩提老祖正在她的上方，因此不曾看见。菩提老祖怕她不依不饶，便放下个纸条含蓄告知。这样做有两个用意：一是稳住她的心，不让她乱找以防再露马脚；二是警示她：偷孩子时她都没发现，说明偷劫者道行在她之上，这个师傅应是首选。菩提老祖教了弟子，从不叫弟子泄露他的身份，故而谁也不知道他那才艺横空的弟子师傅是谁？

菩提老祖将玉兔抱回通灵洞，将其变化人形，果然是个乖巧可爱的孩子，美中不足只是肤色太黑了。从他身姿、神态、气质上看，真是个奇才，打心眼里往外就是喜欢。菩提老祖问小孩："你叫什么名字？"小孩答："尤尔。"菩提老祖问："怎么叫这么个名字？"小孩答："不知道。"菩提老祖又问："你家在什么地方？"小孩答："不知道。"菩提老祖问："你想不想学武艺？"小孩答："想。"菩提老祖又问："学武做什么用啊？"小孩答："打坏人、做事情用得到的都学。"菩提老祖紧跟着问："你最想做什么事情啊？"小孩答："给那些天下百姓搬山造平原，改善他们的生存环境。"菩提老祖问："小小年纪为什么要做这么大的事呀？"小孩答："不小了，都八九岁了，还小哪！"

菩提老祖很高兴，把他领进练功房。小孩一进屋就迷住了，室内满墙都是练武的分解画图，一招一式栩栩如生，就像真人在习练。菩提老祖交代说："以后学武就到这里，照图学，师傅不再一一把手教，凭你个人的悟性，能会多少就多少。"尤尔很高兴，频频点头。

一个月以后，菩提老祖拎个棍子来了。尤尔见师傅进来，赶忙挺立，恭迎师傅。菩提老祖说："尤尔，练过几招了？"尤尔回答："三十六招。"菩提老祖又问："哪招学得好啊？"尤尔回答："都可以。"菩提老祖走近跟前，突然轮棍发力喊了一声"迎门一棍！"尤尔不慌不忙，双腿一叉一个弹跳，头颅朝上一拱，"咔嚓"一声棍子折断，大半截"嗖"的一下飞上屋顶。尤尔落地，岿然不动。菩提老祖上前摸摸他的额头，毫发无损，皮肤上连道痕迹都没有。菩提老祖上去将他抱起，抛向高空，并在空中旋转几圈，然后大头冲下飞落下来。尤尔就在落地的一刹那，伸出左手食指，稳稳地落在地上，简直像一颗钉子钉在那里。菩提老祖顺势右腿发力踹向尤尔的前胸，尤尔并不躲闪，见师傅的右脚快触到肋骨了，左手食指一发力就闪过师傅的右脚，并将其左腿抱住，抛向高处，在师傅落地的一刹那，扬起上身飞起左腿蹬向师傅。菩提老祖说声"有了。"尤尔立即收身给师傅规规矩矩行了一个礼，平静地说："师傅受累了！"菩提老祖拍拍尤尔的肩头说："好样的！"

半年以后，菩提老祖来到练功房，温情地说："这么久了，每天练功，也算辛苦，为师今天有兴致带你出去遛遛。愿去吗？"尤尔点点头跟着师傅走了。两人来到深山老林，看到林木繁茂，杂草丛生；鸷鸟飞旋，黄鹂鸣唱；梅鹿惊首，狮虎号啕；幽静之中带有恐惧，惊骇之中孕有惬意。师徒二人正在莽林中穿行，突然一只豹子蹿了出来，虎生生两眼圆瞪，气呼呼血盆大口，立而不走，食欲之望咄咄逼人。菩提老祖见了面色大变，恐惧万分，不得已一个跃起跳到树上躲起来。尤尔见了，赶忙喊叫："师傅，树上待不得，豹子会爬树，上去就麻烦了。"菩提老祖哆哆嗦嗦地说："那咋整，我也不能等死啊！"尤尔知道师傅不肯下来，便冲豹子走去。那豹子寸步不移，嘴上的胡须乱动，龇着牙，咧着嘴，静候猎物进入口中。

尤尔毫无畏惧，临近豹子了，将两只手触到地上，变成了四肢行走。豹子不以为然，倍感乐趣，用前爪子挠挠地，一个纵身扑向了尤尔。尤尔眼睛盯着豹子，不慌不忙地向前蠕动着，看见豹子飞身扑过来，眼看就要抓到自己了，快速向左侧一个弹跳，闪过豹子，然后一个鹞子翻身骑在豹子背上，不及豹子反应过来右拳砸向其脑门，只听"嗷"的一声，豹子蹿出十步开外。豹子满以为这一下可把尤尔甩掉了，待静下来回头看时尤尔稳稳当当的还在背上，气得豹子吼叫一声狂奔起来。这回尤尔不给它机会，弯腰扯住一只豹子后腿，顺着豹子奔跑的劲儿，将豹子掷了出去。那豹子不偏不倚结结实实横截到树上，顿时血尿飞溅，啪叽落在树下。尤尔走到近前笑了笑说："这也不禁摔呀！"

这时，菩提老祖从树上跳下来，走到跟前扒开豹子嘴说："这是一只成年豹子，体格强壮，正在当年。"说完，用右手掌在豹子脑门一拍，脑袋就开了。菩提老祖伸手掏了一把，白嫩嫩血淋淋的脑浆就捧在掌心，递到尤尔面前，问："徒儿，这是豹子脑浆，敢吃吗？"尤尔二话没说，双手捧过来连吃带喝一呼噜就光了，甩甩手说："这纯属野味，不知它有什么益处？"菩提老祖笑着说："记得郎中说过吃啥补啥。"尤尔不懂，又问："那我吃了，该补啥呢？"菩提老祖笑着说："忘性，不忘性了，你就可以恢复记忆了。"菩提老祖试探地问："你叫什么名字？"尤尔说："我本名李德昭，因为父亲断了尾巴，蛙婆给我起个绰号秃尾巴老李，也有看我长得黑，叫我老黑，还有因为我是龙族血脉，便直呼黑龙。"菩提老祖又问："那尤尔是怎么回事呀？"尤尔说："白龙恶人先告状，玉帝不辨是非，断我有罪，把我变成一只黑狗，去给西王母娘娘看护桃园。白龙不死心非要置我于死地，让西王母娘娘的丫鬟飞龙提供情报。西王母娘娘、观音菩萨还有太上老君背地保护我，这才辗转来到歪头山，是您收留了我。如今我学了不少知识，文的武的都有，我得感谢师傅！"说完，跪地磕了三个头。

菩提老祖问尤尔："那以后你喜欢我叫你什么名字呢？"李德昭说："喜

欢我的人大多都叫我黑龙，师傅您就叫我黑龙好了。"菩提老祖笑了，叫道："黑龙。"李德昭应声回答："唉，师傅！"从此菩提老祖与李德昭亲昵得不得了。

菩提老祖说到这里停了一会儿，略作思考地对观音菩萨说："刚才你提到李德昭请人搬山，我不知他请的何人。搬山之术有三，一种愚人搬山，就是人挖、肩挑、车拉、畜运，弄到何年何月不得而知，最后是留有精神在；二是玄门轻功，小山可用，担挑、推到、挪移，也就是小打小闹，人力可为；三是异术搬山，不靠力量靠神术，令山变小，擎于手掌之中，用之随心。当年猴徒未敢教他，要是教了怕佛祖那符令也不抵用了，那猴儿拔根毛变化一下，很容易将符帖撕去，或是在山下念念咒语，一蹬脚山就掀翻了，不跑才怪。我教李德昭搬山，与三者大不相同，仅让他抹去山包即可。不想让他大挪大移，因为水土作用是有讲究的，从表面上看，地上有包有坑，局地削平改造是可行的，因为地表的力量是靠水来平衡的，哪高哪低不宜统统调整。他请那高人可能进行了估测，分析不违拗大局，这小子相中了这块平地，因为布雨不易成灾，所以他坚持。我要到现场去看看，如没必要我会制止他，如果必要，那么我会指点他去做好。至于他如今被压山下，对他毫无伤害，他可以发功，即使出不来也压不到他。这点我心中有数。"

菩提老祖看着观音菩萨静静地听着，满心自慰，乐呵呵地说："三年以后，我给你送回去了。听说在天庭当场打败了白龙，玉帝又封了他官职。现在我想问你：欠不欠我的人情！"

观音菩萨听后感慨万千，她怎么能不感谢菩提老祖啊！听见菩提老祖问，马上站起来，双手合掌作揖说："这个人情可是大了！衷心祝愿您老人家万福，万万福！"

菩提老祖说："李德昭离开我这儿时，我曾叮嘱他：从此，咱俩断绝师徒关系，各自守口如瓶，不再言及学徒一事。现在看来是我破例在先，岂有不救李德昭之理呀！"观音菩萨笑意盈盈，笑说："看来救李德昭一事已与我毫不相干了，此后我又无忧无虑了。"

菩提老祖说："话不能这么说，救他是你，助他是我，如何脱得了干系？现在是你不救他我也就不助他了！何去何从请你选择！"

第六十七章　菩提助黑龙

　　观音菩萨见菩提老祖将她一军，也不计较，改变了主意。观音菩萨带领菩提老祖奔往遮根猜山，一边行走一边查看，不时和菩提老祖搭话。菩提老祖说："这座山的东南面尽是山，此山横穿平原是有些碍事，受山的影响南北会产生不同的气候，对农事和动植物生存有很大的影响，怪不得李德昭张张罗罗要把它搬走呢！"观音菩萨说："李德昭这孩子是个普惠百姓的人，他做每一件事都要从这些人的利益出发，不利于他们的事绝不会做。我生来同情弱者，我俩对心思，所以今天请你帮助他。"菩提老祖说："我已有言在先了，觉得他做的事符合自然规律，又觉得他的主张有益于改善这一地方的人类生存环境，我会视情况出手相助的。"

　　观音菩萨欣慰地笑了。他们来到遮根猜山上空，看见主峰下边的平坦处聚了一伙人，正在观看四条龙在喷水。观音菩萨说："可能是四海龙王在抢救李德昭吧？"菩提老祖马上说："这个办法不行，水能冲走土，带不走石头啊！"观音菩萨说："我叫他们停住。"说罢弯下腰去大声说："那东海龙王且住手，待我有话说！"

　　东海龙王见是观音菩萨来了，便叫喊起来："兄弟们，别再喷了，菩萨有话说！"四海龙王闻讯停住了，四下寻找观音菩萨。

　　主峰下的一伙人发现龙王们喷水停了下来，都感到很奇怪，个个惊惧地四下搜寻，看看到底发生了什么事。霎时间，西南天上飘来一团彩云，稳稳当当地落到地上。蛙婆眼尖一看是观音菩萨领着一个白毛踥蹀的老者来了，像看到了救星，踥踥搭搭地迎了上去，说："菩萨万福，玉蟾恭迎菩萨！"蛙婆又看看老者说："也恭迎这位老人家！"观音菩萨微微一笑说："你和河悍都在这儿。"蛙婆有些不好意思，回答："还有别人，我们一帮都在这儿。"

　　说话间，东海龙王带着三个兄弟赶过来，一齐拜见了观音菩萨。观音菩萨感到有些本末倒置，看了一眼菩提老祖，低声说："介绍你不？"菩提老祖瞪了她一眼，坚持说："没有必要！"观音菩萨说："这样不好，他们会追问我的，这种时候是纸里包不住火的。"菩提老祖笑笑说："那你就说我是你找来的老怪物！名姓居地一概不知，你要不同意，我就走了！"观音菩萨笑着大声说："诸位！这位是我请来搭救李德昭的高人，他没有名姓，我只知道他是个老怪物！"菩提老祖一拱手说："谢菩萨！"众人不知如何称谓，只是望着菩提老祖，眼睛里充满了期待和感激。

菩提老祖往旁边一看，发现地上躺着一男一女，须发皆白，却是膀大腰圆，不同凡人，其形态甚是可笑。观音菩萨见菩提老祖不好意思问，便问身旁的蛙婆："玉蟾，这两个是什么人？怎么躺在这里？"蛙婆回答："他们是李德昭请来的高人泓溪和杰蜥，帮着来搬山的，不料发生意外。李德昭就是为了救他们才被压在山下的！"

菩提老祖听了对观音菩萨说："你去把他们扒拉活！他俩魂吓丢了，现在是有尸无魂。"观音菩萨右手举起来朝天上一划，说声："泓溪杰蜥快快回来！"声音不大还没有落音，只听见地上躺的两个人喊了一声："闷死我也！"说着，二人一骨碌爬起来，惊异地望着眼前的人们。他俩发现都不很熟悉，一眼看见了敖广，泓溪问："你咋来了？李德昭呢？"敖广说："你俩被压山下，李德昭去救你俩，把你俩救出来了，他却没出来！"泓溪有些着急，拉起杰蜥就往山根前跑。

菩提老祖见了拦阻说："两位老人家，莫急！我想问问二老：这山，你们是如何搬法？"杰蜥看了菩提老祖一眼，问："你是何人？"观音菩萨上前回答："他是我请来搭救李德昭的人。"杰蜥又问："你是何人？"观音菩萨回答："我乃观音菩萨是也。"杰蜥说："原来是救苦救难的观音啊！幸会幸会。"观音菩萨问："杰蜥，你俩耄耋之颜，想来年岁不小了吧？"杰蜥说："我俩是侏罗纪时代的恐龙，现在说来已有八千余岁了，杂要时学会了搬山。李德昭要搬山，把我从西海请来的。至于搬法？"杰蜥看了菩提老祖一眼，又说："像是在哪见过？他会搬山！"泓溪听杰蜥这样说，围着菩提老祖转了几圈，挠挠头，又晃了几下。他对杰蜥说："想不起来了，似曾相识。"菩提老祖笑着说："这样说来，你俩就是没事推山玩的那两个恐龙了？"杰蜥有些惊诧，问："你咋知道的？"菩提老祖回答："那时候，我看泓溪愿玩小的，你愿意玩大的却又说服不了他，给你们出个主意，让你们口念咒语大山就搬走了。当时你很感兴趣，说'左右是个玩，试试吧！'你记不得了吗？"杰蜥有所醒悟，问："什么咒语？"菩提老祖慢悠悠地说："泓溪杰蜥，合二而一，同心协力，大山可移。"杰蜥一拍手，对泓溪喊叫起来："准提道人！"泓溪走上去仔细辨认了一阵子，才惊诧地说："是啊，是准提道人！听说你在鸿钧那儿不愿待了，自己独闯去了，我们找你找了好久，真是碰巧在这遇见了。"说完拉住菩提老祖的手，久久不肯松开。杰蜥怪怨泓溪说："咋来的你不知道啊？观音菩萨不是说她找来救李德昭的吗！"泓溪转过身对观音菩萨说："谢谢菩萨，谢谢你让我们故友重逢啊！"观音菩萨静默良久，过了一会儿才说："杰蜥，你赶快告诉你那故友，这次山是咋搬的吧！"

泓溪见观音菩萨着急了，有些不好意思地说："扯得太远了点儿。这次不成功怪我，本来山已经起来了，我就要求和杰蜥分开撑着山，不料手一松山就落下来，之后就不知咋回事了。"杰蜥补充说："咱俩把咒语也忘了，光靠了力气，结果失败了。"

菩提老祖听了二人的陈述，心里明白他们找到了失手的原因，试探地问："你俩还搬山不？"泓溪说："搬呀，咋不搬呢？李德昭还压在里边哪！"菩提老祖又看看杰蜥。杰蜥立即说："搬！不会时都搬了，现在有老师指点了，哪能不搬呢！"说罢，拉起泓溪的手就往山下走去。菩提老祖望着他俩的背影慢声说："你俩停停，你俩刚附魂，体魄精力不足，用不用我帮个忙？"杰蜥说："这个山够大的，咱仨玩玩也好！"菩提老祖说："既然来了，还是助上一臂之力吧！那你俩还在山下，我在空中相助怎么样？"泓溪说："中中，瞧好吧！"泓溪二人继续朝山下走去。

菩提老祖升到半空立在云团上。那云团开始棉花团一样，逐渐变得浓重起来，后来变成深红颜色。这时山下开始起风了，大风伴着隆隆声越刮越大，地上尘埃升起，漫天飞旋，大山开始慢悠悠地飘起来。泓溪和杰蜥来到原点，四只手合力撑住一个小点，都在心中默念着咒语，山体开始移动了。李德昭看见了，立即跑过来，问泓溪："怎么回事？咋又进来了？快出去，里边危险！"李德昭连说了几遍，两个人谁也不理睬。山继续往上升，越来越快，后来就移动起来。李德昭见状也不敢再去打扰，便帮忙撑起山底，随着大山移动。

观音菩萨看见大山移动了，也想看个究竟，踏着云团升到空中，见菩提老祖的云团红红的，如烈焰升腾一般，便飘了过去。快到跟前了，感到火炙炙的很是燎烤，便不敢再往前靠，远远地跟着看。

李德昭跟在下面俯瞰大地色彩斑斓，大山的遗址离得很远，黄黄的像一条浑浊的河，静静地弯曲地匍匐在那里。再往东看，看见了长白山北段，心想放在这里挺合适，如再往东移就山摞山了。急忙对泓溪说："放在这里最合适！"泓溪没言语，用右手往山上指指。李德昭会意，知道是让告诉上面的人。李德昭从底下跑到边上向上喊叫："哎……就放这里了！"上面那人喊："让底下的人先出来，我这里开始放了！"

观音菩萨盯着，看着菩提老祖的云团突然消失了，忙上前叫喊："二师兄！"没见回音，只感到一股风儿从身边划过去了。观音菩萨心想："这个老怪物，这是怕他徒弟看见给他张扬出去，偷偷溜了。也好，我也走吧，免得人们盘问！"这样观音菩萨也悄悄地回普陀山去了。

李德昭转身跑回来告诉泓溪说："上面的人叫咱们先撤出去，他往下放了！"泓溪说："咱们仨赶紧撤！"就在三人出来的一刹那大山落地了，气浪卷起烟尘喷出好远。三人站立在云团上，杰蜥说："李德昭，我带你去见见恩人！"说着升到半空，空中什么都没有。杰蜥高声大喊："准提道人！"空中没

389

有任何反应，只有大山回响着她的声音。

李德昭三人只好回到主峰下那块平地上。敖广看见李德昭回来了，欣喜万分，随众人迎了上去。张天师问："怎么样？德昭，伤着没有？"李德昭晃晃身子笑着说："师傅，挺好的，没事！又让您牵挂了。"抬眼看见姥爷敖广和三位长辈，忙说："真对不起，我这点事惊动了各位姥爷，李德昭惭愧！"又看见蛙婆等人，也亲昵地笑了一回。大家其乐融融地交谈起来。

张天师问李德昭："刚才搬的这座山叫什么名字？"李德昭说："叫遮根猜山。"张天师听了摇摇头说："绕嘴不好记，起个别的名字吧？有点意义的。"一时大家不语了。蛙婆说："这山是咱们搬到长白山去的，总不能还叫长白山吧？总该有它自己的名字，咱好有个念行。我看啊，刚才搬山的三个人可都是太老辈了，再加上四个龙王，占了咱们大多数，其实来的还有几位长辈，我看就叫老爷山挺好！"鲤将军首先赞成说："我看行，挺有人情味的！"张天师说："我也赞成！"四个龙王说："我们啥说没有！"大家哄然大笑，都赞成蛙婆的意见。从此遮根猜山更名老爷山。

泓溪看到人们如此开心也很欣慰，觉得身子有些疲倦，对李德昭说："天光不早了，我和杰蜥准备回天池宫去了，再有什么事，告诉一声我俩就到。"李德昭走到近前，对泓溪说："今天的事我有主要责任，有些操之过急了，没有搞清翔实的搬法就让你们下了手，造成意外的事故，让二老受了委屈。你们回去好好休息，过几天我再登门致谢！"杰蜥说："李德昭，这你就见外了，事情是我们造成的，和你没有关系，这点教训不是坏事，我俩又找回了从前的感觉，还能做点事情，我们愿意跟你干，有事就说话，别这么客客气气的拿我们当外人。"敖广说："这两位前辈挺好的，已经搬了两座山，贡献不小了。我对他们的奉献很是敬佩，他们为李德昭造平原的愿景实现立下了汗马功劳。我要效法他们的做法，帮着李德昭完成他的心愿，弥补过去我对公务的懈怠，争取玉帝和凡间的宽容。"说完，对三个弟弟说："走吧，天色不早了，顺便我们再送送泓溪二位！"说完，跟着泓溪杰蜥就走了。

众人就地送走了泓溪杰蜥和四位龙王。李德昭说："大家都回仁和堂吧！"李德昭怕张天师走，拉住师傅的手一起走，要求师傅住一宿。

张天师本来要和甄元子一起走的，想到李德昭被闷在山下一天了，怕精神和身体上哪块不舒服或有问题，要亲自观察一下才放心，所以没有动意离开，便答应了李德昭的挽留。

人们正在张罗启程，忽然山的那边呼噜噜来了一群人。个个肥胖，雍容盛装，行动缓慢，跩跩扭扭，走进营地。一个年长的说："谁是管事的，我们有话说。"鲤将军迎上去，恼火地说："什么事？我是管事的！有话快说。"领头人衡量他一眼，反问："真的吗？"鲤将军伸手一个嘴巴，怒气咻咻地说："叫你说你就说，哪来的这么多事！"领头的当然不让，卧地一拱将鲤将军掀翻在地，脸被划破了一块儿，鲜血流了下来。鳇将军一骨碌从地上爬起来饿虎扑食般扑过去，谁知那领头人并不畏惧迎头跑过来，只稳稳一撞，鳇将军便从他身上飞过去，结结实实趴在地上。鳇将军见自己又吃了亏，更为恼火，未等爬起身便向那个领头人吐了一口黏液，满以为会将领头人包在里面，奇怪的是领头人嘴巴往地里一拱，那唾液不能包土，领头人起身钻了出来，嗷嗷地咬住鳇将军的右腿不肯放松。

刘河悍奔过去刚要下手被李德昭拦住。李德昭看出点端倪，走过去对领头人说："这位朋友，你先放开他，有话对我说。"领头人倒是听话，松开鳇将军的右腿立在一旁呼呼地喘个不停。李德昭说："看您气的，有话说来。"

这时，旁边又走来一个比领头人又胖又壮的女人，言语轻松地说："请问您是？"李德昭说："我是秃尾巴老李，这里的事归我管，请讲。"胖女人说："是这样，我们是朱氏家族，原本生活在这里，只因为你们把山给挪走了，我们没了生存领地，到别处去，我们又斗不过狼豺虎豹，只得向您讨个说法，给我们找个一席之地。"李德昭想了一会儿，问："你们自己要求去哪？"胖女人说："我们也不好说。其实这山我们早就住够了，谁都欺负我们，若不是受人侵害，子孙不至于这几个，那还不得漫山遍野啊！我和男人商量最好找个村落，同人类生活在一起，平时他们给我们点吃的，遇到年节他们可以吃我们的肉，我们生得多且快，禁得住人们吃。这样算起来，比我们自己在山里提心吊胆的游逛强，烦请黑龙爷慈悲。"刘河悍说："这事好办，可以上我那儿去。如何？"张子善一旁听了觉得是个好事，争着说："我那去一些也行。"李德昭问："这位朱女士，你愿意跟他们谁去？"胖女人指着张子善说："这位面善，可以去他那里。"刘河悍也说："可以去几个到我那里试试，不行了，我再把他们送到德都镇去，你看这样可否？"胖女人说："只要我和领头人不分开，他们谁去哪都行。"

李德昭要刘河悍和张子善各领一半，至于谁去哪儿由胖女人调剂。胖女人很快就把大家分开了，乐呵呵地说："分好了，就这样。"

李德昭说："看样子，这里头你说话中用，能不能给他们立点规矩，免得日后滋事生非！"朱女士笑笑对朱氏家族人说："你们要记住：躯体圆胖无志强，一生只贪饱食肠；吃罢便睡真快乐，每逢佳节叫命亡。"说完，又瞅了瞅两伙人，解释说，"到了人家那里，肥吃肥喝是你们，到了年节无私奉献也是你们。理解不？"属下嗡的一声："应该！"

李德昭说："刘伯，你自己送回去，张子善那德都镇有劳鳇将军送一趟行不？"鳇将军嘟囔说："以后有肉吃了有何不行！"

刘河悍与张子善、鳇将军带着朱氏家族各自去了。

李德昭和师傅等人便直接回了仁和堂。

第六十八章　搬移天门岭

　　李德昭回到仁和堂，安排师傅净脸净手。李德昭去了灶房，让厨工给师傅加了几个愿意吃的菜和仁和堂自己的拿手菜，便回大厅来了。刘兰梅已经给师傅倒好了茶，毕恭毕敬地立在师傅身后。蛙婆见李德昭回来，看了刘兰梅一眼，笑容可掬地说："毕竟是一家亲啊！兰梅现在就看出来了谁远谁近。可惜，老妖还不知情不领情呢！"张天师听蛙婆话里有话，有些摸不着头脑，问蛙婆："玉蟾，有话明说，暗敲什么边鼓？"蛙婆呱呱两声说："这事人家老黑不叫我对你说，……"李德昭一进门听见蛙婆挑事，知道不好相瞒，便笑嘻嘻地说："师傅，是这样……"李德昭边说边来到师傅身边，拉过刘兰梅介绍说："这是刘兰梅姑娘，蛙婆婆给我介绍的女朋友，还未来得及跟师傅汇报。"说完，对刘兰梅说："见过师傅。"刘兰梅转到张天师面前，单膝跪地说："孩儿兰梅，拜见师傅，师傅万福！"张天师一时不知所措，笑了一会儿才说："这么漂亮智慧的女娃子！我说这一天总是趴到山下一个劲儿听哪，原来是这么回事呀！好啊，好！快起，快起来！"说着起身去扶。刘兰梅赶紧站起来。张天师回头对蛙婆说："我说玉蟾，这不是你的姑娘啊？"一句话问得蛙婆面色绯红，瞪起眼睛说："你个老妖，一点正经没有，满嘴胡言！"张天师见情景不对，忙对蛙婆说："这事不该在孩子面前说，真是对不起，失礼了！不过你这个媒人当得好，算不算网罗亲信呢？"蛙婆狠了狠心说："咋个不算呀？这不把你都网罗进来了！"二人笑起来，大厅里笑声朗朗。

　　张天师让李德昭坐在自己身边，用手摸着他的肩头问："让大山压了一小天，伤到没有？"李德昭站起来扭动一下身体，笑嘻嘻地说："您看，这不挺好吗？"张天师拉住李德昭双手用力抖了抖问："疼不？"李德昭回说："不疼。"张天师又快速来回拉动李德昭的双臂，使他的肢体来回抖动。张天师轻声问："哪不得劲？"李德昭说："没有。"张天师松开手，扑拉一下身上衣服说："这就好。"说着坐在椅子上。刘兰梅过去加了一次茶，然后又倒了一杯茶，放在李德昭面前。

　　张天师问李德昭："这山怎么会没压到你啊？"蛙婆立马接过来，笑着说："咋？非得压到啊？"张天师一本正经地说："我没有这套功夫，也就不会传授给他，我是问他打哪学的？"蛙婆又笑了笑说："问得好，想到一块了，我也正想问呢!"张天师没有支会蛙婆继续看着李德昭。李德昭说:"我恍惚记得我被贬看守蟠桃园的时候,观音菩萨把我变成玉兔抱着往南走,一阵风将我卷走了,后来的事情做了几年,但是什么都记不起来了。我也不知道为什么山压不着我。"张天师又问:"移山的时候,你不是出来喊放在这儿吗?和你说话的人是谁?"李德昭回答:"是喊话了,那人也回了话。因为事情紧急,我跑回山下,没来得及看他。"张天师再问:"你看见观音菩萨了吗?"李德昭反问:"怎么,观音菩萨也来了?"张天师不放过还问:"你和那人对话,没听出他是谁的声音吗?"李德昭回答:"没有!"张天师仍在追问:"你认得准提道人吗?"李德昭本能地摇着头说:"不认得。"

蛙婆乘机说:"秃尾巴老李当时意识不是很清楚,再加上千钧一发之际只顾搬山了。要是现在这样,肯定会给你一个满意的答复。"张天师不再问了,他很困惑:当初是观音菩萨把人弄丢了,如今准提道人来了,观音菩萨找来的?这个准提道人和李德昭有关系吗?如果是准提道人劫走了李德昭,那么观音菩萨怎么早未找到?自己对这个准提道人也是一无所知。怕影响大家的情绪,他决定不再细问了。

李德昭知道师傅从来没因为一件事这样追问过自己,想是这个准提道人对他很重要,可是自己的回答是诚实的,没有欺骗师傅的意思,不觉心中有了压力。他怯怯地对张天师说:"师傅,要不明天我去找找观音菩萨,她肯定知道!"张天师叹了口气,思虑着说:"她要是肯说,也不会和那准提道人一起不辞而别,这里有不可明说的事。你去了也是问不出来。"张天师想了想问李德昭:"徒儿,下步还有什么打算?"李德昭见师父问这个兴致又来了。

李德昭说:"在我的盘算中,天门岭也在搬移之内。"接着他把搬移的理由说了一遍。李德昭对关东平原视察过几次,发现这座山斜横在平原中,分割整个平原的一体性气候,而且冷暖气流对西侧通道危害最大,基本上风灾雨害连年不断,认为有必要把它移走,放入长白山西侧。天门岭主峰很多,不仅个头高而且面积大,如果将它挪至长白山附近,会形成大片群山,有可能产生一种特殊的地理气候。根据他的观察,山群在挡风的同时,也会形成一个高低推拥的气旋,强风吹来时云彩会滞留在山谷,不易被风带走或吹散。时间一长,太阳一照山谷会形成潮湿温热气候,极利于谷中森林和各种植物生长,地下水分也会逐渐增加,日久天长浸渗到山下形成径流,多方汇集会变成一条河流。河水顺势淌到平原能改善土壤含水量,有助于各种农耕作物生长,增加果实数量。这样农、牧、渔等财路会因水而获利,扩大年景收成。另外还有一个好处,可以减缓直接降水对土壤的冲刷,保护土质肥力,减少耕作管理的人力投放,减轻人畜的劳动强度。

张天师仔细听着,道理不是很懂,但是李德昭侃侃而谈,细致入微的讲解,形象逼真的描画,还是征服了他和其他人。张天师问李德昭:"那么,我们为此能做点什么呢?"

李德昭欣慰地笑着说:"多谢师傅的关注和支持!有一件事情还请师兄甄元子出手帮助。"甄元子说:"说吧,师傅都主动问了,我还用请吗?你信任,我就尽力。"张天师笑了。李德昭也笑笑说:"咱们一起巡视一回山的形状,画一张搬移图,这回不使牛劲,咱们使神劲!"甄元子摆摆手告饶说:"图纸可以画,搬山我可办不到,这可不同于搬个房子什么的。"李德昭说:"那就咱俩搬。"甄元子叹气地说:"这可玩笑不得,就是师傅咱仁也不成。"李德昭改口说:"搬不动不可强搬,绘完图再说吧。反正像今天这种搬法,肯定不行,此山峰土多易散,不另想办法恐怕白扯。"张天师坚定地说:"不要灰心,不要泄气,只要有一分可能,我们也要把它办成!事在人为,要敢于挑战不可能!"

李德昭笑着说:"行了,行了,大家辛苦了一天,吃点饭,睡个好觉,明天再说吧!"蛙婆赞成说:"早该这样了,我的肚子都饿瘪了。吃饭吧,吃饭去。"这时刘河悍和鲹将军也回来了,大家拉拉扯扯进了饭堂。

第二天日照中天,这伙人觉足饭饱,有说有笑地出发了。到了天门岭上空遥望山体,令人赞叹不已:峰峦叠嶂,蜿蜒千里,林丰草茂,葱郁盎然。李德昭对甄元子说:"师兄,这么好的景致,吟首诗吧,吟完你会画得更好。"甄元子见师父在跟前,有些磨不开,马上说:"别,别。还是让师傅来吧!我怎么能在师傅面前班门弄斧啊?"张天师说:"这地方确实不错,满是诗情画意。我听甄元子说过,他很佩服李德昭的文采,这种时候倒是想听听李德昭来上两句,怎么样?"蛙婆说:"是这样吗?我也很想听听!"甄元子又说:"师弟,两位老人家都很期待,你就来一首吧!算是给前辈们一个答卷。"李德昭挠挠头说:"我这不是引火烧身了吗?既然长辈和师兄说了,我就来两句,行不行的还请你们指教,于是他故作顽皮地用手指点着吟诵起来:云飘飘盘山飞绉,水哗哗谷底升虹。雄鹰飞旋恋山岫,黄鹂婉转唱树丛。荒野山林景色新,都是天然自长成。有心离去寻圣地,怎奈勾留步难行。"

张天师夸赞说:"好!好!没辜负丛尚书教你一回。"蛙婆说:"李德昭能把人间描绘得这么好真是不简单呀!我不认得丛尚书,只知道名师出高徒,算我没看错你这个老妖。这景我也看了,怎么没弄出这几句嗑呢!"张天师接过话茬说:"成天只知捉虫儿,哪还顾得高山峰顶眺望,俗话说井底之蛙见识甚微者也!"蛙婆嘿嘿一声嘲讽说:"可我那井总比你那山洞大啊!"

李德昭笑着说:"婆婆,您老这口水仗先别打了。咱们抓紧查看,师兄还要细细作画呢!"蛙婆说:"好个秃尾巴老李,有你师傅就没我了?"李德昭说:"婆婆,拜师是您领我去的,你说你俩谁亲?"蛙婆说:"啊啊,是这样,那我不和他争了。"张天师笑了笑说:"越大越没个正行。徒儿们,看仔细点,低矮与断连处要标清,搬移时要兼顾整体性。"甄元子回答:"明白了,师傅。"鲲将军说："这玩意咱是一窍不通，用不上心使不上劲，只有竖起耳朵听听了。老天师，你说将来搬山时甄兄弟画那纸画挺重要，我有力气，我拿不行吗？"张天师说："这不是力气活，这是两股劲，不是所有人都能干的。你有力气使不上。"鲲将军又说："那我不是跟着瞎掺和吗？"张天师说："有道是养兵千日用兵一时，没到时候你咋知道自己无用呢？"

这时从东南方飘来一片黄色的云团，云团上跳下两个人，一个身穿黄衣黄袍，足蹬灰色靴子，头扎白色黑斑点的盘头带，大脑袋，大眼睛，大嘴巴，獠牙很长露出嘴外，气势汹汹，步履矫健。一个身穿黑衣黑袍，足蹬灰色靴子，头发松散又黑又亮，小头小脸，小鼻子，小眼睛，尖尖嘴，紧绷绷地闭着。二人皆是膀大腰圆步履蹒跚，喘着大气来到众人面前。黄衣女子兴师问罪地说："你们中谁是秃尾巴老李？"说完横着眼睛盯着，凶光袭人。李德昭走到前面，说声"我就是"。话音还未落，黑衣男子抬手就是一拳。李德昭幸亏是反应快，一个旁侧，躲过拳头。后退一步问："来者何人？有事说事，不必动手！"黄衣女子说："我两是来和你算账的，昨天你们无缘无故地将我们的领地搬走了，我们背井离乡无处可去，把我们弄到原始部落，远离人群，我们吃人、吃马、吃牛、吃羊，那里这些都没了，你让我们如何生存？"鲲将军听明白了，原来是两个食人兽，大叫一声："着打！"扑到那黑汉跟前飞起一脚不偏不倚正好蹬在肚子上，黑汉里倒歪斜摔到地上。黄衣女子见了健步奔过去，一掌拍在鲲将军的左肩上。鲲将军哎呀一声，左臂就悠荡下来。刘河悍赶紧过来拦挡，黄衣女子并不畏惧，右手掌一抬，照着刘河悍的右肩砸去。刘河悍不知道黄衣女子来得这么快，没来得及躲闪，右肩被打脱节，疼得直咧嘴，把右臂别在腰间，欲要再拼。刘兰梅见父亲受伤，眼都红了，飞身飘过来。黑汉见黄衣女子连胜两人，自己不甘示弱，挺身迎上来。正巧刘兰梅赶到，身子还未落地，伸拳狠狠拍了一下。黑汉两眼冒金星，摇摇晃晃跌在地上。刘兰梅还要打，被黄衣女子拦住，二人打在一起。刘兰梅身子轻惯于空中格斗。黄衣女子奔驰有力，习于地面厮杀。二人斗来斗去，黄衣女子被刘兰梅抓了一把，左眼窝叼了一个口子，血滴滴答答淌下来。黄衣女子觉得眼睛受伤，观望不便，跳出很远，对黑汉叫喊："黑哥，快走，给他们个眼罩戴戴，也让他们知道咱们不是孬货，谁欺负都行。咱们改天再来，说啥也不能让他们搬个消停！"说着两人逃走了。

蛙婆赶紧过来一边劝慰，一边给两个伤号疗伤。幸好两个人都是被打脱臼了，没什么大碍。蛙婆给他俩将巴将巴就好了。鲲将军感到很晦气，怎么能叫一个女人给伤了呢？气得呼呼喘着大气。李德昭过来劝两个人回去休息。二人不肯，坚持留下来。李德昭领着这伙人回了仁和堂。

甄元子勘察回来一个人闷在屋里，没日没夜地画个没完。第三天下午李德昭来到工作室，问他："师兄进展如何？有没有需要我来做的事情？"甄元子说："来得正好，我有几个问题尚需你的认可。"李德昭说："师兄，你就看着办吧，我还信不过你吗？"甄元子说："师弟，不是这样的。我先说给你听听，完后你再发表意见。"这时张天师推门进来，见李德昭也在，笑盈盈地问："怎么样，有点头绪没？"甄元子回答："基本完成了，有几个问题正要与师弟沟通呢！"张天师说："那好，我就不打扰了，你们商量吧。"李德昭说："师傅别走，帮着拿拿主意啊！"甄元子将椅子让给师傅，张天师过来坐下。

甄元子开始提问题。他说："这座山有多处都是黄黏土，也有几处是黄黏土和黑土、沙土混合着，这部分地段在搬移过程中要不要特殊关照一下，在图纸上画一个加强符号，也就是操作时要小心一点儿！"李德昭看看张天师。张天师对李德昭点点头说："你说。"李德昭说："这个意见重要，应该标识，操作时特殊处理一下。"甄元子在记事本上记下。

甄元子说："这第二个问题，山体大的转弯处要不要也做特殊标识？高的山峰和低矮山头要不要特殊标识？山体的宽窄相差大的部分要不要特殊标识？"李德昭说："标识。"甄元子在记事本上记下。

甄元子又说："最后一个问题，这张图我尽量将它画小一些，操作中必须要有两个人，一个人端着图纸，一个人扶携，配合要默契，不能停歇，不能颤抖，专注不分心！所以要把人员确定下来，我好对他们交代清楚！"李德昭看看张天师，张天师说："我推荐两个人，泓溪和杰蜥。那天搬老爷山时，我看那位准提道人对他俩很信任。前几天，我为什么盘问准提道人，因为觉得搬山他是没问题的，但他不辞而别，是无意再出手了，所以指望不上了。在我的视野里也就是泓溪和杰蜥了。"甄元子赞成张天师的意见。李德昭也赞成，并表示他去做泓溪和杰蜥的工作。搬山人选问题就算敲定下来。

甄元子表示刚才议定的意见需要落在图纸上，一会儿就完。李德昭和张天师一起出了工作室，留下甄元子一个人。二人回到客厅，让刘兰梅给沏茶。

刘兰梅刚出屋门又折身回来向李德昭用手比画着。李德昭起身对张天师说："师傅，您先坐着喝茶。我去看看，怕是有人来了。"张天师见刘兰梅与李德昭不说话，只是比画了一下，有些不解，想知道个究竟，便跟了出来。

东南方空中果然飘来云团，急急的很快就落到仁和堂的院子里。还没等云团落定，李德昭叫了起来："师傅，泓溪二老来了！"这一喊不要紧，屋里的人都跑出来了。张天师带领两个弟子迎了上去。张天师笑容满面地说："二位老人家万福！"杰蜥笑容满面地说："这几天待得挺好。这不，在天池宫坐不住了，来仁和堂看看有没有新的活计！"张天师说："请二老屋里说话。"人们说着，前呼后拥将泓溪夫妇接到客厅。

刚坐下，刘兰梅过来问候，并给二老倒了茶。杰蜥乐得眯眯笑，拍拍刘兰梅的肩头说："这孩子真好！"亲昵地拉住刘兰梅的手轻柔地摆弄着。刘兰梅本想再去给张天师等人倒茶，怎奈只好坐下陪着杰蜥老人了。李德昭起身给诸人倒了一回茶。张天师端起茶水说："刚才李德昭还跟我说这两天去你们那里看看，这不正准备礼品呢！"李德昭说："师傅总念叨，这大年纪了还帮你干活，快去看看累着没有？"杰蜥说："上次的事我俩配合欠缺，酿成失误，还把李德昭给压在山下，今儿个来也是想看看他。一来就看见这姑娘挺乐呵，就知道李德昭没事，心里一块石头踏实了。"回头又看看刘兰梅，亲昵地一笑。刘兰梅脸上飞出一抹红晕。

杰蜥问李德昭："我记得咱们要搬两座山啊？那座什么时候搬呀？要搬还得快点，那个白龙找我去了，说二老这么大年纪了，跟着秃尾巴老李张罗啥？天庭不满意，以后灾祸殃及于你们不划算。还说他已经动员一些人前来阻止。白龙是个什么东西，我们哪能听他的呢？但是还是坐不住，我俩一商量过来看看尽早把山搬完了事！以防夜长梦多。"

这个突如其来的情况，着实让在场的人多少有些惊骇。李德昭不以为然，笑了笑说："我和敖景有约，我的事他不参与，也不捣乱，他果真出尔反尔了。不过没关系，山还要搬，天塌不下来。我已经做了一些准备，随时奉陪。"泓溪说："我就说嘛，李德昭是个好样的。他白龙不做事，还来瞎搅和，人心不恋，天理难容。"杰蜥说："干嘛要顺从他呢？李德昭，当初我和泓溪答应你的事必须做完做好，决不能打折扣；别说过去答应了，就是今后没答应的看我俩能干的，我俩义不容辞。你就说吧，还希望我俩干啥？"

张天师很感动，深情地说："二老这番话，表达了二老的真情实意！非常感动，有您二老的支持，徒儿搬山造平原的愿景一定能实现。徒儿，今儿个当着二老的面你把打算和希望都说说！"

李德昭站起来说："今天二老的一番表白，让我感动万分，我也充满了必胜的把握。"接着李德昭就把近几天的考察活动、搬山画图、注意事项，一一表述清楚。最后他说："这次搬山的主力还是杰蜥和泓溪二老，具体任务过会儿咱们单独安排。"泓溪说："还过会儿干啥，在这谈谈得了，来个痛快。"张天师知道这是一件需要保密的事情，怕别人挑剔，自己带头说："徒儿，你们俩陪着二老到工作室具体事务具体研究，人多杂乱，不便于探讨。我们这些门外汉就不参加了，你们四人落实好就行了！"众人听得明白。鲲将军说："就别让四人去工作室了，我们去别处聊聊不就结了吗？何必还折腾二老呢？"张天师说："也好。"随即和泓溪杰蜥打过招呼与众人出了客厅。

甄元子回工作室将图纸抱了过来。四个人围坐在一起，甄元子将山体情况和图纸绘制需要说明的几个问题，逐一讲解征求意见。杰蜥听后问李德昭："这回这个思路是谁提出来的？"甄元子回答："是师弟李德昭提出来的。"杰蜥很是惊异地对泓溪说："这不和准提道人与咱们玩时的做法一样吗？"看看李德昭，又说，"你是怎么想出来的呀？"李德昭愣住了，吞吞吐吐地说："也许这是巧合吧。"杰蜥不信，又问："你这么小的年纪，怎么会不学而巧合啊？

奇怪！奇怪！"泓溪看到李德昭很窘迫，便搪塞说："天下道理不是一人可知，巧合也是可能的。"

杰蜥心里还是猜忌，但是转换了话题。她问："那么谁来端这个图盘呢？"李德昭说："二老商量一下，你俩出一个，看看谁主持，谁扶携。"泓溪对杰蜥说："还是你来吧！"杰蜥没有直接回答，却问李德昭："搬山之前，你是不是对图纸和山体还有动作？"李德昭说："还没说呢，有！"杰蜥委婉地问："能不能悄悄地和我说一说？"李德昭回答："可以。"杰蜥站起来拉着李德昭的手走出了门外，在一个僻静处停下。李德昭说："老人家，是这样：你端图纸之前，我要在图上吹三口气，默念三声咒语；搬山的主峰上要贴上符帖，也要默念三声咒语。"杰蜥附耳问："咒语是不是：泓溪杰蜥，合二而一，同心协力，大山可移。"李德昭愣了一下问："老人家，你怎么知道？"杰蜥笑了，要个鬼脸说："你问我？我还想问你呢！你给我老实说，你到底认不认识准提道人？"李德昭摇摇头，回答："不认识。"杰蜥急了，自言自语地说："这这，这可活见鬼了！"她转过身去，想独自冷静一下。忽然她转过身来问："你见过没见过准提道人？"李德昭冷静地说："没有。"杰蜥仰天喘着大气，一时没了话语。

李德昭也很奇怪，为什么杰蜥非要把自己和准提道人联系在一起呢？他见杰蜥有些烦躁，试探地问："老人家，您说的那位准提道人还有别的名字吗？"杰蜥回头审视了李德昭一阵子，回答说："没有听说过。"李德昭说："既然这样，那我和准提道人就没关系了。"杰蜥说："这咒语是泓溪和我与准提道人三人玩时说的，你不认识他，我俩又没跟你说过，你却知道得一字不差。你说说，你怎么能说服我？"李德昭说："这可能是天意吧！我有个师傅在教我时，嘱咐说日后如有搬山，不可力搬，而要神搬，三口气，一条符，咒语是两个人的名字，再加上合二而一、同心协力、大山可移。我就照着这个办法做了，实在是巧合。"听了李德昭的解释，杰蜥也是无话可说。她觉得既然事情到了这种地步，又有成功的把握，那就搬完山慢慢再说吧。于是，杰蜥说："李德昭，这次搬山的图纸我来端！按你的思路做吧，保证没问题！"李德昭躬身施礼，虔诚地说："辛苦您了，谢谢您老人家！"

二人回到客厅。泓溪问："嘀咕啥去了？这么老半天？"杰蜥笑笑说："我同意端图了！"泓溪说："就这么点事，至于商量这么久啊！"杰蜥没再说什么。

这样事情敲定下来，第二天早晨天门岭主峰老秃顶子集合。吃完晚饭泓溪杰蜥回天池宫去了。

第六十九章　宝儿报家仇

第二天一早，李德昭带领张天师、蛙婆、甄元子、刘河悍、刘兰梅、鲩将军来到老秃顶子峰山下，找了一块平坦开阔处作为临时大本营。过不多时，泓溪和杰蜥踏着彩云来了。众人迎上去问了早安。李德昭问泓溪和杰蜥："昨天议定的事情有什么变化？还有什么不稳妥的地方？"泓溪说："一切照昨天定的办，也没有新的问题，可以行动了。"李德昭说："大本营由蛙婆负责，有什么情况能应急处理的就处理，一般情况不要打扰我们。"蛙婆推辞说："你咋不叫你师父负责呢？"李德昭说："师傅是客人，讨个主意什么的可以。"蛙婆说："这个秃尾巴老李真能整景，就是偏向他师父。"

李德昭和甄元子带着泓溪和杰蜥向天门岭主峰老秃顶子峰进发了。转眼到了峰底，甄元子找了一块大的石头将图板放好。他说："可以开始了！"

李德昭规规矩矩地站到图板跟前，认认真真地吹了一口气，默念了三遍咒语。然后他转身郑重其事地问："杰蜥老人家，后面就看您的了，准备好了吗？"杰蜥和泓溪直立着大声说："准备好了！"李德昭说："我到山顶将符帖贴上，我落下喊开始时再开始，不要着急。"杰蜥干脆地说："明白！"甄元子说："我在这儿，你去吧！"

李德昭一个腾跃上峰顶，选好一块光滑的石壁将符帖贴上，又用手拍牢，看了看万无一失了，这才把咒语默念了一遍，转身去往山下。刚要起身下跳，忽然身边一阵风过，一道黄光闪到前面。李德昭打了一个激灵，说声："不好，豹子来了！"转回身追了上去。那豹子快速向山顶峰奔去，连续几个跳跃后身子一纵到了贴符帖的地方。

李德昭断定豹子是去撕符帖的，便纵起身子急速追上去，眼见豹子前爪子已经伸向符帖，情形十分危急，万一豹子揭了符帖，那山又将起而复落危害搬山人的生命。说时迟那时快，李德昭急中生智用右手食指一指，口里说声"停！"只见豹子前爪子距离符帖只有五寸来远了，整个身体被僵在半空，唯有左后腿支撑着身子。李德昭赶上去抬起左脚照豹子的肚子狠狠踢去。豹子"哎呀"一声叽里咕噜朝山下滚去，截止到了半山坡一个弹跳复又冲上山来。

李德昭抬手又是一指，豹子似乎毫无感觉继续前奔。李德昭后悔不该踢那一脚，知道已是晚了，豹子借助自己一脚的外力破解了禁行咒，再怎么指也是白费时间了。于是不慌不忙待豹子冲到近前时张嘴一喷，一个火球朝豹子面门飞去。豹子见眼前一亮急忙低头躲闪，不料已经迟了，只听"哧啦"一声右脸被烧着了，无奈只好就地打滚灭火。豹子似乎没有大伤，起身站立，动作敏捷，速度飞快，气势逼人，再一次来到李德昭跟前。李德昭跃起身子变换了姿势，张开大嘴狠狠喷了一口水，也许是力量太大了，水团裹着豹子向山下滚去。眼看快到山脚时，豹子突然挣脱水团直奔图板去了。李德昭一看不好，那天那个黑汉也来了，正在向泓溪一侧移动，要争夺图板。蛙婆带着大本营的人正往这里赶。李德昭心想事不宜迟保住图板要紧，便飞身落在杰蜥身边。正赶上豹子也奔上来欲夺图板。就在这紧急时刻，李德昭本能地向自己腰间抓了一把，掏出一片鳞片含在嘴里对准豹子"噗"的一吐，那豹子立即被冰团罩住不动了。

李德昭乘机喊叫说："注意了，集中精力，沉住气，起！"只听轰隆一声巨响，大地猛然一哆嗦，那山开始向上飘移。烟尘滚动着巨浪，升上了天空。正在这时，泓溪"哎哟"了一声，黑汉咬住了泓溪的右腿。泓溪不敢大动，只是不停地抖擞右腿。李德昭和甄元子扶着杰蜥和图板不得脱身。

正在千钧一发之际，一个妙龄女子的声音传了过来。她喊叫说："哎，不要慌，我来也！"声到人到，直奔黑汉过去，伸手就是一掌，打得黑汉妈呀一叫喊松开了泓溪的大腿，落到了地上。女子在烟尘中追了上去，伸手抓了一把黑汉的头发，仔细一瞧黑汉原来是头大黑熊。黑汉听声音知道打自己的是个妙龄女子，也不在话下，回身迎了上来，叫喊说："你是什么人竟敢在黑爷头上动手！"那女子说："睁开你那双熊眼看看不就知道了吗？"说完站那不动。黑熊抬眼一看"妈呀"一声捂着眼睛转身就跑。女子见了笑笑说："这回好了，以后就叫黑瞎子吧！"

妙龄女子不是别人，乃是张三顺的独生女儿张宝儿。当年因父亲到庞府带头闹减租，被敖景头钉红花后又被庞有福磨盘压身致死。宝儿跑去看望，也被敖景头钉红花。太上老君托梦给夏秀丽要她救活宝儿。夏秀丽救活宝儿并将她送凤凰山青鸾斗阙学艺。洞主龙吉公主念其父为民请愿，是行善事，功德可嘉，便收留宝儿为徒。龙吉公主对宝儿说："你一个女孩子出身农耕之家，自幼不善打打杀杀，不宜习武。我教你辨认人兽之身、目光射杀之术、护身催眠之法三招即可。"宝儿在龙吉公主悉心教导下，经过四年的刻苦习练，终于练就了三项护身术。

宝儿使用目光射杀术，射伤了黑熊的双眼。见大山已经升空移远，便来到了营地。蛙婆看见解救泓溪的人是个十六七岁的女孩，长得文静秀气，落落大方，很是喜欢，问宝儿："姑娘从哪里来？唤何名字？"宝儿说："我从凤凰山青鸾斗阙洞来，师傅告诉我今天李德昭搬山造平原，敖景找了豹子精和黑熊怪前来捣乱。让我助李德昭一臂之力。"蛙婆问："你师傅是谁呀？"宝儿说："师傅是青鸾斗阙洞主龙吉公主，我叫宝儿。"

蛙婆上前拉住宝儿的手，夸赞说："今天你立一大功，真了不起。今后你就留在这儿吧？你的本事对于李德昭很重要，能够帮助他抑制对手！"宝儿问："你是谁呀？"蛙婆说："他们都叫我蛙婆，你就叫我婆婆吧！"宝儿笑着点点头。蛙婆将大本营的人一一做了介绍。宝儿跟大家打着招呼，一口一个前辈，一口一个叔叔地叫着。轮到刘兰梅了，宝儿说："我今年十七岁，你呢？"刘兰梅无动于衷，平淡地站着，似乎没有看到宝儿。刘河悍沉不住气了，急忙说："她十六。"宝儿真诚地说："那我就叫你妹妹了？"刘兰梅脸色不冷不热，没有认可这位姐姐。宝儿不以为然，依旧满脸笑容。

这时，土地佬突然从地下钻出来，唬了蛙婆一跳，众人也是一激灵。蛙婆十分恼怒地说："你也不知会一声，咋的了，忙三别四的？"土地佬着急地说："蛙婆婆，不好了，敖景把龙门寨李家的大闺女抓去了，李家哭死哭活的，快去救救人吧！"蛙婆厉声说："好你个吃里爬外的东西，早不来晚不来，正值我们搬山你来搅局，是不是敖景叫你来的？"土地佬磕头作揖地说："哎呀婆婆爷，奴才哪敢搅局啊！真真切切呀，到了敖景的手不是剜心吃就是调戏奸污，好端端的女孩不就完了吗？乞怜广施善德吧！"蛙婆走过去扇他一巴掌，愤怒地说："混账东西，你他妈的早干啥去了，那小子玩女人是头一次吗？你从来没报过啊？识相赶紧滚！"土地佬依然不起，拜求催促不止。

张天师没见过这个阵势，心肠软下来，走过去说："土地佬，要不我和你走一趟？"蛙婆制止说："不行，他们使的套，我们不能钻。再说那敖景会听你的吗？万一打起来伤了哪儿我如何对秃尾巴老李交代？"说完，指指刘河悍、鲤将军继续说，"他们领教过。他看你是秃尾巴老李的师傅，肯放过你吗？今天我说了算，谁也不能去！"张天师话已出口不去有失尊严，坚持要去。

宝儿对蛙婆说："婆婆，你们谁都不用去，在这护场子！我一个人去，眼下对付敖景还有两下，不至于被他伤害。"说完，拉起土地佬就走。

路上，土地佬看看宝儿说："咱们似曾见过？"宝儿说："我是龙门寨人，四年前被敖景所害，后又被好人所救，如今回来正欲寻敖景报仇！"土地佬冷笑一声说："就凭你？"宝儿说："我咋了？"土地佬说："我真是敖景派去搅局的，蛙婆清楚不会中计。你来是白送，或许敖景还会感谢我哪！"土地佬显得十分得意。宝儿见他这样说话，心里明白了八九不离十，要来个将计就计。她对土地佬说："老爷子，你这大年纪也不该骗我呀？我这小样不是白送吗？那我还是回去吧！"说完转身要走。土地佬笑着说："你先别走，你走我咋办？好好跟我去吧，我会感谢你，你这么一个好看的姑娘，会讨敖景欢心。你说，我会放你走吗？"说罢，拽着宝儿不放，宝儿抹起了眼泪。

说话间，土地佬拽着宝儿就来到庞府怡心楼。敖景焦急站在门外，见土地佬回来了，责问说："那事办得咋样？"土地佬说："我去晚了，人家把山都搬走了，黑熊和豹子也都没得手。留下的那几个人你也认得，不过他们今天搬得不够顺利，咱也算达到目的了。"说完他笑容可掬地说："爷，你看这个怎么样？"敖景这才开始注意这个女人，只见她甚是好看：修长的身段，英姿娇健；圆圆的脸蛋儿，胖乎乎的，白皙晶莹；水灵灵莩嘟嘟一双大眼，又黑又亮；鼻梁挺秀，浩齿薄唇，两侧腮上的酒窝越发显露娇媚。敖景看罢心里倍爽，笑着问："多大了？给我的？"土地佬献媚地说："是啊，是啊，才十七八岁。还中意吧？"敖景一把拽过宝儿，嘻嘻地说："什么时候你也学会办事了？"土地佬一笑说："看您老说的，枯木逢春嘛！"敖景挥挥手说："好样的，你走吧。"土地佬颠颠地走了。

敖景拉着宝儿心里格外惊喜，抚摸着宝儿的黑发说："这个好！这个好！这个比那些都水灵。啧啧！啧啧！"敖景咽着口水，忽然松开了手，疑惑地问："我好像在哪儿见过你？"宝儿说："不会吧？你仔细看看？"于是两个人面对面眼对眼地看起来。这一看不要紧，敖景开始困顿了，不一会儿摇摇晃晃地扑倒在地上睡着了。

宝儿走过去将敖景翻个仰面朝天，右脚踏在他的前胸，望着他的脸，想起当年的情景：爹爹躺在地上，背后横绑着一条扁担，头上顶着一朵大红花，狗腿子们呼叫着让爹爹翻身，就是这个人和庞贼一边吃喝一边开怀大笑。娘扑上去了，被这个敖景摔死；自己也扑上去了，看见这个敖景晃出一朵大红花，逼着几个狗腿子钉在自己脑门上，自己啥都不知道了。爹娘怎么样了呀？宝儿想着看着愤怒了，她弯下腰去，双手卡住敖景的脖颈要治他于死地，替爹爹、替娘亲、替自己、替那些冤死的人报仇。宝儿收紧双手勒呀勒呀，敖景的脸色开始由白变黄，由黄变紫，由紫变青。

这当儿，空中有人呼唤宝儿，宝儿晃了晃头以为自己激愤过度失去了理智有了幻觉，后来声音越来越清晰了。那人喊着："宝儿，手下留人！宝儿手下留人啊！"声音越来越近。云朵上跳下一个人来，宝儿见了一愣，掐住敖景的脖子哭泣地说："夏娘娘！"夏秀丽站在宝儿面前央求说："宝儿，手下留人啊！"宝儿觉得咽喉里像被什么堵住，眼睛一花晕了过去。

夏秀丽在水宫府坐在床上，抑郁寡欢，昏沉沉还要睡觉，感到右眼皮突突跳个不停，一下警觉起来。赶紧下床，掐指一算，是宝儿回来了，正在与敖景报仇。夏秀丽没有多想，疯疯癫癫踏云跑了过来，正遇宝儿行刑，便大叫了几声。落地后本想上前拦阻，又被宝儿的哭泣唤醒了良知，心想：以其人之道还治其人之身，这是报应啊！但是还是想救敖景一命，毕竟是夫妻一场啊！于是又叫了一声："宝儿，手下留人啊！"

夏秀丽将宝儿从敖景身上拖下来，放到平坦处，用手试试她的鼻息，知道她是一时昏厥，并无大碍。夏秀丽回身又去敖景面前，伸手试试他的鼻息，鼻息虽然微弱还是有的，心下踏实了许多。夏秀丽想把敖景唤醒，叫了半天毫无效果。她知道定是龙吉公主传给宝儿催眠术了，怎么个解法一时她还悟不出来。她无奈只好去唤醒宝儿。

宝儿昏昏沉沉之中感觉有人呼唤自己的名字，摇晃自己的身体，渐渐地清醒过来。她看见夏秀丽披头散发眼圈红肿依偎在身边，不由得想起夏秀丽背着敖景救自己的场景，心中隐隐涌起一阵酸楚。夫妻俩一个是仇人，一个是恩人，怎么做抉择啊？一下难住了这个涉世不深的小姑娘。她已经醒了，但是不肯睁眼，还没有想好呢，如何面对夏秀丽呀？她知道敖景还没有被她勒死，不整死他又如何对得起死去的爹娘啊？她认为夏秀丽还是善良的，又是恩人，她有求于自己，但是并没有强求啊？自己要是再去杀敖景而且当着夏秀丽的面不是太绝情了吗？要是夏秀丽早知道有今天还会救自己吗？宝儿想着想着决定放过敖景，只要活着的人肯走正道，死的人才会安心。但是善良的结果，往往被幼稚代替。

宝儿坐起身说："娘娘，只要敖景对过去能够悔过，今后走正道，我不会杀他的。"夏秀丽说："宝儿，我会要求他这样做的。谢谢你！"宝儿哭了，站起来走到敖景跟前朝人中穴拍了三下，就听敖景呼噜一声醒来。夏秀丽过去将他拉起来，告诉他说："今天宝儿饶你不死，日后走正道才是！"敖景揉揉眼睛问："什么，什么？宝儿？哪个宝儿呀？"夏秀丽说："在这里，她的爹娘都是你杀死的，还有她，你也加害过。是我向人家求的情！"

敖景淫意难却哪顾得上这些，知道宝儿有异术，不敢再正面面对宝儿，便在与夏秀丽说话之时用右眼角偷偷地瞄了一眼宝儿，感觉刺啦一下右眼灼灼疼痛，说声不好跑进了屋子。

庞有福得到家丁报告，说怡心楼前有人将敖景打倒，便立即带领十多个家丁赶来，发现夏娘娘和一个姑娘站在门口。庞有福赶紧上前与夏秀丽打招呼问好。然后转身问一个家丁，指着宝儿说："是这个女人吗？"那家丁点点头。庞有福二话没说，一挥手："给我拿下！"宝儿机灵，忙说："你知道我是谁呀？"庞有福瞪起眼睛看着她，很不在意地说："我管你是谁？打的就是你！"庞有福说完感觉右眼不舒服，赶紧用手去揉，不想越揉越疼得厉害，以至于嗷嗷地跑回屋去。家丁们呼啦将宝儿围在中间，喊叫起来："你到底是什么人？"宝儿说："我是张三顺家的宝儿！"家丁们都惊讶地望着眼前这位姑娘。宝儿就地转身瞧了他们一眼飞身没了踪影。

宝儿行到空中，心下犹豫起来，到哪去呢？敖景看样子夏娘娘是管不住的，日后还要厮杀，杀又不好将他杀死，这难住了宝儿。她情急之下便朝东南方向飞去，行进中发现山中有一片湖泊，正巧山的下方有一个石洞，宝儿一下钻了进去，心想就在那里好好思量思量吧！

泓溪和杰蜥将天门岭调正放好，提出回天池宫休息。李德昭挽留说："天色尚早，回仁和堂大家聚一下庆贺庆贺；再有泓溪老人家腿部有伤，蛙婆懂医药，让她给治疗一下，若无大碍回去也不迟。"泓溪说："我腿这点伤不算什么，我看了一下不治也能好。杰蜥这些年也没出这大力，现在挺累，还是回去休息，免得在这里影响大家的兴致。以后我们还会来的！"李德昭说："也好，杰蜥老人家和泓溪老人家今天确实很累，应该早一些休息。"他对甄元子说："师兄，你先回大本营，把师傅他们带回仁和堂休息。我去送送二位老人家，一会儿我直接回仁和堂。"泓溪说："黑龙啊，你不要这么客气好不好，我俩一会儿就到家了，你快去安排你师父他们吧！"李德昭不同意，坚持非送不可，推辞几番泓溪同意了。甄元子也要送，杰蜥说："你也挺累，和师傅他们回去吧，要不他们还得在那儿提心吊胆的白等。"李德昭说："就按杰蜥老人说的办吧，你先回去照顾师傅。"甄元子说："行吧，你们先走吧！"李德昭请二位老人站好，手往地上一抹，一片五彩祥云就生成，稳稳地飘在空中向东南方向行去。路上杰蜥看了一眼泓溪，笑着说："泓，你看李德昭刚才那一抹像谁？泓溪不知其意摇了摇头。"杰蜥笑了笑没再说什么。他们很快来到天池边，李德昭落下祥云扶二老步到池边。李德昭说："二老，我就送到这里，今天不再打扰了，改天我来看望二老！"杰蜥笑着说："李德昭，回去吧。我们也不留你了，家里边还有那么多人等着你哪。"李德昭行个礼，朝泓溪和杰蜥摆摆手示意他俩先回天池宫之后自己再走。二老坚持不过，先回了天池宫。

　　李德昭回到仁和堂，问蛙婆见到一位姑娘没有。蛙婆把宝儿的事讲给了他。李德昭说："你们先休息，我去找找宝儿，一个女孩家怎么能打过敖景呢？"刘兰梅也跟去了。李德昭到了龙门寨，正遇上夏秀丽。李德昭向夏秀丽问了好。李德昭说："娘娘见宝儿来过吗？"夏秀丽将宝儿的事讲述一遍。夏秀丽说："宝儿哭着走了，我怕她有事，尾随着她，看她走向何处？不想她跑到镜泊湖钻进一个山洞里，我在外面叫，怎么叫也不出来，只好回怡心楼看着敖景，想管住他不再做坏事！"李德昭要去镜泊湖洞里看看，说完走了。

　　李德昭行在高空向下寻觅，看见下面景致别有一番情趣。洞水转过一弯，奔腾向下，一意孤行，失去了理智，一发不可收，任性地跳下悬崖撒成一片好大的瀑布，轰鸣震撼，彩雾飞虹。洞水汇入湖泊大河，急促地滔滔不绝地向东北方的大海奔去，成为海纳百川的一员，似乎失去了往日的个性，却汇成了汹涌澎湃的豪情。

　　李德昭找到洞口，喊了几声没有动静，便叫刘兰梅仔细听听。刘兰梅听后告诉李德昭洞中有女孩哭声。

第七十章　奇石撼真心

李德昭寻找宝儿来到洞口，喊了几声没有动静，便叫刘兰梅仔细听听。刘兰梅听后告诉李德昭洞中有女孩哭声。李德昭说："当时正值搬山，泓溪右腿被黑熊咬住，不能还手只能咬牙挺着，我们谁都松不开手，一哆嗦都会有闪失。危急中宝儿赶到，打瞎了黑熊的眼睛，迫使它松开嘴跑了。他救了我们，总不能连个谢字也不说呀！平白无故的怎么能冷落人家呢？"刘兰梅的脸红了起来，想了一下，用手比画要进洞去请她出来说话。李德昭说："敢去吗？"刘兰梅点点头，晃晃手表示不怕。李德昭说："里面没有光，你要小心点儿。"

刘兰梅走进洞去，洞口还有亮光，越往里走光线越暗。她停下来闭上眼睛想适应一下黑暗环境，耳朵静静地搜索着每一个细微的声响。一边挪一边听，走着走着前面传来了断断续续的喘息声，长一声短一声甚是悲苦。刘兰梅被震撼了，觉得眼睛模糊了，声音凄婉地喊着："宝儿姐姐，我是刘兰梅小妹，咱俩刚认识的那个，我还没和你说话呢！我很后悔，你在哪呢？我离你还有多远啊，别让我踩到你，你说一声呀！"

宝儿早就听到有人进来了，怕来人发现自己故意不做声。她以为一般人不敢往里走，没想到来人已经到了跟前。黑暗中来人一边摸索一边爬着，一边颤抖地说："宝儿姐姐，你在哪儿？我是刚认识的兰梅妹妹，你听见了吗？姐姐。"宝儿从出生到长大，没有一个人管她叫声姐姐，如今听到年龄相近的女孩一声一声地呼唤自己，心情很是激动，巴不得窜上去抱住这个小妹妹狠狠亲一顿。可是她控制了自己的情绪，含泪不语，希望她快快地离开这个已经属于她的洞穴。

刘兰梅继续往前爬，爬了几步不知碰到了什么"哎哟"了一声，哭唧唧地叫着："宝儿姐姐，你没在洞里吗？怎么这么静呀？我好害怕呀，你可别吓唬我。"宝儿那颗冰冷的心终于被真情的呼唤感化了，产生了同情心。于是宝儿悄悄地说："妹妹，我在这儿，离你还有三步半，小心点，别磕着！"刘兰梅听了很激动，想站起身子看个究竟，不想刚要直腰头就撞到了石头上，"哎哟"一声坐在地上。宝儿赶紧爬过来，抚摸她的头，摸摸这儿问疼不疼？摸摸那儿问疼不疼？刘兰梅一下抓住她的手，带着泪水的脸贴了上去。宝儿抱住了她的头，大声地哭了起来。

姐妹俩温存一阵子，刘兰梅说："你今天救了李德昭他们，保证了搬山的成功，李德昭他说不认识你，非要见面谢谢，这不，他在洞外还等候呢！"宝儿说："你告诉他吧，不用谢了，我也再没心思帮他了，请他回吧！"刘兰梅说："姐姐，那暂你还欢蹦乱跳的，这暂咋这样了呢？受什么打击了？什么事使你心灰意冷到如此地步？说出来吧，会好受些，可别憋屈坏了！"一席话说到宝儿的痛处。宝儿简单地说出她正在惩治敖景的时候，恩人夏秀丽出来求情，这令她左右为难。她哭得更厉害了。刘兰梅慌了，劝慰说："要不咱们到外面跟李德昭说说。他比咱俩还小哪，那挫折打击可大了。你听我给你数叨几个：他爹娘都让龙门寨庞有福给整死了，敖景不解恨连他爹娘的坟都给掘了；敖景发大水淹死百姓数万人，却恶人先告状，玉帝硬是把他贬职变成狗去守蟠桃园。就说这两件吧，哪件比你小啊？可人家认准了普惠黎民百姓，施云布雨，搬山造平原，越干越大。怎样，敖景靠边了吧？路在自己走，好人有好报，恶人有恶报。你差啥呀？不就是夏秀丽和敖景是一家，一个仇人，一个恩人吗？咋？难住了？放，宽容他，往好走，没说的；走坏道，走吧，早晚有人收拾他。看把你愁的，还钻进山洞里来了，年轻轻的值得吗？太不值了！"刘兰梅见宝儿没什么可说，便拽起她的手往外就走。说来也怪，宝儿也没反对跟了出来。

李德昭站在洞口外，听见里面有了动静，以为是刘兰梅一个人走出来，便向里面问："见到了吗？"洞里面黑，外面向里看看不见，里面向外看看得清。快到洞口了，听见了咯咯的笑声，李德昭猜疑起来，什么意思呢？该不是一起出来的吧？还没等李德昭确认，两人站在了洞口。

刘兰梅右手指竖起来，指指宝儿，点点头。李德昭看见宝儿改换了行装，穿着一件粉红色罗绮长衫，身姿翩跹，满脸和善，二目中透着刚强。看罢迎上去，笑着说："你就是宝儿姐吧？"宝儿不敢应，对刘兰梅说："他怎么也管我叫姐？打知道他都叫他黑龙爷的。"刘兰梅笑着说："他没你年纪大，他自愿管你叫姐我有什么办法。"说完，一个人嘿嘿了一气。

李德昭见宝儿神情很平静，亲近地说："姐姐的心结，我是知道的，也很理解。在这个问题上咱俩有个共同点，夏秀丽是你的恩人，也是我的恩人。当初我父亲砍去我的尾巴，我从家里跑出来蛙婆给我送到水宫府，是夏秀丽一碗水一碗药地伺候我，给我做吃的，给我洗衣服，照顾得无微不至，至今回想起来还是十分甜蜜，心中充满了感激。可是我与敖景却成了仇人，他几次欲置我于死地，都没有改变我对夏秀丽的感恩。她和敖景是一家人，但是是截然不同的两种人，敖景明一套暗一套地欺骗夏秀丽，夏秀丽有时也直接揭穿他，他们之间有合也有斗。可是，夫妻关系在他俩谁来看都是牢不可破的，尽管打打闹闹吵吵嚷嚷，也没改变夫妻这个现实。所以，对于他俩我是爱憎分明，不管谁我认为对的就支持，认为错的或是不可救药的弊病就坚决反对，或是针锋相对地打，甚至是你死我活地打，打到现在敖景还是敖景，我还是我，夏秀丽还是夏秀丽。"

宝儿笑笑说："感谢你俩的肺腑之言，你们说的我做不到，我没有你们那样的心胸和气魄，一件事足以让我警醒，所以咱们是两条路上的人，各有其志。看来我只适合在民间做一点力所能及的善事了！再见吧，谢谢你们给我留下的美好的记忆！"说完，身子轻轻一晃不见了踪影。

刘兰梅伸了伸舌头，两手身前一摆，摇了摇头。李德昭感到遗憾，摇了摇头说："今天她也算有功之人，咱们就在洞门前给她立块牌子吧！"自己想了想说："就管这个洞叫圣女洞吧！将来请人给提个匾挂在这里，算作对宝儿的颂扬吧！"

二人回了仁和堂。刘河悍已经张罗好晚饭，正等着他俩回来。蛙婆问李德昭："宝儿咋没来？"人们都很关注这个话题，都聚了过来想听个究竟。李德昭说："见到宝儿了，她在圣女洞。"接着，李德昭把宝儿的事说了，又把他和刘兰梅劝导宝儿想开的事也说了。人们都感到惋惜。张天师说："人各有志不必强求，俗话说强扭的瓜不甜，她自己没有选择这条路，你非要把她逼上来走，那对她反倒是受罪。人间感情纠葛、利益冲突、诸事万端，各有选择，无所谓正确与错误，更无可非议。"蛙婆喷喷了两声说："这出家人不出家人就不一样，凡事都有个是与非，那无所谓正确与错误这我不接受。"张天师说："你不赞成，那你去说服她呀？"蛙婆不服气地说："我劝也不一定回来，但是，我认为一个小姑娘选择这条路不好，我不赞成。"李德昭说："婆婆，别争了。人家宝儿就是那么选择的呀？我也是你那样的想法，可是人家宝儿对也不听啊！说来说去还是咱俩说的不对！"蛙婆横了他一眼笑了，没再说什么。

第三天早晨，李德昭对张天师说："师傅，这几天您跟着东跑西颠的很是辛苦，不行你回雷音寺吧？"张天师说："我还想看看疏通河道。"李德昭笑着说："师傅，您怎么对这些感兴趣了？"张天师笑了，意味深长地说："我不是对疏通河道感兴趣，我是对你这个永不停歇的劲头十分感兴趣。"李德昭说："我和您不一样，我这不是事情赶到一块了吗？"张天师诙谐地说："谁给你安排了？不是你自己找的吗？如果天下人都像你这样尽职，那将是怎样一个美好的世界啊！"李德昭说："您别说了，你再说我都晕了。我哪是你说的那样啊，只不过想点事干干而已。"蛙婆一旁听见了，接过来说："老妖，这话说得深刻，我赞成！可你别说，这事不着我们的边，你看大伙跟着闹腾的还挺心盛！"张天师说："你咋不心盛？这要是风调雨顺了那虫子也少了，你不就没事了吗？"蛙婆笑得格外开心，嘻嘻地说："这话我爱听。"

李德昭说："两位长辈，今天要是没事我领你们串个门怎么样？"两个人都愣了，蛙婆问："去哪儿呀？"李德昭说："这段时间，泓溪和杰蜥二老连续搬挪三座山，很是辛苦又是功劳大大的，我想今天去看看他们，不知可不可行？"张天师看看蛙婆说："应该！应该！人家帮了咱们这么大的忙，又累又受伤的，应该看看去，咱们应该记住这个情义！"蛙婆啥也没说，伸出了两个大拇指，不住地点头。张天师问李德昭说："带点什么不？"李德昭说："我准备了一些，二老看看行不行？"说完叫着甄元子，领着三人出了客厅。

四人踏云来到了刘家庄，刘河悍站在门口迎接。刘兰梅闻声也迎出来，拉住蛙婆的手亲昵得不得了。刘河悍领进了后院，这里有三个草席遮盖的凉棚。走进一个大棚里面是一个非常大的水池子，池子里面有鱼游动跳跃。李德昭介绍说："这是当地的特产大马哈鱼和鲤鱼，足有百十筐篓，是鳇将军给准备的。"他们走到第二个棚子，也是一个特大池子，里面都是鲜活的海产品。李德昭介绍说："这是刘伯从倭海弄来的，有大螃蟹。"说着弯腰拎出一只足有筐箩大小，两只大钳子比人的胳膊还长还粗。伸手又拎出一只海参，鲜活的满身是刺。又抓出一条马鲛鱼，银灰色肉滚滚的，足有一丈多长，满身是劲，一扑棱掉进水里。他们来到第三个棚子，站在门口一看里面全是獐狍野鹿，足有四十多头。李德昭说："我还藏有一块石头，有碾盘大小，表面油光文理如花，可以做镜子用，手儿轻轻一敲，清脆嘹亮，回声悠长，是我专门送给杰蜥的。"

李德昭问："二老，怎么样？拿得出手吗？"张天师满意地说："太可以了，完全拿得出。"

李德昭对刘河悍说："现在走可以吗？"刘河悍说："再稍微等一下，鳇将军说还有点东西回去拿了。"李德昭说："那就等一下。"大门外喊声响起来，鳇将军回来了，人没到，声先到，鳇将军说："我们来了！"

鳇将军领着几十号人拖拖拉拉地走进来。李德昭问鳇将军："得准备多长时间？"鳇将军回答："不肖一刻。你们先进屋喝口茶，备好我通知你们。"李德昭领几个人去了客厅。刘兰梅倒水沏茶，才倒了两碗，外面就传来喊话："走吧！"李德昭让张天师和蛙婆把茶喝了再走，二人起身催促李德昭走了。

李德昭、张天师、蛙婆、甄元子、刘兰梅踏在一块云彩上，刘河悍和鳇将军以及那些搬运人押着礼物踏一团云彩，两块云彩一前一后相拥而行。不多时来到天池边。早有人报进天池宫，泓溪和杰蜥恭候在岸边。前一块云团上的人走下来，张天师带领四人向泓溪杰蜥问好祝福，说明了来意。李德昭将礼单送上递给杰蜥。杰蜥美滋滋地说："黑龙，送这么大的礼是不是要堵我的嘴呀？"李德昭笑嘻嘻地说："老人家不要多想，感谢就是感谢！"说完，他真怕杰蜥节外生枝，赶忙又说："老人家，水中之物就给您撒到水里吧，现吃现捞吃着新鲜。那些獐狍野鹿放进山里，吃时让他们提前抓捕宰杀。那块石头可是我从南方一座山里讨来的，堪称镇山之宝，专门送与杰蜥老人梳洗打扮时使用。平时还可观赏，听听悦耳的声音，好好享受享受。"杰蜥喜得双眼都眯上了，早已忘了向李德昭刨根问底。

李德昭问杰蜥："老人家，我这块石头放哪好？"杰蜥说："我先看看，要行放我屋里。"李德昭差人将彩石搬进天池宫，放在大厅里，擦拭了一番，再看时果然别开生面：彩石颜色各不同，样样图案天自成。凤凰飞舞龙盘柱，嫦娥奔月进寒宫。山水滴滴莹莹翠，树上叶叶火火红。轻摸按点实无意，铃音悠长耳边鸣。

杰蜥看罢手舞足蹈像个孩童一般，泓溪也跟着欢腾雀跃。大家被他俩感染了，发出阵阵哄笑声。

这时天池巡察官来报："外面有东海龙王敖广求见！"泓溪和杰蜥，李德昭和张天师、蛙婆出天池宫迎接。相互问候寒暄之后，敖广被请到宫里，丫鬟看茶伺候。龙王敖广喜形于色显得十分兴奋，先开口说："这回搬山非常成功，得感谢泓溪杰蜥二位老人啊！我特地跑来向你们两位表达敬意。这三座大山的搬移，使关东地区地上万物广受惠泽，体现了龙族治水的真正职责。这一点黑龙比我强，我只知道降雨，他把降雨与治水结合统筹考虑，找到了治理的根本，开我龙族功业之先河。过去大禹治水标注史册，他的辉煌之处也只是治理地表之水。黑龙治水高明之处在于天上地上协同治理，把降雨和管水综合统筹，使人类合理使用水资源达到极致，这是天地合一的首创。二位老人家参与其中而且功劳卓著也将记入史册。"泓溪说："搬山造平原是黑龙的主意，功劳归黑龙，我和杰蜥不过是出把力气而已，何足挂齿。"龙王敖广说："哎，你俩和在座几位都是功不可没。"

李德昭说："姥爷，此刻尚不是评功摆好的时候，您刚才不是说地表治水吗，搬山只是个开始，以后的事情还多着呢。比如地势平整，江河湖泡疏通，灌排整治都还没有进行。人们还没有从中获得收益，现在说好，为时尚早。"龙王敖广问："你说没干的这些活，何时干呀？"李德昭嘟囔说："姥爷，今天也不是说这个事的时候，改天再说不行吗？"龙王敖广笑着说："这小子，还四平八稳的哪。好好，我明天上你那儿去。"

李德昭问敖广："我们今天给泓溪杰蜥老人送礼慰问，您给带点什么礼物啊？"龙王敖广笑着说："我给的礼物你没看到啊？你坐的这座天池宫不就是吗？你给送几条鱼还显摆显摆！"说着，从怀中掏出一个沉甸甸的包裹，打开露出一个金灿灿的盒子，掀开盒盖白光照耀，众人哇的一声惊奇不已。龙王敖广说，"这是我今天的礼物，百宝夜明珠。怎么样？"说着，递给了杰蜥。杰蜥接在手中赞不绝口，喜不自胜，赶紧摆放在显赫处。杰蜥回头对龙王敖广说："谢谢老天官，如此贵重之物送与我们，深感受宠若惊！"龙王敖广笑着说："杰蜥，黑龙给你那么多，你受之当然，我这区区一株，你却受宠若惊，有失公平啊！"

李德昭说："姥爷，一珠抵千金，您咋为我争讲起来？"龙王敖广看看杰蜥，用手指点李德昭送的石头说："你们有所不知，我那珠子怎能与你那石头相比呀！"人们瞠目结舌，一会儿看看珠子，一会儿看看石头，并没有发现石头的奇异之处，于是都把目光聚到龙王敖广的脸上。龙王敖广说："这块石头有来历，不知者不知其贵重。这块石头是当年女娲采集五彩灵石补天之时剩下的一块，后来用作镜子每天对照，上面的图形变幻无穷，你看我看不同角度见形不同，黑天白昼阴雨亮日冷暖时差皆有相应的图形呈现，甚是奇异，且碰之有音，鸣声悦耳，绵软悠长，怡心爽目，养生延年。"龙王敖广说完起身走向石头，龙袍向上一甩，再看石面上彩图变幻，你看一样，我看一样，果是不同。龙王敖广问杰蜥："贵重不？我那龙宫也不值此一石呀！"杰蜥对李德昭说："你怎么给我这么个礼物啊，可折杀我了！"龙王敖广说："黑龙是知道它的珍贵的，否则他会和那些礼物混同一并送你，然而此物他却冠以个人名义赠送于你，可见他对你的敬仰。他既然怀有这样的诚心送你，那么你就是受之当然了。再者，女性的东西送与女性也无亵渎之意，收也无妨。"

杰蜥对李德昭说："你这样诚心对我，我不可还以二意。黑龙以后有什么事情尽管说，宁愿肝脑涂地绝无推脱。刚才龙王说明天他到你那儿去，我和泓溪也去，我们能干的事情会全力去干，一定干好。"泓溪走过来拍拍李德昭的肩头，语重心长地说："黑龙啊，我原以为搬山作为你找杰蜥的回报，不想你竟怀有一颗感恩之心对我，让我无地自容，你小小年纪境界高尚，我很折服。杰蜥说了，你事我事没啥区分，我们理当全力而为！不知还有多少年活头，愿为以后的作为自豪。"

客厅里的人都受到了启迪，感悟到人生的真正含义。

李德昭回到仁和堂，对张天师说："师傅，我还想请甄元子师兄帮我规划规划，搞一个江河流域治理图，商量一个治理规则，以便日后统一照做。"张天师说："徒儿，明天他们来了，要有效率，你先把想法说说，领大家实地转转，他们都有多年的经历，有好多经验值得借鉴，利用这个机会听听他们的想法，对你成功更为必要。"李德昭郑重地说："是，师傅。我先找甄元子师兄拟个想法。"张天师说："你就找他来这儿商量吧！"李德昭兴奋地说："是，师傅！"说完跑了出去。

410

第七十一章　江河润沃野

第二天，仁和堂的人做了一些准备。刘河悍和鲤将军负责伙食，刘兰梅负责招待，李德昭、张天师、蛙婆、甄元子负责考察绘图。早饭后张子善来了，见仁和堂里忙得热火朝天要求留下帮工，李德昭同意了。张子善看见屋里屋外不十分干净，便跟刘兰梅商量，要她跑一趟德都镇，跟张河水老汉说再组织十多个人来，帮助打扫庭院卫生和灶房帮工。刘兰梅二话没说去了，不一会儿返回来，带来男女十来个人。德都镇百姓第一次介入这种场合，过去只听说过海里有龙王，可是从来没有人见过，这回知道四海龙王都要来，个个心中充满了好奇，纷纷议论开了。可是兴奋之余人们又感到恐惧，他们毕竟是神灵啊！呼风唤雨，翻江倒海，那是多大的本事呀！人类怎么会同他们和谐一处呢？几个妇女合计一下提出要回德都镇。经过张子善一番说服这才安定下来。不过人们都把安危寄托在张子善身上了，见他神情踏实，情绪也就稳定下来。过了一会儿，张河水姗姗走进来，人们围了上去，有几个妇女惊惧地抹起眼泪。张河水见状不解地问："你们这是咋的了？怎么都吓成这样？"有个年龄稍大点的女人说："大伯，你可来了，一会儿四海龙王还来呢！可吓死人了！"张河水淡定地说："龙王爷也没什么可怕的，李德昭就是条黑龙，东海龙王敖广还是他姥爷呢！"女人争辩说："那白龙咋还吃童子心呀？"张河水说："今天来的这些龙王，都是为咱们下雨的好人，白龙哪能和他们比，白龙属于另类！今儿个这场合白龙不会来的！"人们看见张河水所说与张子善如出一辙，神情亦是不二，心里也就踏实了，开始露出笑颜。

巳时许，东海龙王敖广带着南海龙王敖钦、西海龙王敖闰、北海龙王敖顺三兄弟来了。李德昭、张天师、蛙婆、刘河悍门口迎接。李德昭领入大客厅，安排坐好，茶水伺候。不一会儿泓溪和杰蜥也来了。李德昭、甄元子、刘河悍、鲤将军、刘兰梅出门迎接，李德昭领入大客厅，安排坐好，茶水伺候。东海龙王敖广见大家都落了坐，自以为大，昂起头大声说："各位，昨天我们在天池宫约定今天在这里会面，商谈黑龙提出的江河流域治理一事。今天我特地把我的三位弟弟找来出席，他们都有多年布雨经验，很有见的，请他们参谋参谋很有必要。泓溪和杰蜥也是龙族鼻祖，虽没有做过天官，但是对移山治水是很有研究的，前些日子搬移了三座山，创造了治水的前提条件，

411

是一件很了不起的事。今天他们也要参与进来。另外还有黑龙的恩师、前辈、友人以及支持者，也都自愿参与进来，这是一件好事，我们都欢迎。下面让黑龙李德昭谈谈今天的安排。"

李德昭站起来对大家的到来表示欢迎和感谢。接下来他把打算和安排说了。这次江河流域治理的范围有关东南部的辽河流域，中部的白河流域、阿什河流域、嫩江流域、松花江流域，北部的结雅河流域，东部的牡丹江下游流域、乌苏里江流域。治理的目标是：疏通河道，消除洪害；洼处村田，筑堤防洪；天地合一，提高惠益。说白了，主要是把施雨与治水的关系解决好，减少水害，增加水的利用，最大限度地提高风调雨顺给人类带来惠益的质量。今天的主要任务是治理目标实地论证，然后确定实施办法。李德昭说完，对具体名词又做了详细解释，然后又继续说："今天想请大家空中和地面勘察一下松花江流域，这个流域比较大，贯穿了整个关东平原，河流众多，地势复杂。大家可以随时发表意见，我和师兄记录，回来绘图，提出治理方案。"李德昭说完，看看敖广说："姥爷，我说完了，您看可以吗？"

敖广看看敖闰问："老三，你是行家，这个意见行不行？"敖闰看看李德昭说："这个小家伙说得还挺精辟，过去只管降雨了，也不管地面怎么回事啊？刚才听打算，我觉得是那么回事，先不说什么了，看看实际情况再说吧。"敖广又问问泓溪，泓溪没说什么。又问问蛙婆，蛙婆说："这小子，老琢磨这事，我看行。"又问问张天师，张天师笑笑摆摆手。

敖广说："没啥意见咱们就出发！"到了屋外，杰蜥说："我有个要求，那个小姑娘得跟着我点。"敖广问："谁呀？"蛙婆说："你先走吧，我去找。"刘兰梅正在大厅收拾茶具。蛙婆说："兰梅，那个杰蜥喜欢你，叫你跟着她。"刘兰梅说："行啊，不就是扶着点吗？"蛙婆说："不知道。那家伙年纪老，点子多，谁知咋的。"刘兰梅说："她呀，我知道，挺好的。我把活计交代一下就来。"说罢交代完毕，随杰蜥走了。

李德昭带领人们来到大兴安岭上空一眼就看到沿山路而形成的嫩江流域，这里是松花江的第一发源地，随着河流的延伸可以看到松嫩平原。敖闰看了这一段说："这段上游山高谷高水流湍急，到了下游随着地势低洼水流减缓，到了平原开阔地带水的流动就不十分明显了，这段看来应属合理，不用做什么工程。但是到了平原后利用得不好，泽泡是可以利用的，这里弃之未用。河流两岸水的利用不行，没有引水灌田的耕作，水流弃之不用，十分可惜。人们习惯了老天降雨，却不知水从身边过取之也可灌田的道理，人类应该发挥主观能动作用，让水资源发挥最大的效益，要教会人类挖沟修渠，学会用江河水灌田。这样我们在确认河道宽窄的时候，应该确定好窄点的高度，形成大规模的阶梯式适度拦阻，形成平时引水灌田，涝时排水通畅的态势，人类可以从水上获得更大惠益。"他见李德昭听得很认真，便指指下边一处丘陵

412

地段建议说："如果感兴趣，这里地势较高，河道又不是很宽，河水较丰时河的上段通过沟渠是可以引水灌田的。另外河水极少或枯竭时，可以在河床内筑个土楞子，增加灌溉时长。"李德昭点点头。

嫩江再往前拐了一个大弯与南边淌来的一条大河相会，一起流入松花江。这条河叫白河，源自长白山天池，被称为第二松花江。敖广问李德昭先看哪儿，李德昭同意先往下看松花江。

不多时，人们来到一座不高的小山顶上。这座山叫作大顶子山。敖广介绍说："白龙第一次降雨，半道回去睡觉了，大雨下了一天一夜，遍地白亮亮的大水，人畜哭天喊地苦不堪言。我去找白龙，呵斥说：'你看都淹成什么样子了？赶快把雨停下！'白龙很快停了雨，急得焦头烂额。我说：赶快排水去呀！他看不出门道，也不知咋排。我没办法，只好拖个带病的身子一头扎进水里，猛一使劲将大顶子山豁个大豁子，大水湍湍泄去。"敖闰接上说："上边两条大河汇入一条江里，将来雨丰肯定排不及时，最好再扩一下。"几个龙王都说很有必要。泓溪赶上前来说："既然定了干，那你们该画啥画啥，我先去把它搬走一块！"还没等李德昭说行，泓溪就跳到大顶子山北侧山上，用手比画着问："搬多大一块呀？"敖闰说："照着半里地宽吧！"泓溪弯下腰又问："扔到什么地方呀？"敖闰大声说："只要不留在江里，扔哪都行！"泓溪说声："好嘞。"抱起半座山挥手就扔了出去，很远很远的地方升起一注烟尘。

人们继续往下游看。到了一个拐弯处，水面非常开阔，李德昭指点说："这块水面太大了，占用了不少土地资源，能不能使它小一点呢？"敖闰说："这里看样子地势很洼，改变河道怕是困难太大。"李德昭指指远处那座山包，问："三姥爷，能不能将那山包铲平搬到这里填出一片土地呀？"泓溪接过说："你认为行就可以搬。"李德昭说："老人家，这回咱统一行动，您不要自己干好不好？那样我们成了比画的您自己倒成了干苦力的了，这样我们看着不舒服。"泓溪笑笑没说什么。敖闰说这样考虑是个办法。甄元子早已圈点好了。再往前走，一个山头齐刷刷依在江边，山上青松翠柏浓浓郁郁，风儿刮动林涛轰鸣。山不高只一节骨，而且孑然突立，故成了江边一景。张天师问："德昭，那是何去处？"李德昭摇摇头，一会儿想起来说："可能是老爷山的一个山脉的尾头。"甄元子想了想点点头认为李德昭说法正确。

张天师说："咱们去那处看看，如果方便乘凉歇息一下。"李德昭征求了敖广的意见，便带领大家去了树林。刚刚坐好，树上一阵哗哗响，落下一群倭人，高的不过三尺，矮的不足一尺，闹闹吵吵蹦蹦跳跳朝李德昭他们跑来。走在前头的是个头人，来至近前抓耳挠腮地说："我们找你们好几天了，我们的家园让你们给毁了，特来此讨个说法！"倭人拥过来，不时地挠着腔，一股臊气也跟着袭了过来。李德昭感到蹊跷，问头人："你怎么知道我们会来这里？"倭头人还没开口，后面的一个倭人快嘴插上说："白……"倭头人横了他一眼说："没告诉你不要多嘴吗？"那个倭人不忿，支吾了两下没再往下说。倭头人说："我们住在遮根猜山上，前些日子不知怎的大山突然没了，只丢下这么大的一疙瘩，林果没了，树窝没了，这孤零零的一块，到时候嗖嗖的北风一刮，大烟炮雪一下，还不得把我们都冻成干啊？管咋的我们在这里生儿育女几辈子了，末了给我们整成这个下场，我们不反对你们搬山造平原，可也得给我们留条活路啊？"李德昭问："谁告诉你我们搬山要造平原呀？"快嘴倭人说："白……"没出口，倭头人回手啪一个嘴巴，快嘴倭人住了口。倭头人有些恼怒，问李德昭："你是秃尾巴老李吧，你给不给我们解决？"李德昭说："你看我这正忙着，改天好不？"倭头人小手一挥："孩子们，给我上！"这一呼叫可不得了，呼啦啦四十来个倭人一齐围了上来，三五一帮围住一人，撕挠扇打胡乱一通，弄得四龙王、泓溪、杰蜥、张天师、蛙婆、甄元子个个顾头不顾腚，有的被抓挠流血，有的烀了一身臊气。李德昭见局面控制不住，定神细瞧原来是群猴子，计上心来，跳出树林外摇身一变变成大圣，手舞金箍棒高声喝叫："呔，孙儿们，孙爷爷来也，且住手！"倭人马上跳下地，呼啦围上。大圣说："这龙王好赖也与老孙有个一面之交。"他晃了晃金箍棒说："看，这是他给的。你们这样大闹，老孙颜面何在？走，孙儿们，爷爷带你们去个好去处。"说罢，手一划拉，云团就将倭人捆住，风一卷带走了。李德昭一边走一边小声告诉刘兰梅："跟师傅说，你们继续，我去去就来！"

李德昭将倭人送到了峨眉山，警告他们："好生待着，不可再生是非！爷爷有事走了！"说着照倭头人屁股啪的就是一巴掌，倭头人的屁股马上红成一片。其余倭人见头人的腚红了，一摸自己的也红了，不由得都笑起来。倭头人并没在意，心里很美，一看这里树绿花香，阳光妩媚，暖气洋洋，万分感激。倭头人带领孩子们冲大圣去的方向连磕了三个响头。

李德昭回到小山头人们已经离开，继续往前赶望见了身影。李德昭走后，张天师把刘兰梅的话对敖广说了，敖广很高兴，说黑龙这小子本事大了，不知从哪学来的那么多怪异之术。张天师对敖广说："这些年他被贬蟠桃园之后，传说被别人偷走了，不知偷走他的人是谁？这事我也怀疑过，可是关键的地方黑龙答不出，必是那怪异之人点滞了他的神经，不想让他抖出自己的底细。"敖广立即严肃地说："有人可能摸着点须子，我看咱就不要打探这件事了。我等有缘知道，自然知道；无缘知道，问也不知，而且会给黑龙增添思想压力，反倒不美。"张天师点点头，觉得敖广说得有理，索性不再探试了。

李德昭追到松花江一个急流处，赶上了张天师等人。张天师问："事情办得如何？"李德昭说："都送到峨眉山去了，这些猴子在这里也不适合他们生存，好赖也是几十条生命，让它们快快乐乐在那里生活吧！"蛙婆竖起大拇指夸奖说："这仁义都体现到猴子身上了，真是个仁慈大使。"敖广也说："好啊！小小年纪就怀仁慈之心，对他人宽容忍让是一个做大事者的美德！"

江里的水哗啦啦响了一阵，敖广说："我去看看是什么东西在这儿兴风作浪？"说罢钻入水中不见了，江水平静下来。三个兄弟也觉得奇怪，纷纷跳入水中寻觅。李德昭对张天师说："看来这四位姥爷有意洗洗猴子气，下去怎么不见了呢？"说完也下去了，寻了半天没找到。他感到奇怪，向深水区寻去，江底是沙子沉淀得不易浑浊，比江面清亮，可视度好。于是便四下张望，很快发现很远的地方泥沙被搅动起来，便游过去探个究竟。靠到近前才辨认出来原来四位姥爷在向江底深处挖掘。李德昭问："姥爷们，挖啥呢？"敖广摆摆手，不让说话。敖闰悄悄地走近李德昭，扶着耳朵小声说："可能是个奸细。"李德昭想：那能是谁呢？想着想着他冲了上去，大声说："姥爷们闪开，我来！"说罢，右手伸出往泥沙里画了一个圈，往上一提原来是只大乌龟。李德昭左手攥住乌龟脖子，右手朝乌龟头上狠狠一拍，大声说："乌丞相，你这是干啥？"拎着来到岸上，狠狠往地上一摔，乌丞相妈呀一声现了原形。李德昭问："乌丞相，你不好好待在水宫府扶持敖景，鬼鬼祟祟来此何干？我们做的也不是什么秘密事，你完全可以参与观看，何至于此呢？"乌丞相脸色发紫，半天无言以对。李德昭见状不予理睬，对大家说："诸位前辈，咱们走！"泓溪很是气愤，走时用力踢了乌丞相一脚，这下可不得了了，一下落到乌苏里江东岸去了。

敖广说："我看不用再往下走了。快到三江汇合处了，目前尚没有什么阻碍，可以再到白河那边看看。"人们沿牡丹江下游向上行，越往上走流水越湍急，而且落差很大，有的是瀑布，有的是飞流，响声隆隆，气势恢宏。

李德昭说："这里目前还不能利用，我们到山的那边重点看看流经平原的白河、阿什河、拉林河吧。这几条河支流繁多，情况复杂，同时也是治理的重点，以往多发灾害的情况大多在这些不起眼的地方，旱季易干涸，雨季易洪涝，特别是伏天，牤牛水居多。平时基本是一次性淌干，不存水。"敖闰说："目前多用阶梯式河坝延缓水流。最好是有个大型的有节制性的工程，适时调剂水的流量，平时蓄水，用时放流。"李德昭说："这个可以因地而异，根据农耕使用需求有用就修，无用不修。你说的节制性工程可以做个长远规划，详细的意见我和师兄回去再具体考虑确定。"

再往河流下游行进，大多是河面宽阔，水流缓慢。李德昭提出这个区域河宽也不能无限制，有些地域能够耕种和适宜人类居住的应该修筑拦河坝，加以保护，这样才能免受或是减轻水患的侵害，最大程度保护生存利益。龙王和泓溪都赞成李德昭的意见。初步考察进行了一小天，太阳偏西时回到了仁和堂。

休息之后，开始进餐。刘河悍和鳇将军全力张罗了晚餐，不仅丰盛，而且突出特色，水族食物居多，陆生食品突出样式色彩和味道。保证食物交叉，人人满意。这些客大多是爷太，什么美味应享尽享，所以吃的是气氛，摆的是样子，饱与不饱谁都不计较。李德昭在敖广的授意下先说，他对今天的劳作表示慰问，认为大都是年近花甲之人，虽然有的年纪久远，但是寿命有长短，称谓老人者不一定都是岁数相近的老者，所以人与人有的可比，有的则不能比了。他之所以说这层意思，是因为他的年龄小，从他的角度说的称谓，要求大家不要挑理。人们都笑了，认为这个小孩是个鬼精灵。他举起杯要求大家多喝点多吃点，高高兴兴，乐乐呵呵，这样才能消除一天的疲劳。他提议："大家共同干一杯，祝福大家一起度过一个快乐的夜晚！"人们不分男女老幼一起干了。

敖广提议一杯，他说："我想到自己残生余年竟还有机会与大家一起开创新的事业而高兴，有机会结识这些新朋友而荣幸，有机会看到龙族新人这等宏图伟志而感到振奋和欣慰。也是表示对大家的敬意，干杯！"

仁和堂里酒意正浓，忽然有一个耕民进屋报告说来了一只老虎，门外吼叫。院子里人们大多躲了起来。李德昭走出门外看是一只老虎，便问："虎哥，你来干什么？"虎说："你们人扔山石砸死我的孩子，咋办？"李德昭说："孩子已经死了，你想咋办？"虎说："我想看看是谁砸死我的孩子了？"李德昭问："那又如何？"虎说："我想咬死他。"李德昭问："他死了，你的孩子能活吗？"虎说："不能。"李德昭问："为什么非得让他死呢？"虎说："解解气。"李德昭说："那又有什么意义啊？"虎问："那你说怎样？"李德昭回答："我给你分个山头，再给你一些猪狗牛羊吃的，你就在那儿生活，慢慢再生孩子也就是了。"虎问："这几年没了孩子怎么熬？"李德昭说："慢慢坚持有了就好了。"虎说："那也太残忍了？"李德昭说："只能这样了。"虎说："好吧。给我什么山头？"李德昭说："算你支持了我们，给你一个大山头。"虎问："什么地方？"李德昭说："威虎山。"李德昭让人给老虎割了只牛腿，找块板子放上，让老虎慢慢地吃，吃完没事就可以回去了。老虎吃完果然走了。

七天后，经过细致的考察规划，本着量力自愿的原则，改造平原流域的事情开始动工了。四位龙王分管辽河、松花江、结雅河流域主干河流的疏通；李德昭、刘河悍、鳇将军分管各流域支流及湖泡泽塘的综合整治；泓溪和杰蜥分管各流域二十七座小山和高丘的平除与十八处泽地的回填；张天师、蛙婆、甄元子、刘兰梅统管质量和进度的督查和各地方水务行政，负责组织百姓投入受益地段的自建工程。

关东大地立即掀起了一场热烈火爆的江河流域治理。一时间，关东大地群雄逐鹿，烟尘四起，轰鸣动地，气贯长虹。

第七十二章 八杰治河流

张子善从仁和堂参会回来，立即召开了镇里户主会进行了动员，提出了沿讷莫尔河南岸筑堤护村护田的构想。村民们经历过大水的威胁，深知堤防的重要，一致发表意见表示赞同。张河水提出筑堤小范围不可取，费工又收益小，建议联合沿岸各村协同筑堤，将镇南高岗作为起点延伸至北部靠山屯一线修筑河堤。张河水说："大堤要统一标准：堤高一丈，上宽八尺，下宽三丈；堤高因地势增减，堤高保持水平；河堤要层层夯实，整体结实牢固，堤坡种草固土。"德都人赞同张河水的想法，沿河其他几个村联合筑堤问题责成张子善进行协调。

散会后，德都镇立即行动展开了施工。施工任务以各户土地面积和房产数量为根据进行了分配，同时也兼顾了老弱病残户的实际情况，合理进行了减免。这样安排调动了广大群众的积极性，开工当天就做到了全员出工。

开工不几天，有的户就开始耍熊了，借故别事躲避起来。这种情绪有似流感，很快工地上人员少了起来。

张子善发现了这个情况，找来张河水商量。张河水一时也拿不出办法，便沉默地坐在那里不作声。过了一阵子，张河水终于开口了。他动情地说："咱俩分别找一些根本户唠唠，听听他们的想法，做做他们的工作，发挥他们的中坚作用，这样那些邪气才不会占上风，筑堤才能够坚持搞下去！"老人还想说什么，张张嘴又咽了回去。张子善很佩服老人的心计，觉得在这种时候，这种办法会有效的。他问："咱俩咋个分工？再不你选两趟街，剩下都是我的。"张河水说："咱俩不说是做工作，只说是听听意见，防止思想不一的人从中作梗，另出事端。"张子善点点头。

两个人利用晚上时间和工地休息时间，随便找了十多户人家唠了唠。基本群众对筑堤还是支持的，没有动摇。同时也说筑堤工期长，活计累，一些人感觉受不了，有逃避的情绪；不过这些人在观风向，如果组织者态度坚决，这种倾向会得到遏制。

第三天头上，工地上出现了一道风景：张河水带着老婆、儿子、儿媳、孙子全上堤了。儿媳和孙子取土装袋，张河水与儿子往堤上扛，老伴在堤上平整踩实。别看老的老少的少，干起来都很卖力气。张河水脱去了上衣，光着膀子，赤着脚丫，累得满脸淌汗。袖手旁观的几个同龄老人见了，也有些不服，脱巴脱巴也加入了自家的队伍，大干起来。能装土的装土，能平堤的平堤，总之都行动起来了。老人们的行动感染了年轻人，有的儿女们喊起来："哎呀，你们老天巴地的歇会得了，我们多干一把什么都有了，累坏你们可咋整？"有一位年龄比张河水还长两岁的老汉笑着说："量力而行，能干一把是一把，总比待着强！"人们的情绪被感染了，工地上你追我赶热火朝天。

张子善受到感动撂下自家的活计，跑回村担来一担白糖凉水来到堤上，喊着："大家歇息歇息吧，来喝口水解解渴啊！"人们呼啦一下围拢上来，嘻嘻哈哈地说笑不停。下午，工地上的人明显多了起来。

张子善与沿线七个村进行了协调，七个村都认可上次大洪灾中德都镇的做法，接受了联合筑堤的建议，为了便于统一组织、统一施工、统一标准，保证工期和质量，八村协商成立了堤防建设联合指挥所。听说别的村子也行动了，这下德都镇人的情绪被激励起来，有的青年人说："筑堤是咱们村子倡议的，咱可不能落在后边啊！"大堤上像是展开了一场比赛，村与村之间、户与户之间、人与人之间你追我赶互不示弱，工程速度明显加快。这样八个村全长十五里的大堤施工现场就全面铺开了。

半个月后的一天，张子善正在往自家分摊的施工点上背土。沟沿村来人找他说："我们保长请您去我们那里一趟。"张子善问："有什么事吗？"来人说："具体我说不清，可能是有一段不能修堤。"张子善听了觉得事关全局应该去一趟。刚要走又停下了，来到张河水跟前说："大叔，你耽搁一下和我去一趟吧？"张河水看看来人，问张子善："会是什么事呢？"张子善说："他们村筑堤出现新情况了，邀咱们过去一下。您老经验多，跟过去看看吧。"张河水直起身子，拍了拍手上的泥土跟着走了。

张子善和张河水跟随送信人来到沟沿村，保长邱相良马上迎了过来。三个人邻村住着都认识，寒暄了一阵便直接去了现场。沟沿村承担的一里多地长的工地上，人马不如德都镇地段多，但很多人还是认真地干着活，只是有七八丈的一块地方还空着，无人干活。邱相良指着空沟说："就是这个地方，它的上游是一个很大的泡子，人们叫它转心湖。雨季成天有水流出，从这里流到讷莫尔河里去。群众说这块不能堵死，堵死内水就流不出去了，反过来说不堵死的话，讷莫尔河涨水又会倒灌。大家争讲几回也没有个好招，这才请您过来帮着支招。"张子善和张河水顺沟往上看了一阵子。张子善问张河水："大叔，直接修堤不行，内水淌不出去。怎么才能有个两全的办法呢？"张河水看保长邱相良说："可不可以在堤下用石头修一个两米见方的石洞，往外排时敞着口，河水倒灌时把它堵上，这样大堤从石洞上修过不会受到影响。"沟沿村邱相良听后受到启发，拍手说："这个点子好！"张子善也肯定了这个建议，认为可行。路上，张子善对张河水说："堤上构造物修建是不是应

418

该打破村界按受保护户的土地面积和房产受益大小来分担。"张河水说："会有聪明人算这笔账的，等提出来再说吧！"二人笑起来。

过了两天，靠山屯又来人找了。张子善和张河水又来到靠山屯工地。这里比较萧条，大堤工地有个百十号人，干活人也不是很卖力气。靠山屯王保长说："我们这个地方地势比较高，前几年发大水房屋土地也没淹多少，群众觉得修堤没啥必要，干不干都行，所以没有积极性。"这时很多干活的人放下了活计都围了过来，想说上几句话。

张河水站在张子善身边嘀咕了几句。张子善灵机一动，对王保长大声说："你们靠山屯筑堤谁说没用啊？那是看你们怎么利用，要是我们德都镇呀，早就干起来了。"王保长问："这话怎么说呢？"张子善说："你看啊，上次大洪水进屯子进地了吧？这回下游都筑堤了，河水必然受阻了吧？同样的水势，不淹你们才怪呢！"人们听张子善这样说有几个开始长长眼睛了，也有吐舌头的。张子善见状继续说："再者，你们靠山屯人种小麦的人家心里明白，只要秋天在河里筑道土楞子，春天桃花水一下来，往麦田里一灌，那麦子还不得扑腾扑腾地往起蹿呀，一年下来多收多少麦子啊！"这时有个三十多岁的人接话说："这么说河水可以从我们地里过去一直淌到转心湖，那麦地可就灌得多了，还不得有个几十垧呀！那乐的就不只是我们靠山屯了！"张子善称赞说："年轻人说得好！这才叫有见识呢！"年轻人听后很是激动，振臂一呼："干！没人干我自己干，到时候谁用水谁花钱呗！"这下可开锅了，人们开始认账了，夸赞说："怪不得人家黑龙爷赏识德都镇人呢？人家就是与众不同！什么事都能摆布得开。干吧，不干这点好事也没了！"

王保长脸色红红的，半天才说："大家听明白了吧？这回看大家的了！"

张子善提示说："你们如果要干，还要在引水渠处修一座涵洞，大堤从涵洞上走过，整体不受影响。"说完领着张河水回了德都镇。路上张子善对张河水说："大叔，我发现你很高明，以后给我当参事吧？"张河水笑了，回他说："那要看你是不是走正道！"张子善也笑了，回敬："大叔，别忘了，有好几次都是你追着我要求干的。"说完，两个人都开心地笑了起来。

李德昭巡视河道疏通进展，发现讷莫尔河有一段正修河堤，规模还不小，便落下云头想察看个究竟。李德昭来到一群人干活的地方，问一位正背土的中年人说："大叔，你们这是干啥呀？"背土人见一个年轻人问，回答说："筑堤呗。"李德昭又问："筑堤有什么用途啊？"背土人告诉说："作用可大了，前几年白龙发大水，要不是学人家德都镇围堤护村，我们会淹得很惨的！"李德昭继续问："这么长一条大堤都是你们一个村修吗？"背土人停住脚步，反问说："咋？你闲大了？这是人家德都镇倡导的，我们这里八个村联合修的，一个村能干起吗？"李德昭夸赞说："你们真有气魄，这事对子孙后代都有好处。"背土人听他这样说，愣愣地问："你是干什么的呀？"李德昭说："大叔，你背了这么长时间的土和我说话，我该帮帮你才对呀！"说完，拿过袋子一步跨上堤顶，将土倒在堤面上，跑下来又去装土。背土人很奇怪，这活这么累，哪能让一个不认不识的人帮干呢！于是赶上前硬是把麻袋抢过来，谢了又谢，还是自己干起来。

李德昭离开了，见到了泓溪和杰蜥，把讷莫尔河南岸筑堤的事与他们说了，说那里的人干得挺来劲，不过也很辛苦。杰蜥看出他对那些人很同情，便说："晚上我们再搬山时往他们那里倒一些，你看行吗？"李德昭心眼来得快，赶紧说："别别，您二老忙一天了，也该歇歇，那活叫他们自己干吧！现在咱们一起去看看我那四个姥爷吧！"泓溪杰蜥欣然同意跟着去了。

东海龙王敖广分管松花江分支白河和嫩江流域。老龙王欣然领了任务，回到家中对老婆孩子说了，要求他们都要量力而行出点力气。两个儿子当面都没有说什么，两个媳妇回去对男人却好顿埋怨。大儿媳指责说："都是那个秃尾巴老李，自己想咋干就咋干呗，凭什么连个姥爷都不放过，都退下来，还要抓去当壮丁。真是太不通情理了。"老大敖甲说："看样子，老爷子可是没有那种意思，是不是自告奋勇也未可知。"媳妇说："即便自告奋勇吧，也不能当真，客气一下也就算了，何必真就给了任务？"说完低头沉思一会儿，又说："你去告诉老爷子，说这种活不是咱们龙族干的，要干去找别人！"敖甲回头去找爹爹，刚一开口，老龙王就把话接过去说："这活是我和你几个叔叔自愿提出干的，与黑龙无关，有什么牢骚可发！你母亲和你两个妹妹都得去！这是补偿你父亲履职时的亏失，是补过！"敖甲无话可说回去了。

筹备了两天，敖广带着一家人从天池开始，沿白河至嫩江上游，沿途几条支流也都仔细查看了。边走边交代任务和要求。敖广把白河及其流域疏通交给了大儿子敖甲；嫩江及其支流的任务交给了二儿子敖丙。对两个人提出了完成时限。老龙王选了一个标准段，亲自进行了操作，两个儿子看了哑口无言。老龙王带着老婆、女儿、女婿来回巡查。谁干得慢、质量差，就帮谁干。两个儿子谁也不敢怠工，较着劲比着干，害怕父母带着妹夫加入自己行列，不到十天都宣布告捷。敖广十分高兴，放他们回家了，自己留了下来。

西海龙王敖闰分管松花江干流流域。敖闰原本有四个儿子，其中三儿子敖烈因纵火烧毁了玉帝赏赐的明珠而触犯天条，要被斩首。南海观音菩萨出面说情才免于死罪，被贬到蛇盘山，后被菩萨点化变为白龙马，皈依佛门，做了唐僧脚力上西天取经，终修成正果，被升为八部天龙广力菩萨，离开了西海。敖闰把大儿子敖摩昂、二儿子敖荣、四儿子敖望聚到一起，父子四人商议疏通松花江流域河道一事。大儿子敖摩昂武艺出类拔萃，一听疏通河道，认为是凡人蠢举，十分不愿意干。四儿子敖望见父亲面色不对，没敢吱声。二儿子敖荣听爹爹所说恰和本人玩耍之趣，见哥哥和弟弟都不愿意，又见爹爹不悦，便对爹爹说："父亲，他俩不愿去算了，我一个人玩玩就够了。"敖

420

闰呵斥说："一天就知道玩，这活是好玩的吗？"敖荣长长眼睛不作声了。敖闰继续说："你们三个人，一个都不能少，都得给我去！"敖摩昂和敖望爽快地答应了。

第二天来到松花江与两条支流交汇处，正赶上东海龙王敖广给一家人示范演练，赶紧过去问候哥嫂。两家人相见分外亲近。敖闰觉得自己只带了三个儿子，不及东海势盛，有些不好意思。敖广解释说："你不同于我，你是帮忙，我是补过，来了就好！"敖闰的三个儿子看见这场面很受触动，都低头不语。敖闰对三个儿子说："人家正干活呢，咱们别光看了！走吧，研究咱们咋干吧。"说罢，与东海龙王告别了。

敖闰带着三个儿子沿松花江走了一趟，将任务给儿子们做了分派，老大和老四负责疏通松花江主河道，老二和自己负责呼兰河、牡丹江几条较大支流。交代了做法，明确了质量要求。两组开始干起来。敖荣见到泥水十分开心，跳进水里就搅和起来。敖闰见了又气又笑，指点儿子这块该怎么做，那块该怎么搞。俗话说各喜一精，敖荣不仅不怕苦累，活计干得又快又利落，不一会儿就疏通了十来里长。敖闰见敖荣泥猴一样，十分心疼，让他歇歇。敖荣直起身子却说："爹爹，这块河道太宽了，看着也不顺溜，要是用土把它垫巴垫巴，会是好多草场和耕地呢！您说对不？"敖闰听了一激灵，心想：这孩子怎么会想到这些事啊？他原来不是那么傻呀！于是敖闰说："孩子，你很有见解，父亲马上去找些土来，把这片地垫起来。"说完飞走了。

敖闰刚跃上天空遇见了李德昭，向他提出了用土填河套的问题。李德昭也觉得很新颖，便和敖闰落下实地查看，果然看到呼兰河西侧有一片开阔的滩地，外围有两个村庄，有一些牛羊慢悠悠地走来走去嚼食着青草。敖荣看见了李德昭，立亮眼睛说："你这个黑小子，跑这儿来干什么？"敖闰制止说："不准这样讲话！"敖荣见父亲为黑小子讲话，有些不忿，刚一开口便被敖闰瞪了一眼。敖闰问："你认识他呀？"敖荣说："他不是闯咱们家大门的那个黑小子吗？"李德昭赶紧说："原来是二舅啊！"敖荣愣了一下反问说："谁是你二舅呀？认错人了吧！"敖闰说："你个混球，你就是他的二舅嘛！他叫李德昭，是四海九江八河巡按！听我说这里可以填滩造田，特地来看看。"敖荣听说李德昭是个当官的，马上说："是我向父亲提出来的，合不合理？"李德昭说："是吗？这个建议很好，真个不简单嘞！我马上给你弄土去。"敖荣说："那你能弄来土，我就在这等着，你垫好了，我好平平，省得凹凸不平不好种地。"李德昭向他竖竖大拇指，笑着走了。

过了不一会儿，东南方天空飘来一片云彩，黑咕隆咚的，越来越近，越来越低。半空中传来一声喊叫："三姥爷，你和二舅升空等一下！"敖闰叫着儿子赶紧升到空中。

这时，河滩上空烟雾弥漫，响声隆隆，河滩上立刻尘埃沸腾，大地一片混沌。烟尘过后河滩上一马平川。敖荣有些不快，对父亲说："不是讲好了吗？我来平土，他怎么抢我的功啊！"李德昭赶过来，对敖荣说："二舅，功劳还是你的，我不会抢走，只是人家送土的人怕你累着！"敖荣问："谁呀，对我这么好？"李德昭回答："三姥爷认识！"敖荣嘟囔说："怎么也得让我认识认识呀！人家多有本事啊！"李德昭说："会的，下次有机会的。"李德昭说完，急急忙忙与敖闻他们父子告别了。

南海龙王敖钦，仗义无私，刀技超群，四龙之杰。行事一向说一不二，自打接受了辽河及分支流域治理任务，带领自家人马不停蹄，连续奋战十多天，把个水系庞杂的辽河流域治理得上下通畅，凡是临庄堤岸都做了加固，使河水顺山势走低谷直达渤海。

北海龙王敖顺分管结雅河流域。结雅河支流不在关东境内，下游乌苏里江外大片土地接近入海口，海拔地势较低，过了三江口不远基本成漫撒态势，主干流河道不十分明显。敖顺没有动员家族人马，独自一人承担了疏通任务。结雅河主河道依山而下，疏通任务比较简单，没几日，敖顺就完成了任务。

泓溪和杰蜥的任务是十分繁重的，总体讲所有河流的除包填洼都是他们的事。夫妻俩不仅没有嫌累嫌苦，反而乐此不疲，各个战场有求必应，功到事成。关东大地上座座山脉、条条江河的治理和搬迁都洒下了他们的汗水。及至关东平原初具规模，四位龙王完成了辽河、松花江、结雅河流域主河道与主要支流的疏通和治理，使部分河流在干旱季节发挥了灌溉作用，在洪涝频发的季节，起到了减灾效果。泓溪杰蜥搬移了三座大山、二十七座小山和高丘，回填了十八处河滩和泽地。

德都镇经过一个秋天和一个冬春的奋战，终于在春播前大堤胜利完工。人们饶有心计地给大堤起了个名字：新河堤。意喻团结抵抗洪灾的联合意志。张子善、张河水虽然只是组织修筑了不足十五六里的长河堤，但是其示范意义远远超越了河堤长度，他们开启了人类治理江河的第一步，其行为被广大农牧民所接受，启迪了人民群众战天斗地的勇气，带动了邻村乃至关东大地联合互助治水。对于改善生态环境，造福人类有着十分重要的作用。张子善和张河水是先行者。

后来，李德昭在总结这个事时，高度评价了弘溪、杰蜥、敖广、敖润、敖钦、敖顺、张子善、张河水八位能人在搬山造平原和疏通河道过程中所起的重要作用，把他们称为八杰，让人们记住他们的历史贡献。

江河流域的综合治理，奠定了关东大地粮仓的地位，关内山东河北各地和长白山以南高丽人受饥饿困扰的群众携老带幼举家逃荒奔往关东，这场浩大的移民潮被记入了中国史册。

第七十三章　汗撒黑土地

　　早晨起来，甄元子对李德昭说：“师弟，师傅说我们准备走了。”李德昭问：“说什么时间了吗？”甄元子回答：“大概是今天吧。”李德昭说：“不行。”说罢，拉着甄元子的手去找师傅。来到张天师的住屋，李德昭说：“师傅，这两天您先别走啊！我想约一些造平原的参与者，来这里聚一下，目的是表示感谢，还想听听他们对此事的看法，今后有什么建议。活不能干完就了啊？一会儿吃完饭就想和您说说，看看怎么搞好。师傅，您就先别走了，帮我干完算了？”张天师听了笑笑说：“你要有事需要我，当然不走了，只是让甄元子打个招呼。”其实张天师真不想走，他心里还隐藏着一个未解的疑团，这个场合是他求解的最好机会，怎么好轻易放过呢？犹豫了一会儿，张天师又说，“德昭，什么时候吃饭呀？饭后咱们商量商量！”

　　早饭后，他们师徒三人回到了议事厅。李德昭又把蛙婆请来，四个人一边喝茶一边议论起来。李德昭先谈了打算，他说这次邀请四海龙王、泓溪和杰蜥、刘员外、鳇将军、刘兰梅、张子善、张河水，还有灶王和土地，另外还要叫敖景、夏秀丽和那个乌龟精也参加。主要是想创造一个机会让大家畅所欲言，唠唠对我们这次搬山治河的看法，说说利弊，分析一下存在的问题和需要完善的地方。然后吃顿饭犒劳一下。张天师问：“这些人能谈出些什么呢？”李德昭说：“四海龙王和泓溪杰蜥还有你和蛙婆、师兄都是最肯出力和极有见解的人，从各自角度还是能谈出一些问题的。还有张子善和张河水，他们是普通的凡人，能够谈出受益者的诉求和建议，也是值得听取的。”蛙婆说：“秃尾巴老李做事就是有板有眼，大家一起座谈座谈很有必要，讲究做事的人是会说出个子午卯酉来的，这事我赞成。不过，为什么要请敖景和乌龟精啊？起码我不想和他们坐在一起！”说完蛙婆脸上变了颜色。张天师也是紧绷着脸不作声，审视的眼睛不停地扫视着李德昭的脸。李德昭平淡地说：“敖景为人做事众所周知，我们之间的事也算有个了断了，现在他是我的助手，他能不能发挥作用，能不能把事情做好，我是负有一定责任的。从我的角度说，要不要求他做事是我的责任，他能不能把事情做好是他的问题，给他机会他不往好了干，那就是另外一个问题了，我要尽到我的责任。”蛙婆横了横眼睛说：“对了，他现在归你管了！不管算是失职。哼，我总感觉他不情愿。”

张天师淡淡地笑了笑说:"德昭用意是挺叫人费解,不过从共事角度看倒也无可非议,不知其他人会有何感触,肯不肯接受?事先你要有个思想准备。总体安排我觉得可行。"甄元子微微一笑说:"敖景的事,别人倒好说些,只是泓溪怕是不肯依从。"张天师和蛙婆接着话头说:"肯定……"两个人相互看了一眼都笑着说:"你说。"四个人都笑起来。

商议后,李德昭亲自到东海龙宫向敖广姥爷汇报了一次,并将赴会日期告诉了敖广姥爷,敖广答应其他龙王由他召集,一同前往。归途中李德昭本想顺路到天池宫,又觉得不妥,回去又找了刘兰梅,约她一起去。

李德昭带着刘兰梅来到天池宫,正赶上泓溪与杰蜥在天池里杂耍。杰蜥转身看见了,招呼泓溪一起迎过来。李德昭和刘兰梅躬身施礼。李德昭说:"二位前辈,多日不见,身体可好?"杰蜥笑盈盈地回答:"好着嘞,这不吃饱了没事就玩!"又看着刘兰梅说:"这才几天不见呀,看着脸蛋白净多了,越发细嫩滋润了。"羞得刘兰梅赶紧跑过去依偎在杰蜥怀里。泓溪请他们到宫里。两个丫鬟翎儿和羽儿热情地打了招呼,沏茶倒水招待主人。见李德昭和刘兰梅坐好,泓溪问:"那么忙,特地跑来是不是有什么事啊?"李德昭说:"过几天,准备搞个聚会,将前段事情总结一下,看看后续还有哪些需要加强。今儿个特意来请二老前去参加,还望二老赏光!"杰蜥听了很感兴趣地问:"哪天啊?都请谁了?"李德昭说:"正在筹备中,想在腊月初四。至于参加人员么,大多要请参与搬山、疏通河道的人员,另外几个相关人员,主要有灶王夫妇、土地佬,还有敖景……"泓溪截住话头说:"请他干什么?他一天只知道逛窑子,一点力气也没出,他不配参加咱们的聚会!我一看见他浑身就不舒服,一辈子不见他才好呢!"要是平时,李德昭是不会来讨老人家不快的,在他来看,这个聚会应该是有官方色彩的,不属于个人行为。现在老人家态度是明确的,强行解释对于具有突出个性的老人来说会适得其反。怎么办呢?他看了一眼刘兰梅。刘兰梅身上像通了电似的,紧贴着杰蜥的身子颤抖了一下,不由自主地倒向了杰蜥。杰蜥一向对刘兰梅有好感,很是喜欢她,与她亲昵。杰蜥猜出李德昭的来意怕不只是告诉一声,定有征求意见或是投石问路之意。她觉得泓溪对李德昭的所作所为一向持支持态度,从未见今天这么果断拒绝过。于是她挽住刘兰梅的胳膊问:"黑龙,那白龙一向与你为敌,却没看到你与他有何计较,安排他出席聚会是出于什么考虑?"李德昭脸上现出点活力,态度虔诚地说:"老人家,我何尝不理解泓溪老人的心情。就我个人与敖景的恩怨来说也很复杂,当初他的夫人给我疗过伤,我至今认为敖景在此事上对我有恩;他本人仇视我、挤对我、陷害我、杀过我、告过我的御状,把我变成一条狗还不肯放过,闹到凌霄宝殿逼着太上老君追查我的下落,甚至在认为我过世的时候,三番两次地掘我母亲的坟墓,可谓与我势不两立。在凌霄宝殿上,玉帝判他死刑,是我在立功后,有点话语权,与他说个情，玉帝免他一死，令他协助我施雨。我反对他把事做绝，但是我也不能学他置人于死地。现在他已经不是我的对手，还想怎么样随他的便。可是我宽恕了他，就不能将他抛弃，我想挽救他，因为他的施雨能力还是可以利用的。我会按照职责要求去管束他，使他做一些有益于人类的事情。泓溪老人家如果继续坚持，那么我也能做到不让他参加，我不能因为他而拒绝泓溪老人啊！"

杰蜥被李德昭的一席话深深地触动了，她认为李德昭不是一般人，他的心胸、情怀、智谋、武艺、玄功绝非常人所具备的，他正直、诚实、友善、严于律己、做事执着、有恒心、有魄力。他不与敖景为敌，这个选择不仅仅彰显了他的宽宏大量，也彰显了他对同仁爱护和负责的态度。杰蜥一边听着李德昭的讲述，一边在心里认真地考量如何支持李德昭一把。于是她握着刘兰梅的手说："泓，我很受感动。过去我们一向以个人的好恶来划分是非，今儿个遇上了一个以职责事务利益来选择想与做的取向之人，这不是将帅之志，而是帝王之胸啊！你我活了上万年了，这样的人我们遇见过几个啊？没有啊！这人可不得了，交了就是靠山，交了就是福分！泓啊，你那区区小气还值得一提吗？快别难为人家孩子了。"杰蜥看见泓溪的脸色平和下来，便果断地说："黑龙，这个聚会是你组织的，咋办你自己定，该怎么安排就怎么安排，我俩肯定去，支持你！"泓溪见李德昭没有立即表态，想到可能还在顾全自己的面子，便笑笑说："黑龙啊，你办事我一向都很赏识，这一回再一次触动了我，这把年纪了，还是规规矩矩地该向你学习还得向你学习。你要做的事，你好好做吧，我绝不绊你的脚。杰蜥说支持你，我不能再有二话了！"

李德昭站起身子，深深地向二位老人鞠了一躬，坦诚地说："谢谢二老的体谅和指导，谢谢你们对我的关爱和支持！我绝不会辜负你们的厚望，有你们的真诚帮助，我一定会把事情做好，好报答你们的善意！"

转眼腊月初四就到了。仁和堂的人们早早起来了，收拾院子，布置会堂。张子善特意带来几个青年女子，按照当地人过春节的习惯将个院落和会堂打扮的干干净净、利利索索，人们的脸上挂着微笑，衣服也是焕然一新，院里院外充满了节日的喜庆气氛。

日头懒懒地从东方地平线上爬起来，快有一竿子高了，客人们开始到来。李德昭带着师傅、蛙婆、刘河悍、甄元子、刘兰梅，还有张子善、张河水站在院门口迎候着。不一会儿东南方向飘来一片彩云，还没到跟前，刘兰梅早就看出来了，起首喊叫："是泓溪杰蜥二位老人！"彩云落在门前的广场上，人们都迎了上去。泓溪杰蜥收了云团，笑盈盈地和人们打着招呼。李德昭赶紧请师傅和刘兰梅将二老领进大厅，厅内的女人们赶紧过来沏茶倒水。张子善对几个女子说："今儿个的客人不比往日家中，来的除了我和张河水以外都是神仙圣贤，这二位光结婚日子算算就有八千多个年头了。看好了，文静点，别吓着。"胆小的女人免不了有些紧张，胆大的劝慰说："不都看见了吗？什么神仙妖怪，长得跟咱们差不多呀，哪有什么三头六臂，怕他什么？"村子里的人毕竟见识少，人们做起活来依旧有点战战兢兢。这边话还没说完，厅门口又涌进来一大群人，泓溪、杰蜥、张天师、刘兰梅立刻站起来。张子善站在他们身后悄悄介绍说："走在前头的是李德昭的姥爷，旁边那位是二姥爷，后面跟着的是三姥爷、四姥爷。"李德昭将他们让到座位上，女人们上来送茶。

李德昭让刘河悍和张子善到门口继续迎客。不一会儿灶王和夫人、土地佬来了。刘河悍将他们送进大厅里。李德昭一一见了面，将他们安排到座位上。最后来的是敫景和乌龟精，夏秀丽因病未来。张子善撸丧个脸，将他俩带进大厅。李德昭示意他们坐在座位上。圆形桌子基本上都坐满了，只有刘河悍与敫景之间还空着两个座位，仁和堂的人都知道那是留给鳇将军的。

李德昭见人们都就座了，站起来大声说："各位前辈、各位朋友，大家万福！欢迎到我们仁和堂做客！今天仁和堂请大家来主要是犒劳大家前段时间付出的辛苦，再有借此机会还想听一听大家对前一段工程的意见和建议。希望我们仁和堂的人能够认真听听。"

东海龙王敫广喜不自胜，大声地说："我活了这大把年纪头一次参与搬山造平原与江河流域整治这样的大事，这件事真是惊天骇古闻所未闻，做得有魄力、有力度、有智慧，别说黎民百姓说好，我们自己过后也感到欣慰和自豪。这件事情，好几年前李德昭就和我探讨过，只是觉得他还是个孩子，出于天真而已，没当一回事。没想到这次回来，马上请了能人进行了论证，认为事情可行，就干起来了，而且成功了。这是一件惠及天下苍生的大事，值得庆贺！"

西海龙王敫闰接下来说，他从技术角度简述了工程的合理性。他认为经过搬山造平原，关东地势形成一个主要特征是东、北、西三面为山脉环绕，中部是一片广阔的大平原。这是一个极佳的生态环境，对于植物的生长，对于上百种动物禽类的栖息繁殖，对于人类的放牧耕种捕捞以及生存，都会产生一个质的变化。再说一下后期疏通河道。关东大平原总体上是开阔平坦的，但是由于小型山脉和起伏不平丘陵地带的影响，致使低洼地段水害成灾。要想减轻洪灾，首先要疏通河道使排水流畅，加快下游干流的水流速；再有低洼易涝地区河流沿岸要筑堤护田护村庄，咱们德都镇几年前在抗御洪灾时就首创了这种方法，很奏效。有条件的地方要截水建塘，既可减缓下游压力，又能使江河水长年流淌。现在看这方面我们只是开了个头，庞大繁重的工作还在后边，一旦实现了旱能灌涝能排，到那时我们才能说实现了水的治理。当然一劳永逸的事是不会太多的，年年要维护，只不过费工要少一点。

杰蜥说："我可不是什么专家，我觉得搬走那些大山和原有的山也应该管

426

起来，很多都是光秃秃的，一下大雨麻溜就有牤牛水淌下来，几股一汇合就成了洪灾。有很多树木适合山上生长，漫山遍野都是树木蒿草，它们可以固土保水，这对于抗旱防洪也是一个必不可少的措施。有机会不妨试试。"

敖广带头鼓掌，一本正经地说："还是老龙经验丰富啊！"

聚会上，人们各抒己见，相护切磋，有说有笑，气氛融洽。

刘河悍和鲩将军准备了一顿丰盛的大餐。吃饭的时候，李德昭特意敬了杰蜥一杯酒，告诉她明天起他就开始植树种树。杰蜥兴奋地与他喝了一杯。

敖景自从入场一言没发。一旁灶王问他："白龙，你怎么没在会上说几句啊？"敖景说："我不愿意和他们扯，龙不施雨那是骗子，不务正业！"旁边鲩将军听了很不顺耳，拍桌呵斥说："白龙，你他妈的还敢骂人？"说罢二人就打了起来。李德昭叫刘兰梅过去将鲩将军调出。刘兰梅过去扯住鲩将军的衣袖就往外走，开始鲩将军不肯依。刘兰梅走近他的耳边说："黑龙叫你别和他一般见识，这么多客人看着呢！"鲩将军没有办法自己走了出去。敖景不依不饶，骂骂吵吵追了出去，刚出门口，嘴起疔疮，眼生云翳，双耳轰鸣，木呆呆一动不动了。乌龟精上前晃他几下，也没动得了，赶紧跑到李德昭面前悄声禀报。李德昭说："你且将他背回。"乌龟精无奈只得背上敖景慢悠悠地回了水宫府。

人们似乎没有因为敖景无理取闹而受到影响，酒意越酣，直到三更才散，各自回家去了。

第二天李德昭送走了师傅张天师和师兄甄元子，一个人踏上了种树植树之路。

这一天他走到呼玛境内，牧人告诉他大白山是大兴安岭的最高峰，山上长满了樟子松、落叶松、红松、紫椴、白桦、山杨、水曲柳、悬铃木、核桃楸，还有一些小棵灌木。这些树有的适合种植，有的适合栽植，都是耐寒品种，红松和樟子松常年不落叶，成片种植成林后非常壮观。李德昭开始转悠起来，他想选一些树籽，又不知哪一棵树上的好。正在踌躇之际忽然耳畔想起一位老太婆的说话声，他侧耳一听，声音没了，像是有人故意和他开玩笑。他也怀疑自己是不是听错了？于是认真地巡视了一回，竟然没有看到一个人影，索性自己放弃了找人，又逐棵寻找起种子。走了不几步，又有人说话了："你是哪一位呀？在这里转转悠悠想做点什么呀？"李德昭不回头，注意力却是循着声音找去。那人又再问他："你是不是黑龙啊？为什么看不到我呢？"李德昭说："我是黑龙，您是哪位呀？""哎呀，果真是你。我是松树婆婆啊！"李德昭再一次朝那棵发声的老松树看去，树干上端果然有一处人形大脸，嘴巴在脸上不停地张动。李德昭问："松树婆婆，你为什么不变作人形啊？"松树婆婆说："你到这来有求于我，我干嘛还要费事化作人形呀？这样不是一样能对话吗？"李德昭面对着大松树，笑笑说："婆婆，你本事不小呀，

427

立在此地，就能知道我来要做啥？我要说你没猜对呢？"松树婆婆说："那是不可能的，我没说错你来的目的。"李德昭又问："婆婆，你说的那么肯定，能告诉我你的根据吗？"松树婆婆说："这不能告诉你，告诉你我就输了。"李德昭有些丈二和尚摸不着头脑了，不过他隐隐猜到这里会有蹊跷，究竟是什么尚不得而知。索性不再追问了，他说："婆婆，我要栽树种树，你说我是撒种子呢还是栽树苗？"松树婆婆说："这个问题嘛你算问着了，什么时候种什么树？什么时候栽什么树？怎么栽？怎么种？这我全懂。这座山上的树木全是我栽种的。"李德昭问："婆婆，你是怎么做到的呀？"松树婆婆说："现在还没下雪，正是种植松树的好时节。你要想听，那可不是一会儿半会儿就能聊完的事。"李德昭坐在地上，倾听松树婆婆给他讲述种树的故事。

松树婆婆生活在这里已有几百年了，很早以前不知是一只什么鸟，把一颗松树种子衔到这里来，本来想吃掉的，不想松子落地就不见了，找了好半天也没找到，只好离开了。这粒松子恰好被一只松鼠拾了去，正要剥皮吃掉，松子开始说话了，它问松鼠："小朋友，你是吃一粒呀？还是想吃好多好多呢？"松鼠说："当然是多多益善呀！"松子说："我告诉你一个秘诀，你先把我埋在土里，等到来年你就有希望了。"小松鼠很乖，真的把松子埋进土里了。第二年松鼠真的回来了，却找不到松子了，忧愁地哭了起来。

小松鼠看见了小松树高兴起来，跑过去往树根处培土。松树越长越壮实，郁郁葱葱，没几年就变成了一棵大松树，而且结了满树的松塔。这时小松鼠带着一帮松鼠崽子拖拖拉拉又回来了，松树热情地和松鼠打了招呼，告诉松鼠她已经结籽了，可以用松子喂养它的孩子们了。松鼠高兴得不得了，领着孩子们食了一冬天。春天到了，还有好多松子没有吃完，松树就和松鼠商量，能不能你和孩子们一起把这些松子再种上，将来吃起来更丰富一些。松鼠们二话没说从此年年种起来，这不都漫山遍野了。

松树婆婆说着说着笑了起来，她说："后来我给它们做了一条规定，这松子啊好的不能吃，好树需要好种子呀，一点不假。开始它们不听，我急出了满树的松油，把它们都粘到了树上，直到冰封大地，它们才从树上脱落下来。从那以后它们只捡咧嘴的还有半成的吃，好的都种上了。"

李德昭问："婆婆，如果我要到几千里以外去种还能用它们吗？"松树婆婆说："你可以施展你的本领啊，或是刮大风漫天卷起松塔，遍山扬开，土要湿润，照样能种活；或是你连松子和松鼠一起带走一些，让松鼠为你满山种树也行啊！"李德昭有些犹豫，刮风吧，漫山遍野的没个准，带着松鼠吧，那还不得种到猴年马月去呀！

这时一阵狂风大作，风停时泓溪和杰蜥出现在他的面前。李德昭兴奋得不得了，惊奇地问："二老怎么到这里来了？"杰蜥说："昨天我给你出了主意，见你真的动心了，估计一定会去种树。我和泓溪一商量，在你出发前来盯着你，暗中帮你做点事，见你有些踌躇了，知道是缺少人手，就来帮个忙。"回头又对松树婆婆说："谢谢你了，老树婆子！"李德昭说："那咱们怎么办呀？"杰蜥说："不要急，这事我常干，不外行。今儿个咱们这么办：我和泓溪在前面撒种子，你在后面下小雨，一天浇一遍，连续浇几天，保证来年出树苗。"李德昭说："倒是个好办法，只是又辛苦你们了！"泓溪说："以后外道话就不要说了，你的事就是我们的事！"

植树间歇时，李德昭问杰蜥："老人家，你长年生活在水中，何时对植树感兴趣了呢？"杰蜥说："咋？还要对我研究研究啊？"李德昭笑着说："那倒谈不上，可是我不明白：你怎么对山上植树说得头头是道？"杰蜥笑了，问："这不还是在捉摸我吗？"没等李德昭回答，她摸了一下自己的头继续说说："我是从小松鼠的习性和居住环境悟出来的。"李德昭猜出她要给他讲述一个哲理故事，便感兴趣地问："您想让我懂得一个什么道理呢？"

杰蜥讲述了亲历的一件事情：很早很早以前，有一次我在水里待腻了，就跑到山上兴妖作怪。把一座小山推没了，我也没注意弄到哪去了，心安理得坐在岸边歇着。忽然觉得脚面痒痒的，我低头一看是只小松鼠正在整理脸部，小爪子挠挠的十分有趣，便把它拿在手里。谁知那松鼠毫不畏惧，悠然自得。我问："小家伙，是不是待错地方了？"松鼠说："怎么可能？我成天待在这啊！"我使劲捏了它一下，它吱吱叫了起来。指责我说："你把我的山扔到湖里去了，你说我能上哪去呀？"我不惧猛兽，却对小小的松鼠产生了怜悯。我说给你找个山待着吧！便把它放到巴彦克拉山去了。我见它不高兴就问："小家伙，还有什么要求吗？"松鼠嘟嘟囔囔地说："这光秃秃的，吃啥喝啥呀？"我问："你能吃啥呀？"松鼠说："我只能吃松子，喝地上的水！"我问："哪里给你弄松子去呀？"松鼠张嘴吐出十几粒松子，告诉我："你把它扬到山上，然后再弄点儿水来。"我问："这能解决什么问题呀？"它说："照办就行！"我去撒籽。可是那松子怎么也撒不净。我就撒啊撒啊！最后有些不耐烦了，便说："这还有头没头啊？"松鼠说："最少得满山撒一遍！"我说："早够了！"它说："再浇遍水！"我去浇水。奇迹发生了，水撒到哪儿，松树就生出来，而且长得飞快。我刚撒完一遍水，满山就郁郁葱葱了，树上结满了松子。我感到神奇，也有成就感，便问："小松鼠，你吃的有了，喝的咋办呀？"松鼠小爪子在树下草地上挠了个小坑，里面居然出现了水。我一下明白了：树是含水的，树根草根也能固土含水。后来我跟松鼠有个约定：我那湖边光秃了，就请它来帮我种树。

杰蜥见李德昭有些怀疑，便撅起嘴来吱吱叫了起来，奇事发生了，成千上万只松鼠都聚来了。杰蜥对那只老松鼠说："小家伙，叫你的子孙帮助我们种种树！"松鼠群里一片吱吱声。就这样，李德昭、杰蜥、泓溪浇水。松鼠撒籽。关东山区开始了大种树，一种就是半个月。

第七十四章　张兰多怀旧

敖景自从参加仁和堂活动回来，看到李德昭士气正旺，嫉妒之余更无心什么公事，成天的混荡在庞府怡心楼里。偏巧又被夏秀丽捉了奸，更是终日不回家了，每日除了饮酒吃饭，其余时间都在与那三个烟花女子淫乐嬉戏，忘了家中还有一个妻子。

夏秀丽力图使敖景回心转意，去怡心楼几趟敖景都不肯见面。夏秀丽气病了，每日以泪洗面，身体消瘦成皮包骨，精神抑郁，目光呆滞，脸色蜡黄。过了些日子，敖景也是想回家歇息歇息恢复恢复身体。他迈进家门，夏秀丽眼睛一亮，底气不足地说："回来了！"敖景看见夏秀丽病得不成样子，却对自己无一句责怨的话，一时怜悯之心骤起，想与夏秀丽亲热亲热。夏秀丽已是无心与敖景行那男女之事，但也架不住敖景温存亲昵，只好任他随意。敖景好不容易征服了夏秀丽，本想与夏秀丽云雨一番，不想心脏一阵疼痛，只好暂作停歇，等候心脏复原。稍过片刻心脏无事，敖景又开始启动，爬到夏秀丽身上刚欲行事，心脏再次发作疼痛难忍，不得已躺到床上休息。如此几番过后，终未能成全夫妻之美。

夏秀丽本是病身，又见敖景翻来覆去没有真意，便起身离开了卧室，去客厅坐在那里滴起眼泪，心想：病得这样，尚来欺我，这明明是欲置我于死地，他即可以毫无顾忌地为所欲为了，完全没有了夫妻之情。想来想去，夫妻一场，不计现在，还有当初，不再与他计较或许还有回心转意之时，于是决定再耐心等待下去。

果然，敖景自从被宝儿弄伤右眼睛，回家的次数比以前多了，多半是回来看看就走，并不在家过夜。又过了些日子，夏秀丽觉得敖景可能会回来，便做了几个他爱吃的菜，又备了他爱喝的酒，独自一人坐在那里苦苦等他。然而饭菜做了一回又一回，等了一次又一次，却不见敖景回来。夏秀丽依然坚持每天傍晚做一次新饭菜。终于有一天敖景回来了，而且精神很好，进屋看见夏秀丽静静坐在那里，便笑着问："哎呀，做了这些好吃的，都是我爱吃的，是在等我吗？"夏秀丽见他这么说，眼泪簌簌地落下来，不过还是勉强地微笑着说："不等你，你说我还能等谁呢？"敖景跑过去狠狠地亲了夏秀丽一口。两个人开始吃饭，虽然话语还是不多，但是这顿饭吃得还算挺舒心。吃完饭，夏秀丽依旧去收拾碗筷。敖景走过去将夏秀丽抱起来进了卧室，又把她衣服脱去，二人就躺下睡了。敖景这次回家见夏秀丽依然如初，心里很受感动，激情马上就燃烧起来，与夏秀丽亲吻一阵之后欲要行房事，正当两相情愿之时，心脏里一阵闹腾，病情开始发作。敖景不得已从夏秀丽身上赶快下来，独自躺到一边去了。夏秀丽正是心血来潮，见敖景又去了一边置她不理，心下便是凉了半截，猜疑这是敖景在羞臊自己。夏秀丽心中暗自责问自己：夏秀丽，你就这么不值钱吗？贱成这样？这事是两相情愿的，你自己一相情愿如此多次，你的颜面和节操哪去了？人家如此折磨你，你还上赶着人家，还是个人吗？夏秀丽越想越没意思，觉得再一起待下去自己恐怕就窝囊死在这里了，对于这样一个无情无义的人还有什么可留恋的呢？算了吧，已经折腾三四年了，看不见修好的诚意，离开吧，回大海去！那里可以过上无忧无虑的生活！

第二天，敖景依旧去了怡心楼。夏秀丽给敖景写了一纸分手书，打点一下自己的东西，看看天魔镜的盒子，急急忙忙包到包裹里捆在腰间，回归大海去了！

敖景一连又是几天没回家了，也觉得这些日子那三个女人对他开始冷淡，便时不时地回想起夏秀丽来。到前院与庞有福打个招呼，委婉地说："庞员外，在你这里快有一年多了，承蒙你盛情款待不胜感激。这些日子夏秀丽身子不好回去看看。"庞有福心想：可他妈的走了，说他娘的什么一年多？两年都有余了，要不是混没了差事，你肯回去看夏秀丽？夏秀丽来找多少趟那么央求你都不肯回去，今天倒成了要走的借口了。庞有福嘴里没说，脸上却似凉水一般，见敖景起身走了，追问了一句："什么时候再来啊？"敖景也感觉到他的冷淡，但是自己大势已去，只好撑着说："以后说不定了！"敖景匆匆赶回家里。

家中冷清清的，一点动静也没有。敖景只好自己拉开门走进去，大厅、卧室、灶房，甚至库房都看了，就是没有夏秀丽的影子。敖景心中开始警觉了，在他的心目中夏秀丽是一个老守田园的女人，多暂也没有离开过这个家，今天会去哪里呢？他一时找不到夏秀丽，只好一个人躺在床上，眼望天棚等待夏秀丽归来。他闭上眼睛迷糊了一会儿，可是无论如何也静不下来，夏秀丽的音容笑貌像是贴在眼前，不管是睁开眼还是闭上眼就是不肯离去！索性只好坐起来，看看床的那头，看看窗子外面，往日进出的门口，倾听那个轻盈熟悉的脚步，期待那突如其来的喜悦。然而一切都让他失望了，实在不耐烦了，便下地想走走。敖景刚走了两步，看见桌子下面有一张散落的纸条，便过去下意识地用脚蹬了一下，看见上面有很工整的字迹。他拾起来扫了一眼，原来是夏秀丽写给他的，便仔细阅读起来。上面写道：敖景，我走了，到一个我能够失去记忆的地方，开始新的生活。对于我的出走，我没有责任，那理由你比我还清楚，所以我决定不再碍你的美事。我也劝告你：你也不要再骚扰我！我想做一个人间和上苍能够饶恕的人！敖景看完气恼地扔在地上，嘴里恶狠狠地说："咋的！离开你就不能活了？老子还没到山穷水尽的地步，或许还可以东山再起呢！"敖景决心要把夏秀丽忘掉。

敖景过惯了奢靡生活，冷丁消停下来还不能适应，有些一时舍弃不掉。过了几天，他又来到怡心楼找那三个歌妓。庞有福解释说："那三个女人见你不来了，都叫嚷着要走。我一看也养不起，没两天就给打发回去了。临走时不依不饶，要我付给她们青春费。我说，你们看我的眼睛都被人打坏了，想治治还没钱呢？哪有钱给你们啊？要不这个房子你们再用一年，房租减半怎么样？三个人谁都不肯，无奈三个人都在各自屋里又拉又尿好几天偷偷跑了。你要是不信实，可以到那些房间去看看！"敖景懊丧地说："本爷是来找人的，看屎看尿多晦气！"起身离开了。

敖景处在一个难熬时期，此事可乐坏了一个人。这个人正是潜伏在敖景腹内的张兰多。开始的日子，时时琢磨要蚕食敖景的内脏，不料没过多久事情被敖景察觉，找了个郎中从皮下剜了出来。敖景不知剜出来的是张兰多的替身，还用咸盐腌制成干。为庆幸自己逃过一劫，敖景特地从食盐罐里拿出来给刘河悍看，气得刘河悍半死，从此认定张兰多已经不在人世了。

在后来的交手过程中，刘兰梅"妈呀"一声，敖景没有注意到腹内的反应，刘兰梅借机断定娘还在敖景腹内活着，便把事情对刘河悍说了，父女二人皆大欢喜，对张兰多充满了期待。

张兰多已是一个三十五六的女人，藏于敖景体内，对于敖景一举一动情感思维一清二楚，感知到敖景与夏秀丽之间的夫妻生活。开始张兰多不以为然，过了一段时间便认为敖景和夏秀丽的夫妻生活虽有蜜意，但缺乏激情和乐趣，平淡而无可玩味，时间一长变得枯燥无聊，缺乏欲望新鲜感。后来敖景遗弃夏秀丽而去另寻新欢。张兰多开始还很鄙视敖景，认为他过于放荡，无视夫妻感情的存在和坚守。直到敖景在怡心楼遇见了三个女子，张兰多的思维发生了转变。敖景与三个女人在一起情绪的激动、心脏的欢跳，使她回想起一段往事。

那还是在凌霄宝殿东华厅的时候，张兰多是一只五彩水蛭，敖景是一条白鳗鱼。他们同在一个鱼缸里饲养，供天官、宫女、西王母娘娘诸仙赏玩。一次西王母娘娘在丫鬟飞龙的陪同下来了，飞龙往鱼缸里撒些食饵，白鳗鱼一时兴起，追着水蛭要交配。西王母娘娘乐得直拍手。五彩水蛭却是十分羞涩，左藏右躲，不让白鳗鱼得逞。西王母娘娘的笑声，引来了众仙女还有广寒宫的嫦娥和丫鬟，众人见了无不喜笑颜开。水蛭姑娘这时躲在鱼缸的一个角落里，身子有些瑟瑟抖动。白鳗鱼见状更是逞强，冲过去狠狠地亲了一口水蛭姑娘。水蛭姑娘无处藏身，只好躲闪在鱼缸的边角，收起了五色身躯，变成一条细线紧紧吸在缸子的角落里再不动了。白鳗鱼拿它没办法，只好放弃了……

　　后来，每当敖景与三个女人一起嬉戏的时候，张兰多都会想起当年敖景对自己的那一个热情的吻，这让她情窦绽放、激情荡漾，感到无比的温存和向往。张兰多想到自己的夫妻生活，想到刘河悍年纪大了，从没有感受过敖景对那三个女人的激情，夫妻间虽有关心和体贴，夫妻生活却与敖景差多了，而是平平淡淡没有新鲜感，没有冲动的交流，没有快意的舒爽，没有劫后的振奋，三天早知道，毫无新意可奢望。张兰多转而又想：那三个女子若我如何？我若跟他每日激情欢乐不也是美事吗？成天平平淡淡的有何乐趣？不虚度青春吗？青春有几许，虚度多枉然！于是羡慕不已，认为还是跟着敖景快活。张兰多思来想去，寻悟出一条计策，要把那亲吻的感觉找回来，开始变着法子挑拨敖景与夏秀丽的关系。每遇敖景与夏秀丽欢娱之时，张兰多就在敖景心脏上用尾巴划几下，敖景心脏疼痛便无意再行其事。夏秀丽被冷落，长此以往，弄得夏秀丽认为敖景是寡情欺骗，对敖景产生气恼、怨恨，终于有一天离家而去了，闹得二人分道扬镳各自孑然。

　　张兰多对与刘河悍的分离做了充分的考量，她认为：刘河悍年龄大，个性质朴，待人实在，与人为善，从不打别人的坏主意，就是结婚时父母那样看不起他，他依然是倾其所有资助娘家；刘河悍为人低调，做什么好事大事从不张扬，做了就是做了，也不额外的贪图什么；他比自己年龄大，稳重老成，始终把自己当个孩子，处处关爱，时时呵护，从不和自己争讲，甚至两人一起生活这么多年没红过一次脸。自己与他分手，也算对得起他，结婚时父母征求意见没说一句怨言，死心塌地跟着他，风雨中、烈日下、寒风里，吃苦挨累都是任劳任怨；自己还给他生个宝贝姑娘，精明聪慧、乖巧可人、善解人意，天生一对千里耳，能辨别出蛙叫虫鸣；这几年与敖景格杀时，自己多次救过他的命，也算对得起他。与他分手不能说他有什么不好，只是人各有志，追求有所不同，所以一旦有了心上人，又愿意随去，就应该义无反顾追求自己的快乐。刘河悍有可能不愿意，但是也很无奈，硬是爱一个不爱自己的人无疑是不明智的选择，伤害了别人也伤害了自己，不可能两全其美。

　　张兰多也想到了刘兰梅，这是个可爱的孩子，性格随自己有点任性，不过还不是放肆，自己对自己要求还是很严格的，那么大的姑娘了，从不做越格的事，安于本分。蛙婆给提一门亲事，看样子女儿很是乐意，不过在自己看来李德昭不是一个简单的人，他有宏图大志，又有持之以恒的耐力，做什么事不成功不罢手，而且足智多谋、运筹帷幄，有超人的才智。这样一个人日后是一个忘家的手，嫁给他不一定是一个明智的选择；不过，这样的人往往也是一个对别人负责的人。刘兰梅要是有这样一个归宿，也是她的福分了。对于自己的选择，刘兰梅肯定是不会赞成，不过她动摇不了自己的决心。对女儿刘兰梅来说也没有什么担忧的，她反对敫景，肯定会找敫景寻衅。这里有我在，敫景不会对她下毒手，敫景不伤害她，别人就不会伤害她了。日子久了，或许有些东西还可以改变。至于父母家族她也想好了，自己无论嫁给谁自己的血统至亲是不可改变的，要论能力敫景要高于刘河悍，只要自己满意父母谁也不会阻拦的。所以说：娘家亲跟着女人走；婆家亲跟着男人走，叫一声爹娘是友情，见面不说不看也就是个陌生人，毫无牵挂可言。

张兰多经过长时间的深思熟虑意向已定，一边反复地运筹着，一边等待着时机。

有一天，敫景寂寞地泅在水宫府里，正焦躁难挨，见乌丞相溜溜达达来了，心中大不乐意，鄙视地问："乌丞相，这些日子你干啥去了？是不是另投门户了？是不是应该恭喜你几句啊？"乌丞相笑嘻嘻地说："爷，别这么说。我是那种势利小人吗？前些日子我去偷看李德昭治河，被他们逮住揍了一顿受了点伤，这不今儿个刚下地能活动就来了！"接着又讲了找的一伙倭人不但没闹成事，反被李德昭都给遣送安置去峨眉山了。敫景此时似乎对这些事已没了兴致，也就没有再往下追问什么。乌丞相看出问题，觉得敫景情绪不对，收敛了笑容，认真地问："爷，你是不是有什么不高兴的事？"敫景见问长叹一声说："唉，没想到夏秀丽走了，自己单独过去了。"乌丞相还假装惊诧地说："真的？"敫景瞪了他一眼说："我什么时候与你开过这等玩笑啊！"乌丞相知道他根本不是想什么夏秀丽，而是又想女人了，便问："怡心楼不是还有几个姑娘吗？"敫景说："别提了，那天我去庞府了，庞有福带搭不理的说养不起，都走了。这人啊，说改肠子也真快，真看不行了还真的就不搭理你！这也许就是世态炎凉吧！"乌丞相安抚说："爷，这才几天啊，你再坚持一下。过几天我出去再给你寻几个来，这人不来鬼不惹的地方，你就尽情地耍呗！"说完二人笑了一气。乌丞相坐了一会儿，说大腿还是抽筋，得出去活动活动，借口走了。

敫景一个人躺在床上，一通乱滚，卧也不是，坐也不是，心中饥渴难挨了。张兰多感到时机到了，便在腹中开口说了话。她说："敫景，怎么身子病了？还是什么地方不舒服？"敫景听见有个女人在说话，睁开眼睛满屋子寻找，没有找到一个人影。于是便挑逗地回答："难受！你能帮着解决吗？"张兰多说："那算啥病呀？我就能解决！"敫景一激灵，声音有点熟，似乎还在自己的身子里发出的声响。便惊慌地问："你是谁呀？你在哪儿？"张兰多说："咱俩是故交，当年在一个鱼缸里玩耍，你还亲了我一口呢！"敫景惊问："你是张兰多吧，三年前不是叫我给杀死了吗？"张兰多说："你是杀死个张兰多，可我还活着呀！"敫景心中多少有些踏实，他记起自己亲过水蛭姑娘，便邪性大作，哈哈大笑说："真是缘分之人，在我想女人的时候你却勾引我！出来吧，我再亲你一口！"张兰多说："真的吗？你可不要耍我！你要知道你喝的玉辇灯油有一多半被我吸收了，你说话要算数！"敖景说："那你有什么要求？"张兰多说："咱俩结婚，一起生活！"敖景一拍大腿站到地上，惊喜地问："真的？张兰多你不是骗我找个借口出来吧？"张兰多说："可笑，有必要骗你吗？那还不如在这里三拳两脚就了结你的命了！"敖景感到浑身都有了精神，马上又问："那你什么时候出来呀？"张兰多说："现在！只是你要躺好，忍痛一会儿！"敖景心里叨咕：我才忍几天啊？你都忍了三年了！此时真是干柴和烈火心情两相知啊！想罢说："这么好的事，疼也不疼了！"敖景真的静静地躺在床上。

张兰多将自己的身子变得像一根细线似的，从胸腔钻到胃里，又从胃里爬到咽喉，悄无声息地落到地上，恢复了人形。敖景还躺在床上，闭着眼睛期待着张兰多出来，等了一会儿不见动静，着实有点慌了起来，以为张兰多有了什么变故。他活动了一下身体，感觉没什么反应，便一打挺坐了起来，开口叫喊："张兰多，怎么还不出来，耍我吗?!"睁眼一看又惊呼："哎呀妈呀！你咋出来的？"张兰多俨然成了一位阔太太，端庄秀气，面部脖颈肤色粉红，十分娇媚可人。她笑眯眯地说："我出来好一阵子了，见你没反应便站在这里好好端详端详你老人家！"敖景跳到地上，将张兰多抱了起来搂在怀中一阵疯狂的亲吻！随后准备上床。

张兰多制止说："敖景，慢来！有几件事情咱们得说清，你愿意，咱就成，不愿意，咱就两分开，如何？"敖景举起右手说："我听着，你说吧！"张兰多站起来严肃地说："一、咱俩今日拜堂成亲，婚后一起生活；二、我的名字不是张兰多，自今日起叫姚恨水；三、我的女儿刘兰梅，你任何时候都不要伤害她。仅此三条，同意否？"敖景立即跪地举起右手发誓说："皇天在上，张兰多三条规矩，全数照做，如有丝毫差错天诛地灭！"张兰多上前扶起。敖景问："什么时候拜堂？"张兰多说："午时之前。现在咱俩就准备准备！"不多时，供桌、酒水就摆在了水宫府的庭院内，二人各自换了妆束，皆是焕然一新。

张兰多拉着敖景的手，一起走到供桌前跪地发誓：皇天在上，我二人愿永结秦晋之好，互不相悖，白头到老！

语音未止，只见一只水桶自天而降，嗵的一声砸在桌子上，桶里的脏水溅了他俩一身。随着脏水落地，一个人也挺直了身子立在他们面前。来人不是别人正是刘兰梅。

刘兰梅独坐家中，忽然听见自己的娘亲与敖景对话，气得舞了嚓疯，随手拎起一只脏水桶便走。刘兰梅来到水宫府上空看见娘正与敖景拜天地。她怒气冲冲，二目圆瞪，满含泪水，对她娘喊道："娘！你这是干啥？我和爹爹盼你三年了，为啥不回家？在这里搞的是啥名堂？"张兰多平静淡然，既不急也不火，像是不认识一般。刘兰梅见娘冷冰冰的没有丝毫亲情，扑通一下跪

435

在地上，央求说："娘啊！娘！你跟我回去吧？我们一家三口多好呀！"张兰多仍是不语。刘兰梅说："娘啊！难道我在你心中一点骨肉亲情都没了吗？我可是你的亲骨肉啊！娘啊，娘！"刘兰梅泪流不止。敖景上前说："这位姑娘，你是不是认错人了？你知道她叫什么名字吗？"刘兰梅横了敖景一眼，斥责说："你别装泥菩萨了，我娘我还不认得嘛！还用你来问我她叫什么名字？"刘兰梅说完迟疑了一下又说："张兰多，我的亲娘，你还认不认你这个女儿呀？"说完咬咬自己的嘴唇，看着娘亲。娘异常平静，仍是不言语。这下可激怒了刘兰梅，她站起来跑上前去伸手去拉娘，还没等到娘的跟前，啪叽一下倒在地上，昏厥过去了。不知过了多久，刘兰梅苏醒过来，发现自己仍然躺在地上，耳边传来了敖景的语音："直到现在，此事只有咱们三个人知道，是不是知道的人越少越好？"过了一阵子，张兰多说话了，她悄声地却又是狠狠地说："只是不认就行了！"刘兰梅听了一骨碌爬起来，哭求说："姚恨水呀，张兰多，你出来再看看女儿一眼吧！"见娘亲毫不怜悯，不肯出来看她一眼。刘兰梅又跪在地上沙哑着声音说："娘啊！娘！这是孩儿最后一次呼唤你了。看来我真的没有娘了！"哭着，磕了三个头，起身而去。天上飘下一阵雨来。

刘兰梅变成一只黑天鹅，飞进了刘河悍家的后花园，拔起了那棵结满果实的蓝莓树，喊了一声："爹爹，保重，孩儿走了。再见了！再见！"黑天鹅飞呀飞呀，将蓝莓果子洒遍了结雅河两岸。后来，刘兰梅托梦给爹爹，形象地描述了那一幕。刘河悍叹了一口长气，感触颇深地说：老翁求新美事成，欲求终身共枕情。相敬如宾秦晋好，苦度寒秋无怨声。巧遇旧情心灵动，原是杏花唤春红。撇夫弃女为一吻，留作后人做点评。

第七十五章　图留青山在

　　李德昭植完树回到仁和堂，进屋还没坐下，便听见蛙婆、刘河悍、鲤将军说着话朝自己的房间走来。李德昭迎到门口将三个人让进屋里，请他们都坐下。李德昭发现刘河悍脸色灰灰，神情沮丧，失去了往日的稳重和善，有些惊诧，张开口刚想问。鲤将军一眼望见，抢过话头说："黑龙爷看出事来了吧？路上我俩拌了几句嘴，是点鸡毛蒜皮的事，不怨刘员外，都是我的错。现在咱们先吃饭，饭后我再做检讨！"刘河悍明白鲤将军的意思，知道他心疼李德昭，很怕他吃不好饭，也迎合说："对对，咱们先吃饭，吃完饭再闲聊。"刘河悍起身与鲤将军打开饭箱，给几个人开始打饭。蛙婆和李德昭都看出有点事，也都没有急于问，二人便痛痛快快地吃了起来。李德昭也真是饿急了，狼吞虎咽地一顿狂吃，不一会儿吃饱了。鲤将军只喝了一碗汤。刘河悍干脆什么都没动，只是一个劲儿地给人们盛菜、盛饭、递馍馍。蛙婆见李德昭撂下碗筷，自己也就放下碗筷，说了句："这菜味道真香！"

　　李德昭见大家都撂下了碗筷，起身离开桌子，挺挺腰杆，打个饱嗝，望着刘河悍问："刘伯，怎么没见兰梅？"刘河悍憋屈好多天了，见李德昭发问再也装不下去了，眼眶里马上充满了泪水，长长地叹了一口气。但是他还是尽量控制自己的情绪，平和地说："我已经有些日子没看见兰梅了。兰梅给我托梦说：看见了妈妈正和敖景拜堂成亲，拼死拼活地规劝妈妈，妈妈就是不认女儿了。"李德昭插嘴问："她不认兰梅，那她是谁呀？"刘河悍说："她说她是姚恨水，不曾知道谁是兰梅。不管兰梅怎么呼唤妈妈，张兰多就是不肯相认。兰梅就地大闹一场，搅得她们堂也没拜成。兰梅知道自己不能使妈妈回心转意，羞于日后再见你面，一怒之下连家也没回，至今不知道下落。"

　　李德昭听了刘河悍的讲述，心中惶惑，事发突然，感到震惊。尚有几分不信实，认真地又问了一遍："真的吗？怎么可能啊？"

　　鲤将军一旁证实说："刘员外是个心怀坦荡的人，怎么会对你说这种玩笑话？我派人到水宫府探听了，敖景的夫人确实不是那位贤惠的夏秀丽了，是一个名叫姚恨水的女人。刘兰梅一向关注母亲的音讯，听到了她与敖景的对话，知道姚恨水就是母亲张兰多。现在张兰多又嫁给敖景这已是不容争辩的事实了。"鲤将军说完见李德昭默然不语，便提示说："刘员外和我已经计议好几天了，至今没理出个头绪，就盼望你回来拿个主意呢！"

李德昭一边听一边想，听见鲲将军问，便开口说："这事既然已经成了事实，要想让姚恨水悔改，看样子一时半会儿是不可能了。长时间的耳听体感做出这个决定，也是可能的，何况他们原来尚有旧情。过一会儿我去拜访他们，看看他们如何解释，然后再做打算。"

蛙婆一旁听了也是吃惊不小，暗想世上竟有这么荒唐的事，太不可思议了，原本是仇人厮杀，如今却是以身相许与对头冤家同床共枕去了。觉得这个张兰多未免太轻浮了点儿。她有些气愤，见李德昭说完，正想评说一通。这时屋门开了，外面有人走进来，便收住了口。

张子善走进门见几个人正在说话，没看到一个笑脸，觉得人们的情绪有些不大对头。他也没来得及顾忌，一边往屋里走一边说："不好啦，不知怎么搞的，我们费劲巴力筑的那条防洪大堤被什么东西和弄得散了花，早已没了大堤的影子，成了一条烂泥河，我们的血汗白流了，今后护村没了希望。"

李德昭起身拽住张子善的手，急切地问："毁坏了有多长？"张子善近似抽泣一般说："多长？十五六里地长的大堤全完了，可怜我们八个村的老少爷们半年多的辛勤付出啊！"李德昭二话没说松开张子善的手奔出门去。待人们追到门外，李德昭已不见身影了。

李德昭来到德都镇大堤处落下，抬眼一看一片茫然，果然如张子善所说，往日人们蚂蚁搬山般修筑的大堤一点儿模样都没了，光如平地，在夜色中像一条长河寒光闪耀。李德昭暗想：这种事十有八九是敖景干的，除他谁还会做出这种事呢？他十分气愤，要找个证人，猛力一跺脚喊声："土地来见我！"

土地佬应声从地里钻出来，见李德昭呼唤，忙说："黑龙爷唤小臣何事？"

李德昭厉声问："土地！你如实讲来，这条大堤是何人所毁？"

土地佬迟疑了一下没有回答。李德昭上前拽住土地佬的右耳，大声说："你且如实讲来，若有半点谎言，我即刻撕下你的耳朵，提你上天庭，将你摔死在玉帝面前！"土地佬并不畏惧，慢声地说："我不说，是死；说了，也是死；说，还有什么意义！"李德昭说："你这样讲，定是有人威胁过你？你即是连死都不怕，还有什么可顾及呢？你是个正派公道的形象，玉帝信任你，封你为地神，理应效忠玉帝才是，怎么可以因一时软弱而有悖玉帝的初衷呢？难道几世修行的善果，宁愿一朝舍弃吗？你今天如果肯说出真话，我会不计前嫌来保护你，这样你心里该踏实了吧？"土地佬被李德昭真情所动，他问："你果真不计较我过去做过伤害你的那些事？"李德昭说："当然！我从没计较过。因为那是敖景胁迫你做的，你抗拒不过他，是违心所为。"土地佬又问："你将如何保护我？"李德昭说："从今以后，你跟随我身边，形影不离，难道还会有人报复你吗？"土地佬将李德昭的手推开，几近宣誓地说："我信你，崇敬你，你替天行道，对人有情有义。我愿意支持你，不说就是渎职。毁掉这条大堤的是敖景和乌龟精。我曾经劝阻过他们，说大堤是百姓辛苦修筑不容易，是备日后洪灾自救的，与你们和黑龙之间的过节无关，不应拿老百姓的事作法码来平衡你与黑龙之间的恩怨。结果我被敖景打个半死，这是实话。"

李德昭说："现在我就去找敖景。如果他不认账，你肯出面作证吗？"

土地佬说："黑龙爷匡扶正义，又肯保护我，我没有什么不敢了！"

李德昭和土地佬来到水宫府。李德昭告诉土地佬在岸边入土等候，一个人径直进了水宫府。门口卫兵见李德昭来了，要进去报告，被李德昭制止，一个人独自走了进去。

敖景正与姚恨水在卧室嬉戏，听见卫兵与李德昭对话，急忙让姚恨水回避。自己顺手拿过一个酒瓶子，仰脖喝了几口，又将酒朝自己身上洒了一些，蒙上被子佯装酣睡。

李德昭走进水宫府，站在客厅喊了一声："敖景在吗？"宫内悄无声响。他又放大声音喊起来："敖景在哪里？"还是无人言语。李德昭按捺不住性子，边喊边往卧室里走去。快要到门口了，一个女人不慌不忙地迎了过来。李德昭停住脚步，仔细一看，这个女人没见过，只见她：身材高挑，样子比较富态，四方脸，有点长，胖乎乎的，口眼鼻腮很细致，浓眉下眼光热烈，气质与众不同。白衣白裤，休闲打扮；长发披肩，黝黑光亮。女人看见李德昭愣了一下，随后笑盈盈地开口问："你是谁呀？"李德昭有些狐疑，觉得似曾见过，又叫不准像谁，索性闭上一只眼睛，透过眼皮仔细辨认，发现这个女人是一只水蛭精。女人见李德昭看着自己并不答话，又问："你是谁呀？"李德昭冷静下来，不紧不慢地说："我是这儿的常客，我怎么没见过你啊？你是干什么的呀？"女人见李德昭不正面回答，心中早已警觉；又见李德昭反问，不得已自我介绍说："我是这里的女主人，名叫姚恨水。"李德昭一本正经地问："啥时候的事？我咋不知道啊？"姚恨水说："时间不长，才几天。"李德昭问："原来不是夏秀丽吗？她去了哪里？"姚恨水说："客官，这事和我无关，我也不知道。"李德昭笑了笑问："即和你无关，缘何你自称是这里的女主人呀？"姚恨水脸有些发热，又解释说："是敖景官人娶我来的，其他事一无所知。"李德昭冷笑起来，嘲讽说："请你来你就来了？敖景的身世、人品你家也没给你打听打听，哪能就这么稀里糊涂地当上女主人呢！"

这时，敖景在床上"嗷"了一声。姚恨水说："您是不是来找敖景的，明个再来吧，这几天他酒喝多了，都三天卧床不醒了。"李德昭说："啊，这是他的老毛病了，我有办法治。"说罢硬是走进了卧室。

李德昭来到床边，见敖景在被子里鼓鼓秋秋总在动，又闻得酒气飘香，不见腹臭味，断定他是装的。于是问敖景："敖景，知不知道德都镇的防洪大堤是谁毁坏的？"敖景在被窝里翻了个身，露出脸来嘎巴几下嘴没说什么。李德昭用手耸了耸他的肩头，直白地问："德都镇新修的大堤，是不是你毁的？"敖景嘎巴了一会儿嘴，呜噜呜噜地说："哥几个不错……凑在一起喝……多了，真的，一滴答也没瞎，全……全他妈的喝了……"李德昭急了，拽着膀子往起提拉。敖景死活不起，像一摊泥似的，怎么也立不住。

李德昭见他不起来，又不肯罢休，逼着追问："敖景，德都镇大堤是你毁掉的吧？"敖景不吭声。李德昭提示说："堤上还留有乌龟爪子印，是不是乌龟精也去了？"敖景咕噜咕噜嘴，稀里糊涂地说："哎呀，哎呀……尽吃些……嗨，都是山珍海味……啊，没有……小鸡子……哪来的爪子……"

李德昭见这样实在问不出个子午卯酉，便换了个话题。他问："你身边新来的这个女人，是哪来的？"敖景有些不耐烦，叹着气说："我这一辈子算离不开女人了，那那……那么个场面，没……没几个……女人，没女人能……能行吗？不怕……你笑话，有他妈的……四五个呢，都是庞……庞员外……从乡下淘……淘澄来的……"说完，"哇"的一声将酒饭吐在地上。

姚恨水赶紧过来，央求说："客官，有事改天再来吧，今儿个，他不省人事，尽说胡话，不能满意回答你，烦您再辛苦一趟吧！"

李德昭很无奈，只好离开了水宫府。

敖景听听屋里没有动静了，一骨碌爬起来，鄙视地说："小他妈样，和我斗，你还嫩了点儿。毁条堤你来兴师问罪，一会儿我去刮旋风，还把德都镇夷为平地。来个你造我就拆，看他妈的谁闹心。"敖景说罢下地就走。姚恨水上前劝说："官人，斗这闲气干啥？咱俩在家玩点乐呵事不比那个强吗？"敖景有些生气，申斥说："警告你，不要吃里爬外！"姚恨水有些委屈，嘟囔说："人家咋个吃里爬外了？人家抛夫撇女跟了你，咋还成了你的话柄了？"敖景辩解说："我不是那个意思，你咋理解我不管！"说完径直走出门去。

漫漫黑夜，满天星光。敖景又一次来到德都镇，在空中盘旋了一下，摇身现出龙身，尾巴猛力一晃，可不得了了，顿时凭空风起，呼啸着形成一个气旋，地上飞起的沙石击打着屋顶，噼啪作响。不一会儿一户房盖被掀走了，飘到很远才稀里哗啦地落下来。风越刮越大，几乎是天昏地暗了。敖景还在痴迷地用力搅动着尾巴，有个什么东西落在头上，自己突然感觉四肢无力，啪唧从空中落在地上动弹不得。这时大风停了，天空裸露出星星。空中不知是些什么东西，还是一个劲儿地往下落，不时地砸在敖景的头上。敖景想躲闪，可办不到了，身子完全不听他的使唤，慢慢地神志也不清楚了，彻底失去了知觉。

姚恨水自打敖景离开水宫府，内心开始矛盾，一方面认为敖景对黑龙有成见，有气应该找黑龙直接去撒，无故糟蹋百姓不可取；另一方面她也担心敖景的安危，万一中了人家的圈套，肯定会身处危险之地，结果可能是或伤或残。姚恨水越想越不放心，随后便跟了来。她在后边看到敖景在德都镇上空直接刮起旋风，地上的房屋开始被摧毁，房盖飞起来，墙体也被吹成残碎砖瓦沙石。她清晰地看见在天空飞舞的沙石中，有一团沙石悬在敖景头顶，其中有一块击打在敖景的头上，敖景很快失去了知觉。可是，令她不解的是那团沙石直到敖景倒在地上还在盘旋，而且不时地击打着敖景的头。她仔细观察了一会儿，也没看出什么端倪，只好落地将敖景抱回了水宫府。

回到水宫府，姚恨水将敖景放在床上，借助灯光对伤口进行仔细检查，准备医治。然而她发现敖景的头部并没有外伤，连点儿痕迹都没有，感到很困惑，明明看见石块砸向了敖景的头，而且立即昏厥，怎么会没有伤痕呢？她又检查了别处，后来身上又查了一遍，也没有看到一处伤痕。这让姚恨水焦虑起来，敖景被砸后出现的昏迷、不语、身子瘫痪等诸多症状，查不出原因，可是敖景的病得治啊！

姚恨水思来想去认为：敖景的病是自己看着砸的，即使没有查明原因，病是不能等的，要及时处置治疗才是。她决定从两个方面入手：挨砸头部，医治跌打损伤；如果是异术所致，那就从恢复元气治起。两招同用，互不耽搁。姚恨水把自己千年积攒的救生之术都用上了，配制了两副仙药，立即给敖景服用下去。她在一旁静静地观察，期待着奇迹的发生。然而一连三天，尽管逐次增加药量，敖景的病却不见丝毫好转。

这一天乌丞相来了，直接进了卧室。姚恨水又是惊喜又是生气，申斥说："这些天你干啥去了？你真想倒戈吗？可别忘了？你俩是一根绳上绑着的两个蚂蚱，谁也别想单飞！"乌丞相龇牙咧嘴地辩解说："这都是哪的事啊？我不过是拉几天肚子，今儿个刚能挺起个就过来了，着急你咋不派人叫我一声呢！"乌丞相倒打一耙，果真奏效。姚恨水从未见过乌龟精这种态度，知道乌龟精对自己有些瞧不起，现在指责人家，人家不服，这也是需要自己忍耐的地方。于是她满脸笑容地说："乌丞相莫怪，我也是一时急切口中有误，还望担待。你看看敖景现在病成这样，我使尽浑身解数医治不见好转，你有何办法？"

乌丞相卡巴卡巴眼睛，问姚恨水说："夫人能不能详细告诉我白龙爷得病的过程？不要管我知道或不知道的，只从你掌握的情况如实说来。"

姚恨水妩媚地看了乌丞相一眼，撇撇嘴说："你这个人真怪，你俩做的事偏让我一个局外人来说。为啥？"

乌丞相说："这有助于掌握他的脉络。你若做不到，这个忙我就帮不上了。"

姚恨水不得已将自己知道的情况一一诉说了一遍，两眼眯眯地看着乌丞相，期待着他的答案。

乌丞相态度十分严肃，对姚恨水说："你且让我独自和白龙爷少待片刻。"姚恨水很是配合，退出了卧室，进了客厅等待去了。

乌丞相起身来到敖景身边，在两手掌环指处分别点压了关冲穴，又在面部人中穴上用力压了一会儿，见敖景眼皮有些眨动，便收手离开了卧室，来到客厅对姚恨水说："夫人，你回卧室仔细观察一会儿，可能白龙爷会醒来。我回去找郎中弄点药。"乌丞相说罢离开了水宫府。

　　姚恨水回到卧室，刚往敖景脸上观看，被门口进来的人惊呆了。她有些丈二和尚摸不着头脑，愣愣地问："你怎么这样快就回来了？"来人回答："我刚来呀！怎么是又回来了？"姚恨水用力卡巴卡巴眼睛，仔细分辨一回，确认依然是乌丞相，只是衣服比刚走的那个颜色淡了一点儿。她还想与来人对质，这时敖景在床上"哼"了一声，便赶紧回过身来顾及敖景。敖景看见姚恨水和乌丞相都在床前，又闭上了眼睛，再也没有发出声响。

　　来人也是乌丞相。这个乌丞相问："白龙爷怎么了？为何静静地躺在床上一动不动一声也不吭呀？"姚恨水有些生气，大声说："你别装了！刚走出去又折身回来，怎么又是刚来啊？不是和你讲得明明白白了吗？"乌丞相争辩说："夫人，你可不能睁着眼睛说瞎话啊？我可是心焦火大，排便困难，有四五天没来了呀！我多暂和你装过糊涂啊？"姚恨水感觉事情有些不可思议，这个乌丞相真的不知道走的那个乌丞相的事，索性需辨个真假，也就不再争讲。她转而笑嘻嘻地说："你干嘛得病这么长时间啊？身子不是结实着吗？"乌丞相抱屈地说："上次我和白龙爷去毁德都镇的大堤，累着了呗；也可能是汉沫流水的感冒了，外面发冷，内里发热，口干舌燥，故而拉屎不畅。"他停了一下，又问："白龙爷害的啥病啊？"姚恨水眼睛盯着他说："四天前摔了一下，故此神志不清。"乌丞相问："干啥摔的？"姚恨水摇摇头没有回答。乌丞相起身走到床前，探身寻找伤口。姚恨水警觉地跟在一边，见他伸手去摸敖景的头，以为他要动手，急忙出手将乌丞相的手掐住，使他动弹不得。乌丞相不解地笑了，看着姚恨水的脸说："咋的？我摸摸头还不行啊？过去我还帮他做过手术呢！"姚恨水不由自主地松开手，她知道那次手术是要把她从敖景腹中取出来，今天乌丞相讲出来是在敲打自己，他与敖景的接触是不分你我的，戒备是过分的。由此她得出个结论：新来的这个乌丞相是真的！姚恨水还是犹疑：那个走的乌丞相又是谁呢？

　　又过了两天，姚恨水和乌丞相守在床前。两个人各自心中都是十分焦急，想尽各种治疗办法，敖景的病就是不见好转。姚恨水已经把饭菜热了又热，谁都没有心情吃。姚恨水见乌丞相陪了两天两夜了，滴水未沾，过意不去，对乌丞相说："我去做点新饭，你好好吃顿饭，总不吃饭身子会受不了。"站起身就去厨房，刚走到门口，听见敖景长长地叹息一声。她折身又返回床前。

　　敖景醒了，其实他早就醒了。他睁开眼睛，望着乌丞相和姚恨水，又长长的"唉"了一声，狠狠地说："放下身价吧！乌丞相，你去仁和堂跑一趟，对黑龙讲：请他再来饶我一次，放我一马，我想办法将毁掉的大堤给德都镇恢复了!"乌丞相和姚恨水都不理解。乌丞相问:"为什么这样说啊?"敖景说:"我在德都镇落地的一瞬间就知道是黑龙把我治了,他要给我一个惩罚,令我收手。这次他给我的时限是七天,四天头上他扮演你乌丞相骗过姚恨水查清了事情真相。临走时给我点开了两道穴,那时我就清醒又能说话了。这两天我在思考,我是不是求他?思来想去,还是来日方长,好汉不吃眼前亏,先服个软吧!他使用了飞石点穴法,封堵了我全身的脉络穴道,使我动弹不得。你们谁也解不开,非他不可,你们说我不低头行吗?"

姚恨水此时才恍然大悟,眼泪情不自禁地流了下来。她对乌丞相说:"此事辛苦丞相了,敖景很少服软的,看来他是到了焦灼难解的时候,这次去仁和堂,还望您委曲求全,多给敖景说些好话,祈求黑龙还敖景一个健全之身。"

乌丞相说:"去一趟是责无旁贷的,万一黑龙要是提出条件,我该如何回答?"

敖景说:"仁和堂中别人可能向你提些条件,如果提出你就婉转答应。但是,黑龙是不会对你提出什么条件的,你知道,他知道你当不了我的家,你答应他也没用。这回他肯定会提条件的,不过他会直接向我提出,而且还会十分严厉。不过,我思考了两天了,已经做好了充分准备,他的所有条件我都会欣然允诺,我要留得青山在,日后寻机东山再起!"

乌丞相听敖景这么说,心里有了底气,欣然接受了这个差事。

乌丞相独自一人来到仁和堂,正巧李德昭没有出去,院子里除了蛙婆外再没看见其他人,心里多少踏实了一些。守院人为乌丞相做了通报,被领到卧室。说是卧室,屋子很大,除了睡觉,平日的办公也在这间屋子里。李德昭知道这两天乌丞相会来,特意在家等他。乌丞相走进李德昭的房间,满脸现出友善的笑容。李德昭指给他一个座位让他坐下。

李德昭问:"乌丞相,今儿个怎么这样闲暇,罕见的一个人跑来?敖景怎么没来呀?"乌丞相虔诚地笑了,他说:"黑龙爷真会开玩笑,你在守株待兔,我不来行吗?"他说罢咧开嘴笑了笑说,"我们爷,差我来请黑龙爷驾临水宫府一趟,有事要与爷回禀。"李德昭问:"既然有事你们爷为何不亲自来呀?"乌丞相嬉皮笑脸地说:"我们爷不能亲自来的原因爷心明镜似的,逗我干啥!"李德昭说:"你们爷不来,我怎么个心明镜了?"乌丞相笑笑说:"黑龙爷,您不心明镜,那我就心明镜。这回敖景可是真心实意地求您去了,一是求解病痛;二是彻底的认错,悔过自新,这恐怕是您追求的心愿!"李德昭说:"看来这回是你们爷跟你交了底了,怪不得你见我如此轻松呢!"乌丞相为了取得李德昭的欢心,又透露:"我们爷比我有头脑,早就心知肚明了。这次你本可以借机除掉他,但是您没那样做,而只是惩戒了他一下,丝毫伤痕没留下,还去给他点开穴位,让他清醒说话。你对我们这么宽宏大量,能不打动他吗?

我们爷都落泪了，真心实意地悔改过错。您去和他见面，一切都会清楚！"乌丞相说着显得十分兴奋、十分得意，似乎日后已是一片蓝天了。

李德昭似乎也是期盼到了一个好结果，欣然同乌丞相去了水宫府。姚恨水早已在门口等待，见李德昭走进大门，连忙走下台阶迎过去躬身施礼，满面笑容地说："欢迎黑龙爷光临！"说完引李德昭直接进了卧室。

李德昭来到敖景身边，在早已摆放好的椅子上坐下，对敖景说："今儿个挺有精神，咋的没喝酒啊?"

敖景笑了，羞愧地说："惭愧！上次对您无理了！我躺着给您道个歉吧，对不起！我也深知您的宽容，真心说句'谢谢！'我卧床沉思了好几天，认为我秉持前嫌与您作梗是不应该的。上次在天庭您救了我的命，这次又放了我一马，我如果再继续下去，真就不是个人了，怎么还好天上地上人群里混啊！黑龙，您要是不解气就再打我一顿吧！"敖景见李德昭没说话，又说："说心里话，对于您取代了我的位置，我心里着实别不过劲来，一门心思要和您对着干，而且乐此不疲。今儿个我觉醒了，您让我干啥我就干啥，一定与您保持一致。我还想好了，从明个起我去德都镇亲自把毁掉的大堤尽快给恢复起来，让您看看我幡然悔悟的表现！"敖景看了姚恨水一眼，严肃地说："至于这个女人，是她上赶我的，我不干拆庙的事，她要回去我不会阻拦。让我给刘员外赔礼我也愿意！"

李德昭看看姚恨水，面色平和不为敖景的言语所动，知道她是铁了心了。这类货色，不回去反倒为美。李德昭说："如你所知道的，先前对你的惩戒是想将你从迷途中挽救回来，我真心希望你能彻底悔过，我们一起为天下百姓造福！今儿个你既然认识到自己的不对，又有改过的决心，这很好，期望看到你言必行、行必果，履行自己的诺言！"说罢，右手掌在敖景面门上一抹，说声"开！"敖景即刻从床上来到地上，拉住李德昭的手亲昵不已。李德昭说："你不要高兴得太早了，咱们还要约法三章：一、不要忘记玉帝派我们到这里是为人类兴风布雨的，期盼我们把人间搞得风调雨顺天下太平。这是宗旨，时刻要记住。二、不要忘记时刻管住自己，知道每做一件事，什么是该做的，什么是不该做的；该做的一定努力做好，不该做的事情坚决不做。要服从大局，不能任着自己的小性子行事，不能利用权力专心经营自己享乐。三、不要忘记咱俩是共事，心思要往一块用，不能各干个的，不可自挑门户。相互间有想法要互相商量，不可暗中较劲。咱俩之间以我为主，凡事以我最后的说法为准，不准擅自行动。"

敖景听了一瞪眼，又用力拍了一下床，大声叫了起来！

第七十六章　玉帝封巡按

敖景听了李德昭的约法三章，很是兴奋，狠狠地拍了一下床，跳到地上叫喊说："好！好！区分的明确，我保证逐项做到。如果哪条做不到，咋个罚我都行，绝不会有二心！"李德昭听敖景说完，二话没说起身走出水宫府回仁和堂去了。敖景三人出门送行，一直到望不见身影才进水宫府。

敖景回到大厅，伸起胳膊活动活动，又连蹦带跳地劈劈腿，深深地叹了一口气说："这一劫算是晃过去了，接下来我还要巩固他对我的好印象，让他对我深信不疑失去戒备。"乌丞相说："白龙爷，你早就应该练就这个城府大度，对他动谋略而不是斗小气！"他见敖景听得认真，便问："不知白龙爷如何获取好感？"敖景得意地笑笑说："我认了错，许了愿，就要兑现。他不是因我毁堤而惩治于我的吗？我就把大堤给他修上，让他心满意足，这样李德昭还会记恨我吗？肯定从心里会认为我是幡然悔悟！"乌丞相听后伸出拇指夸赞说："高！高！白龙爷能直能曲，是个做大事的人物，就是与众不同，一般人做不到！"

敖景说："乌丞相，你不要只是夸，这回该你出点力气了。"乌丞相有些惶恐地问："该不会让我去再修堤吧？破坏我算一把手，筑堤我就没有那个本事了。我真的不行！"姚恨水一旁提示说："乌丞相一向老谋深算，焉何关键时刻黔驴技穷了？你那小绿豆眼睛再转悠几转不就结了？"乌丞相眼睛冒火，狠狠地望了望姚恨水，心里嘀咕：不要脸的臭婆娘，在这儿你给我火上浇油，这回我也整你几句，于是皮笑肉不笑地说："哟，夫人多见，还望赐教一二！"他原以为讥讽一下，暗示她不要掺和，没想到事与愿违，只见姚恨水不紧不慢地说："哎哟，我的丞相哟，你不向来都是为白龙爷解忧的吗？怎么关键时刻却躲躲闪闪想图清闲了？"乌丞相被抢白得满脸通红，一时没了话语。姚恨水撇清卖乖地说："既然乌丞相不肯自说，那我就替你亮亮你的异技。"敖景对姚恨水的举动有些诧异，认为她是有意帮腔把事情闹大了，眼睛愣愣地望着夫人。姚恨水不慌不忙地说："你忘了蚂蚁搬家的故事了吗？为何不去调来蚂蚁帮助筑堤呢！难道堂堂的乌丞相连个蚂蚁都求不动吗？"乌丞相脸一红，一拍大腿叫喊说："夫人英明！夫人英明！不过蚂蚁虽小，其性志难违，不知夫人有何赐教？"敖景说："指使个蚂蚁还不容易吗？你找它们的头头一说，叫它们帮着筑个堤，它要不干，你就放水要挟它，它不就听你指挥了吗？"乌丞相站起来，向姚恨水伸出大拇指称赞说："夫人智慧，乌某佩服！愿为白龙爷献力！不过有一个问题得事先挑明，蚂蚁筑堤是不能防水的，先人早就警示过：千里之堤溃于蚁穴。将来有大水大堤必然毁坏，那我们不是徒劳了吗？"敖景斜视了乌丞相一眼，说："我的丞相大人，你那绿豆眼一向锐利过人，怎么连这点儿小计都没看透？你当我真心给他修堤呢？我是只管眼前不管将来，我就要这个效果！"乌丞相转了一气眼珠，又看看姚恨水，心想：这哪是郎才女貌啊，分明是蝎子和毒蛇凑到一块了，心计比我还阴险。可是那黑龙也不是肉眼凡胎，这点儿马虎眼能蒙混过去吗？想到这里他认为这个事自己不能全揽着，要把责任分摊给他们点，绝不能让他俩躲清静。于是乌丞相笑笑说："白龙爷神算，是小的愚钝。只是蚂蚁众多，怕是小的一个难以载重；还有那蚂蚁王桀骜不驯，怕是小的难以慑服，还望白龙爷亲往才有把握。"姚恨水心想：待着也是待着，不如同去一趟，露上一手也会铺垫铺垫自己的根基，免得日后别人再小视自己。她想罢抿嘴一笑，对敖景说："我觉得乌丞相说的也有道理，图个办事顺利，我看我也去，可以帮助你们做点事！"敖景见姚恨水这样说了也就表示同意了。三个人一起去找蚂蚁王求助。

　　张子善自那天晚上从仁和堂回来，心胃里一直别扭得像被谁塞了块大饼子，堵得喘不过气来。他再也不敢到筑堤的地方去了，八个村的几千号人男女老幼人背肩扛、泥一把汗一把、辛辛苦苦容易吗？想到张河水七十多岁了，为了打开局面，带头背土筑堤的情景，他的心都疼，那腰弯得快要扣到地上，脸上青筋暴跳大汗淋漓。是他感动了全村人，是他带动了八个村的群众，是他出谋划策帮助自己解决了诸多难题，才有了后来的又高又宽气势宏伟的防洪大堤，那是德都镇人的骄傲，那也是德都镇人将黑龙意愿变为现实的壮举。焦虑的日子是煎熬，张子善耐不住折腾病了，一连五六天茶饭不思，整天的卧床不起。这一天早晨，老婆给他做了一碗鸡蛋面，逼他吃了下去。他感觉身子轻松了一些，也有些力气，想出去溜达溜达散散心。张子善刚开门出院，不意结结实实地撞到张河水老汉的身上。张河水趔趄了几步还没站稳，便喊了起来："子善，快，快，快去看看吧！大堤修好了。"张子善没反应过来，连声问："什么？在哪儿？怎么可能？尽……"张河水订正说："真的！不信快去看看吧！"说着，拉着张子善向村外跑去。

　　清静的早晨，被两个人的惊叫声唤醒，人们呼呼啦啦地走出房门跑向村外。张子善第一个爬上了大堤，捧起两把泥土仔细看着，忽然塞到嘴里一块咀嚼了起来，一边嚼一边说："真的！真的！是泥土。"他四仰八叉躺在堤面上，大声叫着："我的天啊！大堤是真的！这到底是怎么回事啊？"说完，张子善跑下了大堤，向北跑去。有人说："不好了，保长可能是疯了！"

　　李德昭从水宫府回来，一路上心情十分舒爽。他从来没见过敖景对自己百依百顺，庆幸是自己的谋略和武功战胜了敖景和乌龟精，同时也庆幸自己的惩戒之方唤醒了敖景的敌意之心，使他明白了醒悟悔改自己的过错。如果敖景真的浪子回头，他也算没有在玉帝面前白给他讨回一条性命，让天庭百官看到杀戮是不可取的，感化也许要比杀戮更胜一筹，惜才爱才是成就大业的成功之道。然而，自赏之余他也稍稍感觉到敖景真情的瑕疵，有点说不出的感觉？这样想的时候，他提示自己：害人之心不可有，防人之心不可无啊！留点心眼戒备着点儿对于和敖景这样的人打交道是必不可少的，只是要多留意一些，冷静对待，给人以充分表现的机会。敖景会如何兑现他的承诺呢？能否修复德都镇的防洪大堤，可是考验他是否真正悔过的试金石。

第三天早晨，李德昭和蛙婆正在吃早饭。张子善风风火火地闯进屋来，上气不接下气地说："黑龙爷，喜事一件！喜事一件！"蛙婆嘴快，急问："慢点说，什么喜事呀？"张子善满面惊喜地说："那个堤，那个大堤一夜之间重现了！好端端的，你说神不神？真是太好了！"蛙婆平淡地一笑，没说什么，眼睛却看着李德昭。李德昭听了心里猜到了八九分，便对张子善说："在这里吃点饭吧，完后咱们一起去看看！"张子善见李德昭不是十分惊喜，心中不免有些嘀咕。李德昭答应去看了，那么早一会儿晚一会儿也是无所谓了，便坐下来吃饭。

三个人吃完了饭，正准备出发去德都镇，出门望见德都镇方向来了几百号人，样子十分匆忙。三人迎到大门口，看见张河水老汉走在前头。李德昭走上前去问张河水说："老伯，你带这么大一帮人到这儿干啥来了？"张河水回头看看，惊讶地说："我是来赶张子善的。我看到他在大堤上仰天躺了一会儿，撒腿就跑了，一边跑一边叫，以为惊喜至极精神受到刺激，我怕出事就追了来，不知道后边还有那些人呢！"说话间后面的人也都围拢上来。

张子善说："乡亲们，黑龙爷知道大堤修复了，要到我们那儿看看，大家都回去吧！"

李德昭见状很受感动，对人们说："来吧，有不害怕的都聚在一起，我们一起走！"人们呼啦一下都聚在一起，没有一个害怕的。张河水对李德昭说："大家都信任您，谁还害怕呀！就让他们也乘一回云彩吧？"蛙婆走过来笑嘻嘻地说："来吧，我也借个光！"说罢也聚到张河水和张子善身边。李德昭吐了一抹云霞将人们缠住，对大家说："如果有害怕的就闭闭眼睛。"说完驱动云彩飘了起来。不一会儿便到了德都镇，云彩缓缓落在大堤上。

人们簇拥着李德昭沿着大堤查看。蛙婆跟在李德昭身边，声音极小地对李德昭说："昨天夜里我感觉有事，就跑来看看，看到蚂蚁王正在指挥蚂蚁们搬土筑堤。白龙还有乌龟和那个姚恨水一旁观阵。猜到一定是白龙组织修堤的。你要好好看看，别是那小子又在使什么鬼点子！"

李德昭沿着大堤仔细查看，发现还有很多蚂蚁在土里钻入钻出，样子还是十分匆忙。李德昭又沿着堤顶向堤坡查看，看见蚁洞颇多，踩上去十分松软。李德昭小声问蛙婆："你在土地里成天觅虫，蚂蚁驻堤妥当吗？"蛙婆说："蚂蚁生活在土堤上，存在着隐患，蚂蚁窝是松散的，把土堤的密实性破坏了，大水有压力会渗透到大堤内，时间一长，水会通过蚁穴流到大堤的背水面，土堤容易决口断堤！俗话说：千里之堤毁于蚁穴，说的就是这个道理。"李德昭又问："婆婆，这个大堤尚能使用吗？"蛙婆望了望李德昭说："除非把蚂蚁赶走，再把大堤压实，消除蚁穴！"李德昭心里忽感阵痛，知道敖景又施了伎俩，不觉义愤填膺。他沉默了一会儿心情有些好转，认为大堤迟早要修复的，慢慢再做计议；至于敖景无须与他争执，留心观察，顺其自然吧，早晚狐狸尾巴会露出来的，眼下先要稳住他，看他还有什么鬼点子可出！

德都镇的百姓看见大堤"固若金汤"，个个满心欢喜，似乎又一次看到了战胜洪水的希望。

敖景弃恶从善，将亲自毁坏的德都镇防洪大堤又亲手修复起来，深深地触动了三个人。这三个人不是别人，他们是灶王爷张天君、灶王奶奶张兰英、土地佬张福德。土地佬找到灶王爷夫妇说："二位上神，我等三人被敖景捏箍多年了，唯唯诺诺，从来没对李德昭说句公道话。如今敖景向善服了李德昭，我们也没什么顾忌了。说句心里话，自打李德昭来掌管布云施雨，关东一带风调雨顺，百姓安康，特别是近年来搬山造平原，山地植树保水，通河道泄洪害，使关东天下太平。我等再不说句公道话有悖玉帝信任，也对不起自己的良心。我等去天庭祈求玉帝给李德昭正名，封他一个官职。我等施职也能名正言顺，得个心悦诚服。"灶王爷说："我和兰英期待此事久已，迫于敖景威慑不敢盲动。如今听你这么说，也觉得理所当然。明天恰是凌霄宝殿早朝，我等可一同前往！"

第二天一早，玉帝莅临凌霄宝殿。玉帝刚宣布早朝，余音未落，右侧班内走出灶王天君，躬身施礼，有本要奏。

玉帝：灶王天君，有何事上奏？

灶王天君：微臣禀告李德昭，万民称颂，荣耀神州。

玉帝：所颂何事？

灶王天君：移山造平原，遍山植松柏；疏通阻河道，筑堤御洪灾。布施及时雨，黑土变仓台；降马施农技，救灾修民宅。千里送峨眉，不欺倭人矮；猪鸡赐百姓，香口又发财。盛颂玉帝智，夸赞黑龙才；何止关东誉，神州全唱开。

玉帝：此奏是否真实？

灶王天君：微臣所奏句句真实，无一词望风捕影。

玉帝：本奏有何用意？

灶王天君：微臣代替天下庶民奏请玉帝，请求敕封李德昭五湖四海九江八河巡按之职，昭告天下尔！

玉帝（没有一丝悦意，乜斜灶王天君一眼）：你有看风使舵之嫌。上次与敖景联手状告李德昭，可知罪否？

灶王天君：微臣知罪！受敖景要挟，违拗本心，害了李德昭，亦蒙了玉帝圣聪！

玉帝：朕历来泾渭分明，那就念你随朕身边一回的情义，降级三品，改称灶王吧！

灶王天君：谢玉帝！

玉帝：张兰英何在？

张兰英（右班内走出）：小臣在。

玉帝：朕问你，你可知罪？

张兰英：臣一向夫唱妇随，难逃胁从之罪，愿受惩罚。

玉帝（侧脸转向西王母娘娘）：西王母娘娘，胁从之罪，如何惩办？

西王母娘娘：灶王天君降三品，随从就降一品吧！

玉帝：这不公平，同案犯，为何她张兰英才降一品？

西王母娘娘：这很正常，爷与娘本身就含男尊女卑之意，胁从降一品理所当然。

玉帝：张兰英降一品之后不就高出张天君两品了吗？这地位不就立马提高了？

西王母娘娘：按玉帝意思应该降张兰英四品才是，这不能接受！

玉帝（心里打鼓盘算一下）：主犯降三品，从犯降四品，那就不公了。若是降一品二品吗，不就成了女尊男卑了吗？

西王母娘娘：此案属于个例，并非过去现在皆如此，颠倒不了乾坤！

玉帝：那就依爱卿所言。不过刚才张天君所奏，据朕往日所闻，事情属实，算是有功一件，朕赐予张天君官升一品，以资鼓励。朕准张天君灶王所奏，宣布敕封李德昭为五湖四海九江八河巡按之职，今日正式昭告天下。属地王者皆要臣服，相关事务皆要相向而从之。

（凌霄宝殿上）大小官员应道：喏！

敖广（出班施礼）：臣禀玉帝，前次臣请求卸职一事，还望玉帝恩准！

玉帝：好吧，借此敕封李德昭巡按之时，也圆你多年凤愿，准你告老还乡。不过，你与李德昭职务之事要有一个妥善交代。太上老君何在？

太上老君（出班施礼）：臣在。

玉帝：任职事务交接由你监督，不可草率行事，必定事必躬亲！

太上老君：臣明白，定会一丝不苟，所办事务如实汇报！

玉帝：今日事发仓促，未调李德昭到场。你可带我御旨专程宣谕：上次我已经免去了敖景协办之职，已不属天庭管辖之神，交由听命李德昭便是；

要令那敖景心服口服，不得再生事端。

太上老君：玉帝圣明，老臣一定秉圣谕监察，绝不走样。

玉帝：各位爱卿，今日朝议李德昭任职、敖广卸职，可有他说？

众官员（齐呼）：玉帝圣明！

散朝之后，敖广来找太上老君，请求他一同前往摩尔根。太上老君说："你且先回东海龙宫，我得去玉帝处领来御旨，好当面宣谕。"太上老君说完找玉帝去了。

敖广一个人高高兴兴回到了东海龙宫，向家人告知了自己卸职和李德昭受封巡按之事，一家人欢天喜地高兴得不得了。随之备宴等候太上老君到来。

不一会儿，太上老君来至，敖广率家人出门迎接。寒暄之后，敖广让家人摆宴。太上老君急忙说："老龙王不必客气，尚不到用餐之时。我今日来此是协商你与黑龙交接仪式，正事未办，岂敢亵渎玉帝圣聪，还是议正事为好吧！"敖广不敢强行而为，只好从命。敖广笑笑说："老君执令严谨可敬，那就日后再请光临！"太上老君坦然说："也好，先谢了老龙王的盛意！我们现在就谈谈有关交接事宜吧？"

敖广把自己要移接的事务，一一细数一遍，说完征求太上老君意见。太上老君同意敖广的安排，强调说："仪式上，我先宣读玉帝诏书，再口传玉帝口谕；然后老龙王移交公务事项；黑龙表态。参加人员：李德昭、玉蟾；张天君、张兰英、张福德；敖钦、敖闰、敖顺；敖景、乌龟精；刘河悍、鳇鱼精；朝廷代表丛兰；乡人张子善、张河水、庞有福；钟灵寺慧敏大师、村人李程；雷音寺张伯瑞、甄元子；天池泓溪、杰蜥。我已安排地神、海神对相关人员发了通知，巳时前会齐仁和堂。"太上老君看着敖广说："若无说辞，我俩即刻出发！"二人出龙宫直奔仁和堂而去。

仁和堂的大厅里坐满了来客，人们相互间有认识的，也有不认识的。来客由自告奋勇的土地佬张福德组织，都规规矩矩地坐在指定的位置上，齐刷刷鸦雀无声。李德昭作为一员，听从着土地佬的指挥，时不时地向来客打着招呼。鳇将军见状有些不忿，冲着李德昭喊叫："他是谁呀？敢在这里呼朋唤友，叫了撒欢的？"李德昭站起来手掌向下暗示，示意他不要呼喊，静静地坐等。鳇将军见李德昭不予理睬，知是有大事，十分严肃，也就只好静静地坐着静观其变。幸好时间不长，一位白发苍苍的老者和东海龙王一前一后走进门来。只听敖景大声长长地叹了一口气。有人唏嘘不已，悄声说："这老者乃是天庭使者太上老君啊！"

太上老君和东海龙王敖广走到前台椅子后面，二人没有坐下。太上老君说："诸位，久等了！今日老臣太上老君奉玉帝旨意特来此地宣读诏书，请各位起立！"太上老君站直身子，环视了一周，慢慢地打开一个黄色的绢卷，郑重地展开宣道："天庭凌霄宝殿玉皇大帝诏曰：根据天使张天君禀奏，李德昭在代行协助东海龙王降雨之职期间，替天行道，溥佑惠民，深得凡间爱戴，故此朕敕封李德昭为五湖四海九江八河巡按之职，今日昭告天下，属地王者皆要臣服，相关事务皆要相向而从之。玉皇大帝圣谕！"

人们听后欢呼雀跃，齐声颂道："玉帝圣明！"

太上老君宣布："下面由东海龙王敖广将职责事务悉数移交与新任巡按李德昭。"

敖广抱拳施礼说："今日早朝，玉帝多年关照，本官圆了多年夙愿，终于将布云施雨之职卸任。玉帝又将此职敕封给李德昭，我感谢玉帝对我们龙族的厚爱，将此大任又交给了龙脉之人李德昭！此次移交的职责范围是五湖四海九江八河，布云施雨，保天下风调雨顺！应该说明的是：李德昭在代行我的职务期间不断出新，搬山造平原，疏通阻河道，筑堤御洪灾，植树保土墙，创造了一个宜于人类居住生存的环境。从风调雨顺这个意义上讲，他已经超越了一般意义上的布云施雨，把施雨与用水巧妙运用，趋利避害，最大程度上保证庶民丰衣足食、天下太平。他的举措首先得到了凡间各类人物的赞扬，上到皇帝，下到庶民；扩展来说连家禽野兽、水中鱼虾河蟹，都是受益者，也都是赞扬者！在履行职责过程中，李德昭废寝忘食，全力以赴；克服困难，不惧风险；宽以待人，珍惜生命；追求经验，重用人才。一切从有利于事业出发，恪尽职守！把事务交给这样的人，我岂有不放心之理！"

敖广环视了一下人群，继续说："关于白龙的安置，玉帝说此事已不归他管，任由李德昭使唤。我也希望敖景能够悔过自新，为人类释放出自己的能量。不言而喻，从即日起敖景就要从水宫府迁出，另寻住处。希望李德昭稳妥安置。各类人员根据表现，委以职位和任务，要调配适度，发挥好各自的聪明才智，做好本职事情。"

敖广说完看了看太上老君说："我就说这些，不对的祈您矫正！"

太上老君严肃地说："认可东海龙王的移交表述。下面，李德昭要表明态度！"

李德昭走到前面，向二位老者躬身施礼，他说："感谢玉帝的信任和恩典！感谢太上老君的爱护和提携！感谢四海龙王的辅佐和关照！同时也感谢灶王夫妇和土地佬的举荐！我还要感谢过去支持我、帮助我、养育我的前辈和同事！"李德昭激动过后，又冷静地说："我会尽我的一切努力来履行我的新职；同时我也希望天庭前辈、凡间前辈、诸位帮助过我的人，都一如既往地来支持我、扶持我、爱护我，共同把为庶民造福的事情做下去，让天下太平，人人都过上好日子！事后我会按照天庭的意见将遗留的事务处理好，最大限度地调动好方方面面的积极性，给他们创造一个舒适的施职环境。再说一句：以实际成果回报玉帝知遇之恩！"

太上老君宣布："今日之事到此结束，各回各处，不得私自庆贺！散去吧！"

人们各使其能，迅速散开。太上老君和东海龙王也各自回去了。

敖景和乌丞相沮丧地回到水宫府。敖景眼睛都蓝了，进屋见什么摔什么，噼里啪啦乱砸一气，边砸边喊叫："让我给他当下手，他给我打下手我还不愿意呢！这怎么可能？根本不是我做的事！我怎么咽这口气？怎么咽！怎么咽啊！"一边说一边发疯似的见什么砸什么。姚恨水不解，问乌丞相说："敖景这是抽的什么疯啊？出去时好好的，回来就怒不可遏，究竟发生什么事了呀？"

水宫府门口闪现一个人，敖景立即停止了作闹。姚恨水抬眼看到，立即满脸带笑地打招呼说："哎呀，黑龙爷来了！"李德昭没有答话，看到水宫府大厅里一片狼藉，很多装饰品都被打碎了，猜是敖景心中窝火撒气砸了东西。

李德昭来到敖景跟前，平静地说："怎么发火了？心中十分不愿意是不？我看没什么，这本是顺理成章的事。你想想：这差事本由你来做，你也能做好，可你偏不往好里做，把玉帝交给你的权力当成个人作威作福的资本，无视凡间庶民的疾苦，疯狂索要贡品，宰杀幼童，发大水涂炭无辜群众。欺上瞒下，嫁祸于人，逼迫灶王土地蒙骗圣聪，借刀杀人，恶事做尽。纸里包不住火，天庭弄清了真相，正以天罚。尽管这样，我仍然在玉帝面前为你求情，免你不死。你对于自己的罪行至今尚无认识，总是怪怨别人和天庭，希望找回以往的美梦。我劝你别想了，悬崖勒马吧！我料你眼下积重难返做不了什么事，干脆你跟着我，我叫你做什么你就做什么，我要你怎么做你就怎么做，矫枉扶正、洗心革面、重新做人。"李德昭义正词严，劈头盖脸地敲打了一顿，使敖景在真人面前难以狡辩。敖景开始沉默不语。李德昭又发起攻势，果断地说："鉴于你的处境对你悔过无益处，我决定拆掉你的势力范围。结雅河至入海口流域由鳇将军任水监；松花江流域由刘河悍任水监。你那丞相乌龟精，交由刘河悍支使。乌龟精也要倾心改过，不要以为敖景的过错与你无关。敖景你明日上午前要搬到仁和堂与我同住，倒出水宫府。"

李德昭说完，正气凛然地走出了水宫府。

乌丞相随后送出来，见李德昭已经走远，回身刚要往回走，看见一个壮汉立在岸边，急切地来回走动着。他问壮汉："你是什么人？站在这里干什么？"壮汉认识乌丞相，笑嘻嘻地说："哎哟，真是贵人多忘事，乌丞相连我都认不出来了？"乌丞相转了转一对小眼睛，摇摇头问："你到底是谁呀？"壮汉说："我是周大壮啊！"壮汉见乌丞相仍在愣神，又说："我是庞有福的外甥呀！"乌丞相似乎有了点记忆，态度和蔼地问："原来是你小子，你是怎么来的？来这干什么？"周大壮见乌丞相认出了自己，便压低声音说："我舅舅有事请你们去一趟，是我舅舅一个叫飞猫的朋友送我来的。"乌丞相又问："人哪？"周大壮说："走了。"乌丞相告诉周大壮在岸边等着，一个人回身进了水宫府。

第七十七章　飞猫得魔镜

乌丞相回到水宫府大厅，把庞有福派人来请的事告诉了敖景。敖景的气色显得有些缓和，便邀上姚恨水上岸带上周大壮去了庞有福家。

庞有福在怡心楼里见敖景来了，满面笑容地迎上去说："白龙爷还真来了，蓬荜生辉，难得难得！"寒暄着，带着敖景三人上了楼。进屋坐好，庞有福说："白龙爷没了官衔不要窝火，多大点事啊？以后你就搬我这儿住，我养着你们，谁让过去你们对我好呢？这会儿您落魄了，我怎么能瞪着眼睛看热闹呢！"乌丞相伸出大拇指瞪圆了小眼睛感激地夸赞说："好汉，仗义！仗义！白龙爷没白认识你一回呀！"

敖景听了庞有福这样说，心里像注入了一股暖流，顿时精神爽快了许多。这一点变化被乌丞相看出来，像受到莫大鼓舞，进一步说："我看咱也得商量商量今后咋办？"敖景说："对。人活着就要争一口气，今儿个这口气不能就这么咽了！"庞有福问："白龙爷，那您还想怎么着？"

从水宫府到怡心楼，姚恨水一句话也没说，不过对眼前发生的事揣摩明白了。似乎敖景丢了官，而对头就是那个李德昭。也是想给大家打气，姚恨水说："那暂敖景不是说过要让李德昭从视野里消失吗？我看只有这一条路可走，眼下没了李德昭，天上地上谁会布云施雨啊？除了敖景没有别人了！没了李德昭，这桂冠自然又会戴到敖景的头上了。"乌丞相拍手称赞说："夫人，女中豪杰，甚是高明！如何灭了他？"姚恨水见有了共识，把握十足地说："原先敖景的武功打不过李德昭，那是因为他喝的灯油功力没有完全注入他身上，其中有一半被我吸收了。如今我们俩合起来打败李德昭是绰绰有余的！"乌丞相惊诧不已，叫喊说："原来是这么回事！真是事自天成！太好了呀！"敖景似乎也是才醒腔，不过对于夫人的说辞他还是很信服。敖景美滋滋地说："夫人这么说，那我就豁出来再试他一回。宁为玉碎，不为瓦全。"敖景见人们都很兴奋，继续说："明个起，我的家就搬到仁和堂去，假意闹情绪，成天住在这里。借此迷惑他，使他消除对我们的防备，便于我们择机下手。"满屋人都赞成，这伙人又开始欢实起来了。

这时，周大壮进屋报告说："前院来个黑小子和一个老头要找白龙爷。"敖景满目凶光，恶狠狠地说："他妈的，准是秃尾巴崽子，欺到头上来了！"

乌丞相说："机会来了！能不能试试手气呀？"屋里空气顿时紧张起来。

太上老君和东海龙王敖广离开仁和堂，云起空中，行不多时，发现敖广有郁郁不乐之色，便揣测到他心中思虑何事，微微一笑对敖广说："老龙王，我回天庭尚需对玉帝汇报，且先走了，以后有时间免不了常去你那里坐坐，可不要嫌麻烦哟！"敖广说："老君说到哪里去了，你我同殿多年，相濡以沫，肝胆相照，焉何有嫌弃之说，盼老君如吉星高照。"太上老君挥挥手。敖广大声说："老夫已如黎民百姓，不可随意赴凌霄宝殿了，还望老君多多保重！"太上老君回说："老龙王亦须多多保重！"

敖广目送太上老君走远，转身回了摩尔根，径直来到水宫府。门口卫兵不认得上前拦阻，敖广哼了一声，卫兵不能动了，只好眼巴巴望着敖广走进大厅。敖广进屋一看二目圆睁，大声喊叫起来："白鳗鱼！白鳗鱼！你给我滚出来！"水宫府里无人回应。敖广知道发生不测，赶紧去了仁和堂。李德昭刚在大厅坐下，大厅的门被人用力推开。敖广怒气冲冲地闯进来。李德昭吓了一跳起身迎上去，惊诧地问："姥爷，您这是咋了？"

敖广厉声问李德昭说："是不是那条白鳗鱼闹事了？"李德昭说："敖景回去发了一通邪火，把水宫府大厅砸了。"敖广问："他现在哪去了？"李德昭说："他应该还在水宫府。"敖广说："我去过，他不在！"李德昭说："我刚从那里回来呀？会上哪去呢？"敖广问："他是当着你的面砸的吗？"李德昭回答："是。"敖广逼问："那么你又容忍了？"李德昭刚想回答，敖广继续说："这不能惯着他，得给他点颜色看看！你跟我去找他！"李德昭说："我应该能找到他。不行，我把他叫这来？"敖广生气地说："你真是个孩子，太天真善良了，你以为这种时候他还会那么听你的吗？咱们一起去找吧！"

出了仁和堂，李德昭说："姥爷，你和我去一个地方。"敖广没说话，随着李德昭踏云去了。

敖景听了周大壮的禀告，转身对姚恨水说："这回来了机会，刚才不是要试试身手吗？敢不敢试试？"姚恨水咬牙切齿地说："有什么不敢的？试！"说着，起身就往外走。乌丞相和庞有福随后跟了出来。

李德昭还在门外犹豫，不知道跟谁打听呢？看见敖景一伙从屋里走出来，那个姚恨水气势汹汹走在前面，不免感到有些奇怪。

姚恨水走下台阶，冷冷地说："咋的，这咋还走到哪儿欺负到哪儿啊？还让不让人喘口气了？"

敖广眯眼一看，这个妇道人家原来是一只水蛭，问姚恨水说："你是何人？"姚恨水说："我乃敖景之妻姚恨水是也！"敖广大怒，骂说："你个小小水蛭也敢在此行妖！"说罢，举起右掌朝姚恨水打来。姚恨水也不躲闪，直接朝敖广面门奔去。敖广见她越走越小，及至到了跟前却看不见了。正在寻觅，不想脖子被狠狠叮了一口，疼得敖广直龇牙！身子往后躲，恰好庞有福站在身后，眼疾手快，举起手中扇子，就势狠狠地朝敖广后脑敲了三下。敖广头有些发晕，不能应对姚恨水了。姚恨水乘机大开杀戒，在敖广脖子上乱刺起来。

李德昭见敖广吃了亏，急忙吐出一口白烟，将姚恨水缠住。姚恨水浑身收缩，知道是盐雾，急忙逃开。

敖广捂着脖子，鲜血还是从指缝中流了下来。敖广不服还要追赶，被李德昭挡住。李德昭说："姥爷，你在一旁观阵，不肖动手，看我收拾他们！"

敖景四个人一起将李德昭围在核心，打了一气，姚恨水嫌乌丞相和庞有福碍事，要他们闪开。

乌丞相把庞有福拉到一旁，悄悄地说："你没见吗？刚才姚恨水轻而易举地治了那个老头，乘他还没清醒，咱俩闲着也是闲着，帮他俩打打外围，还去收拾那个老头去。"庞有福刚才打了那个老头三扇子，不知道那个老头就是东海龙王，没架住乌丞相的怂恿，真就又奔老头去了。敖广头晕眼花，再加上脖子钻心的疼，真就无心打斗了。庞有福乘机冲上去朝敖广的脑门就是一扇子，随口叫声"着打"。敖广被庞有福一敲打清醒了一些，模糊看见一个老头用扇子已经打了自己四下，不免心中生疑，以为敖景请来的何方神圣，亮开架式，准备与他打斗。庞有福见老头奔自己来了，将身子向外一挪，敖广扑了个空。恰在这时，乌丞相在内侧向敖广打了一拳，正巧打在敖广左侧显露的腰间，只听哎呀一声，敖广闹了个趔趄。

庞有福越打越赛脸，不知天高地厚；乌丞相寻机会巧施手段。敖广心里猜疑反应迟缓，索性糊涂仗糊涂打。

那一边李德昭一人战二将，三人打得如同旋风飞旋，天昏地暗。敖景正在集中精力向李德昭发力，忽然听见庞有福和一个叫飞猫的人打招呼，不一会儿那个飞猫就把他的头颈打折了。敖景惊诧不已……

飞猫的来由还要从头说起。时光过得很快，转眼十多年了。自那日替王乃义抢亲遇见了张桃红，他没有一日忘记过张桃红。为了张桃红他撇妻弃子离开了家乡，辗转寻觅张桃红的下落。打从结识庞有福那日开始，他就模模糊糊地感觉庞有福很有可能是知道张桃红下落的人。于是，他决定来趟关东亲访庞有福弄个究竟。

在京城，飞猫对宋秋实说："宋老爷，我想到关东去一趟，去寻那个心上人。"宋秋实有些过意不去，觉得是自己耽搁了飞猫，便同意了飞猫的请求，并特意给庞有福写了一封信，希望他热情接待，倾力帮助。这样飞猫从京城来到关东，落脚龙门寨庞有福家。庞有福终日好吃好喝好招待，只有一条，暗中让家丁把守四门不让他逾越院门，告诉家丁：要保证爷的安全。时间久了，飞猫觉得乏味，再加上寻人心切，哪有心思做个闭门享乐的云游之客。

这一天，飞猫和管家李勇说去院内花园观赏观赏。管家知道他出不了大

455

门也就同意了，派人四门把守。飞猫信步走到园内林中，树荫下有一座亭阁，外观别致，古香古色，亭顶琉璃瓦飞檐大气，四根亭柱雕龙飞凤，幽雅静适，是一处休憩的好地方。快到亭前，飞猫止住脚步。亭中长椅上坐着一位老夫人，年纪有五十岁，乌黑的头发盘髻脑后，凤眼微睁，眉梢上挑，眸子水亮。穿一件藕荷色旗袍，颈下搭一条白底蓝花围巾，三寸金莲穿一双青色绣花鞋，一只脚踏在地上，一只脚悬在椅子下方。手中拿一只白色樱瑶花，似乎是从园中地上拾的，不停地翻转瞧看，偶尔放近鼻子闻一闻，神态文雅大方。听见脚步声，回头望一望，继续摆弄那只花。见飞猫来至近前，平和地问："你是谁呀？我怎么不认得，为何事到我家花园来？"

飞猫见问，缓慢前行几步来到老夫人坐的椅子前停下，微笑地回答说："我是庞员外的客人，到此地办点事，在屋子里静候员外大人相助，天天憋在屋里闲坐不住，故来此处转转，不期老妇人在此，若有不便，小生回避了。"

老夫人说："既是有福的客人，岂有不便之说，过来坐一会儿吧。"

飞猫按老夫人的指点坐下，满脸带笑试探地问："听您刚才话中意思，您一定是庞府的女主人了？"

老夫人笑笑说："我是庞有福的内人。"

飞猫赶紧离座站起来，躬身一礼，虔敬地说："不知嫂夫人在此，多有鲁莽冒昧，失礼失礼！"

庞夫人挑了飞猫一眼，微笑着说："年轻人，怪讨人喜欢的，叫什么名字呀？"

"飞猫。"飞猫回答。

"怎么叫这么个名字？大概也属拈花惹草之辈了？"

飞猫脸红了，想否认，又觉得人家的观相也有道理，猫喜腥味啊！只好说："别人说我走起路来脚步轻盈像猫，所以这样叫。让嫂夫人见笑了。"

庞夫人笑笑说："这么讲是我冤枉你了？不过男人差不多，都一路货色！见着有姿色的女人，就迈不开步，脸上一本正经，内心却是邪性霸道。"她说着又笑了一回："你们年轻人尚可理解，我家那个老头子，还经常老牛吃嫩草呢！有时都豁出命来。"庞夫人温和中流露出鄙视，看看样子是过来的人，并不生气，调侃中带有几分讽刺。飞猫笑笑说："嫂夫人说话挺风趣，像有亲身感受似的，我庞大哥可不是那种人！""哼！"庞夫人马上严肃起来："我这就是切身体会，可气死我了！"飞猫觉得自己过于鲁莽，于是劝慰说："嫂夫人，这里不比家中，外边耳目众多，别人听了告诉员外，大哥会说我不懂事的。"庞夫人开始震怒，咬牙切齿地说："我都不怕他，你怕他干啥！再说，他那点馊吧事谁不知道啊，自己不知廉耻，还在乎别人说不说吗？"说着，向飞猫招招手，示意他离她近一点，低声地说："飞猫老弟，我跟你说说，他可把我整苦了，和他一辈子，对他百依百顺，临老了，想要霸占一个有夫之妇，人家不依，他绞尽脑汁缠上人家了！"飞猫说："这个地方还有比大嫂长得好的女人吗？"庞夫人不服气地说："人倒也没什么太出奇，就是王八瞅绿豆对上眼儿了呗！说来那女子年轻，倒也有几分姿色。那家伙追的，连茅屎道子都去偷看，回来觉不也睡，饭也不肯吃，尽冲我发邪火。他比我力大，动不动就捶我一顿，我只能含泪忍着。开始女人乍到，让人家当厨子，就是为了看人饱眼福。甚至连泔水都说是美味，我不是耍大彪，那女人尿泡尿端给他喝，他比喝酒都会喝得有滋味。"飞猫扑哧笑了。庞夫人继续说："大兄弟，丑事还在后面呢。一次他把人家抱住了，想玩玩，制服不了人家，喊来几个家丁，让他们帮他把女人裤子扒光，不知怎么回事，四个家丁硬是没扒下来。"飞猫听出点门道，好奇地问："这么说这个女人不一般啊！没听说叫什么名字呀？"庞夫人也很歉意，有点儿追忆似的证实说："对了，忘了说这个女人了。她叫桃红，姓张。还有个男人叫李憨，都是山东逃荒来的苦命人！"飞猫喘气堵得慌，挂记多年的心事，在这里如梦方醒，腹中如盘蛇一般搅动。飞猫暗想：好不容易得到线索，一定要沉住气，弄清事情真相再说。飞猫冷静下来，假意略感兴趣地问："现在这两个人在哪儿呢？"庞夫人觉得自己的火已发泄得淋漓尽致了，便简单地说："都让这个老贼给弄死了。女的葬在福庆山，男的葬在玉华山。原来都给抛尸荒野了，听说现在让他们儿子的朋友给移葬到山东老家去了。"飞猫忍住怒火，又问："他们的儿子叫什么名，现在何处？"庞夫人回说："张桃红夫妇只有一个儿子，因为他是条黑龙，小时候夜间给我家浇地，被我家老鬼发现，说龙相将来会出人头地，跟我说领女儿黑夜偷看，谁知我女儿一见便吓死了。老鬼盯住人家非叫偿命不可。黑龙的父亲李憨一怒之下砍掉了他的尾巴，气死了张桃红。"庞夫人见飞猫听的仔细，又说："黑龙这次回来也两三年了，小孩挺好呢！能行风布雨，百姓有求必应，这两年雨水可调和了，比白龙敖景治水强多了。人家不收礼，不让上贡。你看都忘了，他叫李德昭，外号秃尾巴老李，因为他长得黑，人们都不叫名字，唤他乳名老黑。"飞猫问："到什么地方能找到他呢？"庞夫人有些警觉，觉得他问的事情有些蹊跷，便说："这我不知道，现在黑龙与白龙敖景不和，经常打斗，怕他居无定所。"

飞猫想稳住庞夫人，不使她察觉，于是便说："嫂夫人，今天讲的真有意思，令我大开眼界，知道了不少东西。时间不早了，庞大哥快回来了，我得早点回去，他知道咱俩唠他的坏话，我会吃不消的！"庞夫人说："没关系，他要找茬，我收拾他，反正他也没别的恋头了，好赖我还是个女的，他也离不开我了。"

飞猫回到住处，仆人告诉说："庞老爷中午不回来了，外面有急事，让爷您自己用餐。"飞猫早已无心吃饭，担心过于愤怒会引起庞府人的警觉，便面色如常地跟仆人去了饭堂。这时有个家丁气喘吁吁地跑了回来，仆人问怎么回事。家丁说老爷正在帮着敖景打黑龙呢！老爷让灶房备顿午饭送到怡心楼去，叫快点！家丁说完转身跑出去了。

飞猫问："知道什么事吗？"仆人看看他说："不知道。"飞猫又问："在什么地方？"仆人说："不远啊，就在后花园的北面，那里是新盖的楼房，可怪异了呢，活脱脱的像光腚女人的屁股。"

飞猫与守门人打了招呼说："庞老爷帮助敖景爷打老黑，我是他的朋友，不知便罢，知道了就得去助他一把力。"守门人听他这样说就放他出去了。

飞猫闻声来到怡心楼前，一伙人围着一个黑脸青年正在拼杀。想那黑脸青年定是李德昭了，那个白脸定是白龙敖景了。李德昭和一个老人被围在一群人中间，庞有福和一个矬子打老人；白脸敖景和一个女人打李德昭。只见李德昭东挡西杀，欢腾跳跃，拳脚并用，招招得手，毫无惧色。不过，一男一女轮番攻击，再加上敖景出手凶狠，功夫不凡，招招紧逼。看情况长时间下去，李德昭要吃大亏。飞猫断定这个李德昭一定是桃红的儿子了，不觉心中感慨万分，不知为什么，觉得应该帮李德昭一把。飞猫来到近前，庞有福一眼看到了他，因与敖广格斗不得脱身，只好找空打招呼说："飞猫老弟，不在家休息，跑来这种地方看啥热闹？"飞猫早已认清了他的面目，被欺骗、被玩耍、被羞辱、杀桃红，众多怒火涌上心头，恨不得刨开他的腹脏，撕碎他的心，喝尽他的血。飞猫二目圆睁，凶光似箭，已是按捺不住，牙咬得吱吱响，待庞有福转身再与敖广搏斗时，突然出手劈向他的脖子。庞有福的头立即耷拉到胸前。飞猫疯狂地说："趁你还有口气，让你死个明白，你老婆和我说了：桃红是你害死的！这回你该偿命了！"说完，又一记窝心拳，结果了庞有福的性命。敖广听说来人是为桃红报仇，很是感激，无奈乌丞相死缠硬磨不得说话。

接着，飞猫飞身窜上敖景肩头，左右撕挠，连眼皮都抓破了，血流下来，看不清什么。敖景怕再吃亏，化作一阵风回了水宫府。乌丞相和姚恨水见庞有福死了，也只好回了水宫府。

李德昭见有人解了自己的围，赶过来致谢，问飞猫："这位叔叔，适才叔叔提及我母亲的名字，是否认识？何以助我一臂之力？叔叔尊姓大名？"飞猫觉得据实介绍话难出口，只好笑了，回答："我叫飞猫，和你父亲是老乡。"李德昭听罢躬身一礼，感激地说："晚辈这厢有礼了。"飞猫很是兴奋，看着可爱的李德昭，温情地说："不谢不谢，没看出来年纪尚小，本事惊人，好样的！"说完，抿着嘴笑着不停地打量着眼前这个李德昭。

李德昭回头对敖广说："姥爷，您先回仁和堂歇歇，我一会儿找个郎中给您治治伤。"敖广估计没什么事了，便告辞回了东海龙宫。临走时嘱咐李德昭说："你要好好照顾这位侠客。"

敖景回到水宫府。姚恨水发现他脸破流血，赶忙擦拭敷药，不一会儿工夫恢复如常。姚恨水问致伤原因，敖景如实相告。姚恨水现出沮丧的样子。敖景说："小毛病，不碍事。我有招能辨出他是什么东西了。"说着，敖景走进内室在梳妆柜抽屉后边取出一面镜子，举在手上晃了又晃，得意地说："这是西王母娘娘的丫鬟飞龙偷给夏秀丽的，防止我欺负夏秀丽。夏秀丽临走时仓促拿走的是一个空盒子，我把这面镜子藏了起来。"姚恨水说："还是你狡猾，留一个女人用的镜子有什么用啊？"敖景诡秘的一笑，得意地说："它的用途可大了，这叫天魔镜，西王母娘娘的宝物！"见姚恨水不信实，又说："你在家中候着，我去去就回！"说完，急急出了水宫府。

飞猫与李德昭正在叙旧，还没来得及走，见敖景返回来，疾走如飞，二目喷火。李德昭让飞猫马上躲起来。飞猫眼毒，见敖景手持镜子冲他而来，认出那是一面天魔镜，专门识别妖精之类怪物的，自知不好，起身要跑。就在这时敖景举起天魔镜，喝叫说："畜生，还不现原形！"只见飞猫就地一滚现了原形，原来是一只山狸精，它四肢立地，眼神怯怯。

敖景手中现出五彩魔钉，举手撒钉，欲要射杀飞猫。李德昭从旁脱口喷出一团火焰，恰中敖景抛钉的手，手被灼伤，惊呼一声，魔钉飞入池水中；天魔镜也是被火烧热落在地上摔得粉碎。

敖景抖动着手疼痛难忍无心再战，目光怯怯地望了李德昭一眼，便空着双手落荒而逃了。李德昭也不追打。

飞猫乘机跑进山林，躲在一处树丛下偷偷地向池边窥望，见李德昭走了，便悄悄地走出山林，四下里张望了一下，奔向刚才打斗的地方去寻找天魔镜。

飞猫是从他师傅嚎天犬那里知道天魔镜的魔力和玄妙的，很想得到它，便弯下腰去一片、一块、一粒地往起拾，聚精会神，专心致志，怎奈镜子破碎十分严重，拾起来很是费力。他拾了一阵子地上的镜片还不见干净，担心时间久了，敖景可能会返回来找天魔镜，那样，敖景即使没了天魔镜，自己仍然是打不过他。飞猫想着拾着神情不免有些慌乱。忽然，他的手摸到了软乎乎滑溜溜的东西，像是人的脚，抬头一望吓了一跳，原来是一位身子胖乎乎的个子矮墩墩的老太婆。

老太婆"呱呱"叫了两声，恐吓说："飞猫，你还在这儿拣，敖景来了！"飞猫不知其故，问："敖景？我干嘛要怕他？"老太婆说："你不要嘴硬，赶快躲回树林去，否则你的小命没了！"说完，身子一摇钻进池水中不见了。飞猫心中犹豫，却没敢耽搁，慌慌跑入树林藏起来。

一阵风过后，敖景落在怡心楼前，口念咒语，却不见天魔镜出现，想到定是夏秀丽认为带着天魔镜隐遁是个累赘，留给他又怕他滥用，故意留给他一句假咒语。他又在附近寻找了一遍，还是没有收获，便起身沮丧地回了水宫府。

飞猫返回来继续拣天魔镜片。老太婆也从池中走上岸来。飞猫问："老人家，你是谁？你怎么知道敖景来了？"老太婆又"呱呱"两声说："我是蛙婆，玉帝派我下凡灭虫害的。只因敖景不施使命又与李德昭为敌，故我不能助他。我料你今后能助李德昭，所以愿意帮你。"飞猫深感其诚，躬身施礼，感谢说："多谢老人家相助，否则我命休矣！"蛙婆说："算你聪明，还是藏了起来，否则敖景若是施了法术你还有个活？"见飞猫惊魂未定，蛙婆催促说："来吧，我帮你拾。你自己呀，三天三夜也拾不全。"飞猫又要弯腰去拾。蛙婆说："不必了！"说完，口念咒语，只见天魔镜片纷纷汇入她的掌中。飞猫大吃一惊，自己握着的那些碎镜片竟然不见了。

蛙婆见飞猫立在哪儿发傻，对着碎镜片吹了一口气，说一声"合！"她手中立刻现出一面完好的天魔镜。飞猫甚是惊喜，立即跪地拜求蛙婆说："老人家仙术，能否将天魔镜送我？"蛙婆正色说："此乃天庭之宝，岂能落入山妖手中！"飞猫见她不给，纵身探手来取，被蛙婆躲过。飞猫见她扭身灵活，一个蹿高跳到她肩头，欲动手撕挠。蛙婆知他用意也不慌张，收紧双肩一抖，飞猫落在地上，弄个腔墩。蛙婆说："你个山狸精竟然敢与我动手？你也太狂妄了！"说完突然吐出长舌击向飞猫面部，飞猫躲闪不及，被击个仰面朝天躺在地上，闭上眼睛呻吟不已，边哼哼边絮叨："可怜我这一双眼啊，被击坏了，啥都看不见了，以后咋个助李德昭打敖景啊！桃红啊，我帮不上你儿子了，不是我不帮呀，是这个老太婆打伤了我，助了敖景一马。上天有灵，要怪你就怪那个老太婆吧！"

蛙婆听罢十分恼怒，责问说："你怎么能说我助了敖景打李德昭呢？这是在污我的清白，我从来善恶分明，同情帮助李德昭，这一点李德昭是清楚的！"飞猫怪怨说："还辩呢！你把我的眼睛打伤，今后不能帮李德昭了，你这不是帮敖景是什么？"说完，仰天长啸。

蛙婆赶紧过来帮着飞猫看眼睛。飞猫一眼看见蛙婆布袋里的天魔镜，伸手掏出来，一个驴打滚跳起来就跑。蛙婆随后追赶，被飞猫甩得很远。她口念咒语，一道金光飞起，瞬间落到飞猫跟前。飞猫见逃不出蛙婆的手心，便服软说："婆婆大人，是飞猫无理了，看李德昭情面上放我一马，今后定当香火拜谒！"

蛙婆长长叹了一口气说："也罢，念你助李德昭心地赤诚，我给你一个机会，不过这天魔镜在你手里只能用一次，用完之后可能会碎掉，你还会引来杀身之祸，你要切记哟！"

飞猫拜别了蛙婆，钻进深山修行去了。

第七十八章　夜袭仁和堂

敖景到怡心楼前找了一回天魔镜，没有找到，心中十分懊恼，再加上眼睛和面部十分疼痛，便回了水宫府。姚恨水立即给他洗脸洗肩，疗治伤痛。乌丞相亦是依偎身边劝慰。

敖景坐在水宫府里，想起李德昭的训斥，越寻思越不是滋味，心中像百猴分食烦躁不安起来，乘姚恨水给他用毛巾擦脸时，拦住姚恨水的手说："算了吧，别擦了！让我一个人出去静一静吧！"说着化作一缕轻风转瞬不见了。

敖景飞到空中见没有人跟随，便越飞越高，渺渺茫茫，飘飘荡荡，不知自己想去哪里，也不知道会飘到哪里。大约过了个把时辰，眼前出现一座很高很高的山峰，那山峰奇异得很，似尖锥似钢叉一望无边。山上没有林木，没有鹰飞鸟叫，也没有青云缠绕，玲珑剔透，清爽怡人。他从没到过这个地方，也说不出这个地方叫什么名字，索性找了一个最高的峰顶坐下来，开始欣赏这个清新的世界。他开始感到自己从未有过的惬意，头脑清爽，心情舒畅。于是他情绪大发，高声喊叫："苍天啊，你叫我来到这般清静的世界！我要知道这叫什么地方？我要知道这叫什么地方！"他停下来喘喘气，远处传来缥缈的回声，像是自己的声音回荡，又像别人嘹亮的应答声。他向四周投出目光搜索，却没有发现人的身影。他很疑惑：这里不是山谷，自己的喊声没碰到山梁怎么会有回声？若是有人应答为何不见人影？

正在敖景思绪纷乱的时候，头顶落下一个人来。来人人高马大，膀大腰圆；头方口阔，双耳垂轮；春山凝重，眼似灯笼；双臂垂吊，掌如簸箕；腿如松干，脚如磨盘。敖景见了吓了一跳，还没缓过神来，那人却先开口说了话。只见那人瓮声瓮气地说："这不是白龙吗？咋跑到这个地界来了？"敖景听话语来人认识自己，心里着实踏实了许多，问来人说："你是谁呀？怎么会认识我？"来人苦笑说："白鳗鱼，真是贵人多忘事，就我这块头你也应该记着我呀？"他一标榜自己的块头，敖景想起来了，像是遇见了救星，情绪立马反转过来，满脸苦笑地说："哎呀呀！原来是黄巾力士老弟啊！幸会幸会！"说罢起身施礼，随后问黄金力士说："老弟，这是什么地方，胜比仙境，真是太好了！"黄金力士见他兴奋不已，也笑着说："佛禅山，是如来静心的地方，很少有人光顾！今日老兄是何兴致来此圣地？"敖景顿失满脸笑容，愁苦地

461

说："如今还谈什么兴致呀，我是被人害得无家可归了，是落魄逃来这里的。"说罢泪如泉涌，号啕大哭。黄金力士十分怜悯，同情地说："是谁欺负了你？"敖景依旧泣不成声，断断续续地说："还不是那个黑龙嘛！"黄金力士问："那黑龙不是已被玉帝撤职贬去做蟠桃园的看门狗了吗？这等货色怎么还敢欺负你呀？"敖景长叹一声说："今非昔比了，那黑龙不知受到什么妖人传授，学了一身邪术，现在天庭无一人能敌，连玉帝的位置也将不日而飞了！"黄金力士气愤地说："竟有这事？我有四五年不在凌霄宝殿了，是非竟是这般颠倒！气杀我也！"敖景劝慰说："老弟，事莫关己，还是保身要紧。别人避之不及，哪有你这般闻风而上者？快快拉倒吧！保身要紧啊！"黄金力士不服地说："我堂堂黄金力士惧过谁呀！何况天庭有难匹夫有责，岂能置若罔闻袖手旁观！我去找玉帝爷请缨，绞杀黑龙。"敖景摇摇头说："不可！公开肯定不成功。你想黑龙这般折腾，总能震慑几个，就连太上老君也学会顺情说话，成了黑龙的帮手。你若报玉帝，定是撒气漏风，黑龙若是惧怕你躲走，这不是打草惊蛇事与愿违了吗？"黄金力士说："不行，咱们暗中来，越快越好！我看这样：我今儿晚上找个星星扔下去砸死他不就结了嘛！"敖景一听蹿起来，拍了一下黄金力士的肩膀夸赞说："好兄弟，不愧是人高马大，且智慧多多，甚是高明！你要是除掉黑龙，玉帝还不得赏你半壁江山啊！不过此事不可让第三人知晓，你真有那么大本事，我指指路就成了！"黄金力士说："没问题，天黑咱俩就动手。"二人约定入夜就行动：黄金力士将星星备好悬在天空等候。敖景负责天黑后弄清李德昭所在具体位置，由敖景上天发令！黄金力士闻令投星星下砸。二人击掌为誓，然后分头准备去了。

夜幕缓缓地降临了，夜空一派寂静祥和。茫茫银河漫无边际，星光闪闪，光辉灿烂。北斗七星像把瓢勺，清晰指明南北方向；织女牛郎遥遥相望，温馨回忆七夕团聚。月儿初起不谙世事，隐去多半不见笑颜。风儿倒是很赶时令，急嗖嗖地带来寒意。荒野大地寂静无声，村落民宅灯光闪烁。暗夜中，人们劳作了一天，已是倦意浓浓，巴不得早早钻进被窝美美地睡上一觉；人们也许在加时加点赶做活计，窗纸上闪动着忙碌身影。

李德昭这两天算是紧张繁忙了，应酬天庭使者，处理敖景闹事，理顺职责分工，探索未来事务趋向。夜深了，尽管蛙婆几次催促休息，他却是一边答应着一边还是在纸张上书写，不见他的困倦。

敖景化作飞蛾进了仁和堂的院子。院子里静悄悄的没有一点声息，不见了往日繁忙的景象，唯有李德昭和蛙婆屋里的油灯还在一眨一眨地闪动着跳跃的火光，其他屋里无人、无光、无声。敖景断定：此时正是下手的最好时机，便迫不及待地飞出了院子，身子一晃恢复原身向空中升去，来到离黄巾力士不远的地方。敖景咬牙切齿对黄巾力士狠狠地吼了一声"砸！"黄巾力士站在高空应声将一个巨大的陨石撒手扔下，那陨石犹如山峰一座，加上黄巾力士用力一掷，飕的一声砸向了仁和堂。正在这时敖景发现李德昭的房门开了，赶紧伸手制止说："等等！"可是晚了，黄巾力士手中的陨石已经快速地冲了下去，越来越快，越来越快。

李德昭的房门打开了，风风火火地闯进一个人来。李德昭见是刘兰梅，惊讶地站起来去迎接她。怎奈刘兰梅不容空，赶上前一把抓住李德昭的胳膊，一边比画一边向外扯拽。她见李德昭动作迟缓有些不解，便松开手开始用手势比画：双臂合拢，从头顶上往下砸，样子很是吃力。李德昭还在困惑。刘兰梅情急之下突然发力一掌将李德昭推出房门。李德昭依然不解，被刘兰梅用手指点了几点，又吹了一口气，便化作清风嗖的一声不见了踪影。

刘兰梅看见蛙婆的屋里还亮着灯，飞快地闯进去，拉起蛙婆的胳膊说声："快走！"蛙婆正坐在床上铺着被褥准备睡觉，见刘兰梅进屋不由分说拽上就走，一向较真的她想问个究竟，刚张开嘴声音还未出口，觉得屋子戛然一晃"轰"的一声巨响，便什么都不知道了。刘兰梅再想跑也是妄想，不得已随着蛙婆去了。

这时的仁和堂已是别番景象：地动山摇惊雷起，烟云浓雾盖天地。火光冲起三千丈，熔岩喷涌不停息。洪流飞旋奔腾急，烈火燃烧热浪里。空中飞鸟纷纷坠，山林鹿虎个个死。草木葬于岩浆下，河中流水升蒸气。房屋焚烧成灰烬，村庄淹没难寻觅。五十里外无人近，气浪燎烤灼面皮。可怜清平大世界，石马石猪景观奇。

李德昭飞出不远，便听身后一声巨响，回头一看仁和堂火光冲天。他想蛙婆还在屋里，刘兰梅跑出来了吗？这是怎么一回事啊？一头雾水理不清楚。他想回去看看，已知是不可能了，气浪将他冲出好几十里，摔在一片水泽地中，由于气浪炙热燎烤昏迷过去。

仁和堂发生的灾难引起方圆百里人们的关注，很多人都想走近看看，可是尝试了三四天竟无一人如愿以偿，不得已人们越退越远，有的甚至逃到了讷莫尔河南岸。在人们逃命过程中有人惊奇地发现，在一片沼泽里卧着一条黑黑的怪物，足足有三丈多长，像是蟒蛇可又比蟒蛇粗壮，且满身鳞片，四足粗壮，口如鳄鱼角如鹿，二目紧闭却眼珠凸鼓。谁也说不出它是什么动物。霎时间奇闻不翼而飞，越传越神奇，有人干脆说："这是天上的圣物黑龙！"

德都镇人对这场灾难更为关注，因为那火光是从仁和堂方向喷出来的，怀疑仁和堂可能发生了什么事情。张子善更是十分焦躁，想联系的人又联系不上，急得团团转，不知如何是好。这一日张河水垂着头来了，悄悄地对张子善说："我那小儿子听说讷莫尔河南岸沼泽里有一个怪物，他们几个小小子跑去了，听老人说是条黑龙。我寻思这几天李德昭没有消息，会不会是他呢？"张子善说："别听他们胡诌！李德昭神通广大，怎么会落在那个地方？"说完，心里不踏实起来，又改口说："咱们还是去看看为好！"说着二人急匆匆奔讷莫尔河南岸那块沼泽地去了。

沼泽地里站满了人，人们挤着看着议论着。张子善拨开人群来到圣物跟前，仔细看看似曾见过。于是上前摸摸，又转圈查看了几遍，之后扑通跪在湿地上，磕头说："黑龙爷，你这是咋了落此灾难？是中了何人暗算？"张河水也挤挤叉叉里倒歪斜走到跟前，失声说："是他，是他呀！天啊，这是咋回事呀？"人们被他俩的举动给弄晕了，追问说："你们俩怎么会认识？你们是人是仙啊？"张子善说："我俩是德都镇人，与黑龙有些交往，故此认出。我等并非神仙圣人！"有人不信，提出："既是平民百姓，又与神龙有过交往，必是沾点灵气！可否做个验证？"

张子善说："当初，黑龙爷的娘葬在我们的地里，坟墓较大，占了不少耕地，我们要求赔偿一下。谁想黑龙爷慨然答应，在我们家跟前新开了几十垧地，分给我们耕种。又交给我们施雨浇地。"那人问："想必你会降雨了？来一回看看？"无奈张子善站起身对天喊了一声："秃尾巴老李！降雨一刻！"顿时倾盆大雨从天而降。人们刷的一下跪在地上，磕头为黑龙爷祈祷。

雨水顺着张子善的脸流下来，淌到嘴里，苦涩涩的。张子善一下明白了，黑龙爷这是蒙难了。他走到龙头前，抚摸了一下龙角，小心翼翼地又拨开眼皮，不料黑龙"哼"了一声，唬了张子善一大跳。人们也惊恐地闪出好远。

张子善对张河水说："大叔，你在这里组织大家好好看护黑龙爷，我去找刘员外和鲸将军，他们会有办法救治他。"张河水问："这么远的路你得走多少天啊？"张子善说："我回去找匹马，黑天白天跑，用不几天就到了。"张河水叨咕说："这哪行啊！要是坏人来了，我们能护住吗？"

这时一个壮汉站出来说："二位，其诚感人，我去送信！"张子善看看壮汉非是一般，惊恐地望着没敢言语。壮汉自我介绍说："我是飞猫，和老黑的父亲李憨是老乡，前些日子在龙门寨还帮助黑龙爷打过敖景，我也是闻讯赶来的。你们快告诉我地址，我去送信！"张子善见飞猫说出李憨的名字，就相信了他，便将刘河悍、鲸将军的地址一一说明，飞猫闻讯起身，转眼无影无踪了。张子善立即组织人清理现场，弄水清洗护理身体。大伙说："我们帮助清理清理现场，清洗身子的事你一个人忙乎就行了。"张子善开始没醒过腔来，愣愣地看着大家。有人说："咋，不愿干啊？"大家哄堂大笑。张子善明白了：这是让他降雨，于是又抬头对天说："秃尾巴老李，降雨三刻！"话音刚落，雨便淅淅沥沥地下起来。

还没等雨停下来，飞猫领着刘河悍和鲸将军就到了。鲸将军上气不接下气地说："咋了咋了！怎么搞成这样了？"张子善说："现在大家知道的只是猜测，具体咋搞的谁搞的还说不清楚。眼下得把黑龙爷安置个地方疗伤，看样子伤得不轻！"刘河悍说："把他先弄到我那里，看看伤得怎么样？什么个程度？"鲸将军说："好了，我来！说着就要发功！"刘河悍说："慢着！还是我来，管咋的我还搬过村庄，如果运黑龙，能够平稳一些。"鲲将军笑笑说："也好，亲戚里道的，肯定更周到一些。行啊！有需要帮忙的地方，知会一声！"鲲将军说完又对人们说："乡亲们，下面的情形不给你们看了，怕吓坏你们，请大家退后三里外，谁也不得留在附近，这是玩笑不得的！"张子善组织人们撤离，站到很远的地方观看。飞猫心里猜疑：伤害李德昭的事肯定是敖景所为，除了他，谁能为李德昭有如此深仇大恨呢？决心带着天魔镜去找敖景为李德昭报仇。

鲲将军架起云雾飘在空中，故意吐了一大团雾气将黑龙包围起来，防止路上有人报复。刘河悍见目标太大，还是容易被人发现，便口中叨咕了几句，用手轻轻一拍黑龙的面门，黑龙"哼"了一声，随之身躯发生了变化，突然变成了李德昭。地上的人们只感觉刮了一阵风，别的什么也没看见。

到了刘庄，刘河悍和鲲将军二人把李德昭浑身清洗一遍。发现李德昭后背和腿部有灼伤，而且背部有一块很严重，便将李德昭安安稳稳地放在床上，让他先静静地休息。

李德昭依然昏昏沉沉的似睡非睡，什么知觉也没有，只是呼吸还比较平稳。刘河悍从卧室里找来几粒丹药，亲手给李德昭服了下去。刘河悍怕鲲将军饿了，赶紧去灶房安排饭菜，还准备了两屉馒头，预备李德昭醒了好食用。刘河悍回来召唤鲲将军吃饭的当儿，李德昭哼了一声。刘河悍兴奋地跑过去，摇摇李德昭的臂膀，喊叫说："德昭，德昭！醒醒！醒醒啊！"李德昭动动身子没有说话。

鲲将军觉得李德昭有些怪异，就往屋外跑，边跑边喊："敖景，你想干啥？你坏事做绝了，还敢来此作闹！"李德昭闻声坐起来，二目圆睁，炯炯有神。鲲将军见状笑了。

李德昭睁大眼睛，起身坐在床上，略带微笑地说："鲲将军，你这是干啥？坏了我的妙计！"刘河悍问："怎么回事？"李德昭说："夜袭仁和堂，十有八九是敖景找来帮手想绝杀于我，这个帮手不是普通庸人，此人力大无穷，善于搬挪。若是擒拿打斗，他不见长。敖景现在一定以为他的大计告成，认为我必死无疑。我受伤后奄奄一息生命垂危，一动不动地躺在那里，此事若是传到敖景耳中，必来找我验明正身，亲眼看着我死了，他才会心满意足善罢甘休！那时恰中我计，一准擒住他，要他说个明白！"鲲将军说："你可真能装，唬得张子善跪地给你磕头，满眼落泪，何等伤心悲痛！"李德昭叹了口气说："难为他了！"刘河悍问李德昭说："你是怎么知道逃出来的？"李德昭又叹了口气说："是刘兰梅救了我！"刘河悍惊讶地问："你看见兰梅了？她怎么救的你？"

李德昭缓缓地讲述了遇难经过：那天晚上，我正在规划德都镇的大堤修复事宜，刘兰梅破门闯进屋来。我见到她很是惊喜，从桌旁站起向她走去。

刘兰梅十分急迫，指指耳朵比画说敖景要害我，要我快跑，慢了就没命了。事发突然，我觉得敖景还不具备伤害我的本事，也就没太当回事。刘兰梅不依，双手发力将我推出屋门，随之向我猛吹了一口气，我便化作一股清风飞向空中。在空中我听到敖景和谁说了一句"慢着！"我转身一看仁和堂的上方，有个大汉已将小山一般大的石头抛下去了。我想坏了：刘兰梅去救蛙婆了，会有危险。我便急切停下，要去救她们，谁想还没停稳，只听天塌似的一声巨响，仁和堂就淹没在一片火海里，地下喷出的熔浆冲上夜空。刹那间我被热浪冲出好远，也失去了知觉。当我有意识的时候，我已经卧在一片沼泽里，觉得后背十分疼痛，腿部也有灼痛感；但是体内尚无明显不适，感觉到自己只是被气浪灼伤。我猜想敖景可能看见我出了门，一定会寻觅我。我若原形躺在那里装死，敖景必来查验，到时我好抓住他！谁知竟然苦煞了你们，没有等来期待的效果。

李德昭十分懊悔，愧疚地说："现在又去不得现场，肯定蛙婆和兰梅是没有生的希望了！"

刘河悍十分难过，泪水情不自禁地流了出来。鳇将军对刘河悍说："兰梅这孩子也是大义之举，有这样一个姑娘也值得骄傲。你不要窝囊自己，要硬挺起来，咱们去找敖景那个东西清算！"刘河悍看了李德昭一眼，脸上现出苦涩的神情，平静地对李德昭说："烧伤也不可小视，感染会溃烂的，那样影响到整个身体。如果你能安心治疗，十天八天即可治愈。"鳇将军接过来说："这事交给我，我保证叫他老老实实。再者说想要做啥事没个好身子也不行，当下治好病是第一位的！"李德昭点点头说："二位长辈请放心，现在一切都听你们安排！辛苦二老了！"刘河悍和鳇将军都满意地笑了。

那天晚上，黄巾力士望着弥天火光，心中不免有些恐惧，他没想到这一砸竟然敲开了地壳冒出了岩浆，而且越喷越大，一发不可收拾。私自敲开地壳，这是天条戒律所不允许的，万一玉帝追究起来自己可就完了。越想越后悔，越想越害怕，思来想去乘敖景不注意，一晃身子遛了。

敖景望着遍地的熔浆烈焰升腾，开始觉得很开心，毕竟多年来的积怨得到了释放，彻底灭绝了对手，有朝一日主管风调雨顺的美差又会回到自己手中，越想心绪感到越舒爽。但是随着岩浆的喷柱越来越高，火海的面积越来越大，喜悦的心情开始感到震颤，身不由己地转过身子想偷偷查看一下黄巾力士的表情，哪知道转了好几圈也没看见黄巾力士的影子。他随即叫了几声，除了地上喷涌的熔岩发出的隆隆的吼声，他没有听见黄巾力士的回答，不觉心中咯噔一下，心想这小子跑了！转而敖景又嘿嘿地冷笑了两声，一不做二不休，将来天庭一旦追究就说是黄巾力士胁迫他干的，自己从没有过这种想法也没有这个能力，这事纯属黄巾力士个人行为，自己只不过受黄巾力士要挟提供了一点信息而已。敖景想到这里感到心中欢快不已，以至于才想到赶快回家看看老婆。

姚恨水自从敖景离开水宫府，一直站在门口祈盼敖景的身影快快出现。看见乌丞相独自一个人坐在内室，惧怕他有无理要求，便走回内室脸色生冷地说："我说乌丞相，这敖景不管咋的过去也是你的头儿，咋？现在诸事全然不干你的事了？天都这时候了，你也不惦记出去找找？可叹你爷还拿你做个知己！"一席话说得乌丞相颜面难撑，不得已扭扭搭搭走出了水宫府。一直到晚上，乌丞相也没有再回到水宫府。

到了三更半夜，敖景拖着个疲倦的身子，风尘仆仆地回来了。在水宫府门口姚恨水看见敖景回来了，便迎上去，抱着敖景的脖子放声大哭起来。敖景搂着姚恨水亲了一口，然后说："我的心肝，你一直在等我吗？"说着抱起姚恨水健步走进卧室。此时敖景的动作完全出乎姚恨水的意料，一点沮丧的神情也没有了，看样子满怀喜气，简直就是心花怒放了。对于敖景的表现，姚恨水疑心重重，不断地试探口实，乘他正在兴头上抽冷子问："老爷，今日赌气而去，回来为何这般欢实？"敖景终不告以实言，却故意挑逗说："见你就欢心！"姚恨水虽经几次发问，却始终未能得到满意答复。

第七十九章　冰洞锁白龙

过了些日子，乌丞相垂头丧气地来了，无精打采地走进水宫府。刚想呼叫姚恨水的名字，忽然发现屋里气氛不对，转而诧异地惊叫起来："白龙爷！你可回来了，可叫我好找哇！你究竟干啥去了？怎么才回来呀？"

敖景心中生气，嘴上挖苦说："哎呀我的丞相，多日不见是不是连位置都安排好了？来此大惊小怪是何意图啊？"乌丞相心里明镜似的，这小子是惊天逆转，看神色十分如意，定是寻什么损招治住李德昭那小子了，嘴上却争辩说："哎呀我的爷！你可冤枉我了。"说着眼珠在眼眶里一转悠，又说："李德昭是不是被你整死了？"敖景一惊，盯上问："你咋知道？"乌丞相顺势而上，回答说："这世间还有我不知道的事情吗？"敖景闭口不语。姚恨水心里一惊，暗想：这个乌龟精还真是有点神通，我问好几天了，敖景总是有词对付我，而这个乌龟精一问就把他问住了。想到这儿，姚恨水便撒娇地说："哎呀呀，我才明白，合着现在我是个外人！好好好，我走行了吧？"说罢迈腿就朝门外走去。敖景光脚下床伸手把姚恨水扯住，连声说："夫人休恼！夫人休恼！是我还没到想要告诉你的时候，回来且听为夫慢慢说来！"敖景又把姚恨水扯到床上，扬扬得意地说："你们两位听好！那天，我从这里一怒出……"

话未出口，守门卫兵来报："大门外有一伙人闯进来！"敖景慌忙跳下床吆喝说："什么人如此大胆，敢闯白龙爷的宫门！"一边说一边来到水宫府门口，正巧和来人撞个对面，吓得敖景魂飞天外。

鳇将军带头走在前面，后边跟着李德昭和刘河悍。他们身后还跟着几百号人，那都是鳇鱼精的部下。人们个个横眉立目，怒气逼人。鳇将军咬文嚼字地说："小白鱼儿，今天我让你活见鬼！"

敖景不相信自己的眼睛，这眼前堂而皇之站立的怎么会是李德昭呢？敖景站在水宫府大门口张口结舌，满目惊恐，脸色煞白；双腿颤抖，双手抖动，脖颈僵直；欲前不进，欲退不挪，欲走却步，不知如何是好。

鳇将军逼近眼前，二目怒视，咬牙切齿地说："小白鱼儿，真没想到啊，你真够恶毒的呀！李德昭对你有多大深仇大恨啊？你无时无刻不在置他于死地，从夏秀丽疗伤开始，你就嫉妒；你索贡不成，水淹无辜百姓，却恶人先告状，阴谋致使玉帝贬李德昭去蟠桃园做狗看门；他被贬期间你连她母亲的坟墓都不放过，欲要挖坟掘墓抛尸荒野；即使这样你还不依不饶，非要赶尽杀绝，多次派乌龟精找飞龙卧底；在天庭逼迫太上老君交出李德昭，非要杀死他不可，无奈确实太上老君不知李德昭去向，你狂妄无度，暴打太上老君；近来不知你又伙同什么妖魔鬼怪，竟然搬山砸仁和堂，欲将李德昭置于死地而后快！敖景，恶有恶报，今日李德昭又活着回来了，你还有什么本事咱们再较量较量。"

敖景木然不语，然而牙齿却咬得吱吱嘎嘎的响，眼神怯怯却又不肯甘心，意欲蠢蠢欲动。

鳇将军见敖景意欲难决，高声地说："现在无心和你磨牙，你听好了：从现在起你就滚出水宫府，水宫府是你待的地方吗？这是龙门圣地！你是什么东西？还要赖着不动！这里是黑龙爷的地方！这条江你们恬不知耻，给起个白龙江，这回到头了吧？从现在起永远叫黑龙江！听到没有？叫黑龙江！"说罢一挥手高声说："把白鳗鱼的东西给我都扔到岸上去，将他扫地出门，永不得踏进这里！"鳇将军说完见敖景没有动的意思，猛然出手狠狠扇了敖景一个大嘴巴，那声音响的那个脆，在江面上远远回荡。

敖景哪里吃过这样的亏，满头青筋暴跳，憋了很久的满腔怒气正在寻机发作，正巧鳇将军一掌给勾惹起来，双方又一次拼打在一起。这一次是三对三，鳇将军对乌龟精；刘河悍对姚恨水；李德昭对敖景。这一仗从江里打到岸上，鳇将军的人马插不上手，只好一旁观看。乌龟精打鳇将军，哪有心思真打，心里算盘早就打好了，有求鳇将军在李德昭面前铺垫好话，所以无心真打，只是比画了一下。姚恨水对阵刘河悍，她无颜面对刘河悍，所以当刘河悍挥拳奔过来时，她便直接奔李德昭而来，要与敖景合力战败李德昭。刘河悍见姚恨水避而不打，也不愿意对她出手，便窜过来与鳇将军同打乌龟精。双方都改变了阵形，都是二打一，这样假打的变成了真打，刹那间江边一片混乱。

这时，土地佬领着灶王夫妇来了。土地佬高声喊叫说："且都住手！玉帝派钦差来了！"人们仰天望去，只见一朵祥云飘飘而来。

究竟是哪位仙者来了呢？事情还要从头说起。仁和堂燃起了冲天大火，一开始就惊动了土地佬张福德。土地佬知道是敖景干的，急忙跑去找灶王爷商量。灶王爷说："听你所言，咱们还得去告假状了？"土地佬说："那咱们也不能知而不报啊！"灶王爷问："这回如何说辞？"土地佬喃喃了半天说："如果说敖景为把李德昭整死，下毒招砸坏了地壳，致使岩浆喷发不止。这样敖景是胜者，我们再派他的不是，那不是自寻绝路吗？如果说是李德昭干的，那么他干的理由是什么？怎么说服玉帝呢？玉帝若再定咱们一个蒙蔽圣聪那咱们不就完蛋了吗？"灶王爷说："如此说来，咱们还要进一步摸摸实情，然后再报告玉帝。"这样三人分头下去查访。

张兰英来到讷莫尔河南岸，听人们讲述了黑龙落难的事，便化作村妇随人们到沼泽地里查看。她看到人们对黑龙是那么爱戴，深受感动，便将情况说与张天君听。张天君听后还是犹豫不决。过了几天，土地佬跑来了，兴奋地对灶王爷说："这回好了！李德昭没有死，只是受了点伤，在刘庄疗伤呢！敖景不知死的，还他妈的祝捷呢！过两天李德昭他们就找他清算去了！"灶王爷听了十分振奋，拍着张兰英的手说："这下可好了，李德昭没死，我们的日子以后就是阳光了！"土地佬见灶王爷如此说法，赶紧迎合说："那咱们明个去天庭报玉帝？"这回三人一拍即合，商定第二天一早就去凌霄宝殿。

第二天早朝，张天君如实禀告了摩尔根仁和堂大火的事。玉帝问："众爱卿，哪位愿去将那敖景正法？"满朝文臣武将竟无一人应声。玉帝笑了，自嘲地说："怪我上次误听了李德昭之言，至有今天之事。也罢，谁愿替我南海走一趟，请那观音菩萨来？"太上老君拱手说："玉帝自责，老臣惭愧！老臣愿往！"玉帝应诺，太上老君走了。大约两个时辰，观音菩萨来了，向玉帝道了祝福！

玉帝对观音菩萨说："东土摩尔根一带大火久燃不灭，地上苍生尽被焚烧，据灶王说地壳已经被人砸坏，熔岩四溢，罪孽罪孽！请你去帮着查验清楚，谁是谁非任凭菩萨处置！"

观音菩萨允诺，出凌霄宝殿驾彩云直奔摩尔根而去。距离摩尔根药泉山仁和堂还有三十多里，依然热浪滚滚，火烤炙灼，不能靠近。观音菩萨面北念叨几声，不一会儿工夫，北面飘来一团洁白的云彩。冰点莲子白熊娘娘夏然而至，见观音菩萨施礼说："菩萨唤奴婢有何事吩咐？"观音菩萨用手一指药泉山以北仁和堂一带升腾的火焰和气浪，急切地说："请白娘娘把那一大片火焰熄灭，我要近前实地查看灾情，以便恰当处治。"听到观音菩萨吩咐，冰点莲子右手伸向头顶取下一粒洁白的珠子，用力朝药泉山抛去。不一会儿空气变得凉爽，随之便是冷气嗖嗖。冰点莲子又摘下一粒珠子欲抛。观音菩萨制止说："白娘娘慢来！怕是已经结冰了，前去看看再说。"说完，观音菩萨和冰点莲子一起来到药泉山，举目向北望去，随着烟雾渐渐散去，岩浆熔海中突兀起一座青山，孑然高耸，雄浑壮丽。观音菩萨用手指点说："那山处应该就是仁和堂所在，这遍地熔岩定是从那里喷出，随着时间和气温的冷却，喷口处便形成了这座山。仁和堂没了，可这地界过去是老黑的地方啊！把这山名叫老黑山吧！"冰点莲子迎合说："菩萨智慧，这对黑龙也是个纪念！"观音菩萨问冰点莲子说："白娘娘，你看那地上火焰是否都灭了？"冰点莲子回答："岂止地上火灭了，地下也已是冰冻三尺了。"观音菩萨犹豫起来。冰点莲子忙说："怕是发力过大了，我把珠子收回来重发吧！"观音菩萨笑笑说："不必了。白娘娘，你做得很好，地下水都变成冷泉也好，人们可以直接食用，还可以医病疗伤。算你为人间做了一件善事。辛苦你了，请回吧！"冰点莲子施礼，辞了观音菩萨回北极去了。

观音菩萨目送冰点莲子走了，心中很满意，觉得冰点莲子心地善良干事麻利，又有高超玄妙的技艺。这次轻而易举地把火扑灭全都凭冰点莲子相助，庆幸自己结识了这么一位好伙伴。

观音菩萨轻跺左脚，呼叫说："土地佬张福德何在？快来见我。"语音刚落，土地佬来到面前，抱拳施礼，恭恭敬敬地问："菩萨唤小老儿有何吩咐？"观音菩萨说："我问你此地大火缘何而起？"土地佬回答说："是教景要置李德昭于死地，找来黄巾力士夜袭仁和堂抛掷陨石所致。"观音菩萨质问说："你可是亲眼所见？"土地佬固执地说："不瞒菩萨，那日夜晚是小官亲眼所见，若不是跑得快，早就被烤得焦煳了！其声之大、其光之强、其势之猛、其火之灼、其面之阔，闻所未闻，见所未见，可吓死我了！"

观音菩萨静下神来，捻指一算，李德昭正在水宫府南岸带人与教景清算。又呼叫了一声："蛙婆何在？"连续呼叫三声渺无动静，观音菩萨说："猜是玉蟾婆婆一定是葬身火海了。"她不甘心，又捻指一算，忽然睁开双眼，严肃地说："啊！她已经融化成石头，蹦落在东南的荒野里。真是可怜啊，此人一生辛辛苦苦，踏实为民，性格豪爽，与世无争，乐于助人，竟然落得如此结局！悲哀呀！可恨啊！定要查个水落石出！"

观音菩萨说完，又呼叫一声："灶王何在？"不一会儿工夫，张天君和张兰英匆匆赶来，二人拜过观音菩萨。观音菩萨说："你二人可知此地熔岩喷涌是缘何而成？"张天君说："不是天灾，而是人祸。这祸害是由教景一手造成。"观音菩萨问："这话怎讲？"张天君说："玉帝派我和兰英到民间来，画影图形，驻千家万户，体恤民怨，上报天庭，以裁二龙之是非。说起来已是匡年日久。"观音菩萨问："你可知李德昭和教景因何事积成如此大怨吗？何以到了你死我活的地步？"张天君听观音菩萨这样问，神情变得一本正经起来，继续说："两个从来就没有合过，李德昭一心为苍生着想，千方百计使风调雨顺；教景呢，欺压百姓，横征暴敛，生食童心，成天花天酒地不务正业，百姓苦不堪言。教景却误认为李德昭是挤对他，抢夺他的名誉和地位，甚至是权力，多次施计陷害李德昭。而李德昭呢？一向宽容不与他计较。教景还认为李德昭年小可欺。最近玉帝敕封李德昭为五湖四海九江八河巡按，更是刺激了教景，他感到自己穷途末路了，对李德昭更是憎恨，欲治他于死地，也是想东山再起重新执掌行风布雨之权。于是开始实施报复，到天庭请了黄巾力士，想除掉李德昭。这不嘛，用陨石砸了仁和堂，招来了岩浆喷发，火烧云天。我找了李德昭十多天了，尚不见身影，但我信好人命大，李德昭一定能活着！菩萨你可要保佑他啊！"

观音菩萨听了之后说："既然你们和土地都这么说，那好，一会儿与李德昭教景对质，你们可愿意作证？"土地佬和灶王夫妇都说愿意。观音菩萨对张兰英说："你到天庭走一趟，去找玉帝，说我请他发一道旨到如来佛祖处，招黄巾力士到摩尔根现场作证人。速去速回！"张兰英应诺，起身走了。

观音菩萨带领灶王和土地来到水宫府南岸，令土地佬将他们喝止，便落将下来。祥云离地有丈许高，观音菩萨立于其上。

敖景看见是观音菩萨来了，赶紧走过来，近前向观音菩萨抱拳一礼，不冷不热地说："菩萨吉祥！"观音菩萨面部表情祥和而又严肃地问："这次夜砸仁和堂致使地壳开裂，岩浆喷涌不止，药泉山一带冲天大火一月不灭，此事可是你敖景所为？"敖景听后脸色不红不白神情寡淡，简单而又干脆地说："然！"观音菩萨问："你为何事下手如此狠毒？"敖景用手一指李德昭，毫不掩饰地说："这里有他没我，有我没他，势不两立，难以共存。"观音菩萨见敖景态度如此鲜明，十分不解地说："至于吗？都是玉帝亲差，不齐心合力共同布风施雨，创一个风调雨顺的年景，争个你长我短，难道就是为了个权力吗？"敖景望着李德昭，咬牙切齿地说："找个心理平衡。"观音菩萨态度严肃地问："难道没有别的选择吗？"敖景理直气壮地回答："没有！"观音菩萨想起二人之间诸多往事，已知道敖景是一个思想极端狭隘的独裁者，唯我独尊，容不得任何强于自己的人。李德昭可以容忍与他共事，而他时刻都在排斥异己，为了个人的权势和荣誉，甚至绝杀同路的人。观音菩萨看透了他的内心世界和人格品质，认为这是一个不可饶恕的人，必须正以天罚。

这时张兰英领着黄巾力士匆匆赶来。黄巾力士赶紧走到观音菩萨跟前，拱手施礼，心中忐忑不安，瓮声瓮气地说："菩萨吉祥！不知千里迢迢唤小臣何事？"观音菩萨见黄巾力士神情谨慎，严厉地说："黄巾力士，我来问你，砸陷仁和堂一事可是你所为？"黄巾力士却表现出十分仗义的样子，毫不掩饰地说："没错，是我干的！"观音菩萨继续质问说："那么是你自愿所为还是有人指使你所为？"黄巾力士迟疑了一会儿，回答说："这个……是我用陨石砸的。"观音菩萨逼问："何人指使？"黄巾力士犹豫起来："这个……"观音菩萨厉声说："从实招来！"黄巾力士仍然不正面回答，只说："我没拒绝。"观音菩萨穷追猛打，继续追问："受谁指使？"黄巾力士仍是不正面回答，说了句："我替敖景抱打不平！"观音菩萨又问："这话怎讲？"黄巾力士不得已说："敖景说李德昭欺负了他，取代了他。"观音菩萨觉得才把黄巾力士圈入正道，抓住要害问："你怎么认定是李德昭欺负了敖景？"黄巾力士不得已交代说："敖景说李德昭从一个看蟠桃园的青犬，一跃代替了他的巡按之职；而他则是从协助东海龙王降雨之职，一下撸得精光，变成现在的啥也不是。"

观音菩萨见黄巾力士终于说了实话，便又问敖景："敖景，黄巾力士这般说辞，你可认账？"敖景毫不掩饰地说："然！"

观音菩萨又问黄巾力士说："事实究竟是怎么回事，你清楚吗？"黄巾力士回答："我不清楚，只是听了敖景所说。"观音菩萨说："原来这样。偏听偏信，仗义行事！"黄巾力士立即回答说："对，仗义行事！"观音菩萨问："黄巾力士，对于玉帝的本意来说，你是帮对了呢？还是帮个倒忙？"黄巾力士无言以对，只好说："这个嘛，全凭菩萨裁定！"

观音菩萨问李德昭：黑龙，是这么回事吗？李德昭说："我没有理由。"观音菩萨又问："李德昭，你想怎么处置敖景？"李德昭闭口不言。

敖景一旁情绪开始激动，他质问观音菩萨说："我是玉帝亲封东土播云降雨之职，你有什么权力处置我？难道你敢蔑视天庭吗？"观音菩萨蔑视地说："你在凡间，横征暴敛，残害庶民，有悖玉帝恩典，尚不知罪？玉帝已将李德昭封为五湖四海九江八河巡按，你是一撸到底，只是李德昭手下一个干活的。太上老君不是宣读了诏书了吗？你怎么还装糊涂！"敖景也蔑视地说："我来凡间，食人间香火，有何不可？那玉帝不也坐享其成吗？独我为何不可？"观音菩萨大怒，皱眉立目地说："你这孽障，胆敢贬毁玉帝尊威，罪不可赦！"

正在争执间，忽然树林中奔出一名大汉，来至观音菩萨跟前，大声说："观音菩萨不必与他说辞，我还他一个原相。"观音菩萨问："你是何人？"大汉回答："我乃山东文登汪疃寨人士，名叫飞猫，千里寻人来到此地。前日杀了仇人庞有福，被敖景照了一镜，今日特来报那一镜之仇。"说着，举起天魔镜照向敖景。那敖景伏地一滚，现出原形，原来是一条鲜活的白鳗鱼，伏在地上不停地摇着尾巴甚是好看。观音菩萨一见大怒，呵斥说："你这山妖，还来装人，从哪里弄得天魔镜？"飞猫说："是敖景扔掉的，我捡来……"观音菩萨喝令飞猫说："还不把天魔镜交还与我，带与西王母娘娘。"飞猫丝毫未有交出之意。观音菩萨见状轻捻手指，那天魔镜竟飘然飞入她的手中。观音菩萨手握天魔镜说："今天念你替天行道，免你一死，回山东老家与妻儿团圆去吧！"说着，将甘露洒在飞猫头上废除武功。飞猫立即跪地磕头拜谢观音菩萨，起身回汪疃寨去了。

观音菩萨回头又问李德昭说："黑龙，敖景如何处置？"李德昭仍是闭口不言。观音菩萨果断地说："将敖景锁到冰洞里去，将来供游人欣赏吧！"李德昭听观音菩萨这样说便问："菩萨，将来还可以使用他吗？"

观音菩萨大为不解，指责说："你这是什么心态啊？杀身之仇不报，尚怀宽容之意真是幼稚。那就将来再说吧！"随即下令说："刘河悍，将白鳗鱼押去药泉山东边冰洞里，锁在冰柱上，囚在那里让他永世不得自由！"

刘河悍提起白鳗鱼很快走进冰洞里，用锁链牢牢锁在冰柱上。那白鳗鱼原本热带海洋动物，进了冰洞，全身紧缩，不便行动，再也不能兴风作浪了。

观音菩萨看见姚恨水和乌龟精立在那里问李德昭："黑龙，你将敖景两个帮凶如何处置？"李德昭说："那个乌龟精是敖景的军师，号称乌丞相。敖景的坏事多半出于他的主意，尚有借给我建庙之名敛财肥己之事，此人该杀！将他的子孙放入松花江安生去吧！那个女人是只水蛭，敖景第二任老婆，鉴于她的背景，可以削去她的武功，放入河塘安生去吧！"观音菩萨说："善哉！"李德昭向乌龟精喷了一口火，将其焚烧。又转头看看刘河悍，刘河悍点了点头，向姚恨水吐了一口火苗，将其烧焦，令黄将军派人投掷沟壑。

观音菩萨发现李德昭在处理姚恨水时看了一眼刘河悍的眼色，便问："李德昭，你口吐火苗喷那女人时为何要看刘河悍的脸色？"李德昭说："菩萨有所不知，那女人的前身曾是刘河悍的老婆，也是我救命恩人的娘亲，故此寻求一下刘河悍的意见。"观音菩萨笑了，赞说："善哉！善恶有度。"

南海观世音菩萨将诸事处理完毕，返回天庭见玉皇大帝，报告说：此次敖景偷袭仁和堂，欲置李德昭于死地。他暗中串通黄巾力士，截冥王星陨石一块，砸穿地壳岩浆喷出成灾，方圆百里尽受其害。事毕黄巾力士已回天庭，尚需玉帝圣裁。事发地已请冰点莲子将火熄灭；敖景被一山妖用天魔镜现了白鳗鱼身，现已将他锁入冰洞一边自省一边供游人观赏，李德昭欲日后再启用它。说完，将天魔镜奉上。玉帝听完点头称赞十分满意，随之吩咐说："唤西王母娘娘，传黄巾力士！"不一会儿，飞龙侍女引西王母娘娘来到凌霄宝殿上，玉帝赐坐。

玉帝：爱卿，你那天魔镜何在？

西王母娘娘（不知所以然）：已遗失多年矣，未寻出下落。玉帝为何突然问及此物？

玉帝：适才观音菩萨禀报说有一山妖在使天魔镜，是怎么回事呀？

西王母娘娘（惶惶不知如何作答）。

飞龙（站在西王母娘娘身边，跪倒在地）：是奴婢之罪，此事与娘娘无关！当初玉帝封白鳗鱼为白龙，令其去东土施雨，临行时白龙要带夏秀丽一起走，并约定到凡间便成为夫妻。那夏秀丽知白龙性情古怪，怕日后遭欺，暗中求我相助，碍于是密友，不得已偷出天魔镜与她护身。玉帝爷，奴婢深知死罪，不敢求饶！

西王母娘娘（大怒）：你这该死的飞龙，竟然背我惹出这种事端，拉下去，宰了！

玉帝（坦然挥手）：爱卿，不必火急，我问你：当初白龙与夏秀丽的婚事是你撮合而成吧？

西王母娘娘点点头。

玉帝：你有成人眷属之心，飞龙焉何不可有助人之举？况且白龙无天魔镜不可降服，而今物已返还何须再究？飞龙起来吧，这次菩萨赈灾，你虽未前去，却也是有功一回，免你不死！

飞龙再三磕头谢过玉帝，又向西王母娘娘请罪。

西王母娘娘：玉帝赦你不死，我亦当治罪。非是我不依不饶，你毕竟犯了天条，就贬你凡间做善事去吧！

飞龙再次叩头，谢过西王母娘娘，走出凌霄宝殿，去了关东密林。

黄巾力士走进来，跪倒在地。

玉帝：黄巾力士，你可知罪否？

黄巾力士：小臣知罪！私自下凡，助纣为虐，应与白龙同罪。

玉帝：甚好，那就到南海观世音菩萨膝下做一名侍卫吧！她一生救苦救难，抚慰人生，你就多协助出把力吧！

（玉帝转身问观音菩萨。观音菩萨一笑，点点头。黄巾力士又伏地叩头，谢过玉帝和观音菩萨，起身站到观音菩萨身边。）

观音菩萨：玉帝，李德昭在凡间甚得庶民爱戴，我意将那结雅河改称黑龙江，还有那被砸处耸起的小山也赐名老黑山。以表彰和纪念李德昭的功德！另外，玉蟾老人在这次灾难中殒命，她一生秉持玉帝教诲，尽心竭力地为东土驱虫灭灾，深得庶民爱戴，建议玉帝封她一个金蛙大仙吧！一者慰藉亡灵；二者震慑虫灾蝗害。

玉帝：太上老君，此议可行否？

太上老君：甚好！赐名，名义上是表彰李德昭、玉蟾，实际上是彰显玉帝普惠天下恩德！

众臣齐呼：善哉！扬我天庭之正道也！

凌霄宝殿内，满朝皆喜。

第八十章　九女泊绝世

　　李德昭入驻水宫府后，召集手下水军开会，宣布了调整有关人员事务职责分工。刘河悍调任松花江、嫩江、白河水事督察；鳇将军调任乌苏里江、牡丹江水事督察；夏秀丽被请回来管理辽河流域水事事务；张宝儿被李德昭动员出洞管理鸭绿江流域；四海龙王仍是经营管理各自海域；自己统筹领导五湖四海九江八河兼职黑龙江流域管理。此后大小官员无不敬业，诸事无论大小井井有条，关东大地风调雨顺一派祥和。

　　李德昭稍有空隙时，首先想到了蛙婆。他对蛙婆的思念不亚于母亲张桃红，从那日父亲砍断尾巴疗伤开始，一直到救景夜袭仁和堂，蛙婆始终与他相伴，在年幼的他的心目中不是母亲却胜似母亲。李德昭常常思念蛙婆：是蛙婆在水洼中将自己救起，抱着去求夏秀丽疗伤；是蛙婆在自己饱受教景歧视的时候，领着自己去天台山拜师学艺；是蛙婆在自己不在时率领众人保护母亲的坟墓，并在万般无奈的情况下将母亲的坟墓迁往山东李家庄筑寺庙安葬；是蛙婆不计辛苦帮助自己管理仁和堂，并积极参与了搬山造平原；也是蛙婆处处维护自己的安全和事务，她爱护他胜过关心她自己。蛙婆始终把自己当作儿子，而自己时刻也离不开蛙婆！自打蛙婆殉世，每每想起都暗自落泪，觉得自己对不起蛙婆，后悔临走时没能带上蛙婆。甚至暗自深深谴责自己，是自己牵连了蛙婆，致使一位逍遥天使意外地失去了宝贵生命。一个多么开朗快活、热情诚信，而又富于责任心的前辈啊！这段时间，李德昭彻夜难眠，眼前始终闪现蛙婆的身影。他神情郁闷地走出水宫府，来到仁和堂旧址，在山口、在山下、在冷却的熔岩里寻觅，希望发现蛙婆的遗迹。

　　土地佬张福德发现了李德昭，立在他的面前询问说："黑龙爷，缘于何事这般愁苦？"李德昭望见土地佬默默地看着他，心中万分悲痛，情不自禁地抽泣起来。土地佬知道李德昭正在痛心时，便委婉地劝慰说："黑龙爷有何痛心事，说来小神或许能够帮助您！"李德昭哭泣了一阵，渐渐控制住感情，悲愤地说："我想找到蛙婆的下落！"土地佬说："救命，怕是于事无补了，她已经被炼成石头了！"李德昭赶紧问："在哪了？快领我去！"

　　土地佬张福德领着李德昭来到老黑山东侧，在九女泊的南端，止住了脚步。这里是空旷的田野，借着星光看到草丛里矗立的一块深黄色石头，孤单地突兀地静静地陷在泥土里，一半裸露在地面上。李德昭指着浑然一体的那块大石头问土地佬说："你怎么知道她就是蛙婆啊？"土地佬回答说："仁和堂出事的那天晚上，巨大的响声之后，喷起的熔岩中分出一块尚未液化完的活动体，发出一声吼叫'老黑快出来呀！'听声音是蛙婆。然后一个火团落地，冷却后就成了这块石头！"李德昭一下扑过去，哭着说："婆婆！婆婆啊！真的是你吗？"李德昭俯伏地上，痛哭不止。他哭了一阵，默念说："婆婆啊！你在临危一刹那，惦记的还是我呀！您真真把我当作您的亲骨肉了！"说着双手拍地号啕大哭，声音嘶哑地呼喊着："婆婆，我的婆婆！娘亲啊，我的婆婆！是孩儿牵连了您！"李德昭哭着凄惨的呼唤着，脑子有些昏沉，耳畔似乎又响起蛙婆常对他说的一句话："老黑呀，你不要忘记玉帝对你的恩典，要记住你是庶民的孩子啊！要努力一生溥佑惠民哪！"李德昭说："婆婆，您教诲的极是，孩儿终生不忘！"李德昭迷蒙中睁开眼睛，却不见蛙婆，只有那块石头矗立在荒野里。李德昭抚摸石头对土地佬说："我把婆婆安葬到什么地方好呢？"土地佬理解李德昭的心情，劝他说："蛙婆婆一生守护田野，驱灾灭害，就让她继续守护在这里吧！她在这儿，蝗灾虫害就不会发生，也是圆了她的心愿！"

李德昭听了感到欣慰，对土地佬说："言之有理，就让她在这里安息吧！"

李德昭站起来，又重新跪在地上，满怀深情地说："婆婆在上，孩儿李德昭看望您来了。不久前，在观音菩萨的庇佑下，制服了敖景，恢复了他的原形，原来他是一条白鳗鱼，观音菩萨已令刘河悍将其锁入冰洞里，使他终生不得复出，天下从此太平。您老未竟的事业，我来完成，请您老人家放心！孩儿以后每年在祭奠娘亲之日定会来此祭奠婆婆，以慰您老忠魂！婆婆，在事业上，您是孩儿的榜样，孩儿谨记您的教诲，一生为天下人布云施雨，根除水患，让人们丰衣足食、安康幸福。婆婆，安息吧，孩儿老黑衷心祝福您：天堂自在快乐！"

李德昭磕了三个头，立起身又问土地佬："你可知刘兰梅的下落？"土地佬摇摇头。李德昭让土地佬离开了。

李德昭一个人回到仁和堂原址，这是刘兰梅救他性命的地方。李德昭知道刘兰梅年岁尚小，没有蛙婆避难的玄术。那一次劫难，连蛙婆都未能幸免，刘兰梅也一定是在劫难逃了。刘兰梅完全可以远离那场灾难，她是为救自己特地赶来现场的，现在她究竟会落到哪去呢？无论如何也要知道她的下落呀！李德昭满山寻找，希望找到出事那间房舍所在的方位。他不甘心，一定要找到，便山前山后转啊转啊，从上至下，从下至上，反复寻找，终无结果。这时天亮了，李德昭望着初升的太阳，心情敞亮多了，也看到了希望。他想到甄元子师兄，何不请他来帮个忙呢？想到这里，他起身去了天台山。

一个多时辰，李德昭来到四川天台山雷音寺门前，正巧书童玄惠在门口清扫道路。李德昭赶紧上前招呼说："玄惠师兄。"玄惠听见有人说话赶紧抬头观看，见是李德昭来了，撂下扫把迎上来，二人手握在一起。玄惠问李德昭："师弟好久没来了，一向可好？师傅这些日子叨念您好几次了，像是很惦记您！"说罢带着李德昭来见师父。

张天师坐在书房品茗出神，忽然门开了，玄惠与李德昭走进门来。张天师先是一愣，随之快步迎上来，失去了往日那种深沉和严肃，拉住李德昭的手也不说话，左看右看，上看下看。很久他才说："还好，还好！"玄惠听着师傅着头不着脑的话很是不解，瞪大眼睛惊奇地望着师傅。李德昭微微一笑，问候说："师傅万福！"张天师把李德昭拉到桌子旁边，按在椅子上，自己坐在对面，继续端详李德昭。李德昭知道师傅用意，笑笑说："我挺好的，又让师傅牵挂了！"接着便将仁和堂的事如实向师傅诉说了一遍。张天师长嘘了一口气，像是一块石头落了地。他惋惜地说："金蟾一向为人正直、热情、忠于职守，遭此劫难实在可惜！你能这样对待她，足见你的为人坦荡赤诚，知道感恩图报，她也应该满足了。至于刘兰梅那孩子，也是个好孩子，为你的尊严离你而去，又能在你性命危急时，挺身相助，足见她对你是多么一往情深。徒弟你应感到满足和珍惜！你要善待她，给她留下一个名分！"李德昭说："师傅说的正和徒儿心意。徒儿今天来此一是探望师傅，禀告事情原委，以释牵挂；二是想请甄元子师兄前去帮助寻找兰梅下落，以安置日后祭祀。"张天师听后很赞成，立即叫玄惠去找甄元子。

甄元子很快赶过来，二人见面抱在一起，半晌未有一言，以示患难之情。张天师看见弟子相处挚深，很是欣慰，对甄元子说："李德昭此来要你帮忙寻找刘兰梅，你务倾力相助，帮着李德昭实现心愿！"甄元子说："明白，请师父放心！"张天师说："李德昭此时心切，你们边走边唠，免得耽搁时间。"

李德昭谢过师傅，同甄元子师兄踏云来到仁和堂原址。仁和堂已是影像全无，四周熔海茫茫，一片乌黑。李德昭告诉甄元子说："事出当时，救我之际，刘兰梅急速去救蛙婆，不想未能脱身。现在我想确定她的尸体可能存置何处，想给她修建一个祭奠处所。"甄元子听后说："恐怕不是一件易事，那几间房舍正是爆炸中心，很有可能早已随着岩浆、飞石、粉尘落到别处了，找到的可能性微乎其微。"甄元子说完看见李德昭满脸沮丧，十分不忍，便劝慰李德昭说："师弟，先别烦躁，待师兄想想看还有没有别的办法。"说罢，一个人踏云升空，在山顶、山腰、山的周边盘旋不止。转着转着，他一下扎到一片熔岩交错的深谷里，钻进一处洞穴，向里探查进去。走了数十丈远，发现洞内开阔起来，借助洞口射进来的光亮，清晰地看见洞中间有一个平台，上面有一块大石头，像是一个侧卧的少女，那身形似曾见过。于是他闭上眼睛，用力甄别，断定她极有可能是刘兰梅。于是跑出洞外，急忙呼喊李德昭。

李德昭闻讯赶过来，听甄元子一说便跟他走进洞里。李德昭来到石像前，仔细辨认，确认体型相似，脸型虽然只是粗线条，但是貌相神姿与刘兰梅相仿。李德昭深情地上前摸了一下石像的脸蛋，那脸蛋儿软若芙蓉，唬得李德昭赶紧缩回手，喊了一声："你是何人？"石像后边的石壁上嗡嗡响起了回声，那声音与刘兰梅和他交流时口中发出的声音极其相似。李德昭又试探一回，问石像："你是兰梅吗？"石壁又嗡了一声。李德昭听出那就是刘兰梅的声音。

李德昭矗立在石像前，虔诚地说："兰梅啊，你为救我的性命遭到了敖景的伤害，失去了宝贵的生命，你是我的救命恩人！我们相识以来，你带给我很多欢心快乐，凭借你的智慧和才艺给了我倾情的帮助，成了我不可缺少的伙伴。我们虽然没有结成伴侣，使我们留下遗憾，但是你会永远活在我的心中！你在这里安息吧，我会常来看望，祝福你天堂快乐幸福！"

李德昭走出洞外，回首深情瞭望，久久不肯离去。甄元子走过来对李德昭建议说："师弟，你既然承认刘兰梅的存在，何不给这个山洞命个名字永远纪念她呢？"李德昭觉得甄元子的建议很好，便说："师兄，依您之见这里叫个什么名讳好呢？"甄元子想了想说："仙女洞如何？"李德昭听了十分满意，连声说："好名字，好名字！"及至抬头看时洞门上赫然现出"仙女洞"三个大字。待他再回头向甄元子表示感谢时，甄元子却已无了踪影。

自从李德昭执掌五湖四海九江八河布风施雨以后，神州大地风调雨顺物阜粮丰，山峰幽谷绿海茫茫，河流湖泊银光闪闪，关东大地村庄座座，房屋矗立，炊烟袅袅，路径交错，人影绰绰，鸡欢马叫，人们安居乐业，一派繁荣兴旺。

斗转星移，日月轮回，一晃不知过了多少个世纪，老黑山又发生了一件大事。流经老黑山东侧的讷莫尔河支流的白河上游由于山体的再次喷发，将河流截为五个莲花般的堰塞湖群，清池碧水，波光粼粼。湖泊群四周熔岩覆盖，造型奇异，或如奔浪，或如猛兽，或似珠珀，神奇多彩，形成了一道靓丽的风景。在这片风景的外围是开阔广袤的土地，牧人在这里放牧、农民在这里种田、渔人在这里沟泡中捕鱼，人们过着悠闲安乐的日子。

在这块美丽迷人的地方，也吸引了天外来客。人们不知从什么时候起神奇的发现每到月朗星稀的时节，总有一群女子乘着夜色飘来湖泊中洗澡戏耍，笑声歌声彻夜不停，直到东方天光开启，她们才会无影无踪。日久天长趣闻在摩尔根一带传开了，人们便把这几个湖泊起名叫作九女泊。

年复一年，有一年天降大雨，数日不停，白河发生大洪水溢出了湖岸，方圆几百里洪水漫过了青草绿地，漫过了田园禾苗，吞噬了泽泡鱼塘。老百姓苦不堪言，纷纷怪怨是九女泊堤岸阻水，淹没了他们的家园。消息很快传到了土地佬和灶王夫妇耳中。灶王爷找到李德昭诉说了百姓的苦难，请求李德昭将九女泊堤岸通开排除水患。

李德昭立即乘夜晚来到九女泊查看，发现天庭九仙女在湖中嬉耍。李德昭心想：原来传说在此洗澡的九仙女竟是玉帝的七个女儿，还有两个丫鬟。自己贸然去说很不方便，怎么也得和仙女们打个招呼。于是找来灶王奶张兰英，让她前去把通开九女泊堤埂的想法说与她们，请求九仙女们予以谅解和支持。张兰英找到九仙女表达了李德昭的意思，不想九仙女炸了锅，纷纷提出抗议，说堂堂玉帝女儿找个地方洗洗澡也会遭到秃尾巴老李的驱逐，甚是无理，大有藐视玉帝之嫌。其中老大红儿还要将此事禀告玉帝，让玉帝制裁秃尾巴老李。张兰英再三解释：李德昭皆是出于百姓利益考虑，并无藐视玉帝之意，万望仙女们慎思善言。九仙女无心再玩，穿好衣装回了天庭。

九仙女怒气冲冲回到玉清宫，见了玉帝哭诉说："孩儿们在凡间寻得一处佳境名叫九女泊，月圆时去那里洗澡已有几十年，今日我们被驱赶回来了，说我们玩耍的湖泊里的水淹没了农民的庄稼，非得要把堤埂豁开，将水排出，甚是无理。"玉帝问："何人出此狂言，竟敢如此大胆欺辱到我的头上？"大女儿红儿回说："何人？还不是那个五湖四海九江八河的巡按秃尾巴老李呀！别人谁敢啊？"玉帝十分恼火，当即派值日官辛汉臣下凡传唤李德昭。

李德昭来到玉清宫见到玉帝请安。玉帝问："李德昭，我那女儿们相中你辖区那几个湖泡子戏耍一下，为何驱赶她们？"李德昭回禀玉帝说："仙女们洗澡的地方也是因她们而起名叫九女泊，在白河的上游，每逢雨季储蓄洪水，今年雨大，湖水四溢，淹没庄稼。农民没了收成，无以为生，成天拜恳下官豁开堤埂将水排出，保住年景收成。下官不得已请来灶王奶奶张兰英前去传话，商榷解决事宜。张兰英回说'仙女们十分不愿'，本官正欲奏请玉帝裁定。"玉帝问李德昭："湖泡堤坝非通不可吗？"李德昭说："不通，大水不会下去，禾苗都会淹死。"玉帝变换口气说："这些孩子们平日管束严格，偶尔凡间撒个欢，也是十分难得。解决淹地问题能不能有个回旋办法？最好不豁湖堤！"李德昭见玉帝如此谦让亦是感动，便答应回来找百姓协商。

李德昭回到摩尔根药泉山与老黑山一带，看到洪水覆盖大地，高处到处是哭嚎声，对天泣诉：苍天啊！还我土地吧！大水吞噬的是我们的命根子啊！其声之惨，其情之切震撼着李德昭的心灵。他想：这些人家，这大一片土地，他们的生存一时到哪里安置呀？冬季将至，弄不好还不活活饿死冻死啊！到那时玉帝也难推其责，还不如趁早将水排出，保住庄稼。至于仙女们洗澡的地方可以另行安置别的地方，或是把堤埂保留一部分，湖水不干涸，也是可以洗澡的，只是不如先前开阔。想到这里，李德昭纵身跳入九女泊中，只听"轰隆，轰隆"几声巨响，高高的石堤一下子被连续撞开，九女泊水顺着豁口一涌而出，不到半天工夫便露出肥沃的土地，人们乐得那个开心劲儿就甭提了。

第二天，李德昭来到九女泊一看湖的水面缩小了，水量也比先前少了许多，心想：九女泊这个样子，仙女们肯定不满意，不如趁早再给她们寻个好去处。于是，他去了长白山天池，与泓溪和杰蜥商量将仙女们请到这里来洗澡。杰蜥说："有几个女娃子闹腾闹腾倒也多了几分情趣，挺好的！"泓溪说："到时候我怎么办？"杰蜥笑笑说："你就眯在宫里呗！我与她们去做伴。"泓溪没了话语。李德昭谢了二老离开了天池宫。

路上，李德昭想：泓溪很忌讳仙女们来，人家仙女们忌讳不忌讳他们呀？觉得这事有些不妥。他又记起当年宝儿躲避的地方，又来到了镜泊湖。这里湖泊开阔，湖水清新明澈，一眼望不到底，杂草青苔一概没有，远远地青山环抱，人迹罕至，幽静无比。与九女泊比较要胜上一筹，是仙女们洗澡的好地方。他想罢高高兴兴地来到摩尔根，找到张兰英把镜泊湖的事说了，让她找个机会和仙女们商量商量，最好领她们实地去看看。张兰英听了很高兴便答应下来。

又是一个月圆的晚上，九仙女又来洗澡，一看湖水没有先前多了，气得九仙女小俊脸蛋儿个个像紫茄子。大姐红儿掐指一算，原来是秃尾巴老李干的。她心想，这个老不死的，太目中无人了，我非到老爹那里告他一状不可，叫他死不了也得剥层皮。

张兰英得知仙女们又来了，匆匆赶来，满脸带笑地说："李德昭为各位仙女找了一个戏耍的好去处，是镜泊……"未等张兰英说完，红儿唾了一口，恶狠狠地说："帮虎吃食的娘们！"说着，带着姐妹们走了。

九仙女怒气冲冲来到凌霄宝殿，参见了玉皇大帝，状告说："秃尾巴老李一贯违旨抗命，屡犯天条。直到告老还乡仍不老实，讥笑您老人家安排河山不当，私下将九女泊堤埂撞裂成口，把水放得一干二净，这不分明和您作对吗？他已成老朽了，您还留他何用啊？"玉皇大帝闻听此言，拍案而起，即命托塔天王李靖捉拿李德昭问罪。

不到一个时辰，李德昭被押到了凌霄宝殿上。那玉皇大帝不分青红皂白，把眼一瞪，怒气咻咻地问："大胆李德昭，竟敢违背朕的意愿，把九女泊堤埂毁掉了，你可知罪吗？"李德昭说："这事……"玉帝摆手制止说："你枉顾朕的旨意，毫不顾全朕的颜面，肆意胡为。现在还敢狡辩？不管这事那事都是你的不是！今天只问你一句话，你是想活，还是想死？"李德昭问："想活怎么样？想死又怎么样？"玉帝气狠狠地说："想活，发配到天河架桥；想死，这就处死。"李德昭毫不犹豫地说："我想死，请答应我一个条件，我要死在家乡老黑山下。"玉帝同意了，并派太上老君监刑。

太上老君和辛汉臣带着二十个天兵押着李德昭赴摩尔根刑场。

观音菩萨坐在普陀山洛迦洞突然眼皮一阵跳动，掐指一算原来是李德昭为了保护百姓利益，又受到玉帝不公正处置。观音菩萨急匆匆赶往歪头山，见到菩提老祖诉说了李德昭的事情。菩提老祖不忿，谴责玉帝滥用职权，有损圣德。观音菩萨感到事情十分火急，急躁地说："我没有工夫和你理论，你倒是救也不救？"菩提老祖横她一眼，厉声说："此事与我无关，扰我平静为何？"说罢，闭目不理，任凭观音菩萨哀求。

观音菩萨万般无奈，只好一个人飞身去往摩尔根刑场。观音菩萨刚到老黑山上空，就看见山下太上老君正下令辛汉臣行刑。众天兵闻令一齐喷火，火焰喷向李德昭。太上老君不忍心瞧看，闭眼朝天，几声长叹。观音菩萨刚想喊叫"等等！"她见一缕清风从老黑山下飞起，擦着她的耳边向西飘去。知是菩提老祖那个老怪物已将李德昭的魂灵救走，于是转身回了普陀山。

太上老君正在为李德昭哀叹，耳边一阵风起，不由得激灵一下，猜到有人来救李德昭了。于是顺水推舟说了一句："好人终有好报啊！"辛汉臣没听明白，问太上老君："老太君，您说什么？"太上老君说："辛汉臣，你令人将李德昭的骨灰撒到黑龙江里去，让他继续溥佑这方百姓吧！"辛汉臣带着天兵收拾骨灰走了。

若干年后，李德昭的名字早已被人们忘却了，唯有秃尾巴老李这个带有讽刺和钦敬的别名还被人们虔诚地传颂着。秃尾巴老李这位人间出生的黑龙，为人类倾尽了一生的血汗。他用自己的智慧和技能满足了人类对风调雨顺的祈盼，解救了国家的危难，挽救了百姓的饥荒；他用自己溥佑惠民的本领一生贯之的是为庶民做事、兴风布雨、去瘟灭灾、治理河流、扩展平原、漫山植树、固土蓄水、北挡寒流、西御尘沙、南拒台风，把一个荒凉不堪的关东荒野改造成一片宜于人类生活的福地；他以孝敬娘亲、知恩图报、善以待人、行侠仗义和只讲奉献不计索取的品德，影响了被开垦处女地的风俗文明。后人写词《念奴娇·老黑山》赞道：

名不见传，颂千年、可见人心明鉴。千里荒原，独自立、一色青老黑山。石海翻腾，熔岩澎湃，塑千百奇观。黑龙佳话，百姓世代夸赞。

那秃尾巴老李，初来凡人间，雄姿惊艳。布云施雨，治洪害、搬山岭造平原。血汗滴滴，沃野变黑颜，倾情奉献。一生惠民，人格之本大善！

2017 年 10 月 15 日哈尔滨终稿